柳鸣九文集

卷 3

走近雨果
自然主义大师左拉
法兰西风月谈
为什么要萨特

海天出版社（中国·深圳）

图书在版编目（CIP）数据

柳鸣九文集.3,走近雨果·自然主义大师左拉·法兰西风月谈·为什么要萨特/柳鸣九著.—深圳:海天出版社,2015.6
ISBN 978-7-5507-1341-3

Ⅰ.①柳… Ⅱ.①柳… Ⅲ.①柳鸣九—文集②文学研究—法国 Ⅳ.① I217.2 ② I565.06

中国版本图书馆 CIP 数据核字（2015）第 064265 号

柳鸣九文集.卷3
LIUMINGJIU WENJI JUAN 3

出 品 人　陈新亮
项目负责人　于志斌
选题策划　林星海
责任编辑　陈　军
责任校对　钟愉琼　　万妮霞
责任技编　蔡梅琴
装帧设计　李松璋

出版发行　海天出版社
地　　址　深圳市彩田南路海天综合大厦（518033）
网　　址　www.htph.com.cn
订购电话　0755-83460202（批发）　0755-83460239（邮购）
设计制作　深圳市斯迈德设计企划有限公司（0755-83144228）
印　　刷　深圳市新联美术印刷有限公司
开　　本　787mm×1092mm　1/16
印　　张　37.5
字　　数　486千
版　　次　2015 年 6 月第 1 版
印　　次　2015 年 6 月第 1 次
定　　价　128.00 元

柳鸣九在文化活动中与法国驻华使馆文化参赞

柳鸣九在巴黎

曾引起巨大反响的《萨特研究》的
原版

柳鸣九在雨果纪念大会上致开幕词

1981年访法期间，在萨特墓前。

原版《法兰西风月谈》

原版《走近雨果》

《萨特研究》被批判时在北京　　　　　　　原版《柳鸣九谈萨特》

柳鸣九（右）与《10/18》丛书主编克里斯蒂安·布格瓦（中），左为金德全。

目　录

走近雨果

自然主义大师左拉

法兰西风月谈

为什么要萨特

走近雨果

柳鸣九　著

导论：雨果的时代文学背景

本文所指的浪漫主义文学，并不是文艺理论上广义的浪漫主义，浪漫主义作家作品在任何时代都可能有，正像现实主义作家在任何时代都可能有一样。我们在这里所指的，是作为特定时期文艺思潮的浪漫主义，即18世纪资产阶级秩序刚奠定后不久一个时期里的浪漫主义。

从1789年资产阶级革命到1830年七月革命这一时期的文学，充满了不同思想、不同流派的对立和冲突，这是该历史时期激烈的社会矛盾的反映，而浪漫主义则是这一时期主要的文学现象。

浪漫主义文学在思想内容上并不是统一的，其中存在着不同的阶级流派，即贵族浪漫主义和资产阶级浪漫主义。法国19世纪二三十年代的浪漫主义运动则是资产阶级性质的，其实质是资产阶级浪漫主义对贵族伪古典主义的斗争，这构成了19世纪前30年文学发展的基本内容。

从艺术创作方法的意义上说，法国19世纪浪漫主义文学同样也具有一般浪漫主义文学共有的特征，如对理想的追求、对幻想和奇特事物的爱好、感情的泛滥和发扬、形象和语言的夸张等等，不论贵族浪漫主义还是资产阶级浪漫主义都是如此。这些特点不仅是一种阶级文学的表征，而且也为两个阶级的文学所共有，以至成为几十年间具有普遍社会性的文学现象，这当然有着深刻的社会根由。它决定于资产阶级革命后的社会生活条件。

最直接的一个原因是资产阶级与贵族阶级在大革命中的经历。在革命期间，不论贵族还是资产阶级都经历了作为"平民手段"的法兰西恐怖主义的可怕岁月。贵族们不仅失去了自己的天堂和所有制，而且还要为自己的头颅而胆战心惊。资产阶级在激烈的斗争中也并不安宁，每当前一个党派被后一个更激进的党派推开并送上断头台的时候，他们也经历过"这一个起床就被逮捕……另一个以微温派的罪名被告发"的日子。这两个争夺政治统治权的阶级，都开始疲于这种酷烈的搏斗，因而，在雅各宾专政结束之后，贵族的残余力量和资产阶级都力图忘记革命的内战和革命的恐怖，而耽于一种解脱后的狂欢与享受。在文艺方面，"人们通过阅读来忘却别的一切"，并且追求"那些充满出人意料的事件、残酷的场面以及硫酸性的热情小说"。

更深刻的社会原因则是，资产阶级革命之后，《人权宣言》宣布了在发展机遇方面人人平等的权利，资本主义社会自由竞争的局面，代替了封建社会世袭制所造成的固定、停滞的状态，资产者、小资产者都企图通过谋略与机巧而在某一天早晨突然达到权力和财富的顶点；在革命中破产落魄的贵族阶级分子，也力图利用新的社会法则来改善自己的地位或捞取更多的东西，人们对飞来好运的期望和馋涎欲滴的野心，又因被生活环境阻挠、束缚而变得更加炽热，不免想入非非，耽于梦幻和理想成为普遍的社会心理状态。因而在文学中，也就很自然去"寻求虚幻荒诞的国土，或谎话与诗歌的世界"。再一方面，资产阶级革命的胜利、资本主义秩序的建立，直接为资产阶级个性的产生提供了社会条件；资产阶级社会的现实又不断使这种个性的发展和大量衍生有了良好的温床。资产阶级个性自我意识的发展、自我感情的膨胀、自我之爱、自我崇拜的盛行，正构成浪漫主义文学作品不断产生和深受欢迎的社会心理基础。而且，对贵族阶级来说，大革命使他们失去了天堂，启蒙思潮也冲垮了封建的上层建筑，沧海桑田，变得令人难以置信，于是，悲观颓唐、阴暗消沉的情绪、人生虚幻、命运多蹇的感慨以及对神秘彼岸的热烈向往，都杂然而生；而对资产阶级小资产阶级的成员来说，启蒙思想家所描绘的理性社会的图景在资本主义现实面前的破灭，则又使他们不免失望、苦闷和彷徨，特别是在资产阶级与封建阶级斗争过程中出现了反复或历史性曲折的时候，他们的苦闷更甚，并且还充满了不满与愤慨。总而言之，这两个阶级都有"情"可抒，不抒不快，而采取文艺形式的抒发又能引起广大同类的共鸣，这样，便造成了法国文学史上持续多年的自我感情表现的高潮。正因为上述的社会条件为浪漫主义文学的盛行提供了肥沃的土壤，法国土产的中世纪文学中浪漫的遐想和形象，卢梭那种感情奔放、个性不羁的风格和对大自然的诗化，才为 19 世纪浪漫派文学所继承，而略早于法国的德国与英国的浪漫主义文学才有可能在法国产生难以想象的共鸣和巨大的影响。

浪漫主义文学盛行的征兆在大革命刚一过去的头几年里就已经很明显了。刚度过恐怖时期的人们乐于在一种非现实主义描写、带有刺激性的小说里陶醉，于是，情节紧张、内容怪诞、味道浓辣的浪漫通俗小说应运而生，盛行一时。在执政府年代里，这种小说多如牛毛，数量简直令人难以置信，甚至每天出版五六本之多。有些是鬼怪小说，如《天鹅骑士录——历史与道德的故事》（1796）共三卷，每卷 400 页，书中女主人公在第一卷第 30 页就死了，小说的大部分，描写她血淋淋的尸体夜夜从坟墓中出来去找她的丈夫。有些是宗教神秘主义的作品，如被夏多布里昂重视的《修道士》（1797），除了写主人公修道士的"艳情"外，就是写他如何"祈求撒旦，唤醒死人，遍游世界，和游浪的犹太人一样被魔鬼赶来赶去"。有些小说虽然没有神怪，而且自称"写生"，但离奇怪诞，极度夸张，如《哀耐丝妲》（1797），写一个残忍的丈夫，专事虐待自己的妻子，把自己的小女孩也"一脚踢向城墙"，最后被坏女人刺死。临终时他宣布他的妻子是一个女圣者。除了这类神怪通俗小说以外，几乎与此同时，浪漫情调十足的心理小说和言情小说也时髦起来。英国浪漫主义作家葛德文"奇特而有力"的小说《凯莱布·威廉斯》引起了当时法国通俗心理小说的繁衍。德国这一时期的文学的影响则更大，法国通俗言情小说的盛行就是从《少年维特之烦恼》开始的，人们还把德国那些情调感伤、眼泪汪汪的通俗小说大量翻译介绍过来，进行仿制。这些流行的言情小说不外是才子佳人的俗套，再加上怅惘欲绝的感情纠葛和伤感怨苦的情调。当时受到狂热欢迎的《巴尔密拉》（1801）就是这样的典型之作。所有这些通俗小说虽然朝生暮死，但它们大量而广泛地流行，反映了当时人们喜爱奇特浓烈的文学描写的普遍社会心理，浪漫主义文学正是在这种社会心理的温床上发展起来的。

在 19 世纪初年的这种背景上，出现了贵族浪漫主义与资产阶级浪漫主义各自最早的代表夏多布里昂与斯达尔夫人、龚斯当。他们在相同的浪漫主义的"曲调"中，填进了各自不同的"歌词"——不同的阶级内容，不仅各自在理论上提出符合本阶级要求的美学主张，而且用使当时代人受到强烈感染的艺术形式，诗化了本阶级的愿望、心境、思想情感、精神状态，成了本阶级浪漫主义文学的先驱。

夏多布里昂对贵族浪漫主义的意义首先在于，他适应了贵族阶级对启蒙思想反动的需要，重新树立了基督教的权威，特别是树立了它对文学艺术的指导，在这基础上，建立了一整套消极浪漫主义的美学思想。他与同时进行这一理论活动的德·迈斯特·波纳尔有所不同，不仅用理论的文字来论证，而且通过形象的言词来讴歌。他用北美洲原野的落日景象与宁静的夜景来表现上帝的存在，用哥特式的教堂和宗教的文艺形式来说明基督教的诗意，力图唤起对基督教的美感。他美化了中世纪，唤起了对中世纪的反动理想，使 19 世纪贵族浪漫主义文学在内容上具有了基督教的"精华"。夏多布里昂对贵族浪漫主义文学另一个最大的意义在于，他的著名的小说《勒内》和

《阿达拉》中，塑造出了穿着传奇式外衣的人物典型，集中表现了贵族人物经过大革命丧失了自己的一切之后，在现实生活里找不到自己地位时悲观绝望的精神状态、阴暗的心理和郁郁寡欢的情怀。他著名的主人公勒内是法国浪漫主义画廊中第一个使当代人着迷的艺术形象，一个破落贵族的典型，在当时具有普遍的社会意义，"勒内之流在上一个世纪之末多到遍地皆是"。这个人物身上贫乏而反动的阶级内容，如牢骚满腹、游手好闲、耽于遐想以及摆脱不了的孤独感和忧郁感、炽烈的欲望和对死亡的向往等等，都被作者披上了华丽的情感的词藻，用诗情画意来加以表现。这样，作者就同时为没落的本阶级提供了一部富有诗意的自传和一种用华美的形式表现腐朽阶级内容的文学方法。夏多布里昂对贵族浪漫主义文学的第三个意义在于，他发展了本阶级对自然美的描绘。对自然美的描绘始于卢梭，继者有贝那丹·德·圣皮埃尔，夏多布里昂并不是开创者，但他另具特色的是，他把贵族阶级那种没落颓废的感情深深渗透在对大自然的描绘之中，在19世纪浪漫主义文学中，最先表现了对废墟之美、萧条之美的爱好。

　　总之，夏多布里昂为贵族阶级的内容找到了最美丽、最有迷惑力的艺术表现形式，从而给贵族浪漫主义文学提供了具有典范意义的形象、情调、方法和形式。19世纪初一切在君主政体和天主教原则下进行写作的人，莫不以他作为一面旗帜。甚至早期的雨果也把他当作榜样。而且，由于夏多布里昂是用浓浓的诗意和华美的外衣裹着他的主人公，着力于描绘主人公那种无可救药的忧郁的情状，而竭力把这种忧郁的阶级内容和根由深深藏在浪漫主义的情调后面，这就使得同时代其他阶级对现实也有所不满的读者有可能只听曲调而不注意词句，因此对勒内式的感情产生强烈的共鸣。勒内成了一个被普遍接受的人物形象，他具有广泛的魅力，甚至在资产阶级浪漫主义文学中也引起了一系列勒内式人物的产生，勒内式的孤独和忧郁，成了一切在现实生活中找不到地位而与社会不协调的个性的同义语，它被笼统地称为

“世纪病”。由此，形成了法国文学史上的一个假象：似乎存在着一种统一的浪漫主义文学，而夏多布里昂则是这种文学的先驱。

在贵族浪漫主义文学中，拉马丁和维尼也占有相当重要的地位。像夏多布里昂一样，他们都出身于贵族阶级，而且本人的经历与这个阶级在 19 世纪前 30 年最后的挣扎也紧密地结合在一起。他们的文学活动开始于复辟时期，并在反动的年代里达到了最高“成就”，拉马丁成了“波旁王朝的桂冠诗人”，维尼也被巴黎日耳曼区的贵族社会称赞为“拜伦最有才华的后继者”。但到 1830 年以后，他们的文学声望就迅速下降，为时不久，或者在创作中无所作为，或者销声匿迹。作为文学现象，他们基本上是与复辟时期同命运、共存亡的。他们在诗歌的艺术形式中表现了复辟时期贵族阶级的精神状态、愿望、意志和思想观点。如果说，拉马丁通过他那些忧愁的沉思、感伤的回忆、死亡的咏叹以及要及时行乐的感慨，给这个没落阶级的愁怀郁闷、不堪回首、悲观绝望提供了真实的诗的写照，那么，维尼则用他诗中那些处于极度痛苦中的孤傲坚忍的形象，企图唤起这个没落阶级的意志，坚定它在危难困境之中的决心，正表现了贵族阶级倒退的历史观和阴暗的心理。但是，一到资本主义秩序的巩固已经再不容怀疑的时候，他们却又迅速变换了色彩，拉马丁成为资产阶级政治的代表人物，鼓吹调和与泛爱，维尼也在《查铁敦》中以贫贱者的代言人的身份来揭露资本主义现实的不合理。这种奇特的似乎已经不再关心自身利益的阶级意识形态的现象，标志着贵族阶级文学在 19 世纪喜剧性的告终，从此以后，再也没有出现过如此鲜明突出的代表人物，而这两个最后的富有才能的代表人物，虽然成功地换上了像样的新装，毕竟未能掩盖“他们臀部带有旧的封建纹章”。

资产阶级浪漫主义的先驱是斯达尔夫人，与她活动在同一时期并具有相同倾向的作家有龚斯当、塞南古和诺地埃。他们都出身于与旧阶级多少有些联系的阶层，有的出身资产阶级上层，有的出身贵族，但在思想上都是 18 世纪启蒙思想的信徒。他们在法国大革命火热的岁月中度过了青年时代，这次激烈、彻底而又复杂的社会变革，难免对他们的家庭和他们本人有所冲击和伤害，他们的生活中都有或长或短的流亡经历，特别是在拿破仑帝国时期，更为当局所不容，由此，他们深切地感受到了个人与新建立起来的资本主义秩序的尖锐矛盾。而他们所受到的 18 世纪哲学家的思想影响，则使他们不是从没落阶级的立场而是从启蒙思想的角度来观察新秩序下不合理的弊端，从而在自己的作品里揭示了革命后资产阶级关系的不协调，抒发了革命后的失望和不满，最先表现了资产阶级个性与社会的矛盾。他们把自己对这种矛盾的感受赋予笔下的人物，于是，在 19 世纪初的文学中就出现了一批与社会矛盾对立着的资产阶级个性的形象：斯达尔夫人的苔尔芬、柯丽娜，龚斯当的阿道尔夫，塞南古的奥伯尔曼，诺地埃的夏尔。

这些人物基本上都是资产阶级主张个性自由解放原则的产物，他们接受了"人生来自由"的思想，追求个性解放、精神独立和自由发展。然而，已经建立起来的资产阶级秩序，并没有为他们所要求的自由提供广阔的天地，而是"设定了各方面的限制"，特别是社会习俗、风习、偏见，与他们格格不入，社会生活中那些与过去时代相联系的某些带有封建残余的规范，更成为他们的束缚与障碍。我们可以看到，就是由于这个原因，苔尔芬、柯丽娜的个人幸福遭到了破坏，阿道尔夫也陷于不可解脱的矛盾之中。因此，这些人物自然是以社会习俗、偏见规范的反对者的姿态出现的。与社会的对立和破裂，是他们共同的特点。这种基本的状态，一方面使他们向社会发出了指责，因而具有某种反抗性，一方面又使他们自认为特别不幸，把生命看作一种苦难，轻则陷入不可自拔的郁悒，重则轻生自戕，因而身上又具有某种颓废的因素。这样，从 19 世纪初的文学一开始，资产阶级个性就显示出了它的二重性——积极的反抗性与消极的悲观主义。而对于这些形象的塑造者，即一批最先在资本主义秩序下出现的资产阶级作家来说，一方面他们通过这类形象与社会的矛盾，对当时的资本主义现实做了某种程度的揭露和批判，显示出了他们的进步意义；另一方面，他们又不得不让这些形象带有浓厚的悲观主义的色彩，流露了自己的失望和迷惘，表露了他们看不出前途的局限性。

资产阶级个性与社会矛盾的题材，并非 19 世纪初资产阶级浪漫主义文学所特有，后来在资产阶级现实主义文学中也有表现。然而，它在资产阶级浪漫主义文学这里，无疑具有着不同于后来的特点。斯达尔夫人、龚斯当、塞南古等处理这种题材的方式，显然深受《少年维特之烦恼》的影响，不论从情调和体裁来说都是如此。他们都是让自己的主人公通过自叙或通信的形式，来抒写自己的思想情绪、印象观感，于是，感情的倾泻和渲染就成了作品的主要内容，自怜自爱和言过其实当然也就不可避免，并构成整个作品感伤的基调。在这里，人物都是一团团感情，而不是体现了真实社会关系的栩栩如生的血肉之躯，同样，作品里充满了倾诉、呼号和呻吟，而不是对现实社会生活广阔而生动的描绘。这些正标明了它们的浪漫主义的风格。

这些作品几乎是以最大的密度出现在 19 世纪之初，从 1802 年到 1807 年 5 年之间，《苔尔芬》《萨尔兹堡的画家》《奥伯尔曼》《阿道尔夫》《柯丽娜》，几乎每年一部，相继问世或脱稿。一股如此集中、如此强劲的潮流本来可以造成一次文学高潮，把浪漫主义文学运动提前 20 年，然而，它却生不逢时，它出现的时候正是拿破仑走上权力的顶峰、在法国建立铁的统治的年代。出于军事专制的需要，拿破仑加强了对整个意识形态领域的控制，凡不符合他的政策的，都受到了禁止和干预，1805 年出版物管理局的成立就是一个标志。于是，"法国的哲学沉默了；拿破仑时代的史学则挂着官方的拐杖一瘸一拐地跛行"。这种没有自由空气的统治，于当时出现的情感奔放的文学，当然更为敌对。在最初几年之中，斯达尔夫人、龚斯当被驱逐，诺地埃遭监禁，塞南古过着韬晦的生活，他们的作品几乎都写于放逐或隐居之中，而这些作品，或者进一步给作者带来了麻烦，或者一时得不到出版的机会，或者遭到焚禁。因此，这一充满了活力与激情的文学，竟然没有在法国掀起热潮，恰巧相反，拿破仑治下的巴黎，正如史家所描述的那样，只有古典的颂歌在流行，"诗人们唱着勉强而空洞无物的调子"。

资产阶级浪漫主义文学的风起云涌，倒是发生在"法国革命的最后阶段"已经完全结束、波旁王朝又恢复了统治权的反动年代。这在社会历史和文学发展两方面都有其必然性。在政治方面，波旁王朝的复辟和倒行逆施的政策，在新的历史条件下又使两个阶级的斗争激化起来，资产阶级自由主义思潮在意识形态领域里对旧阶级及其统治的冲击，就是这一斗争的一部分。对资产阶级来说，在旧阶级的政治统治下取得思想言论、出版创作的自由，并对这个阶级的统治进行批判、加以否定，是一项首先必须完成的事情。资产阶级浪漫主义文学就是在这种社会的、阶级的要求下而获得新的活力的。这种文学完全是资产阶级自由主义思潮的一个组成部分，即使是在当时，投身于这一文学运动的人，也已经明确地认识到"浪漫主义……不过是文学上的自由主义而已"，其目的"只求带给国家一种自由，即艺术的自由或思想的自由"。

正是在强大的资产阶级自由主义思潮的冲击下，复辟时期反倒比拿破仑帝国时期多几分自由主义的气息，并且成了法国 19 世纪历史中议会民主的"黄金时代"，这就给资产阶级浪漫主义文学的繁荣提供了土壤。从文学形式来说，17 世纪古典主义的趣味、标准和方法，在 18 世纪启蒙时代并没有得到彻底的清算，甚至在某些方面还得到伏尔泰这类作家的遵循；在大革命时期，借用"久受崇敬的服装"的需要，又使得古典的、庄严的文学风格反倒进一步得到尊重；同样，在帝国时期，那种抑制个人情感、歌功颂德的古典主义文学，又受到了拿破仑的重视，这个资产阶级皇帝曾经这样讲到高乃依："如果他活着，我要封他爵位。"

到了复辟时期，这种陈旧的文学标准又受到官方的支持，用来表现和美化复辟了统治权的旧阶级，正如斯达尔夫人所说的："戏剧中的因袭性是与政治等级中的贵族阶级密不可分的。"在这种支持下，向死人顶礼膜拜、因袭守旧成风，形成了文学上的伪古典主义。因此，虽然法国的历史已经向前飞跃了一个历史时期，但戏剧和诗歌仍束缚于旧的形式之下，这就形成了"19世纪的法兰西"与"古老的诗歌形式"的矛盾。随着对复辟王朝斗争的发展，法国的浪漫派在19世纪20年代终于提出这样的问题："既然我们从古老的社会形式中解放出来了，那么我们为什么不从古老的诗歌形式中解放出来？"把矛头指向了伪古典主义。而由于伪古典主义是一种拥有深厚传统势力的半官方文学，新文学要克服巨大的阻力，自然就形成了一种运动，并且不可避免地采取了激烈的革命的形式。

这次运动的中坚人物和积极成员，不再是19世纪初出现的那些作家，而换了一批充满活力的文艺青年，他们之中只有诺地埃是一个承上启下的人物。他们绝大多数不是来自上层或与旧阶级联系在一起的阶层，基本上都出身于中产阶级家庭，在两个阶级的斗争中，更多的是置身于资产阶级的营垒，而从他们的思想观点来说，则几乎毫无例外都是18世纪启蒙思想家的精神之子，这就决定了他们共同的反封建、反复辟的政治思想倾向。值得注意的是，在运动的行列里不仅有公认的浪漫主义文学的代表雨果、缪塞、戈蒂耶、大仲马等，而且还有后来成了现实主义作家的巴尔扎克、司汤达、梅里美。因此，这个运动既是一次统一战线的联合行动，表现了共同的反封建复辟的政治倾向，又是一座探求如何摆脱旧的文学形式、创造"使当今人愉快"的文学的大学校。19世纪上半叶文学中几乎所有的杰出人物都是从这个学校出来的，甚至其他艺术部类中的佼佼者，如著名的画家德·拉克鲁瓦也是如此。

在时间上，资产阶级浪漫主义运动的发展是与资产阶级自由主义思潮的日趋高涨紧密联系在一起的。它兴起于 19 世纪 20 年代中期，到七月革命前夕发展到最高潮。在 20 年代初，后来的浪漫主义者还没有文学革新的自觉意识，虽然在 1823 年司汤达最先在《拉辛与莎士比亚》中以浪漫主义的名义提出了要抛弃古典主义、创造 19 世纪自己的文学的主张，但并未得到响应。这一年成立的第一文社也没有提出明确的文学纲领，这个社团以诺地埃为中心，以他家的沙龙为聚会地点，参加的不仅有后来的浪漫派，而且还有维护伪古典主义的文人，而在浪漫派中，又混杂着拉马丁与维尼。1824 年查理十世上台后，情况有了改变，这时国内政治更趋反动，在资产阶级自由主义思潮加强反击的局势下，原来有保王倾向的雨果在政治上开始转向，明确地站到了波旁王朝的对立面。政治态度的变化为新的文学主张和新的文学创作提供了思想基础。1827 年，雨果发表了讨伐伪古典主义的檄文——著名的《〈克伦威尔〉序》，于是，浪漫派有了自己的宣言和领袖人物。1828 年，以雨果为首成立了第二文社，参加者有：缪塞、大仲马、诺地埃、圣伯夫、戈蒂耶、纳尔瓦，此外，还有几个热衷于新文艺的青年画家，都是清一色的浪漫派。后来为《欧那尼》而斗争的那支战斗队伍，主要就是由他们组成。短短几年之内，他们聚集在《〈克伦威尔〉序》的旗帜之下，和雨果一道，开展了他们自称的"一个类似文艺复兴的运动"，以一大批使人耳目一新的作品显示了浪漫主义文学的巨大声势。这一股强大的文学新潮流，有力地冲击着传统的文学观念。随着政治形势的发展，两种文学思潮、两个文学派别的斗争也日益尖锐，到 1830 年雨果著名浪漫剧《欧那尼》上演时，斗争就达到了白热化的短兵相接的地步。这一有名的战斗发生在七月革命前夕，正如这次革命以资产阶级革命的胜利告终一样，《欧那尼》演出的成功，标志着资产阶级浪漫主义运动发展到了顶点。这一时间和进程的巧合一致更清楚地表明了浪漫主义文学胜利的性质和意义。从此以后，浪漫主义文学又继续经历了若干年的繁荣，到19世纪40年代初才宣告结束，一般都把1843年雨果的浪漫剧《城堡里的伯爵》上演的失败视为这一界标。

资产阶级浪漫主义文学运动具有明确的纲领，也相应地提出了一整套创作理论和批评标准。反对因袭前人，反对按古人的趣味标准进行创作，主张创造符合19世纪人们思想感情的新文学，是这次运动的中心目标。运动的锋芒横扫那些模仿抄袭、墨守成规、对死人顶礼膜拜的伪古典主义者。正因为运动的主将把"文学自由"与"政治自由"联系了起来，所以能够把运动保持在政治斗争的水平，使它达到了相当彻底的程度。这种彻底性不仅表现在对波旁王朝的敌视上，而且也表现在对古典主义作为一种文学创作方法进行了一次历史上前所未有的总清算，包括反对戏剧创作中的三一律、悲喜剧之间严格的界限、题材问题上的"高雅趣味"、文学语言的种种规范等等。创造19世纪文学的任务被明确地提了出来，这种文学不仅被规定要符合"米拉波为它缔造过自由、拿破仑为它创建过强权"的19世纪的法兰西，而且必须是"个人的"，即作为自由个性的自由表现；拉辛这一个传统的文学创作的偶像被否定了，莎士比亚成为学习的对象；古典主义的严谨、整齐、明晰的美学标准被抛弃了，而代之以对丰富、自然、复杂的追求，因而，丑怪与粗俗在文学中也获得了地位；灵感得到强调，个性受到尊重，情感被提到首位，理想和美被认为是文学创作的灵魂。如果说，在创作论方面，资产阶级浪漫派与古典主义针锋相对，那么，在文学的社会功能问题上，它又与贵族的消极的浪漫主义泾渭分明，它认为诗人应该是"教化者"，诗歌必须负担道德教育的任务，而且应该参加政治斗争。法国资产阶级浪漫派这一系列的观点和主张，既是特定的文学流派的思想材料，也具有一般浪漫主义文艺理论的意义。雨果是法国资产阶级浪漫主义文学运动的理论发言人，他的理论文字全面阐释了法国浪漫派的思想观点，因而在批评史上既是文学运动的历史文献，也是浪漫主义文学理论的样品。

正因为资产阶级浪漫主义文学是在政治斗争和文学斗争的条件下产生的，所以在内容和形式上都显示出了革新的意义。首先，它适应了19世纪20年代资产阶级向贵族阶级夺回统治权的斗争的需要，带有强烈的反封建的色彩。雨果的政治态度转变以后所写的第一个浪漫剧《玛丽蓉·德·洛尔墨》就是反封建的，剧本一上演就遭到了禁止，此后，他的戏剧作品《欧那尼》《吕伊·布拉斯》《国王寻乐》《玛丽·都铎》、小说作品《巴黎圣母院》，都无不充满了反封建的精神。大仲马的剧本《亨利三世和他的宫廷》也属于这类性质。这些作品一般都是通过历史题材或异国题材，表现专制主义时代的黑暗、封建统治阶级的残酷与腐朽，虽然并没有直接触及复辟时期的矛盾和斗争，但都明显地贯穿着资产阶级浪漫派否定旧阶级旧制度的创作意图，是对封建社会、封建阶级的一次清算，客观上配合了资产阶级最后一次从贵族手里夺回统治权的斗争。这是资产阶级浪漫主义文学在当时的战斗作用，也是它最主要的进步历史意义。其次，它受到了当时欧洲各民族争取独立自由的斗争的影响，对这一斗争作了热情的反响，对强权者、压迫者表示了愤怒的抗议，对"爱尔兰被人变成一块墓地，意大利成为一个监禁所，西伯利亚成为波兰人的流放地"表示了不平。这些民族解放斗争之所以引起法国资产阶级浪漫派的同情，是因为它们都是资产阶级民主主义的性质，是法国大革命在整个欧洲大陆所引起的余波，并且是在法国革命的思想原则和口号下进行的。其中特别是19世纪20年代希腊独立战争，更是激起了法国浪漫派的灵感，由此，法国文学中得以出现对这一解放斗争的热情歌颂，雨果《东方集》中的希腊组诗就是这种杰出的诗篇。英国浪漫主义诗人拜伦死于希腊解放斗争中，当然也引起了法国浪漫派的伤悼，并且在法国文学中留下了纪念的篇章。再次，法国资产阶级浪漫主义文学也接触到了 19 世纪上半叶资本主义社会的现实问题，并且表示了不满和抗议。这批在 19 世纪 20 年代开始活动的作家，是资产阶级秩序奠定后的第二代作家，他们思想中的理想原则仍然是资产阶级的自由、平等、博爱，这构成了他们一切热情的思想源泉、一切爱憎的根本出发点。以这些原则为标准，他们在作品中对资本主义现实表示了不满。在这方面，他们的成就远远不能和批判现实主义作家相比，但面对着资产阶级政府的强暴、资产阶级法律的不公平、司法制度的腐朽，浪漫派作家也发出了愤慨的抗议，并难能可贵地把同情寄予受迫害、受摧残的普通人，雨果的《克洛德·格》和《死囚末日记》就是这样的作品。最后，资产阶级浪漫主义文学普遍充满了个性解放的精神和自我的自由表现。在一个特定的时期中，有这样多的诗人在这样多的诗里对自己的感情做了如此充分的倾诉、渲染和描绘，在法国文学史上还是第一次。这是一个感情大发扬、大解放的时期，一切感情都可以入诗，并且得到美化，这就在法国文学中添增了不少很有真情实感的篇章，不仅有对真挚爱情的歌唱、关于人生意义的咏叹，而且也有诗人面对着不正义的事物用"青铜之弦"发出强亢的声音。

总起来说，这一时期的法国浪漫主义文学中，历史的、民族的、社会的题材比起个人的题材更为令人瞩目，政治色彩比个人色彩更浓。和 19 世纪初的浪漫主义文学比较起来，它更充满了一种对过时事物的义愤的基调，更表现出一种战斗的姿态。它与 19 世纪二三十年代资产阶级的进步性是密不可分的，它所表现的反封建的主题思想，实际上是资产阶级民主革命基本完成之后在文学上的总结。这已超出了狭隘文学流派的意义，有的现实主义作家如司汤达、梅里美，也都在浪漫主义文学运动的旗帜下，写出了具有强烈的反封建精神的作品，如《红与黑》与《雅克团》。

在艺术创作上，资产阶级浪漫主义文学运动在戏剧、诗歌、小说三个方面都取得了相当大的成绩。戏剧领域是浪漫派与伪古典主义者斗争的主战场，浪漫派在这里获得了彻底的胜利，他们埋葬了三一律，举起了莎士比亚的旗帜，又引进奇情剧、感伤剧的因素，还贯彻了美丑对照的原则，加上异国情调和地方色彩，从而使法国舞台五光十色，非常热闹。虽然浪漫剧由于风格的夸张而在艺术上缺乏持久的生命力，但它毕竟从 19 世纪 30 年代初起，统治了法国剧坛达 10 多年之久，而且也出现了具有莎士比亚风格的作品。

在诗歌方面，19 世纪的浪漫派显然开辟了法国诗歌的黄金时期，留下了比任何一个时代数量更多的著名诗集，如雨果的《东方集》《秋叶集》，缪塞的《四夜诗》，戈蒂耶的《珐琅与雕玉》等，他们在抒情、写景、叙事上都显示了出色的才能和圆熟的技巧，并且在充分自由地抒发自己的个性与情感的时候，突破了古典主义的诗法，以丰富的诗韵、奇丽的想象、多彩的色调使这些诗歌格外生色。在小说方面，资产阶级浪漫派也写下了法国小说史中新的一章。他们完全脱离了 18 世纪小说的传统，把哲理性和思辨性加以排除，而追求奇特的故事和非凡的人物。他们的技巧显然有一个发展过程，初期的浪漫主义小说流于怪诞，往往求助于刺激性和廉价的感伤，后来在艺术上则日趋成熟，形成了以不平凡的事件、理想化的人物、奇妙的构思、浓烈的色彩来表现浪漫主义激情的艺术风格，从《冰岛凶汉》到《巴黎圣母院》，就典型地表明了这一过程。这种成熟的艺术风格对现实主义作家也不无影响，他们往往在对现实作真实的描写时，又力图表现出某些不平凡的事物，巴尔扎克、司汤达、梅里美都是如此。而另一方面，对浪漫主义小说家来说，愈到后来也愈加吸收了现实主义小说的某些因素，在表现理想化的事件和人物时，也注意对现实生活场景作真实的描写。他们在这样做的时候，实际上是把浪漫主义与现实主义结合了起来，从而使浪漫主义小说发展到一个新的高度，创造出历史上一切浪漫主义文学中也许是最辉煌的杰作，如《悲惨世界》。

　　19世纪资产阶级浪漫派是一个集合体，其中存在着不同的类型，并由此形成浪漫主义文学中的不同倾向。这一文学主流的伟大代表是雨果。他在浪漫主义文学运动中起了领袖和主将的作用，是他团结了浪漫派进行文学斗争，是他全面提出了文学运动的纲领，也是他，在戏剧、诗歌、小说各方面都创造出一系列出色的作品，奠定了浪漫主义的胜利，显示了这种文学的实绩。他的文学活动经久不衰，一直到19世纪七八十年代，还继续产生巨大的影响。他政治上是资产阶级民主主义者，世界观上是资产阶级人道主义者，在他身上有着斗士和作家的特点，他向强权做过不屈不挠的斗争，他对资本主义社会的不平发出过愤怒的谴责，对劳动人民的苦难寄予过深切的同情，他以磅礴的气势、雄浑的笔力、巨大的艺术力量，表现了这些进步的内容，在世界文学中占有显著的位置。

　　与雨果有点相似，也充满了浪漫主义理想和热情的作家是乔治·桑。她出现在法国文坛上比雨果迟，在浪漫主义文学运动高潮之后才开始文学生涯，从19世纪30年代到50年代非常活跃。她完全是一个自觉的浪漫主义者，她从民主主义的热情出发，接受了空想社会主义的影响，充满了对未来社会的理想，并以表现这种热情和理想为己任。她不仅继承了斯达尔夫人的题材，把资产阶级妇女个性解放的主题加以诗化，而且还作为卢梭的信徒，用纯朴的田园生活来对照资产阶级的庸俗，给法国文学增添了描写农村景象的清新的篇章。

　　大仲马是浪漫派的另一种类型。他是浪漫主义运动中的"元老"和积极分子，经历过第一文社、第二文社和《欧那尼》之争等所有重要的事件，早在《欧那尼》之前，就为新文学写出了《亨利三世和他的宫廷》，然而，在资产阶级浪漫派中，他也许是格调最不高的一个。他主要活动在19世纪40年代，从事商业化小说的创作。他的小说仅以编织得巧妙、引人入胜的故事取胜，既无浪漫主义的理想，又无浪漫主义的激情，不过是浪漫风格的通俗小说而已。与他同一类型的还有欧仁·苏，他的小说与大仲马的十分相似，只是在复杂曲折的情节之中，添加了一些"爱"的说教。当然，从他们的小说里也都多少可以看到历史时代或社会现实的某些面影，而且，他们兴味盎然的故事毕竟显示了他们出色的技巧。

还有一种特别值得注意的类型，那就是缪塞和戈蒂耶。缪塞无疑是浪漫派中最富有才情的一个。他纤细、敏感，在文坛活动的时间并不长，其作品基本上都是创作于 19 世纪三四十年代，但他才华焕发，在抒情诗、戏剧和小说方面都有出色的成绩。特别是他在著名的小说《一个世纪儿的忏悔》中，从青年一代与社会现实的矛盾，表现了他们在生活中得不到自由发展而产生的忧郁、苦闷、愤嫉和颓唐，为在 19 世纪上半叶具有普遍社会意义的资产阶级青年"世纪病"提供了生动而深刻的写照，而他本人也正是一个典型的"世纪病"的患者。他对社会不满，也有所指责和讽嘲，然而，他又以游戏人间的态度去对待，他缺乏理想、信仰、热情，有几分颓废，散发出资产阶级浪子的气息，在浪漫派之中一直有"顽皮的孩子"之称。戈蒂耶也是一个富有艺术才能的诗人，而且，他作为浪漫主义文学运动的勇士，其功劳是不可磨灭的，他的《浪漫主义史》一直是这次运动的可贵的历史文献。但他在缺乏道义感和严肃性、并带有颓废倾向这一方面，又与缪塞有些相像，因此，他在浪漫主义运动高潮过后不久，就成为唯美主义的鼓吹者。在思想倾向上与缪塞、戈蒂耶一脉相承的，是波德莱尔，他比他们更进了一步，已经完全作为雨果、乔治·桑的理想主义的对立面出现，并把颓废的倾向发展到惊世骇俗的地步，由此，他开了 19 世纪下半叶颓废派文学的先河。由缪塞到戈蒂耶到波德莱尔，反映了与社会现实矛盾着的资产阶级诗人的演变和发展的一种规律，是 19 世纪中重要的文学现象之一。

雨果其人，雨果奇观

一

1885 年 5 月 17 日，83 岁高龄的雨果患重病的消息在巴黎传开了，从这天起，每天的报纸都有他的病情通报。寓所前，总聚集着一批又一批关切探询的人群，不断有社会名流在门前下车献上自己的名片。

5 月 22 日，雨果逝世，上议院与众议院获悉，立即休会，宣布举行全国性的哀悼。两院一致通过政府的提案，决定为雨果举行隆重的国葬。

5 月 30 日，雨果的遗体停放在凯旋门下，四周呈星形放射的大道上，路灯与火炬日夜照射，不尽的人流从凯旋门下通过，瞻仰雨果的遗容。

6 月 1 日，葬礼举行，鸣礼炮 21 响，仪仗队由 12 名法国青年诗人组成，200 万人群跟随在灵车的后面。

这是法国以至欧洲最大规模的一次葬礼，是精神文化领域里最崇高的一次哀荣，正如著名作家、历史学家、雨果学权威安德烈·莫洛亚所指出的："一个国家把过去只保留给帝王与统帅的荣誉，给予一位诗人，这在人类历史上还是第一次。"

雨果出生于拿破仑时代开始后的第三年。其父布鲁特斯·雨果出身平民，大革命时期参加革命军；拿破仑时期，转战南欧，获将军衔。雨果幼年时曾随军到过意大利、西班牙。雨果 12 岁时，拿破仑失败，波旁王朝复辟。由于其父又宣誓效忠新统治者，而其母本来就出身于"路易十六的忠臣之家"，是一个"激烈的旺岱分子"，少年雨果有过一个为时约 10 来年的保王主义时期。

雨果从少年时代就开始写作，很早成名。1819 年，与两个哥哥创办《文学保守者》周刊；1822 年出版第一本诗集，后又将它增补为《歌吟集》；接着又相继发表了小说作品《冰岛凶汉》（1823）与《布格－雅加尔》（1826）。

查理十世上台后变本加厉的反动使革命逐渐酝酿成熟，在自由主义思潮日趋高涨的背景下，雨果的政治态度开始有了转变。1826 年，因缺乏明确纲领，成立于 1823 年的浪漫派第一文社解散，雨果与维尼、缪塞、大仲马、诺地埃另组第二文社，开始明确反对伪古典主义。1827 年，他在《铜柱颂》一诗中缅怀了拿破仑时代对欧洲封建君主国家的武功。同年，他又发表了著名的战斗性的宣言《〈克伦威尔〉序》，成为浪漫主义文学运动的领袖。从这一年起一直到 1840 年，他以丰富的戏剧、诗歌以及小说创作显示出新文学的实绩。1829 年，浪漫主义戏剧《玛丽蓉·德·洛尔墨》由于批判了专制王权，遭到禁演。同年，他同情和歌颂希腊解放斗争的诗集《东方集》问世，并出版了批判统治阶级以法律压迫劳动者的小说《死囚末日记》。1830 年，他写作了具有鲜明的反封建倾向和新颖的浪漫主义艺术手法的《欧那尼》，这个剧本在七月革命前夕初次演出时，浪漫主义与伪古典主义两派的拥护者，在剧场进行了激烈的斗争。演出最后得到极大的成功，标志着浪漫主义戏剧对伪古典主义戏剧的胜利，成为法国文学史上的重要事件。

1830 年七月革命爆发后，雨果以欢迎的态度写作了热烈的颂诗《致年轻的法兰西》。1831 年他完成了著名的长篇小说《巴黎圣母院》，上演了剧本《玛丽蓉·德·洛尔墨》，发表了抒情诗《秋叶集》。1832 年以后，他相继发表的作品有剧本《国王寻乐》、《留克莱斯·波日雅》（1832）、《玛丽·都铎》（1833）、《安日洛》（1835）、《吕伊·布拉斯》（1838）；诗集《暮歌集》（1835）、《心声集》（1837）、《光与影集》（1840）；小说《克洛德·格》（1834）以及杂文《文学与哲学杂论》。七月革命以后这一时期雨果的戏剧与小说作品，充满着强烈的反封建反教会的精神，对这时的社会制度和阶级力量的激愤控诉是这些作品的基调。

金融家王朝的建立与巩固，使雨果逐渐在政治上采取了和现实妥协的态度。1841 年，他被选为法兰西学士院院士。1845 年后，雨果在文学创作方面比较沉寂，在政治舞台上却很活跃。1848 年以前，他一直在君主立宪制与共和政体之间摇摆，巴黎的无产阶级在二月革命中提出推翻七月王朝、建立共和国的口号后，他才坚决站在共和的立场上。这时他被选为制宪会议的成员，对巴黎无产阶级的六月起义抱同情的态度。1848 年底的总统选举中，他投票支持路易·拿破仑·波拿巴，不久又成为这个野心家的反对派。他是 1849 年至 1851 年间国民议会中社会民主左派的领袖。1851 年路易·波拿巴发动反革命政变，宣布帝制，大肆进行镇压，雨果和他的政派发表宣言试图反抗，但遭到失败，政变后的 12 月 11 日，他被迫流亡国外。

19 年流亡期间，雨果先后居住在比利时的布鲁塞尔和大西洋中英属泽西岛和盖纳西岛，始终对拿破仑三世的独裁政权进行了坚决的斗争。1852 年，他出版了对拿破仑三世作辛辣嘲骂的政论小册子《小拿破仑》，并写了揭露政变过程的《一桩罪行的始末》（后于 1877 年发表）。1853 年，他"充满革命气势"的政治讽刺诗集《惩罚集》出版。1859 年，他拒绝拿破仑三世的"大赦"。在流亡时期，他的其他文学创作有诗集《静观集》（1856）、《历代传说》（1859）、《街道与园林之歌》（1865），长篇小说《悲惨世界》（1862）、《海上劳工》（1866）、《笑面人》（1869）以及文艺批评专著《莎士比亚论》（1864）。

1870年，拿破仑三世垮台，雨果结束了长期的流亡生活，凯旋式地回到巴黎，受到巴黎人民的热烈欢迎。普法战争爆发后，他持反战的态度，但普鲁士军队侵入法国围困巴黎时，他以激昂的爱国主义热情投入了斗争。他发表演说鼓舞人民的斗志，他报名参加国民自卫军，他捐款铸造抗战的大炮，其中的一尊就以"雨果"命名。1871年2月，他被选为国民议会议员。巴黎公社时期，他在布鲁塞尔，他既同情公社又对公社不理解，但公社失败后反革命刽子手大肆进行屠杀时，他挺身而出，保护被迫害的公社社员，宣布开放他在布鲁塞尔的住宅作为他们的避难所，并积极为被判罪的公社社员辩护，争取对他们的赦免。1872年，他刊行了在1870～1871年法国人民艰难时日中写的诗体日记《凶年集》。1877年以后，他完成了四部诗集：《祖孙乐》（1882），《历代传说》第二、三集（1877、1883），《灵台集》（1882）；两部政论：反对天主教的《教皇》（1878）和批判封建君主权力的《至高的怜悯》（1879）以及一部戏剧《笃尔克玛》（1882）。

二

在人类精神文化领域里，有一些杰出的人物，他们本身就构成了一些传奇，构成了一些重大的文化奇观，或以其劳作工程的巨大宏伟，或以其艺术创造的无比精美，或以其内容的广博，或以其思辨的深邃，或以其气势的磅礴，或以其意境的高超，或以其精神影响的深远，或以其艺术感染的强烈。雨果就在这样一个层次上，他是人类文化史上一个辉煌的传奇，一个令人赞叹、令人眩晕的奇观。

作为精神文化奇观，雨果是一个大写的诗人，一个亚里士多德的诗学意义上的诗人；不仅是诗人，也是戏剧家、小说家、批评家、散文家。而且，最难得的是，他在所有这些领域，都有丰硕厚实的功绩，都达到了登峰造极的顶点，高踞于金字塔的尖端，仅仅某一单方面的成就已经足以构成一块块不朽的丰碑。

在诗歌中，他上升到了辉煌的民族诗人高度。他长达近70年的整个诗歌创作道路，都紧密地结合着法兰西民族19世纪发展的历史进程，水乳交融，浑然一体。他是民族心声的号角，民族叹息的回音，是民族光荣业绩的赞颂者，民族艰辛磨难的申诉人，他的诗律为这个民族的每一个脚步打下了永恒的节拍。他也是文学史上最伟大的抒情诗人，人类一切最正常、最美好的思想与情感，从政治领域里的民主与自由，社会领域里的平等与博爱，精神领域里的信仰与虔诚，到个人生活中的爱情、人际交往中的友情、家庭关系中的亲情等等，在他的诗里，全部得到了酣畅而完美的抒发。雨果还是文学界罕见的气势宏大的史诗诗人，他以无比广阔的胸怀拥抱人类的整体存在，以高远的历史视野瞭望与审视人类全部的历史过程，献出了诗歌史上绝无仅有的人类史诗的鸿篇巨制。他是诗艺之王，其语言的丰富，色彩的灿烂，韵律的多变，格律的严整，至今仍无人出其右。

在小说中，雨果也获得了惊人的成就。他是唯一能把历史题材与现实题材都处理得有声有色、震撼人心的小说家。他小说中丰富的想象、浓烈的色彩、宏大的画面、雄浑的气势显示出了某种空前绝后的独创性与首屈一指的浪漫才华，他无疑是世界上怀着最澎湃的激情、最炽热的理想、最充沛的人道主义精神去写小说的小说家，因而使他的小说具有了灿烂的光辉与巨大的感染力。而在他显示出了这种雄伟绚烂的浪漫风格的同时，他又最注意、也最善于把它与社会历史的必然性与人类现实的课题紧密结合起来，使他的小说永远具有现实的社会的意义。尽管在小说领域里，取得最高地位的伟大小说家往往都不是属于雨果这种类型的，但雨果却靠他雄健无比的才力也达到了小说创作的顶峰，足以与世界上专攻小说创作并取得最高成就的最伟大的小说家媲美。

在戏剧上，雨果是一个缺了他欧洲戏剧史就没法写的重要人物。他结束了一个时代也开创了一个时代，是他完成了浪漫主义戏剧对古典主义戏剧的取代，他亲自策划、组织、统帅了使这一历史性变革得以完成的战斗，他提出了理论纲领，树起了宣战的大旗，他创作了一大批浪漫剧，显示了新戏剧流派的丰厚实绩。他虽然不及莎士比亚那么深刻，但他是善于在舞台上制造轰动效应的大师，他的剧作以奇巧的构思，引人入胜的情节，不平凡的场景，浓烈的色彩，强烈对照的人物，富丽华美的诗歌外衣，征服了观众，几乎独占了法兰西舞台长达十几年之久，这种成功对任何一个杰出的戏剧家来说，都是不容易得到的。

如果仅把雨果放在文学的范围里，即使是在广阔无垠的文学的空间里，如果只把他评判为文学事业的伟大成功者，评判为精通各种文学种类的技艺的超级大师，那还是很不够的，那势必会大大贬低他。雨果走出了文学，进入了社会，虽然文学本身就是社会的一部分，虽然雨果的文学与社会更是紧密结合。雨果不仅是伟大的文学家，而且是伟大的社会斗士，像他这样作家兼斗士的伟大人物，在世界文学史上寥若晨星，屈指可数。他是法国文学中自始至终关注着国家民族事务与历史社会现实并尽力参与其中的唯一的人，他在具体的历史条件下经历过从保王主义、波拿巴主义到自由主义、民族共和主义的过程，实际上是紧随着法兰西民族在 19 世纪的前进步伐。他是 19 世纪四五十年代民主共和左派的领袖人物，在法国政治生活中有过举足轻重的影响，他在长期反拿破仑三世专制独裁的斗争中，更成为一面旗帜、一种精神、一个主义，其个人勇气与人格力量已经永垂史册。这种高度是世界上一些在文学领域中取得了最高成就的作家都难以企及的。作为一个伟大的社会斗士，雨果上升到的最高点，是他成了人民的代言人，成了穷人、弱者、妇女、儿童、悲惨受难者的维护者，是他对人类献出了崇高的赤诚的博爱之心。他这种博爱，正如有的批评家所指出的那样："像天堂纷纷飘落的细细的露珠，是货真价实的基督教的慈悲。"

三

雨果奇观既是一个社会历史的现象，也是一个人的存在现象。

雨果在 19 世纪生活了 80 多年，几乎与这个世纪同存亡。他所生活的时代，对法国来说是一个极其深刻、极其辉煌的时代：惊天动地的资产阶级大革命刚刚过去，新的秩序有待巩固，新的社会形态有待定型，新的价值体系有待创建。在这个时代，法兰西冲出了封建君主国神圣同盟的包围，雄武地屹立于欧洲乃至更广大的地理空间。在全民的实际生活中结束了长达半个世纪的关于政权形式的以血与火为内容的"争论"，逐步奠定了民主共和的新秩序，全面建立了法制社会的机制与规范。在这个时代，法兰西也创造了社会生产领域里的奇迹与象征，使这片国土与社会生活都彻底改变了容貌：铁路遍布全国，钢笔取代了鹅毛笔，巴黎有了协和广场、凯旋门与埃菲尔铁塔。这是一个充满了伟大变革、伟大事业的时代。历史的进程不能自身完成，它要由巨人来搬演，由巨人来呼出它的心声，来赋予它辉煌的色彩，来对它作深刻地解析，来给它当书记作记录，它召唤、孕育、培植、助产自己需要的巨人，从叱咤风云、扬威世界的伟大统帅，高瞻远瞩、影响深远的伟大思想家到创造工技奇迹的伟大工匠，泼洒浓墨重彩的伟大画师。文学领域，本是法兰西的传统圣地，在这个世纪，更是人才辈出，奇观迭现，正是在这种历史条件与时代召唤下，雨果充分昂扬他的主体意识，适应发展潮流，脱颖而出，成为文学领域里的巨人，造成光辉灿烂的雨果奇观。

27 岁的时候，雨果曾在一篇文章中这样写道："既然我们从古老的社会形式中解放出来了，那么我们为什么不从古老的诗歌形式中解放出来？新的人民应该有新的艺术。现代的法兰西，19世纪的法兰西，米拉波为它缔造过自由、拿破仑为它创造过强权的法兰西，在赞赏着路易十四时代的文学和当时专制主义如此合拍的时候，一定会有自己的个人的民族的文学。"这是对历史召唤的深刻领悟，也是对历史机遇与历史条件的自觉认知。

无疑，雨果所得到的历史机遇与历史条件是空前优越的。构成这种优越性的，正是大革命后日趋形成、日趋成熟的自由民主的社会现实。在这种社会现实氛围里，不仅作家有选择题材、选定倾向、选用艺术方法的更大自由，而且，更为重要的是，作家的命运与发展，已不再取决于狭小的宫廷的趣味，有偏见的政府的政治目的与专横的长官的行政命令，而是取决于更广大的社会层面。继大革命中广大民众发挥了举足轻重的作用之后，随着社会的进步，精神文化领域里也逐渐形成"民众"这个群体并日益扩大，它成了这个领域里观赏、阅读、议论、评判、顶礼膜拜的主要族群，一个作家、一部作品投合它的需要与爱好，就足以取得轰动性的成功，1802年夏多布里昂的《阿达拉》就是一个证明。此书一出版，读者欢欣鼓舞，"好比庆祝一位公主的诞生"，几个月里竟再版了六次，还出现了两本效颦的小说之作，六种模仿的传奇唱本。夏多布里昂这一"洛阳纸贵"的成功，曾使得青少年时期的雨果不胜羡慕、神往，并由此立下了"成为夏多布里昂"的誓言。

如果说夏多布里昂的《阿达拉》仅仅因为提供了传奇的故事、华丽的语言、旖旎的异国风光、浪漫的意境，正投合文化消费族群喜爱浓烈风格的口味而轰动一时的话，那么，雨果日后所提供的东西，要无可比拟地丰富得多，深刻得多。他以一个个惊心动魄的历史故事与历史场面，提供了法兰西民众在铲除封建专制主义最后遗毒的斗争中所需要对封建时代全面的清算；他以高亢雄健的声音歌唱了经历过拿破仑帝国的法国人所缅怀的民族的光荣与自豪；他以慷慨陈词，为在新社会秩序下渴望法律公正与平等的普通人群伸张了正义；他通过感人至深的人物命运，雪中送炭式地给予了悲惨世界里的劳苦人群所渴求的温爱与同情；他以体现了宁死不屈精神的诗集，为法国人民反专制政治的斗争提供了一个真正英雄主义的范例；他以抒情的竖琴弹奏出真挚的心声，从对祖国的爱到对妻子儿女的爱，使法国人丰富的感情在他这里都——找到了最合拍的共鸣渠道、最完善的表述方式、最优美动听的曲调；他以瑰丽的想象、绚烂的色彩、五光十色的场景、磅礴的气势、华美的词章、丰富的诗律与法国有史以来最炉火纯青的语言艺术，给法国人众口难调的美学趣味提供了全面的充分的满足。因为他所提供的这些，正是他的时代、社会、民众所需要的，所期待的，所渴望的，他自然也就得到了他的时代、社会、民众的回报。

正如我们所看到的，《欧那尼》上演的剧场里，狂热观众不断高呼支持的口号；《悲惨世界》的问世，在巴黎立即形成了人人都在如饥似渴阅读此书的热潮，在布鲁塞尔还举行了庆祝集会；《海上劳工》所引起的轰动甚至超过了《悲惨世界》，服饰商人还曾利用它的描写来大做广告；《历代传说》的成功，使对雨果最有敌意的人也表示折服；《静观集》的出版，使雨果获得了丰厚的报酬：一幢著名的别墅"高城公馆"；《惩罚集》在国外发表更成为法国国内一个重大的政治事件，人们冒着巨大的危险把它偷运进来，以传单的形式在国内广为传播……我们几乎可以说，雨果的文学创作史，就是一连串的轰动性的成功史。这是自由民主的19世纪自发的、合情合理的给雨果的回报，它无须取得任何一个君主或政府机构的批准，它是作为一种滋润、一种灌溉、一种扶植、一种支撑提供给一个天才人物的，这个天才的奉献与这个时代社会的回报，互为因果，形成了良性的循环，使这个天才的身影在时代社会的历史舞台上愈来愈高大，以至它几乎笼罩了整个的这一世纪。

四

　　历史上的精神文化奇观，固然是时代社会条件的产物，同时，也是天才人物存在状态的结果。时代的召唤，历史潮流的引发，民族的需要，现实社会与环境氛围的条件孕育了、助产了天才人物，而天才人物的素质、潜能、主体意识、自觉精神的充分发挥与高度昂扬，则直接造成了精神文化的奇观。在这个意义上，雨果如果不是唯一的绝无仅有的一个奇观，也要算是最典型、最完满地说明了这个道理的一大奇观了。

　　在文学艺术的发展史上，人们固然见过不少早慧早逝但都留名史册的卓越才人，固然应该承认天才人物光环的大小往往并不取决于生命的长短，但不可否认，原始生命力的强盛与生存能力的持久，对天才人物来说则为如虎添翼。雨果正是这样。他活了 80 多岁，按保守的计算，以他诗集中最初标明了日期的诗歌为据，他的创作生涯可以从 1816 年算起，他生前最后一诗集出版于 1883 年，而他诗集中最迟的一首诗标明的日期，则是 1884 年 5 月 19 日，可见仅其创作生涯就长达 68 年，这在文学艺术史上是很罕见的。它大大长于巴尔扎克有生之年的 51 岁，狄更斯的 58 岁，福楼拜的 59 岁，左拉的 62 岁，更不用说拜伦的 36 岁，雪莱的 30 岁了。

　　雨果在他的批评专著《莎士比亚论》中，曾经把他所崇拜的莎士比亚比喻为"一匹嚣张的公马"，不论莎士比亚在体能上能否称得起这一个比喻，但这个比喻在雨果的心目里无疑是强壮的象征，而他自己显然是当之无愧的。如果说，在罗丹的雕刻中，壮年的巴尔扎克是粗壮雄健的话，老年的雨果则是遒劲有力。为雨果写传记的不止一个作者告诉我们，雨果步入老年后，还健壮得可以追赶公共马车，可以爬上马车的顶层；上了 80 岁，他仍然声如洪钟；冬天下雪的时候，在巴黎街头行走，也只穿一件礼服，不着大衣，他自豪地说："我的青春就是大衣。"即使在他最后一年的岁月里，附在他身上的农牧神还有找仙女寻欢的需要，而且精力充沛，强烈炽热，难以满足。只要我们透过他头上的光环与周身的异彩，就不难发现他首先是一个生机旺盛、体能雄健、存活力甚为罕见的自然人，他像一棵坚实健壮的大树，根深叶繁，挺立在法兰西的大地上，持久地不向岁月的冲击低头，"不断地繁殖，开花，结蕾，分娩"。

作为创造了文学艺术奇观的超人，雨果最显著的标志，是他的罕见的才能。如果说，持久的存活力与强盛的生命力是这个奇观的生命基础的话，那么，超常的智能与精神创造力则是这个奇观裂变呈现的真正能量。这能量，无疑是文学史上最深厚、最高效、最具爆发力的一种能量。仅看这几个例子就足够了：15岁时，三个星期就完成了中篇小说《布格－雅加尔》，此作后来被评为"在好些地方堪与梅里美的优秀短篇媲美"（安德烈·莫洛亚语）；17岁时办刊物，任主编，一年多时间里写了120篇文学评论与22首诗，这些文章"旁征博引，表现出真才实学"，其中不少篇章至今仍熠熠生光；举世公认的杰作《巴黎圣母院》只用了6个月时间就写完；去世前不久，他仍表现出"惊人的口才"，甚至在临终弥留之际，他也吟出了一句警句式的诗，几乎所有的传记都不能不加引用……漫长的一生，充满了这样多精神能量的爆发，其造成的壮观可想而知。

毫无疑问，造成这种奇观的精神能量，在文学史上只有少数旷世难逢的最杰出的人物才会具有。如果说，文学史上那些名垂千古的人物都有使得自己卓尔不群的天才力量、天才基因的话，那么，应该说，雨果身上的天才力量、天才基因要算是更为全面、更为多元的了。

他具有极为活跃的易感性与极为敏锐的感受力，任何平凡细小的事物，都足以引发出他丰富的体验，他善于从任何进入他感受范围里的事物中，发掘出意蕴与诗意，抽引出思绪与见解，或者赋予它以意趣与象征。他具有极强的好奇心与关注力，不论是对社会事件，还是对现实事物，并且能极为迅速地转化为思想上的热情与行动上的参与，还爆发为巨大的思想闪光，体现出典范的人格力量。他具有极强的获知力，博览群书，通古晓今，他很大的一个本事是触类旁通、举一反三的知识裂变力，因此，他有时竟然像无所不知的饱学之士。

这些高度的禀能，使他像一块容量无限大的海绵，不断地从现实、从社会、从历史、从书本中吸取大量的养分，构成了他那永不枯竭之泉的心，由此，无穷无尽的创意、诗情、思绪、灵感、见解、观点源源不断涌出，有如喷泉一样旺盛有力。

他具有极富创造性的丰富想象力。他的想象如天马行空，豪放不羁，宏伟辉煌，活脱鲜亮，既不流于诡谲怪异，更不陷于神秘虚缈。他善于构思出极不平凡的人间故事，扣人心弦，令人扼腕惊叹；他善于调遣不寻常的偶然性，想象出高度巧合、有如神使天成的戏剧性场面；他还善于借助惊人的悟性与知识，任想象驰骋在时间与空间广大无垠的王国里，启用一切可能的材料、手段与细节并加以组合，虚构出过去时代栩栩如生的历史景观与生活境况，营造出他从未亲身见识过的五光十色的异国风光与特殊情调。

他具有极高明的叙述才能，善于编织不同凡响的故事，起伏跌宕，柳暗花明，在每一个情节上都引人入胜。他的故事虽然都是现实生活中不可能有的，或很少可能有的，但他很有本领在叙述中贯注一种雄辩的力量，使人并没有假伪之感而只觉得非常浪漫；他还很有本领在叙述中贯注自己的激情，非常有意识将叙述导向一个道义精神的目的，使人乐于随同他到达彼岸并深为感动。

他是抒发胸臆、倾诉情怀、宣扬思想的天才。既然思与情并茂，有如泉涌，他也就有了随时任意倾洒的豪气，像挥金如土的富翁。他善于铺陈、渲染思想与情感，其喜怒哀乐、思绪见地皆成诗文。他如何才得以使自我的倾诉、主观的抒发、甚至忘乎所以的议论，叫人乐于倾听、易于认同以至被吸引受感染？他靠的是巨大的思想热情与真挚的感情力量，他这种最自然不过的能力，胜过了任何方法技巧，带来了强烈的感染力与雄辩的说服力。

他是令人惊叹的描绘巨匠，其天才之辉煌，在文学史上很少有人能够媲美。他的才能丰富多样，拥有好多套笔墨，表现出好多种风貌，笔触有时细致，有时奔放；色调有时柔和，有时浓烈；构图有时繁详，有时简约；形象有时真实，有时奇特。不论是任何事物、任何场景、任何人物形象，他描绘起来都无不从容自如，潇洒流畅，笔墨饱酣。他更善于作强烈的明暗对照，构制宏伟的场面，泼洒鲜明的色彩，绘出辉煌的画面，营造出博大雄伟的气势。他这些才能可以说是首屈一指的，我们不能说他像一个画家，而只能说，绘画史上只有像德拉克洛瓦这样辉煌的人物，才具有雨果这样的描绘风格。

雨果在语言能力、语言艺术上的天赋更是无与伦比的。他是法国文学史上公认的语言艺术大师，语言在他手里已经无所不能，他能把语言运用到出神入化的地步。他用语言做材料，同时完成画家、雕刻家、音乐家的职能，创造出了一个又一个令人浮想联翩、洋溢着激情、充满了绚烂色彩与丰富音响的形象世界。他高超的散文语言艺术令人心羡，他超凡的诗歌语言天才更是令人惊叹，他对诗韵与格律有天生的本能，只要一进入吟哦领域，他就如鱼得水，由此，诗韵灿烂生辉，格律丰富多姿。雨果在语言艺术上的全面优势，是很多以语言艺术为业的人都望尘莫及的。

这就是雨果多元的才能与能量，仅其中的一项，就足以造就一个出色的才人学者了，而雨果却得天独厚，竟拥有如此多项。这些多元的天才基因、天才能量，在不同的题材对象面前，在不同的文学形式的要求面前，按不同的比例、不同的方式组合起来进行艺术运作，也就产生了不朽的诗篇、伟大的小说、轰动的剧作，以及有重大影响的散文与评论，使雨果在文学的各个领域里都取得了登峰造极的地位，使法国文学中出现了一个旷世难逢的拥有全面优势、俯视大地的雄才。

五

在人的存在状态中，如果只有超常的自我潜能、超常的自我能量，而缺乏自觉的、积极的存在意识的激发，这种潜能的发挥是会受到很大的局限的，甚至会被窒息，会被虚掷。历史上与现实生活中，都有不少此类情形，象征派诗歌天才兰波就是一个突出的例证。雨果奇观的典型意义在于，他辉煌的存在状态，正是他超常的能量在自觉的积极的存在意识激励、冲撞、支撑下的结果，在这个意义上，雨果奇观不仅是文学的奇观，而且也是人生的奇观。

1816 年 7 月 10 日，雨果 14 岁时，在自己的日记里写下了这样一句誓言："要成为夏多布里昂，否则别无他志。"当时，夏多布里昂的声望正隆，如日中天，他既是曾使千万读者崇拜的文坛泰斗，法兰西学院四十位"不朽者之一"，又是复辟王朝的内政部长，贵族院议员，欧洲政治中风头十足的人物，对于一个 14 岁的少年来说，"要成为夏多布里昂"，此志可谓不小。不论夏多布里昂实际上具有多大的价值，不论这个志向带有多少的政治观念上的局限性，但无疑要算是雨果最早定型的一种自为存在意识，一种强烈的自主精神，它显然成为雨果青少年时期存在状态中的一股激发力。今天，我们不必过于夸大这一股激发力所起的神奇作用，它至少使得少年雨果进取的起点与行程来得比别人早：17 岁时，当上刊物的主编；25 岁时，成为振臂一呼、应者云集、反对伪古典主义文学的旗手。

研究文学史的人都曾注意到，在 19 世纪文学中，像雨果这样早有奋斗目标的人为数甚少。与他同时代的大诗人，不论是比他稍长的拉马丁与维尼，还是稍微年轻的缪塞与戈蒂耶，都可以说是"少无大志"，而且，从来也没有表现出有雨果那样强烈、执着的进取精神，只有巴尔扎克在将近 30 岁的时候，有过这样的豪言壮语："我要用笔完成拿破仑用剑未完成的事业。"不止一个文学史家与传记作者，都把雨果的誓言，视为"野心"与"虚荣心"的表现，而且，雨果崇拜的偶像夏多布里昂本人就是"虚荣的化身"。不过，人们不要忘记，很多伟大的壮举与功业，其最初的动机往往并不是伟大高尚的，甚至还可以说，有时还不免是卑俗平庸的。雨果的伟大之处，就在于他并没有仅取法于夏多布里昂，而是不断提高对自我的要求与激励。

事实上，雨果从19世纪20年代后期摆脱保王主义的政治倾向之后，他就有了新的理想与奋斗目标。在1831年的《玛丽蓉·德·洛尔墨》的序言中，他已经开始有新的标杆，要成为文学领域中的查理大帝、拿破仑式的人物、莎士比亚式的诗人了。他以新时代文学缔造者自命，赋予自己"神圣的使命"，愈来愈明确地把自己定位在民主主义、爱国主义、人道主义的高度上，把自己定格为"芸芸众生的保护者"、"劳苦大众的辩护人"、"社会问题的作家"、"法兰西民族的良心"，并且朝着这种理想与奋斗目标，以勤奋的创作劳动，一砖一瓦地为自己建筑起了树立这些丰碑的圣殿。他毕生的这种攀登不止、奋进不已的精神是如此高昂，即使是在他流亡国外、幽居于盖纳西岛、年已60多岁的时候，他仍在自己"高城公馆"的套间门上，刻上了"继续"与"攀登"两行大字以自勉。雨果的漫长生活道路，所体现出来的不仅是一种力求有所作为的自为存在意识，而且是一种力争高标高质的存在意识，如此自觉、如此强烈、如此执着的存在意识，在与他比肩而立的那些为数不多的世界文化巨人的身上也是不多见的，它是文学上雨果奇观的内动力。凯旋门前那隆重的国葬，即是它所得到的回应。

如果说，一个作家深厚的存在能量要得到充分的发挥，存在意识的激发是至关重要的话，那么他的存在人格体系的支撑与保证，也不可忽视。曾经有不止一个传记作家、批评家对雨果的人格进行过吹毛求疵、偏激过分的责难与非议，如责备他爱财，讽刺他善于理财，等等，拉法格对雨果的"彻底批判"，就是最为典型的。然而，对于一个在商品经济社会里，背负着一个9口之家，仅靠自己的笔来维持生计的个体脑力劳动者来说，赚钱与理财恰巧是最自然不过、最正常不过的了。重要的是任何批评家都应该把作家当作作家来加以评判，而不应把作家当作天使来要求。如果从这个角度来看待雨果，他的人格体系中有一些成分是值得特别注意的，比如像勤奋、有毅力、谦虚、好学、乐于借鉴等等，所有这些在一定程度上都有助于雨果创造出文学史上的奇迹。

在大多数有成就的作家身上，雨果人格体系中某些成分也并不少见，然而，雨果有一个方面却是相当多有才能、有名望、有地位的文人学士所绝对欠缺的，那便是雨果在精神文化领域里，对待同行同道的雅量与气度，善意与诚挚。我们知道，他对莎士比亚、拜伦、司各特这些异国的先行者几乎是怀着顶礼膜拜的态度，尽管他自己的成就在某些方面有所超越；他对巴尔扎克与乔治·桑做过热情洋溢的高度评价，虽然，巴尔扎克与乔治·桑都曾对雨果的戏剧与诗歌做过尖刻的、酸溜溜的批评，而且，戏剧与诗歌正好分别是他们二人的弱项甚至空白；雨果对圣－佩韦态度更是难能可贵，圣－佩韦是雨果夫妇关系公开的损害者与侮辱者，而且还出于卑劣的心理留下了一些肮脏的诗文，雨果却没有用他那支无所不能的笔进行一个字的报复。他像一个巨人，心胸宽广，视野开阔，大步前进。在前进的过程中，他乐于与自己周围的同行者为伴，他善于发现他们一切有价值的东西，并给予最热情的礼赞；他不至于迟钝到发现不了别人毛病的程度，他也许是因为心地善良而不屑于进行非议与批贬，也许是因为只来得及自己向前进而没有时间与精力去针对他人。在精神文化领域，只有靠不断壮大自己，建树自己，而不是靠针对他人，才能创造出奇观奇迹，忌刻不能容物只会有损自己的胸襟，朝别人扔鸡蛋、西红柿，只能脏了自己的双手，这是常理铁律。雨果的人格体系正顺乎了这一规律，他把全部精力与时间，都专注于借鉴他人，建树自己，阔步前进，他达到了他预期的顶峰，早已跨出了他的国界，随着时间的推移与他的作品遍播全世界，雨果奇观也愈来愈光辉灿烂。

诗歌史上气象万千的奇迹

　　维克多·雨果是法国文学史上最伟大的诗人，而且，就其创作量之大，诗歌创作内容之丰厚深广、色彩之绚丽灿烂、气势之雄伟恢宏、诗艺之高超精湛，也要算是人类历史上少数几个超级诗歌大师中的一个。他的诗歌集生前发表了 19 部，身后又整理出版了 6 部，共约 22 万余行的篇幅，已成为世界诗库中一份巨额财富。

一

　　雨果很早就开始写诗，中学时期即以诗才而闻名。他 20 多岁时，第一次出版了诗集《颂歌和杂诗》，其中不少诗乃是少年之作，如《与童年告别》《睡意》与《重建亨利四世雕像颂》《旺岱的命运》等，这一处女作几经增删，一版再版，于 1828 年定名为《歌吟集》，而在雨果诗歌创作历程中作为第一块纪念碑树立了起来。它对于雨果整个诗歌创作而言，其艺术成就的意义并不如其文献材料的意义。其文献材料性就在于它是雨果早期思想状态与思想发展轨迹的纪录与雨果出色的诗才天赋的最初展示。诗集的多数作品都是以社会政治为题材，致力于从君主思想与宗教信仰的高度来发掘社会历史事件的诗意，反映了复辟王朝统治下一个思想尚未定型成熟的青少年在家庭现实利益的无形制约与保守派母亲的影响下那种幼稚的保王主义狂热，而少数若干诗作如《双岛赞》与《铜柱颂》则又表现出这个青年人摆脱了政治偏见而有了与近代法兰西历史进程合拍的自由主义的政治觉醒。诗集无疑显示出了诗人早熟而高超的技艺，但其中与出众的才华同时并存的，是人为求雅的古典主义语言痕迹与夸张、稍逊自然的诗歌风格。

在雨果诗歌创作历程中，1829 年问世的《东方集》最先发出了夺目的异彩，它在 19 世纪 20 年代初希腊民族解放斗争如火如荼的历史背景下，由世界各国文化精英纷纷声援并参与这一斗争所引发，其中若干名诗如《孩子》《卡纳里斯》《罗莎娜》都是直接献给英勇斗争着的希腊人民，充满了激昂悲壮之情。诗集的题材并不限于这片国土，它具有一种对法国人来说是"泛东方"的视野，扩展到了西班牙、中东、阿拉伯世界与非洲，诗人并无对这些异国的经验与实感，他的诗集仅是知识与想象结合的产物。在这里，雨果第一次显示了他作为一个真正诗人的丰富奇美的想象力，画家般的调色渲染的技艺，他以铿锵的词句与悦耳的音节，绘制出一幅幅鲜明灿烂、绚丽旖旎、引人入胜的异域画面，在艺术上真正足以造成视觉形象上佳效果。诗集色彩与风格完全是浪漫主义的，它引起了具有新艺术口味的新一代文学青年的赞叹与欢呼。如果说 1830 年《欧那尼》的上演完成了法国浪漫主义戏剧的胜利的话，那么，《东方集》则主要提供了浪漫主义诗歌的实绩。

《秋叶集》（1831）的出版是雨果诗歌创作中的一件大事。它是最初显示了雨果的抒情诗人素质一个最美、最感人的诗集，它发出了浪漫主义文学（不论是夏多布里昂的浪漫主义还是拉马丁、维尼的浪漫主义）所具有的一个"共律"与"音色"——忧郁。它并非无病呻吟之作，而是年仅 30 岁的诗人初尝了人生苦涩的滋味而过早纷纷飘落的"秋叶"，这时的雨果经历了双亲的去世、长子的夭折、夫妻关系中第三者的插足以及弟弟的精神失常等等不幸，由此构成了这些诗作忧郁色彩的心理根由。整个诗集几乎是人的所有情感的全面抒发，这里有朋友的倾诉，有情人的依恋，有丈夫的哀愁，有父亲的挚爱，诗人袒露出自己整个的内心世界，激动而天真地向人们诉说自己的心蕴，"对青年人谈爱情，对做父亲的谈家庭，对老年人谈往昔"，他娓娓道出的感情是人之共有的感情，他有意识加以把握的是作为"艺术的基础"的普通人心人情，他让诗句从他"那被生活震撼而造成的内心裂缝里源源而出"，诗句也就具有为他人心灵所接纳的情感形态，而且它们还渗透了对人之存在的永恒忧虑，对生活的不尽困扰以及看破红尘的彻悟，保持了一种凄凉、哀愁、苦闷而又达观的意境。所有这一切使《秋叶集》获得了永存不朽的诗意，这是它大大超越了《歌吟集》与《东方集》之所在，是它在雨果诗歌创作中占有特别重要地位的原因。

不久后问世的《暮歌集》（1835）既是一本新诗集，但又不是一本具有新的独创性的诗集，它是雨果前三个诗集的续篇与综合。在这里，《歌吟集》式的社会政治题材诗作，《东方集》式瑰玮的想象佳品与《秋叶集》式委婉柔情的心曲，杂然纷呈，熔于一集，在内容与灵感上既是过去的重复，也是过去的发展与补充，其和谐、淳朴、严谨、洗练的诗风，精美绝妙的高超技艺已达到了令人赞叹的水平，故诗集亦不失为一部杰作。特别值得注意的是，在近二分之一的历史政治题材的诗歌中，雨果已经充分表现出一个具有坚定、热烈的自由民主主义立场的诗人形象。而雨果与朱丽叶特·特鲁埃的相识与相爱，则给这个诗集带来了不少真挚感人的爱情篇章，它们是诗人对自己与这个将伴随他终身的巴黎女伶在精神上与肉体上结合的动情咏唱。

《心声集》（1837）虽然也有"色调的差异与时间所带来的发展变化"，它也像《暮歌集》那样"继续了在它以前的那些诗集"，不过，它比较专注于心灵的声音，构成了"应和着我们所听到的身外的歌唱而存在于我们自己身上的歌声的一个回音"。诗集中除了过去创作中已有的那些抒情内容外，对大自然的关注与灵感要算是一个新鲜的部分，它呈现为一幅幅别致生动、充满田园牧歌情趣的风光写生与各种气势、各种色调的自然景观的描绘，比较集中地展示了雨果作为大自然画师的才能，特别是《母牛》一诗，更是雨果"第一首象征主义的杰作"。在这部诗集里，雨果力图成为"诗人思想家"的企图也显露了出来，有对日常琐事的沉思冥想，有对享乐主义者与富人的训诫，也有对世纪病的严肃诊断。

《光与影集》（1840）在内容与灵感上，同样也有类似《秋叶集》《暮歌集》与《心声集》那种交错复合的状态。但在这里，诗人比过去任何时候都更自觉地保持自己引导人群、进行教化的使命感（如《诗人的使命》《吉他曲》《相见》《致一位诗人》《智慧》等），于是，诗集有了新的琴弦："对现在提出忠告，为将来描绘梦想的图画，给当代事件做出光辉的或阴暗的反映。"也有新的方向："自由地堵塞一切谎言的通道，而不论这些谎言来自何处，来自什么党派"，"自由地驾驭陷入各种功利的原则，自由地对贫苦人表示同情，自由地拜倒于各种忠诚不渝的行为之前"。因此，不妨说《光与影集》的新意，就在于显示出了诗人介入社会政治现实的身影，至于诗集在艺术上所达到的成就，巴尔扎克早在当时就已做出了高度的评价："他对形象的感觉令人赞叹，他的色彩丰富瑰丽，他的描写强而有力……雨果在这部诗集里，达到了优雅精美、雄伟素朴的非常境界……他是我们的第一个抒情诗人，单就这个特征，就值得科学院一致选他为院士。"

二

1840 年《光与影集》出版后，直到 1853 年《惩罚集》出版，有一个长达 13 年的空间。在这期间，雨果未发表过任何新的诗集，这就在雨果的诗歌创作历程上自然划分出前期与后期。在从《歌吟集》

到《光与影集》的前期阶段，雨果作为诗人无疑已经取得可谓辉煌的成就，他在这个阶段如雨后春笋般推出了一批诗集，成为19世纪上半叶法国诗歌领域里最有实绩的诗人，大大超过了资深名重的拉马丁与维尼。他的诗歌视野已经全方位地开拓到每一个领域，从历史政治、社会现实、大自然到个人日常生活、内心情感世界以及奇思妙想的超空间，无不有他的诗情；他的诗歌灵感如泉涌川流，任何事物与题材都引发他的诗兴，都唤起他的咏唱；他的诗歌感受准确而新颖，并且有把丝丝心绪神奇地加以扩展与渲染的能力；他的诗歌思考颇有抱负，热情洋溢，富于启迪，震撼人心。而在诗歌艺术上，他则已登堂入室，炉火纯青，出神入化，无所不能。尽管他的灵感有时徘徊不定，他的思考有时力不从心，他的表现稍逊自然，但不可否认法国诗歌中出现了一位真正的大师，他巨大的身影已经横亘、笼罩着法兰西诗国。不过，他还大有潜力，他还大有余地，他将由一个诗歌大师，而上升为法兰西民族的偶像。

要以自己的诗歌创作成为民族的偶像，他必须在政治社会领域里有一个巨大的升华。然而到1840年为止，雨果尚未与19世纪任何一股先进的时代潮流紧密地结为一体，作为它的声音，作为它的体现，相反，他还有时落后于时代潮流而属于过去的历史时代，如他曾经是一个天主教、保王正统派的歌手。后来他虽很快变成了自由主义者，但民主主义与人道主义的浩然正气，还没有在他身上充沛起来，而1830年七月革命的民主气息，在他身上只一拂而过，不久，他又成了君主立宪制的拥护者，这个弯路要算是他1840年后诗歌创作歉收的一个原因。应该说这个弯路不算太小，1845年，他让人把他自己与七月王朝拴在一起，成了这个王朝的"法兰西世卿"。此后，他一直在君主立宪制与共和政体之间摇摆，直到1848年，他仍投票支持路易·拿破仑这个野心家，把他扶上了总统宝座。1851年路易·波拿巴的政变既像是一个晴天霹雳震醒了他，又像是一个巨浪把他逼上了绝路，他被迫流亡国外达 19 年之久。19 世纪 40 年代初到 50 年代初，政治家雨果遭到了彻底的失败，但是，正是从这一大段弯路中，从这一惨痛的教训中，失败了的政治家雨果的身上终于有了一个大智大勇的流亡者、一个不屈不挠的斗士、一个坚定热烈的共和主义者与民主主义者的脱颖而出。雨果有此惊人的蜕变，当他回到阔别的诗歌创作中去，他也就有了辉煌的升腾，他成为一种政治激情、一种主义、一面旗帜、一个代表了千千万万法兰西人群的洪大的声音，他成为民族的偶像。

这一升腾就是他的《惩罚集》。《惩罚集》于 1853 年底在布鲁塞尔出版，是在雨果抨击性政论小册子《小拿破仑》与揭露路易·拿破仑反革命政变的纪实作品《一桩罪行的始末》之后创作出来的，可以说是诗体的《小拿破仑》与《一桩罪行的始末》。诗人在流亡的泽西岛上，怒火中烧，满怀着愤慨的激情，弹响复仇的青铜琴弦，写出了《惩罚集》中《土伦》《黑夜》《赎罪》《良心》《基督的坟墓》《初次相会》《事物的力量》《皇袍》《最后的话》等等这样一些名篇。全诗集几近七千行，是雨果篇幅最巨大的诗集之一，但主题只有一个，那就是对路易·拿破仑这个独裁者的愤怒与谴责。在这里，诗人将拿破仑与小拿破仑加以比较，把英雄巨人与强盗盗贼加以对比，揭露野心家对民主共和的践踏，对反抗者的血腥镇压，对儿童与妇女的屠杀。诗人无比仇恨地诅咒暴君，唤醒人民，号召人民"都来刺他，你咬我追，把卑鄙的骗子的眼睛戳瞎，狠狠地对他猛扑猛打"。诗人发誓自己将永不妥协，不屈不挠，即使他成为斗争中剩下的最后一名战士。他还预言惩罚定会降临，暴君皇帝及其党羽将被投进监狱。《惩罚集》是道义上的复仇，想象中的复仇，它体现了暴政下法兰西民族遭压制的政治意志，喊出了万千法兰西人民被窒息的心声，它是政治讽刺诗、社会抒情诗的辉煌范例，其史诗般的气势，其巨大的规模，其悲愤的力量，其讽刺的辛辣，语言的犀利俏皮，韵律的新颖都超过了世界文学史上的任何一位杰出的讽刺诗人。《惩罚集》出版后，产生了极其巨大的社会政治影响，它往往被当作革命传单被偷运进法国，成为进步人士反对拿破仑三世独裁统治有力的思想武器。

《静观集》（1856）是雨果后期诗歌创作中格外令人瞩目、并足以名垂史册的三部杰作之二。全诗集一万多行，包括了上至1833年下至1853年这一阶段的未曾结集的诗作。它是雨果各种内心激情与玄思奇想的美妙结合，是他个人感受的汇集，是"作者充满诗情画意的'我'的日记"，雨果过去诗集中的个人抒情的内容与形式，在《静观集》里，都应有尽有，齐全完备。这里有优美如画的田园诗，如《丽莎》《歌谣》《她已经脱掉了鞋》；有真挚动人的爱情诗，如《一支看不见的小笛》《天气多冷》；有布瓦洛式的讽刺诗，如《答一份起诉书》《谈贺拉斯》；有怀念爱女雷娥波蒂娜的悼亡诗，如《在维勒基埃》《明天，天一亮》；有描绘社会下层贫困、抒发人道主义情感以"救济人病"为目的的讽喻诗，如《苦闷》；也有深邃玄奥、启示录式的哲理诗，等等。雨果将全诗集的诗作按阶段分成两大部分，形成"在外形上是金字塔，在内部则像拱顶穹窿"的整体结构，并且在气氛与色调上从往昔的温柔与蓝色过渡到现今的凄惨与黑色，是雨果从19世纪30年代到50年代生活的处境心态的形象体现。整个诗集的内容丰富，异彩纷呈，诗艺则已炉火纯青，诗人哦吟自如，达到了出神入化之境，其中推敲有致、棱角分明、完满无缺、其美至极的诗句在诗集中比比皆是。《静观集》可谓浪漫主义抒情诗的辉煌实绩，但其中有的诗作则又带有某种程度的"超前性"，而具有波德莱尔式、瓦莱里式的象征主义的风致。《静观集》出版后，得到惊人的成功，初版一问世即有"洛阳纸贵"之势，被认为是"法兰西文学中可引为骄傲的最美的个人诗集"。

《历代传说》不仅是雨果后期诗歌创作的第三部杰作，而且要算是世界诗歌史上的一部雄伟的奇书，以这部诗集雨果实现了他用诗歌表现人类从亚当夏娃到当代的诸世纪历程的宏愿。每篇诗都提供了历史进程的一个场景或一个事件的画面，既是叙事的艺术，也是绘画的艺术，诗集中的历史进程的事件或场景，有些是根据《圣经》故事的，有些是采用民间传说的，有些则是以历史著作记载为本，显示出了雨果在宗教、民间文化、神话与历史等各方面学识的渊博。但这不是真实的历史，而是传奇的历史；不是真实历史的史诗，而是人类精神的史诗，它归结为人类一个伟大无比的向光明高升的过程，突出了人类进步、精神弘扬的一条主线，充满了对暴力、黑暗、罪恶的鞭挞与批判，对正义、人道、光明的歌颂与向往，诗人宏大的历史胸怀与昂扬的战斗精神，非凡的诗歌韵律美，造就了《历代传说》意境开阔、气势磅礴、篇章瑰丽的整体风貌。在诗艺上，这里不仅有绘画美，而且也有音乐美，法国著名的浪漫派诗人、唯美主义者戈蒂耶对《历代传说》的这两种美，曾经做过这样精彩的、形象化的评论："这是条诗歌王国的回廊，廊壁上装饰着一位擅长各种风格的神奇的艺术家绘制的一幅幅壁画，每件作品题材迥异，手法也不尽相同，有的笔调接近拜占庭式的风格，有的表现大胆似出自米开朗基罗之手，这位伟大的艺术家既精通勾勒头戴棱角分明的盔甲的骑士，也善于描绘赤身裸体、肌肉隆起的巨人。每幅画都有使人活生生地、色彩鲜明地感受到一个逝去的时代的生活，其中掺杂着无数生动、天真的细节描写，大胆放肆但又富有魅力……色彩鲜明似五彩玻璃。"诗集"如贝多芬的管弦乐队，在耳边如泣如诉，继而隆隆作响，雷鸣咆哮。透过韵脚，仿佛听见风声凄厉，雨声丁东，城头上的荆棘劈劈啪啪，壕沟里的碎石块块下落，大森林在低沉怒号，古老的城堡被拥在森林的怀中几乎窒息。在狂风暴雨中，还夹杂着幽灵鬼神的叹息、万物含混不清的哀诉、对孤独的惊恐与百无聊赖的懒散。这是一组用诗琴演奏的最美的乐章，每个音节都似嘹亮的军号合奏，在耳边胜利地回响"。《历代传说》这一奇美的鸿篇巨制给雨果带来巨大的成功，它的出版"使那些对雨果最有敌意的文人，最终也对他无与伦比的伟大表示折服"。

法国权威的文学史家朗松，在他的名著《法国文学史》里，曾经对雨果后期三部诗集作了这样精辟的总结："雨果全在这三部诗集中了，他以前所有的作品都包容在这三部诗集里，在此告终。"同时他对雨果在这以后的诗歌创作又作如此严峻的评价："他此后的作品，除了个别的例外，都是这三部诗集的重复或废渣。"显然，《历代传说》是雨果诗歌创作中的最后一个高峰，在这样一个高峰出现之后，任何一个诗人再做些什么似乎就是多余的了。事实上，雨果此后的诗歌创作的确趋于平伏，走向"圆寂"，不过《历代传说》的第一卷出版于 1859 年，而最后的第三卷则迟于 1883 年才出版，两年之后，他即与世长辞。所以，《历代传说》亦可谓雨果的压轴之作，而 1856 年的《静观集》、1865 年的《街道与园林之歌》、1872 年的《凶年集》、1877 年的《祖孙乐》、1882 年的《灵台集》，既可算是他后期诗歌创作高潮之后的"余波"，亦可算是这一诗歌创作中心周围的"涟漪"。其中《凶年集》与《祖孙乐》应该被视为颇有特色的两个诗集，前者以日记的形式为法国历史上 1870 年至 1871 年这一段苦难时期，为普法战争、巴黎公社这两大历史事件，留下了一份有价值的诗体纪实、诗体写照；后者是一部充满慈祥爱心的作品，以返老还童的情趣与对人伦亲情的亲切感受作诗成集，这在世界大诗人中仅雨果一人，这部诗集出版后被抢购一空，连续再版几次，是雨果最产生轰动效应的作品之一。至于雨果身后整理出版的诗集如《苦岁集》《全琴集》等，则只能说是雨果诗歌之弦的缭绕余音。

三

雨果的诗歌创作视野极为广阔辽远，诗歌创作内容极为丰富厚实。文学史上的诗人，往往只以或基本上只以某种品类的诗作，而只具有或基本上只具有某种单一的基本特质，或为史诗诗人，或为抒情诗人，或为现实讽喻诗人。雨果的整个诗歌创作，则不仅具有各种品类的诗作，而且他各种品类的诗作都是那样丰富，有分量，以至足以构成他作为诗人的各种特质。可以说，他既是法兰西的民族诗人，又是全人类的史诗诗人；既是 19 世纪特定历史阶段的社会现实讽喻诗人，又是不带时代社会局限的纯粹的抒情诗人。

作为法兰西的民族诗人，他比文学史上的任何一个诗人都更充分、更完备地反映了当时整个历史时代的民族发展的道路，民族生活中的重大事件；从拿破仑帝国的辉煌，旧法兰西传统在波旁王朝复辟中的回光返照，七月革命自由主义精神的昂扬，19 世纪四五十年代共和主义与专制独裁的殊死斗争以及第三帝国，直到普法战争失败的奇耻大辱与巴黎公社对世界的震动……所有这些都得到了诗人的关注、反响以及介入，都在他的诗歌创作中留下了具有深刻历史意义的篇章，或为吟唱，或为记述，或为热情欢呼，或为激烈抗争。作为民族诗人，雨果体现了民族的良心、民族的是非感与民族的标准。他是民族历程的"书记"，他以全民族的广阔视野、全民族性的深广意识与博大胸怀思索着、吟唱着民族的际遇与命运；他也是民族精神、民族气势、民族品格的表现者，民族呼声的喉舌。只有像他那样豪情奔放，才能把法兰西热爱自由民主的品格表现得那样强烈；只有像他那样雄浑磅礴，才能把见识过、经历过拿破仑时代世界性辉煌的法兰西民族的宏伟气概表现得那样完美；只有像他那样敏感、执着、柔情似水，才能把法兰西民族在苦难年代中的伤痛诉说得那样深沉动人；只有像他那样心中有自己的人民，才能把法兰西爱国主义精神表现得那样高昂。他身上的这些素质，他诗风中的这些品格是他同时代的诗人，甚至是法国文学史上所有的诗人都未能同时具备的，这就自然把他提升到了其他诗人所未达到、也不可能达到的高度，提升到了民族诗人的至高无上的高度。而且，他生活在旧法兰西向新法兰西的深刻转型时期，近代法兰西成熟定型的重要阶段，他在民主制度不断成熟、共和政体逐渐稳固的社会进程中经历过不同的思想发展阶段，操持过不同的政治社会视角，选定过不同的政治立场，尝试过不同的政治意识，从保王主义到君主立宪制最后到民主共和，这样，自然也就造就了他那种"能向三色旗致敬而不侮辱百合花"的见识，形成了他"属于一切党派的好的方面，而不属于它们的坏的方面"的特点。这种调和融汇的多元协和精神、这种超党派的全民族的超脱意识，对于一个真正的民族诗人是至关重要的。雨果有了这种精神，才能在以普法战争与巴黎公社为中心诗题的《凶年集》中，抹去了党派色彩而献出了真正的、纯粹的爱国主义的篇章。

雨果不仅在自己的诗歌中大有"民族兴衰，匹夫有责"之慨，而且也非常自觉地视全人类的课题为己任，他像对本民族一样，同样关注全人类的际遇，研究人类的历程，对人类的前途满怀希望并热情讴歌，似乎是要以歌唱来迎接它的早日来到。他之所以能如此倾注其力，就在于他具有一种普天下之激情，他对全人类的爱是真实而深挚的，这就是他成为一个超越了很多诗人、成为一个具有全人类意义的诗人的原因。雨果的这种爱深深根源于现实生活中，他从自己所见识到的19世纪法国的现实与世界其他国家的现实中，痛感到"使人类与生俱来的幸运遭受不可避免的灾祸"，他期望人类自身的精神中的善与正义成为战胜这些灾祸、罪恶与社会弊端痼疾的力量，他力图召来这种力量。然而，他不是社会改革家，他提不出主义学说的方案，不过他是诗人，是通晓人类史的诗人，他坚信那种能战胜罪恶与黑暗的可能性就蕴藏在人类的历程中，于是，他选择了历史作为他诗学地解决全人类摆脱困境、走向光明这一课题的手段，他要以自己的历史描述来完成一个巨大的任务，那就是从人类的历史中发掘出人类巨大的精神力量，从人类历代传奇中展现出人类那种虽然有不少谬误、缺陷与弱点，但却充满了勇敢精神，比天神朱庇特更为伟大的形象，从而汲取对人类阔步前进的信心，对人类光明远景的希望。宗教的、民间传说的、信史的人类学知识在他手里变成了一个巨大的诗系，变成了足以与荷马媲美的雄伟、恢宏的史诗，而人类发展的历史则神奇地成为诗人启迪与教化的手段，成为人类课题解决的答案所在。这就是雨果作为全人类史诗诗人的世界意义。

雨果是世界文学史上最深介入社会现实的诗人之一。从诗歌创作的起始阶段直到终结，雨果从不以自我隐秘幽深、奇幻难测的内心世界为其诗歌创作的灵感源泉，他从未有过出世的、超脱的倾向，他始终是一个入世的诗人，他几乎是不停地把目光注视着周围的社会现实，捕捉每一个引起他注意的事件与现象，从政治事件到社会现象，他的诗机能全方位地向现实生活开放，敏感地接受现实生活信息，他的诗灵感全天候地为社会事件与社会现象所启动，活跃地命笔而成介入的篇章，这样，他成了 19 世纪法国社会的讽喻诗人。在他的笔下，种种不合理的社会现象遭到讽刺、针砭与鞭挞：议院的投票、市政厅的舞会、富人的骄奢、暴君奸臣与权贵、血腥罪恶与政治卑劣……在他抨击最强力的事物之中，除了专制、独裁统治下的种种政治黑暗之外，就是社会的贫富对立与人间地狱中的不平。普通人民的贫困、悲惨与痛苦是雨果诗中常见的主题，他满怀激情揭示人间地狱中男子受饥寒遭重罚、妇女被推进火坑、儿童也受剥削的苦难生活，这类篇章在他的诗歌创作中构成了几乎从始至终的一条红线，充满了强烈的正义感、深刻的同情与浩然的博爱，使雨果成为一个以人道主义力量为其重要标志的社会讽喻诗人。

诗在很大程度上是一种抒情的艺术，在抒情诗上无所作为的诗人不可能成为大诗人。雨果也是在抒情诗上特有建树而在诗歌史上享有崇高地位。按广义的抒情诗含义，他很多政治社会题材的诗篇，亦可称为政治抒情诗或社会讽喻抒情诗，但这里我们所说的抒情诗，是专指诗人以其个人情感生活为内容的诗作，同样，在这片领地，雨果的创作量与创作成就也是 19 世纪法国诗人中独领风骚的第一人。他的抒情诗主要可分为两种：一种是他的爱情诗，一种是他的亲情诗。

正如在创作方面具有无限充沛的精力一样，雨果在爱情生活上也具有甚为罕见的活力。他一生的爱情生活远非专一、单纯，而是不断有新的对象，当然，在他感情生活中占主要地位的，还是他的妻子阿黛尔与他的终身情妇朱丽叶特。阿黛尔从青梅竹马的伙伴到未婚妻到夫人，是雨果热烈初恋的对象，是雨果第一批抒情诗的引发者，在这个意义上，她帮助了抒情诗人雨果的诞生。但不久以后，她又以其与圣－佩韦的婚外恋而使雨果陷入了烦恼与忧郁，在雨果的诗歌创作上又留下了另一道印痕（如《秋叶集》第 14 首与第 17 首）。1832 年雨果认识圣马丁门剧院的女演员朱丽叶特，标志着雨果爱情生活的一次复兴，从此，雨果与朱丽叶特由相恋到同居直至终身相伴，他们的爱情生活又常有戏剧艺术与多次长途旅行之乐而格外充实，成了雨果抒情诗创作的一个灵感源泉。《心声集》中的《致维吉尔》，《暮歌集》中的《在大海边》《对上帝的希望》《在某教堂内》《请送些百合花》，《光与影集》中的第 24 首，都是以朱丽叶特为对象的抒情名篇，仅《暮歌集》中题献给朱丽叶特的诗就有 13 首之多。由于朱丽叶特不仅是情人，而且是旅伴，是戏剧上的合作者与思想上的知己，雨果的爱情诗也就具有多方面的内容，有倾诉心曲的，有记述爱情生活的，也有交流宗教思想与政治抱负的，呈现得十分丰富多彩。雨果的时代是一个追求气势的上升式的时代，雨果本人就有一种磅礴的气势与如王者般的大度，在个人情感领域同样也是如此，这就造成了他的抒情诗的基本风格。在他这里，所抒发的感情不论是纯洁无瑕的柔情，还是散发享乐气息的欲情都是堂堂正正的、健康开朗的，而不是病态扭曲、阴暗消沉、颓废沉沦、纤细脆弱的；他抒发情感的方式也是堂而皇之的，真挚、热烈、袒露、明朗，不事铅华粉饰，不以技巧招式为重，没有吞吞吐吐的语言，没有扭捏失真的作态，只求发出内心深处的真情实感。

在雨果的抒情诗中，亲情诗占有相当大的比重。雨果有一个多兄弟、多子女的家庭，这是他大量亲情诗的现实生活基础，更为重要的是他是一个家族感情、家庭伦理感情很浓重的人，特别对孩子充满了温情与慈爱，并且又把这种温情挚爱的体验与施与，视为自己人生的一大幸福与无穷的乐趣，这更成为他大量亲情诗取之不尽的灵感源泉。他的亲情诗不仅创作量丰硕，而且以其天伦的激情、深厚的爱心、质朴的情趣而对历代读者都永具魅力，就其感情真挚的绝对程度与超时性而言，甚至要大大超过雨果献给女性的爱情诗作，其中有不少不朽的名篇。《静观集》中为爱女与女婿的溺水身亡而作的悼亡诗，悲痛欲绝，令人心碎，早已成为诗歌中的绝唱；晚年为孙子乔治、孙女让娜所写的组诗，既充满了融融天伦之乐，又带有清新感人的画面，还蕴有深刻的寓意，是世界诗史中难得的佳品。亲情诗显示出了诗人雨果身上具有的一种感情力量与人伦魅力，这在世界诗史中唯雨果一人所独有，雨果在这个诗域中的绝对优势，更奠定了他在法国诗歌中如天神、如王者一般的至高无上的地位。

四

雨果是诗歌史上的奇观，他如巍巍的大山，如浩瀚的大洋，气象万千，气度非凡。他是怎样建立起自己这个宏伟的诗国？他靠的是什么？

是他的勤奋与天才。

雨果无疑是 19 世纪法国最勤奋用力的作家之一。在这方面，也许只有巴尔扎克可与他媲美。巴尔扎克固然有一个《人间喜剧》的宏伟计划在激励着他，但在相当的程度上则是经济窘迫状况逼使他夜以继日地辛勤劳作；雨果的境况比较好，自我发展也顺利得多，从少年时代起，他的起步与条件就使他有可能立志成为文学中的王者，而不到而立之年，他就已经成为浪漫主义文学运动无可争辩的领袖，在文学领域里叱咤风云。他必须不断地写，不断地推出新作，不断地引起赞美与崇拜来维持自己在这个领域中的至尊地位。他有这种自觉的意识，也有这种自觉的行动，他不断地开拓自己感觉的范围，不断地发掘自己灵感的源泉，不断地锤炼自己的诗句，就像一个辛勤的工匠。像巴尔扎克一样，他也有极为充沛的精力与健康的体魄，保证了其不断写作的巨大强度；所不同的是，困窘的经济情况损害了巴尔扎克的健康，而富裕的家境则给雨果的长寿提供了物质条件。他有更多的时间、更多的精力倾注于创作，他一生中几乎什么时候都在写，而且他也几乎把自己一生中所有的感觉与所有的感受都写尽了。更重要的是，更长的生命历程才能保证他在更大的范围与更高的境界中来进行攀登与升华。因此，其结果是，如果说巴尔扎克只是法国小说的一个伟大巨匠的话，那么雨果则成了整个法国文学的代表与法兰西民族的偶像。

当然雨果诗国的建成更重要的还是以他的天才。天才并非神秘不可测，它只不过是一般人所不具备的特殊才能而已。雨果作为诗人的才能优势，首先在于他具有极为丰富的感受，极为敏锐的感觉。他不仅比一般人，而且比一般的诗人都有更多的感受神经、感受心弦，能够更多地对任何领域里的任何事物、任何变化、任何信息有所感应，大至政治领域、社会公共领域、人类生活领域，小至个人身边琐事以及内心生活领域中不平凡的或再平凡不过的、重大的或细微的事件与现象，他的感应雷达都不会加以放过，都可以引起他的诗情诗兴，使他产生奇思妙想。与此同时，他这种丰富的感受与他的敏锐的感觉紧密结合在一起，使他对每一个事物、每一种现象的内涵、性质、形态、色彩、音响，都有理性而形象、具体而深入的感知与体验。于是，当一个事物、一个对象作为一个诗题出现在他的悟性与灵感中的时候，他的感受能力与感觉能力已经使得它具有充实的内涵、完整的格致、饱满的形态，从而成为有血有肉、有声有色的雏形。

雨果诗歌天才的另一突出表现，是他非凡的思维扩充力与思维开掘力，不论是他的理性思维还是形象思维，都具有这种极为优秀的禀能。他不是哲学家、思想家，他的思想不可能带有专业的思辨性与体系的完整性，对他提出这样的要求或者嫌他的思想不够深刻，都是不公正的。事实上，雨果与很多诗人不同，他酷爱思想，他乐于追求在自己的诗歌里表达思想，他这种兴趣与爱好是如此强烈以至很容易暴露出与他思辨深度的欠缺与体系的不严密性，这往往成为不少文学史家与文学批评家讥讽的话题。但应该看到，雨果的思维扩充力与思维开掘力是很惊人的，当他产生了一个诗的主题后，他往往能把这个主题扩充、延伸、发展成为一大片思绪。对诗中的一片思绪，人们本来就无权要求它们自成严谨的体系，或带有思辨深度，只需它们具有一种内髓、一掬精英，带有激情的力量就足够了。雨果诗歌中点点的思想观念与丝丝的思绪意蕴正是这样，它们——形成了一种强烈的倾向，一种浩博的精神，一种激越的力量，这种倾向，这种精神，这种力量，就是符合最广大的人群需要的民主主义与人道主义，它们给人以巨大的召唤与感染，这些思想观念、思绪意蕴就像太空中散漫的繁星，成簇地呈现为星云或星系，给人以浩瀚宏博之感，使人灵魂心境为之一新。他的这种特点，正是富于思想的大诗人的标志。雨果是深知形象力量的诗人，他在热衷于表现某种思想的时候，总是特别尊重诗对形象的需要，他很善于把诗题与诗意寓于生动鲜明的形象之中，当他需要扩充、延伸与深化他的思想，当他需要演绎他的思绪的时候，他更善于用一连串的形象、一连串譬喻、一连串描写性的叠句来加以完成，有的文学史家对他连续不断地使用譬喻不无微词，但他的这种方式正符合诗歌的比与兴的要求。毫无疑问，他在这方面的能力是超人的。

雨果是一个具有非凡的思维开拓力的诗人。这里所谓的思维开拓力不是指思维自身延伸演绎的能力，而是指在认知上或在想象上对客观事物、客观对象的本质与表面进一步加以发现与把握的能力，这种能力不外乎两个方面，即理性的与感性的。理性方面的思维开拓力是靠悟性与知识来完成的，雨果在这方面是一个惊人的高手。他的诗歌涉及不少历史人文、地理自然等方面的知识，他的这些知识绝大部分并非来自他自己的实践与参与，其中很多固然是来自对有关方面书籍的研读与涉猎。但他的研读与涉猎往往是半途而止的，其余一半的行程则往往是靠他的悟性与推理来完成的，这种能力实为常人所不具有。感性方面的思维开拓力则是靠形象思维、想象来完成的，形象思维单薄、想象力欠缺的诗人，肯定是贫乏的诗人。在想象力方面，雨果显然也是一个超级天才。想象力是他诗歌的雄健的翅膀，有了它，雨果在诗歌创作中如天马行空，随意超出时空的疆界而自由驰骋，他的诗歌有那么多对于异国、对于历史时代、对于幻境、对于奇特事物的描写，这些描写是那么丰满多姿，鲜明活现，五彩缤纷，有声有色，都出自诗人丰富而又细致入微的想象。

雨果诗歌天才的第三个方面，是他所具有的高超非凡的表现力，也就是高超非凡的诗艺。对于诗人来说，表现力机能的核心问题是语言与格律。雨果首先是法语语言的一位大师。他这位浪漫派的领袖，彻底清除了古典主义、伪古典主义在法国文学语言中留下的积淀与痕迹，使法语在他的笔下不拘陈规，如生龙活虎，极具表现力。他在诗歌创作中，既善于使用清丽典雅的传统诗歌语言，又能驾驭生动活泼的通俗用语，甚至能将儿童的口语与顽皮话引入诗歌。他是法国作家中拥有词汇量最大的一个作家，可谓词藻王国之君。他如伟大的统帅，得心应手，自由自在地调遣这支无比庞大的词汇大军，摆出各种各样的阵势，造成千变万化的景观，生出无穷无尽的意趣，他把每一个语言词汇都运用得如此准确贴切，如此熠熠生辉，其技艺出神入化，有如达·芬奇之于色彩，米开朗基罗之于雕塑。雨果是法国诗歌中最精于格律声韵的大师，他虽以十二音节的亚历山大体为其主要的格律，但也常运用从一音节到十二音节的多种音节，以长短不同的诗句组成各种不同的诗节，使诗节的结构变化多端，各异其趣。雨果在押韵上是一个罕见的超级能手，即使是在短诗行狭小的空间里，他也能轻而易举地完成，而且，任何技术词汇与专有名词也难不倒他，他甚至可以神奇地把拿破仑三世手下走狗的名字用来押韵，使他们成为音响的囚徒，使诗歌的节奏成为他们的监狱。这种思想倾向与诗艺技巧的高度结合，可谓是出自神来之笔，足以令人赞叹不已！

长存不朽的伟大小说家

　　雨果既是一位伟大的诗人，又是一位伟大的小说家，在有资格居于文学庙堂高位的那些具有世界意义的第一流作家中，也许只有雨果一人同时在诗歌与小说这两个领域里达到了如此高的成就。他这种双强项兼备的优势，是但丁、莎士比亚、歌德这些大师也难以企及的。

　　作为一位小说家，雨果创作规模之巨大、成果之丰硕，又足以与所有那些以小说而名垂千古的巨匠比肩而立。他的五部长篇小说《巴黎圣母院》《悲惨世界》《海上劳工》《笑面人》与《九三年》以及若干中短篇小说，共有 300 多万字的篇幅，与狄更斯、托尔斯泰的小说创作量几乎不相上下，仅次于巴尔扎克与左拉的系列小说《人间喜剧》与《卢贡－马卡尔家族》。但他的《悲惨世界》与《巴黎圣母院》作为独立的鸿篇巨制，不论就其篇幅规模与在全世界广为流传的范围而言，无疑都超过了巴尔扎克、左拉的系列小说中任何一部独立的名篇。

　　19 世纪以后的小说领域从来都被认为是现实主义占压倒优势的天地，从人类文学思潮流派的发展来看，浪漫主义小说几乎可以说是被 19 世纪现实主义小说赶下了文学的历史舞台。但时至今日，雨果的浪漫主义小说却经历了一个多世纪以来各种文学潮流汹涌澎湃的冲击，仍然巍然屹立，如岁月江河中郁郁葱葱的巨岛，现在仍在人类文化生活中占有着一个大的份额，保持着一个重要而崇高的地位。而雨果作为一个浪漫主义者，则无疑将相当主要地以他的小说而长存不朽，这不能不说是人类小说创作的一个奇迹。

一

浪漫主义小说一般总是以不同凡响的奇特想象而引人入胜，雨果在小说创作上，开始就是以想象为本，靠想象起家的。这主要表现在他最初的小说中。雨果于 1819 年，当他只有 17 岁时，完成了他的第一部小说《布格－雅加尔》。1821 年，他又开始写他的另一部长篇小说《冰岛凶汉》。1823 年，他已经是一位出版了两部小说的作家了。这两部小说既是当时文学时尚的产物、英国浪漫主义文学影响的产物，也是雨果在弱冠之年幼稚、不成熟的结果。不论是哪一种根由，最后到小说里，都归结为一种奇特的近乎怪诞的想象。

法国大革命恐怖年代之后，人们刚从噩梦般的可怕岁月里解脱出来，都乐于在文学阅读中忘却现实，乐于阅读那种充满奇特的事件、刺激性场面与炽烈热情的小说。于是，19 世纪初时，在法国刊行的小说，有时每天竟多达五六种。这些小说基本上都是故事怪诞、情节离奇、场面恐怖而又不乏神秘主义的作品。这就形成了一股想象泛滥的文学之潮，这股潮流又加上常以怪异恐怖为内容的英国黑色小说在法国的影响而声势更大。尔后，英国与德国的感伤主义小说、浪漫主义小说又相继涌入法国，造成了文学中对感伤忧郁情调的爱好与追求。夏多布里昂的两部小说《阿达拉》与《勒内》就因满足了这种文学阅读心理而风靡一时。雨果就是在这种历史条件与文学氛围里起步开始小说创作的。既然他在创作第一部小说之前的三年，还曾经在自己的写作练习本上写下了这样的誓言："我要么成为夏多布里昂，要么什么也不是。"那么他初期小说的格调就不言而喻了。

在 20 岁年纪就写出了两部小说的雨果，实际上并不具备小说家所必须具备的必要的生活经验，不论是对《布格－雅加尔》所处理的 1791 年法属殖民地圣多明各黑奴暴动题材，还是对《冰岛凶汉》所处理的冰岛的黑色恐怖题材，他都不可能具有直观的认识与感性的体验。这样，他就只能在自己的心灵中去进行挖掘，只能求助于推测的悟性与想象的能力以及从一些杂书中所获得的对异域的知识，再加上上述两种文学时尚与潮流的影响，读者在他最初两部小说中所看到的基本上也就只有两种成分，即主观想象与主观感情了。在《冰岛凶汉》中，主观想象是离奇怪诞的，并且带有浓厚的黑色恐怖的色彩，以至著名诗人拉马丁对它做了不以为然的评论："我觉得这部书太可怕了。"并惋惜作者没有"把色彩涂得平和一些"；在《布格－雅加尔》中，在尖锐的社会冲突的背景下，一个黑奴对女主人的爱情故事充满了《阿达拉》式的夸张的感伤。

丰富的想象对小说创作绝非坏事。一个 17 岁青年只花了两个星期就写出了《布格－雅加尔》，无疑在想象力上具有非凡的优势，如果知识、阅历经验的增长，能把狂热的想象力节制在一个相对合乎情理的程度上，如果在艺术创作中日益深化的对美趣的感受，把想象力的泛滥所可能带来的离奇古怪、荒诞不经、恐怖刺激的杂质加以沉淀，杜绝像《冰岛凶汉》中强盗就着骷髅喝"海水与人血"这样一种可怕的臆想，那么，他的想象力就会成为雄健的翅膀，载着他飞向艺术的辽阔高远的天空，使他日后一系列小说作品中，竟有了那么多的奇思妙想。

假若雨果仅靠想象力来维持他的小说创作，他是远远不可能像现在这样伟大，这样居于世界浪漫主义小说殿堂的首席高位的。雨果作为小说家，强有力的另一个方面，就在于他对现实的关注、对现实经验的重视与最大限度、同时也是最佳方式的运用。当他在阅历经验方面几乎是空空如也的情况下写作初期小说的时候，他就很善于利用他在现实生活中的真实感受与经验，甚至在《冰岛凶汉》这样一部充满恐怖想象的小说里，他也在小说主人公的爱情故事中，填进了他自己在现实生活中对未婚妻阿黛尔·傅谢真实的热恋感受。对于这部小说，他曾经自白说："我感到心里有许多话要说，而不能放到我们的法国诗句里去，因此，着手写一本散文小说。我的灵魂里充满着爱情、苦痛、青春，我不敢把这些秘密告诉他人，只得托之于纸笔。"（《雨果夫人见证录》第三十七章）这样，在这部明显具有离奇可怕成分的小说里，就也蕴藏着非常真实的成分，即感情的真实，感受的真实，因而，它有别于胡编乱诌的黑色浪漫小说。

雨果是一个从来不脱离现实社会的浪漫主义者，特别是随着年龄的增长，他对现实社会的感受愈来愈敏锐，他介入现实社会的程度愈来愈深，这对他的小说创作起了极为重要的作用。紧接着他最初的小说创作，他对现实的认真关注、他把十分真实的现实生活内容融进自己小说形象的努力与才能，便很快显露了出来，并有了长足的发展。如果说这种发展有一个飞跃的话，那么《死囚末日记》与《克洛德·格》这两篇小说就是飞跃前的准备、飞跃前的起步。令人惊奇的是，一位曾经几乎完全沉溺于想象与推理的浪漫型的青年作家，竟然这样快又写出了两部完全属于纪实风格的作品。前一部小说的写作完全出于对死刑这个非常具体的社会现实问题的严肃思考以及力求对这个社会问题发挥具体作用的意图，可以说是一部非常现实的社会问题小说，而对监牢中的悲惨阴暗与一个死囚在狱中的生活与痛苦的心理活动的描写则也完全是现实主义的。后一部小说甚至是完全以真人真事为题材，表现一个善良工人因饥寒交迫犯了一次偷盗而被不公正地判处长期监禁，后又因在监牢中受到狱吏的残酷虐待而被迫杀人，最后被送上断头台的悲惨事件。事件的过程与人物的变化完全是以纪实的手法写出来的，杜绝了一切非现实主义的艺术成分。在这里，作者通过一个故事来提出一个社会问题的意图远甚于对艺术形式的关注。

至此，雨果在进入他小说创作的成熟阶段之前，就以他的初期作品非常清楚地显示出了他双重的倾向，即浪漫的倾向与现实的倾向；同时也有力地证实了他两种才能，即主观想象、主观夸张、主观渲染的才能与观察现实、把握现实、摹写现实的才能。身上有了这双重倾向的结合，有了这两种才能的并存，小说创作的灿烂辉煌就指日可待了。而雨果成熟时期的小说创作，从《巴黎圣母院》到《悲惨世界》《海上劳工》《笑面人》与《九三年》，正是以浪漫主义跟现实主义结合为其重要特色的。

二

这种浪漫主义与现实主义成分皆具的结合，首先表现在雨果的小说创作展现出了广阔而又真实的社会画面，而这些画面往往又色彩绚烂而浓烈，气势雄伟而磅礴，具有辉煌灿烂的特点。

雨果生活在法兰西完成了从封建社会转型为资本主义社会这一历史过程，他既看到了前一种社会形态、法统体制的最后岁月，也看到新社会形态的发展与矛盾。这一历史的转变与发展，就是他作为小说家所自觉地加以面对、加以思考、加以描绘的现实内容。如果把雨果小说的历史内容加以审视，就可以发现，从阴暗的封建社会、充满激烈斗争的大革命岁月，两种制度、两种力量反复较量的帝国时代与复辟时期，一直到以后资本主义政治社会秩序定型稳定了的现代社会这一完整的历史过程，都有生动形象的反映，构成了几百年法国历史的画卷。

在这一长轴画卷中，《巴黎圣母院》《九三年》《悲惨世界》则毫无疑义是三个最主要的画幅。《巴黎圣母院》是雨果小说创作道路上第一部具有巨大思想力量与艺术力量的作品。雨果在真实的中世纪阴森黑暗的背景上，描述了爱丝梅拉尔达惨遭摧残与迫害的悲剧。在这里，人权问题无疑带有绝大的真实尖锐性，封建专制主义的暴虐统治与教会势力的精神迫害像一张巨大的罗网，威逼迫害善良的无辜者并以令人恐怖的手段把她置于死地的过程与情景，也无疑是符合历史本质的真实。其中对于封建专制的最高统治者路易十一与法院的描写，几乎近于史家手笔。长篇巨著《悲惨世界》更是以一个真实的事件为蓝本写成的。1801 年，一个名叫皮埃尔·莫的贫苦农民因偷了一块面包被判处了 5 年苦役，出狱后，黄色的身份证使他在就业中屡遭拒绝。雨果以此为题材，写成了冉·阿让的悲惨故事，同时，在他的周围安排了各个阶层的人物，沿着他的生平经历，展现了法国从 19 世纪之初一直到三四十年代将近半个世纪的历史。于是，读者在这部巨著里，就看到了这个时代中法国社会广阔的现实生活画面与巨大历史事件的真实情景；外省偏僻的小城，海滨的新兴工业城镇，不公正的法庭，黑暗的监狱，巴黎悲惨的贫民窟，阴暗的修道院与坟场，郊区寒碜的客店，保王派的沙龙，资产阶级的家庭，大学聚集的拉丁区，还有震撼世界的滑铁卢战役以及轰轰烈烈的 1832 年革命……所有这些构成了 19 世纪上半叶法国社会历史的百科全书式的画卷。这一漫长浩大的画卷中的每一个场景无不栩栩如生，其细部也真切入微，甚至可以说是以现实主义的手法描绘出来的。《九三年》以法国大革命时期 1793 年这个充满了暴风骤雨的年代为题材，如实地表现出了那个年代血与火的现实。在这里，巴黎的革命气氛、国民公会中的激烈斗争、历史人物的活动、旺岱叛乱的起因与情景，都是以相当严格的史笔描述出来的。至今，人们仍然会对作者在小说中对当时国内外的政治斗争形势与状况有那么透彻的理解、准确的把握、全面而真实的再现感到惊叹，他把激烈严酷的斗争中不以人的主观意志为转移的客观定势、法则与规律表现得如此清晰而深刻，已经达到了历史学家的高度。

雨果小说作品中这些历史的社会的内容，构成了雨果小说创作的现实性。在这里，尽管法国历史的内容并非应有尽有，尽管也不具有巴尔扎克的"当代历史"那种编年史的规模，但他这三部杰作把法国几百年历史发展中的革命前、革命中、革命后这三种现实形态都做了典型的展示，而这样一种从往昔到当今的典型展示，足以使雨果堪称文学史上法国历史的书记。正如巴尔扎克是 19 世纪法国当代社会的书记一样，这无疑是雨果小说创作的首要功绩，是他对法国文学的一大贡献。

　　仅仅说雨果的小说创作具有充实的现实性是远远不够的。雨果几乎可以说是一个满怀热情为现实而写小说的小说家，他总是本于社会现实，源于社会现实问题，对社会现实问题有所感，力图就社会现实问题发言并影响这些问题才产生写作小说的意图的，因而，可以说他的每一部小说都是他某种社会现实情结的纾解、某种社会思想的阐释。这个特点在他早期的小说中已经很明显地表现出来了：《死囚末日记》是他为呼吁废除死刑而做的努力；《克洛德·格》是出于"对组织得如此坏的社会"与"组织得如此坏的监牢"进行谴责的意图。《巴黎圣母院》是他保王主义的政治立场已经转变、符合近代历史进程方向的历史观已经确立以后的产物，其声讨封建专制统治与教会势力的目的，在其中大量的形象描写与语言披露中均表现得再清楚不过。《悲惨世界》远远超过了雨果为皮埃尔·莫申冤的范围，在这部小说中，作者要批判不公正的法律与习俗所造成的社会压迫，要揭示自己时代的人间地狱的阴暗面，要促使 19 世纪的三个社会问题——贫苦使男子潦倒、饥饿使妇女堕落、黑暗使儿童羸弱——的解决，所有这些自觉的目的，1862 年的作者序都已经很明确地宣告了。《九三年》既是作者对法国大革命这一在任何时期都具有现实意义的伟大历史事件的总结与他对近代法国史的阐释，也是他对同样具有社会现实意义的"革命与人道主义"的严肃思考。而且，几乎他所有的作品都具有一种为自己某一社会现实情结、某一立场观点进行争论、辩说的姿态与一定程度宣教的性质，作者面对社会现实、主持社会正义、宣传自认为是社会福音的那种人世的热情是如此的强烈，甚至往往在小说的描叙里直接出面，发表大段的议论。慷慨陈言，义正词严，为现实生活充当政治、社会、道德、精神的评判者，充当宣扬理想福音的使徒。因此，在这个意义上，雨果不仅是一个现实的小说家，而且是一个社会的小说家、政治的小说家。

他执着于自己的某一种思想观点，力求在自己的创作中以这种思想观点作为介入现实的手段，这种作家往往容易流于说教。然而，雨果却是一个幸运的例外，这种例外在文学史上是不多见的。雨果之所以获得了这种优越性，首先还在于他思想的力量。

雨果在自己的作品里宣扬过的思想观点可谓数不胜数，人们很难把所有这些思想都一一归于一个特定的完整的思想体系，很难说雨果是一个具有严格体系的思想家。他只是一个思想极其丰富的思想者。有一点是可以肯定的，那就是在思想上雨果主要是一个人道主义者，他具有丰富深厚的人道主义思想。他的小说创作，从起初的《死囚末日记》到最后的《九三年》，几乎每一部小说都毫无例外地贯注着人道主义思想。从这种思想出发，他大声疾呼废除死刑，消灭法律上的不公正；从这种思想出发，他强烈地谴责封建专制的暴虐与教会的残忍；从这种思想出发，他对资本主义秩序建立后现实社会中受苦受难的悲惨者满怀同情；也是从这种思想出发，他才有可能在对法国革命的功绩予以高度赞扬的同时，又做出那样深刻而复杂的思考。雨果的小说具有强大的思想生命力，首先就在于它们是与人道主义这一人类最感人、最具有生命力的思想结合在一起。而且，雨果尊奉这种思想、执着于这种思想、宣扬表现这种思想时，总是怀着炽烈的巨大的热情，他在感动读者以前，自己先就感动了，并使笔端饱蘸着自己的激情。如果说，在诗的领域里，愤怒出诗人是一种规律的话，那么，在雨果的小说创作活动中，正是他这种思想情感的激昂状态产生出了佳作。他在作品中以一种凡具有良知的人皆有同感共识、皆能共鸣的博大而宽厚的思想去诉诸人的心灵，他的作品因此也就具有了一种博大宽厚而非偏颇狭隘的思想天地与一种真挚而非人工化、持久而非短暂的感染力。历代的读者都在雨果的小说中受到感动的原因就在这里。这正是雨果作品中的思想力量的体现。

三

不仅感人，而且动人、引人入胜。很难想象，在小说作品中，现实性与思想力量、引人入胜与感人的效果能够不借有力的小说手段、小说的形式美而得以实现。如果说雨果的小说作品是以现实为本、以思想激情为力的话，那么它们都是以浓墨重彩、绚烂辉煌的浪漫风格为体的。正是这种体态美、风格美、文本美，使雨果至今仍是全世界亿万读者喜爱的小说家。

从文本的层次来看，雨果小说艺术的浓墨重彩、绚烂辉煌，首先体现在它的场景画面上。在近代成熟的小说中，场景画面是小说构成的一个重要的部件，从来都受到有经验的小说家的关注，他们经常要在故事发展的重要关头与人物性格展示的关键时刻，着力绘制出重点的场景画面。也许，雨果要算是特别重视场景的绘制，也是倾力于这个方面的小说家了。他不仅像其他人一样在情节故事的构设与人物形象的描绘中，把场景画面置于举足轻重的地位，而且还往往在历史背景上使用工笔重彩，大加铺陈渲染，蔚然成画，这不能不说是雨果小说艺术的一个特点。而在其他很多小说家那里，背景历史往往只是一笔带过；到了20世纪的小说里，甚至往往只以一个模糊的影子或简单的符号作为标记。雨果小说中这种艺术范例并不少见，其中最著名的是《巴黎圣母院》中对巴黎圣母院、《悲惨世界》中对滑铁卢战役的描述。在文学史上，巴尔扎克的《高老头》对伏盖公寓这一故事背景详尽而个性化的描写是极为有名的，而雨果对巴黎圣母院的描绘，不论从规模、气势与作用来说，都大大超过了巴尔扎克对场景的绘制，它不仅有整整一章的篇幅，而且在小说里几乎无处不有。在这里，巴黎圣母院是一段漫长而真实的历史，是一首具体而空灵的"石头交响诗"，是巴黎事物活生生的见证者，是俯视着人世的具有灵性的带几分神秘色彩的存在物，构成了小说的既有真实性又有浪漫性的场景。在《悲惨世界》里，滑铁卢只不过是长篇故事中一个具体情节的遥远框架，但它也在小说中占有了整整的一章。在这里，滑铁卢战役的政治与军事背景、战役的巨大规模与复杂始末、战场上的形势与瞬息变化，都得到大手笔的准确叙述，构成了一卷名副其实的滑铁卢战役史；在这里，滑铁卢战场的地理地貌，战争惊天动地的声势、酷烈的氛围，战后足以泣鬼神的惨景都得到绘声绘色的描写，构成了文学史上规模最大的吊古战场文的鸿篇巨制。其他如中世纪巴黎广大的乞丐群与他们惊人的暴动，1832 年革命的酝酿、爆发与壮丽的街垒战，历史上著名的旺岱农民叛乱的复杂根源与巨大的如燎原烈火的声威，18 世纪英国上议院准确而栩栩如生的场景，所有这些都是他不同的小说里的重要篇章。这些巨幅的场景画面，是构成雨果小说历史性与现实性的重要部件，而它们宏大的规模与气势、雄浑的笔力、灿烂的色彩与蕴含其内的苍凉博大的历史感，又充分显示出一种浪漫的气派，它们使人联想浪漫主义绘画大师达维特与德拉克洛瓦那些辉煌的历史画卷。

在一定程度上，小说往往就是呈现给读者看的依次更迭出现的画面与场景，画面与场景是构成小说的题旨、情节、人物与意趣的一个重要的成分，因而，从小说作品的构造来说，它是较为外在的层次，最与作者的下笔成文紧密贴近。作家的遣词造句最直接导致的最初的"阶段性成果"，往往便是场景画面；行文达到的"第一站"，一般也是场景画面。而雨果正是遣词造句的大师、下笔行文的能手。他才气横溢，笔墨饱满，善于渲染铺陈，于是，动人的场景画面也就一一呈现，不竭之势有如泉涌。这既是雨果善于做的，也是雨果自觉地致力去做的。既然他在历史背景的设置上尚且很关注场景画面的绘制，那么，他在小说的主要内容即事与人的搬演与表现上，就更不会忘记场景画面的绘制了。这些场景画面，构成了情节发展，展现出人物性格，表露出意蕴题旨。加西莫多在烈日下受鞭挞、在刑场上旁若无人地救出爱丝梅拉尔达、在钟楼上无微不至地守护着这个波希米亚女郎，爱丝梅拉尔达在法庭上的极为荒诞可怕的受审，冉·阿让神奇地从海面上逃得无影无踪、他一人就居然把一辆马车抬了起来、他在地下水道的迷宫里令人难以置信地救出马吕斯，芳汀冬夜在街上卖笑被人把雪团塞进脖子里，可怜的小女孩珂赛特黑夜挑水劳动，马白夫老爹在起义中英勇地保卫红旗，伽弗洛什出没在街垒的硝烟战火之中，海上劳工与章鱼的搏斗，笑面人在议会慷慨激昂、不计个人利害的演说，革命军在战火中收养三个儿童，朗德纳克于惊涛骇浪般黑夜在旺岱登陆，郭文在军事法庭受审，等等，所有这些场景只不过是雨果小说中俯拾即是的著名画面场景中的一部分。雨果小说中的场景画面，其内容性质往往极不平凡，其色彩无不鲜明强烈，其蕴含的感情饱满而高昂，其效果常令人惊心动魄。总之，这是一些闪耀着浪漫主义的光泽的画面。

在浪漫主义文学创作中，小说故事情节往往是作者所特别关注的一个领域，这是符合文学创作规律与阅读心理的。人们期望于小说的，往往首先是讲故事，这也是符合文学发展规律的。在真实而深刻的描写现实生活上，19 世纪初期兴起的浪漫主义还不拥有像现实主义、自然主义那样多的经验与手段，即使是较早出现的被认为是"现实主义大师"的狄更斯与巴尔扎克，也往往很注意讲很不一般的故事而带有一定的浪漫主义色彩。雨果开始小说创作是在 19 世纪 20 年代，在他之前，英国的浪漫主义小说家司各特，就是一个讲故事的能手，而雨果正是颇深地接受了司各特的影响。他早在小说创作的初期阶段，就曾发表过一篇评论，盛赞这位英国作家那种"随心所欲带领读者在各个国度和不同时代里漫游"的才能，并从这个作家的小说创作里，总结了小说"应该通过有趣的故事阐明一个有用的真理"的主张。

雨果在构设他小说作品的故事情节时，往往不是在较为集中、较为短暂的时间单位里，在故事的复杂与情节的诡谲上下功夫，而是着力于构设跨度甚大的时间与容量甚大的空间里内容丰富的故事与曲折多变的情节：在《巴黎圣母院》里，是一个像噩梦一样可怕的悲惨事件旷日持久的过程，而且溯源到了女主人公童年时与母亲的失散；在《悲惨世界》里，是冉·阿让大起大落、极不平凡的大半生经历；在《笑面人》里，是主人公奇特的五光十色的生平；在《九三年》里，则是从巴黎到旺岱广阔国土上惊心动魄的历史故事。雨果深知悬念这个永恒的艺术手段的魔力，他非常注重悬念的设置，也很善于制造悬念。爱丝梅拉尔达的故事，由于她身世的悬念而令人格外揪心；《笑面人》中更是悬念丛生：走私船的来历、在海上漂流的葫芦中的秘密、小主人公的下落与他成人后非同寻常的经历，无不都是奇特的悬念构思。

雨果对现实生活有他的理解，他不满足于在小说作品中叙述简单单纯的生活过程，而总是追求复杂的多元、多头绪的生活事件。表现在对小说故事情节的设计上，他总是把非单一的线索纠结在一起。把主线索与一个或两三个次要的线索缠绕在一起，在《悲惨世界》里，我们就可以看到冉·阿让与芳汀、珂赛特、马吕斯、伽弗洛什等好几个天南地北、本来各不相干的线索互相穿插。雨果善于横生枝节、蔓延枝节，为了叙述珂赛特不幸的童年故事，他横生出了德纳第这个人物，而讲述这个人物的来历，又回顾了滑铁卢战役，而这竟构成了小说的整整一卷。这种情节上的枝干蔓延、条叶繁茂，既展示出现实生活宏大广阔的天地，也在叙事艺术上造成引人入胜、令人眼花缭乱的效果。如果才力不足，多头绪、多线索将在小说里恣意散漫，难以收拾，但雨果却以雄浑的才能，居高临下，调控总揽，抒释化结，使之导向整体的艺术效果，其气派犹如赫拉克勒斯同时降服几条巨蟒。

雨果在小说的情节中，虽然不时也有一个人凭两臂之力就抬起一辆马车，一夜的苦恼竟使头发在第二天早晨尽成白色等等特异传奇之笔，但总的来说，他相当注意具体描写上的逼真性。他力求使读者相信他所描写的一切都是真实的，正如魔术师力求观众对他的戏法信以为真一样。然而，他小说中一个个事件竟有那么多强烈而奇特的内容，那么多有如鬼使神差一般的巧合，那么多极富有戏剧性的发展变化，这毕竟是超乎平常的现实生活所能容纳、所能承受的程度。正是在这样的观照下，雨果小说的浪漫气质也就显现了出来。

四

浪漫主义对故事情节的重视，往往使它的小说在某种程度上带有情节小说的性质，雨果所推崇的司各特就是情节小说的代表，但雨果大大超越了司各特的是，他的小说恰巧主要不是情节小说，而是人物小说。由以情节取胜到描绘出塑造出鲜明生动、真实深刻、具有持久存活力的人物形象，是欧洲 19 世纪小说日趋成熟、日趋完美的一个重要标志。雨果的小说不仅在法国文学，而且在整个欧洲小说的范围里，体现了这一发展成熟的趋势，他笔下的一些人物形象，有不少至今仍活在人们的心中。

雨果的人物具有持久的魅力，首先在于其理想的光辉。典型的浪漫主义文学的人物，往往是作家主观愿望的负载体，如果这种主观愿望是合理的、为广大人群所认同所共有的，那么作为负载体的人物必然具有理想的感染力；如果这种主观愿望是狂妄的，那么其笔下的人物就会流于虚假。雨果从 19 世纪 20 年代中期把自己的思想定格于自由主义与民主主义之后，就是怀着强烈的民主主义与高昂的人道主义的理想去进行他的小说创作的。虽然他小说中不少人物如卞福汝主教、冉·阿让、芳汀、伽弗洛什、郭文、朗德纳克，都是以现实生活中真实人物为原型加工塑造而成的，他在这些人物身上都大力倾注了他的上述主观理想，使这些人物或则身上体现出一些非凡的特质：仁爱宽厚、慈善悲悯、慷慨大度、舍己为他、忠义英勇、豪侠仗义、真诚坦荡、富于同情心与正义感等等，或则成为对社会正义、法律公正、人类平等互助的向往之情的表达者。其实，仅仅说雨果在真实人物的原型中贯注了自己的理想还很不够，准确地说，他是以真实人物的原型为原始出发点，而按照自己的理想去描绘人物高大的非凡的形象，去谱写人物可歌可泣的个人史诗。因此，雨果笔下的人物不仅是闪耀着理想主义的光泽而已，他们无不充盈着理想主义的精神，昂扬着理想主义的格调，毫无疑义，雨果的民主主义与人道主义理想，都是人类精神发展中可贵的精华积淀，至今仍是人类尊崇、向往、争取的目标。正是这种理想的正义性与全人类性以及雨果表现理想的艺术力度，使得他的人物不仅深深地感动了世世代代的读者，而且还将具有永久的不朽的魅力。

雨果小说作品里的人物形象，既是他理想精神的结晶，也是他自觉的艺术原则的产物。由此，这些人物形象的思想内蕴与艺术内蕴，比起一般浪漫主义作家笔下的人物要来得更为丰富复杂。如果说，雨果在文艺思想与创作原则上，有什么是真正属于他自己、被他阐释得淋漓尽致并富有独创性的东西的话，那就是他的对照原则，即光明与黑暗、善与恶、美与丑、崇高与卑劣等等对照的原则，这既是雨果对生活、对人事的一种哲理性的认识与概括，也是他描写生活、塑造人物所奉行的方法。对此原则，他早在 1827 年辉煌的《〈克伦威尔〉序》里，就已经做过系统的阐述。此后，他就一直在自己的戏剧创作与小说创作中几乎毫无例外地贯彻与运用了这一原则与方法，直到他

1873 年问世的最后一部小说《九三年》。虽然雨果的对照原则最初是就戏剧创作提出来的，但由于在小说形式中，作者的叙述与描绘的才能有更大的空间可以施展，这个原则在雨果的小说中也就运用、贯彻得更为丰富多彩。仅以《巴黎圣母院》而言，以美丽天真、纯洁、善良的吉卜赛少女爱丝梅拉尔达为中心，有她在地位上作为被迫害的弱小者与弗罗洛作为强暴的迫害者的对照；有她在形体上的奇美与加西莫多的奇丑的对照，有她在爱情上的真挚痴情与浮比斯的虚情负义的对照，有她在道义上的见义勇为与格兰古瓦的袖手旁观、助纣为虐的对照，有她在民族国籍与宗教信仰上与乞丐王国的对照。而围绕着她的这些人物之间也同样存在着各种对照：有弗罗洛与加西莫多这一对义父、义子之间邪恶与善良的对照，有加西莫多与浮比斯这一对情敌之间品格高尚与道德堕落的对照，有加西莫多与爱丝梅拉尔达和格兰古瓦这一对吉卜赛少女的受惠者之间倾心报答与忘恩负义的对照，有女修士与弗罗洛、浮比斯作为社会两极，即卑贱者与高贵者在自然人性上的对照，有乞丐王国与弗罗洛作为中世纪精神秩序下两种地位，即被教化者与教化者在精神道义力量上优与劣的对照。同样，在各个人物的身上，也存在着对照鲜明的两个方面：在加西莫多身上是形体容貌上的丑怪可怕与灵魂上的高尚美好，在弗罗洛身上是道貌岸然与毒如蛇蝎，在浮比斯身上是漂亮潇洒与肮脏卑鄙，在格兰古瓦身上是诗兴的狂热与灵魂的猥琐。在《悲惨世界》里，冉·阿让前后两个阶段的精神境界、内心世界的对照，冉·阿让作为被追捕者的人道精神与沙威作为追捕者的严厉冷酷的对照。在《九三年》中，郭文、朗德纳克与西穆尔登这三个人物不同的思想立场、行为准则、精神品质、个性表现的错综复杂的对照与他们各自身上的两个矛盾方面的对照，也都是雨果贯彻运用他的艺术方法的著名范例。雨果小说人物创造中的这些艺术构设可谓相当纷繁，大有使读者眼花缭乱的效应，它们显示了雨果所理解的生活与人物的复杂性，也十分鲜明地表现了雨果小说的意旨与主题。当然，毫无疑义，对照原则运用到这种程度显然带有超常性，带有人工化的戏剧性，而这，正又一次突出了雨果小说的浪漫气质。

雨果描绘人物的艺术中还有一个值得注意的方面，即他对人物心理活动与心理深度的注重。在人物的心理描写上，一般说来，浪漫主义小说与现实主义小说确实存在一些差异。浪漫主义文学作品的主观性质较为明显，小说中的一切部件、一切构设都是作者强烈的主观扩张与未加控制的抒情倾诉的手段与途径，小说中客观存在着的人物亦不例外，这就在人物的心理描写上形成了浪漫主义小说自己的特点，即作者往往让他的人物不受任何限制地倾诉自己内心的思想情感，描述自己的心态活动，而作者所采取的形式则往往是书信体小说或自述体小说。当浪漫派作家采取旁叙体小说形式，需要自己来充当各种人物隐秘内心活动的无所不知的叙述上帝、并要把这一切深层心理以比较客观的方式描述出来的时候，他反倒往往束手无策，不知所措，他所能做的只是按照主观的设计去编构故事情节。如像与雨果同一时代的大仲马、欧仁·苏就是如此。他们的小说只以故事情节取胜，而谈不上有什么真正的人物心理描写与心理刻画。雨果是当时浪漫派的领袖人物，他的小说无疑都具有强烈鲜明的主观性质，可以说是形态完备的浪漫主义小说。但雨果大大超出了他同时代浪漫派小说家的水平，他在旁叙体的小说里十分着力去进行人物的心理描写与心理刻画，得心应手，取得了极为出色的成就。在《悲惨世界》第一部第五卷中，雨果几乎用了足足两章的篇幅，描写了商第马案件中冉·阿让彻夜不眠，陷于极大的思想矛盾、面临两难抉择的内心活动，即"脑海中的风暴"。在这里，雨果把利己与舍己、为我与为他两种思想的反复斗争，轮番较量，描写得既激烈痛苦，惊心动魄，具有很大的震撼力，又层层深揭，细致入微，感人至深。这样的大篇幅深层次的心理描写在世界文学名著中是不多见的。同样，在《悲惨世界》中，马吕斯夜间阅读时思想受到启迪与转变的过程，也被雨果写得十分真实生动，亦为别致而精彩的心理描写的篇章。在《九三年》中，雨果又用了整整一章的篇幅细致地描写了"沉思中的郭文"，把人物心理活动中巨大的历史内容与深邃的思辨性表现得很是出色。雨果小说中的人物心理描写的规模与深度，足以与世界现实主义小说中的充分而深刻的心理分析的篇章相媲美，这使得他笔下人物的内心世界具有复杂性和多面性，脱离了平面的、扁形的人物的状态，而带有立体的、浑圆的人物的性质。在这个意义上，雨果的小说具有比单纯浪漫主义更为丰富的美学内涵，它反映了浪漫主义小说向现实主义小说靠拢趋向的历史过程，体现了浪漫主义与现实主义的和谐结合。

开辟了一个时代的戏剧大师

在世界戏剧史上，雨果算不上是戏剧巨匠，然而，他却是世界戏剧史上不可或缺的大人物，没有他，世界戏剧史将有重大缺憾。他的戏剧创作以其开拓性的作用与轰动性的时事效应而显得非常重要，如果要说雨果作为戏剧作家有什么特点的话，那就是不论在创作内容与社会效应上，他都具有巨大的戏剧性。

一

雨果开始写戏剧作品是在 1827 年，这年底，他的第一个剧本《克伦威尔》出版。此后，他在诗歌创作与小说创作的同时，也不断从事戏剧创作，连续问世的有《玛丽蓉·德·洛尔墨》（1829）、《欧那尼》（1830）、《国王寻乐》（1832）、《留克莱斯·波日雅》（1833）、《玛丽·都铎》（1833）、《安日洛》（1835）、《吕伊·布拉斯》（1838）、《城堡里的伯爵》（1843）。

雨果致力于戏剧比致力于诗歌与小说显然要来得迟。然而，他取得轰动性的成功，却首先是在戏剧领域。从事戏剧，就是直接面对观众，对于他来说，戏剧创作是否成功不再是在报纸杂志上与出版社里，而是在剧场中，其标志就是喝彩声与掌声，或是嘘声与倒彩声。他的第一个剧本《克伦威尔》，虽然有名声震耳的一代名优达尔玛翘首以待，要出演克伦威尔一角，但剧本写得太长，场面过于浩大，人物太多，无法上演。不过，这个剧本的序言却另起了一种振聋发聩的轰动效应，它同时宣布了对伪古典主义的挑战与新文学流派的创作主张、美学趣味。

雨果进入戏剧领域是在这样双重的背景之下：一是代表了古老封建传统的波旁王朝仍维持着它最后几年的统治，而这种统治又已经面临着山雨欲来风满楼的形势；一是古典主义从 17 世纪建立起来的古老戏剧法则仍主宰着法兰西的舞台，但 1827 年英国剧团把莎士比亚的剧目带进了这个老式舞台，引发出了青年一代观众对新戏剧风格的热情与兴趣，并开始形成了一股冲击旧戏剧传统的浪潮。这样双重的背景，使戏剧领域成为一个孕育着爆炸性危机的雷区，一个剧本只要一涉及在舞台上演出的问题，只要它本身带有若干诱发的因素，它就必然在剧场内外引起一场风暴。这就是雨果在戏剧上所面临的时势与必然性。

果然，雨果第二个剧本，也就是他写的符合舞台上演要求的第一个剧本《玛丽蓉·德·洛尔墨》，在 1829 年就首先"触雷"。这个剧本在朋友圈子里朗读时，也曾得到了日后《欧那尼》所得到的那样的赞赏声与喝彩声，上演的成功似乎已唾手可得，但在法兰西剧院即将把它搬上舞台之时，它却被波旁王朝内务大臣禁止上演，其理由是剧本的那个"耽于狩猎、被教士操纵"的路易十三的形象，被认定不仅是"对当今国王的曾祖的糟蹋"，而且简直就是"影射国王本人"。雨果求见国王亦无济于事，查理十世也把与此有关的第四幕称为"可怕的一幕"，维持了内务部的原判，但给雨果一笔年金作为补偿，却又遭到雨果的拒绝。这个剧本的经历揭开了雨果戏剧创作过程的戏剧性序幕。这种戏剧性是风暴型的戏剧性，是政治与文学双重充满了火药味的背景下的风暴型戏剧性，它在下一个剧本《欧那尼》那里发展到了高潮。

　　封建君主政治与古典主义的双重高压，肯定更激发起了雨果双重的逆反情绪。七月革命即将爆发的紧迫形势，也许已使他有所预感，《玛丽蓉·德·洛尔墨》遭到禁演后，雨果立即"以近乎奇迹的猛劲"投入了《欧那尼》一剧的写作，并且十分有意识十分自觉地强化了、增加了曾使得《玛丽蓉·德·洛尔墨》"触雷"的那种刺激性的成分与倾向。一方面在政治上，《欧那尼》对君主政治更富有挑战性、指责性与告诫性，剧中的国王像一个品格卑下的宵小之徒，如果作者不是出于开导的目的在最后让他变得宽宏大量，他简直就是一个十足的恶棍。另一方面在艺术上，《欧那尼》对古典主义的一系列法规、戒律、趣味、标准，都公然带有对抗性与践踏性。这里，古典主义的三一律已被抛到九霄云外，《〈克伦威尔〉序》中大力宣扬的对照原则在情节、人物格局与人物性格上都得到全面的贯彻，其浪漫主义明暗黑白反差达到了近乎夸张的程度，而古典主义戏剧的语言戒律则遭到公然的蔑视，日常通俗的口语也大摇大摆进入了诗行。

　　时势造英雄，英雄造时势。这个时期的法国、这个时期的法兰西舞台，肯定要发生某种事，就看谁来推波助澜，谁来激化引爆了！如果没有雨果，肯定也会有别的一个人来做。雨果以《欧那尼》与时局时势、与传统趣味相撞，他立即成为社会中的一个焦点、舞台上的一个中心。《欧那尼》就像一个火种被扔进了一堆干柴，很快就引起点点的火星，并燃成一场熊熊大火，引发出了一声巨大的爆炸。从剧本一开始排练，老派演员对诗句的种种挑剔姑且不说，旧派文人们的偷听、刺探、寻章摘句，故意讹传，存心曲解，凭空捏造，恶意进行攻击与抹黑等种种手段，无所不有，妄图把这个剧本扼杀在摇篮中。而后，剧本又经过了检查制度近乎逐字逐句的刁难，还遭到报纸杂志的围攻。另一方面，拥护《欧那尼》的阵营也已形成，它包括一些新派的青年、诗人、画家、音乐家、工人以及追求新艺术趣味的人士，为数一百人的"卫队"也组织起来了，他们出场时几乎个个都奇装异服，长发披肩，为首的是青年诗人、画家泰奥菲尔·戈蒂耶，他身穿大红缎背心，配一条镶有黑绒边的浅灰裤，头戴阔边帽，在剧场里率众保卫《欧那尼》，格外醒目。剧本一上演，保守派的观众就以笑声、嘘声、倒彩声进行冲击，在整个上演期间剧本的每一个诗句几乎都遭到过这样的打击，而每当出现这种情况时，"卫队"则以掌声与喝彩声进行抵抗。每晚，区区 100 人的队伍就这样与 1500 人反对派与准反对派的观众阵营进行一场场顽强的战斗，演出往往成为一场场"震耳欲聋的喧吵"。此时，离七月革命爆发只有几个月，《欧那尼》与首相府成了巴黎以至全国两个最引人注意的视点。巴黎剧场里的风浪还蔓延到了外省，曾有一个年轻人竟为了《欧那尼》而与人决斗致死；还有一个骑兵排长临终遗言，要在墓碑上刻上自己是"雨果的信徒"的字样。

《欧那尼》接连上演了 45 场，获得巨大的成功，它成为七月革命的一个序幕，它奠定了戏剧史上浪漫派对古典派、浪漫主义戏剧对古典主义戏剧的胜利。"《欧那尼》之战"以它的意义、它的白热化、它的戏剧性而名垂史册，它无疑是雨果戏剧生涯中辉煌的一页，闪光的顶点。

"《欧那尼》之战"以后不久，爆发了七月革命，法国历史又掀开了新的一页，开始了七月王朝时期，而雨果的戏剧生涯，也进入了一个新的坦荡顺利的阶段。首先，在复辟王朝时期曾遭到禁演的《玛丽蓉·德·洛尔墨》很快就得以搬上了舞台；接着，雨果成为巴黎各大剧院乐于上演的走红的剧作家，他的新作一个接一个上演，他往往可以在两家剧院之间进行选择，他剧本的版权也经常是出版商以高额稿酬争取的目标。他的剧作从《留克莱斯·波日雅》《玛丽·都铎》《安日洛》到《吕伊·布拉斯》，在巴黎演出都颇为成功，上演场次甚多，颇创票房价值。当然，有时由于雨果剧本的内容与倾向，有时由于演出中某些人事原因或场务原因，如演员的矛盾与派系、场务安排失当等，也曾出现过剧场风波。但雨果的戏剧深受观众的欢迎，牢牢占据了法兰西舞台，已经是一个确凿无疑的事实。这个过程一直到1843年《城堡里的伯爵》为止，这个剧本演出完全遭到了失败，报纸杂志的评论也几乎都是否定的。剧本的难演，剧中史诗式的人物超过了平常标准，使演员力不胜任，固然是失败的直接原因，但更令人无能为力的却是这样的事实：巴黎的观众太熟悉雨果的戏剧风格了，他们已经为他的剧本鼓掌了十几年之久，现在他们要求换换戏剧口味。在《城堡里的伯爵》失败之后，雨果完全退出了戏剧舞台，这正标志着雨果整个前期文学创作生涯的结束。从《欧那尼》到《城堡里的伯爵》，雨果有理由感到满意，他造就了浪漫剧十多年的繁荣局面，这对戏剧史上任何一个戏剧家来说，都是一个不小的成就。

《城堡里的伯爵》被称为"雨果戏剧创作生涯的最后一曲"，但这只是就戏剧作品的上演而言。事实上，在这个剧本的上演失败之后，雨果还继续进行戏剧创作，但主要是短剧，如《潮湿的树林》（1854）、《祖母》（1865）、《干预》（1866）、《上千法郎的奖金》（1866）、《宝剑》（1869）、《在林子边》（1873）等等，这些剧本几乎都没有上演过。出版后，从来也是在文学史家、雨果学专家评论的视野之外。它们的创作，说明了雨果在戏剧上仍然颇有创作活力，仍抱有东山再起的希望，但法兰西戏剧史的"雨果专章"，毕竟已经翻过去了。

二

雨果在戏剧这个领域里留下的遗产与精华，显然就是他从19世纪30年代至40年代不断搬上舞台的那些剧作，我们根据这些剧作在题材上的奇特性与艺术上的浓烈色彩，把它们称之为浪漫剧。它们是雨果整个戏剧创作中闪光发亮、有声有色甚至是轰轰烈烈的部分，构成了戏剧史上"雨果专章"的内容。

雨果的浪漫剧没有一个是以当代现实生活为题材，全都是取材于历史，而且几乎都是取材于 16 世纪与 17 世纪的历史。其中，《国王寻乐》与《玛丽蓉·德·洛尔墨》分别是法国 16 世纪、17 世纪的历史题材；《欧那尼》与《吕伊·布拉斯》分别是西班牙 16 世纪、17 世纪的故事；《留克莱斯·波日雅》与《安日洛》的题材来自 16 世纪、17 世纪的意大利；《玛丽·都铎》则取材于英国 16 世纪。不难发现，这些剧本都是在搬演同一个旧时代的故事。即欧洲 17 世纪、18 世纪的社会革命进程所直接清算与否定的那个旧的封建君主专制时代的故事，既然各个国家都有，这也就构成了对于整个欧洲的封建君主时代的搬演。这样一个泛欧的整体构思，显然蕴涵着作者一个明确的意图，那就是对那个旧时代的本质的展示。

以历史为题材的戏剧并不等于历史剧，雨果的浪漫剧就是如此。尽管莎士比亚是雨果心目中"戏剧的天神"，是他仰慕、模仿的对象，但是，雨果以历史为题材的戏剧作品，却与莎士比亚的历史剧相距甚远。莎士比亚基本上是在历史事件的背景与轮廓上以历史人物的实在性与故事情节的可信性，表现历史的际遇与兴衰，思考历史经验，抒发历史感怀，在他那里，历史的具体性与丰富性都呈现出来了。雨果则不同，他仅仅以历史时代为框架，以历史人物为标记符号，以历史传奇与历史想象为内容，专注于表现自己对特定历史时代的认识与评判。在他这里，历史的具体性都消失在他统一的历史评判之中，历史时代的丰富性都统一在单一的历史时代的本质之中。雨果笔下的这种历史时代的本质，概括说来，就是封建君主时代的阴暗、冷酷、卑劣与腐朽。总之，雨果无意在自己的剧作中表现历史时代的五光十色，而是着意集中揭示他所认识的这种历史时代的本质，表现他对历史时代的社会评判。

不可否认，雨果的浪漫剧带有相当明显的反封建、反君主专制的政治色彩。在《欧那尼》中，专制君主作威作福、操纵控制，大权贵滥施淫威、草菅人命，世代冤仇、人间惨剧概由此产生，西班牙王朝盛世与骑士精神荣光的堂皇其表、阴毒其里即此可见。《玛丽蓉·德·洛尔墨》也是透过人物的命运，直接触及法国封建专制统治的最高权力，一对青年男女的爱情悲剧成为撞开这一权力核心的有力冲击手段。从这里，作者展示出君主专制权力核心的荒诞内幕，整个剧本具有了对封建王权结构的解析意义与讽刺意义。《国王寻乐》淋漓尽致地揭示了封建君主的浪荡无行，其淫邪放荡、胡作非为的范围远非局限于宫廷之内，而是祸及社会民间，整个剧本构成了这样的艺术意象：一个荒淫无耻的法国国王在作践着、蹂躏着、伤害着被他统治的臣民。《玛丽·都铎》是对阴暗英国封建宫廷生活的形象搬演，揭示出尊严王权的可怕内幕：王室的腐朽、权臣的阴险、统治阶级中钩心斗角的卑劣、宫廷阴谋的冷酷残忍。《吕伊·布拉斯》与《玛丽·都铎》有某种相似，也是致力于揭开宫廷生活最核心的内幕，不过事情是发生在西班牙，这里，最高统治层中不可告人的隐私、激烈的争斗倾轧、权臣的恶毒奸诈也都表现得很鲜明突出。这些剧本在题材内容上、在思想倾向上都如此一致，不仅在雨果的文学创作中，而且在整个 19 世纪文学中，构成了对欧洲封建主义时代的一次集中的批判与清算。

在这种批判与清算中，雨果有两个重要的立足点：一是他的民主主义立场，一是他的人道主义立场。

雨果浪漫剧的民主主义倾向，首先表现在他明确无误地把封建旧时代统治阶级中尊严十足的代表人物，从帝王将相到显赫权贵，几乎毫无例外地都钉在耻辱柱上。在他的展现之下，这是阴暗的一群，国王不是居心叵测的枭雄，就是浪荡无耻的淫棍，大臣与显贵一个个无不贪婪自私，奸诈冷酷，在作者所构设的特定环境情势中，他们是社会罪恶的肇始人，是人间悲剧的酿成者。在作者对他们的描绘与搬演中，针砭的锐利锋芒与评判的严厉冷峻是随处可见的，这构成了雨果浪漫剧鲜明的批判色彩与揭发力量。而由于雨果浪漫剧的题材又不限于一个欧洲君主国，从西班牙的卡洛斯国王、法国的弗朗索瓦一世与路易十三、英国都铎王朝的玛丽女王，到意大利的大公、德国的城堡爵爷纷纷粉墨登场，雨果的揭发批判也就超出了国别而具有泛欧性与普遍性。难怪雨果的浪漫剧不止一次被当局认为"对君主制度构成了威胁"，这就是在《欧那尼》之战的胜利之后，雨果的浪漫剧还曾遭到禁演或引起剧场风波的原因。

雨果的民主主义立场，在他的浪漫剧中更主要是表现为鲜明的平民意识。如果说，法国传统的古典主义戏剧总是以帝王将相为其主人公，并以把他们表现为尊严崇高的形象为己任的话，雨果则在自己的浪漫剧中，非常自觉地反其道而行之。在他这里，平民人物居于舞台的中心地位：在《玛丽蓉·德·洛尔墨》中，是妓女与作为"低声下气的老百姓"的普通青年；在《欧那尼》中，是流落山林的"强盗"；在《国王寻乐》中，是被人轻鄙的宫廷丑仆；在《吕伊·布拉斯》中，是地位卑贱的仆人。这些平民人物，不仅是在舞台上居于中心地位，而且雨果总把一些人性上、品格上、感情力量上与行为规范上的闪光的东西、有价值的东西赋予他们，使他们成为名副其实的正面人物。于是，在雨果的浪漫剧里，就明显地存在着人类两种类型的强烈对照：善与恶的对照，人性的正常、美好与变态、丑恶的对照，这种基本的对照往往就是雨果浪漫剧的构思的核心与主要内容，它具有一种扬善惩恶的双重作用，既是作者民主主义感情的张扬，也是他社会批判意识的体现。对照原则是雨果曾在他的浪漫主义文学宣言所大力阐述、大力主张的艺术方法，正是在雨果浪漫剧的创作实践中，它显示出了充实的思想内容而具有了美学的意义。

人道主义的立场与感情，是雨果文学遗产中最可贵的成分之一。这种成分除了在他 19 世纪 30 年代前后的小说《死囚末日记》《巴黎圣母院》中有过大发扬以外，在他前期文学创作中主要就可以说是体现在他的浪漫剧中了。雨果并非在理论上是一个人道主义者，并非出于意识形态的考虑，而使自己的浪漫剧兼具人道主义的内容。他首先是一个诗人，他本人就是一个感情的储存器、感情的喷泉。他在戏剧中信奉感情的力量，而不像古典主义戏剧家那样信奉理性的力量；他总是追求诉诸观众的感情，而不是观众的理智；他总是力图使观众获得最大程度的感动，力图引起他们对善的同情与怜悯，对恶的厌弃与愤慨，仅此，就足以形成雨果戏剧创作中自然而自发的人道主义感情洋溢了，而他浪漫剧的特定题材，更大大助长了这种感情的洋溢与喷射。

雨果的浪漫剧基本上都是表现平民百姓，在封建君主时代被王公权贵操纵、压迫、逼胁、损害，最后遭到悲惨结果的故事。正常的人性，正常人的合理要求，普通人起码的生存权利，在封建主义的淫威与残暴下，往往被压得粉碎，这正是那个阴暗时代的本质特征之一，也是最足以使近代人类感到撕心裂肺的痛苦的一种人间悲剧，近代的人道主义思潮正是在抗议、谴责、批判这种封建主义暴行的基础上产生的。自从封建主义开始被推上历史审判台，封建时代开始被清算之后，这种悲剧就经常成为文学的题材，仅就戏剧而言，席勒的《阴谋与爱情》与博马舍的《费加罗的婚礼》，就是这种题材的名剧。在这个意义上，雨果的浪漫剧表现了一种常见而典型的题材、内容与时代性的社会思潮，也正因为如此，他的剧作自然也就具有了广泛的引起社会共鸣的基础，这是雨果的浪漫剧在舞台上能"激起群众的热情"的原因，也是能占据法兰西舞台十多年之久的原因。

雨果的浪漫剧既是他个人思想发展的产物，也是特定历史阶段的社会历史要求的产物。不论对雨果还是对法国历史而言，1814 年后的波旁王朝都是一段曲折与弯路。雨果的戏剧创作始于波旁王朝的最后年代，正是他从保王主义的政治倾向中苏醒过来的阶段，对于一个虚荣心强、几乎把表白视为自己生命需要的雨果来说，在此后一个时期里，要弥补自己的弯路，要恢复自己与历史进程同步、同趋向的形象，最有效的途径莫过于在一个最直接接近群众的场合，以最易于引起群众欢呼与喝彩的方式来清算封建时代，这就是剧场与戏剧。这可以说明雨果从19世纪20年代末到40年代初何以对戏剧创作保持那么大的兴趣与热情。对于法国历史进程来说，这也是一个需要对封建时代进行清算与声讨的时期，思想理论的批判与实际的政治否定都早已由启蒙思想家与1789年的大革命完成了。但由于古典主义的优势，法国戏剧至今尚未把帝王将相、王公贵族拉到舞台上进行控诉与鞭挞，像席勒的《阴谋与爱情》那样的控诉式的剧作至今尚未在法国产生，18世纪博马舍的《费加罗的婚礼》似乎胜利得太早了，而且揭露得似乎也不够锐利、不够充分，法国历史要求戏剧补上这一课。雨果承担了这个任务。这一课虽然不是他一个人完成的（大仲马与梅里美也写过很具有批判与揭发力量的剧作），但无疑是主要由他来完成的。

三

　　雨果的浪漫剧在19世纪法兰西舞台上风光了一个时期，固然缘于它投合了时代历史的需要，但不可否认，它的确也具有相当大的艺术魅力，给当代人提供了艺术享受。而且，直到20世纪，其浪漫剧如《玛丽·都铎》《吕伊·布拉斯》还曾在法国不止一次上演。出演主角的，甚至有赫赫大名、声誉盖世的影剧巨星钱拉·菲利普。这是一个方面的事实；另一方面的事实是，雨果在戏剧史上毕竟不是第一流的戏剧大师，海涅甚至把他的名次排在大仲马之后。这两个方面的事实，可以说是雨果戏剧地位的上限与下限，它们构成了对雨果剧作定格评判的合理空间。

　　雨果在戏剧创作中，一直把莎士比亚当作尊奉与仿效的典范。莎士比亚化，是恩格斯所曾经指出过戏剧创作的一种理应之道与理想模式。何谓莎士比亚化？在恩格斯那里，莎士比亚化不过是一般意义上的形象化，按我们的理解，莎士比亚化其实就是相当浪漫化的剧情及不寻常的戏剧性与真实的人性深度的结合。作为莎士比亚的崇拜者，雨果在这两个方面显然都颇为用心，使他的浪漫剧在这两个方面都显示出了自己的特点。

雨果浪漫剧的浪漫化剧情与不寻常的戏剧性首先与他采用历史题材有关。历史题材本身就比较容易带来一定程度的浪漫主义色彩，因为历史题材比现实题材有更大的空白，更需要、也更能容纳作者的主观想象与主观意愿，大仲马的历史小说都具有浪漫主义色彩，就是一个典型的例证。雨果采取历史题材的主观随意性即使不说比大仲马更多，至少不会更少，他在一定程度上只是给自己的浪漫剧佩上了某个特定历史时代的徽章，其故事内容不仅在正史上毫无根据，而且在野史轶闻中也找不到影子，完全是出自雨果本人的构设与想象。

雨果早就从法国 19 世纪初小说的状况中，深知不寻常的情节对于他那个时代的读者的强大吸引力，当他感到自己是在直接面对剧场里那个等待着演出拨弄自己的好奇心的群体——观众时，他求助于浪漫化的剧情与不寻常的戏剧性的意图当会更为强烈。他的目标很明确，那就是要控制观众，刺激观众，激动观众。为此，就要有一个不同寻常的故事，就要有一个惊心动魄的结局。如父亲误杀了被侮辱与被伤害的可怜的女儿，英雄美人的新婚之夜竟成了被索命的葬礼，居于权力顶峰的女王眼见自己的宠臣被处死，妓女从良的努力反倒引起惨烈的悲剧，等等。这样的故事，这样的结局定会给观众带来震撼，但为达到此一效果，剧本中的一切都要导向这个结局，服从这个结局，所有的情节、场面、细节、对白都是作者根据自己的主观构设、根据这个结局的需要而刻意拿出来的工具与线索，它们安排得颇具匠心，使观众总是处于悬念之中，期待之中，最后终于看到了这个惊心动魄的结果。在这个过程中，雨果尽可能地使人感觉这一切都是可信的，但更多的是力求不断地使观众感到意外与惊奇。他做得咄咄逼人，不让人喘息，不让人定神，不让人来得及推敲，观众就像被魔术师强拉着一样往前走。最后，在结局来到的时候，好奇心得到了宣泄，震颤感达到了高潮，对刺激性的需求也得到了满足。从这种艺术效果来说，雨果的浪漫剧首先就是引人入胜的戏、起伏跌宕的戏，在舞台上颇有吸引力的戏。

雨果丰富的想象力，在写作浪漫剧之前，就早已在《冰岛凶汉》与《巴黎圣母院》中有非凡的显示了。这种能力使他的浪漫剧至少在两个方面又大为生色：一是故事的戏剧性，一是场景的奇特性。他在浪漫剧里，以想象力处理历史题材，使得历史平添了一出出奇闻；他以想象力处理故事，则使得浪漫剧里充满了高度戏剧性的巧合。也许雨果是从罗密欧与朱丽叶阴差阳错、饮毒自尽的那几场戏里得到了关于戏剧的启迪，于是在自己的剧作里往往乐此不疲。他要搬演出一个个那么不同寻常的故事，展示出一个个那么惊心动魄的结局，不靠高度戏剧性的巧合，也是不可能到岸的。而且，故事愈奇特，结局愈触目惊心（如在《国王寻乐》中，父亲最后竟误杀了自己的女儿；在《留克莱斯·波日雅》中，母亲竟死于自己所疼爱的儿子之手），一次巧合显然是不够用的，而需要两次，甚至三次、四次。在一部戏里，一次巧合应该说就足以引起观众的惊奇与意外了，何况是多次呢。雨果在戏里往往就这样安排鬼使神差般的巧合，这是他用来吸引观众的魔力，也是他用来要说服观众接受他的结局的魔力。

同样，为了大大加强不寻常剧情的力度，渲染出尽可能鲜明的色彩，造成尽可能强烈的效果，雨果总是刻意运用他的戏剧想象力，在舞台上构设出一些不寻常的带有特殊气氛的场景，如隐蔽的密室，阴森的地下墓穴，黑暗的监狱，恐怖的刑场，等等，旨在营造出境况与氛围的奇特性。雨果最大的本领之一，就是抒情，他为了在舞台上"攫住观众"，也没有忘记大肆动用自己的这个优势与本领，他在追求场景的奇特性同时，还着意追求场景中的抒情含量，他在朝这个方向使劲的时候，没有忘记李尔王在暴风雨中流浪悲号的那一场戏。由此，在他的浪漫剧中就有了欧那尼的深情倾诉、玛丽蓉·德·洛尔墨的苦苦哀求、特里布莱的丧失神志，等等，有这样一些渲染感情、震撼人心的场面，加以雨果又用诗作为渲染感情的手段，更加强了某些场面的动人力量，就使得雨果的浪漫剧既成为一出出五光十色、色彩浓烈、热闹好看、令人应接不暇的戏，又成为一出出不乏感染力与震撼力的戏。

雨果毕竟是莎士比亚的崇拜者、仿效者，他在追求舞台上的轰动效果时，并没有忘记追求人性的真实。应该说，他在这方面做了不少努力，而他的努力总起来说，则不外是对照原则的运用。雨果的对照原则，虽然在他的文艺思想体系里是一个综合性的创作原则，但主要还是就人物塑造、性格描写而言的，如果说这个原则在雨果的小说创作中有不少运用的话，那么应该说，用得更多的还是在他的浪漫剧中。可以说，他的每一个浪漫剧都无一例外，其中雨果用心最明显的是《国王寻乐》与《留克莱斯·波日雅》。他自己这样说过："取一个形体上丑怪得最可厌、最可怕、最彻底的人物，把他安置在最突出的地位上，在社会组织的最低下最底层最被人轻蔑的一级上；用阴森的对照的光线从各方面照射这个可怜的东西；然后，给他一颗灵魂，并且在这灵魂中赋予男人所具有的最纯净的一种感情，即父性的感情，结果怎样？这种高尚的感情根据不同的条件而炽热化，使这卑下的造物在你眼前变换了形状：渺小变成了伟大，畸形变成了美好。这就是《国王寻乐》。那么，《留克莱斯·波日雅》是什么呢？取一个在道德上丑恶得最可厌、最可怕、最彻底的人物，把她安置在最突出的地位上，在一种女性心理状态中，还加上体态的美与雍容华贵的风度，这便使她的罪过更加突出；再在这道德的畸形上加上一种纯粹的感情，一种为妇女所能体验的最纯洁的感情，即母性的感情；在这个怪物中，赋予母性，她便会使人感兴趣，她便会使人流泪，这个本来使人害怕的怪物也会使人怜悯。于是，这个畸形的灵魂在你眼中便会变得美丽起来。父性使得形体上的畸形圣洁化起来，这便是《国王寻乐》；母性使得道德上的畸形纯洁化起来，这便是《留克莱斯·波日雅》。"

雨果浪漫剧中"对照品种"当然不止于此。如果说在上述两个人物身上是形貌与内心的对照，即"加西莫多"式的对照的话，那么其他一些人物身上还有性格发展前后反差化的对照（如《欧那尼》中的前后判若两人的堂·卡洛斯），有卑贱的地位与非凡的才干的对照（如《吕伊·布拉斯》中的出身仆役却有经国大才的吕伊·布拉斯），有身份与品格的对照（如《欧那尼》中流落山林、沦为强盗但却品格高尚的同名主人公），等等，这种种对照显然很有助于人物在舞台上形象生动、鲜明醒目，也许更为主要的是有助于舞台上的有声有色与不寻常的剧情的发展变化，因为雨果往往也利用人物性格的某个方面或某种成分当作剧情发展的契机。从这些意义上来说，雨果戏剧人物的对照，也是他在舞台上制造轰动效应以"攫住观众"的一个重要手段。

雨果本质上是一个浪漫主义诗人。浪漫主义诗人的主要特征在于其主观抒情性，这种特性用在诗歌创作中正是相得益彰，而用在小说与戏剧创作中，有时难免就表现为作者过于任性，因为小说与戏剧创作往往要求作家更多地照顾现实的可能性、逻辑性与真实程度，而不是更多地照顾自己的主观意愿、主观好恶。雨果在浪漫剧创作中，就有一个过于任性的问题。他太执着自己的主观意图、主观构设了。他在借用历史、但历史妨碍他时，他就把历史抛在一边。他自己有一个目的，有一个故事，他已经构设了一个结局，他执着地、不可阻挡地直奔这个结局。达到结局，就是胜利。为此，他让一切都导向这个结局，都服从这个结局，结局就是一切，过程与手段都不必拘泥。可以有一个又一个令人难以置信的情节向结局过渡，可以有一个又一个意外令观众惊奇，于是在剧情上，雨果的浪漫剧就偏离了莎士比亚化所要求的某种合理的法度而有了奇情剧的倾向。同样，在戏剧人物的塑造上，雨果也太重视自己的对照原则了，太把这个原则置于绝对的至高无上的地位，以至往往为对照原则而进行对照，不免流于刻意化、人工化与形式主义，有碍于对自然真实人性的挖掘，他的戏剧人物因此也往往经不起分析、经不起推敲。从巴尔扎克到左拉，19 世纪的作家批评家，几乎都曾指出过他的这一局限。

然而，所有这一切似乎又不是才能问题，而是做法问题。当雨果首先选定了舞台上的五光十色、明暗突出、有声有色，选定了剧场里的轰动效应与观众的惊奇意外、鼓掌喝彩时，他也就是选定了一种做法、一种格调，他达到了自己的目的，他的浪漫剧的确在法国舞台上曾轰响一阵、风光一时，只不过多少给人留下了对他与莎士比亚之间的差距的惋惜。

浪漫主义文学运动的理论旗手

一

在文学史上，维克多·雨果主要是诗人、小说家、剧作者，而不是专门的理论批评家。但是，雨果作为 19 世纪法国浪漫主义运动的领袖人物，作为文学史上一位成就很高的浪漫主义作家，他的理论文字既是当时浪漫主义运动重要的理论文献，也是浪漫主义文艺思想的一个理论标本，今天对我们仍有思想材料的意义。

雨果作为诗人的创作活动开始很早。以 1822 年的《颂歌与杂诗集》为标志，他不到 20 岁便已作为一个引人注目的诗人出现于文坛了，而他在理论批评方面的活动，则正式开始于 1819 年，这正是法国文学史上浪漫主义文学运动形成的年代。

一般文学史家都认为法国浪漫主义文学运动主要是发生在 19 世纪 20 年代至 40 年代这一时期。当然，也应该看到，早在 19 世纪初，新文学运动的倾向便已经显露出来了，人们不再只注视着本国的古典主义传统，而开始把眼光投射到国境之外去寻求新的东西。当时，斯达尔夫人便在她的论著里，介绍和赞扬德国和北欧的富有浪漫主义的灵感和诗情的文学，拜伦、司各特、席勒、蒙苏里这些浪漫主义作家的作品也开始广泛地介绍到法国，并且很受欢迎。这都说明法国本国原来的古典主义文学不再能满足新时代新精神的要求，人们不得不去借鉴外国的反映了相应的精神或有相似的精神表现的作品，正如司汤达所说的："古典主义是只能给当代人的祖先以愉快的文学，而浪漫主义则是能给予当代人以愉快的文学。"[1]不过虽然 1789 年资产阶级革命以后，新的时代就产生了对新文学的要求，但紧接革命之后是一连串动荡不安的日子，用拉法格的话来说，当时"政治危机和革命喧扰消磨了大家的精神，使人无暇顾及任何严肃的文学问题"[2]，即使已经出现了具有"日后浪漫派文学将要加以发展和夸大的一切优点与缺点的萌芽"[3]并风靡一时的两部作品：《阿达拉》与《勒内》，但浪漫主义文学运动仍然没有形成。直到 20 年代，才出现了成批的浪漫主义诗人和作品，才有了浪漫主义者的第一文社和第二文社，而发展到 1830 年，便有了著名的《欧那尼》的演出，标示了浪漫主义对伪古典主义的最后胜利。

在这发展过程中，1820 年前后可以说是一个开端。在这时，短短两三年中相继出版了拉马丁、雨果、维尼等人的诗集，这些作家以共同具有的强烈的个人抒情的色彩和浪漫的想象而形成了新的风格，对于其中的诗集，圣佩韦当时赋予这样重要的意义："从此，在真正意义上的我们的诗歌才找到了自己的语言、自己的色彩和自己的音调。"[4]一系列浪漫主义的文学刊物这时相继创刊了：《文艺纪事》在 1820 年，《法兰西缪斯》在 1823 年。而浪漫主义者的第一文社也是在 1823 年成立的。新的流派在形成，新的文学运动在发展，保守的法兰西学士院领导人阿日在他 1824 年 8 月 20 日一篇演说里不得不承认："很多对古老原则怀着虔诚的尊敬而成长起来并受过无数古典杰作熏陶的人士，都对这一新派别的发展感到忧虑不安。"正是在文学领域的这样风起云涌的背景里，雨果开始了他的创作活动与批评活动。

---

① 司汤达：《拉辛与莎士比亚》。
② 拉法格：《浪漫主义的根源》。
③ 同上。
④ 圣佩韦：《今人肖像》第二卷。

1819 年，雨果与他两个兄弟合办了刊物《文学保守者》。从这时起，他不仅写作了他最初的小说和以后收集在《歌吟集》中的一些诗歌，而且又撰写了不少文艺随笔、作家作品评论，其中较重要的有写于 1824 年前后的论司各特和拜伦的文章。后来，1834 年雨果把这些文章和他在 1830 年以后写的一些政治随感、历史评论编在一起，这便是《文学与哲学杂论集》。

在他早期从事批评活动时，雨果还没有摆脱他那具有保王主义倾向和天主教信仰的母亲在他少年时所给予他的影响，用他自己的话来说，那时他"是一个斯徒亚特分子、詹姆士王党、封建骑士，爱旺岱甚于爱法兰西"[1]。因此，这些文章有的便不能不留下他早期的政治偏见和宗教思想的痕迹，如对法国大革命和为这次革命做了舆论准备的 18 世纪启蒙运动都抱否定态度，对启蒙运动作家进行了苛刻的非难和偏激的指责。除此而外，雨果在写这些文章时，也还没有成为自觉的浪漫主义者，因此，在有的文章中，还企图以"调解者"的身份，带着"明智的语言"出现在浪漫主义与伪古典主义两个对立的营垒之间。即使有这些缺陷和不足，从这文集里还是可以看出作者浪漫主义的文学见解和主张。

在雨果的第一篇理论批评文章《谈戏剧》中，已经有了他以后著名的文学序言和理论专著中某些论点的萌芽，如他强调戏剧应该有曲折的情节，应该表现非凡的人物：天使与巨人，并要具有激情等等；而他对英国浪漫主义作家司各特与拜论的评论，就更充分表现出他浪漫主义的文学趣味和美学原则。《论司各特》与《论拜伦》是雨果带着激情写就的文章，字里行间充满着对这两位与他属于同一流派的作家的崇敬和喜爱。他极力赞扬司各特的历史小说，认为这些作品既表现了过去的历史时代，使这些时代带着自己原有的色彩和情调复活过来，又表现了"人类的心灵"，塑造出了鲜明的、强烈对照的人物性

---

[1]　雨果：《〈秋叶集〉序》。

格；雨果并不特别重视作品是否忠实于历史真实，而是重视司各特作品中所表现的"情趣"、色彩和想象，称赞"他的想象掌握和抚摩着人们的想象"，称赞他小说中奇妙的情节和构思，把他的作品视为一种典范。这不仅说明了司各特具有浓厚浪漫主义色彩的作品是如何投合雨果的爱好，而且表现出雨果关于文学创作的一系列浪漫主义的理想和原则。在《论拜伦》一文中，他把拜伦视为与法国浪漫主义者同一家族的成员，说拜伦的逝世是他们切身的不幸，因为他们与这个英国诗人已经"建立起了亲密的关系和情感的交流"，"像同胞兄弟，像两个经受过同样不幸的朋友"。虽然雨果在写这篇文章的时候还不承认自己的浪漫主义者的身份，但他实际上却是代表着这一新流派在说话；虽然，他在《歌吟集》1824 年序中还说要充当新旧流派的调停人，但在这里他实际上也在对保守的伪古典主义进行批判了。他嘲笑伪古典主义者像可笑的傻子罗兰想要把过时的死亡了的东西冒充有生命的东西，他说，旧时代的文学应该随同旧时代而隐退，新时代需要新的文学和流派，并且把拜伦所代表的浪漫主义流派视为当然的合法的新文学流派，还通过拜伦的创作指出新文学、新流派具有幻想的魔力和自然的本色，善于表现理想、情感和自我，并勇于参与社会斗争等等。所有这些见解，都是浪漫主义的。因此，应该说，雨果早期的文艺理论文章，虽然有不成熟和自相矛盾之处，但和他后来的主要论著完全是一脉贯通的，从这些理论文章中，可看出他日后一系列完备的浪漫主义文学思想的某些端倪。

二

　　雨果在 19 世纪 20 年代至 30 年代有了重要的转变和发展，他不再是保王主义和天主教的信仰者了，而且他也由浪漫主义文学运动不自觉的参加者发展成为自觉的主将。这种转变主要是因为当青年雨果面临着思想发展的重要阶段时，正生活在 19 世纪 20 年代至 30 年代阶级矛盾激化的条件下。20 年后，复辟王朝的执政者的反动倾向日益露骨，查理十世上台以后，便通过和实施了一系列反自由的、侵犯各阶级利益的反动法令，这加深了复辟王朝与下层人民、与资产阶级的矛盾。从 19 世纪 20 年代中叶起，资产阶级自由主义思潮广泛传播，正如雨果在 1831 年所追忆的那样："在复辟时期的最后几年，19 世纪的新精神渗透到了历史、诗歌、哲学等各个方面，使得一切改观，万象更新，只有戏剧是唯一的例外。"[1]雨果自己便是在这种条件下摆脱了他原来保守的政治立场，并对文艺问题有了更鲜明的思想。这些思想都表现在他一系列作品序言中。我们知道，从《歌吟集》直到 1840 年的《光与影集》，是雨果创作上丰产的阶段。在这个阶段里，他写了为数很多的诗集、长、中篇小说以及浪漫剧，而每当他出现一部诗集或一个剧本时，他几乎毫不例外地要写下一篇序言，阐明他的文学思想和创作意图，这种做法和他后期出版作品时是完全不同的，其原因也是在于当时的文学界的斗争。

自从 19 世纪 20 年代初浪漫主义文学流派兴起以后，新旧文学思想的斗争便愈加激烈、紧张，有时发展到短兵相接的地步，特别在戏剧方面更是如此。法国 17 世纪古典主义者的成就主要在戏剧领域，而 19 世纪的伪古典主义者也是盘踞在这一个领域，他们模仿高乃依、拉辛，盲从"三一律"，认为戏剧中悲喜不能混淆，诗韵应该高雅，用词不可粗俗。浪漫主义者在 19 世纪 20 年代初还没有成功的作品和这些传统的规则抗衡，他们便推崇与这些清规戒律绝缘的外国戏剧杰作——莎士比亚的作品。当 1827 年英国剧团来法国演出莎士比亚的名剧时，剧场中就发生了浪漫主义与古典主义第一次大规模的直接斗争，古典主义者大叫"打倒莎士比亚，他是威灵顿的随从"；年轻的浪漫主义者也不示弱："莎士比亚是天神，拉辛是混蛋小子。"

---

[1] 雨果：《〈玛丽蓉・德・洛尔墨〉序》。

当时的形势是双方对抗，各不相让。新兴浪漫主义文学每前进一步都遇到保守派的阻力，直到 1829 年，当第一个浪漫剧、大仲马的《亨利三世和他的宫廷》推开了长期为古典主义戏剧独占的法兰西剧院的大门而获得上演时，有 7 个伪古典主义作家还曾上书查理十世要求禁演。此外，文学上的斗争由于阶级矛盾的激化也具有了政治斗争的色彩。雨果的剧本《玛丽蓉·德·洛尔墨》在 1829 年就曾因"对当今皇上祖先不敬"的罪名而被禁演，他著名的剧本《欧那尼》的上演也遭到很多非难，这种情况正如雨果在他给一个青年诗人的诗集所写的序文中所说的那样："现在毁谤、辱骂、仇恨、嫉妒、阴险的陷害和卑劣的出卖正在某些人士周围不停地酝酿聚集，这些人士都正直诚实，然而却遭到不义的攻击，他们心地赤诚，只求带给国家一种自由，即艺术的自由或思想的自由，他们辛苦勤劳、安分地进行精神的劳作，但一方面却要遭到检查机构和警宪当局的阴谋暗算；另一方面往往更要忍受他们为之工作的思想界的忘恩负义的亏待。"[①]

在这种情势下，雨果写的作品序言不仅是保卫自己作品的盾牌，而且是讨伐伪古典主义的檄文，是掷向官方的书籍戏剧检查制度的投枪。在这些序言里，雨果代表浪漫派进行了争取文艺自由的斗争，这斗争一方面是针对文学创作上的伪古典主义，另一方面是针对复辟王朝的文学专制措施，因为伪古典主义正是有着官方支持的政治背景的。从《〈歌吟集〉1826 年序》起，雨果便作为新文学争取自由的战士而出现了，在这篇序言里，他反对古典主义在文学中人为地划定"这个界线，那个范围"，他反对模仿，把模仿看作是伪古典主义的本质，他主张文学创作自由，认为作家应该发挥独创性。到了著名的《〈克伦威尔〉序》中，雨果的思想更加系统化了，由于这篇序言全面而有力地批判了古典主义，正面地阐述了浪漫主义的创作原则，因而一发表就被视为浪漫主义文学运动的宣言、浪漫派的旗帜。曾经参

---

① 雨果：《关于多瓦勒先生》。

加过浪漫主义运动的泰奥菲尔·戈蒂耶后来回忆说："那真是奇妙的年代。《〈克伦威尔〉序》在我们眼里发出灿烂的光辉……它引起了一个类似文艺复兴的运动。"[1]

在这篇著名的序言里，雨果除了批判伪古典主义的戏剧和它所遵奉的"三一律"等清规戒律外，主要是提出文学创作的对照原则，这是贯穿全篇的理论线索，联系各部分的中心论点，而且也是雨果整个文艺思想的一个核心。雨果认为自然中的万物并不符合人的意愿，都是美的，而是"丑就在美的旁边，畸形靠近着优美，粗俗藏在崇高的背后，恶与善并存，黑暗与光明相共"。在他看来，古典主义把这两个方面割裂开来，并舍弃了其一，即滑稽丑怪，因而是一个缺陷，而新的浪漫主义文学则是同时表现了这两个方面。不过，也应该看到，雨果最终所追求的还是崇高优美，而不是丑怪，他说："崇高与崇高很难产生对照，于是人们就需要对一切都休息一下，甚至对美也是如此。相反，滑稽丑怪却似乎是一段稍息的时间，一种比较的对象，一个出发点，从这里我们带着一种更新鲜更敏锐的感觉朝着美而上升。鲵鱼衬托出水仙，地底的小神使天仙显得更美。"[2]可见，崇高优美是雨果的美学理想，是他所认定的艺术的目的，而对滑稽丑怪的描写，在他的艺术思想里，只是一种途径和手段。

雨果虽然主张自然中的美丑应该表现在艺术之中，但是，他又把艺术真实与自然真实严格加以区分，他强调诗人的主观在艺术创造中为了使人物和事物更完美、更富有诗意而起的能动作用。因而，雨果所理解的艺术中的美丑是经过理想化和夸张了的，雨果在这一序言中所称赞的近代文艺中的滑稽丑怪，也都不是生活中所能有的，而是经过了极度夸张的形象。雨果失于偏颇，把这个原则绝对化了，因此，他在塑造人物的时候，只从这一抽象的要求出发，力求在人物身上造

---

① 　戈蒂耶：《浪漫主义史》。
② 　雨果：《〈克伦威尔〉序》。

成强烈的、尖锐的对照，这固然使艺术形象能产生鲜明的效果，但往往显得有些人工做作、不够自然，他的浪漫剧和前期小说中的人物几乎都是如此。虽然雨果的对照原则有其局限性，但在当时也有一定的进步意义。从 17 世纪以来，古典主义文学只表现帝王将相、王公贵族，而排斥生活中平凡粗俗的形象，雨果以对照原则主张："自然中的一切在艺术中都应有地位"，正体现了新兴浪漫主义文学要扩大表现范围的要求。

在《〈克伦威尔〉序》之后，浪漫主义运动有了很大的发展，虽然在 1829 年雨果的《玛丽蓉·德·洛尔墨》因政治原因而遭禁演，但第二年初，他著名的戏剧《欧那尼》上演获得极大的成功。这次著名的演出斗争，仅仅发生在七月革命前几个月，因而它不仅表现出浪漫主义与伪古典主义在文艺思想上的斗争，而且在山雨欲来风满楼的形势下，也突出了浪漫主义与伪古典主义之间的斗争实际所具有的社会政治意义。雨果作为这一文学运动的领导者，在《欧那尼》的序言中对此做了总结。他把浪漫主义文学运动的意义提升到政治的和社会的高度。他这样说："如果从战斗性这一方面来考察，那么总的讲，浪漫主义其真正的定义不过是文学上的自由主义而已。"在这篇序言里，雨果把向古典主义争取创作自由与向复辟王朝争取社会自由结合了起来，并且把自己视为这一斗争行列中当然的一员。在他看来，文学自由是政治自由的"新生女儿"，浪漫主义运动是法国大革命的"一种后果"，他说："我们的父辈已经干出这样多的伟业，我们也都亲眼看见了，既然我们从古老的社会形式中解放出来了，那么我们为什么不从古老的诗歌形式中解放出来？新的人民应该有新的艺术。现代的法兰西，19 世纪的法兰西……在赞赏着路易十四时代的文学和当时专制主义如此合拍的时候，一定会知道要有自己的、个人的、民族的文学。"这段话很清楚地说明了以雨果为代表的浪漫主义运动的阶级实质和社会意义。它虽然并没有告诉我们浪漫主义在创作方法上的确切涵义，但是却能启发我们，19 世纪法国浪漫派所显示出来的一些创作特点是可以而且也应该从 1789 年后的社会根源去加以考察的。

浪漫主义与伪古典主义的斗争是以《欧那尼》的上演为最高潮，而在 1830 年以后，局势便平静多了，雨果在 1830 年后的作品序言主要是对自己的作品加以解释，由于这些序言密切结合了雨果本人的创作，因此，通过这些序言，我们可以更切实地了解雨果关于创作论的思想。

什么是文学创作的基础或源泉呢？是现实生活还是主观心灵呢？对这个基本问题的看法将标志着是浪漫主义还是现实主义。雨果说是心灵。在《秋叶集》的序言里，他认为艺术创作是由人的主观精神、人的心灵所决定的："人心是艺术的基础，就好像大地是自然的基础一样。"[1]那么，把现实的历史置于何地呢？现实和历史在他那里只是精神的物化，只是"配合着行动的情欲"[2]，戏剧便产生自这种情欲，而诗歌则产生自"配合着梦想的情欲"，也就是纯然的主观，在他看来，文学形式的区别仅在于对心灵描绘的程度不同而已，如小说，不过是"有时由于思想、有时由于心灵而超出舞台比例的戏剧"。既然把心灵提到这样高的地位，那么，凡在心灵中占有地位的，在诗歌中就应占有地位，雨果解释说，他自己的诗就是"从那被生活的震撼所形成的内心裂缝里源源而出"[3]的，即使这些感情微不足道，对于宏伟的事物来说只不过是一片轻飘飘的叶子，但也有权进入诗歌。[4]

虽然雨果认为每个人的心声都可以成为诗歌，但是，他并不把人内心的崇高理想以及高尚伟大的情感与那些软弱的柔情、一时的感伤、个人的追忆等等情感等量齐观，置于诗歌中的同等地位，而是极力强调理想、伟大和美。在《玛丽·都铎》的序言里，他提出"伟

---

① 雨果：《〈秋叶集〉序》。
② 雨果：《〈光与影集〉序》。
③ 雨果：《〈秋叶集〉序》。
④ 雨果：《〈心声集〉序》。

大"这一美学标准，认为"伟大包括着美"，在舞台上，它是掌握群众的力量。他所谓的伟大，其实就是非凡的与理想的。正像他早年说过戏剧应表现巨人和天神一样，这时他更进一步指出，诗人应该把现实生活的事件"提升到历史事件的高度"，"应该从此时此地把一切事物放在将来的背景上，一方面缩小它们某些部分，另一方面则夸大它们某些部分"[1]，而他自己呢，"他要故意掩饰那些不光彩的例外，表现老年永远是伟大的以引起对老年的尊敬，表现妇女永远是软弱的以引起对她们的同情，表现自从亚当与夏娃以来世界借以建立的两种伟大的感情，即父爱与母爱之中的一些崇高、神圣和美德的东西以引起对自然之爱的信仰。最后他还要处处指出人类的尊严，让大家看到不论人是如何绝望和堕落，上帝还是在他的深处埋下了火种，从天上吹来的一口灵气总能使它复燃，灰烬总不能把它埋葬，污泥总不能使它窒息——这就是灵魂"[2]。由此可见，雨果是根据一定的美学理想来进行创作的。对于现实主义作家来说，创作过程是作家从现实出发，对现实做加工概括的典型化的过程，而对雨果这样的浪漫主义作家，则是首先从自己的美学理想出发，按自己所希望的那样对现实材料加以主观改造的理想化的过程，因此，雨果在他的序言里，也特别强调虚构和想象。

值得分析的是雨果也提出了"真实"与"自然"的概念。当他批判古典主义的形式主义和"三一律"中时间和地点的一致时，从来没有忘记"真实"与"自然"这两个武器；他责备古典主义是违反自然和真实的。在《玛丽·都铎》序里，他把"真实"与"伟大"并提，说这是艺术创造的两大目的，并且表示，伟大与真实的结合，是他所认为的艺术中的"完美的境界"。伟大与真实的结合，按他的解释，便是"夸大事物的比例，但却保持事物的关系"，或者说"始终

---

[1] 雨果：《〈心声集〉序》。
[2] 雨果：《〈光与影集〉序》。

严守在自然之中，但有时也越轨而出"。他还把作品的真实与思想教育意义联系起来："真实包括着道德。"雨果关于"真实"与"自然"的言论在整个文艺思想中究竟占一个什么地位呢？是处于一种什么关系呢？我们应该看到，这些关于真实与自然的论述虽然在字面上无异于现实主义作家的言论，但是，如果考虑到雨果为这些论点所设的前提，以及他在对创作过程中诸重要观点所设的条件，那么便不难看出它的本质和特点了。

雨果的世界观，从根本上来说是重主观的。在作品序言中，他有时也把眼前的现实和过去的历史看作是精神的物化，这样便把自然和现实置于第二性的地位上。在艺术创作中，他虽然主张应表现"混杂在生活中的一切"，但在这一切之上，却要"某种伟大的东西在高高飞翔"[1]，也就是说，现实是以理想来驾驭和统率的。从具体创作过程来说，雨果认为生活中一切创作素材是要"经过艺术的魔棍作用"才能进入到艺术中来的，这魔棍的作用具体说来就是一些浪漫主义的创作手法，如："起用编年史家所节略的材料，调和他们剥除了的东西，发现他们所遗漏的并加以修理，用富有时代色彩的想象来充实他们的漏洞，把他们任其散乱的东西收集起来，把人类傀儡后面的神为的提线再接起来，给一切都穿上既有诗意而又自然的外衣，并且赋予它们以产生幻想的、真实和活力的生命"[2]，而最为重要的，则是按照作家主观的观念和他所认定的原则出发去进行创作，而不是从现实生活的本质和面貌出发去进行创作。正如雨果自己的序言所说明的那样，他往往是根据观念去创造人物，如根据父爱的观念去创造父爱的形象，根据母爱的观念去创造母爱的形象[3]甚至塑造各种各样反面人物也仅仅只为了表现一种绝对精神。在他看来，各种反面人物所体

---

[1] 雨果：《〈玛丽·都铎〉序》。
[2] 雨果：《〈安日洛〉序》《〈留克莱斯·波日雅〉序》。
[3] 同上。

现的精神是同一的，只"根据时间和地点的不同而变换形状，但本质仍然不变；在威克斯是间谍，在土耳其是太监，在巴黎则是专事诽谤中伤的文人"[1]。因此，总起来讲，"真实"与"自然"在雨果的文艺思想中不是占主要的地位，它们并不是雨果从事创作时所依据和遵循的主要原则，这虽然可以看出雨果与现实主义者的不同，但也显示出他文艺思想的复杂，与某些完全无视现实的浪漫主义者有差异。正因为如此，雨果早期不成熟的小说和戏剧中，有色彩过于浓厚、夸张而不真实的人物，但却没有神秘不可理解的形象，而到了后期，当他在小说创作上更为成熟时，他所写出的《悲惨世界》就出现了更高的境界：有细节的真实和栩栩如生的描绘，有对社会广阔的反映和着力的刻画，而其中又贯穿着作家鲜明的强烈的情感，回荡着一种非凡的气势，人物的身上闪耀着一种不寻常的色泽，使人感到好像是现实的，但又不是现实的，的确达到了雨果自己所说的："真实之中有伟大，伟大之中有真实。"[2]

三

雨果从1843年他的剧本《城堡里的伯爵》上演失败后，便暂时搁下了他的创作而从事政治活动。这一段创作上沉寂而政治上活跃的时期约有10年之久。雨果在19世纪40年代的政治态度是保守的，直到1848年革命，他才最终地确定共和主义的政治立场，而1851年拿破仑三世政变又使他更加激进起来，雨果勇敢地抗议这次政治暴行，并参加了共和党人的起义，起义失败后，他不得不流亡国外。流亡生活共达19年之久。在流亡期间，雨果除了通过自己的笔继续向拿破仑三世做政治斗争以外，主要便是从事创作和论著。在这一阶

---

[1]　雨果：《〈安日洛〉序》。
[2]　雨果：《〈玛丽·都铎〉序》。

段里，他写出了像《惩罚集》《历代传说》这样一些著名的诗集和像《悲惨世界》这样的杰出的小说，并且还写出了一本理论专著《莎士比亚论》，这本专著完成于 1863 年年底，出版于 1864 年。

法国浪漫派以及雨果对莎士比亚的态度是颇有意思的。早在法国之前，德国和英国都兴起了浪漫主义文学运动，出现了歌德、席勒、拜伦、雪莱这样一些著名的杰出的浪漫主义作家。然而在法国浪漫主义运动中，这些异国的兄弟却没有一个像几世纪以前的莎士比亚那样，受到浪漫派以及雨果的热烈赞扬和高度推崇。1827 年英国剧团来法国上演，便对浪漫主义作家们产生了深刻的影响，浪漫派为这次演出而狂喜。后来大仲马回忆说，当时莎士比亚戏剧在他面前开拓出来的境界，对他来说，"像是天上的伊甸园对于亚当一样的新鲜和令人愉快"[1]，他还说："……我开始认识了戏剧的世界里一切都导源于莎士比亚，就像现实世界一切都导源于太阳；没有人能与他匹敌，因为他像高乃依一样富有戏剧性，像莫里哀那样富有喜剧性，新奇如同卡尔德龙，深思犹如歌德，热情磅礴就像是席勒……"[2]这些意见，我们从雨果的言论中同样也可以听到。它们可说是代表了整个浪漫派的态度。当时，浪漫主义作家不仅称赞莎士比亚，而且都力图模仿他，雨果的浪漫剧几乎全是企图模仿莎士比亚的风格的产物。雨果和浪漫派重视与推崇莎士比亚，当然不是偶然的，这一方面是因为，莎士比亚的成就高，足以和法国 17 世纪古典主义戏剧相匹敌，莎士比亚的作品丰富多彩，与古典主义的清规戒律绝缘无关，从创作方法的意义上说还充满了浪漫主义的因素和色彩。另一方面则是因为，雨果和浪漫派不仅在创作上需要范例，而且在理论上也需要依据。雨果在自己的作品序言里，就往往援引莎士比亚，或则解释自己的创作意图，或则来阐明自己的理论主张。于是，这些论述就不可能不表现出雨果本人

---

① 大仲马：《回忆录》。
② 同上。

浓厚的主观成分，在有的地方，莎士比亚甚至成为雨果所宣扬的文学原则的体现者。因此可以说，雨果对莎士比亚一贯的言论，与其说是对这位作家的一种切实的评论，不如说是他自己在理论上借题发挥。

从《莎士比亚论》全书来看，雨果显然也是想要通过评论莎士比亚这样一位伟大的作家来阐明他所认为重要的某些文艺问题。当然，从《莎士比亚论》中，肯定可以看出雨果对文学创作的一些浪漫主义见解和美学趣味，如他称赞莎士比亚"把整个自然都斟在自己的酒杯里"，表现了自然中的全部对照，称赞他探索了人类的灵魂，称赞他是位画家，称赞他富有想象，能根据"上帝的逻辑"而虚构出种种"图案"，甚至说"莎士比亚首先是一种想象"。所以有这些见解，都表现了雨果一贯提倡对照、提倡抒写心灵、推崇想象和虚构以及讲究作品的情趣等等的创作思想。但是，这些还不是雨果在《莎士比亚论》中着重阐述的问题，他所着重阐述的，是两个比较根本的文艺问题，即文艺的本质和文艺的社会作用与职责。当然我们不能期望雨果对这两个问题会有完全正确的科学的解答，我们只能把他视为过去时代中一个有历史局限的作家，在这前提下，从他的意见中吸取一些可供参考的东西。

雨果在他著作的第一部分就提出了"艺术与科学"的命题，企图首先阐明文学艺术的本质。在那里，他首先考察文学艺术作为精神现象之一所具有的一般的"精神秩序"，他说："诗歌就像科学一样，有一个抽象的根源，科学由此产生金、木、水、火、土的杰作，即机器、船只、机车、飞艇，诗歌由此产生有血有肉的杰作，如《伊利亚特》《颂歌》《西班牙民歌集》《麦克佩斯》。"那么，这一共同的抽象的根源在什么地方呢？雨果认为在"自然"中，他说"大自然，还有人类，被提升到二次方，就产生艺术"，并且还说，艺术也像科学一样不能离开自然中的"数目"，如同诗韵就是"数目"的表现。雨果的数目之说，既抽象，也不科学，的确显示出他的某些思想不够严密和明晰。不过，他显然还是企图说明艺术有其自然的根源，而且，雨果所说的"提升到二次方"是值得注意的，与他以前所说"在艺术魔棍的作用下"的意思相近，都是指对现实的艺术加工而言。在谈到艺术与科学的共同点之后，雨果进一步论述了两者的不同，也就是艺术的特殊性。正像他没有正确地解答上一个问题一样，他也没有道出这个问题的本质。他认为艺术与科学的不同，就在于科学是发展的，在这个领域里，后来者一定居上；而艺术则是运行的，在这个领域里，一个作家或一部作品一旦达到了"美"，成为杰出的，那么在他或它所涉及的范围里、在他或它之所以杰出之处，后人是无法超过的，用雨果的话来说："艺术的美，正在于它无从更臻完善"、"一个诗人不可能使另一个诗人被人遗忘"、"莎士比亚不在但丁之上，莫里哀也不在阿里斯托芬之上……"。[1]因此，雨果一方面进一步说明，崇高的东西都是平等的，另一方面也指出模仿的无出息："第一位诗人……来到了顶峰。你跟随他攀登而上，达到同样的高度，但不可能更高，你就名叫但丁好了，但他名叫荷马"，并且也指出艺术创作有广阔的空间，杰作不会排斥杰作，以此提倡"各种各样的创造"。按雨果的意见，既然艺术美的高低不以时代的发展为转移，不依靠任何属于将来的完善化，不依靠语言的任何变化，那么决定艺术美完善与否的因素究竟是什么呢？雨果说是心灵。"心灵的不同，灵智的差异，这才是原因"，"灵智的竞争就是美的生命"。于是，照他看来，要创造杰出的作品，要达到艺术的顶峰，就应该像"每个伟大的艺术家都按照自己的意向铸造艺术"那样，去进行大胆的创造。总之，要达到过去的天才所未达到的艺术成就，"那就要和他们不一样"[2]，这便是雨果的结论。由此可见，雨果对于以上问题的探索，原来主要是为了替他强调心灵、提倡独创性的文艺思想寻求更根本的说明和根据。

------

① 雨果：《莎士比亚论·艺术与科学》。
② 同上。

在《莎士比亚论》中，雨果所特别加以阐释的主要思想，是文学的社会作用和诗人的社会职责。其中理论性的几卷，都接触到这个问题，可以说，这是《莎士比亚论》中的理论核心部分。在最初的章节中，他开始便提出书籍可以哺育人类、改造人类；"书籍是……改造灵魂的工具。它对人类之所以必需，就在于它是滋补光明的养料。"当然，这个意见有可取的成分，然而，雨果出于他天真简单的历史观，却把这种作用夸大到不恰当的地步，甚至天真地以为，只要社会上有更多的人能够阅读书籍，书籍影响的范围更加扩大，就能改造社会，因此，他认为普及文化的义务教育是改造社会的关键，在雨果心目中，文化教育改造社会的巨大作用又主要是以文学艺术的美感教育作用来体现的，或者说，他以为文学艺术的教育作用是最为巨大的："诗人的作品中所始终保持着的美，使得他们居于这一教育事业的顶巅。"[1]雨果的"美为真服务"的原则便是由此出发提出来的。雨果反对"为艺术而艺术"的口号，在《美为真服务》一卷中，他着力地论证了文学艺术并不因服务于人生、服务于社会的进步事业而有损其美与崇高，"美并不因为服务于广大人群的自由和改革而降低了自己"[2]；他提出实用与崇高的统一、实用与美的统一、善与美的统一，"实用不仅不会排斥崇高，而且使它更加崇高"、"绝不会因为善而失去任何美"，并且还指出，诗歌之所以美，就在于"具有感化的力量"。

"美为真服务"是雨果积极浪漫主义文艺思想的最高概括，它具有较丰富的具体内容。它主要是具体地表现在诗人应负有崇高的社会职责这一思想上。诗人的职责是什么？总起来说，就是"成为有用的"、"服务于人生"。雨果认为，那些"遨游太空的天才"不应脱离自己的时代与社会，他指出过去的天才都是因服务于自己的时代而伟大的，为社会的正义与进步事业服务是天才的法则，而不为人类进

---

① 雨果：《莎士比亚论·艺术与科学》。
② 雨果：《莎士比亚论·美为真服务》。

步事业服务的，便不可能成为天才。那么，如何为社会进步事业服务呢？诗人具体的社会职责是什么呢？雨果提出了两个方面：第一个方面是要和社会不合理、不正义的事物做坚决的斗争。雨果指出，他那个时代离光明幸福的社会还很远，因此他反对诗人为艺术而艺术的态度，认为诗人应该执行战斗的任务："赞成善而反对恶，表现公众的愤怒，使暴君受辱，使坏蛋绝望，使不自由的人解放，使灵魂前进而排斥黑暗……"他对歌德向不合理事物妥协的庸俗的一面做了严肃的批判，把这说成是诗人应该记取的教训。应该看到，雨果在理论上所表现出来的这种积极的革命的精神，是与他自己的生活、斗争分不开的。自从1851年以后，雨果进入思想成熟的阶段，成为一个先进的民主主义的作家。在流亡期间，他仍不懈地向拿破仑三世做坚决的斗争，通过写作把诗人的职责和斗士的职责结合了起来，在杰出的政治诗集《惩罚集》中，揭露拿破仑三世的专制政权给民族带来的损害，给社会造成的黑暗，给人民带来的痛苦，而且，还抨击当时欧洲各国的专制和奴役，传播民主、自由、平等的思想，号召人民起义。特别是在1859年，拿破仑三世大赦时，雨果拒绝回到法国去，表现了对恶势力坚决不妥协的革命精神。也正是以这种精神，他在《莎士比亚论》之前两年写成了暴露社会黑暗、同情劳苦人民的杰作《悲惨世界》。由此可见，雨果在《莎士比亚论》中所提出的诗人应该反对恶势力的思想，不仅是他在理论上的主张，而且也是他自己所身体力行的信条和原则。

关于诗人的社会职责，雨果所提出的第二个方面是宣扬理想，教育人民。不论在《莎士比亚论》中还是在他以前的言论里，雨果对这方面是格外重视的，这实际上是他认为的诗人与艺术家的首要职责。他指出，社会要获得进步，既需要进行破坏的"力量"也需要专门建设的"才智"，而在他看来，艺术家的工作主要就在于建设。建设什么呢？雨果说要建设人民，也就是说，要培养他所认为理想的一代人民，一代有理想的人民。雨果对于理想是特别重视的，他认为理想是人得以区别于动物的地方；而当代人的缺点正是重视物质甚于重视理想，"由此便产生种种堕落"[1]。因此，他提出这样的主张："要在人类的灵魂中再燃起理想"，到哪里去取得理想呢？他回答说："诗人、哲学家、思想家都是带着理想的胞子囊"，他特别强调诗歌对传播理想的重要性："诗是从理想中分泌出来的"，"诗是从英雄主义中产生的"，认为"这是诗人为什么是人民的启蒙导师的原因"。[2]当然，雨果规定诗人的任务首先在于宣扬理想，这是应该肯定的，但从以上所说的这个论点的提出和论证的线索来看，却也能看出雨果社会观和历史观方面的缺陷。他不是从根本的社会性质和社会制度去理解时代的罪恶和社会的堕落，而是从人心中去寻找根由，因此，也就把人心的改善和文化教育的普及视为改造社会的手段和途径："请把从伊索到莫里哀的所有的才子、从柏拉图到牛顿的所有的智者和从亚里士多德到伏尔泰的所有的学者都倾倒出来吧！这样，你便能医治好时弊，一劳永逸地缔造人类精神的健康。"[3]同样，在他著名的小说《悲惨世界》里，他虽然暴露了社会的黑暗，描写了劳苦人民的悲惨生活，但是同时也表现了爱的精神和高尚的道德可以改造旧社会的思想。这都是雨果天真的历史观的表现。不过，另一方面，我们也应该看到，雨果在《莎士比亚论》中谈到在人民中宣扬理想时，是充满了对人民的热情的。一方面，他把人民看作是教育的对象，另一方面，他也说人民"有一颗伟大的心灵"、"有高度的道德感"、"有各种美好的感情，能够深刻地接受理想"、"对文学有细致的感受"、"狂热地投身于美……让自己得到陶冶"，[4]这些话又表现出雨果的民主主义的倾向。而且，我们还应该看到，雨果在他的论著中号召诗人们所传播的

---

[1]　雨果：《莎士比亚论·有才智的人与群众》。
[2]　同上。
[3]　同上。
[4]　同上。

理想，如争取自由、信奉真理、反对民族奴役等等，虽然是根源于他的资产阶级人道主义思想，具有一定的局限性，但在当时资本主义社会条件下，对于人们争取进步、反对不合理事物的斗争仍然有一定的积极意义。雨果从文艺理论上规定诗人应以表现这些理想为自己的创作目的，无疑也是一种积极有益的创作思想原则。这正是雨果的浪漫主义与夏多布里昂的浪漫主义的不同之处，正是积极浪漫主义与消极浪漫主义的分野之一。

我们在前面说过，雨果的文艺理论论著，是法国 19 世纪浪漫主义文学运动的理论文献，有助于我们了解这一个运动和这一个流派。当然，浪漫主义作为一个文学流派虽然是 18 世纪 19 世纪的历史产物，而作为一种创作方法却不能不说是原来就已经存在着的，但是，浪漫主义创作方法的特点集中而典型地表现在浪漫主义流派之中，却又是毫无疑义的。因此，我们便不难从雨果这位 19 世纪浪漫派作家的文艺理论中，看到某些对于浪漫主义创作方法，特别是对于积极浪漫主义创作方法的某些具有一般表征意义的东西。这就是我们今天研究雨果文艺思想的意义。雨果的文艺思想，除了以上指出的一些局限和缺点外，本身也是相当复杂的，而且在论证上有不严密不连贯甚至不统一的地方，其中的论据也有些是不够精确的。

出任历史书记的散文政论家

　　除了戏剧、诗歌、小说作品外，雨果还从事游记、政论以及纪实文学、见闻录的写作，并且收获甚丰，这一大批成果是雨果的散文作品。

　　如果说雨果的戏剧、小说以及相当一大部分诗歌，都主要是他文学想象的产物的话，那么雨果的散文则主要来自他本人的现实生活，是他现实生活的直接反映；如果说他在现实生活中的一些心绪与感受，主要的是以抒情诗来表达的话，那么，他在现实生活中的见闻、经历与思想，则完全是纪录与表述在他的散文作品中。他的游记是他多次漫游生活的实录，他的政论是他社会政治斗争中的思想观点的表述，他的纪实作品与见闻录，是他对自己所经历过的历史事件与社会生活的证词，他的文论则是他对自己的作品与创作意图的说明解释。文学史上一些作家从事散文作品写作，往往是从自己的内心世界、情感状态、日常生活以及身边琐事中汲取灵感与材料，但雨果在这些方面的灵感几乎都被他的抒情诗占用了，他只把自己社会生活中那些"实"的天地留给了自己的散文写作。于是，在雨果的散文作品中，我们就较少见到空灵心绪、浅谈妙论、酬和应答、感时抒怀、风花雪月、花鸟鱼虫等等细轻柔巧的东西，而往往更多见到厚重与扎实。

　　在游记散文方面，雨果的第一部重要的作品是《莱茵河》。1838年8月18至28日，雨果曾在香巴涅地区做过短期旅游，1839年8月

30 日至 10 月 25 日，雨果与他的情妇朱丽叶特，在阿尔萨斯、瑞士与普罗旺斯地区做过一次长途旅行，1840 年 8 月 28 日至 11 月 2 日，雨果又与朱丽叶特畅游了莱茵河地区，在旅途中，雨果一般都在当天把自己的印象、见闻与观感写下，作为信件寄给在巴黎的妻子阿黛尔，1842 年他把三次旅行中的信件以《莱茵河之游——致友人书》为名结集出版，只不过 1840 年之游中一大部分信件，到了散文集中日期都人为地改为 1838 年，构成散文集的第一部分，1839 年之游中的信件倒成为文集的第二部分了。

《莱茵河》是一部极为出色的游记，它以流畅的文笔，优美的记叙风格，生动而丰满地展现出莱茵河流域的壮阔风光。雨果在游记中，不仅有敏锐的自然审美情趣，而且还有广阔的历史视野，较之于景物美色，他似乎更注重莱茵河流域的人文风物，从古老的教堂与城堡到历史的博物馆与坟墓，他以此挖掘悠久历史的内涵，发追昔思古之幽情，成功地表现了莱茵河具有一种悲壮的、惊心动魄的、史诗般的性格，从而使游记具有一种和谐而深邃、优美而雄浑的美。还值得注意的是，雨果在游记的最后加了一篇说理的洋洋大文——《结论》，他有意识地针对法、德两国的深刻民族矛盾，力证"莱茵河应该是团结两国之河"，并且提出了他自己的方案，其宏大的理想、浪漫的胸襟、深刻的思考与精彩的表述，颇具王者的豪气。《莱茵河》出版后深得广泛赞誉，巴尔扎克曾评它"是一部杰作"。

在以上三次旅行之后，雨果与朱丽叶特又做过一次漫游：1834 年 7 月至 9 月，在比利牛斯山区与西班牙。同样，他沿途记下了他的印象见闻作为信件报道，这些信件连同 1839 年雨果在阿尔卑斯山区之游中写的信件，在他逝世后的 1890 年结集为《阿尔卑斯山与比利牛斯山之游》一书出版，这是雨果的第二部游记散文。而早在以上三次旅行之前，当雨果与朱丽叶特相爱的初期，他们于 1834 年 8 月、1835 年 7 月至 8 月与 1836 年 6 月至 7 月，前后三次旅游了法国的布列塔尼地区与诺曼底地区，又于 1837 年 8 月旅游了比利时与诺曼底，这几次旅行中的信件与 1839 年旅行中关于法国南部省区与布尔哥涅地区的信件，则结集为《法兰西和比利时之游》一书，是为雨果现存的第三部散文游记。后两部游记虽然不如《莱茵河》那样具有历史内容的凝聚点，同样以完美的新闻报道风格与超凡脱俗的灵感灵性，展现了这些地区风光风物的五光十色。雨果是一位很出色的业余画家，他多次旅行的记事本上，充满了他随手做出的大量速写画，取景优美，角度不凡，笔触轻灵，情景醒目，颇有伦勃朗的遗风，但渲染的浓墨又如煤烟，并充满了幽深神秘的气氛与浪漫主义情调。这些画均随同散文出版，使雨果的游记成为文学史上少有的图文并茂并出自同一人手笔的佳作。

雨果政论作品有三部，即《小拿破仑》《教皇》与《至高的怜悯》。《教皇》以反对天主教为论题，《至高的怜悯》则是对封建君主权力的批判。这两个问题，在两书问世的 19 世纪 70 年代末期，已经不是时代社会发展中的焦点问题，而且作者的某些见解，只不过是在不同程度上重复了自己过去的思想而已。这两本书，当时出版几近无声无息，社会反应甚微，而在今天当然更不具有特别重要的意义与价值。

比较起来，《小拿破仑》一书则是当时激烈政治斗争的产物，与当时法国千万人的现实生活、现实利益与现实思考紧密相关，它是法国乃至欧洲历史上一次重大事件的反映，代表了当时法国的正直人群的思想观点与心声呼喊，具有不可磨灭的历史意义；而于雨果，则凝聚着他对路易·波拿巴这一个曾经是政治盟友而今是政治死敌的野心家的全部透彻的认识与满腔的愤怒。

在 1848 年 6 月补选中，雨果与路易·波拿巴同时被选入了制宪议会，冒险家出身的路易·波拿巴利用自己名义上是拿破仑家族的后代，阴险地准备实现自己主宰法国的政治野心。他伪装出赞成自由民主的姿态，主动逢迎拉拢雨果，雨果天真地信以为真，不仅在议会中为波拿巴登上总统宝座大力清除阻碍，而且利用他所控制的《时事报》为波拿巴大造舆论，对波拿巴当选总统出了大力。随着波拿巴的真面目日益暴露，与雨果日益成为议会中左派的领袖人物，双方的矛盾日益尖锐。1851 年 5 月与 9 月，雨果两个在《时事报》工作的儿子查理·雨果与弗朗索瓦·雨果，前后因言论问题被判刑入狱，更标志着雨果与波拿巴成为针锋相对的政敌。1851 年 12 月 2 日，波拿巴发动武装政变，宣布称帝，雨果作为左派议会领袖组织了"抵抗委员会"，发表了告人民书，并进行了街垒战。反抗斗争很快就被残酷镇压下去，雨果躲过了搜捕，于 12 月 11 日逃离法国抵达比利时的布鲁塞尔。抵达布鲁塞尔的第二天，他便开始动笔写揭露波拿巴政变的《一桩罪行的始末》，但由于见证材料缺乏太多以及出版方面的考虑，雨果决定先发表一本抨击性的政论，他于 1852 年 6 月 14 日开始写作，于 7 月 12 日即完成了他的政论杰作《小拿破仑》。

《小拿破仑》的写作为时不到一个月，可谓一气呵成，一挥而就，实出自一种罕见的爆发力，这爆发力就是作者满腔急不可待、必喷发而出的仇恨与愤怒，这是被欺骗者、被侮辱者、被损害者、被镇压者长期郁积起来的仇恨与愤怒，它像滚烫、炙热的熔浆从十二月事件这个火山口喷发而出，其冲劲实具有雷霆万钧之力，其中挟带着像火石一样足以给对方锐利灼痛感的咒骂、讽刺，但这绝非气急败坏之下而易于语塞或不中要害之作，它是强有力的檄文，是令人折服的起诉书。雨果的《小拿破仑》虽然没有达到马克思论析路易·波拿巴的著作《路易·波拿巴的雾月十八日》那样社会阶级分析的高度，但对波拿巴的人品、阴谋、伎俩做了深刻的揭露与俏皮辛辣的讽刺，是对当时已成为法国皇帝的窃国者的一次毁灭性的抨击。它义正辞严，既充满了凛然正气，又是以崇高经典的风格与丰富多样的笔调写成的，在世界政论作品中实为非常精彩的杰作。法国著名作家、法兰西学院院士莫洛亚，就曾对此书作过这样礼赞式的评价："这是一部十分激动的即兴作品，一份有着伟大的拉丁传统的控诉状，里面有西塞罗的激情、塔西佗的气势与尤维纳利斯的诗意。这篇出自诗人手笔的散文作品，跌宕起伏，抑扬顿挫，洋溢着有节制的奔放激情，这正是诗歌美的所在。语气时而是预言家的厉声痛斥，时而是斯威夫特的幽默。"（《雨果传》第八部第一章）

1851 年 12 月，雨果逃亡到布鲁塞尔的第二天就开始动笔的《一桩罪行的始末》于次年 5 月完成初稿，但直到 1877 年才得以出版，就其内容而言，它是《小拿破仑》的姊妹篇，就其性质而言，则是一部大型的纪实文学作品。它如实地记录了雨果在路易·波拿巴 1851 年政变中的亲身经历与见闻，从军事政变的突如其来，到反抗起义的失败以至随之而来的大屠杀。在这里，参加了反政变斗争的斗士成了见证者与历史学家，他在愤怒中要把这桩罪行永远钉在耻辱柱上，不愿意有任何遗漏，在他笔下整个事件几乎每一小时的进程始末，每一个重要的场景画面，都详细准确地记录了下来，使《一桩罪行的始末》成为历史事变的一轴时序长卷，一本极为真实并"流淌着当时实况的鲜血"的巨型证书，它也像《小拿破仑》一样，同时具有文学与历史的双重价值。

在雨果散文遗产中，《见闻录》是一部另具宝贵文史资料价值的书。雨果从青年时期起就有不定期写日记的习惯，主要记叙他作为文化名人与社会政治活动家的见闻、交往以及所参与的活动，他坚持这个习惯，直到晚年，整个一生留下了厚厚几大卷的札记。雨果逝世后，这些札记于 1887 年至 1899 年结集为《见闻录》陆续出版问世。由于雨果成名早，他活动的跨度有半个多世纪之大，而且，他见证、参与了 19 世纪 20 年代直到 80 年代法国几乎所有重大的文学艺术活动与社会政治活动，他的《见闻录》里就具有了十分丰富的内容，对诸如塔列兰之死、拿破仑遗体被运回巴黎、《悲惨世界》中芳汀题材的来由、七月王朝的倒台、巴尔扎克的葬礼等等这些社会新闻都有所记载。在一定程度上，构成了法国 19 世纪文化、社会、政治生活的一部轶史。这些札记出自雨果大量清晰的印象与敏锐的观察，对事物有栩栩如生的描述，对人物有真实传神的勾画，文笔洒脱，情趣兴味盎然。

雨果的似水流年

出生之前的家事

雨果此姓，有册籍为证者，可上溯到 16 世纪上半叶，出自此家族较为"显赫"的成员，16 世纪有一位担任过大公爵府里的顾问；17 世纪有一位做过修道院院长与教区主教，著有《古遗圣物录》一书，他名叫查理–路易·雨果；18 世纪有两位军官，其中一位军阶为中校，还有一位是立宪会议的成员，因持温和主义的政治态度，在大革命中被杀。此姓的发扬光大，看来尚待维克多·雨果。

维克多·雨果这一支则可上溯到 18 世纪初。1707 年左右，在东瓦里叶县有一务农人让·雨果，他的儿子让·菲利普与波德里库县的卡特琳·格兰德梅尔结为夫妻，是为维克多的直系祖上。

20 年后的 10 月 24 日，让·菲利普夫妇的第 7 个孩子出生在波德里库，这男孩取名为约瑟夫·雨果。此孩后来在南锡成了一个细木匠。1770 年，他第二次结婚，娶一贵族家的保姆玛格丽特·米肖为妻。细木匠精力过人，在头一次婚姻中得 7 个女儿，第二次婚姻又添 5 个儿子。第三子约瑟夫–莱奥波尔德–西基斯尔出生于 1773 年 11 月 15 日，日后即为维克多·雨果的父亲大人。

此五儿郎长大成人，适逢 1789 年大革命后风云变幻、战争频繁，故皆习武从戎，年长的两个战死于威桑堡之役，其他三人晋升为军官，其中有维克多·雨果的父亲。

维克多·雨果的母亲苏菲·特勒比谢出生于 1772 年 6 月 19 日，排行第三，其父让－法朗西瓦乃一船长（1730～1783），其母勒内－路易丝·勒·诺尔曼，出身于南特一检察官之家。

维克多·雨果之父莱奥波尔德·雨果于大革命爆发前一年参军服役，1792 年晋升为上尉，1793 年 7 月被派往旺岱叛乱地区担任共和国军队司令缪思卡的副营长，他的共和主义热情溢于言表，署名签字均自号"无套裤汉布鲁特斯·雨果"，无套裤汉乃当时激进革命群众的统称，而布鲁特斯则是古罗马历史上著名的共和主义斗士。

日后生养了维克多·雨果这个儿子的苏菲·特勒比谢，于 1794 年因时局原因随其姑母罗班夫人离开南特，移居夏多布里昂城，她们常住在小城附近的拉勒第耶庄园。千里姻缘一线牵，次年的 11 月，"布鲁特斯·雨果"也调至夏多布里昂城驻防。

1796 年，"布鲁特斯·雨果"与苏菲·特勒比谢邂逅相遇，随即成为她家的座上客。不久，这位副营长随其部队调回巴黎，苏菲随后亦赶到巴黎。1797 年 11 月 15 日，"布鲁特斯·雨果"与苏菲·特勒比谢在巴黎登记结婚，未举行宗教仪式，年轻夫妇住在市政厅大厦，莱奥波尔德·雨果当时任军事法庭的独任推事，该庭的书记官是皮埃尔·傅谢，他日后成了维克多·雨果的老丈人。

1798 年 11 月 15 日，维克多·雨果的长兄阿贝尔·雨果出生于巴黎，1799 年 6 月，莱奥波尔德·雨果重返莱茵河战线的部队；他把家小安顿在南锡，在这里，他的夫人又重逢过去在巴黎认识的维克多·法诺·拉奥利，他现任莱茵河战线司令官莫罗的参谋长，从此，两人交往渐深。1800 年 9 月 16 日，雨果的二哥欧仁纳·雨果出生于南锡，做父亲的已被任命为吕纳维尔的城防司令，苏菲前往与夫相聚。

据后来莱奥波尔德·雨果告诉儿子维克多·雨果，他母亲是在随夫的行军途中，"在孚日山脉最高的多农峰上"怀上他的。1801 年秋，吕纳维尔城区停战之后，莱奥波尔德·雨果当上了第二十联队的头头，调至贝尚松驻防。

1802 年

2月26日，夜10点半，维克多·雨果出生于贝尚松城圣－甘当广场上一幢名为巴黎斯特的房子，其母的好友，当时已升为将军的维克多·拉奥利未经宗教仪式即成为婴孩的教父。

4月，维克多·雨果出世后6个星期，即由父母带到埃克斯，后又至马赛；其父莱奥波尔德因曾与顶头上司盖斯达上校争吵失和而深有顾虑，决定将太太派回巴黎去向他的两个保护人约瑟夫·波拿巴与拉奥利将军央求庇护，他自己则把孩子留在身边。正是在这个月的14号，夏多布里昂的名著《基督教精华》出版问世，此乃19世纪初法国文坛上首发的一件大事。

11月28日，雨果上校的太太苏菲来到巴黎，住在小田园新街，与其好友拉奥利将军在盖隆街的寓所相距甚近。拉奥利长期周旋于莫罗将军与第一执政之间，因与莫罗的深交而招致上方的疑恶，此时正停职赋闲，雨果上校的太太在这时期成了拉奥利的情妇。

1803 年

2月，其妻在巴黎的雨果少校代行母职，携带着三个孩子抵达科西嘉的巴斯第亚港，他终因与上司的不和而被调到这个偏远的岛上。可能是在这港口，他结识了18岁的少女卡特琳·托玛，不久使她成为自己的情妇。

5月，雨果少校随军至厄尔巴岛，他与自己的三个孩子以及情妇在波尔多－菲那约安顿下来。

7月18日到8月，雨果少校的太太离开巴黎途经马赛来波尔多－菲那约，发现了其夫也另有新欢。

11月，雨果少校的太太携带三个孩子动身回巴黎。

这年的11月28日，维克多・雨果未来的夫人阿黛尔・傅谢出生于巴黎。

1804年

2月16日，雨果少校的太太抵达巴黎，原本希望与拉奥利欢聚，但拉奥利因卷入保王党反第一执政拿破仑的阴谋而被警方通缉，此案也导致莫罗将军银铛入狱。

夏，雨果少校的太太定居在克里西林荫道24号，把拉奥利窝藏在她家里。她在这里一直居住到1807年。维克多・雨果此时已进小学。

12月2日，拿破仑称帝加冕。

1806年

4月10日，朱丽埃尔－约瑟芬・哥温出生于富热尔，她就是日后著名的女演员、成为维克多・雨果终身情妇的朱丽叶特・特鲁埃。

1807年

莱奥波尔德・雨果因镇压意大利人的反叛有功而被任命为阿维里诺省的行政长官。不久，又将晋升为皇家科西嘉军团的上校，此项晋升是在1808年初，而不是如维克多・雨果后来在《心声集》的献词中所说的在1803年。

12月，雨果少校的太太在拉奥利藏身于诺曼底之际，带着她的孩子们离开巴黎前往意大利找她的丈夫。小维克多得以有了首次穿越法国全境的长途旅行经验。

1808 年

1 月，雨果少校的太太与孩子们抵达那不勒斯。雨果少校夫妇看来很快就决定了友好地分居。

7 月 3 日，雨果上校奉调离开意大利前往西班牙，因为他的老保护人、老主子约瑟夫·波拿巴被拿破仑晋封为"西班牙王兼印度王"。上校把妻子儿女留在那不勒斯。

12 月 22 日，雨果少校的太太携带着孩子们上路回巴黎。

1809 年

2 月 7 日，雨果少校的妻子和孩子一行抵达巴黎，先下榻于克里西街，后又定居在圣－雅克街 250 号。

3 月，夏多布里昂的《殉教者》出版。此作讴歌基督教的殉教者，并以古喻今，为大革命后流亡国外的贵族张本。

5 月或 6 月，雨果少校的太太与孩子迁入斐物派修道院街新居，拉奥利化名库尔朗代继续藏身在雨果上校的太太家，他开始指导他 7 岁的教子维克多·雨果读罗马历史学家塔西陀的论著。从这时起，维克多·雨果经常与来家做客的阿黛尔·傅谢一起玩耍，结成了青梅竹马的关系，同时，他开始在圣－雅克街上拉里维耶尔神甫办的小学里就读。

8 月 21 日，莱奥波尔德·雨果被任命为旅长，他增加了给太太的养家费。

1810 年

2 月 30 日，拉奥利因对处境估计错误，主动自首，从此被囚禁在万瑟勒高塔。

4 月至 5 月，已升为将军的莱奥波尔德·雨果出任瑟哥维、索里雅与冈达拉雅拉三省的行政长官，就在此年，他即将受封为西古恩扎伯爵。

1811 年

3 月 11 日，在小叔路易·雨果上校、特别是在约瑟夫国王的劝和与敦促下，雨果将军的太太带着孩子们上路去马德里与其夫雨果将军伯爵大人团聚。

3 月 20 日，拿破仑的皇子罗马王出世。

4 月，雨果将军的太太一行在巴约那小住数日：小维克多·雨果看了《巴比伦的毁灭》一剧，着实入迷，竟连看了 7 次，他遇上一个 10 岁出头、但不满 14 岁的小姑娘，待在她身边竟看到了"爱情的神圣曙光破空照下"，其情早熟，可见端倪。穿过西班牙，异国风光景色令他毕生难忘。

6 月 16 日，雨果将军的夫人与孩子们抵达马德里，安顿在玛瑟拉诺豪华的玛瑟拉诺宫。但雨果将军仍与其情妇卡特琳·托玛同居在一起，这个女人现在自称是"西古恩扎伯爵夫人卡特琳·德·雨果"；雨果将军事先不知其结发夫人会来，他赶紧提出离婚起诉。他的三个公子被送进了贵族学校，老大阿贝尔不久从学校出来进入了约瑟王的侍从班底。

1812 年

3月3日，由于对雨果将军家庭公开的不和不胜其烦，约瑟夫·波拿巴做出妥协的仲裁，将欧仁纳与维克多判给雨果将军的太太，她带着两个孩子又返回巴黎。

4月，雨果将军的太太回到巴黎，再度住在斐物派修道院街，直到 1813 年 12 月。拉里维耶尔神甫成为欧仁纳与维克多的家庭教师。在附近的圣－雅克街上有一家出租书店，在这里，小维克多无书不读，雨果将军的太太也不加限制。这个时期，他还经常与爱德华·德龙、阿黛尔·傅谢结伴玩耍。

10月22日夜至23日，马勒将军发动反拿破仑的政变，雨果将军的太太在阴谋分子之间充当联络人。拉奥利从监狱里跑出来，到警察总部将总监萨瓦利抓起来，但政变很快就失败，几小时后拉奥利被捕。阴谋分子都被移交军事法庭受审；任检察官的是爱德华·德龙的父亲。

10月29日，马勒与10名阴谋分子被判死刑，拉奥利也被枪决。雨果将军的太太让维克多念处决公告，念到拉奥利的名字时，她告诉儿子："这是你的教父。"这时拿破仑征俄已成败局。

1813 年

秋，雨果将军的太太终于让阿贝尔回到她的身边，雨果将军因约瑟夫·波拿巴的失败而不得不回到法国，他仍与自己的情妇生活在一起。先住在波城，后又移居凯瑟斯诺泰恩。

12月31日，雨果将军的太太与孩子，因经济收入减少，从斐物派修道院街寓所搬出，迁入老杜伊勒里街二号一所比较便宜的房子。

1814 年

1 月 9 日，雨果将军又得到了第翁维尔要塞军事长官的任命，在反法联军入侵时，他英勇保卫了要塞，得知拿破仑皇帝退位后才投降。但是，波旁王朝复辟后，阿图瓦伯爵（即后来的查理十世）即封雨果将军的几个孩子为百合花骑士团骑士，显然是奖赏雨果将军的太太在马勒反拿破仑政变阴谋中所起的作用。

3 月 30 日，反法联军进入巴黎，路易十八于 5 月 3 日回到巴黎。

5 月，雨果将军的太太前往第翁维尔要塞，雨果将军对她很冷淡，他仍与情妇同居，雨果将军的太太向该地法院提出正式分居的起诉。

6 月 23 日，雨果将军的太太回到巴黎。

1815 年

2 月 13 日，雨果将军在家务诉讼中略占上风，从妻子那里要回欧仁纳与维克多，他将这两个孩子送往圣女——玛格丽特街 41 号科尔第叶寄宿学校。尽管其数学教师令人厌烦地横加干涉，但在青年学监菲力克思·比斯卡拉的鼓舞下，雨果兄弟二人大肆进行诗歌创作；维克多的《法兰西诗札》开始成于此时。

3 月 1 日至 6 月 18 日，拿破仑从爱厄巴岛重返巴黎。百日之变，拿破仑失利于滑铁卢战役，从此被囚于大西洋上的圣爱伦岛。

9 月 13 日，雨果将军离开第翁维尔要塞，百日之变中，他曾效忠拿破仑，在这里又打了一场保卫战。他被撤职，领取半饷，1816 年，他移居布洛瓦。

1816 年

维克多·雨果完成了他的《法兰西诗札》，又开始写另一个《杂诗集》。此时，他写出了《荒洪》一诗，从 7 月 17 日到 12 月 14 日，又完成了五幕诗体悲剧《伊尔妲梅娜》。可能是在 7 月 10 日这天，他在自己诗歌练习本上写下了这个誓言："我要么成为夏多布里昂，要么什么也不是。"

10 月，欧仁纳与维克多进入路易大帝中学，修哲学与初等数学课程。

1817 年

维克多继续写他的《杂诗集》。

3 月 18 日至 4 月 7 日，雨果写了一首名为《修学乐》作为他第三个诗札《习作集》的开篇。此诗参加法兰西学院的诗歌比赛，虽未得奖但获得了佳评。

8 月至 9 月，通过参赛，维克多结识了法兰西学院的院士弗朗索瓦·德·纳夏多，此人有"伏尔泰的继承者"之称。

9 月至 11 月，维克多写出悲剧《阿泰莉》的前两场，但此剧一直没有完成。

10 月，他在路易大帝学堂进一步修专业数学。

12 月，他写了一出"滑稽歌剧"，名为《巧合成其好事》。

1818 年

1 月，维克多拟定了创办文学刊物《布列纳尼文学》的计划。

2 月 3 日，雨果将军夫妇分居的正式判决下达。

5 月，维克多为弗朗索瓦·德·纳夏多整理关于 18 世纪作家勒·萨日的名著《吉尔·布拉斯》的资料。欧仁纳以他的《悼安吉里安公爵》一诗获百花诗赛的桂冠。

8 月，欧仁纳与维克多离开科尔第叶寄宿学堂，他们住在小奥古斯街 18 号他们的母亲家。维克多在中学优等生物理竞赛中获第五名。这个夏季，阿贝尔·雨果倡议发起，他和朋友们以及他的两个弟弟，每月的初一在旧喜剧街的爱敦饭店聚餐一次，届时每人朗诵自己的作品。

9 月，维克多完成了他的《习作集》。他开始在专业学校攻读法律，但是很不用功，11 月 19 日注册入学，拖拖拉拉，直到 1821 年 1 月 15 日，他才办理第八次也是最后一次注册手续。

1819 年

4 月，根据草稿上标明的日期，《布格－雅加尔》第一稿成于此时，《雨果夫人见证录》中曾记载，维克多·雨果在爱敦饭店聚餐会上打赌两个星期能写出一本小说，两星期后，他果然拿出了《布格－雅加尔》。

4 月 26 日，维克多与阿黛尔·傅谢将他俩在青梅竹马基础上发展起来的爱情公之于众。

5 月，维克多写于 2 月的《颂亨利四世雕像的重建》一诗，在百花诗赛中获金百合奖。而他的《凡尔登的贞女》一诗则获金鸡冠花奖。这一年，他还写了其他几首迎合复辟王朝官方口味、拘谨古板的诗。

9 月，维克多的《旺岱的命运》与政治讽刺诗《电报机》以单行本形式出版，这使得维克多·雨果给人一个极端保王派青年诗人的印象。

12 月，雨果兄弟创办《文学保守者》，效法夏多布里昂于 1818 年创办《保守者》之举，此刊创办后的十几年里，维克多进行了紧张的工作，从写文章、读校样到拉关系等事情都有参与。

1820 年

1 月，维克多与阿黛尔开始秘密互通情书。

2 月 13 日，未来的查理十世的儿子贝里公爵被刺，维克多的《悼贝里公爵遇害》一诗单行本出版。

3 月 9 日，上诗感动了路易十八，他赏赐奖金 500 法郎给这位年轻的保王派诗人；维克多·雨果得到了当时的文坛泰斗、波旁王朝的官方作家夏多布里昂的邀请，前往拜见了三次。

3 月 13 日，拉马丁的《沉思集》出版，维克多在《文学保守者》上发表热情洋溢的文章盛赞此书。

4 月 26 日，阿黛尔·傅谢的父母拜访维克多的母亲，后者因拉奥利被审讯案与傅谢有关而与傅谢家有隙，反对儿子与阿黛尔·傅谢的婚事。这一对情侣停止来往与通信。

5 月，维克多·雨果的颂歌《穆瓦兹在尼罗河上》获土鲁兹科学院百花诗赛的大奖。

5 月至 6 月，《布格－雅加尔》在《文学保守者》上连载刊出。

6 月，维克多·雨果的《马尔泽尔布的献身》一诗，在诗歌比赛中获法兰西学院的佳评。

7 月，维克多开始在一个记事本上记载他所精心安排的一次次与阿黛尔的秘密幽会。

9 月 29 日，波旁王室喜添后嗣，亨利·德·波旁出生，是为波尔多公爵，理应在查理十世之后继承王位，维克多·雨果又写诗一首大唱颂歌，此诗也以单行本出版。

1821 年

1 月，雨果将军的太太与儿子们，迁居梅齐叶尔街 10 号。

3 月，维克多与阿黛尔恢复通信。

3 月 30 日，经罗安公爵介绍，维克多认识并拜访了天主教自由派思想家、著名作家拉梅内（1782～1854）。由于经济困难，《文学保守者》停刊，与《文学与艺术年鉴》合并，维克多·雨果继续不规律地进行合作，直到 1823 年。

5 月，维克多开始写《冰岛凶汉》，这月的 5 日，拿破仑逝世于圣爱伦岛。

6 月 27 日，雨果将军的太太去世，维克多悲痛欲绝。

7 月 16 日至 18 日，维克多从巴黎徒步至德勒克斯，当时傅谢全家正在此地度假。

8 月，维克多在蒙特福－阿诺里－友人苏伊雅·德·圣瓦尔利家小住，下半个月则在罗安公爵身边度过，回到巴黎，他与表亲阿道尔夫·特雷比舍合住在龙街 30 号。

9 月 6 日，远在印度的其父雨果将军正式娶卡特琳·托玛为妻。

1822 年

2 月，维克多·雨果写出《亚米·罗勃萨》一剧的前三场，此剧乃他与亚历山大·苏默的合作项目。

3 月 12 日，雨果写信给拉梅内，此乃他注有日期的第一封信件。

3 月 13 日，雨果收到了雨果将军同意他与阿黛尔结婚的信件。

4 月至 5 月，雨果同未婚妻及其家人一起在冈第利小住。他继续写《冰岛凶汉》。

6 月 8 日，他的《颂歌与杂诗集》出版。

6 月 28 日，这本诗集使他从波旁王朝那里得到每年 1000 法郎官方津贴。

10 月 12 日，星期六，维克多·雨果与阿黛尔·傅谢在圣苏布里斯教堂举行结婚典礼，由罗安修道院长主婚；阿尔弗雷德·维尼与菲力克思·比斯卡拉二人证婚；雨果将军未参加婚礼。

12 月，《卡斯特罗的伊内斯》原本要在全景剧场上演，但未通过官方的检查。这个月的 28 日，夏多布里昂被任命为波旁王朝的外交部长。

1823 年

1 月，雨果将军抵达巴黎，与维克多·雨果重建了友好的父子关系，随后，他把维克多患了神经病的二哥欧仁纳带走，回到布卢瓦。维克多的《颂歌集》又发行了第二版。

2 月 8 日，《冰岛凶汉》出版。维克多·雨果又从波旁王朝获得一笔 2000 法郎的年金。

3 月 12 日，查理·诺迪埃发表了一篇评《冰岛凶汉》的文章，由此，开始了雨果与他的友谊关系。

4 月，《冰岛凶汉》又印行了第二版。

4 月至 6 月，雨果夫妇在冈第利小住。

7 月 15 日，《法兰西诗神》创刊，雨果与此刊积极合作，发表了五篇文章与两首诗作，其他合作者还有亚历山大·苏默、居洛、爱弥尔·德斯尚等人。

7 月 16 日，维克多·雨果的第一个孩子莱阿波德出生。

9 月，小莱阿波德生病，被送往祖父在布卢瓦的家。

10 月 10 日，莱阿波德夭折。

1824 年

1 月 14 日，诺迪埃被任命为阿尔瑟纳勒图书馆的管理员，不久一批新派诗人以这个图书馆为活动场所，聚集在诺迪埃及其女儿玛丽的周围，是为浪漫主义的"第一文社"。

3 月 13 日，雨果的《颂歌新集》出版。他与阿黛尔迁居于伏日拉大街 90 号新居，从此，不断有一些艺术家与戴韦勒阿兄弟以及路易·布朗热等人前来做客。

6 月，《法兰西诗神》最后一期出版。16 日，夏多布里昂在外交部下台。

8 月 28 日，雨果的大女儿蕾娥波蒂娜出生。

9 月 16 日，路易十八逝世，王位将由阿图瓦伯爵继承，是为查理十世。

1825 年

4 月 17 日，雨果夫妇带着女儿蕾娥波蒂娜前往布卢瓦，雨果将军对小孙女照顾得无微不至。

4 月 29 日，维克多·雨果被官方授予荣誉勋位团勋章。

5 月 19 日至 6 月 2 日，雨果赴雷因斯参加查理十世的加冕大典，文艺界与复辟王朝有关的知名人士皆聚集于此，如夏多布里昂、拉马丁、诺迪埃等等。雨果歌功颂德的应景之作《加冕大典》得官方激赏；雨果的父亲亦于 6 月 5 日被任命为王家近卫军的少将，国王还钦令雨果的《颂诗集》以豪华的装帧再版，并馈赠给雨果一套高级的瓷餐具。

8 月，雨果与拉马丁、诺迪埃以及戴禄尔商定合作写一本书，名暂定为《白峰与夏莫尼克斯游览诗画集》，由雨果、拉马丁二人作诗，诺迪埃负责游记文字，戴禄尔负责提供素描。与书商签约后预支了稿费，雨果夫妇、诺迪埃夫妇以及拉马丁与一位画家，到瑞士做了一次尽兴的旅行。后因书商破产没有出成，但雨果完成了自己所承当的一部文字，后收入他的《阿尔卑斯山游记》。

1826 年

1月，浪漫派诗人维尼出版其《古今诗》。

2月，雨果的《布格－雅加尔》经过相当大的修改与补充后，又再次出版。

3月，维尼的长篇小说《散－马尔斯》出版。

8月6日，雨果开始动笔写他的历史剧《克伦威尔》，此时，浪漫派文学气氛日浓，雨果为写此剧，做了认真的充分的准备。

9月19日，在法国名倾天下、曾深受拿破仑赞赏的悲剧演员达尔玛去世，雨果与他有过交往，他曾表示有意出演雨果的《克伦威尔》一剧。

11月3日，雨果的次子查理出世，同月，雨果的诗集《歌吟集》出版。

1827 年

1月，圣－佩韦在《环球》周刊上发表评论雨果的《歌吟集》的长篇文章，文章由2日至9日的两期连载，他的住处离雨果在伏日拉街的寓所不远，被邀到雨果家做客，很快就成了雨果夫妇亲近的朋友。

2月9日，《论争日报》发表雨果的《铜柱颂》，该诗歌颂了复辟王朝的死敌拿破仑，被认为是雨果脱离保王主义政治立场的标志，它获得自由派青年的热烈欢呼。

3月16与26日，雨果在其老丈人家组织聚会，朗读他新创作的历史剧《克伦威尔》。

4月，他家搬到田园圣母街11号，新寓所更为宽敞，雨果常召集第二文社的诗人们、艺术家们在这里聚会。

7月，雨果完成了一个名为《亚米·罗勃萨》的剧本，取材于英国浪漫主义作家司各特1921年发表的长篇历史小说《肯尼威斯城堡》。此剧早在1822年就已动笔，既成，雨果就把它推荐给奥代翁剧院上演，但未用自己的真名，而是以其17岁的小舅子保尔·傅谢的名义。

夏，其父雨果将军担任朗贝尔银行的董事，来到巴黎定居，雨果兄弟也接受了他们的继母。

9月，一个英国剧团来到巴黎，在奥代翁剧院上演了多场莎士比亚的戏剧，带来了不同于当时法国舞台上沉闷死板的伪古典主义氛围的清新气息，大获成功。雨果的《亚米·罗勃萨》亦开始在奥代翁排练；浪漫派画家德拉克洛瓦为此剧做服装设计。

9月30日，雨果完成历史剧《克伦威尔》，开始写那篇名震一时、流芳青史、被视为浪漫派文学宣言的《〈克伦威尔〉序》。

12月，《克伦威尔》一剧连同其序言一道发表，雨果把此作献给了自己的父亲。同月，雨果的长兄阿贝尔娶朱丽·特·蒙弗列埃尔姐为妻。雨果的岳母大人去世。

1828 年

1月29日午夜，雨果的父亲大人在巴黎普吕梅的寓所突然中风逝世。

2月13日，雨果的《亚米·罗勃萨》在奥代翁上演惨遭失败，嘘声不断。第二天，《评论报》刊出文章，嘲笑此作为"翻新的旧货"，雨果不得不致函各报公开承认是他的失败之作，声明已"将剧本撤回"。他在 2 月 29 日致朋友的信里，认为这次失败"是古典派制造的小花招"。

夏，雨果与圣-佩韦等友人结伴出游，前往塞纳河上游平原地区观赏落日，他家也成为一代文人精英聚会的场所，来客有缪塞、梅里美、龚斯当、司汤达、德拉克洛瓦、贝朗杰等等。

雨果被《论争报》主编贝尔丹邀请，前往其颇为著名的别墅做客，在沙龙中他朗诵了 1827 年发表的《帕夏的痛苦》一诗，书商戈瑟兰在座，对此诗颇为赞赏，次日他向雨果购下了新诗集《东方集》的版权。

8 月，雨果出版了《歌吟集》的定本。

10 月 14 日至 12 月 25 日，雨果写出小说《死囚末日记》。

10 月 28 日，他的第三个孩子弗朗索瓦-维克多出生。

11 月，圣-佩韦搬到田园圣母街 19 号居住，离雨果在田园圣母街 11 号仅数丈之遥，他来访得更勤，与雨果夫人的关系日益亲近。

1829 年

1 月 19 日，雨果的《东方集》出版。

2 月 7 日，雨果的《死囚末日记》出版。

2 月 11 日，大仲马著名的历史剧《亨利三世和他的宫廷》首演，伪古典主义一派对这个浪漫风格的剧本未做防范，故演出获成功，浪漫剧第一次在古典主义统治的法国舞台上露脸。

6 月 1 日至 24 日，雨果写出一个新剧本《玛丽蓉·德·洛尔墨》又名《黎希留治下的一次决斗案》。

7 月 10 日，雨果组织聚会，朗读他的《玛丽蓉·德·洛尔墨》，参加的有巴尔扎克、缪塞、大仲马、维尼、圣－佩韦、梅里美、苏列埃、德拉克洛瓦等等，可谓浪漫主义倾向的作家、艺术家济济一堂。朗读大为成功，证实了作者的戏剧才能，抹去了《克伦威尔》一剧庞大松散、不适于演出以及《亚米·罗勃萨》惨遭失败的记忆。两天之内，法兰西剧院、奥代翁剧院与圣马丁门剧院都热切要求上演该剧，但法兰西剧院捷足先登，从雨果手里获得了上演权。

8月1日，政府当局在审查了《玛丽蓉·德·洛尔墨》之后，禁止该剧上演，雨果闻讯，前往拜会内政部长马蒂雅克，进行交涉，马蒂雅克称"该剧对当今国王的祖上不敬"，不予解禁。

8月7日，雨果要求晋见国王，得到查理十世的接见，查理十世答应亲自审阅剧本，但把雨果与另一个三四流的滑稽剧作家并列并称，次日，马蒂雅克被国王免职，接任的内政部长是蒲都南。

8月13日，新内政部长通知雨果，政府仍然禁演该剧，但宣称国王给雨果一份新的津贴，为数4000法郎。内政部将津贴送至雨果寓所，雨果当即复信表示拒绝。事后，《论争报》与《立宪报》对雨果此举均有佳评。

8月，《巴黎杂志》发表雨果1825年写的《阿尔卑斯山游记》的片断章节，其中包括作者对破坏文物的行为进行激烈谴责的文字。

8月29日至9月24日，雨果写出了他著名的浪漫剧《欧那尼》。

10月5日，《欧那尼》被法兰西剧院接受，很快就进入排练，但在排练中，出演女主角的著名女演员玛尔丝小姐不断对剧本中不符合古典主义趣味的台词进行挑剔嘲讽与刁难。

10月24日，维尼所翻译与改编的莎翁名剧《奥赛罗》在法兰西剧院上演。

1830 年

1月至6月，雨果写了19首诗，后收入《秋叶集》内。

2月25日，星期四，《欧那尼》首演。鉴于过去《亚米·罗勃萨》失败的教训以及当前政治气氛日趋紧张，文艺领域中两派尖锐对立，且玛尔丝小姐刁难已露端倪，新派文艺青年在戈缔叶、内尔瓦的组织与带领下组成了一支队伍，前往剧场捍卫演出，这一大批啦啦队奇装异服，惹眼刺目，旧派人物则正襟危坐，剧场中两派阵势泾渭分明，新派啦啦队的在场保证了掌声如潮，首演成功。

2月7日，《欧那尼》第二场演出，伪古典主义派大肆反攻。

此后，几乎每天的演出，都发生两派的对抗与拉锯，一边是嘲笑声与嘘声，一边则是压倒的掌声与喝彩声，《欧那尼》连续演出了45场，以新派压倒一切的优势大获成功，标志着浪漫派戏剧的胜利，史称"《欧那尼》之战"。

3月17日，圣-佩韦出版诗歌《安慰集》。

4月7日，雨果全家迁往让-古容街9号，搬离田园圣母街的原因，很可能是为避开那位热情过头的邻居圣-佩韦，他几乎每天要来雨果家两次，经常与雨果夫人单独相处，两人的关系愈来愈难以控制。

5月，圣-佩韦对雨果夫人的热情有所收敛，他远行到诺曼底，但不断写一些感伤哀怨的情书给雨果夫人。

6月15日，拉马丁发表他著名的诗集《圣曲与诗音》。

6月22日，因出演女主角的演员玛尔丝小姐告假，《欧那尼》演出告一段落。《欧那尼》的久演不衰，带给雨果夫妇丰厚的经济收入，以前，大面值1000法郎的钞票，在家里极为罕见，而今在主妇的抽屉里已经成沓成叠。

7月27日，雨果出门见街头满是骚动的人群，七月革命爆发。

次日，香榭丽舍已是遍地营火，市区里的枪声、警钟乱响，革命群众已举行起义，雨果在附近街区上，见政府军士兵逮着一个十四五岁的少年，欲将他枪毙处死，据士兵们称，"他干掉了我们的队长"。

29 日，革命一方控制了局势，查理十世下台。雨果将自己的见闻与感触逐日记下，是为《1830 年一个革命者的日记》，后收入《文学与哲学杂论集》中，也正是在 7 月 28 日，雨果的第二个女儿阿黛尔（与其母同名）出生。

8 月 6 日至 7 日，路易·菲利普登基为法国国王，七月王朝开始。

8 月 10 日，雨果写出《暮歌集》中的第一首诗，标题为《致年轻的法兰西》，对刚发生的革命与新建的银行家王朝表示欢迎与庆贺，对刚被推翻的王朝表示礼貌与尊重，颇有诗人自己的独立立场，是政治平衡艺术之作，该诗在 8 月 19 日的《环球报》上发表。

9 月 1 日，雨果开始投入长篇小说《巴黎圣母院》的创作，小说的大纲拟于 1828 年，并于 1829 年 4 月 15 日已提交给他的出版商戈瑟兰。

9 月 19 日，他新生的女儿小阿黛尔（与其母同名）受洗礼，圣－佩韦当她的教父。

11 月，圣－佩韦向雨果坦承了自己对雨果夫人有的爱情，还在自己公开发表的文章中假借他名自怨自艾，放话将步维尼名剧中多愁善感的主人公查铁敦的后尘，自寻短见，雨果闻讯大为震惊，于 11 月 4 日写信给这位"维特"，说"读了您的文章，我都哭了"，并且"求您做做好事，别这样自暴自弃"，圣－佩韦收到信后前往雨果处表示感谢，两人晤谈"情同手足"，雨果在理解、大度与高贵之中，又尽力设防，但却不由自主地卷入了三角关系复杂的纠葛之中，如身入陷阱。

1831 年

1 月 14 日，雨果完成《巴黎圣母院》。

3月16日，《巴黎圣母院》问世上市。

5月3日，大仲马的爱情悲剧《安东尼》在圣马丁门剧院上演。

6月，雨果促使圣-佩韦到利埃日去任文学教授；但这位批评家拒绝离开巴黎，原因显然是雨果夫人。雨果对此甚为头痛。圣-佩韦对雨果甚为冷酷，毫无善意，他在自己的圈子里已无所顾忌地谈阿黛尔（雨果夫人）。巴黎已经盛传着圣-佩韦的"风流韵事"。

7月10日，雨果因三人关系苦恼不堪而致信圣-佩韦，实乃一声痛苦的哀鸣。

7月至8月，雨果在《论争报》的创办人、七月王朝的喉舌贝尔丹的"岩石"别墅里休息小住。别墅位于巴黎远郊的皮埃弗河谷，远近景色宜人，贝尔丹的女儿路易丝-安热莉克是一个音乐家，身有残疾，她成了诗人的知己，日后，雨果有好几个剧本都题词献给她。

8月11日，《玛丽蓉·德·洛尔墨》得以首次公演，在圣马丁门剧院。

秋：圣-佩韦与雨果夫人多次在各处教堂私会。

12月1日，《秋叶集》问世上市。

下半年，《两世界杂志》刊登雨果1825年所写的《阿尔卑斯山游记》的另一部分章节。

1832 年

3月1日，雨果在《两世界杂志》又发表名为《向破坏者宣战》的文章，谴责破坏文物的行为，呼吁保护古建筑。

3月15日，雨果为《死囚末日记》的第五版写了一篇反对死刑的长序。

春，儿子查理在霍乱流行中受传染，幸亏获救。圣-佩韦仍与雨果夫人偷偷约会。

6月，雨果写作《国王寻乐》一剧。

7月，写《菲哈尔的晚餐》一剧，后改名为《留克莱斯·波日雅》。

7月22日，拿破仑的儿子雷切期达特公爵去世。

8月至10月，雨果小住在"岩石"别墅。

9月9日，《国王寻乐》一剧被法兰西剧院所接受。

10月末至11月，雨果搬家到王家广场即现在的沃日广场，住在6号的三楼，这楼房即今雨果博物馆的所在。

11月22日，《国王寻乐》第一次公演，不甚成功。

11月23日至24日，《国王寻乐》被禁演，内政部长阿尔古伯爵认为，该剧不少段落"有伤风化"，真正原因是，七月王朝无法容忍君主在舞台上受到嘲笑，即使是剧中弗朗索瓦那样的君主。也正是在这个时期，雨果与多年的朋友维尼不和。

12月19日，雨果就《国王寻乐》停演一事提出诉讼，状告法兰西剧院不履行合同，他亲到商事法庭讲话，强烈谴责七月王朝政府剥夺了大革命后赋予公民的自由权，并把拿破仑的雄伟恢宏与七月王朝政府的小肚鸡肠加以对照，他的演说博得了热烈的鼓掌。值得说明的是，这时的雨果已经开始与路易·波拿巴，也就是日后称帝的拿破仑三世，有了书信联系。

12月23日，致函内政部长，声明今后不再领取政府发给他的为数2000法郎的津贴。

这一年内，雨果夫人与圣－佩韦的关系愈发不可收拾，已经由在这个那个教堂私会发展到圣－佩韦用假名在圣百艺安德烈街2号租下的一间小房里幽会，这种暧昧关系在第二年将继续下去。

1833 年

1月2日，商事法庭宣称不能受理雨果状告法兰西剧院一案；雨果被判承担诉讼费。这一天，也可能是第二天，雨果在圣马丁门剧院演艺与剧务人员的聚会上，与朱丽叶特·特鲁埃正式相识。这貌美的妙龄女伶，他去年在一次舞会也曾见过，但未相识，朱丽叶特小雨果4岁，芳龄27，早年生活坎坷，在巴黎给不少男人当过情妇，并生有一女，她虽然肉体在淫欲场上打滚，但仍不失一颗质朴的心与对真诚之爱的渴望，与雨果相识，两人一见倾心。

圣马丁门剧院的新任经理菲力克斯·阿雷尔要求雨果把《留克莱斯·波日雅》一剧交给他的剧院来演。排练很快就开始了，朱丽叶特演技平平，但光艳绝伦，身段迷人，也获得了剧中的一个次要角色纳格罗丽公主。

1月3日，路易·波拿巴从伦敦致信雨果，对他在不久前的诉讼案中为拿破仑说话表示感谢。

2月2日，《留克莱斯·波日雅》首演，大获成功。

2月6日，雨果向朱丽叶特表白爱意。

2月14日，《留克莱斯·波日雅》成书出版，书前有雨果的自序，其中有这么一句话："今后，作者要同时进行政治斗争与文学创作。"似乎在预告自己未来的道路。

2月17日午夜，朱丽叶特与雨果私下定情。

2月19日至20日，雨果第一次夜宿朱丽叶特家，雨果犹如发现了奇妙的新大陆，不胜惊喜。在妻子与圣－佩韦的三人关系中当了好久的倒霉丈夫，此时颇有扬眉吐气之慨，他把自己的艳福告诉了几乎所有的朋友，甚至包括圣－佩韦。从此，他开始为朱丽叶特写诗，并在《东方集》第八版与《冰岛凶汉》1833年5月第四版上写了给她的献词。

8月，雨果写作《玛丽·都铎》一剧。9口之家，沉重的负担靠一支笔支撑。剧本上演，收入丰厚，来钱也快，雨果写戏写出了甜头，热衷于此道。

每年夏天，雨果全家都要到"岩石"别墅小住，圣－佩韦也在附近安顿下来，一有机会就与雨果夫人幽会。这年的夏天，雨果则有时回巴黎，趁家人不在，接朱丽叶特来他的寓所。

11月6日，《玛丽·都铎》一剧在圣马丁门剧院首演，朱丽叶特在剧中饰演雅恩一角，好几场戏都被喝倒彩。首演之后，在圣－佩韦、雨果夫人以及曾经保卫《欧那尼》的那些老战友的压力之下，雨果只好同意撤换朱丽叶特。也正是这个月，雨果与大仲马之间产生不和。

1834 年

1月，雨果发表《米拉波研究》一文，论述大革命中的一个伟人，再次隐约透露出他对政治的兴趣，此文后收入《文学与哲学杂论》一书。

3月，《文学与哲学杂论》一书出版两卷，其中大部分文章均发表过。

5月，基督教社会主义思想家、政治家拉梅莱出版他的重要论著《一个信徒的声音》，此人在日后1848年革命中成了人民的代表，影响很大。

7月3日，雨果带朱丽叶特游比埃弗尔河谷并观赏"岩石"别墅，在附近一小镇的法兰西之盾旅馆住宿，这一夜标志两人关系的进一步巩固与发展，有朱丽叶特一封著名的情书为证，她自称"世界上最幸福、最值得骄傲的女人"。

7月6日，雨果在《巴黎杂志》发表《克洛德·格》，又一个反对死刑的作品，并提出了社会犯罪的根源在于贫穷的问题。

7月19日，圣－佩韦发表自传体小说《感官之乐》，把他与雨果夫人的私情写进了小说，似可谓真正的"文人无行"。

7月至9月，雨果与朱丽叶特的关系，经历了经济纠葛与感情风波的冲击。争吵常不可免，朱丽叶特甚至想要自杀，或者带领自己从前的私生女克莱尔·布拉杰逃跑，但雨果与她经受并化解了种种矛盾，关系不断磨合，朱丽叶特完全断绝了与过去的情人、供养者的关系，雨果替她偿还了陈年老债，给她提供了生活条件与经济保障。感情风暴之后总是温情艳阳天，他们在各地旅游，历时经月，俨然如度蜜月的新婚夫妇。

9月1日，雨果偕朱丽叶特回到巴黎，雨果到"岩石"别墅与其家人会合，而朱丽叶特则安顿在不远的梅茨，整个9月、10月，他轮流住在"岩石"别墅与梅茨。

9月，他的小说《克洛德·格》成书出版。同时期，他写出日后出版的《暮歌集》中的六首诗。

1835 年

2月2日至19日，雨果写出《安日洛》一剧。

2月12日，维尼的爱情悲剧《查铁敦》在法兰西剧院首演。

4月28日，《安日洛》在法兰西剧院首次上演，玛尔丝小姐与玛丽·多尔瓦出演主角，首演获得成功。

6月，缪塞的《五月之夜》在《两世界杂志》上发表，这是他著名的《四夜诗》的第一首，其他三首《十二月之夜》《八月之夜》《十月之夜》分别发表于1835年11月、1836年8月、1837年11月，这一组诗要算19世纪法国浪漫主义诗歌的最高成就之一。

7月25日，雨果偕朱丽叶特离开巴黎，他的妻子也与她的父亲以及她女儿蕾娥波蒂娜前往安吉尔斯参加一个朋友的婚礼。在那里，雨果太太与圣－佩韦见面会合，但对圣－佩韦已渐生厌倦，而因丈夫不在身边而感伤。

7月26日至8月22日，雨果与朱丽叶特外出旅游，足迹遍及蒙特洛、库罗米埃、亚眠、狄亚卜、菲岗、卢昂等等地区与城市，优哉游哉，返回自然，也焕发了他的诗情。

9月至10月，雨果仍分头在两个家里过夏秋，一方面是与妻子在"岩石"别墅，一方面是与朱丽叶特在梅茨。温情与诗意似乎全在后者，如像有一天，他与朱丽叶特被雷雨困在梅茨附近的小树林里，对此，他也留下了温情的记录："我们不要忘记1835年9月24日那场可怕的雷雨，那次经历中充满了对我俩来说甚为圣洁的回忆。"在这个秋天，雨果写出了一些重要的诗篇，后收入了《暮歌集》。

10月13日，雨果全家回到巴黎，要负担两处家室，经济上压力不轻，所幸他的稿费源源不断，甚为丰厚。

10月17日，《暮歌集》出版，其中歌唱他与朱丽叶特灵与肉结合的诗有十几首之多，但也有献给他的妻子的、压卷的一篇，把阿黛尔比喻为圣洁的百合花，赞美她的母性纯净、慈善、宽容、大度以及对自己的重要性，根本无视圣－佩韦的存在，粉饰了家庭的帷幕之羞。圣－佩韦很可能由于被此诗大大伤了自私的虚荣心，为了泄私愤，他很快就写了一篇文章，对这个非常出色的诗集进行极不公正的评论，特别对雨果献给妻子的诗进行了含沙射影的攻击，此事差一点引起了雨果与圣－佩韦的决斗，幸亏被出版商韩菊埃尔制止，从此以后，雨果夫人渐渐把圣－佩韦排除出自己的生活，满足于当雨果名义上的夫人。

1836 年

1月31日，评论家尼萨尔在《巴黎杂志》上发表了一篇猛烈攻击雨果的文章，此人是个风派，反复无常，见浪漫派文学渐趋衰微，为了建立自己文学批评家的名声，就拿雨果来祭旗。

2月15日，拉马丁发表叙事长诗《若斯兰》，对法国大革命的传统进行清算。

2月18日，法兰西学院选举院士补莱内的空缺，雨果参加竞选，但遭落选，当选的却是一个名叫迪巴第的不入流的滑稽喜剧作家。

3月8日，朱丽叶特在圣阿拉斯拉斯街14号安家，离雨果在王家广场的寓所不远。

5月，雨果另在富尔葛山谷租下一处房子，就在玛尔里森林的边上，而他的家人则住在玛尔里。

6月15日到7月20日，雨果与朱丽叶特又一次到外省旅游，历经一月有余。

7月1日，爱弥尔·德·吉拉尔丹创办《新闻报》，雨果成为该报的重要撰稿人。

9月8日，雨果的爱女蕾娥波蒂娜在富尔葛初领圣体。

11月6日，已下台的查理十世在哥尔兹逝世。

11月14日，雨果把《巴黎圣母院》改编成歌舞剧《爱斯梅哈尔达》，由路易丝·贝尔丹谱曲配乐，在巴黎歌剧院上演，可惜未获成功。

12月29日，法兰西学院又一次选举新院士以补雷努阿尔的空缺，雨果再一次落选，当选的是历史学家米涅。

1837 年

2月20日，雨果长期患精神病的二哥欧仁纳·雨果在夏朗东去世。他死后，其西班牙贵族头衔"雨果子爵"由雨果继承，因此，他向贵族院议员的身份跨近了一步。从这天起，雨果夫人即便是给自己亲近女友写信，也不忘签署子爵夫人的名号。

3月15日，圣-佩韦在《两世界杂志》发表一篇名为《朋第维太太》的短篇小说，非常明显地影射了雨果夫人阿黛尔。4月16日，在参加维尼所钟情的著名女演员玛丽·多尔瓦的女儿的葬礼时，雨果与圣－佩韦不期而遇，两人面面相对，但互不讲话，如同陌路。

5月30日，奥尔良公爵的长子与梅克林堡的海伦公主举行婚礼。

7月10日，在凡尔赛博物馆揭幕的庆祝会上，雨果身穿国民自卫军的制服被引见奥尔良公爵夫人，她当面凭记忆背诵了雨果《暮歌集》中的第32首诗。此后，雨果就成为奥尔良公爵玛桑府邸中的常客，而且对七月王朝的支持与拥护更趋坚定明朗，而奥尔良公爵正是七月王朝开明派的代表。

6月27日，雨果的《心声集》出版，其中四分之三的诗歌标明了写于当年。

7月4日，雨果获荣誉勋位团的四级荣誉勋位。奥尔良公爵夫人还赠给他一幅圣埃弗尔绘的画《伊勒兹·德·卡斯特罗》。

8月10日至9月14日，雨果与朱丽叶特到比利时与诺曼底旅行，遍游布鲁塞尔、安维尔等城市，在上述这两个城市来往时，雨果生平第一次坐上了火车，甚是兴高采烈。

9月30日，圣－佩韦发表《八月的思考》。

10月21日，雨果有一篇名为《奥林庇欧的忧郁》的草稿，标明此一日期。"奥林庇欧"是雨果在他诗歌中自我形象的化名，如"恰尔德·哈罗尔德"是拜伦的自我形象化身一样。

10月，雨果夫妇因为《朋第维太太》一事，共同采取了拒绝圣－佩韦上门的决定，圣－佩韦在此之后立即动身去了瑞士。

11月6日，雨果起诉法兰西剧院的管理机构违约未再上演《欧那尼》《玛丽蓉·德·洛尔墨》与《安日洛》。同一天，圣－佩韦在瑞士洛桑公开讲授王港修道院的课程，他迟至1838年5月底才回法国。

1838 年

2月至3月，雨果胜诉，法兰西剧院又再上演《欧那尼》与《玛丽蓉·德·洛尔墨》。雨果向奥尔良公爵抱怨他的戏剧缺少剧场，亲王赋予这位作家一项不同寻常的特权：创建一个新的剧场，即文艺复兴大剧院。此事由雨果与大仲马合作，他们两人的关系很快就和睦融洽了。剧院将于年内建成，管理事务交安戴洛尔·若利，他原是一家报社头头。为了迎接剧院落成，雨果必须提供一部可上演的新戏，除此之外，他设法让安戴洛尔·若利雇用朱丽叶特到新剧院中出演，虽然她在《玛丽蓉·德·洛尔墨》中的失败表演雨果应引以为戒，但因大仲马让新剧院聘用了自己的情妇，雨果亦不甘落后。

3月15日，《两世界杂志》发表了居斯达夫·布朗谢严厉批评雨果作品的评论文章。

5月12日，拉马丁出版自己的长篇叙事诗《天使谪凡》，这是一部宣扬泛爱与妥协调和精神的作品。

7月5日至8月8日，雨果为文艺复兴剧院开幕而写出了新剧《吕伊·布拉斯》，是仆人爱上王后的题材，令人容易联想到雨果对奥尔良公爵夫人的仰慕情愫，雨果又设法为朱丽叶特谋得剧中王后角色。

8月18日至28日，把家人安顿在奥特伊后，雨果到香巴涅省做了一次旅行。

8月19日，趁雨果不在，他的夫人写信给文艺复兴剧院的经理安戴洛尔·若利，劝说他不要把《吕伊·布拉斯》中王后的角色交给朱丽叶特，这位经理很痛快就答应了。

8月29日，《吕伊·布拉斯》的诵读会在王家广场雨果的寓所举行，次日扮演男女主角的人选确定下来，弗雷特里克·勒梅特演吕伊·布拉斯，王后则由波都安小姐出演，朱丽叶特落选，不胜痛苦。

10月25日，出版家德洛伊答应付给雨果25万法郎，以获11年之内出版雨果全部作品权利，先付10万法郎现金。

从此，雨果成为富翁，但他仍以节俭精神理财并亲自指导家用，不许动用老本，只许用利息开支日常家用。

11月8日，文艺复兴剧院揭幕，上演《吕伊·布拉斯》，奥尔良公爵观看演出，观众反应平平。

1839 年

3月25日，拉马丁的《冥思集》出版。

6月10日至13日，雨果写出《诗人的职责》。

7月12日，阿尔芒·巴贝斯因在去年5月12日持枪袭击巴黎裁判所的门卫而被判死刑，雨果进行干预，要求国王路易·菲利普予以赦免，获得了批准。

7月26日，雨果又开始写一个新剧本《孪生子》，但8月23日即搁笔，未完成。

8月至10月6日，雨果夫人带着孩子们在维勒居叶过夏天，住在奥古斯特·瓦克利家，他是查理·雨果的同学，非常崇拜维克多·雨果，在这次度假期间，奥古斯特的兄弟查理钟情于蕾娥波蒂娜，两人情投意合。

8月30日至10月25日，雨果与朱丽叶特在阿尔萨斯、瑞士与普罗旺斯做长途旅行，旅途中雨果写了好些给妻子的书信，其中一部分后来收入了散文集《莱茵河》。

11月17日至18日，有朱丽叶特的信件为证，雨果与她的关系又进一步契约化，形成了亚夫妻式的关系。雨果保证他永远不会抛弃朱丽叶特与她过去的私生女克莱尔，而朱丽叶特也答应永远放弃演员行当。

12月19日，法兰西学院又进行选举以补历史学家米肖的空缺，这次雨果的竞选对手是法学家、政治家贝利耶。第一轮投票，雨果负于贝利耶。因最后投票延迟举行，暂无结果。

1840 年

2 月 20 日，雨果竞选法兰西学院院士第三次惨遭失败，这一天，在替补梅格·德克兰席位的选举中，莫内以绝对优势当选。在替补米肖的选举中，生理学家佛洛伦的票数超过了雨果，比数是 17 比 12。

3 月 1 日，《两世界杂志》发表圣－佩韦对浪漫主义文学运动的重要研究成果：《十年后的文学》。

5 月 16 日，雨果的《光与影集》由书商德洛伊出版。

6 月 7 日，内波缪瑟勒·莱迈尔锡逝世，法兰西学院又空出一个席位，雨果眼见又有一机遇，但补选要到年底后才举行。

7 月，雨果把家人安排在圣－布利克斯的地坛古堡过夏天，他与儿子查理待在巴黎。7 月 31 日，查理在优等中学生会考中获得拉丁文翻译的大奖。

8 月 28 日至 11 月 2 日，雨果离开圣－布利克斯，与朱丽叶特同赴莱茵河流域旅游，途中写了很多信件，后收集成《莱茵河》一书的第一部分，但他故意把写信年份改为 1838 年。

10 月 27 日，根据雨果同名剧本、由多里泽第作曲的歌剧《留克莱斯·波日雅》在意大利剧院上演，雨果宣称自己拥有著作权。

11 月 3 日，拿破仑的遗骸运抵北部港口瑟堡。

12 月 15 日，拿破仑遗骸安置在巴黎荣军院。雨果发表《皇帝荣归》一诗。此诗于 1883 年收入巨型史诗《历代传说》的相关章节。与此同时，法兰西学院院士卡西米·德拉维叶也发表了《皇帝遗体归故里》一诗。报刊舆论普遍认为雨果的诗明显为优，此事对雨果最终进入法兰西学院似不无裨益。

1841 年

1月7日，雨果被选入法兰西学院，补悲剧作家莱迈尔锡的空缺，他以17票对14票的优势战胜竞争者三流剧作家安瑟洛，投票选他的有文学家夏多布里昂、拉马丁、诺第耶，哲学家库赞，历史学家米涅、梯也尔、莫莱，政治社会活动家萨尔旺迪、鲁瓦耶－科拉尔等。

3月29日至4月16日，雨果写出他入法兰西学院就位的演说。

6月3日，法兰西学院举行新院士接纳典礼，主持仪式的是萨尔旺迪，奥尔良公爵夫妇出席了仪式。雨果的演说带有明显的政治色彩，他从法国大革命谈到拿破仑、波旁王朝，既赞扬了革命传统，也赞扬了君主制，使人感到他个人显然有某种政治意图与抱负，难怪当时不止一个人讽刺雨果"志在贵族院与大臣职位"，其中就有圣－佩韦。

7月，雨果以政治思想家自命，为《莱茵河》一书写了很长的完全带有政治倾向的一章：《结语》，大谈欧洲的现状与前景以及解决法德两国在莱茵河上分歧的方案。除了有从政的潜意识外，雨果开始变得喜欢打扮了，这些似乎都预示着一个政治活动家的出现。

9月，雨果来到圣－布利克斯与家人相聚。

11月6日，雨果起诉莫里叶，因他采用了雨果《留克莱斯·波日雅》一剧的情节内容，改编成多里泽第作曲的歌剧，雨果胜诉，多里泽第的音乐只好采用另一个故事情节并改了一个剧名上演。

1842 年

1月28日，雨果的《莱茵河》由书商德洛伊出版。

2月，一场胸膜炎险些要了弗朗索瓦－雨果的命。

春季，雨果在一个有钱的寡妇、福尔菊内·阿姆兰夫人家结识了雷阿莉·比阿尔太太，她是一个平庸画家的妻子，雨果很快就爱上了她。

朱丽叶特虽然仍有魅力，而且是雨果的良好旅伴、尽职的抄稿员，但幽居的生活毕竟使她容颜渐衰，雨果旺盛的精力使他很快就另有新欢。迎合他的女演员与女文学青年为数不少，雷阿莉·比阿尔似乃其中之一。此后，雨果所写的情诗，就不再是献给阿黛尔、朱丽叶特，而是献给雷阿莉·比阿尔了。

6月19日，《论争报》开始连载欧仁·苏的长篇小说《巴黎的秘密》。

6月28日，雨果当选法兰西学院的执行主席。

7月13日，奥尔良公爵在一起车祸中遇难身亡。7月21日，雨果在御座大厅中代表法兰西学院向王室家族致吊唁辞，从此，雨果与国王路易·菲利普建立了个人关系。

9月10日至10月19日，雨果写出他的剧本《城堡里的伯爵》。

11月23日，雨果的新剧本在法兰西剧院的管理委员会上诵读。就像往常一样，剧中各个角色由谁出演，亦有意见分歧与争执，也闹出了若干不愉快。

1843 年

2月15日，雨果的爱女蕾娥波蒂娜与查理·瓦凯里在圣保罗教堂举行婚礼，新婚夫妇将生活在格拉维尔。

3月7日，《城堡里的伯爵》首次上演，惨遭失败，是为法国浪漫派戏剧衰落的标志。从此之后，雨果没有再上演过戏剧新作，这也可说是他戏剧生涯的终结。

4月22日，朋沙的悲剧《卢克莱斯》在奥代翁剧场上演获得成功。与雨果上月剧作演出的失败恰成鲜明对照，朋沙的创作倾向是逆反浪漫主义而回归古典主义。对照两次演出的状况充分说明舞台上的风向变了，浪漫剧气数已尽。

5 月，雨果夫人与女儿小阿黛尔在大女儿蕾娥波蒂娜·瓦凯里家小住，而雨果则在巴黎醉心于追求雷阿莉·比阿尔夫人。

7 月 10 日，雨果去看蕾娥波蒂娜，次日一清早就离去。

7 月 18 日至 9 月，雨果与朱丽叶特以及她的女儿克莱尔离开巴黎到比利牛斯山区与西班牙旅行，历时将近两个月。旅途中他写了好些书信，这些书信连同 1839 年的旅途书信，汇成一集名《阿尔卑斯山与比利牛斯山之游》，但出版却迟在 1890 年。

9 月 4 日，蕾娥波蒂娜与丈夫在维勒基叶的塞纳河上双双溺死，她性格温良，知书达理，头脑聪敏，博闻多识，是雨果最为疼爱的孩子。

9 月 9 日，雨果在旅途中，正要乘驿车从罗谢福尔去罗皆尔，等车之际，与朱丽叶特步行至苏比斯村，在一家咖啡店里，读到报纸上蕾娥波蒂娜夫妇遇难的消息，如晴天一霹雷。

爱女的去世，雨果为父的悲痛难以平复，他陆续写下一些感人至深的伤悼诗，后收入《静观集》。

9 月 12 日夜，雨果回到巴黎。

10 月，雨果第二次当选法兰西学院执行主席。

11 月，圣－佩韦出版《情爱书卷》。

12 月 20 日，雨果在诗人卡西米·德拉维叶的葬礼上致悼词，在这个月，他与比阿尔夫人的关系进一步发展，成为她的情夫。

1844 年

1 月 27 日，圣－佩韦成为法兰西学院院士候选人，他能否当选，雨果是个关键。他前往王家广场的雨果府上进行拜访，雨果善意地接待了他，不计前嫌，是他的高尚，但他对圣－佩韦的新书《情爱书卷》中的故伎重演却一无所知。

3 月 14 日，法兰西学院举行选举，圣－佩韦胜利当选。

7 月 15 日，维尼的《牧童之家》发表在《两世界杂志》上。

9 月 4 日，雨果独自到爱女蕾娥波蒂娜的墓前凭吊。

9 月，雨果成为菊勒里宫的常客，路易·菲利普对他推心置腹，甚至把自己过去与让莉斯夫人的关系也告诉他。

10 月，雨果与朱丽叶特到内莫与蒙达尔日做徒步旅行。

1845 年

1 月 16 日，雨果在法兰西学院接纳圣－马克·吉拉丹的仪式上致答词。

2 月 27 日，法兰西学院接纳圣－佩韦的仪式由执行主席雨果主持，他发表演说对圣－佩韦进行了赞扬，即使对伤害过他家庭的《感官之乐》与《朋第维太太》，亦回避了尴尬，且甚为宽厚。等着看笑话的人群，不得不为此鼓掌叫好。事后，雨果把他这天发表的接纳演说与圣－佩韦所致的就位词，装订成册送给了自己的夫人。

3 月 25 日，雨果的岳丈大人皮埃尔·傅谢去世。

4 月 13 日，七月王朝授予雨果"子爵"世卿称号。因此，雨果进入贵族院。

7 月 5 日，画家奥古斯特·比阿尔要求区警察当局同他到圣－洛克巷一间屋子里去执法，在拂晓时分，当场逮着正睡在一起的雨果与比阿尔夫人。雨果有世卿称号，免于受罚，比阿尔夫人则在监狱里关了两个月。国王对此丑闻进行干预，替雨果解围，向画家订购了若干幅画，以换取他撤销控告。雨果夫人在出事的当天就原谅了自己的丈夫，特别宽容，甚至去监狱探望了比阿尔夫人。朱丽叶特则对此事一无所知，被蒙在鼓里。

8 月 14 日，法院判奥古斯特·比阿尔夫妇分居，财产分家，因此，雷阿莉・比阿尔和她的两个孩子以后的生活实际上就只能由雨果来负担了。雷阿莉也成为雨果府上的常客、雨果夫人的好朋友，看来阿黛尔是利用雷阿莉来抵消朱丽叶特的影响。

11 月 17 日，雨果开始写一本名为《贫困》的长篇小说，后来改名为《悲惨世界》。

1846 年

2 月 14 日，雨果在贵族院发表演说，论制造图纸与模型的所有权问题。

3 月 19 日，雨果又在贵族院发表演说，论波兰问题。当时波兰进行反对奥地利的民族解放斗争遭到镇压，议会讨论对此该作何反应。雨果主张对这个一直支持了法国革命的民族表示道义上的支援，而不主张在军事上进行干预。他的演说开明而大度，但议员们反应冷淡。

4 月 1 日，雨果在贵族院参加了有关商标法的辩论。

5 月 31 日至 6 月 6 日，贵族院讨论王家森林看守人皮埃尔・勒孔特于 4 月 14 日谋杀国王未遂罪，绝大多数议员主张判他死刑，仅有雨果与其他两个议员投票主张判他终身监禁。

6 月 21 日，朱丽叶特的女儿克莱尔因其生父的刻薄与冷酷悒郁厌世而致病身亡。雨果一直善待她，视为养女，她的去世使雨果甚为伤悼，他写了不止一首诗献给克莱尔的亡灵，可见《静观集》。

6 月 27 日与 7 月 1 日，雨果在贵族院发表两次演说，论的都是经济问题。

7 月 7 日至 11 月 12 日，他诗歌创作多产，写了 36 首诗，其中伤悼蕾娥波蒂娜与克莱尔的诗占很大比例，主要见于《静观集》。

8 月 25 日至 27 日，贵族院审理约瑟夫・亨利于 6 月 29 日向国王开枪案，大多数议员通过终身苦役的判决，雨果与 16 位议员主张判终身监禁。这个月，查理·雨果得了一次伤寒。

9 月 10 日，雨果参观了巴黎裁判所监狱。

1847 年

3 月至 7 月，拉马丁发表他的《吉伦丹人》，清算了法国大革命的雅各宾专政。

3 月 26 日，雨果参加著名演员玛尔丝小姐的葬礼。

进入学士院与贵族院后，雨果与王室的交往不断熟练、扩大，他与（国王的长子）奥尔良公爵的遗孀埃莱娜王妃，国王另两个儿子奈穆尔公爵、蒙特旁锡公爵均有友好交往，他经常出席王公大臣的宴请与舞会，他在王家广场的寓所也常接待各界名流。

6 月 14 日，雨果在贵族院发表了一个关于波拿巴家族的演说，他要求宽待那些已垮台的王朝的后人，废除不许他们回国的法案，取消放逐波拿巴家族的法令，并在演说中为拿破仑大声疾呼，演说甚为成功。

7 月 16 日，雨果参加蒙特旁锡公爵在文色恩森林举行的盛大庆宴，这次庆宴耗资 20 万法郎，他担心此事可能引发公愤。

8 月 5 日，雨果参观死囚监狱，并与其中一个死囚进行了交谈。

8 月 18 日，贵族院议员布拉斯南公爵，谋杀了他的妻子。贵族院于 21 日开庭，要对他加以羁押，但因他自杀而作罢。

8 月至 9 月，雨果的儿子弗朗索瓦－维克多及妻子，均染伤寒。

9 月 27 日，雨果在著名作家弗雷德里克·苏利埃的葬礼上发表演说。

12 月 31 日，国王的姐姐阿戴拉伊德夫人逝世。

从这一年起，雨果在他眼花缭乱的社交生活、政治与学术活动以及尚坚持不断的文学创作中，个人生活却更趋放浪。他以猎艳为乐，各层次各品位的女性对象，他均受之不却，甚至"饥不择食"。其中有"文坛名妓"埃斯苔尔·琪蒙与巴黎著名的美女阿丽丝·奥姬，后者是他儿子查理与老戈缔耶所爱的女人，他力克群雄，把她争夺到手。此时儿子 21 岁，失意之下，只能由母亲雨果夫人去劝慰。

1848 年

1 月 15 日，雨果在贵族院发表演说，论开明的教皇庇九世与意大利统一问题。

2 月 22 日至 24 日，革命爆发，发展成街垒战，路易·菲利普退位，让位给其孙子奥尔良公爵之子巴黎伯爵。23 日、24 日两天，雨果跑上街头，前后 7 次对人群发表讲话，劝说群众拥立奥尔良公爵夫人埃莱娜王妃为摄政王。其中 24 日，他在巴士底狱广场上是面对着骚乱而敌对的人群作此番宣传的。

骚乱发生的当晚，他回到情妇阿丽丝·奥姬家吃晚饭，她的另一个情夫画家夏塞里奥也在座，其间香艳的一幕，被雨果记录下来，后来，收入他的《见闻录》。

2 月 25 日，巴黎群众选择了共和国，雨果保七月王朝的努力落空，以拉马丁为首的共和国临时政府成立，是为法兰西第二共和国。

拉马丁对雨果宣布，临时政府已经任命他为他所在的第九区的临时区长。雨果口头上没有答应接受这一任命，但他把委任状收下放进了口袋。

二月革命的爆发，使雨果中断了他长篇小说《贫困》的写作。

3 月 2 日，雨果在伏日广场主持了种植一棵自由之树的仪式。

4 月 23 日，法国举行制宪议会的选举，雨果不是官方的候选人，他只获得 6 万张选票而落选。

5 月 15 日，雨果亲眼目睹了巴黎愤怒的下层群众对议会的冲击，因为议会所选出的代替临时政府的执政委员会中没有社会主义与下层的代表，并任命了右派卡芬雅克为陆军部长。制宪议会宣告解散，但执政委员会开始镇压巴黎群众。

5月26日，雨果参加了制宪议会的补充选举，一改二月革命后的被动态度，他表示主张共和，在自己的竞选纲领中，主张民主、自由、平等的三色旗共和国，而反对红旗共和国，反对过左与暴力。

6月4日，制宪议会选举结果揭晓，雨果以86695票当选，他被视为右翼温和派代表。

6月20日，他作为制宪议会的成员，第一次发表演说，就国家工场问题陈述己见，言辞花哨，立场倾向于把国家工场视为"制造了贫穷的游手好闲之徒"、"共和国懒汉"的场所。

6月22日，政府颁布解散国家工场的法令。针对此举，巴黎工人于6月23日再次揭竿而起。雨果同意参加制宪议会，为到街垒上去说服起义工人、为恢复首都秩序而成立了60人委员会。24日，他带领军队在圣路易街拿下了三个街垒。好些衣衫破烂的起义者曾闯入他家，但秋毫无犯，没有任何抢劫掠夺行为，六月起义遭到政府军的镇压。7月1日，雨果在利斯里街5号安家。

7月4日，夏多布里昂逝世。

8月1日，雨果与他两个儿子以及保罗·梅里斯、奥古斯特·瓦克利创办了《时事报》。同一天，雨果在议会发表演说，主张新闻自由，反对逮捕作家文人，卡芬雅克将军的高压政策使他甚为忧虑。

9月2日，雨果就戒严令发表演说，他不主张采取过于严厉高压的政策。

9月15日，雨果发表演说反对死刑。

9月24日，路易·波拿巴最终结束流亡生活，从英国回到巴黎，在拿破仑纪念铜柱耸立的旺广多姆广场旁设立总部，准备登上政治舞台，攫取权力。

10月11日，雨果发表演说，呼吁新闻自由，反对戒严。

10月，雨果迁于新居奥维涅塔楼街 37 号（现已改为 41 号），在这里，他将接待路易·波拿巴的意外来访。

11 月 10 日，在议会讨论预算问题时，雨果力主增加文学艺术经费。在本月份，宪法制定完成。在整个秋天，雨果与路易·波拿巴多次会面。雨果的《时事报》起初支持拉马丁，从 10 月份起，就转而支持路易·波拿巴，大力助他竞选，激烈反对卡芬雅克将军。

12 月 10 日，路易·波拿巴当选共和国总统，雨果对他很有幻想，希望自己对这位总统有所影响，促使他以开明宽厚的胸怀治国。

1849 年

1 月 29 日，雨果发表演说，赞成解散制宪议会，选举立法议会，共和党人在制宪会议中占多数，不赞成改选，政府则力赞改选。

4 月 3 日，雨果发表演说，主张戏剧自由。

5 月 2 日，雨果投票反对大赦六月起义的造反者。

5 月 13 日，雨果当选立法议会的议长。

6 月 19 日，立法议会成立一个委员会对劳动阶级的生活状况进行调查，雨果当选为该委员会委员。在当天的会议上，雨果发言指出，公众广泛的苦难是当今全部社会政治问题的核心。

7 月 9 日，雨果发表长篇演说，讲社会贫困问题，主张提高劳动者的地位、开创广泛的社会互助等等，并对社会主义表示了一定程度的肯定。这次演说使他成为右派秩序党人的对立面，遭到他们斥责。

8 月 21 日至 24 日，雨果主持在巴黎召开的"和平会议"，欧洲各主要国家都有代表出席。

9 月 8 日至 17 日，雨果与朱丽叶特离开巴黎做短期旅行。

10 月 19 日，雨果在议会发表演说，对政府远征罗马一举进行谴责。这年的 1 月，罗马人民起义，宣布成立共和国，取消了教皇的世俗权力。路易·波拿巴应法国秩序党中教派势力的要求，于 1849 年 4 月派远征军进行武装干涉。雨果的这次演说，更进一步加深了秩序党与他的矛盾冲突。雨果与他的《时事报》对路易·波拿巴的态度也有了明显的变化，既可能是由于 10 月 31 日新内阁组成，雨果入阁的愿望落空，更无疑是因为雨果对路易·波拿巴开明进步治国的幻想已经完全破灭。

1850 年

1 月 15 日，雨果在议会发表了长篇演说反对法卢教育法。法卢是路易·波拿巴政府的公共教育部长，他迎合秩序党中教权派的要求，以"教育自由"为名，以天生教育取代世俗教育，达到教会垄断公共教育的目的，雨果把这斥为教权党的教育。对抗日益激烈，此后，雨果在议会总是受到右派的攻击，而得到左派的支持。

4 月 5 日，雨果发表演说反对终身流放法。

5 月 21 日，雨果发表演说捍卫普遍法而反对限制性选举，在议会中，他与秩序党右派的冲突愈来愈尖锐。

7 月 9 日，雨果发表捍卫新闻言论自由的演说，在议会中又遭到一片斥责声、嘘叫声。

8 月 21 日，在巴尔扎克的葬礼上，雨果发表了一篇情词感人的演说。

1851 年

从 1850 年起，巴黎就明显出现了一股拥路易·波拿巴修宪称帝的逆流，雨果不止一次持异议与反对态度。

2 月，雨果与社会主义的左派活动家布朗基参观里尔贫民区，那里的穷人都居住在不见天日的地窖中。

5月16日，雨果的《时事报》发表了他儿子查理反对死刑的文章。路易·波拿巴借此事大做文章，对雨果开始进行迫害，政府当局以蔑视法律的罪名指控查理·雨果。

6月11日，雨果出席法庭的审判会，为儿子进行辩护。

7月17日，雨果在议会发表了长达三个小时的重要演说，反对修改宪法，反对君主制，反对延长总统任期权利，声言共和国就像自由，是人类的一种权利，不容篡改，并戳穿路易·波拿巴所追求的是终身执政与帝国，蔑视他为"小拿破仑"。这篇演说如重磅炸弹，是对路易·波拿巴的公开宣战。

7月20日，立法议会对宪法修正案进行表决，路易·波拿巴获多数票，他实际上已经在策划政变。

7月30日，查理·雨果被判6个月监禁。

8月，雨果准备重新提笔写他的长篇小说《贫困》。同月，雨果将他在制宪议会与立法议会的15篇演说词汇编成书出版，该书显示出雨果最终已成为当时议会中民主自由派的代言人、领袖人物、社会主义左派的朋友。

9月15日，雨果另一个儿子弗朗索瓦·雨果在《时事报》上发表一篇文章，要求法国向外国流亡者提供庇护所，政府因此判他与报纸另一负责人保罗·梅里斯9个月监禁，罚款2000法郎。

9月18日，《时事报》被禁止发行，奥古斯特·瓦克利将它改头换面，以《人民前途报》的名义出版，并刊载了雨果的一封信，这又给报纸的主编招来了监禁6个月的处罚。

10月20日至23日，为了修好关系，抚慰朱丽叶特，雨果带她到枫丹白露旅游。一个时期以来，雨果实际上有三个家室：阿黛尔、朱丽叶特与雷阿莉。而且，他生活放荡不羁，还有不少其他女人，包括上流社会的贵妇、艺术才能平平的女演员、三四流的女诗人与女文艺青年以及身份暧昧的女士等等。

11 月，弗朗索瓦·雨果到监狱服刑。

12 月 1 日夜至 2 日，路易·波拿巴发动政变。

12 月 2 日，雨果闻讯之后，于早晨 8 点，赶往布朗街 70 号参加尚未被捕的左派议员的会议。会上成立了抵抗委员会，雨果是其中非常坚决而积极的成员，他主张起义，进行武装斗争，他起草了号召起义的告人民书。

12 月 3 日，路易·波拿巴的军警进行镇压，抵抗派议员、著名政治活动家波丹在街垒上被杀。雨果仍坚持斗争，午后，他到磨坊街 10 号参加抵抗委员会的会议，他起草了一份告军队书，他想在巴黎的郊区组织起义。

12 月 4 日，拂晓，抵抗委员会在黎塞留街茹尔·克列维家再次举行会议。清晨，雨果视察起义的街垒。军警大肆进行血腥镇压，街垒起义失败。

12 月 4 日夜至 5 日，雨果在第格多勒街亲眼看见一个被军警枪击的男孩，以这件事写下了一首悲愤的诗，它成为日后《惩罚集》中的名篇。这时的雨果早已成为军警搜捕追杀的对象。

12 月 7 日，朱丽叶特先把雨果藏在萨拉赞·德·蒙特菲利叶侯爵家，然后靠雨果一个亲戚的帮助，假称雨果是名叫朗万的印刷工人，还设法替他弄到了一张护照。

12 月 11 日，夜，雨果经过化装，以朗万的假名，逃离巴黎，乘火车奔往布鲁塞尔。

12 月 14 日，朱丽叶特也到达布鲁塞尔，雨果夫人不久也来这里短暂停留。

1852 年

1月9日，路易·波拿巴签署法令，宣布把维克多·雨果驱逐出法国领土。

1月28日，查理·雨果刑满出狱，之后他也来到布鲁塞尔。

2月18日，雨果与查理到比利时的卢万市参观访问，受到官方人士与学生的欢迎。

3月下旬，雨果到布鲁塞尔的第二天，就动笔撰写一本揭露路易·波拿巴政变始末的书《一桩罪行的始末》，到这时已接近完成，并与伦敦一出版商签订合同。

雨果很快就成为在比利时的法国流亡者的中心人物，为了软化雨果，路易·波拿巴不断耍弄花招，首先是巴黎歌舞剧院的经理专程到布鲁塞尔约他写一出历史剧，然后又放出准许他回国的风声，4月16日，更提前释放了雨果的二儿子弗朗索瓦。

4月，雨果做好坚持斗争的准备，考虑到《一桩罪行的始末》出版后，会招致路易·波拿巴的报复，他变卖掉在巴黎的动产，把30万法郎的法国债券变换为比利时王家银行的股票。所有这些都在他的指导下由雨果夫人具体操作，而朱丽叶特则为他辛勤地抄写《一桩罪行的始末》的书稿。

4月下旬，由于法国政府的压力，比利时教权派政党在选举中有所进展，对法国流亡者的处境颇有影响，雨果决定离开比利时，前往英国的泽西岛。

6月，雨果决定推迟《一桩罪行的始末》一书的出版，因为他感到材料尚不充分，有待补充，而决定另写一本更为辛辣、抨击力更强的政论作品《小拿破仑》。

6月14日至7月12日，雨果完成了《小拿破仑》一书，该书于8月5日在伦敦出版问世。

8 月 1 日，雨果携儿子查理与朱丽叶特在安特卫普乘船前往伦敦，然后从那里赴泽西岛定居。次日，一行人抵伦敦，5 日中午，到达了目的地英属泽西岛。此岛离法国海岸仅十几公里，岛上居民讲法语，风景优美，被雨果称为"一个迷人的流放地"。8 月中旬，雨果全家安顿在一幢面临大海、方方正正的白色房子里，这就是雨果将在这里度过一些岁月、著名的"观海台"。

11 月，《小拿破仑》一书开始通过种种秘密渠道传入法国，在国内不胫而走，印数不断增加，仅后来的英文版初版就有 7 万册。而在全世界，此书的印行后来竟达到了 100 万册。

12 月 2 日，路易·波拿巴废共和改为帝制，是为法兰西第二帝国，他号称拿破仑三世。

从流亡以后，雨果就不断写诗控诉政变罪行，抒发自己的愤怒，到 1852 年年末，他一共写出了 1600 行，他准备辑成一新诗集。

1853 年

1 月 23 日，雨果写信给他的出版商海兹尔，确定他新诗集的书名为《惩罚集》以代替原来考虑的《复仇女神》等名。整个春季，他继续为这个将出的新诗集"添砖加瓦"，其中有著名的《皇袍》一诗。

1 月 29 日，拿破仑三世举行与欧也妮·德·蒙第约的婚典。

2 月 6 日，朱丽叶特在观海台入住一套设备齐全、可以观赏海景的房间。

3 月 3 日，雨果退出博爱会与兄弟会这两个流亡者组织，这两个组织他过去都参加了，但他们之间持续不断的争吵与对立，导致了他的退出。

4 月 20 日，雨果在泽西岛上圣若望公墓中流亡者若望·波斯盖的墓前发表演说。他的这类活动不止一次，旨在维系流亡者之间的精神团结，但这一次他坚持要求祈求上帝，引起了某些无神论流亡者的不快。

5月31日，雨果做此记录："1853年5月31日，吾完成《惩罚集》。"事实上，此后他仍继续为该诗集"添砖加瓦"。

7月14日，雨果到附近的瑟克岛一游，来年，他将再游此岛。

8月，雨果的《讲演集》在布鲁塞尔出版。

9月6日，吉拉丹夫人向雨果一家人传授招魂术，这种巫术于1853年春开始在巴黎流行。吉拉丹夫人这天的招魂术居然成功，由查理·雨果与勒·弗洛将军操"灵动桌"，召来了雨果死去的爱女蕾娥波蒂娜的灵魂，通过灵动桌和父母进行了对话。

9月12日，雨果全家又玩招魂术，此次由查理一人操灵动桌，召来了在爱丽舍宫做噩梦的拿破仑三世的灵魂，他承认自己害怕雨果和他的《惩罚集》。此后，灵动桌、招魂术的玩意在雨果家中一直未断，到1855年底才渐告结束。

9月14日，吉拉丹夫人离开泽西岛。

10月4日，雨果寄了一张360法郎的支票给巴黎的保尔·莫里斯，由他转交给印刷工人朗万，感谢他允许自己冒名顶替逃离巴黎。在此次解囊之后，雨果一直继续在经济上济助朗万。

10月23日，土耳其与俄罗斯开战。

11月23日至24日，《惩罚集》出版，有两个版本，一为删节本，注明了"布鲁塞尔亨利·萨缪尔书店出版"，另一为全本，未署出版商名，仅标出"出版于日内瓦与纽约"。

11月29日，雨果发表演讲，纪念波兰革命23周年。

11月30日，俄国军队在西洛卜摧毁了一支土耳其船队，此役引发英国船队与法国船队进入黑海。

1854 年

1 月 10 日，雨果向英属盖纳西岛的居民发出呼吁，要求赦免杀人犯达普勒的死刑。

2 月 4 日，法国与俄罗斯断绝外交关系。

2 月 10 日，达普勒在盖纳西岛被处死。次日，雨果写了一封公开信给英国内政大臣帕尔梅斯东爵士，抗议对该犯的死刑。

2 月 24 日，雨果在纪念 1848 年二月革命的宴会上发表演说。

3 月 27 日，法国议会与英国议会，通过了对俄宣战法案，是为克里米亚战争。

5 月，泽西岛上法国流亡者的经济状况愈来愈困难，互助会的基金全部用完，为此，雨果与流亡者委员会其他 5 个成员联名发表《告同胞书》，发起募捐，雨果本人也慷慨解囊。

5 月初，雨果的又一新诗集《静观集》渐成规模，积攒的诗歌已有 5000 行，他与出版商海兹尔联系，准备签订出版合同。

5 月 14 日，雨果在一篇幻想作品《潮湿的树林》末尾标上这一天的日期，此作后收入他的《畅想剧》中。

7 月 7 日至 17 日，雨果写出他了不起的哲理诗《过去与未来》，后于 1877 年收入巨型史诗《历代传说》。

9 月 19 日，雨果在"灵动桌"、招魂术中，询问他正在写《黑暗的大口如是说》一诗的有关问题，此首宗教诗有神秘主义色彩，后收入《静观集》。

9 月 27 日，雨果在流亡者菲力克恩·波里的葬礼上发表演说，又一次慷慨陈词。

从 9 月到 11 月，克里米亚战争进行得甚为酷烈。

10 月 13 日，《黑暗的大口如是说》完成。

雨果笔耕不辍，他的全家来泽西岛后也都投入了创作，长子查理写剧本与小说，次子弗朗索瓦从事莎士比亚全集的翻译，妻子阿黛尔开始撰写她的《雨果夫人见证录》，朱丽叶特则辛勤地为雨果抄稿。

11月29日，雨果在纪念波兰革命24周年的演说中，揭露抨击了克里米亚战争中大规模的残杀，演说标题为《东方的战祸》，后收入他的《言行录》。

1855 年

1月26日，曾追随法国浪漫派文学运动的作家吉拉尔・纳瓦尔在巴黎上吊自杀，年仅47岁。到20世纪，他被视为法国超现实主义的先驱之一，《巴黎杂志》于1月1日与2月15日两期上，发表了他最后一部作品《奥蕾莉娅》。

2月7日，雨果的长兄阿贝尔因中风猝死。

2月24日，雨果为纪念1848年革命发表演说。

4月9日，雨果趁拿破仑三世将于4月15日至21日访问英伦之际，写了一封致拿破仑三世的公开信，此信于11日在泽西岛法国流亡者办的《人报》上发表。

4月至5月，雨果不断完成新诗作，补充新的诗集《静观集》。

5月31日，《静观集》基本上告成，雨果在给出版商的信中宣称该诗集有一万行，"它将是我的巨型金字塔"。

6月29日，英国女王维多利亚访问巴黎，作为对拿破仑三世4月份访英伦的回访。

9月，俄军在克里米亚战争失败，撤出塞瓦斯托波尔。

10月初，在雨果家参加灵动桌、招魂术活动的一个成员突然神经病大发，从此雨果家不再举行这种活动。

10月15日，在泽西岛上的法国流亡者，就英国女王访问巴黎一事，写了一封致女王的公开信，《人报》刊登了此信，为此，英国当局勒令该报的主编夏尔·吕贝贺尔在 6 天之内离开泽西岛。

10 月 17 日，雨果与 35 位法国流亡者联名发表宣言，抗议英国当局的驱逐令。

10 月 27 日，泽西岛行政长官下令，勒令雨果及 35 名抗议者也必须在 11 月 2 日以前离开泽西岛。

10 月 31 日，雨果于早晨 7 点半钟坐船离开泽西岛，于当天上午 10 点钟到达西北方向 30 余公里外的盖纳西岛，雨果全家下榻于欧罗巴旅馆。

11 月 11 日，雨果在该岛的高城街 20 号租下一小幢房子，朱丽叶特则在另一个妇女家寄宿。

在泽西岛期间，雨果生活放纵不羁，程度更有增无减，大有登徒子好色、不计姿色品位之慨，除了妻妹与来家里做客的女友外，主要就是如走马灯般更换女仆。

1856 年

3 月 12 日，米谢莱著名的散文作品《鸟》问世。

3 月 30 日，有关各国签订和平协议，结束克里米亚战争。

3 月，拉马丁的《文学通俗教程》第一卷问世。4 月 23 日，雨果的《静观集》在布鲁塞尔与巴黎同时出版，取得极大的成功，初版一问世就销售一空。在该书的封底上，刊登了《上帝》与《撒旦的下场》两书将要问世的广告。

4 月 27 日，雨果写出《人的精神》与《声音》二诗，将构成《上帝》一诗的第一部分。

5 月 16 日，雨果用《静观集》的稿费，在高城街 38 号购下了一大幢房子，价钱总共是 24000 法郎，装修后的新居即为著名的高城公馆。

5 月 26 日，《巴黎杂志》开始连载福楼拜划时代的著名小说《包法利夫人》。

10月17日，雨果全家搬进高城公馆，楼房共四层，上面又加盖了一层玻璃阁楼，其上还有一个瞭望台，四层楼都布置豪华，陈设讲究，到处张贴了自勉自律的拉丁文格言与成语，内容不外激励自己自强不息，笔耕不辍，作息有律，等等。玻璃阁楼是他写作的地方，那里又摊了新的两大作业：巨型史诗《历代传说》与长篇小说《悲惨世界》。

12月，朱丽叶特搬进一座名叫"拉·法侣"的精致住宅，离高城公馆很近，与雨果的居室相望。她既是雨果在岛上漫步的伴侣，更是雨果忠心耿耿的抄稿员，卷帙浩繁的《悲惨世界》与《历代传说》都将由她誊写一清。

1857 年

1月，巴黎的意大利剧院上演一出歌剧，采用维尔第歌剧的曲调，故事脚本则是抄袭了雨果的浪漫剧《国王寻乐》，雨果提出诉讼，但被判败诉。

3月17日，出版商海兹尔致信雨果，劝他不要单独出版《撒旦的下场》与《上帝》，而让他加速写成《小型史诗》，即后来的《历代传说》。

5月2日，在法国浪漫派文学中有"顽皮孩子"之称的缪塞去世。

7月11日，波德莱尔的《恶之花》出版问世。

7月16日，巴黎为贝郎特瑞举行国葬。

9月11日，雨果与海兹尔签订《小型史诗》的出版合同。

9月13日，浪漫派文学兴起之际，曾热情追随过雨果的戈缔埃，在《艺术家》杂志上发表著名的《艺术》一诗，是他唯美主义的宣言，发巴拿斯派的先声。

9月18日，一直跟雨果作对的文艺批评家居斯达夫·布朗谢去世，这并未使雨果在日后的诗里不对他加以回击。

9 月 27 日，雨果草成一篇作品《蠢驴》。

12 月 25 日，雨果完成长诗《革命》，它将构成《灵台集》中的史诗卷。

1858 年

1 月 1 日，雨果完成批判封建权力的政论作品《至高的怜悯》。

1 月 14 日，阿尔西尼在巴黎谋刺拿破仑三世，未成，死二人，伤百余人。事后拿破仑三世政府全面强化专制，内政部长由铁腕将军埃斯皮拉斯出任。

1 月 18 日，雨果夫人携小阿黛尔赴巴黎，5 月初回盖纳西岛。

5 月 23 日，雨果完成《蠢驴》。

6 月 30 日，雨果病倒，背上长了一个毒痈，几乎有生命危险，直到 10 月 4 日才痊愈。病愈之后，他即继续写他的《小型史诗》，即后来的《历代传说》。

这一年，雨果的小姨子朱丽·傅谢，在其姐阿黛尔不在盖纳西岛期间，常来替雨果主持家务，她比雨果夫人年纪小许多，嫁给雕刻家保尔·谢莱为妻，雨果在泽西岛时，她就来过，两人当时即有染。

1859 年

3 月 17 日，雨果完成《林神》一诗，它将成为《历代传说》中的中心诗篇。

3 月 27 日，雨果在一封信里，对自己正在进行的"小型史诗"究竟取何书名，是《人类传奇》还是《历代传说》甚感犹疑。到 4 月 3 日，他给出版商海兹尔的信里，表示他最终已经选定书名为《历代传说》。

4 月 26 日，雨果完成《本书所依据的视野》一诗，它将成为《历代传说》诗集的序言。

5 月 11 日，雨果夫人携女儿小阿黛尔回到盖纳西岛。

5 月 15 日，雨果写成《历代传说》的最后一首诗。

5 月 26 日至 6 月 10 日，雨果与朱丽叶特以及查理在瑟克岛小住，修改《历代传说》，并为一部将要动笔的小说《海上劳工》做札记，与此同时，他的灵感涌动，有了写作新诗集《街道与园林之歌》的创意。

6 月 14 日至 10 月 23 日，新诗集《街道与园林之歌》进展神速，雨果为它至少写出了 44 首诗。

7 月 11 日，拿破仑三世结束意大利战争。

8 月 15 日，雨果在给弗朗索瓦－维克多的信里，称自己正在一辆四匹马拉的战车上急驶，其一，是正在写作之中的《街道与园林之歌》，其二，正在校对的《历代传说》，其三，正在畅想的五幕诗剧《多尔克玛达》，其四，正在构思的莫日故事。

这一天，雨果在圣－皮埃尔港亲眼看见了维多利亚女王，在人群中，雨果是少数抬帽致意者之一，据他说，女王"容貌端庄，脸色像有产者那样红润"。

8 月 16 日，拿破仑三世签署对流亡者的大赦令，雨果表示拒绝，他在 18 日的一份声明中说："法兰西恢复自由之日，才是我重返祖国之时。"

9 月 8 日，雨果夫人与小阿黛尔离开盖纳西岛。

9 月 26 日，《历代传说》分别在布鲁塞尔与巴黎出版问世。

10 月 6 日，雨果致信波德莱尔，讨论他在 1859 年 3 月 9 日发表在《艺术家》杂志上论戈缔埃的文章，他不主张为艺术而艺术，而主张为进步而艺术，谈到波德莱尔的《恶之花》，他做了这个著名的评价："您创造了一种崭新的战栗。"

10 月 16 日，在美国，反奴隶制者约翰·白朗起义失败被俘。

10 月 23 日，雨果把完成了的诗集《街道与园林之歌》的草稿交给朱丽叶特誊写。

11 月 16 日，雨果又继续写作他的长诗《撒旦的末日》。

11 月，法国、奥地利与萨地尼亚在苏黎世签订和约，来年的 4 月，萨瓦省与尼斯并入法国。

12 月 2 日，雨果致信美国当局，要求赦免约翰·白朗的死刑，但同日约翰·白朗被绞死。处决的消息于 12 月 18 日传至盖纳西岛，雨果悲愤欲绝。

1860 年

1 月 12 日，蒙多帮将军率远征军在马赛上船，与英军联合行动，赴中国打仗。

4 月 12 日，雨果认购了一套《拉马丁全集》。

4 月 15 日，在《撒旦的末日》的草稿上，最后署的是这个日期，此后，就未再进行加工修改。

4 月 25 日，雨果将《悲惨世界》已有的草稿，从行李箱中取出，先开始通读，做继续写作的准备。

4 月，意大利西西里起义后，加里波的率红衫军团千人入巴勒摩，占西西里。

5 月 21 日，雨果在笔记本上记述，他通读完了《悲惨世界》的草稿，开始做继续写作的通盘考虑。

6 月 14 日，应泽西岛人菲利普·阿斯卜莱的邀请，雨果赴泽西岛参加庆祝加里波的军团的胜利。18 日，他在席间发表了一次演说，次日，返回盖纳西岛。

8月14日，《哲理》一文完成，此文在他死后发表。

9月，英法联军直逼北京，英法联军将圆明园的珍宝掠劫一空，并火烧了圆明园。10月，英法与中国清朝政府签订北京条约。

11月24日，拿破仑三世颁布放宽1852年宪法的法令，是为"自由帝国"的开始。

12月30日，雨果在做了若干准备之后，又动手写《悲惨世界》，此作他于1848年2月4日搁笔中断。

1861 年

1月15日，米谢莱的散文名著《大海》出版问世。

1月21日，雨果同意他的连襟保尔·谢莱将他根据雨果的《约翰·白朗就义图》所创作的雕刻作品公开发表。

3月25日，雨果动身去比利时，随身带着一个专备的防水包，里面装着《悲惨世界》的手稿。他在布鲁塞尔住下来，以此为中心，到布洛根、魏勒、安卫尔等地做短途旅行。

5月7日，为了写《悲惨世界》中滑铁卢一卷，雨果到该处进行实地考察。他与朱丽叶特下榻在圣约翰山的园柱旅馆，他走遍了滑铁卢古战场，并继续写作《悲惨世界》。其间，他曾回布鲁塞尔一个星期，并于6月27日出席查理·雨果的剧本《我爱你》的首演式。28日，他又回到圣约翰山。

6月30日，他注明自己于早晨8点半钟完成了《悲惨世界》，但实际上，此后他仍不断进行补充与修改。

7月13日，雨果离开圣约翰山前往荷兰旅行。

9月3日，雨果回到盖纳西岛。

10月4日，雨果与出版商阿尔贝·拉克洛瓦签订了《悲惨世界》的出版合同，雨果获30万法郎的巨额稿费，由拉克洛瓦独家出版 12 年。

11 月 25 日，雨果致信法军头目，愤怒斥责、强烈抗议法国对中国的远征与对圆明园的洗劫。

12 月 5 日，拉克洛瓦抵盖纳西岛，雨果向他交了《悲惨世界》第一稿的书稿。

12 月 25 日，小阿黛尔过去在泽西岛玩灵动桌、招魂术时结识的阿尔费雷德·潘松中尉来高城公馆做客，小阿黛尔颇有意于他。

1862 年

1 月，书商海兹尔出版了雨果一个关于儿童的诗集。

3 月 1 日，雨果《街道与园林之歌》的手稿，由维克多尔·埃达斯誊写完毕。

3 月 5 日，雨果决定每周一次在他的高城公馆为贫苦儿童提供一顿正餐。4 月 1 日，他的记事本上记载，他正在提供第三顿，每顿饭前必须默祷，饭后则必须向主感恩。对雨果这种做法，儿子查理·雨果甚感恼火。

3 月 22 日，巴那斯诗派的领袖人物勒孔特·德·李勒的《野蛮之诗》出版问世。

4 月 3 日，《悲惨世界》第一部在布鲁塞尔出版，但从 3 月 30 日起，在巴黎就已有出售。

5 月 15 日，《悲惨世界》第二、第三部相继出版。

6 月 30 日，《悲惨世界》第四、第五部出版。

7 月 28 日，雨果离开盖纳西岛前往布鲁塞尔。8 月 3 日，又赴卢森堡，先后游狄那、维昂当等地。然后，又访问德国与莱茵河流域，同行的有朱丽叶特、查理与保尔·莫里斯。

9 月 16 日，在布鲁塞尔，为《悲惨世界》出版而举行的宴会上，雨果发表讲话，提到 8 月 27 日加里波的在意大利受伤被俘一事时，声泪俱下。

9 月 23 日，雨果去了伦敦一趟，然后于 26 日，回到盖纳西岛。

10 月 18 日，雨果起意写一部新的小说《九三年》。但他不急于动笔，以使这一部新的杰作与《悲惨世界》之间保持一个较大的空间距离。

11 月 2 日，福楼拜的浪漫小说《萨朗波》出版。

11 月 17 日，雨果写信祝贺日内瓦共和国废除死刑。

1863 年

1 月 3 日，查理·雨果根据《悲惨世界》改编的剧本，在布鲁塞尔的圣－茹贝尔画廊剧院上演。

1 月 10 日，雨果致函拉克洛瓦称，自己"站在正要写作一部伟大作品的门槛上"。这就是《九三年》，这部作品的恢宏既使他望而却步，同时又强烈地吸引着他。

2 月 4 日，米谢莱的《女巫》出版问世。

2 月 11 日，响应俄国民主主义革命作家赫尔岑的号召，雨果呼吁俄国军队不要镇压波兰的起义者。（第二次波兰民族解放起义爆发，沙皇以普鲁士为帮凶，对起义进行了极为残酷的镇压）

3 月 22 日，雨果夫人离开盖纳西岛。

5 月 2 日，皮埃尔·勒乐出版了《萨玛莱兹的沙滩》一书。在这本书里，他报道了他与雨果在泽西岛的谈话，报道掺杂水分，写得趣味盎然，但对雨果很有敌意。

6 月 2 日，钟情于潘松中尉的小阿黛尔自称"第五次拒绝了他的求婚"。

6 月 17 日，《雨果夫人见证录》出版，作者是雨果夫人，但文笔颇似雨果。

6 月 18 日，小阿黛尔出逃前往伦敦，然后又到了加拿大。

6 月 24 日，思想界的泰斗勒南（1823～1892）出版其名著《耶稣传》。

7 月 2 日，雨果夫人回到盖纳西岛，过了 10 天，她又离开，于 7 月 15 日到巴黎。

8 月 16 日，雨果赴伦敦，从那里又去了比利时；24 日，他在卢森堡，然后又去了莱茵河。9 月 1 日直到 10 月 4 日，又去了梅央斯、海德堡、沙莱布洛克、克莱沃等地，全程由查理·雨果与阿尔弗莱德·比斯盖陪同。

9 月 17 日，雨果在浪漫主义文学运动中的同道阿尔弗莱德·维尼去世，享年 66 岁。

10 月 7 日，雨果回到盖纳西岛。

10 月 12 日，书商拉克洛瓦建议雨果出版《莎士比亚论》。

12 月 1 日，传来了潘松结婚的消息，但并不是与小阿黛尔，雨果的这位千金性格古怪，太欠理智，执意要留在美洲。

12 月 2 日，《莎士比亚论》一书手稿已经完成，最后一页署名的日期是今日。

1864 年

1 月 16 日，维尼的《命运》身后出版。

4 月 14 日，雨果的《莎士比亚论》出版；保尔·莫里斯想在巴黎举行一次纪念莎士比亚的庆祝活动，由雨果主持，雨果不能到场，则放置一把空着的主席坐椅作为象征，但第二帝国政府制止了这次活动。

5 月，雨果为自己的儿子弗朗索瓦·维克多所译的《莎士比亚全集》写了一篇序言，这个作品集是译者从 1858 年以来辛勤伏案的成果。

6月4日，雨果开始写作《海上劳工》。

6月15日，朱丽叶特所居住的"拉·法侣"因为过于潮湿，且她在那里多少对高城公馆有所监视，雨果就把她安顿在自己过去居住过的高城街20号那幢房子里。他将此屋修缮一新，给它取了一个名字：高城仙居。

8月15日，雨果离开盖纳西岛，前往南安普敦；21日，又去布鲁塞尔，继而又转往卢森堡以及莱茵河流域诸地；30日又回到比利时，弗朗索瓦-维克多、海兹尔等陪同全程。

10月26日，雨果回到盖纳西岛。

10月31日，米谢莱的名著《人道的圣经》出版。

11月24日，雨果夫人离去已一年有余，又回到盖纳西岛。

12月4日，雨果又开始继续写作《海上劳工》，此作他于8月初起即搁笔停写了一阵。

12月22日，开天辟地第一次，雨果夫人邀请朱丽叶特来到正室所在地高城公馆，与穷苦孩子一道过圣诞节。朱丽叶特对此表示感谢，但婉谢了邀请。

本年内，第一国际在伦敦成立。

1865 年

1月14日，弗朗索瓦-维克多的未婚妻爱米莉·德·皮特龙在盖纳西岛去世。

1月18日，雨果夫人带弗朗索瓦-维克多去布鲁塞尔，查理已经在那里定居；19日，雨果在爱米莉的葬礼上致悼词，他说："死者都已在我们的视线中消失，但死者仍然存在于我们的生活中。"

4月29日，雨果写完《海上劳工》。

6 月 18 日至 24 日，雨果写了一个"自由体剧本"，起初取名为《祖母》，后改名为《总督夫人》。

6 月 28 日，雨果动身赴布鲁塞尔，从 7 月 4 日到 8 月 21 日，他与夫人以及两个儿子住在一起。

7 月 23 日，雨果与拉克洛瓦签订《海上劳工》与《街道与园林之歌》的两份出版合同。

7 月 24 日至 9 月 25 日，雨果在西欧各地旅行，从 7 月 24 日到 10 月 3 日，他又为《街道与园林之歌》写出 24 首新诗。

10 月 17 日、18 日，查理·雨果与阿丽斯·勒厄内的婚礼在布鲁塞尔举行，头一天在市政厅、第二天在教堂举行了仪式。

10 月 25 日，《街道与园林之歌》出版。

11 月 5 日，雨果返回盖纳西岛。

12 月 18 日，美国废除奴隶制。

1866 年

2 月 5 日至 3 月 29 日，雨果写作剧本《一千法郎的奖金》。该剧本的修订完成于 4 月 15 日。

3 月 12 日，《海上劳工》出版，从 4 月 17 日起，《太阳》报开始长篇连载，事先并未征得作者同意。

本月，勒迈尔书店出版了《当代巴拿斯诗派》的第一卷，第二卷、第三卷分别将于 1871 年与 1876 年问世。该书集中收编了法国巴拿斯派诗人的作品，是这个诗歌流派的集中展示。

5 月 7 日至 14 日，雨果写作题名为《干预》的喜剧剧本。

6 月 20 日，雨果赴布鲁塞尔，22 日抵达。

7 月 21 日，雨果在布鲁塞尔开始写长篇小说《笑面人》。

10 月 7 日，雨果离开布鲁塞尔回盖纳西岛。

11 月 6 日，雨果又开始继续写《笑面人》，10 月 6 日以后，他暂时搁笔至今。

11 月 7 日，魏尔伦的《感伤诗集》出版，标志着象征派诗人脱颖而出。

11 月 24 日，雨果开始写《巴黎指南》，它将于 1867 年巴黎举办万国博览会时出版问世。

12 月 2 日，克里特岛发生独立运动，宣布该岛并入希腊，雨果发表声明，声援该岛的起义。

1867 年

1 月 19 日，拿破仑三世在一封致国务大臣的信里，宣布要进行若干项开明改革。

2 月 15 日，雨果向家人诵读他新剧作《他们将要进食吗》的第一场。

2 月 17 日，雨果再次发表声明，声援克里特人的起义。

2 月 22 日，雨果向他的家人诵读《巴黎指南》。

3 月 31 日，查理·雨果的儿子出生，取名"乔治"。

3 月，雨果夫人去巴黎，料理《欧那尼》的重新上演问题。

4 月 27 日，雨果完成了新的剧本《他们将要进食吗》，此剧将收入他的《自由体戏剧》出版。

4 月至 5 月，法国与德国因卢森堡问题而起争端。

5 月 1 日，雨果又开始继续写作《笑面人》。

5 月 11 日，雨果的《巴黎指南》出版，在万国博览会大获成功。

6 月 20 日，《欧那尼》在巴黎重新上演，一直演到 12 月 27 日，其收入超过了 36 万法郎。

7 月 11 日，雨果中断了《笑面人》的写作，17 日，他离开盖纳西岛，19 日，抵达布鲁塞尔。

7 月 25 日，小孙子乔治·雨果在布鲁塞尔受洗，由雨果夫人充当教母。

8 月 18 日至 24 日，雨果与他的两个儿子以及画家斯特凡到英属设德兰群岛旅行。查理撰文记述这次旅行，发表于《自由报》，但用的是笔名：保罗·德·米尔杰。

8 月 31 日，波德莱尔逝世。

10 月 10 日，雨果离开布鲁塞尔，14 日回到盖纳西岛，16 日又继续写作《笑面人》。

10 月，意大利的反抗者加里波的从政府手里逃脱后，又率部起事，准备进攻罗马。11 月 3 日，法国军队在法叶将军的指挥下，干涉意大利局势，保卫教皇，驱散加里波的部众。

11 月 19 日，雨果完成《盖纳西岛的声音》一诗，歌颂加里波的。

12 月 5 日，《盖纳西岛的声音》发表后，巴黎奥德翁剧院的经理通知雨果，原本要重新公演的雨果剧本《吕伊·布拉斯》被政府禁演。

在这年年初，雨果夫人破天荒到高城仙居看了一次朱丽叶特，之后，朱丽叶特也就堂堂正正第一遭拜访了高城公馆。第二年，她在公馆住了一个月。

1868 年

4 月 14 日，脑膜炎夺走了小乔治的性命。

5 月 15 日，《欧那尼》在布鲁塞尔上演。

7 月 27 日，雨果去布鲁塞尔，带去了《笑面人》的复写稿。此作只有结局部分有待完成，30 日，雨果抵布鲁塞尔。

8 月 2 日，雨果夫人从巴黎去布鲁塞尔与雨果会合，住街垒广场 4 号。

8月16日，查理的第二个儿子出世，也取名为"乔治"，是为乔治第二。雨果这样写道："乔治又回来了"，为此他作诗一首：《转世灵童》，表述了某种宗教信仰，后收入《静观集》中。

8月23日，雨果完成《笑面人》。

8月27日，早晨6时半，雨果夫人因脑溢血去世，她下葬在维尔基叶的蕾娥波蒂娜墓旁，雨果陪送棺木一直到法国边境。

8月，雨果接待了魏尔伦的来访，他背诵了《感伤诗集》中的诗句，使得来访者心花怒放。

10月3日，乔治第二受洗。

10月9日，雨果回到盖纳西岛。

10月22日，雨果致信9月起事的西班牙革命者，激励他们宣布成立共和国。

1869 年

1月4日，雨果诗剧《玛丽卡利达》完成，此诗与另一诗作《埃斯佳》将一并收入《灵台集》中的《戏剧卷》。

1月21日至2月24日，雨果写《宝剑》一剧，此剧将收入"自由体戏剧"系列。

1月27日，雨果向瓦克利透露他的"小说三部曲"：第一部《笑面人》写的是贵族政治，第二部写君主制度，第三部则是《九三年》。

2月6日，雨果向美国发出呼吁，要求支援克里特人民的反抗，因为欧洲列强迫使希腊停止对克里特的援助，眼见起义者即将失败。

2月28日，拉马丁逝世。

3月11日至4月4日，雨果写诗剧《埃斯佳》。

3月底，魏尔伦出版把绘画感与音乐感熔于一炉的诗集《戏装游乐图》。

4月19日至5月8日，雨果出版《笑面人》的前四卷。

4月25日，雨果写信给正在筹办刊物《召唤》的5个成员：他自己的两个儿子、瓦克利、莫里斯与罗舍福。

5月1日至6月21日，雨果写四幕诗剧《多尔克玛达》，此剧仅在雨果去世前三年上演过一次。

5月3日，《召唤》第一期问世，标明出刊日期是5月4日，5月17日即被查扣。

6月6日至7日，在立法议会第二轮改选中，亨利·罗舍福在雨果父子的支持下参加竞选，败在于尔·法佛尔手下。

6月13日，《召唤》停办一期，但29日即复刊。

7月22日，里卡玛利的煤矿工人罢工遭到血腥镇压，死13人，雨果为此写诗一首。

8月4日，雨果离开盖纳西岛，于7日抵布鲁塞尔。

8月14日，拿破仑三世又签署一个赦免法令，仍遭到雨果拒绝，虽然有人劝雨果回国，雨果不为所动。

9月11日，雨果离开布鲁塞尔，前往瑞士的洛桑。

9月13日至18日，雨果在洛桑主持和平大会，然后又回布鲁塞尔，沿途悠悠而行，9月29日才抵达。9月13日，米谢莱完成了他的巨著《法国史》，向出版商拉克洛瓦寄出了他为此书写的著名序言。

9月29日，查理·雨果喜添一个女儿，取名让娜。

10月1日，雨果又回布鲁塞尔。

10月2日，拿破仑三世下令，把议会召开的日期从10月26日推迟到11月29日，闻讯之后，全国哗然，雨果这天在布鲁塞尔，他劝诚人们不要骚乱。

10月7日，奥班煤矿工人罢工遭到镇压，死14人，就此，雨果作诗一首《奥班》，后收入《凶年集》。

10月24日、25日，雨果在家朗读诗剧《多尔克玛达》，听众有两个儿子、朱丽叶特、儿媳以及莫里斯。当晚莫里斯携带诗剧的复本前往巴黎。

10 月 31 日，雨果写信给已在巴黎的莫里斯，表示既然困难重重，自己放弃将《多尔克玛达》推上巴黎舞台的意图。

11 月 3 日，曾收入《惩罚集》中的《三匹马》一诗，又重新刊登在《召唤》杂志的特别号上，这肯定会导致罚款，使刊物又遭一次打击。

11 月 5 日，雨果返回盖纳西岛。

11 月 17 日，雨果致信保尔·莫里斯，表示想出版《惩罚集》的第二卷，即《新惩罚集》，但书商拉克洛瓦在此建议前退缩了。

同一天，福楼拜的《情感教育》出版。

12 月 10 日至 14 日，查理·雨果在《召唤》12 月 4 日一期上发表一篇题为《两个巴黎》的文章，在文中揭露政府因两个军士参加了选举集会就把他俩打发到非洲战场去送命，查理因此被判四个月监禁与 1000 法郎罚款，只不过查理身在布鲁塞尔，判决无法执行。

1870 年

1 月 7 日，查理·雨果又因发表一篇反政府的文章《另一个无产者》第二次被判 4 个月监禁与 1000 法郎罚款。

1 月 10 日，拿破仑三世的堂兄弟皮埃尔·波拿巴开枪打死了新闻记者维克多·诺瓦。

本月，雨果对古巴起义者反抗西班牙统治的斗争一直持大力支持的态度。

2 月 2 日，雨果的浪漫剧《留克莱斯·波日雅》在巴黎圣－马丁门剧院重新上演。不久后，乔治·桑写信给雨果，热情地讲述了演出的情况与所获的巨大成功。

4月5日，查理·雨果第三次被判6个月监禁与1000法郎罚款，因为他又发表一篇反政府的文章《可耻的宣判》，抗议宣判枪杀了记者的皮埃尔·波拿巴无罪。

4月6日，雨果最老的一个流亡战友海耐特·德·克斯勒去世，雨果在他的墓前发表了演说。

4月27日，雨果写了一封号召抵制关于帝国体制公民投票的信，5月5日一期的《召唤》刊载了这封信，正好在政府把雨果列入轻罪名单之后不久。

5月8日，公民投票的结果是7358786票比1571939票，赞成第二帝国为代议制帝国。

5月11日，《召唤》的主管人被判处一年监禁与5000法郎罚款，但未传讯雨果到庭。

5月20日，雨果向保尔·莫里斯宣称，他又有一部新作要问世，这就是《灵台集》，共四卷，分两册。

6月7日，《召唤》发表了雨果揭露拿破仑三世"公民投票"伎俩的诗《丢尔霸》，此诗后收入《凶年集》作为"序幕"。

7月14日，雨果在高城公馆的花园里种植了一株名为"欧罗巴合众国"的橡树。

7月16日，雨果致信保尔·莫里斯，告诉他"《灵台集》已经全都准备停当"。

7月19日，法国政府向普鲁士宣战，普法战争爆发。

8月6日，法国的马克－马洪元帅大败于弗勒希维尔。

8月11日，《召唤》停刊。

8月中旬，法军继续失利，主力部队被分割包围，巴赞元帅部困于麦茨要塞，由拿破仑三世与马克－马洪元帅所率的一部则退守色当。

8月13日，雨果在盖纳西岛的古老银行寄存了一只"大型箱子"，把他23册手稿封锁其中。

8 月 15 日，雨果离开盖纳西岛前往布鲁塞尔，17 日晚抵达，在街垒广场 4 号住下。

8 月 19 日，雨果的两个儿子前往布鲁塞尔申请护照，遇到苛刻的刁难。

9 月 1 日、2 日，色当决战，法军惨败，拿破仑三世成为普军的俘虏。

9 月 4 日，在巴黎爆发革命，帝国政府被推翻，恢复了共和国。

9 月 5 日，雨果于凌晨 4 时进入法国边界，9 时 35 分抵达巴黎北站，他受到了"难以形容的"、盛大而热烈的欢迎。

9 月 6 日，凌晨 2 时，他前往莫里斯为他准备好的一个寓所安顿，该区的区长就地迎候，此人官运蒸蒸日上，即为后来的"老虎总理"克莱蒙梭。

9 月 19 日，普军开始围困巴黎。

10 月 11 日，巴黎人民企图组织公社，但以失败告终。

1871 年

1 月 18 日，法国政府向普鲁士乞和。

2 月 8 日，在国民议会的选举中，雨果当选为巴黎代表，票数甚高，名列第二，仅居左派政治活动家路易·布朗之后。

2 月 12 日，国民议会在波尔多开会，梯也尔被推选为法国政府行政首脑。

2 月 13 日，雨果赴波尔多，他在挎包里带着一些手稿，其中有纪实散文《巴黎被围记》与《做祖父的艺术》。

2 月 14 日，雨果到达波尔多，同行的有朱丽叶特、儿子、媳妇与孙子，还有四个仆人。

2 月 26 日，法国政府与普鲁士的首相俾斯麦在凡尔赛签订和约草案，法国割让阿尔萨斯省与洛林省之一部分给普鲁士，并赔款 50 亿法郎。

2 月 27 日，雨果辞去他在国民议会中激进左派主席的职位。

3 月 1 日，雨果发表讲话，反对和约草案，而国民议会却以 46 比 107 的票数，通过批准了和约草案。同一天，普军进入巴黎，第二天旋即撤离。

3 月 13 日，晚上 7 点，查理·雨果因突然中风而猝死。

3 月 16 日，巴黎的革命群众举行公社委员会选举。

3 月 18 日，巴黎无产阶级掀起革命。

3 月 22 日，雨果离开巴黎，去布鲁塞尔，下午 2 时抵达，朱丽叶特与他同行。

3 月 28 日，巴黎公社宣告成立。

4 月 2 日，退到凡尔赛的法国政府，举兵进攻巴黎，遭到巴黎革命群众的奋勇抵抗。

4 月 15 日，雨果写出一篇题为《一个呼声》的诗歌，反对法兰西内战。

4 月 19 日，该诗刊载在《召唤》杂志上。同一天，巴黎公社发表著名的《告法国人民书》。

4 月 21 日，《召唤》杂志发表《不要报复》一文。

4 月 26 日，凡尔赛政府军进逼巴黎，开始攻占城外的据点，巴黎公社战士节节失利。

4 月 28 日，雨果写信给莫里斯与瓦克利，专门对巴黎公社做了一些评论，此信日后很久才公开发表。

5 月 10 日，凡尔赛政府与普鲁士在法兰克福正式签署和约。

5 月 18 日，国民议会正式通过和约，阿尔萨斯省与洛林省的大部分领土正式割让给普鲁士。

5 月 21 日，星期天，凡尔赛政府军从圣克洛门攻入巴黎，对巴黎公社的战士进行残酷的杀戮，巷战进行了一个星期。

5月27日，凡尔赛政府军攻占了巴黎公社的最后一个据点拉雷兹神甫公墓，最后一批公社战士被屠杀在"公社墙"前。随后，巴黎是一片白色恐怖，被屠杀者总共约3万人，被俘后判处苦役与流放的约4万人。

同一天，《比利时独立报》上发表了雨果的公开信，宣称他开放自己在街垒广场4号的寓所，收留逃出来的公社战士前来避难。

5月27日夜、28日晨，雨果做出上述表态后，当晚午夜到次日凌晨两点多钟，有50来个敌对的青年猛烈地冲击了雨果的住所。

5月28日、29日，在巴黎，公社战士零星的、残余的抵抗完全被扑灭。

5月30日，比利时国王莱阿波德二世下令驱逐雨果出比利时王国。

6月1日，雨果及其全家离开布鲁塞尔前往卢森堡。

6月4日，雨果开始在卢森堡境内漫游，首先是阿尔泽特山谷。

6月6日，漫游多梅当热山谷。

6月8日，雨果来到维扬登下榻于科赫旅馆。

6月10日，继续漫游，直达普鲁士边境。

6月12日，在波福尔漫游。

6月14日，雨果在笔记上这样记载："朱丽叶特又继续替我抄写手稿，这本书将取名《凶年集》。"

6月17日，雨果接待来访的玛丽·默尔锡，她是莫里斯·卡洛的遗孀，其夫被凡尔赛政府军枪毙。

同日，雨果去弗尔康斯坦漫游。

7月2日，在国民议会的补选中，雨果虽未获候选人资格，但也获得7854张票，未当选。

7月14日、7月17日，8月2日至6日，先后在卢森堡各地漫游。

8月22日，雨果离开维扬登去狄基尔希。

8 月 26 日，又去阿尔维斯。

8 月 30 日，雨果参观狄恩城，1814 年至 1815 年，他的父亲曾在这里打过保卫战，如今已被普鲁士占领。

9 月 23 日，雨果离开阿尔维斯回巴黎，25 日抵达，下榻于拉菲特街的拜伦旅馆。

10 月 1 日，雨果得见政府首脑梯也尔，要求梯也尔赦免被判决流放的公社活动家罗什福尔，第二天，他还去凡尔赛监狱探望了他的这位老朋友。

10 月 21 日，雨果接待一位律师的来访，他正在为因参加了公社战斗而被判处死刑的青年诗人居斯达夫·玛罗多辩护。

10 月 31 日，巴黎公社失败时停刊的《召唤》重新复刊，刊载了雨果的一封公开信。

1872 年

1 月 7 日，在巴黎的区域选举中，雨果是候选人，但最后落选。

2 月 11 日，雨果得知居斯达夫·玛罗多减刑的消息，他曾为此而奔走呼号，除此之外，他还曾为多名被判死刑的公社战士的减刑而出力。

2 月 12 日，雨果出走多时的女儿小阿黛尔从拉美的巴巴多斯回到巴黎，她被安顿在阿里克斯大夫的寓所。次日，雨果前往探视，她被诊断确已患精神病后，被转往圣－芒达一家疗养院。

2 月 19 日，《吕伊·布拉斯》在奥代翁剧院重新上演，雨果专为演出写了一首诗《致 1872 年的法兰西》，但剧院在开演前没有朗诵，害怕引起事端，节外生枝。

2 月 29 日，曾再度停刊的《召唤》，又重新复刊。

3 月 16 日，雨果出版了他的《言行录》（1870～1872）。

4月7日，雨果的记事本出现一个新的名字：布楠雪·朗万，她将是雨果钟情的最后一个女人。年方22岁，是朱丽叶特一个朋友的私生女。这年春天，朱丽叶特因关节炎不能为雨果抄稿，叫布楠雪来代替，她就这样走进了雨果的生活。

6月11日，《吕伊·布拉斯》重新上演第100场，雨果举行答谢宴会，宴请奥代翁剧院的演职人员。

8月7日，为避开巴黎纷繁的社交活动，专心写作《九三年》，雨果离开巴黎去盖纳西岛，同行的有朱丽叶特、小儿子弗朗索瓦·维克多，寡居的儿媳阿丽斯与她的女儿。

8月8日至10日，途经格兰城与泽西岛，雨果抵达了盖纳西岛，很快他就投入了写作，先是续写大型史诗《历代传说》，并加紧准备《九三年》的写作。

10月1日，弗朗索瓦·维克多、阿丽斯及其儿子女儿，离开盖纳西岛回巴黎，留下雨果与朱丽叶特在岛上相依为命。

11月21日，雨果开始写作《九三年》，为他抄稿的是布楠雪。

1873 年

1月27日，雨果如愿以偿，得到了布楠雪，但顾虑不少，有他当日的记事为证。

2月3日、4日，朱丽叶特发现布楠雪的事，家庭风波在所难免。

2月8日，法兰西剧院重新公演《玛丽蓉·德·洛尔墨》。

2月11日，西班牙共和国宣布成立。

5月24日，梯也尔在议会处于少数派地位，势力大减，马克－马洪当选为共和国总统，他骨子里是一个保皇派。

6月9日，雨果写完《九三年》全书。

7月1日，由于朱丽叶特的坚持，雨果不得不同意将布楠雪打发回巴黎，但雨果此举纯系虚晃一招，实际上他并未将布楠雪送走，而是在岛上另找一秘密住所金屋藏娇。

7月30日，雨果离开盖纳西岛回巴黎。

7月31日，下午4时半，抵达巴黎。8月5日，雨果安顿在奥托伊区西哥莫尔大道的蒙特莫罕里别墅，靠近弗朗索瓦·维克多就医的诊所，弗朗索瓦·维克多所患的结核病愈来愈厉害。

8月16日，雨果把布楠雪安顿在另一个住处，此后每日前来会面。

8月29日，雨果写诗一首《解放法兰西领土》，此诗于9月16日以前以单行本发表。

9月16日，最后一批普鲁士军队撤离法国，议会通过决议，表彰政府首脑梯也尔"对祖国做出了重大贡献"。

9月27日，《玛丽·都铎》在圣马丁门剧院重新公演。

10月4日，雨果离开蒙特莫罕里别墅，搬进比卡尔街5号。

12月10日，在普法战争中失利的巴赞元帅被判处死刑。马克－马洪将他减刑为20年监禁。

12月26日，弗朗索瓦·维克多·雨果去世，两天后在拉雪兹神甫公墓下葬，在墓前致悼词的是左派政治活动家路易·布朗。至此，雨果的5个儿女，已有4个先他而去，只剩下小阿黛尔待在精神病院，雨果自己仍将挺立于世达10年之久。

1874 年

1月9日，法兰西学院举行会议，议程是选举三位新院士，小仲马是候选人之一，雨果出席了会议，虽然小仲马在巴黎公社时期有不光彩的言论，雨果对他甚为反感，但看其父大仲马的面子投了小仲马一票，他声称，他是投了大仲马一票。

2月9日，米谢莱逝世。

2 月 19 日，雨果的《九三年》出版。

4 月 29 日，雨果迁入克里西街 21 号新居。

5 月 17 日，雨果完成一本题名为《我的儿子们》的小册子，将于 10 月出版。

8 月 10 日，被判 20 年监禁的巴赞元帅从监狱里逃出。

11 月 15 日，保尔·莫里斯夫人的葬礼，雨果在墓前发表演说。

12 月 28 日，西班牙第一共和国失败，君主制复辟。

1875 年

1 月 24 日，雨果的姻兄保尔·傅谢去世。

2 月 26 日，雨果发表公开信，为一个因"严重侮辱了上级"而判死刑的士兵布朗鸣不平，使他被减刑改判为 5 年监禁。

3 月 29 日，埃德加·基内的葬礼，雨果发表墓前演说。

4 月 19 日，雨果离开巴黎赴泽西岛与盖纳西岛，他要到盖纳西岛银行去取他 1870 年 8 月寄存的手稿。27 日，他从盖纳西岛回巴黎。

5 月，雨果的《言行录——流放前》出版。

11 月 8 日，《言行录——流放中》出版。

12 月 1 日，雨果《教皇》一书的手稿，署名的日期是这一天。

1876 年

1 月 16 日，雨果被巴黎市议会委派为参加上议院选举的代表。

1 月 20 日，雨果在菲德里克－勒迈特的葬礼上发表演说。

1 月 30 日，在塞纳选区的五个名额中，雨果以第四的票数当选议员。

2 月 7 日，雨果写信给共和国总统，请求赦免被判处终身流放的公社战士桑波日尔，遭到总统的婉拒。

2 月 20 日，共和派在立法选举中占上风。

3 月 21 日，雨果向上议院提出大赦公社社员的法案。

4 月 26 日，雨果在路易·布朗夫人的葬礼上致悼词。

5 月 3 日、4 日，上议院中斗争白热化，在论辩争吵中左派政治家甘伯大有一句名言："什么是教权主义，它就是我们的敌人！"锋芒直指以马克－马洪为后台的政治势力。

5 月 22 日，上议院否决了雨果所提出的赦免公社社员法案。

6 月 8 日，乔治·桑逝世。在她的葬礼上，保尔·莫里斯替雨果诵读了他的悼念词。

8 月 4 日，雨果被任命为议会休会期间激进左派所组成的共和联盟的主席。

8 月 29 日，雨果公开呼吁，对土耳其在塞尔维亚的镇压表示抗议。

1877 年

1 月 11 日，茹尔·西蒙夫人告知雨果，她的女儿阿丽斯想与埃都阿尔·洛克鲁瓦结婚，以结束寡居的状态。

2 月 26 日，《历代传说》的"新系列"出版发行。

3 月 23 日，雨果激烈反对洛克鲁瓦与他守寡的儿媳结婚后成为他孙子孙女的监护人，这场风波得以在 26 日平息。

4 月 3 日，寡媳阿丽斯改嫁给埃都阿尔·洛克鲁瓦。

5 月 14 日，雨果出版诗集《做祖父的艺术》，诗集中的诗基本上都是写孙子孙女乔治与让娜所引起的感受。

5 月份以后，马克－马洪与支持他的君主派、教权派的反动倾向日益明显。5 月 16 日迫使共和派的政府首脑儒勒·西蒙辞职。5 月 18 日，宣布解散共和派占优势的众议院，但此法令必须得到参议院的通过。

6月21日，雨果在参议院发表演说，反对解散众议院，但马克－马洪的法令仍在参议院得到通过。

9月1日，梯也尔逝世，8日，举行葬礼，其规模宏大，如一次共和主义的盛典。

10月1日，由于认为马克－马洪有复辟君主制的意图，雨果出版了揭露路易·波拿巴发动政变的纪实作品并在卷首加上这样一句话："本书的发表不仅正当其时，而且刻不容缓。"

12月8日，雨果在巴黎大饭店为《欧那尼》在法兰西剧院再次上演举行宴会。

1878 年

元旦，雨果写信给巴黎公共交通总公司的董事长，请他把500法郎交给两条交通线的司机与车夫作为新年礼物，因为他平时常坐这两趟车来往于自己家与布楠雪以及其他女人的住处之间。

2月24日，赖德律－罗兰墓揭幕仪式，雨果发表演说。

4月29日，雨果的政论作品《教皇》一书出版。

5月30日，巴黎举行伏尔泰百年纪念，雨果发表《论伏尔泰》的演说，此文后收入《文学与哲学杂论集》。

6月2日，雨果拟写了一份遗嘱，其中规定："不要在任何一座教堂为我举行追悼仪式。"

6月17日，国际文学大会开幕，雨果与会并发表演说。

6月28日，雨果与布楠雪幽会一次，回家又与路易·布朗就卢梭与伏尔泰做了一点争论，当晚，即轻度中风，所幸不久后即康复。朱丽叶特趁此把雨果与女人的来往以及通信均置于自己的控制之下，并勒令布楠雪不能再与雨果来往，从此，布楠雪在雨果的生活中消隐。

1879 年

2 月 28 日，雨果出席参议院会议，为他重新提出的大赦法案辩护。

2 月，雨果出版了《至高的怜悯》一书。

4 月 4 日，雨果全家又迁入艾娄大道的新居。

5 月 28 日，雨果在一次纪念废除奴隶制的宴会上发表讲话。

9 月 12 日，雨果独自一人到女儿蕾娥波蒂娜与夫人阿黛尔的墓地，从午后一直待到晚上 6 点。

9 月 18 日，雨果又去亲人的墓地，祈祷，静思，"灵魂对话"。

10 月 13 日，根据《巴黎圣母院》改编的话剧上演第 100 场，雨果亲自出席庆祝会。

1880 年

2 月 26 日，《欧那尼》一剧上演 50 周年纪念，在法兰西喜剧院，沙拉·贝尔拉特手执金棕榈枝，在雨果的胸像前朗诵了弗朗索瓦·科贝的诗《〈欧那尼〉之战》。雨果亲自出席。

4 月，雨果出版《宗教种种与宗教》，该书写于 1870 年。7 月 3 日，雨果在参议院再次呼吁大赦。

10 月 24 日，雨果出版《蠢驴》。

12 月 2 日，布楠雪与一个名叫艾米尔·罗什勒伊的职员结婚，17 日雨果得悉此事。这一桩婚事，是雨果晚年的一个"伤口"。但此后，他生活中仍不断有其他的候补者。

12 月 27 日，雨果的诞生地贝尚松城举行隆重仪式，将甘当街改名为维克多·雨果街，并给雨果故居挂上了纪念牌匾。

1881 年

2 月，一群青年作家与艺术家发起，在 2 月 27 日举行雨果进入 80 华诞的庆祝活动，很快得到社会各界热烈响应，规模迅速扩大，犹如举行国庆典礼：政府总理亲自登门献礼，雨果所住的艾娄街的入口搭建起 20 米高的彩色牌坊，住宅附近堆满了全国各地送来的花环与鲜花，像是一座小山，楼前游行队伍川流不息，整日未停，队伍中还有两个身穿蓝袍的中国人，雨果一直站在窗口向人群挥手致意，两旁是他的孙子乔治与孙女让娜，经过的人群达 60 万，巴黎所有的中学与小学，在这一天取消了种种处罚……

3 月 4 日，雨果出席参议院辩论会议，当雨果在自己的席位上就座时，全场自发地起立并热烈鼓掌，之后，议长才宣布："天才已经就座，参院刚才鼓掌致意，辩论现在开始。"

5 月 31 日，雨果的新诗集《灵台集》出版，收集了 1843 年至 1875 年间的一些旧作。

7 月，巴黎市政府将雨果所居住的艾娄街改为维克多·雨果林荫路。

8 月 31 日，雨果在遗嘱中规定，他的全部手稿将献给法兰西国家图书馆。

1882 年

5 月底，雨果的自由体戏剧《多尔克玛达》出版。

6 月 21 日，雨果在朱丽叶特的陪同下去了圣芒代，朱丽叶特扫了自己亡女克莱尔的墓，雨果看望了自己被关在精神病院的女儿小阿黛尔，两个老人互相安慰。事后朱丽叶特写给雨果一情挚意真的便笺，是为朱丽叶特给雨果的第 1000 封情书。

8 月 21 日至 9 月 15 日，雨果与朱丽叶特在滨海小镇弗尔莱洛兹的保尔·莫里斯家小住，这是朱丽叶特与雨果生平第一次公开作为配偶同居一室。

11 月 22 日，法兰西剧院为了庆祝《国王寻乐》首演 50 周年，又重新排演了这出浪漫剧，这晚，雨果与朱丽叶特双双出席，共和国总统于勒·格雷维也观看了演出。

1883 年

年初，朱丽叶特的健康状况急速恶化，她所患的是不治的胃癌。元旦，她给雨果写了最后一封信，是她给雨果的"第 1001 封情书"，又重申了她对雨果那种臣仆似的忠诚的爱。

2 月，雨果为了纪念他与朱丽叶特历时 50 年的结合，把自己的一张照片送给她，在题词中把他们的结合称为"最美满的婚姻"。

5 月 11 日，朱丽叶特病逝，雨果将她葬在圣芒代墓地，紧靠她的女儿克莱尔，在她生前选定的墓石板下。雨果因体衰未能送葬，由奥古斯特·瓦克利代致悼词，关于她与雨果，悼词称："她分担过他所经受的考验，有权分享他的光荣。"

6 月 9 日，雨果的《历代传说》的第三系列出版，至此，这部巨型史诗均已出齐，但三个系列的编排不免杂乱，稍过时日，雨果又以诗篇内容的时代为序，重新编排，这才是《历代传说》的定本。

8 月 2 日，雨果又在 1878 年遗嘱的基础上，加上新的内容：①赠给穷人 5 万法郎。②希望用穷人的送葬马车将自己的灵柩送到墓地。③表示信仰上帝。

8 月，由阿丽斯陪同，雨果去瑞士日内瓦的莱芒湖畔小住，一个 17 岁的青年有幸在湖畔的拜伦旅馆的露天茶座见到了他所敬仰的雨果，他在自己的日记中记载了当时的情景，这个青年日后成为 20 世纪文学中名重一时的作家，他就是罗曼·罗兰。

1884 年

9 月，雨果到保尔·莫里斯家小住，莫里斯家位于拉芒什海峡岸边的一个小村落。

9 月 25 日，雨果在当地设席招待 74 名穷苦儿童，并在席间发表讲话，勉励儿童们学会爱与劳动。席后，举行了抽彩活动，中头彩的是一个抱着孩子的寡妇。

11 月 29 日，由阿丽斯陪同，雨果专程赴巴黎沙泽尔街的制作场，参观巨型雕塑《自由女神照耀全世界》。雕像已于 5 月完成，高 46 米，重 225 吨，女神一手高举火炬，一手抱象征了《独立宣言》的书，脚上则残留着被挣断的铁链。雕像由雕塑家巴托尔迪造型，内部铜架由埃菲尔工程师设计，为纪念法国对美国独立战争的支持，法美友好协会将它们作为礼物赠送美国，雕像现矗立在纽约哈德逊河口的自由岛上。在参观雕像时，雨果与主创人员进行了热烈的交谈。

1885 年

5 月 14 日夜，雨果病倒，先是心脏病。18 日，开始出现并发症，肺部充血。在昏迷中，他道出他最后一句诗："白昼与黑夜正在进行一场战斗。"

5 月 22 日，雨果与孙子孙女诀别后，于下午 1 点 30 分与世长辞。

5 月 22 日后，全法国举哀。

6 月 1 日，正式举行国葬，雨果的遗体下葬于伟人祠。

雨果与我们

—— 《悲惨世界》与共和国

　　群体阅读是一种复杂的社会现象，群体的范围愈大，这种阅读的复杂性也就愈大。如果群体的范围大至"共和国"，特别是一个旅程崎岖不平，曲折复杂，几曾"山重水复疑无路，柳暗花明又一村"的共和国。那么，其复杂性几乎可以说是"一言难尽"的。

　　在这样一个广泛的范围里，曾经在群体阅读中"崭露头角"的书，其类别当然不会在少数，即使是以最大的概括法、简约法加以分门别类的话。如像：从看书的动因来说，有些书是人群为了某种至关重要的生存原因而不得不看的书；有些书是人群为了这种、那种功利需要，觉得应该去看的书；有些书是因为别人在看、自己也看了起来，因而看的人愈来愈多的书；有些书是因为一看就放不下，必欲看完而后快的书；有些书是因为出于好奇心理而要看个究竟的书；有些书是触动某些普遍的感情与心理而被人群广泛阅读的书；有些书是以其在制作与艺术形式上的名声与魅力而被人群爱读的书；有些书是能促使思想升华、认识深化而被人群普遍追求的书……

　　《出版广角》举办了"感动共和国的 50 本书"的评选，这无疑是很有意义的文化活动，它在一定意义上是对共和国 50 年精神、文化历程的一次回顾，哪一本书的能读与不能读，提倡读与不提倡读，不反映了某个时期、某个阶段的社会政治状态？哪本书的流行与传播，不反映了不同社会阶层、不同社会群体的需求、愿望、爱好、追求与心理？它在一定意义上也是对出版业、对图书业的一次总结，可以帮助文化书籍出版业更好地把握时代的脉搏、人群的愿望，以求对精神文明建设、社会文化积累做出更大的贡献。当然这样的评选也是很有难度的，因为每个人的心目中都有自己的"50本书"。

不论对这次评选结果的名单有什么保留的、难以苟同的意见，毕竟其中有些书我是完全赞同的，雨果的《悲惨世界》就是这样的一部。

《悲惨世界》早就翻译介绍到了中国，并拥有广大的读者，凡有一定文化知识的国人，几乎无人不知有《悲惨世界》，无人不为小说的内容而动容叹息，因此，早在新中国成立以前它就是一部"感动中国"的书了，只不过新中国成立后，《悲惨世界》的全译本第一次翻译出版，因而，它对共和国的感动也就"更完整，更深入"。

《悲惨世界》之所以早就特别感动了中国，根本原因就在于贫穷、落后的中国，本身就是一个"悲惨世界"，这部小说里的那些故事，中国人都似曾相识，一个贫苦的工人为饥寒与沉重的家庭负担所迫，偷了一块面包，导致他被判了19年苦役，并终身被法律追捕；一个年轻的女工在恶浊的社会环境中被迫不断沦落，最后到出卖身体度日；一个年幼的儿童被拐卖、被欺压过着牛马不如的生活……还有流浪街头的少年、贫苦无助的老年劳苦者……所有这些人物悲惨的故事，就是小说感动中国人的最核心的内容。中国人是从祥子、春桃、月牙儿、三毛等等这些同胞的故事来理解与同情这些人物的，是由于自己周围的社会现象，甚至自己的这种、那种亲身经历而与《悲惨世界》产生强烈而深刻的共鸣的。

雨果在小说的序言里说："只要本世纪的三个问题——贫穷使男子潦倒，饥饿使妇女堕落，黑暗使儿童羸弱——还得不到解决，只要在某些地区还可能发生社会的毒害，换句话说，同时也是从更广的意义来说，只要这世界上还有愚昧和困苦，那么，和本书同一性质的作品都不会是无益的。"雨果所指出的三个问题，在19世纪并未得到解决，在 20 世纪仍然存在，在法国、欧美等发达国家没有解决，在世界其他地区更是触目惊心。因此，《悲惨世界》不仅是一部感动 19 世纪的书，也是一部感动 20 世纪的书，不仅是一部感动中国的书，也是感动世界的书。

《悲惨世界》五大卷全译本 1958 年在中国问世了，这样一部巨著的翻译显然是一项艰巨的工程，是李丹先生早从新中国成立之前就开始劳作、日积月累的成果。它的完成在社会文化积累中格外令人瞩目，虽然近几年来，名著复译已蔚然成风，但《悲惨世界》这样一个大部头仍令人望而却步，只有新出版的二十卷《雨果文集》又推出了第二个译本。在我国《悲惨世界》这个全译本已经再版重印多次，估计不下百万册，其流行已有 40 年的历史，而且是在一个有十几亿人口的大国中流行，即使扣除大量的文盲或半文盲，接触过这部名著的读者群也是非常庞大的，这无疑是世界上最大规模的一次《悲惨世界》阅读。特别值得注意的是，我们的共和国毕竟是一个"劳动人民当家做主人"的共和国。"劳动人民"在这里占有特别崇高的地位，而《悲惨世界》正是一部写劳动人民、对劳动人民充满了同情的作品，因而，在共和国的主导社会舆论中也就占有比较优先的地位。这不是一个一般的共和国，而是社会主义的共和国，在这里，主旋律社会舆论的引导可是十分重要的，它可以对人们的思想观念、社会道德规范，以至政治行为都产生非常强大决定性的影响，就不用说对文艺阅读这么一件区区小事的作用了。在这一点上，《悲惨世界》与共和国所引进的其他很多外国文学作品比较，显然是占了"人和"的优势。

从作品的现实内容来看，《悲惨世界》是下层劳动者苦难生活的大型写照；从作品的思想内容来看，《悲惨世界》则是人道主义的一曲高歌。雨果十分自觉地让他的主人公冉·阿让体现了一种崇高的人道主义精神，他的自我克制、自我牺牲、舍己为人、友善仁爱、慈悲为怀、宽容大度、好善乐施、为民造福的人道主义的胸怀与作为，像圣徒一样可歌可泣，感人至深。特别重要的是，雨果以满腔激情对其加以描写与歌颂，把这种人道主义的精神与行为提升到淳化风俗、规范人伦、医治时弊、感化愚顽、匡正社稷的高度。这本来是文学家的一种非常善良的愿望，极为感人的情怀，如宽容地让读者在其中感受、濡染，于社会的精神文明建设可大有助益，实不必把它视为一种"争思想阵地"的社会政治纲领，若如此过于较真，则必认为与那个时代的主导舆论有所不合而大动理论干戈。于是，在那个昂扬高唱的阶级斗争的年代里，《悲惨世界》所具有的这种"人道主义"思想难免不被戴上毒草的帽子而不止一次被"横扫"，迟至20世纪80年代初，仍还有过最后一次大规模的"清除"。因此，对《悲惨世界》等一大批文学名著来说，共和国的天并不总是"明朗的天"。所幸大动理论干戈的不过是少数以全民精神道德秩序为己任的革命家、思想家的事，平民百姓还是喜欢人道主义的，《悲惨世界》始终没有失掉它的读者群，它终归是一部"感动中国"的书，因为平民百姓才是共和国的脊梁。

随着时代的进步，社会的发展，民主法治的推进，人与人关系文明化程度的提高，为社会献爱心的蔚然成风，《悲惨世界》的思想内涵愈益显出其光彩。我相信，在共和国未来的年代里，它将被更多的中国人所喜爱。

1999 年 6 月 30 日

后　记

再过几个月，就到了雨果诞辰 200 周年。这样一个文学伟人这样一个跨两个世纪的"华诞"，对于当代人来说，真乃旷世难逢。为此，中国法国文学研究会将与北京大学、南京大学、武汉大学、中国作家协会、人民文学出版社、河北教育出版社等单位联合举行纪念大会与学术讨论会。这本小书也算是我个人对雨果"华诞"的一份微薄的献礼。

这本书基本上有两部分。一部分是对雨果的文学史式的评论，一部分是对雨果"本我"的资料性的概述。

如果说，一个作家一旦完成了自己的文本，就是实现了本我的一次升华的话，那么，他一旦进入了文学史，也就是说得以在文学庙堂之上被供奉起来，他也就在某种程度上被"神化"了，至少是被"诗化"了，他所接受的评语，必然是美化的语言，圣化的语言，诗化的语言。如果把作家的本我与他在文学史上的形象加以对照，就不难发现两者之间的距离，而这距离，正是人文思考与文学研究的广阔天地。

雨果并非我毕生研究的对象，甚至也不是我长期特别关注的课题，只不过由于社会文化的不断需要，陆续对其做过一些评论与翻译。我对雨果的评价与了解，基本上都集中在这本书的文章与资料中，如果说还有什么要补充、要强调的意思，那就是，在物质主义功利主义大张扬、社会贫富悬殊触目惊心、社会腐朽风气蔓延滋长、人文主义失落滑坡的今天，雨果的人道精神、人本呼吁也就愈见其理想光辉。

本书的出版，承河北教育出版社社长王亚民同志的支持，我在这里致以衷心的感谢。特别值得赞扬的是，河北教育出版社于前几年不顾外国文学图书市场的萧条，大力推出高质精美、规模巨大的《雨果文集》（二十卷），对社会文化积累做出了宝贵的贡献。

2001 年 6 月

自然主义大师左拉

柳鸣九　著

一、作家兼斗士的一生

爱弥尔·左拉（1840~1902），是法国 19 世纪后期最伟大的、也是最杰出的文学家，他一生勤奋写作，留下了丰硕的成果。他首创自然主义文学理论，被视为自然主义文学的大师，但他的自然主义与巴尔扎克现实主义传统是不可分割的，他的作品的最基本的特点仍是写实，其主要倾向是现实主义的，他规模宏大的家族史小说，构成了法国现代资本主义初期社会现实的真实写照。左拉在政治社会问题上，是一个进步的资产阶级民主主义者，他一生站在资产阶级统治的对立面，以他写实的作品，暴露资本主义社会的腐朽，在社会活动中，他向资产阶级反动统治表示了强烈的抗议，进行了勇敢的斗争，并且接受了社会主义思潮的影响，又把这种激情表现在自己的作品中，因而成为 19 世纪下半期激进资产阶级民主主义的最高典范之一。在现代资本主义社会的历史条件下，左拉进步的思想与政治立场、丰富的构成巨大文学现象的创作、另成一家的创作理论和形成的广泛深远的影响，使他在法国以至世界文学中，占有重要的、突出的地位。

1840 年 4 月 2 日，左拉生于巴黎。他的父亲弗朗索瓦·左拉原籍意大利，出身世袭军人的家庭，是一个很有才能的工程师，他的母亲则是一个贫苦的手工工人的女儿。左拉的父亲曾在意大利、奥地利、阿尔及利亚等地供职，后来才定居在法国。他是普罗旺斯－爱柯斯运河的设计者，正是在巴黎附近的爱柯斯，左拉自由自在地度过了他人生最初的 6 个年头。他 7 岁丧父，跟随母亲依靠外祖父，过着贫困的生活，亲身体验过被债主不断追逐的痛苦。

左拉从中学时期就爱好文学，特别对浪漫主义作家雨果与缪塞更有一种"狂热"，并很早开始写作。1858 年，他来到巴黎，念完了中学，但投考大学落选，不过，即使入选，贫穷的家境也决不允许他继续上学。为生活所迫，他不得不开始苦苦寻找职业。他先在巴黎的堆栈找到了一个低微的差事，不久又丢了饭碗。他生活极为贫困，经常只以一块面包和一个苹果充饥，在失业中到处流浪，体验到"处处都是淡漠无情，处处都是轻蔑"，他开始"诅咒这个社会"，同时又耽于"自由"、"和平"的幻想，"似乎听见有一个声音在耳边诉说着最亲切的梦"。在艰苦的条件下，他继续进行创作，为了整夜地进行工作，他必须省吃俭用才能设法买一支蜡烛，有时，还要把自己的衣服送进当铺，但他却仍充满着浪漫主义的激情，写出了包括 3 首长诗的诗集《恋爱的喜剧》。

1862 年，他开始在著名的阿晒特书店当雇工，由于他的文学才能，他被提升担任编辑出版工作，并开始为书店写作散文与小说，但他的第一个短篇《穷人的妹妹》被认为太富于革命性而遭拒绝。他也为共和派的小报写进步的诗歌，还与一些因反对政府而被追缉的革命青年保持来往。

1864 年、1865 年，他的第一本中篇小说集《给妮侬的故事》与第一部长篇《柯劳德的忏悔》相继出版，后者被官方批评界斥为有伤风化，因此，警察当局开始注意左拉，并搜查了他的办公室，这导致左拉被书店解雇。在他从事文艺创作的早期阶段，他还作为新闻记者、专栏作家为《大事报》《费加罗周刊》写评论文章。1866 年，他把近年来发表的评论收集成《我的恨》一书，书名本身就鲜明地表现了作者愤世嫉俗的倾向，其矛头指向统治阶级、保守派、资产阶级学究与庸人，作者在序言中说："憎恨是神圣的。……每当我反抗我们这个时代的庸俗以后，我就感到我更年轻、更勇敢……如果我今天有一点价值的话，那是因为我是孤独的，并且我在憎恨。"在这个时期，他还发表了小说作品《一个女人的遗愿》（1866）、《马赛的秘密》（1867）、《戴蕾斯·拉甘》（1867）、《玛德莱娜·费拉》（1868）。

1868年，左拉在接受孔德的实证主义哲学、泰纳的文艺理论以及克洛德·贝尔纳的实验医学的影响的基础上，形成了自然主义的文学创作理论。他的《戴蕾斯·拉甘》《玛德莱娜·费拉》，本来已明显地体现了这种理论，在此基础上，他又更进一步，制订了写一部类似巴尔扎克的《人间喜剧》那样大规模的"第二帝国时代一个家族的自然史与社会史"的计划，这就是著名的《卢贡－马卡尔家族》。

家族史小说的第一部《卢贡家的发迹》，在普法战争前就已经在《时代报》上开始登载，接着，又连续发表了《贪欲的角逐》（1872）、《巴黎之腹》（1873）、《普拉桑之征服》（1874）、《教士穆雷的过错》（1875）、《卢贡大人》（1876），但这些作品并没有引起读者热烈的兴趣。在此期间，左拉与俄国文学界建立了联系，1872年，他认识了旅居巴黎的俄国作家屠格涅夫，1875年，他成为彼得堡出版的《欧洲导报》驻巴黎通讯员，他担任此职达6年之久，这使他在俄国有了广泛的影响。1877年，他出版了家族史的第七部长篇《小酒店》，小说虽然遭到资产阶级报刊的批评攻击，但在读者中却得到很大的成功。

从这时起，左拉在经济上才摆脱了长期的困窘，他从巴黎迁居远郊的乡间梅塘，专心写作，1878年、1880年相继出版第八部与第九部长篇《爱的一页》与《娜娜》，后者轰动一时。从此，拥护自然主义创作论的作家都尊奉左拉为领袖，他们经常在左拉的梅塘别墅里聚会，主要有莫泊桑、阿莱克西斯（1847～1901）、瑟阿尔（1851～1924）、厄尼克、于斯曼（1848～1907），他们被称为"梅塘集团"。

1880 年，左拉与这几个作家朋友联合出版了中短篇小说集《梅塘之夜》，这个集子以普法战争为题材，尖锐地暴露了帝国主义战争的野蛮与危害，是法国现代文学中反战文学的先驱，左拉的中篇《磨坊之役》，就是这个集子中的主要作品。

1880 年以后，左拉几乎每年都发表一部家族史小说，如：《家常事》（1882）、《妇女乐园》（1883）、《生之欢乐》（1884）、《萌芽》（1885）、《作品》（1886）、《土地》（1887）、《梦》（1888）、《人兽》（1890）、《金钱》（1891）、《溃败》（1892），直到 1893 年出版了最后的一部《巴斯加医师》。至此，这部大型家族史小说共包括 20 部长篇，左拉从 30 岁开始进行这一庞大的工程，到 53 岁全部竣工，前后共 23 年之久。在这个过程里，他还发表与出版了几部理论批评论著：《实验小说论》（1880）、《自然主义戏剧》《我们的戏剧作家》《自然主义小说家》《文学资料》（1881）与《战斗》（1882），阐述了他的实验小说论的创作思想，构成了与他大规模的自然主义小说创作实践平行发展、互为补充的自然主义文艺思想体系。

虽然左拉主张自然主义作家对社会道德问题应持客观的冷静的立场，但在家族史的创作与社会政治生活中，却明确地表现了民主主义的政治思想与共和主义的政治态度。1870 年，他在报纸上发表文章抨击拿破仑三世为帝政的利益发动战争的卑劣行径，当时被指控犯有煽动颠覆政府罪，后只因帝国垮了台才免遭法办，而他整个的《卢贡—马卡尔家族》，就是对第二帝国时期"这一疯狂与耻辱的奇特时代"的无情暴露，表现了他是资产阶级人道主义、民主主义思想传统的继承者。19 世纪 80 年代以后，左拉在家族史小说的创作过程中，还"接触到社会主义"。在 19 世纪 90 年代初，社会主义力量在法国政治生活中又重新活跃的历史条件下，左拉受到时代潮流的感染，在创作思想上又有了变化，他对自己的家族史小说创作感到不满意，力图在思想上与艺术上超越出自然主义，因此，1893 年，他刚写完家族史小说的最后一部，立即着手写作他的第二套作品《三名城》，1894 年，他发表了第一部《卢尔德》；1896 年，第二部《罗马》，1898 年，第三部《巴黎》。新的一套作品表现了作者要使文学服务于进步事业的自觉目的与热情。在这种思想背景下，左拉勇敢地投入了德莱斐斯案件的斗争。

1894 年，法国反间谍人员，在德国驻巴黎大使馆的门房里，发现了一份向德国情报机构出卖军事秘密的信件，国防部经过捕风捉影的侦查，诬赖犹太血统的炮兵大尉德莱斐斯是信件的投递者，右派势力、反动党团乘机煽起了反犹太的狂热，叫嚣要对犹太人进行“圣巴特罗缪之夜的屠杀”，并且在爱国主义和反犹太的烟幕下，把矛头指向自由思想者、民主人士、新教徒，企图进而推翻共和国、恢复王政，在这种反动的浪潮下，德莱斐斯被判终身监禁。1896 年，真正的罪犯艾斯代拉齐被揭露了出来，但因牵涉到国防部和右派的阴谋，政府拒绝重新审查案件，后又公开宣布艾斯代拉齐无罪。这个事件引起了左拉的注意，1897 年秋，他仔细研究了有关的文件，进行了广泛的调查，肯定德莱斐斯是无辜的受害者。他开始行动，在《费加罗报》上发表了三篇文章，宣传真相，驳斥右派的谎言，揭露“无耻的报界”。此后，报纸拒绝发表他的文章，他就发行小册子来表达他的意见。1897 年 12 月 14 日，他又发表《致青年们的信》，号召青年为正义而斗争，1898 年 1 月 6 日，他又撰文向全法国发出呼吁。真正的罪犯于 1898 年 1 月 11 日被宣告无罪后，左拉极为愤怒，他写了一封《致共和国总统费利克斯·富尔的信》，于 1 月 13 日以《我控诉》为标题，发表在巴黎公社的参加者渥昂所主编的《黎明报》上，左拉在信里公开控诉国防部和军事法庭的高级官员“犯了违背人道与正义的罪行”，揭露他们“进行了罪恶的不真实的侦查”、“伪作报告”、“组织无耻的集团”、“左右舆论，混淆视听”，指责他们有意识地开释罪人、冒犯公法。这天的《黎明报》销行了 30 万份，《我控诉》这篇愤怒的檄文，震动了整个法国，围绕德莱斐斯案件，全国都在争论，议会里形成了对立的两派，右派议员要求立即逮捕左拉，反动报纸对左拉进行恫吓，并宣称应该枪毙他，军队首脑声言，如不严惩左拉，军队就要垮台，并以全体辞职进行要挟。左拉被传到法庭上对质，在恐吓与侮辱下，他屹然不动，他宣告："我只有一个思想，真理与正义的思想，我一定会胜利。"最后，左拉被判处监禁 1 年，罚金 3000 法郎，反动浪潮在全国愈益泛滥，进步人士则愈来愈多地参加到左拉的行列，向他表示支持与敬意。左拉的革命行动和他的《我控诉》，使德莱斐斯案件的争论扩大为进步与反动的政治斗争，构成了 19 世纪末法国政治生活中的重大历史事件。左拉在这个事件中所发表的文稿，后来收集成著名的文集《真理在前进》（1901）。

为了抵触法庭对他不公正的判决，左拉听从了朋友的劝告，于 1898 年 7 月 18 日流亡出国，到了伦敦。他侨居英国的将近一年的时间里，开始写作他又一套新的作品《四福音》，并完成了第一部《繁殖》（1899）。1899 年 6 月，由于德莱斐斯案件真相进一步大白，高等法院不得不推翻了对德莱斐斯的判决，左拉也于两天后回到法国。他继续为德莱斐斯案件的彻底解决而斗争，并揭露政府的文过饰非。1901 年，他又完成了《四福音》中的第二部《劳动》，在小说里，他表现了对无产阶级解放事业的向往与理想。1902 年，他在完成了《四福音》的第三部《真理》之后，于 9 月 28 日在巴黎的寓所煤气中毒，不幸逝世，对此，人们完全有理由认为是反动派谋害所致。

二、文艺思想：从现实主义到自然主义

在文学思潮发展史上，左拉以他的自然主义文学观、实验小说论而著称，但实际上，他的文艺思想要比狭义的自然主义实验小说论来得宽广，而他的文学创作，则又往往超出了他的自然主义实验小说论的规范。

左拉从 19 世纪 60 年代初开始从事文学创作，逐渐形成他的文艺观，并且在以后的创作道路上有所变化发展。如果把他写《卢贡－马卡尔家族》以前的那一个阶段划为他文学创作的前期，他写作《卢贡－马卡尔家族》的时期为他创作中期，写作家族史小说以后的《三名城》《四福音》为他创作的后期，那么，他前期在文艺观上基本上是现实主义者，中期，他建立了自然主义文艺的理论体系，而后期，他在文艺理论上则基本上维持原状，没有新的重大的发展。

左拉在 1893 年答《费加罗报》时曾经这样回忆说："我受过三种影响，即缪塞的影响、福楼拜的影响与泰纳的影响。"这三个作家的影响，实际上分别就是浪漫主义、现实主义与实证主义的影响，而且都是左拉在他的青年时期、文学创作的前期就已接受了的。

左拉开始走上文学道路的时候，浪漫主义思潮在法国早已过时，浪漫主义文学的主将雨果在自己的小说创作中已经向社会写实方向发展，另一个代表人物戈蒂耶早已转向为艺术而艺术，虽然他的影响还在巴那斯诗派中仍有着反响。左拉与这一思潮是格格不入的，因此，左拉与浪漫主义的关系主要是在这样一种意义上而言的：他的文艺思想基本上并不是来自浪漫主义，而只是他在早期的创作中对浪漫主义作家、特别是缪塞的作品有所借鉴而已。

左拉的文艺思想是在现实主义文艺的高潮中形成的。从 19 世纪 50 年代起，现实主义思潮在绘画中有了突出的发展，米莱、库尔贝都相继创作出现实主义绘画的杰作，1855 年，库尔贝的画作被巴黎万国博览会拒绝后，他第一次使用了"现实主义"的名称，并以"现实主义者"自命，而《现实主义》杂志与《现实主义》论文集又相继于 1856 年、1857 年问世，紧接着则是现实主义文学的代表作《包法利夫人》的出版，在这巨大的潮流中，左拉不仅形成了他现实主义的文艺观，并且几乎在他进行早期文学创作的同时，还进行了现实主义的批评活动，对当代文学、特别是对当代绘画，发表了一些重要的评论，这就是他的第一个论文集《我的恨》。

在左拉早期的文艺主张中，艺术真实是他所强调的文艺创作的前提："真实是最首要的。"[1]他把艺术真实当作文学不容置疑的方向来加以肯定："不管我们是否愿意，我们都被推向了对事与物进行精确研究的道路，一切正在崛起的强有力而有个性的艺术家，都要显示出有真实感，时代的发展肯定是现实主义的，或者更确切地说就是实证主义的。"[2]因此他认为在文艺作品里"首先需要的是真实、是生活"[3]，而他只不过"属于主张追求生活和真实的一派"[4]而已。他强调"一切艺术家都必须研究与再现真实的自然"[5]，他要求艺术家"把自然如他所见到的那样移植在我们的面前"[6]，他向艺术家提出面向

---

[1] 左拉：《画展中的现实主义者》，《我的恨》第 227 页，法朗斯瓦·贝尔诺阿尔全集版。

[2] 同上，第 226 页。

[3] 同上，第 230 页。

[4] 同上，第 225 页。

[5] 同上，第 225 页。

[6] 左拉：《当代的艺术》，《我的恨》第 212 页，法朗斯瓦·贝尔诺阿尔全集版。

真实的生活与真实的人的要求："在你们眼前的是人的肉体，是斑斓的光线，推出一个你们自己所创造的亚当来吧，你们的画笔应该去创造人，而不应该去创造影子。"[1]与此同时，他把艺术真实作为首要的批评标准对当代的文艺进行评判估价，对一切文艺作品都"开门见山地要求有生活气息和符合真实"[2]，推崇一些艺术家身上那种"对自然的诚实的研究"、"对真实和准确的高度追求"[3]，把具有这种品质的艺术家称为"我所敬爱的艺术家"，尽管他是一个"无名之辈"，"还没有博得任何人的喜爱"[4]。

左拉在强调真实性的前提下，也极力提倡作家的独创性，这是左拉早期文艺思想中又一个重要的方面。左拉所说的独创性的含义，广泛地包括了从观察自然到表现自然的整个过程中的独特的方式，如："发挥一种强有力的、独特的精神，本着一种把自然整个抓在手里的特性"、"听从自己的眼睛和气质进行再创造"、"保持自己的特点"、"把自己的心袒露出来，深刻有力地表现一种个性"[5]，等等。在他所强调的独创性中，核心与精髓也就是作家的创作个性，他讲得很明白，"一件艺术品是一种人格、一种个性的体现"[6]，而他自己看待与评判艺术也是从这个角度出发，"我也在找人，我在艺术里找寻活生生的人，寻找刚健有力，使人耳目一新的性格"[7]。既然如此，他所强调的独创性的标准与他强调的真实性的标准关系如何呢？在他看来，"一个作品包含两种因素：现实因素即自然，个性因素即人……现实因素即自然是固定的、始终如一的……而个性因素即人则是变化无穷

---

[1] 左拉：《当代的艺术》，《我的恨》第215页，法朗斯瓦·贝尔诺阿尔全集版。

[2] 左拉：《一个艺术批评家的告别辞》，《我的恨》第241页。

[3] 同上，第239页。

[4] 同上，第239页。

[5] 左拉：《当代的艺术》，《我的恨》第212页，法朗斯瓦·贝尔诺阿尔全集版。

[6] 同上，第212页。

[7] 左拉：《画展中的现实主义者》，《我的恨》第225页。

的，有多少作品，也就呈现出多少不同的精神面貌"①。应该说，左拉这种理解体现了一种辩证的现实主义的精神，既尊重了客观的自然，又照顾了主观反映的能动性，既强调了真实性的标准，又给了独创性以重要的位置，形成了一种两者辩证统一的艺术要求，即要求艺术家"通过他们自己独特的气质所看到的那个样子把自然再现出来"，以求展示出一个作为"独特气质的生气勃勃的表现"的"与众不同的世界"②，概括起来说，也就是要求艺术家要以自己独特的方式去表现自然的真实，或者是在真实地表现自然的同时显示出自己独特的个性与气概。

应该指出，左拉在不止一个地方，曾否认自己是现实主义者，甚至对现实主义的概念还曾经"嗤之以鼻"，但是，这仅仅是他不愿意标榜自己属于某个学派而已，因为，在他看来"一个学派就意味着对人的创造自由的一种否定"③，但就其实际而言，他不仅继承了从狄德罗到福楼拜的传统的现实主义文艺思想，而且还以狄德罗那种方式以现实主义文艺批评标准对当代艺术、特别是当代绘画进行了卓越的评论。他有力地支持了以库尔贝为代表的法国现实主义绘画，他推崇这位杰出的现实主义艺术家"具有强烈的要紧抱真实自然的愿望，既充分地描写肉，也充分地描写粪土"④；他替以自己独特的方式进行写实的马奈抵挡公众的嘲笑，富有远见卓识地预言，"我们的后代必将在他的画幅前面赞叹不已"⑤；他称赞另一位出色的画家莫奈的画作"向我们叙说了一部体现了力和真实的历史"⑥；为了捍卫现实主义的、有创造个性的文艺，他以大无畏的精神对抗官方的批评标准、正统评

---

① 左拉：《当代的艺术》，《我的恨》第213页，法朗斯瓦·贝尔诺阿尔全集版。

② 左拉：《画展中的现实主义者》，《我的恨》第226页。

③ 同上，第230页。

④ 左拉：《普鲁东与库尔贝》，《我的恨》第30页，法朗斯瓦·贝尔诺阿尔全集版。

⑤ 左拉：《当代的艺术》，《我的恨》第216页。

⑥ 左拉：《画展中的现实主义者》，《我的恨》第227页。

论家的观点以及世俗的庸俗低劣的艺术趣味，他反对模仿，"不要复古，不要冒充古人的赝品，也不要用某种以各个时代的残砖碎瓦拼凑而成的理想制作出来的绘画"，宣称自己"厌恶谎言与平庸"[①]，他把当时那些脱离生活的流行文艺："古体诗与情诗"、"战争的赞歌、挽歌、色情小曲"称为"一片喧嚣嘈杂"[②]，他批评文艺中种种不符合生活真实，甚至不符合细节真实的缺点，他把自己对所有这些文学现象的批评与反抗归之于他的憎恨，宣称自己的憎恨"是神圣的"[③]，并把"他的恨"作为他论文集的题名。左拉的现实主义批评活动在当时具有十分进步的性质，引起了凡夫俗子的强烈愤怒，对促进当时文艺中的现实主义的倾向与创造性，无疑起了良好的作用，与当时法国现实主义的绘画获得自己的历史地位的过程紧密地结合在一起，在文艺发展史上留下了不可磨灭的痕迹。

还应该指出，左拉在对待文艺的真实性与作家个性的关系问题上，有时还把个性看得比真实性更为重要。他这样表示："你们画得真实，我鼓掌，但你们画得有个性与生气，我就鼓掌得更热烈。"[④]他甚至这样强调，"如果谎言是出自一位气质独特、才情横溢的艺术家之笔，真实与否，算得了什么呢？"[⑤]左拉的这一思想孕育着两方面的意义：一方面表明，左拉早期的文艺思想中多少还有浪漫主义的成分，这与他早期文学创作中的某种浪漫主义倾向是有关的；另一方面，它与左拉这一思想是相通的，"需要真实，需要生活，特别需要彼此互不相同、能够千变万化地描绘自然的感官与心灵"[⑥]，它再次突出了左拉对于作家要有个性地进行写实的重视。左拉并不满足于过去

---

① 左拉：《一个艺术批评家的告别辞》，《我的恨》第241页，法朗斯瓦·贝尔诺阿尔全集版。

② 左拉：《当代的艺术》，《我的恨》第215页。

③ 左拉：《我的恨》序言，见该书第7页。

④ 左拉：《当代的艺术》，《我的恨》第213页。

⑤ 左拉：《画展中的现实主义者》，《我的恨》第228页，法朗斯瓦·贝尔诺阿尔全集版。

⑥ 左拉：《画展中的现实主义者》，《我的恨》第230页。

文学中已有的写实方法和现实主义道路，"我不愿意走任何人已走过的路"[1]，他要求在再现自然上有所创新，有所发展，有自己独特的东西，这既是他肯定、赞赏马奈与莫奈在写实上有自己个性的原因，也是他日后以"创造精神"来发展固有的写实文学的传统、创建自然主义的理论与方法的出发点。

1868 年，左拉在文艺理论与创作理论上进行了深入的钻研，他从当时生物学、医学、生理学中得到借鉴与启发，在原来的现实主义文艺思想的基础上，形成了他自然主义的文艺思想体系，这种自然主义文艺思想表现在他几个文艺论集之中，1880 年出版的《实验小说论》、1881 年出版的《自然主义戏剧》《我们的戏剧作家》《自然主义小说家》，特别是《实验小说论》更是他自然主义文学理论的代表作。

自然主义并不是左拉自发地形成或接受的，它是左拉有意识、有目的创建起来的一种自觉的、标新立异的文学主张，左拉创建这种理论的出发点有两个：一个是他要成为一个划时代的作家，要在创作上与理论上具有自己的、不同于过去时代大作家的东西，要在现实主义道路上有所发展，有所创新。再一个则来自他对文学与社会生活根本关系的认识，在这个问题上，他早期的思想中已经有了这样一系列唯物的观点，"艺术像一切其他事物一样，是人类的产物，是人类的一种分泌物，我们的作品的美是从我们身体里分泌出来的。我们的身体随着环境气候、风俗习惯发生变化，分泌物同样也随着发生变化"[2]；既然文学艺术要随时代环境、社会条件而变化，那么，在他看来，不言而喻，"每一个社会都有它自己特殊的诗歌"[3]，他继承了司汤达在《拉辛与莎士比亚》中关于文学与时代的思想，以类似司汤达的方式

---

[1] 左拉 1860 年 7 月给巴伊的信，见《书信集》第一卷，第 137 页，法朗斯瓦·贝尔诺阿尔全集版。

[2] 左拉：《当代的艺术》，《我的恨》第 213 页。

[3] 左拉 1860 年 7 月给巴伊的信，见《书信集》第一卷，第 137 页，法朗斯瓦·贝尔诺阿尔全集版。

提出了这样的问题："我们今天的社会不是1830年的社会"[1]，因而文学也应该不同于过去的时代，文学家不应该满足于过去时代的文学形式与文学方法，而应该找到"我们自己社会的诗"，找到"新的形式"；那么，左拉认为自己的时代有什么重要的特征？他认为，"我们这个时代的特点在于这种狂热、这种无所不包的狂热的活动，科学的活动，商业的活动，艺术的活动，一切领域里的活动；铁路、电报、汽船、上天的飞艇"[2]，这里，左拉突出了他对科学技术新发展的认识，而这正是他创建自然主义文学理论的一个重要的依据。

"自然主义"一词，并不是左拉首倡，它产生于16世纪，但直到19世纪40年代以前，它只用于哲学领域，其含义是：除自然外，并不存在超自然的事物，一切都包括在自然的法则之中，19世纪40年代，它开始用于绘画，是指对于自然的一种写实。在文学上，泰纳1858年2月至3月发表于《评论报》上的《巴尔扎克论》中，实际上给自然主义规定了一些含义："奉自然科学家的趣味为师傅、以自然科学家的才能为仆役，以自然科学家的身份描拟着现实。"[3]如果说，泰纳所论的巴尔扎克并不完全符合这几个含义的话，那么，左拉则是真正继承并发展了这位批评家先行者的上述思想，赋予了自然主义这个词以真正自然科学的涵义，并且在这个概念下确立了一整套与自然科学密切相关的文艺思想体系，从而创建了真正在文艺思潮发展史上具有代表意义的自然主义。

当然，从自然科学获得启发来开拓文学理论与文学创作，或者把自然科学的成就引入文学理论与文学创作而有所建树、有所创新，也不是从左拉开始的。早在18世纪，狄德罗就已经把自己唯物主义的世界观与自然观运用于文学与绘画，阐述了一系列如实描写自然的

---

[1] 左拉1860年7月给巴伊的信，见《书信集》第一卷，第137页，法朗斯瓦·贝尔诺阿尔全集版。

[2] 左拉1860年6月2日给巴伊的信，见《书信集》第一卷，第84页。

[3] 泰纳：《巴尔扎克论》，《古典文艺理论译丛》1957年第2期第75页。

现实主义文艺观点。到 19 世纪，司汤达把他衷心喜爱的数学所具有的精确、严格、逻辑性强的特点适用于文学写作；巴尔扎克明确地在《人间喜剧》前言中宣布，他的《人间喜剧》的整体构思与他描写人的某些原则，都是在当代生物学、动物学新成就的启发下产生的；福楼拜又进一步把解剖学式的冷静观察与细致分析的方法运用在对人物的描写上。自然科学对法国现实主义发展的影响是一个明显的、不可否认的事实，左拉不过是沿着这条道路又迈进了一步，但他迈的步子比前人更大，他把文学更紧密地与自然科学结合了起来，更为具体地把自然科学中某一学说搬来指导文学，就此，他所提出的主张也更鲜明、理论也更成系统，而且，他还以数量庞大的小说作品来实践自己的这种主张与理论，这就是左拉作为自然主义大师在文艺思潮发展上的意义。

那么，左拉的自然主义文学理论的涵义究竟有哪些？它体系的构成是怎样的？

首先，应该指出，既然左拉是在现实主义的基地建立起自然主义的理论体系，他全部的自然主义理论就理所当然地包括了现实主义的原则，他在自然主义理论的代表作《实验小说论》中这样明确地规定："小说家最高的品格就是真实感"，而"真实感，就是如何如实地感受自然、如实地表现自然"[1]，他把真实性作为文学创作的目的来要求："你要去描绘生活，首先就请如实地认识它，然后再传达出它的准确的印象"[2]，因而他也就把真实性作为文艺作品是否有存在价值的标志，"作品不是广泛地建立在真实之上，就没有任何存在的理由"[3]，"当我读一本小说的时候，如果我觉得作者缺乏真实感，我便否定这作品"[4]。如果说，左拉早期的文艺理论往往把真实性与独创

---

[1] 左拉：《论小说》，《实验小说论》第 167 页，法朗斯瓦·贝尔诺阿尔全集版。

[2] 同上，第 169 页。

[3] 同上，第 169 页。

[4] 同上，第 169 页。

性区分开来、同时并重因而带有某种程度的二元论的性质，那么，在左拉的自然主义理论中，这种二元论的痕迹就完全消除了。为了树立真实性在文学中的绝对地位，左拉排斥与否定浪漫主义的想象，"说一个小说家有想象，在今天，这一赞词几乎成了一种贬责了"[1]，他甚至对主观色彩也持否定态度，认为主观色彩"不是把场景缩小了，便是把它夸大了，使一切都浸渍在虚伪的色彩中，一切都张牙舞爪而又支离破碎"[2]。

当然，左拉仍然主张作家的个性表现，但是，在他的自然主义理论中，个性表现远没有在他早期文艺理论中有地位，它已经成了从属于真实性的一个标准，他指出，"一个伟大的小说家就是一个有真实感的人，他能独创地表现自然"[3]，可见，作家的个性与独创性就是在真实地表现自然上的独特方式，具体说来，就应该是这样的："小说家遵循着现实，向这个方向展示场景，同时赋予这场景以特殊的生命……这便是在对我们周围的真实世界作个性描绘时构成独创性的方法"[4]，这就是左拉自然主义理论中独创性、个性从属于真实性的文学观。正是以这种真实性占主导地位的文学批评标准，左拉对巴尔扎克、司汤达、福楼拜、都德这些作家"强有力地表现了自然"[5]给予了崇高的评价，也正因为左拉的自然主义文艺理论首先强调了真实地描写现实的原则，所以，他很自然地把这些作家都称为"自然主义作家"：巴尔扎克是"自然主义小说之父"[6]，司汤达"也像巴尔扎克一样是我们的父亲"[7]，福楼拜的《包法利夫人》是"自然主义小说的典

---

[1] 左拉：《论小说》，《实验小说论》第165页，法朗斯瓦·贝尔诺阿尔全集版。

[2] 同上，第168页。

[3] 同上，第178页。

[4] 同上，第175页。

[5] 同上，第163页。

[6] 左拉：《〈自然主义小说家〉序》，《自然主义小说家》第8页，法朗斯瓦·贝尔诺阿尔全集版。

[7] 左拉：《论司汤达》，《自然主义小说家》第104页。

型代表"①，甚至他还这样扩大自然主义的队伍："我愿意承认荷马是一位自然主义的诗人"，"自然主义开始于人所写的第一行字"，"自然主义这条脉络存在于往古的许多时代里"②。

因此，从这一思想脉络来看，左拉的自然主义在其基本原则上，其实就是一种现实主义。

从上述传统的现实主义文艺观出发，左拉进一步把他的文学理论推向与自然科学的结合，即"把科学的方法介绍到文学中来"③。在进行这项工作的过程中，达尔文1859年出版的《物种起源》在法国的传播，特别是吕卡斯医生1850年出版的《对遗传的哲理与生理考察》、克洛德·贝尔纳1865年出版的《实验医学研究导论》以及勒都诺的《情欲生理学》等论著学说，成了左拉直接的凭借与参考。在这些自然科学学说的指导与启迪下，他在以下三个方面创建了与传统现实主义文艺观显然有所不同、较之有所发展的文艺理论，即使他获得自然主义大师称号的那一部分理论观点。

首先，左拉把文学与自然科学结合的重要性强调到一个从未有过的高度，以至表现出了一种要求文学从属于自然科学的倾向。他从实验医学发展的新成就出发提出这样的问题："既然以往作为一种技艺的医学现在构成了一门科学，文学为何就不能借助实验方法也成为一门科学呢？"④他对科学发展与文学发展的道路是这样认识的："在上个世纪，由于更精确地运用实验方法，从而创立了化学与物理学……接着，又跨出了新的一步……科学证明了一切现象的生存条件对生物与非生物都是同样的，这样，生理学渐渐地同化学与物理学一样得到了确认。然而，就到此为止吗？显然不是。将来，当人们证明人体是

<hr>

① 左拉：《论福楼拜》，《自然主义小说家》第108页。

② 左拉：《戏剧中的自然主义》，第246页。

③ 左拉：《论小说》，《实验小说论》第186页。

④ 左拉：《实验小说论》第33页，法朗斯瓦·贝尔诺阿尔全集版。沿用吕永桢同志译文，个别处略有改动，下同。

一架机器，有朝一日可以按实验者的意愿拆卸和安装其齿轮系统时，科学便一定会转向人的感情和智力行为。那时，我们将进入迄今一直属于哲学和文学的领域……我们现在有实验化学与实验物理学，将来会有实验生理学，更晚一些时候，将有实验小说。"[1]从这种认识中，他向文学家指出这样的方向："生理学家和医生继续物理学家和化学家的事业，我们要继续他们的事业。"[2]既然方向如此，在左拉看来，生理学与医学的原则也就完全适用于文学了，他在《实验小说论》里，多次引用了克洛德·贝尔纳关于医学问题的论述，并且声言："我的论述都原封不动地来自克洛德·贝尔纳，只不过一直把'医生'一词换成'小说家'。"[3]于是，问题就不仅是引用自然科学的原则来指导文学了，而是文学在某种意义上要从属于自然科学，用左拉的话来说，即"文学由科学来确定"[4]。在他看来，无生物与有生物的规律是共同的，"路上的石块和人的大脑都有相同的决定因素"[5]，而人的肉体与精神的规律也是共同的："既然实验方法引导人们认识了肉体的现象，它也可以引导人们认识情感与精神现象，这不过是同一条道路上的不同阶段。"[6]在左拉的思想中，不仅文学与生理学、医学的性质相同、规律相同，而且两者的目的同样也是一致的，但在这个问题上，他把文学对自然科学规律的服从视为实现文学崇高目的的必要条件，在他看来，以主观情感与抽象理性为基础，是不可能表现"外部世界的真理的"，只有以自然科学的方法为方法的自然主义文学，才能"向未知夺取真理"[7]，而"表达真理的作品才是伟大和道

---

① 左拉:《实验小说论》第21~22页，法朗斯瓦·贝尔诺阿尔全集版。沿用吕永桢同志译文，个别处略有改动，下同。

② 同上，第33、11页。

③ 同上，第33、11页。

④ 同上，第111页。

⑤ 同上，第22页。

⑥ 同上，第12页。

⑦ 左拉:《实验小说论》第36页。

德的作品"[1]，他指出，实验医学的任务在于找出人体器官的毛病，而自然主义文学也同样能够医治社会机体的病态，因此"自然主义小说家其实就是实验伦理学家"[2]。

文学与自然科学的结合，具体说来，就是在文学创作中运用自然科学的实验方法，左拉不仅要求在文学创作中搬用这种方法，而且把它在文学创作中的作用提到了君临一切的地位，与此同时，他又把文学艺术本身的规律与方法的重要性降低到前所未有的限度。这是左拉自然主义文学理论的第二个重要的方面。

究竟是怎样的实验的方法？左拉从两个方面指出了实验方法的要义：其一，"实验究其实不过是有针对性的观察，实验中的推理应建立在怀疑的基础上，因为实验者在自然界面前不应有任何先入之见，而要使思想保持无束缚的状态，他仅仅接受已经产生并得到证实的现象"[3]；其二，"实验科学不必为探索事物的'所以然'而绞尽脑汁，它需要解释的是'怎么样'，仅此而已"[4]。那么，运用了自然科学实验方法创作自然主义实验小说又是怎样的？左拉做过不止一种解释，他说过，"自然主义小说，是小说家借助观察而对人进行的一种真正的实验"[5]；他还说过，"自然主义意味着回到自然；科学家们决定从物体和现象出发，以实验为工作的基础，通过分析进行工作，这时候，他们的手法便意味着自然主义。相应地，在文学方面，自然主义是回到自然和人；它是直接的观察、精确的剖析，对现存的接受和描写"[6]。在这里，左拉所强调的就是观察与实验，而实验则又包括了精确的解剖与分析，因此，左拉又曾指出，"自然主义小说就是观察与

---

① 左拉：《实验小说论》第37页。

② 同上，第31页。

③ 同上，第12页。

④ 同上，第13页。

⑤ 同上，第17页。

⑥ 左拉：《戏剧中的自然主义》，见《西方文论选》下册第246页。

分析的小说"[1]。如果说，左拉关于自然主义文学、实验小说的定义与解释，除了明显地套用了贝尔纳的《实验医学研究导论》中某些论述外，并没有真正表述出文学理论上的新主张的话，那么，左拉关于自然主义文学创作过程的具体论述，倒确实提出了超出了传统的现实主义创作论范围的一些主张与思想："我们的一位自然主义小说家想要写一本关于戏剧界的小说。他有了这个总的想法但还既无故事又无人物。他首先关心的是从他的笔记里收集他对自己所要描绘的领域所能掌握的一切知识。他结识过某位演员，他观看过某场演出。这就是一些材料，也是最好的材料，这些材料在他思想里酝酿成熟。然后，他开始活动，和最内行的人交谈，收集有关的词汇、故事和肖像。这还不算，此后，他还要参考成文的材料，阅读一切对他有用的东西。最后，他要考察故事发生的地点，为了看清楚每一个细小的角落，在一个剧院里住上几天，在女演员的化妆室里度过几个晚上，尽可能地沉浸在周围的气氛里。一旦他的材料齐备，就如我上面所说的那样，他的小说自己就形成了。小说家只要把事件合乎逻辑地加以安排，从他所理解的一切东西中间，便产生出整个戏剧和他用来构成全书骨架的故事。小说的妙趣不在新奇的故事，相反，故事愈是普通一般，便愈有典型性。使真实的人物在真实的环境里活动，给读者提供人类生活的一个片断，这便是自然主义小说的一切"[2]。

在这里，自然科学所要求的只承认客观既成事实的实证精神、要详尽占有资料的方法和对客观事实应加以实录的严格态度，都一一得到了强调，并直接转化为指导文学创作的原则被置于文学创作活动中的首要地位，艺术的典型化已被缩小到最小的范围，艺术加工也不再在创作活动中占有重要地位，想象几乎完全被排斥——"我们没有权

---

[1] 左拉：《论小说》，《实验小说论》第166页，法朗斯瓦·贝尔诺阿尔全集版。
[2] 同上，第167页。

利对自然进行杜撰"①；激情与灵感也几乎被完全否定——"人们十分错误地认为优秀的风格就是情绪激昂，触目惊心，几近于神经错乱的状态"②；才能也必须从属于自然科学的实验方法，其存在与否必须以是否忠于这种方法为转移——"应该由实验来检验才华"③；甚至情感也被限制到最低的程度——"只有在表现其决定因素尚未弄清的现象时，才表现个人情感，同时竭尽所能用观察和实验来检验这种个人情感"④；这就是左拉所主张的自然主义文学创作论，这些主张不仅与传统的现实主义创作论不同，而且也在一定的意义上否定了文学艺术创作的普遍方法与规律，使文学创作完全成为纯自然科学式的机械活动。

左拉自然主义文学理论的第三个重要内容，是把医学的遗传学说引入文学，要求按照遗传学的观点去描写人。

实验的方法是否能运用在对人的研究上？左拉不赞成对巴尔扎克曾有所影响的法国19世纪生物学家居维叶在这个问题上所持的否定态度，他认同克洛德·贝尔纳，认为实验方法同样适用于有生物，适用于人："无疑，科学在今后将会找到人的一切精神现象与肉体现象的决定因素"⑤。根据这种认识，他顺理成章地提出文学"应当像化学家和物理学研究非生物及生理学家研究生物那样，去研究性格、感情、人类和社会现象"⑥，而实验小说则是"以生理学为根据，去研究最复杂、最微妙的器官，处理的是作为个人和社会成员的人的最高级行为"⑦，自然主义小说家的任务则是"要研究人的大脑和情感现象

---

① 左拉：《实验小说论》第49页，法朗斯瓦·贝尔诺阿尔全集版。
② 同上，第45页。
③ 同上，第36页。
④ 同上，第49页。
⑤ 同上，第22页。
⑥ 同上，第23页。
⑦ 左拉：《实验小说论》第23页。

是健康的还是病态的"①，因而这种小说家"是运用实验方法的醒世作家，通过实验指出某种社会环境中一种情欲会表现成什么样子"，以便"有朝一日，掌握形成这种情欲的原因与过程以对它进行治疗和约束"②。

那么，是根据什么科学的理论和方法来认识人和研究人呢？这是问题的核心，在这里，左拉提出了遗传学作为指导和原则，他认为，人的生理条件是人的"内部环境"，人这架机器如何运转、如何思想、如何热爱，怎样从理智发展到激情和疯狂，这些现象都是由"生理器官控制的"③，是在"内部环境影响下发生作用的"④，而"内部环境"、生理条件则与遗传有关，因此，他明确地说："我认为遗传问题对于人的精神和感情行为有巨大的影响"⑤。应该指出，在提出人的"内部环境"的同时，左拉也提出了"外部环境"的问题。他的"外部环境"的概念主要是指"社会环境"，他对社会环境也有足够的重视："人不是孤立的，他生活在社会中，社会环境中"，"我认为社会环境同样具有至关的重要性"⑥。因此，另一方面，他又明确地这样说："我们小说家要进行的重大研究即在于社会对个人与个人对社会的交互作用"，总括了以上两个方面的观点，左拉对自然主义的实验小说作出了这样的全面总结："构成实验小说的几个方面是，掌握人体现象的机理；依照生理学将给我们说明的那样，展示在遗传和周围环境影响下，人的精神行为和肉体行为的关系，然后表现生活在他所创造的社会环境中的人，他每天都在改变这种环境，他自身在其中也不断发生变化。这样，我们依靠生理学，从生理学家手里把孤立

---

① 左拉：《实验小说论》第33页。

② 同上，第28页。

③ 同上，第24页。

④ 同上，第24页。

⑤ 同上，第24页。

⑥ 同上，第24页。

的人拿过来，继续解决这个问题，科学地解决人在社会中如何行动的问题"[1]。在左拉看来，这就是自然主义文学的理想境界，这种理想境界具有重大的社会意义，他这样宣称："我不知道什么工作比这更高尚、更有广阔的应用天地。成为控制善与恶的主人，调整生活，匡正社会，经过一段时间解决社会正义的一切问题，通过实验解决犯罪问题，从而为正义奠定坚实的基础，这难道不是人类最有用、最道德的创造者从事的工作吗？"[2]

左拉的自然主义文学理论强调真实地描写现实，从根本上来说，是一种写实主义的文学理论，它继承了传统的现实主义文艺观的重要方面，是现实主义文艺思潮的又一继续，是这种思潮在新的历史条件下的一种新的理论形态。它在过去的现实主义文艺观上添加了新的内容，即自然科学的内容。这种对传统现实主义的补充与变通，有得亦有失，有积极的意义也有消极的方面。自然主义所主张的在描写客观现实上的准确性、详尽性、细致性，都是对传统的现实主义创作论的一种新的开拓与发展，有助于真实地描写现实的原则在创作中更进一步贯彻，它关于从生理的角度去观察人与描写人的主张，实际上补充了一个真实地描写人的新课题与新角度，对于进一步把人物描写得有血有肉、符合人的实际，无疑是有益处的，在这些可取的原则的正确指导下，左拉就得以绘制出现实生活的宏大图景，保持了优秀的现实主义传统的基本特点而又具有新的内容，在描写现实的方法上，较之司汤达与巴尔扎克，左拉也有了新的发展。

另一方面，左拉的自然主义文艺思想无疑有着明显的缺陷，它混淆了文学艺术与自然科学的界线，将它们加以等同，在强调自然科学对于文学艺术的认识价值的时候，又不适当地无视了文学艺术本身的特点与规律；它主张绝对地搬用自然科学的方法，显然流于偏颇，从

---

[1]　左拉：《实验小说论》第25页。

[2]　同上，第28～29页。

而否定了文学艺术本身的典型化的方法与对于文学创作至为重要的灵感、想象、激情、才能等等创作要素。以自然主义所主张的方法去进行创作，文学描写肯定容易有繁琐、滞重、冷淡、刻板等等弊病，即使左拉的创作实践并不完全忠于他的自然主义文学创作主张，即使他本人才能卓越，并且原来还有着明显的浪漫主义的倾向与诗人气质，他的作品也未能避免上述的缺点。左拉在观察人、描写人的问题上过分强调生理性，也必然导致两个不良的后果：一是分散作家对于人的社会属性的关注与研究，有碍作家对人的阶级性、民族性与人性做深入的发掘；二是必然使文学作品降低为对生理性、动物性的描写，流于"去搅翻那恶臭的或跳动的血肉之躯"，出现像"令人厌恶的厨房"一样的篇章，尽管左拉在描写人的生理性时事实上是有所克制的，但他这个主张确使他在自己的作品里留下了某些败笔，特别因为他所迷信的 19 世纪下半期的遗传学学说并不科学，没有揭示遗传的真正客观规律，所以，他这种主张不仅会妨碍真实地表现人的社会性方面，而且也无助于表现人的自然性方面，其结果反而会流于某种不可知的神秘性，而他把自己的家族史小说的总体结构建立在这种不科学的遗传学学说上，当然显得勉强，不能令人信服。

三、前期创作：从浪漫主义到自然主义

　　左拉文学生涯的前期，就是写作《卢贡－马卡尔家族》以前的那个阶段，时间基本上可以从 1860 年算起，到 1870 年为止，前后共有 10 年之久。

　　在文艺思想上，左拉前期基本上信奉现实主义，但在创作实践中，他前期的倾向却不单一，浪漫主义、现实主义、自然主义的成分全都具有，他从浪漫主义开始，并使它成为自己前期文学创作中的主要倾向，其间又并非完全远离写实，之后，更开始了自然主义的实践。从这个时期的第一部作品《给妮侬的故事》到这个时期最后的作品《戴蕾斯·拉甘》与《玛德莱娜·费拉》，就体现了这一发展，他前期创作中的这种多成分，实际上也就是他整个文学创作的成分结构的雏形或缩影，只不过，在不同的时期，主导的成分与组合的状态有所不同而已；在中期，以现实主义、自然主义为主，同时也带有浪漫主义的痕迹；而到后期，浪漫主义的性质则又有所增长，和自然主义形成了一种奇特的结合。

《给妮侬的故事》（1864）及其他

　　中短篇小说集《给妮侬的故事》，是左拉最初从事文学创作活动的第一个成果，出版于 1864 年，其中大部分作品写于 1862 年至

1864 年，即他在阿晒特书店当雇员期间，有的早在 1860 年，那时他正陷于贫困与饥饿，《多情仙女》则更早，是他在圣路易中学当学生时写的。

《给妮侬的故事》，是一部具有鲜明的浪漫主义色彩的作品，法国浪漫主义诗人缪塞影响的痕迹在其中清晰可见，它以年轻人天真烂漫的理想与愿望、热烈而洋溢的感情、富有诗意的感受、轻快灵动的风格，在左拉的作品中别具一格。

这个短篇集共包括 8 篇作品，它们与其说是短篇小说，不如说大部分都是童话故事或随笔速写，优美的语言、丰富的想象力、深情倾诉的语调，是它们共同的特点。实际上作为序言的《给妮侬》，本身是一篇抒情的散文，充满了年轻人的热情、对生活的挚爱与清新的情趣。《森普利斯》写一个年轻的王子厌弃了宫廷的生活，逃到森林中去，与大自然融为一体，最后，为了追求源泉女神而死在泉边，嘴里还叼着一朵芬芳的白玫瑰。对原始的、未被世人污染的大自然的热爱、对丑恶的人世间的权势荣华、酒色享乐的否定，是童话中两种主导的思想情感，作者以诗的语言描绘与歌颂了大自然的美，从而树立了一种反世俗的美的理想与美的标准。《跳舞名册》是一篇笔致细腻的随笔，它描绘了少女内心深处青春感情的种种轻柔的漪涟，特别是它把跳舞诗化为风度翩翩、姿态变化无穷的女神，把跳舞名册拟人化为人生秘密的珍藏者、各种情感的陈述者，显示了作者的浪漫主义的象征与比喻的才能，这种才能在以后家族史小说实在的描绘中也不时有所再现。《爱我的她》是一篇别致的速写，在热闹熙攘的节日市集的生动画面上，交织着青年人追求爱情的饥渴与卖笑女子的辛酸，透过这一切，流露出作者清醒的社会意识与对现实问题的关注。《爱的仙女》是一支轻巧的爱的颂歌，它通过像诗一样优美空灵的童话，歌唱爱情的温柔和它能够越过一切障碍、克服一切阻力的神奇力量。《血》是一篇凝聚着哲理的幻想故事，四个士兵夜间在战场上各自都看见一种幻影，认识到人类互相残杀、进行战争的危害与可怕，在早晨又响起集合号的时候，脱离了军队、埋葬了武器，到农村去从事和平的劳动，作者在四个兵士所见到的幻影里，实际上浓缩了阶级社会以后的人类历史，描绘了种种互相杀戮、血流成河的情景，表现了作者广阔的历史视野与严肃的社会正义感以及对暴力、掠夺、仇杀的愤慨。《小偷与驴子》是一篇轻松的爱情故事，其中又不乏轻淡的讽嘲，其风格与人物都近似缪塞的某些短篇。《大西德瓦勒与小梅兑里克漫游记》是一篇有意模仿拉伯雷的《巨人传》的童话，主人公西德瓦勒是一个拉伯雷笔下庞达居埃式的巨人，力大无比，而梅兑里克则是聪明的小矮个，他们都由自己的故土所养育，小梅兑里克为了到极乐王国去追求春馨花的爱情，与大西德瓦勒一同出征。在途中，他们消灭了危害乡村的狼群，把荒山移到峡谷、改造地理环境，为民造福，当上国王以后，又废除专制制度。童话表现了左拉对改造社会与改造自然的某种神奇力量的幻想，其中又有对现实社会的影射与讽刺。

在《给妮侬的故事》中，《穷人的妹妹》较为重要，这是一篇严肃的童话，反映了青年左拉在早年贫困生活中真实的思想状态。穷人妹妹从小丧失父母，被叔父与婶母领养，叔婶原来很富有，因挥霍浪费而变成了穷人，他们心肠不好，对可怜的孤女百般虐待，穷人妹妹过的是穷困的生活，担负的是沉重的劳动，但她心地善良，怜悯世人的苦痛而从不以自己的不幸为意。一天，她在街上遇见一个女乞丐抱着一个痛哭的小孩，就把自己唯一的一枚铜钱施舍给他们，女乞丐与小孩是圣母圣子的显灵，回赠给穷人妹妹一个破旧的铜子。穷人妹妹回家后，发觉这个铜子可以无穷无尽地生出铜钱来。第二天，她带着神奇的铜子和口袋走上街头，向残废人、老人、一切饥寒交迫的穷人以及每一个贫穷的乡村进行大量的施舍，她向前走着，身后跟随着浩荡的人群，她领导他们发出感谢圣母、圣子的呼声。回到家里，贪心的叔婶想要偷走铜子生出来的钱财，但钱财却变成了可怕的飞禽。穷人妹妹充满慈悲心肠，对堕落的灵魂也有强烈的怜悯，她替叔婶购置土地、耕牛与农具，建造起房屋，雇请了工人，从此，叔婶成为了富裕的农民。穷人妹妹对舒适的生活感到厌烦，她仍然坚持参加劳动，她嫌自己的财富过多，认为太有钱心灵就会受到腐蚀，她削减了她的财富，并且祈望上苍收回神奇的铜子。在教堂里，圣母把她的铜子收回以后，穷人妹妹仍过着勤劳的生活。她去世以后，当地人都生活在富足之中，因为他们都以她为榜样，从劳动中得到自己的收益。

这篇童话表现了左拉在当时生活条件下想摆脱贫穷困苦的一种天真的幻想和一种朦胧的对人类社会的理想，多少带有空想社会主义的色彩，尽管童话中的社会憧憬是抽象而又幼稚的，但其中对社会下层贫苦人民的同情、对群众场面的有民主主义倾向的描写以及关于只有劳动才能保持心灵健康的主题思想，在当时无疑带有某种激进的性质，因此，曾被书店的刊物所拒绝。

《给妮侬的故事》之后相继出版的是《克洛德的忏悔》《一个女人的遗愿》与《马赛的秘密》三个长篇。

《克洛德的忏悔》出版于 1865 年。小说通过第一人称的自白，叙述了一个青年失足之后又振作起来的故事。主人公克洛德是一个自食其力的青年诗人，生性孤高，不染恶习，但是，有一天夜里，他失足落进了一个下流女人劳伦丝的怀抱。次日，他对自己一时的失足深感羞惭，想把劳伦丝打发了事，但这个女子衣食无着，克洛德出于怜悯与人道，又把她留下。他想使劳伦丝重新做人，结果白费气力，反倒被劳伦丝引向堕落。朋友们纷纷疏远他，贫困使他潦倒，他身心日益衰颓，眼见劳伦丝又卖身给他的朋友。在被激怒之下，他的自尊心复活过来，他逃离巴黎，回到自己的家乡医治心灵的创伤，最后恢复了青春的活力与纯朴。

自述的方式使这部小说充满了感情的急切的倾诉，具有明显的浪漫主义的色彩，近似缪塞的《一个世纪儿的忏悔》，但其中对于贫寒知识分子生活条件的画面，则完全是写实的，而在男女关系的描写上，有时又流于没有遮盖的自然主义，正是这一点在当时引起了批评界的非难，也被官方机构加以审查与追究，并导致左拉在阿晒特书店的办公室被搜查。

《一个女人的遗愿》于1866年在《纪事报》上连载，当时并没有获得成功。次年，由书店正式出版后，几乎很快就被人遗忘。后来，左拉自己也承认："我青年时期的这部小说是我作品中唯一一部内容空虚、我拒绝加以再版的。"[①]《马赛的秘密》是1867年在南方的《普罗旺斯信使报》上连载的一部通俗小说，以马赛一桩犯罪案件为题材。左拉写作这部小说，完全是为了赚得必要的生活费，以保证能没有忧虑地去写作他自己所真正重视的作品《戴蕾斯·拉甘》。虽然《一个女人的遗愿》与《马赛的秘密》都不是左拉重要的作品，但是，它们在一定程度上反映了从《给妮侬的故事》逐渐向《戴蕾斯·拉甘》的过渡。

这种过渡并不是绝对的，事实上，不同的创作倾向在左拉前期的文学活动中是杂然并陈、互相交织的。正是在创作上述两部长篇的同时，紧接着《给妮侬的故事》之后，左拉又继续写作了一些风格轻巧、感情色彩浓厚的短篇与故事，它们早已在1866年至1869年就分别发表在刊物上，迟至1874年才收集为《给妮侬的新故事》，在这里，既有缪塞式轻松的爱情故事《洗澡》、浪漫童话《爱神的小蓝袍的传说》，也有隽永的寓言故事《猫的天堂》，还有一些写实的短篇小说、随笔、散文。《断食》是对酒肉神父的漫画写生，《侯爵夫人的肩膀》尖锐地揭露了第二帝国时期"朱门酒肉臭、路有冻死骨"的社会现实，《我的邻人雅克》与《失业》是对工人悲惨生活的真实记载，《铁匠》则是作者礼赞劳动者的一篇诗一般的散文，所有这些都

[①] 左拉：《〈一个女人的遗愿〉序》，《一个女人的遗愿》第5页，法朗斯瓦·贝尔诺阿尔全集版。

显示出左拉创作风格的多样性。

《戴蕾斯·拉甘》（1867）

在左拉的前期文学创作中，长篇小说《戴蕾斯·拉甘》与《玛德莱娜·费拉》是两部最为重要的作品。

1866 年 12 月 24 日，《费加罗报》上刊登了左拉的一个短篇故事《爱的婚姻》，叙述一对通奸的情人，谋害丈夫之后正式结婚，但悔恨与不安却使他们成为势不两立的仇敌，最后双双自杀，留下了他们的忏悔。次年，左拉以这个故事为骨架，大大加以扩充与增添，成为著名的小说《戴蕾斯·拉甘》，小说出版于 1867 年 12 月。

小说有四个主要人物：拉甘太太、儿子卡米尔、媳妇戴蕾斯和她的情夫洛朗。拉甘太太原是一个外省的杂货商人，小有积蓄，丈夫死后靠利息维持小康生活。她的儿子卡米尔幼年大病未死，身体孱弱，发育不全，虽进过商业学校，但头脑空空，满足于做一点简单机械的事务。拉甘太太早年从她弟弟、一个在阿尔及利亚服役的上尉手里，收养了他的私生女，这是上尉与非洲一个部族酋长的女儿结合的产物，后来，上尉战死于非洲，戴蕾斯则正式过继给拉甘太太。她从小与卡米尔同吃同睡，一起长大成人，两人的婚姻早已不在话下，结婚以后，全家迁往巴黎，在一条小巷里开起了小杂货店，卡米尔则到铁路公司里谋到一个雇员的差事。在婚后生活中，身体强健、性格粗犷、内心炽热而外表死冷的戴蕾斯苦闷异常、度日如年。一天，卡米尔把他童年时在外省乡下的朋友洛朗带回家中做客，这个身材高大、体魄健壮的青年人引起了戴蕾斯内心的骚动，而好吃懒做、一心追求官能享受的洛朗一到拉甘家，就心存不良、有所企图，家庭般的温暖舒适、主人热情的款待，特别是朋友的妻子都是他感兴趣的，他设法成为这个家庭的常客，有计划地伺机占有戴蕾斯，终于，他得到了机会，戴蕾斯毫无反抗就委身于他，从此，两人沦于疯狂的肉欲。尽管乖巧狡诈的洛朗不仅成了妻子的情夫，而且成了丈夫的好友，母亲的宠子，但他仍不满足，为了使通奸毫无束缚，特别是为了达到永远占有戴蕾斯的目的，他萌生了谋害卡米尔的恶念，并得到了戴蕾斯的默许。

一天，三人到郊外出游，洛朗预谋已定，戴蕾斯也默契配合，泛舟于塞纳河上时，洛朗突然把卡米尔推进水里，这个善良、麻木、可怜的丈夫在拼命挣扎时仍不明真相，竟惨声向戴蕾斯呼救。洛朗淹死卡米尔后，制造了翻船落水的假象，不仅逃脱了追究，而且得到了冒死救友人之妻的美名。虽然这个凶狠的罪行完全被假象掩盖过去，两人得以逍遥法外，但互相的关系却发生了惊人的变化，犯罪的行为使他们先是不敢接触，尽力回避，而后都开始感到了心理上的不安，他们以为正式结婚后这一切都将自然消除，于是，就朝这个目标奋斗，在以不懈的努力取得了亲朋与拉甘太太的信任与同情后，他们成了夫妻。然而，从新婚的第一个夜晚起，被淹死的丈夫的形象与回忆就不断地刺激他们的神经，增加了他们的不安与恐惧，而他们彼此的存在，不仅不能使各自得到一点点安宁，反而使得他们陷入罪恶的回忆而不可自拔，这样，两人的共同生活也就成了共同的枷锁与苦刑，只有在分开的时候才有所缓解。他们开始互相厌弃、互相憎恶、互相推卸罪责以至争吵殴打。可怜的拉甘太太在中风之后不能再讲话与行动，又从自己的媳妇与义子的争吵里听出了自己儿子被害的真相，但她已没有任何报复与揭发的能力，只能以仇恨的眼光看着奸夫淫妇的反目，等待着罪行最后的结局。戴蕾斯为了从悔恨的歇斯底里的生活中解脱出来，开始经常外出不归，找其他的男人麻醉自己，洛朗也大肆挥霍拉甘婆媳的积蓄，在外纵情酒色，而且，两人由互相憎恨到互相戒备，唯恐对方揭露罪行。为了彻底解脱，两人最终都产生了谋杀对方的意图，洛朗准备了毒药，戴蕾斯准备了利刃。预定的夜晚来到，他们几乎同时动手，正在动手之前，彼此发现了对方的意图与凶器，两人不禁抱头痛哭，再也不愿意过这种罪恶、卑劣、怯懦的生活，于是共饮了毒药，双双自杀，拉甘太太像一尊无言的复仇之神，在近旁看着这最后的结局。

这是一部以生理学分析为基础的病态心理分析小说。小说基本上由两大组成部分。第一部分是戴蕾斯与洛朗的两次犯罪，道德上的犯罪与法律上的犯罪；第二部分则是犯罪后的不安、恐惧与自食其果、自我覆灭。这两次犯罪以及由此而产生的病态心理是如何发生的？其内在的根由何在？左拉把这一切归之于生理的原因，他在小说的序言里这样说："人们如果细心地阅读这部小说，就会看到每一章都是对某种生理的奇特病情的研究。"①

在戴蕾斯这个人物身上，左拉安置了一个最根本性的因素：她的母亲是未开化的非洲部族的妇女，她继承了母系的血与本能，因此，在左拉的笔下，她不仅有铁一样的体质、旺盛的生机，还有"渴求旷野的空气"、"梦想过流浪生活"的放任的愿望、追求冒险与疯狂的热情以及坚忍粗野的性格，但她所处的生活环境、现实条件，却恰巧与她这些生理因素与素质存在尖锐的矛盾。生活环境是狭小阴暗的小巷、像洞窟一样的房屋、散发霉气的店铺柜台；生活圈子除了自己年老的姑母与多病的丈夫以外，就是长年固定的三四个亲友，他们同样面目可憎、死气沉沉、庸俗无聊，和他们有规律地每周应酬聚会一次，对她来说，实在是一种受罪。她自己的日常生活与习惯更是使她难以忍受，婚前，从很小的时候，她就和生病的表哥住在一间充满药味的房间里，甚至要分吃他的药物，在死气沉沉的家里，她必须克制自己的本性，轻言细语，不声不响；婚后，她不得不在浑身发散病人气息、发育不全的丈夫身边度过每一个空虚的夜晚。在左拉的笔下，所有这些矛盾中，最为尖锐的还是她旺盛的生机、炽热的情欲与不相

---

① 　左拉：《〈戴蕾斯·拉甘〉序》，《戴蕾斯·拉甘》第 IX 页，法朗斯瓦·贝尔诺阿尔全集版。

称的婚姻之间的矛盾，即生理的矛盾。她之所以在这个环境里待了下来，高度地进行自我克制，仅仅是因为作为家庭的一员，得到了养育的恩情，但一遇到洛朗邪恶的引诱，她长期蓄积的强烈情欲就像开闸后的狂潮大肆泛滥，她不仅不预感到危险而加以克制与管束，反而放纵自己这种肉欲的本能，于是，一步步走向了犯罪。

洛朗的情况比戴蕾斯更坏，左拉在他身上也安置了一个根本的因素，他在生理上本来就是一个血气旺盛的嗜欲者，从来就喜欢游手好闲、贪图各种官能的享乐，特别是淫乐。在这方面，他是一个老手，但不宽裕的经济条件难以保证他充分满足自己这种邪恶的嗜好，因此，"便宜的肉欲生活"就成了他的理想。他一见戴蕾斯就决定引诱她通奸，正是因预计到占有朋友的妻子不必付出任何代价。这对他来说，本来是一次新的逢场作戏，可行可止，但在左拉笔下，戴蕾斯肉欲的狂热却给了他前所未有的生理上的刺激，使他陷入了离不开戴蕾斯的狂热状态，以至一反他常有的谨慎与小心，铤而走险，不惜去触法网。

在小说里，戴蕾斯与洛朗从满足生理要求出发走向犯罪，最后害人害己，也算得上是一种悲剧，但既不是传统文学中社会条件造成的悲剧，也不是性格缺陷形成的悲剧，而是一种生理与气质的原因导致的悲剧，即人的官能要求与动物性被放纵的悲剧，正如左拉在序言里所说，"在《戴蕾斯·拉甘》里，我是要研究人的气质，而不是人的性格，这就是全书的意义。我选择了两个人物，他们完全被自己的血肉筋骨所控制，丧失了自主的理智，在他们血肉之躯的必然性的驱使下，做出他们生涯中的每一个动作，戴蕾斯与洛朗都是人形的畜生，如此而已，我正是要在这两个动物身上，一步步地追索肉欲与本能的压力以及由于神经发作而来的脑系统紊乱所发生的不声不响的作用，两个主人公的情欲是对他们本能需要的一种满足，而他们所犯的谋杀罪则是他们通奸的结果。他们进行这种谋杀就像狼咬死羊一样；最后，我不得不称之为他们的悔恨的那种东西，其实就是生理器官的一种紊乱，即将崩溃的神经系统的一种强烈的反应。"①

《戴蕾斯·拉甘》发表后，不久就遭到了指责。1868 年 1 月 23 日的《费加罗报》上发表了一封署名为菲拉居斯的公开信，称这部小说为"腐烂性的文学"，认为作者有"不道德的意图"②，这显然是有意的攻击。通奸故事并不能说明作品的性质，事实上左拉在小说里主要是描写一种人性恶的危害，从事病态心理的分析，他特别集中描写了主人公犯罪后不安、恐惧、焦躁与由此而来的自我崩溃、自取灭亡，这一部分占有了全书三分之二的篇幅。左拉在描写中的道德倾向也是显而易见的，拉甘太太母子虽然丑陋、平庸、灰暗，但作为受害者深得作者的同情，被描写得善良、无辜、可怜，而洛朗与戴蕾斯即使不是作为被揭露、被鞭打的对象，也是作为病态者被描写出来的，作者把他们犯罪后那种恶浊、卑鄙、走向毁灭的生活写得既可厌又可怕，显然带有一种道德告诫的意义。问题在于，小说没有回避主人公的性的问题，正如左拉自己所说的，"分析小说家并不害怕去探索肉体需要的问题"③，然而，作者的目的都是要进行一种科学的分析与研究，"我只不过是简单地在这两个活生生的肉体上进行一些割析的工作，就像一个外科医生解剖尸体一样"④，照他看来，他自己的科学分析的方法正是一种"现代的方法，是本世纪以那样大的热情用来探究未来、广泛有效的侦察工具"⑤，而且，作者在作品中以较快的速度转入对主人公负罪心理的分析之前，虽不能不对戴蕾斯与洛朗的奸情有所描写，然而却以空泛的笔法避免了色情的细节，以至他在回答菲拉

---

① 左拉《〈戴蕾斯·拉甘〉序》，《戴蕾斯·拉甘》第 XIII 至 IX 页，法朗斯瓦·贝尔诺阿尔全集版。

② 《菲拉居斯的公开信——腐烂的文学》，见《戴蕾斯·拉甘》附录第 240、243 页。

③ 左拉：《答菲拉居斯》，《戴蕾斯·拉甘》附录第 246 页，法朗斯瓦·贝尔诺阿尔全集版。

④ 左拉：《〈戴蕾斯·拉甘〉序》，《戴蕾斯·拉甘》第 IX、XIII 页。

⑤ 同上。

居斯的责难中敢于这样宣称："我从来没有写过会使我的妇女读者作呕和脸红的东西"，"没有一个出自我名下的句子是你不能拿去放在一个少女面前的"[1]。

小说对现实生活与对人物内心状态的描写都是严格写实主义的，这与后来的家族史小说一脉相承，所不同的是，《戴蕾斯·拉甘》的描写带有一定程度的封闭性，对社会环境、外在生活的描写简略而不充分，对人物内心世界的描写则极为细致，在社会意义上，远远逊于家族史小说，而在心理分析上，则是家族史小说所不及的。不论怎样，这部作品已经具有了左拉日后自然主义小说若干重要的特征，在这里，作者明显地追求繁详的描写，如写卡米尔挣扎时在洛朗颈上咬下的那个伤痕在各种不同情势与条件下使洛朗产生的种种不同的病态感觉。即使是对可怕与丑恶的事物，作者的描写也不厌其详，如写洛朗在陈尸所看到的种种景象，等等。特别值得注意的是，他第一次明确地把生理学的分析引入了文学，在这基础上铺陈出主人公的犯罪与毁灭、情欲与病态心理，不仅在他本人的文学创作中，而且在整个法国文学中都具有代表性的意义，因此，圣伯夫当时向左拉这样指出："您这部作品是出色的，认真的，从某些方面来说，它可以在当代小说的发展中开辟一个时代。"[2]

《玛德莱娜·费拉》（1868）

《玛德莱娜·费拉》写于 1868 年，同年以《羞耻》为题在《纪事报》上连载。这是左拉前期小说中另一部重要的作品，它与《戴蕾斯·拉甘》同为左拉这一阶段自然主义的代表作，实际上已经实践了

---

[1] 左拉：《答菲拉居斯》，《戴蕾斯·拉甘》附录第248页，法朗斯瓦·贝尔诺阿尔全集版。

[2] 圣伯夫：1868年6月10日给左拉的信，《通信集》第二卷，见《戴蕾斯·拉甘》附录第251页，法朗斯瓦·贝尔诺阿尔全集版。

他后来在自然主义文艺理论体系中所阐述的思想与原则。

玛德莱娜·费拉的父亲是一个来自农村的机器匠，到巴黎后，从经营小工场到成为大工厂的主人，他中年娶一体弱的少女为妻，女儿一诞生，妻子就去世了。玛德莱娜从父亲那里继承了强壮的身体、粗暴固执而又严肃认真的性格，而母亲则把自己的温柔、多愁善感与神经质传给她。6岁时，她父亲破了产，先把她放在一个寄宿学校里，后又托他的朋友、一个呢绒商照管，他只身去美洲奋斗，但在海上遇难身亡。玛德莱娜在寄宿学校里长大，难免受到同学中轻浮随便习气的影响。成年后，她回到保护人家里，年老的呢绒商对她怀有不良企图，甚至急不可待，施行非礼，玛德莱娜一怒之下，离家出走，在街上偶然碰见一个陌生的青年，当天，就轻易地委身于他。这青年名雅克，是一个医科大学生，性格开朗，为人豪爽，但生活放荡，与女性逢场作戏是他的享乐习惯。玛德莱娜给他当了一年的情妇，也习惯了自己那种尴尬屈辱的地位。后来，雅克被任命为军队的外科医生，要赴印度支那服役，他薄情而不负责任地把玛德莱娜扔下，一走了事，使玛德莱娜陷于耻辱与失望之中。

这时，她遇见了青年吉约姆，吉约姆是外省一个富有的老贵族的私生子，从小没有得到过父母的爱，被老女仆日内维叶芙带大，深受这个充满了宗教狂热和迷信的老妇的影响，感情脆弱、理智不强，他耻辱的出身使他在学校里备受同学的欺侮与殴打，因而又养成了软弱与孤独的性格，但他得到一个体魄健壮的大高个同学的保护，这就是雅克。由此，他把雅克视为世界上唯一最亲近与最宝贵的朋友，后来雅克到巴黎学医，在即将赴国外服役的前夕，吉约姆来到巴黎与他道别，可惜雅克已经动身。吉约姆遇见了被抛弃的玛德莱娜后，满怀柔情地爱上了她，玛德莱娜也对这个温驯的青年产生深厚的感情，两人同居后，玛德莱娜偶然发现雅克原来是吉约姆的好友，感情上大受震动，使她深感羞惭的是，她对自己的第一个情夫仍未能忘情。雅克的死讯倒使玛德莱娜感情上得以平静，她与吉约姆正式结婚后，在外省度过四年愉快而幸福的日子，并有了一个女儿。突然一天，吉约姆把雅克又带回家里，原来雅克的死讯纯系误传。雅克的到来使玛德莱娜陷于极大的惊恐，她感到自己的整个生活似乎即将崩溃，她不敢接见雅克，而向丈夫坦白了过去与雅克的关系，夫妻在痛苦与恐慌中，为了逃避不安，获得平静，与来客不告而别，躲到了乡间的别墅里去。然而，从此他们再也得不到平静，玛德莱娜摆脱不了对雅克的回忆和雅克在她身上打下的烙印，吉约姆则因为发现世界上他最亲近的两个人原来是情人也坠入了空虚失望，无处不在的嫉妒又老是咬他的心，甚至在自己亲生女儿身上也发现了雅克的特点因而痛苦不已。他们决定到巴黎去，以求平息苦恼，但路途上偏偏又遇见了雅克以及玛德莱娜从前给雅克当情妇时的女友，所有这些都更加扰乱了这一对夫妇的正常生活，特别是玛德莱娜在痛苦中愈陷愈深，身上发生了灵与肉的激烈冲突。一方面，肉体的本能使她不由自主地贪恋与向往过去与雅克的肉体关系；另一方面，理智与道德以及对丈夫的感情则使她对自己身上的本能深感厌恶、痛恨。巴黎繁华的生活既没有缓解这一对夫妇的苦恼，也没有使他们得以自我麻醉，他们只得又回外省老家，但在离开巴黎之前，玛德莱娜不自觉地来到雅克的寓所，又不由自主地委身于她过去的情夫，事后，她羞惭异常，产生了轻生的念头。回到老家，她听说生病的女儿刚刚去世，耻辱与悔恨交加，她饮毒自尽，饮毒之前，丈夫全力制止，她只好告诉丈夫她与雅克又发生了关系，在这可怕的打击下，吉约姆松开了他死命制止的手，自己也完全精神失常了，而一直以变态与迷信的心理妒恨着这一对夫妻之间爱情的老女仆日内维叶芙，则像命运之神一样在旁监视这悲惨的一幕。

《玛德莱娜·费拉》从多方面的意义来说，都是《戴蕾斯·拉甘》的姊妹篇，彼此异曲同工。在格局上，它的主要人物也是四个，除了夫妻与情夫的三角关系外，也有这关系外的一个敌对性的人物、监视性的角色，在《戴蕾斯·拉甘》中是拉甘太太，在这里则是老女仆；在构思上，它也是表现道德上的污点与过失所引起的心理变态，以分析与描绘这种痛苦的心理状态为作品的主要内容，并且最后也是以男女主人公的惨剧为结局；在思想内容上，它也是对人的生理性因素如何成为人的行为与心理活动的基础的一种探讨，或者也是以生理学分析为基础的对婚姻、爱情、两性关系以及与此有关的心理状态的一种研究。

《玛德莱娜·费拉》的全部形象描绘，归结起来就是灵与肉的激烈冲突。这种冲突有两个层次：一个层次是吉约姆与玛德莱娜之间的矛盾与冲突，再一个层次则是玛德莱娜自己身上两种力量的矛盾与冲突。吉约姆是一个善良、温柔、充满道德感与宗教感的人物，是左拉心目中一种"灵"的体现，他从小就没有得到人间的温暖，因而特别重感情，特别珍视纯洁的友谊与爱情，他怀着最大的柔情爱着自己的妻子，也怀着最大的赤诚爱着他的朋友雅克，正因为他自己的感情是纯洁的，加上他从小在宗教的狂热中又培养了一种类似洁癖的道德感和某种宗教神秘主义的情操，所以，他不能忍受人与人关系中、特别是他与最亲近的人的关系中存在任何污秽的东西，而玛德莱娜固然也深深爱自己的丈夫，但她身上毕竟存在着过去的肉欲的过失，特别还继续潜伏着对过去情夫不可抑制的情欲，这样，吉约姆与妻子之间必然出现不可调和的灵与肉的矛盾，这种矛盾尚未充分激化时，已经就把他们的家庭生活扰得一团糟，而当这个矛盾发展到顶点，即妻子又重新委身于情夫的时候，他们的家庭和他们个人都必然以毁灭而告终。

在玛德莱娜自身之中，灵与肉的冲突表现得更为尖锐激烈。这两种冲突的力量各自的根源何在？不论是对"灵"还是对"肉"，左拉都竭力从生理条件中去加以探究。在他笔下，玛德莱娜从母系继承了软弱、敏感、温柔的性格，从父系又得到正直而严肃的特性，加上日内维叶芙所施加的宗教道德压力，就构成了她身上"灵"的一方面，这表现在她感情上真挚地爱自己的丈夫，竭力要保持家庭的纯洁与安宁，对自己肉欲的过失感到苦恼与羞耻，与此同时，父系血统又使她具有粗放的气质、血气旺盛的体格和强烈的生理要求，这就构成了她的"肉"的方面，用日内维叶芙的话来说，她身体里藏着肉欲的"魔鬼"。左拉不仅从当时一般的生理遗传学的观点，来这样解释玛德莱娜身上的两个方面，而且在对这个人物进行分析的时候，还特别运用了吕卡思博士的浸透论的生理学观点，按照这种观点，少女一旦与第一个男人发生性关系，就永远被打上这个男子的烙印，不论到何处，体内都浸透有他的存在。在左拉笔下，玛德莱娜就是如此，因而，她就根本无法摆脱第一次与雅克肉体结合所产生的那种生理的命定性，不仅如此，而且她后来与吉约姆所生的女儿，竟也由于她不能摆脱雅克在自己肉体上打下的烙印，而在相貌上酷似雅克。左拉这种描写，对于他的自然主义创作方法来说，无疑是典型的一例，但也暴露出这样一个事实：以一种似是而非的自然科学理论、生理学观点为绝对指导进行文学描绘，难免就会流于神秘主义。

不过，左拉在这部小说里，比在《戴蕾斯·拉甘》中，较多地增加了精神与道德的比重，玛德莱娜不像戴蕾斯那样几乎完全是生理要求的奴隶，而是一个具有理智与情操的妇女，她不像戴蕾斯那样放任自己的肉欲本能，而是竭力加以控制、不断加以谴责，因而，在她身上，灵与肉的斗争总是处于一种反复较量的状态；而往往又以道德精神的力量占优势，即使肉欲也能得势于一时，但不久又遭到主人公自己的清算，其社会后果也完全不像在戴蕾斯与洛朗身上那样骇人听闻。在这些描绘中，左拉无疑比在《戴蕾斯·拉甘》中表现出了更为强烈的道德感。

这种强烈的道德感还表现在左拉对资产阶级淫乱的婚姻家庭关系的揭露上。在小说里，他特意安排了德·李厄这一对夫妇，他们的婚姻正是整个阶级婚姻的一个缩影：徐娘半老的李厄夫人过着放荡的生活，专门找少年男子满足自己的情欲，情夫们公开在她家出入，享乐活动甚至就在先生的跟前进行。李厄先生眼看着这一切，容忍着这一切，同时又怀着阴暗的仇恨心理准备着冷酷的报复，到了临终的时候，他立下了遗嘱，把遗产交给了妻子与其中一个凶狠的、仅仅为了贪财而卖身的情夫，规定他们必须正式结为夫妻，这样就可能把年龄悬殊得无异于母与子的一对男女永远捆在一起，让他们在牢固的婚姻关系中互相折磨、永远得不到解脱。在这里，左拉对资产阶级丑恶家庭关系的揭露无疑是非常深刻的，这种揭露与他对玛德莱娜与吉约姆夫妇的同情恰成对照，从这里也可以看出，左拉要把玛德莱娜的经历写成一个真正意义上的人性悲剧，而不是写成一个上流社会奸情故事的意图。

左拉从 1871 年投入他规模巨大的《卢贡－马卡尔家族》的创作，是为他创作的中期，在这个时期，他也不时写作一些中短篇小说，这些作品大都成于 19 世纪 80 年代，个别成于 19 世纪 70 年代。其中重要的有：《娜薏·米枯伦》（1880）写一个农村少女痴情爱上了东家少爷，被玩弄后遭到抛弃，对资产者的卑劣与自私有含愠的鞭挞；《磨坊之役》（1880）以普法战争为题材，描写一家平民在磨坊里的英勇抗敌，充满了高昂的爱国主义精神；《南达》（1880）通过主人公冒名顶替、为已怀孕的贵族小姐遮丑、充当她名义上的丈夫的故事，揭露上流社会婚姻关系的肮脏；《内热翁夫人》（1884）是一个青年人的自述，从他追求一个达官的夫人的经历中，可以看到巴黎与外省的政界里政治交易与淫乱的裙带关系如何交织在一起；《夏布尔先生的贝壳》（1884）以揶揄的笔调写出，是对资产者辛辣的讽刺，上了年纪的富商苦于无嗣，指望服用贝壳肉奏效，结果是一个漂亮的青年人为他代劳，使他的妻子生出了一个男孩；《雅克·达穆尔》（1884）是一个反映重大历史社会悲剧的故事，主人公的儿子在巴黎公社时英勇牺牲，他自己也因参加过斗争而在公社失败后被流放，流放归来后，妻子已经改嫁，女儿也变为了一个妓女，他过了一段衣食无着的流浪生活之后，只得依靠女儿过活。

左拉的这些中短篇小说，完全属于传统的现实主义的风格，描绘真实生动，叙述轻巧自如，故事引人入胜，人物形象鲜明，显示出作者圆熟的艺术技巧，足以与巴尔扎克某些中短篇小说媲美，如《磨坊之役》不论就思想内容还是就艺术水平而言，都不愧为法国文学史上的名篇。

四、宏伟的巨著《卢贡-马卡尔家族》

《卢贡-马卡尔家族》的产生

左拉 1868 年开始钻研当代生理学新成就以后，就逐步形成了要写一系列有内在联系的小说以表现"第二帝政时代一个家族之自然史与社会史"的创作计划。要把若干部小说联成一个整体，在这一点上，左拉显然是要效法巴尔扎克的《人间喜剧》，不过，巴尔扎克是在已经写出了他大部分小说以后才产生把所有小说联成一体的意图，因此，他只可能采取让一些人物在不同作品里穿插出现，即"人物再现"的办法来实现这种意图，左拉则是在着手写作之前就有整体计划，而他要用来实现这一整体计划的内在联系，就是一个家族的血缘关系，和文学史上其他家族史小说的构思大不一样，他又在实验医学的影响下设想这一血缘关系中最基本的东西是一种生理遗传的因素。

左拉家族史小说的第一部《卢贡家的发迹》，创作于 1868 年冬至 1869 年春，但早在 1868 年之内，左拉基本上就已经拟定了他的家族史小说的大致规模与初步的世系表，根据左拉第一部家族史小说交稿以前向出版家拉克鲁瓦提供的规划，《卢贡-马卡尔家族》由 10 部小说组成，"这些小说各自独立，形成一些各不相同的、各自完整的故事，每个故事都有自己的结局，不过，它们又被一条强有力的线索联结在一起，这强有力的线索把它们联成一个单一的巨大的总体"[1]。关于整个家族史小说的创作意图，左拉当时就已指出：小说是"建立在生理学研究和社会研究这两种研究之上"，前一项研究是"从遗传问题里去寻求'同一个父亲的子女'那些相似或相反的气质的缘由"，即"从人类最内在的基因里去研究人类"；后一项研究，则是要通过这个家族分散在社会各阶层的各个成员的活动，去"描绘一个整个的时代"，即第二帝国的整个时代。在这一方面，左拉宣称："我要做巴尔扎克曾对路易·菲利普朝代所做过的那种工作。"至于所计划要写的 10 部小说的大致内容，左拉在当时也都已经拟出。

《卢贡－马卡尔家族》的第一部小说《卢贡家的发迹》完成后，于 1870 年 6 月开始在《世纪报》上连载，三个星期后，普法战争爆发，连载中止。左拉继续进行整个家族史小说的构思与写作，普法战争期间，他又向埃德蒙·德·龚古尔说明了他宏大的创作计划：要在一整部连续小说里，写一个家族的自然史与社会史，"陈列出这个家族不同成员的各种气质、性格、罪恶以及德行等等，表现它们受环境的影响而发展，正像一个花园的各个部分互有区别，这里有阴影，那里有阳光"[2]，他要求自己的描绘尽可能地完整、全面、无所不包，以至"在这些卷册之后，再也没有余地留给后进的作家，再也没有什么可写的了，再也没有什么可构思的了，再也没有一个人物可塑造的了"[3]。

1871 年，《卢贡家的发迹》正式出版。左拉在卷首写了整个家族史小说的总序，正式公布了他写作的计划与意图："我想解释一个家族—小群人如何在社会里安身立命，这个家族在发展之中产生了一二十个成员，乍看之下，他们好像是极不相似，但一经分析，却显

---

[1] 左拉：《提交给出版商阿·拉克鲁瓦的写作计划》，见《卢贡家的发迹》附录第357页，法朗斯瓦·贝尔诺阿尔全集版。

[2] 龚古尔兄弟：《龚古尔日记》，第九卷，第24页，法斯盖尔与佛拉玛里翁版，1956年。

[3] 同上，第九卷，第24页。

露出他们深深地互相关联，遗传有它的规律，就像地心吸力有其规律一样"①，他给自己的大型小说明确规定了"解决气质与环境的双重问题"②的任务，他一方面要表现出，"在生理方面，这个家族所有的成员全都是某些神经血缘的变态慢性发作的受害者，这些神经与血缘的变态，是在机体第一次被损害之后陆续发生在这一个家族之中"③；另一方面，又要表现出"这些神经与血缘的变态，随着环境的不同，决定了这个家族各个不同人物身上有种种不同的情感、愿望、情欲以及一切自然的、本能的人性的表现"④。作为社会史，他要求小说"成为一个已经死亡了的朝代的写照，一个充满了疯狂与耻辱的奇特时代的写照"⑤，时间从 1851 年拿破仑三世发动政变，到 1871 年普法战争结束、第三帝国崩溃为止。

第一部家族史小说出版后，左拉按照预订的计划与家族世系的设想继续进行工作，但他据以工作的、拟定于 1868 年的马卡尔家族世系表，却迟至 1878 年才公之于世。这时，左拉已完成了七部家族史小说，第八部《爱的一页》也已在《公益报》上连载，为了回答某些读者对他的"缺乏组织、缺乏总体结构"⑥的非难，他在《公益报》上将他的家族世系表第一次公之于世。这个世系表与后来 1893 年发表的那个画成树枝状的世系图不同，完全是一个严格意义上的表格，按五代人的辈分分为五个层次，标出上下代的血缘关系，每一层次列出每一代的成员，每个成员均附有姓名、出生年代、主要经历、遗传性、潜伏病因以及在心理上和在生理上造成的后果等等的说明，在这张图表里，不仅包括左拉已发表的八部作品里的人物，从《卢贡家的

---

① 左拉：《〈卢贡－马卡尔家族〉总序》，《卢贡家的发迹》第 7～9 页，法朗斯瓦·贝尔诺阿尔全集版。

② 同上。

③ 同上。

④ 同上。

⑤ 同上。

⑥ 左拉：《致公益报主编的信》，见《卢贡家的发迹》附录第 352 页。

发迹》中的皮埃尔·卢贡到《小酒店》中的绮尔维丝，而且，还有一些将在他后来的小说里出现的家族成员，直到归结全部家族史小说的巴斯加医师。

尽管总体计划与结构以及世系表早在 1868 年就已拟定，但在漫长的创作过程中，特别是在 1878 年以后，却不可避免地有了一些修改与变化。首先，家族史小说的规模扩大了，由原拟定的 10 部增为 12 部、15 部，最后增为 20 部，这 20 部小说的计划，经过了 23 年的辛勤劳动，终于得以完成，它们是：《卢贡家的发迹》《贪欲的角逐》《巴黎之腹》《普拉桑之征服》《教士穆雷的过错》《卢贡大人》《小酒店》《爱的一页》《娜娜》《家常事》《妇女乐园》《生之欢乐》《萌芽》《作品》《土地》《梦》《人兽》《金钱》《溃败》《巴斯加医师》。

其次，家族的世系也相应有了扩大，在 1878 年公布的世系表的基础上，特别扩大了家族的两大成分之一马卡尔这一分支。因此，当 1893 年左拉完成家族史小说的最后一卷《巴斯加医师》时，他让主人公作为卢贡－马卡尔这个家族发展过程的总结者，这个医师"20 多年以来，一直关注着这个家族的发展，他登记哪些人出生、哪些人死去、哪些人结婚，以及家族里发生了什么重要的事件，按照他的遗传学理论，以简明的记录将种种情况分门别类，他有一张很大的旧得发黄的纸……上面用粗重的线条画有一株象征性的树，树的主干伸展，枝丫铺张，上面排列五行大树叶，每一片树叶上写着一个姓名，用细小的字注出该成员的小史与遗传状况"[1]。巴斯加医师这一树状的世系图，印在这部作品的卷首，实际上就是左拉最后的世系图的定稿，是他已完成的 20 部家族史小说中人物关系的脉络。

---

[1] 左拉：《巴斯加医师》第 105 页，法朗斯瓦·贝尔诺阿尔全集版。

《卢贡－马卡尔家族》的人物世系

根据左拉最后定稿的卢贡－马卡尔家族世系图，可以看出，分布在 20 部家族史小说中的卢贡－马卡尔家族的成员共分五代计 32 人。

第一代祖宗为阿黛拉依德·福格（1768～1873）人称"狄德大姨"，1786 年嫁给温静但鲁钝的园丁卢贡，1787 年生一子，1788 年丧夫，1789 年与酗酒、精神不正常的马卡尔姘居，当年生一子，1791 年又生一女，1851 年精神失常，进入疯人院，一直活到 105 岁。

第二代 3 人。一、皮埃尔·卢贡（1787～1870），阿黛拉依德与园丁卢贡所生之子，继承了父母的常态，是一个正常的人，当过油商与税务特派员，1810 年与一健康聪明的女子结婚，有子女 5 人。二、安图瓦·马卡尔（1789～1873），阿黛拉依德与马卡尔所生之子，当过兵，后以编柳条筐为生，与一菜市女贩若瑟芬·加沃丹结婚，共有三个子女，在他身上，父性遗传占优势，本人是酒精中毒者，后因醉后自燃而亡。三、于尔絮·马卡尔（1791～1840），阿黛拉依德与马卡尔所生之女，1810 年与身心健康的制帽工人穆雷结婚，有三个儿女。

第三代 11 人。一、欧仁·卢贡（1811～？），皮埃尔·卢贡之长子，母亲性格的遗传占优势，曾任第二帝国的大臣。二、巴斯加·卢贡（1813～1873），皮埃尔·卢贡之次子，医生，与他的侄女克洛蒂德·卢贡结合，有一遗腹子。三、阿里斯第德·卢贡（1815～？），皮埃尔·卢贡之幼子，后改姓萨加尔，起初是小职员，后成为巴黎的大银行家，第一次婚姻得一子一女，后又曾奸污一女工，有一私生子。在他身上，父性遗传在性格上占优势，母性遗传在相貌上占优势，属熔接性的混血类型。四、西多妮·卢贡（1818～？），皮埃尔·卢贡之长女，曾嫁给一个法律助理为妻，丧夫后，与一不知名的男子有奸而生有一私生女，寄养于育婴堂，本人曾当过女经纪人、掮客等，后成为一个刻苦的修道者。五、玛尔特·卢贡（1820～

1864），皮埃尔·卢贡之幼女，与表兄弗朗索瓦·穆雷结婚后有子女三人，由于隔代遗传，性格、面貌与第一代祖宗阿黛拉依德·福格相似，后患歇斯底里症而死。六、莉沙·马卡尔（1827～1863），安图瓦·马卡尔之长女，嫁与身心健康的格尼为妻，生有一女，本人为猪肉商，菜市场里的大女店主。七、绮尔维丝·马卡尔（1828～1869），安图瓦·马卡尔之幼女，先与二流子郎第耶姘居，生三子，被郎第耶抛弃后，与出身酒精中毒的家庭的工人古波结婚，生一女，本人在巴黎先当洗衣工、洗衣店主，后酗酒，潦倒而死。八、约翰·马卡尔（1831～？），安图瓦·马卡尔之幼子，当过工人，务过农，后又应征入伍，结过两次婚，本人性格是父母两方面遗传的混合，没有病态。九、弗朗索瓦·穆雷（1817～1864），于尔絮·马卡尔之长子，与表妹玛尔特·卢贡结婚，有子女三人，由于隔代遗传，后发狂死于火灾。十、海伦·穆雷（1824～？），于尔絮·马卡尔之女，第一次婚姻生有女儿一人，第二次婚姻，无出，本人身心健康。十一、西韦尔·穆雷（1834～1851），于尔絮·马卡尔之次子，母性遗传占优势，在1851年政变中被打死。

　　第四代13人。一、马克西姆·卢贡（1840～1873），阿里斯第德·卢贡之长子，随父改姓萨加尔，靠家庭过活的寄生者，与一父母皆为酒精中毒的女仆姘合而有一子，本人死于机能失调症。二、克洛蒂德·卢贡（1847～？），阿里斯第德·卢贡之女，随父改姓萨加尔，母性遗传占优势，性格、相貌像自己的外祖父，与其叔巴斯加结合而有一子。三、维克多·卢贡（1853～？），阿里斯第德·卢贡之私生子，少年流浪者。四、昂杰莉克·卢贡（1851～1869），西多妮·卢贡之私生女，因寄养在育婴堂，故另名昂杰莉克·玛丽，一结婚就死于一种不知名的怪病。五、奥克塔夫·穆雷（1840～？），弗朗索瓦·穆雷之长子，因隔代遗传，未像其父那样有精神变态，巴黎大百货商店的创始人。六、塞尔热·穆雷（1841～？），弗朗索瓦·穆雷之次子，教士，本堂神甫，由于父母两方面的病态遗传而成为一个神经不正常的神秘主义者。七、戴西雷·穆雷（1844～？），弗朗索瓦·穆雷之女，由于母亲病态遗传而为痴呆型神经病患者。八、冉莉·格朗让（1842～1855），海伦·穆雷与前夫格朗让所生之女，由于隔两代遗传，心性相貌均与老祖宗狄德大姨相似，死于神经病。九、波莉娜·格尼（1853～？），莉沙·马卡尔之女，身心健康，未婚。十、克洛德·郎第耶（1842～1870），绮尔维丝的长子，祖先的神经病遗传在他身上转化为一种特别的艺术才能，画家，有一子，后自杀而死。十一、雅克·郎第耶（1844～1870），绮尔维丝的次子，铁路工人，酒精中毒的遗传在他身上变为嗜杀狂症，死于火车事故中。十二、艾蒂安·郎第耶（1846～？），绮尔维丝的幼子，矿工，因参加工人斗争被流放，有轻微的嗜杀狂症。十三、安娜·古波，即娜娜，绮尔维丝与古波所生之女，酒精中毒的遗传在她身上转变为肉欲的旺盛。

第五代4人。一、查理·卢贡（1857～1873），马克西姆·卢贡之子，由于超隔代遗传而与其祖狄德大姨相像，死于鼻孔血崩。二、雅克－路易·郎第耶（1860～1869），克洛德·郎第耶之子，9岁病死。三、路易·古波（1867～1870），又名小路易，娜娜之私生子，三岁死于天花。四、未知名的孩子，巴斯加·卢贡的遗腹子，在家族史小说里尚未诞生。

在这五代人之中，第三与第四两代，是左拉家族史小说的主体，这两代很多成员都是不同长篇小说的主人公或重要人物，如欧仁·卢贡在《卢贡大人》中，巴斯加·卢贡在《巴斯加医师》中，阿里斯第德·卢贡在《金钱》中，莉沙·马卡尔在《巴黎之腹》中，绮尔维丝·马卡尔在《小酒店》中，约翰·马卡尔在《土地》与《溃败》中，昂杰莉克·卢贡在《梦》中，奥克塔夫·穆雷在《妇女乐园》中，塞尔热·穆雷在《教士穆雷的过错》中，克洛德·郎第耶在《作品》中，雅克·郎第耶在《人兽》中，艾蒂安·郎第耶在《萌芽》中，安娜·古波在《娜娜》中。

左拉不止一次强调他的《卢贡－马卡尔家族》的自然史的一面，他在创作札记中就给自己规定了家族史小说两大要素的第一要素就是"纯粹的人的要素"，是"对于一个家族按照它的世系与命定性之科学研究"。因此，他在创作家族史小说以前已拟出的家族世系表就不仅是把 20 部长篇联成一体的手段，而且也具有了实质性的思想意义。

左拉企图使他的家族史小说具有自然史的性质而赋予它的第一个思想意义，就是要表现出一个家族的遗传规律。左拉对于家族遗传的知识，几乎完全来自吕卡医生 1847 年出版的《自然遗传论》一书，他从这部著作中采用了一些由于先天遗传而造成的生理病例或精神病例，把它们用在自己构思的家族世系中，并且在总结性的《巴斯加医师》中，借这个人物之口说明了他从吕卡医生的论著里所得知的"遗传学规律"，这些规律不外是，祖宗的病态必然遗传到后代，遗传中的直接遗传有"熔接性的"、"散布性的"、"混合性的"、"平衡性的"，遗传中还有间接遗传与反复遗传，种种不同的遗传又随环境的不同而有所不同。因此，就出现了千变万化的情况，既有后代继承了前代的特点与病态的，也有前代的特点与病态在后代的身上隐伏的，还有父系与母系不同的特点化合成新的特点的，等等。这就是左拉企图在他的家族世系图中表现的规律。应该指出，吕卡医生的《自然遗传论》中所总结的遗传规律，本身就带有形而上学的性质，而左拉根据它来构设自己的世系表时，又添加了臆断与臆造的成分，在这一个人身上有先天遗传，在那一个人身上先天性遗传又退隐消失，在这一个人身上先天性遗传原封不动地重复，在那一个人身上先天性遗传又化合转变为另一种病态，凡此种种，都不过是左拉本人的随意安排，缺乏真正的科学根据。而且，文学作品不是医学，不是遗传学的图解，即使卢贡家族世系图具有高度的科学性，但如果作者所致力探讨与表现的只是蔓延于一个家族的遗传的病态，那么，小说将是无法卒读的。因此，左拉首先规定自己的小说要表现自然遗传的规律，正好是他在创作意图上的一种偏颇，这种偏颇无助于他创作出具有重大意义的文学作品，事实上，他二十卷家族史小说的价值也不是来自这种创作思想，恰巧相反，这种对于医学的、遗传学理论的迷信，倒给《卢贡－马卡尔家族》带来了不可忽视的缺陷。

左拉企图使他的家族史小说具有自然史性质而赋予它的第二个意义，就是要说明"一个投身于近代社会之中的家族的野心与贪欲，它做了超人的努力，然而，由于它本身的天性与遗传的影响，终归达不到目的，刚一接近成功就又堕落下去"[①]，或者说明："这个家族如同一种物质自行消亡一样自行燃烧殆尽，它差不多是在一个世纪之内就把自己消耗完了，因为它实在是生活得太急速了"[②]。毫无疑问，一个家族在社会现实中的野心与贪欲，这已经不是自然史的范围，然而，当左拉企图把这种野心与贪欲以及它的破灭失败归之于家族的自然属性与天性的时候，他又回到了迷信先天遗传与自然属性的立场上。

总之，左拉以家族世系作为一种联系手段把不同的小说联成一体，这是一种开创性的总体构思，在文学史上开了家族史小说的先河，而他把遗传的世系关系当作家族史小说所探讨的自然史的课题，显然有损家族史小说的社会意义与思想价值。

《卢贡－马卡尔家族》的社会历史内容

尽管一方面左拉曾经宣称自己的作品"更富于科学性，不是更富有社会性"而与《人间喜剧》有所不同，也曾宣称自己"最大的任务

---

① 左拉：《关于作品性质的一般札记》，见《卢贡家的发迹》附录第353页，法朗斯瓦·贝尔诺阿尔全集版。

② 同上。

是当一个纯粹的自然科学家、纯粹的生理学家"①而与巴尔扎克不同，但另一方面，他基本上并没有脱离巴尔扎克式的创作道路，即当自己时代历史的书记。他在《卢贡－马卡尔家族》中，自觉地运用了这样一种办法：让卢贡－马卡尔家族的成员"分布到社会所有一切阶级里"，来"写出第二帝国的全部历史"②，这样，他的家族史小说作为"社会史"的性质实际上就大大超过了它作为"自然史"的性质，早在家族史小说的第一部完成后，左拉自己就不无自信地宣称："一位新的巴尔扎克刚刚出现"，"他与巴尔扎克是同样强而有力"③。

　　显然是效法巴尔扎克把自己的小说分为当代社会生活各方面的场景的做法，左拉一开始就计划以 10 部小说分别描写第二帝国时代的投机事业、官场与政界、宗教生活、军界、工人、文艺界、司法界、社交界等等，只不过，最后完成的家族史小说的规模，又大大超过了原订计划，这 20 部长篇小说分门别类，除个别作品（如《生之欢乐》）限于纯生理与纯心理的描写外，其他作品都描写了当代社会生活几乎所有的领域、所有的方面、所有的阶层，而且，每部小说专一地描写一个方面，就其专门化的程度，比《人间喜剧》有过之而无不及。这些小说的题材与主要的描写方面是：《卢贡家的发迹》，拿破仑三世"十二月政变"的历史；《贪欲的角逐》，地产投机买卖与巴黎的市政内幕；《巴黎之腹》，巴黎菜市场与市场里的资产者；《普拉桑之征服》，外省的政治生活；《教士穆雷的过错》，宗教生活与教会人物，《卢贡大人》，第二帝国时期的上层政治与政界；《小酒店》，巴黎手工业工人的生活与酗酒的社会问题；《爱的一页》，巴黎市民小人物的生活与家庭问题、感情纠葛；《娜娜》，巴黎上层社会的社交生活与妓女阶层；《家常事》，巴黎资产阶级的日常生活与道德状况；《妇

----

① 左拉：《我与巴尔扎克的不同》，《卢贡家的发迹》附录第 357 页，法朗斯瓦·贝尔诺阿尔全集版。
② 左拉：《〈卢贡家的发迹〉的广告》，见《卢贡家的发迹》附录第 378 页。
③ 同上。

女乐园》，巴黎的百货公司与资本主义商业；《萌芽》，矿区工人的生活与工人运动；《作品》，艺术家与艺术界；《土地》，法国农村与农民生活；《梦》，贫寒孤女的爱情追求与不幸；《人兽》，铁道部门与铁路工人；《金钱》，金融投机与交易所；《溃败》，普法战争与第三帝国的崩溃；《巴斯加医师》，医学界人物与生理学、遗传学的新发展。

作为"第二帝国时期的社会史"，《卢贡－马卡尔家族》几乎以编年史式的详尽程度，呈现了这个时期历史发展的轮廓，反映了这个时期一系列重大的历史事件，正如左拉在家族史小说1871年总序中所预告的，全书将写"从'政变'的阴谋窃取直到色当的投降"的历史那样，他的家族史小说的第一部《卢贡家的发迹》，是以路易·波拿巴1851年十二月政变为内容，通过共和派在外省的起义与被镇压的故事，表现了这一历史关键时刻两种阶级政治力量激烈的搏斗，而家族史小说末尾的第19部作品《溃败》，则描写了1871年的普法战争、法军投降以及巴黎公社一系列历史事件。家族史小说的首尾两部作品正好是第二帝国的开端与终结，而20年的第二帝国时期的历史过程，又全部呈现在20部家族史小说里，其间，拿破仑三世在欧洲与拉丁美洲的政治赌博与军事冒险，如1863年去墨西哥的远征、苏伊士运河工程上与美国的矛盾、干预意大利战争、与中东复杂局势的纠葛、1859年对奥作战、1863年的丹麦事件、1866年插手普奥战争等，还有其他一系列重大历史事件与社会变迁如1864年国际工人协会的成立及其在法国的活动、1867年巴黎的世界博览会、19世纪五六十年代巴黎市政的扩充与改建等等，都在《卢贡－马卡尔家族》的《卢贡大人》《萌芽》《金钱》《贪欲的角逐》《小酒店》等作品中有所反映。有些历史事件是作为小说的环境与背景，与故事的发展、人物的活动融合在一起，有些历史事件则是作品直接表现的对象与内容，本身就构成了作品中重要的形象描绘，所有这些不仅使整个《卢贡－马卡尔家族》具有一种严格的历史框架，而且使它全部的形象图景都具有高度真实的历史感。

虽然《卢贡－马卡尔家族》的故事发展与人物活动，严格局限于 1851 年至 1871 年第二帝国时期的 20 年里，但这一巨著的写作却是在 1871 年至 1893 年的第三共和国期间。因此，家族史小说中所反映的内容也包括了 19 世纪最后近 30 年的社会现实，这样，《卢贡－马卡尔家族》实际上就成为从 19 世纪 50 年代初到 19 世纪 90 年代初的法国的"社会史"，作为这样一个历史阶段的社会史，《卢贡－马卡尔家族》无疑具有极为丰富的内容，这种丰富性特别明显地表现在它广阔的生活场景与千殊万类的人物描写上。

为了以科学的方法写出作为社会史的家族史小说，也为了使自己的家族史小说真正达到社会史所应具有的全面完备的程度，左拉力求在家族史小说里，写出自己时代社会里各个领域、各种性质、各种情势、各种色调的生活场景。在这里，19 世纪下半期法国社会生活种种情景都应有尽有：外省共和派起义军与波拿巴反动派面对面的斗争场面、巴黎的官场、政界人物的勾结与交易、王公贵族府第中的豪华与奢侈、资产阶级公寓里的糜烂与犯罪、破落贵族寒酸的生活、巴黎上流社会的疯狂与淫逸、娼妓社会的真相、巴黎贫民窟中的贫穷与悲惨、手工业工人的日常生活、醉汉与妓女流落的巴黎街头、交易所里投机的狂热、商业区的繁华与百货公司里令人眼花缭乱的丰富、食品供应的增长与菜市场的熙攘、铁路运输的情况、工业领域里生活与劳动的景象、劳资冲突的激化、工人与资方的谈判、罢工的怒潮，农民日常的生活与劳动、地主庄园里的安乐与舒适、法律事务所里的纠纷、银行巨头的会议、普法战争中可耻的溃败、巴黎公社革命群众愤怒的场面……所有这些，构成了一个历史时期无所不包的社会现实生活图景。和 19 世纪一些以描写社会现实为己任的作家作品相比。左拉的《卢贡－马卡尔家族》显然已经远远走出了贵族资产阶级府第与沙龙，而展示了更为广阔的社会生活面，在社会生活场景的广阔性与丰富性上，比巴尔扎克的《人间喜剧》有过之而无不及。

在生活图景的制作上，左拉的自然主义创作论特别重视实录性的细节，而且要求具有资料式的详尽、摄影式的准确与真切。为此，左拉每描写一种生活场景，不仅要阅读大量有关这种生活的书籍与资料，而且还要进行详细的实地考察。为了写《巴黎之腹》，他在不同的季节和每天不同的时刻都到巴黎大菜市进行观察，甚至有时整夜待在那里，看蔬菜、鱼肉食品如何进货；为了《教士穆雷的过错》，他到教堂参加礼拜，体验生活，还钻研关于宗教仪式的书籍，参阅植物学的论著以及植物图谱；为了写《小酒店》，他经常到小酒店和下等餐馆去厮混，而且调查了巴黎各种个体劳动者如泥瓦匠、铁钉工人、洗衣女工的劳动情况；为了写《娜娜》，他收集了一些狎妓的事例，找流氓了解情况，与高等妓女一同就餐，到游艺场与跑马场去进行实地观察；为了写《妇女乐园》，他调查了不止一家百货公司的历史，了解出售时兴商品的商店的利润与工资情况以及店员的习惯，在大倾销的日子，到店里去观看大批妇女顾客讨价还价，而为了把"妇女乐园"这个大公司的建筑描写得更真实，他还走访了著名的建筑师以了解大公司房屋的构造与管理办法；为了写《萌芽》，他跑遍了整个矿区，和矿工们住在一起；为了写《土地》，他专程到农村去进行深入的采访；为了写《人兽》，他一一参观了车站、隧道、机车库，从巴黎到南特的沿线上、在火车驾驶台上进行实地观察，还找铁路工人与工程师谈话；为了写《金钱》，他详细地调查了巴黎交易所；为了写《溃败》，他沿着麦克－马洪元帅的军队走过的路线进行考察。正因为左拉对所描写的现实生活做了具体的实地调查，掌握了丰富的素材，所以他在 20 部家族史小说里制作的现实生活图景，得以达到了高度的真实与繁详的程度，准确、真切地再现了法国 19 世纪后半期的社会面貌，使家族史小说成为一部堪信的形象的社会史，其中拥有大量真实的、达到了社会科学意义的政治经济生活的细节，如第二帝国的外交政策与对外扩张的活动、银行的经营方式与投资真相、交易所的作用与业务、有关财产问题的法律条文与手续，城乡市场的物价与各阶层的生活水平、农业生产与农产品的供销状况、工业技术水平与厂矿的设备条件，等等，对于读者了解当时法国社会现实具有可贵的认识价值。

在人物形象的描写上，左拉即使是在要写一个家族的自然史时候，也特别强调社会环境、物质条件对人的影响，这样，他就可能写出社会的人、而不完全是自然的人，何况，左拉很懂得，要写出完整的社会史就必须写出各个领域、各种类型的人物，他有计划地将一个家族的成员分布到各个社会阶层，就是为了达到这个目的。这样做就使得他既能写出各个阶级、各个阶层有代表性的形象，构成自己时代的一个千殊万类、无所不有的人物画廊，又能表现出本时代人与人之间关系的状况。当然，在家族史小说里，人物远远不止卢贡－马卡尔家族的成员，这些成员分布到某一个阶层或某一个社会环境，就成为作者在其周围安排众多的形形色色人物的中心，因此，整个家族史的小说人物竟多达 1200 个。这里，有王公显贵，有资产者，有工人、农民，有小资产阶级，有新闻记者、演员、艺术家、医生、神父，有娼妓、流氓。显然这是为了达到历史科学资料式的完备，左拉对各阶级各阶层的各种类型的人物，都要求一一写到。在资产阶级中，有工业资本家、商业资本家、老式的银行大王、暴发的金融投机家、靠利息过日子的食利者，等等；在商人中，有大公司的经理、大商店的店主、小杂货店的老板、小酒店的掌柜和零售小贩，等等；在农民中，有农村的流氓无产者、有拥有年金的富裕农民、有自耕农、有农场的雇工、有个体户的帮工，等等；在工人中，有各种个体劳动者如泥水匠、锌铁工、洗衣工、铁匠、木匠，有产业工人如机械工、洗煤工、运输工，等等；在工运的队伍里，有空想社会主义者、有无政府主义者、有经济主义者，也有受科学社会主义影响的工人活动家，等等；

在娼妓中，有与各种大人物睡觉的高级暗娼，有上流社会里的交际花，有兼营的舞女、歌女以及演员，有下等的流娼，等等。如此周全的人物描绘本身就构成了当代社会人物世界一幅完整的缩影。而且，左拉在进行人物描绘的时候，很注意表现出不同阶级阶层、不同类型的人物身上不同的社会属性、职业特点，使这些人物一一具有各自的社会真实性，同是商人，《巴黎之腹》中的女店主莉沙·马卡尔、《妇女乐园》中的大公司经理奥克塔夫·穆雷与《萌芽》中的杂货老板梅格拉，不论在商业规模、经营方式以及与顾客的关系上，各自相距甚远；同是工人，《小酒店》里的个体劳动者古波、《萌芽》中的产业工人马赫、《人兽》中的铁路工人雅克·郎第耶，各自在劳动条件、生活水平与精神状态上，都很不一样；同是大资产者，《金钱》中的甘德曼与萨加尔，在作用、地位、活动方式以及所代表的利益上，都互相截然对立。所有的人物都具有各自的、具体的社会真实性，因而整个家族史小说也就能丰富地真实地反映与表现出当代社会阶级关系的总和与时代社会的现实。《卢贡－马卡尔家族》作为"社会史"，不仅以其丰富的形象描写具有风俗画卷的价值，而且，由于其作者对自己的时代社会进行了认真的研究与严肃的思考，而表现出了一个时代的历史真实的本质，在全面反映了时代社会的基础上，突出地提出了一些巨大的社会问题，达到了真正历史学的意义。

首先，《卢贡－马卡尔家族》全面而深刻地表现了第二帝国反动腐朽的本质，这是它达到了真正历史学意义的第一个标志。

在法国资本主义发展史上，第二帝国时期无疑占有重要的地位，在这个时期里，法国在海外殖民与欧洲争霸中都取得了一些成功，社会生活中不乏繁荣热闹的景象，巴黎更是成为了一个"彩旗飞扬、歌声震天的世界大旅馆"（《金钱》），统治阶级"沉醉在拥有无穷尽的财产和统治一切的梦想之中"（同上），左拉透过社会生活的表象，看到了社会现实的本质，以他的家族史小说揭示出这是"一个充满疯狂与耻辱的奇特的时代"[1]。他的家族史小说从这个时代的开端一直写到这个时代的终结，他把 1851 年路易·波拿巴的政变与第二帝国的建立，当作一切罪恶活动的序幕，他在《卢贡家的发迹》中，从一个地区的角度，表现了这个罪恶的时代是如何揭幕的：卑劣的政变、共和党人的起义、两种力量的激烈斗争、反动派的残酷镇压与可怕的屠杀等，他还通过小资产者在十二月政变中助纣为虐而发迹的故事，表现出在第二帝国这 20 年中获得财富的资产者与社会上层，原来就是在政变中起家的卑劣之徒，是帝国所养育培植起来的一丛毒菌（《卢贡家的发迹》）。有了这些真实的描写，法国 19 世纪中期这一历史事变及其社会后果，才得以在文学中得到形象的记载。

家族史小说对第二帝国的本质有深度的揭示，主要是体现在对第二帝国统治阶级的政治社会生活与道德状况的描写上。在这些小说里，有的作品直接以上层政治圈子为描写对象，尖锐地揭露了高级统治阶层的黑幕，他们以权谋私，玩弄权术，制造阴谋，互相倾轧又互相勾结（《卢贡大人》）。有的作品则表现了一般官场里的鲜廉寡耻、官官相护、狼狈为奸、弄虚作假、营私舞弊（《贪欲的角逐》）。在家族史小说的不止一部作品中，都出现了一些有代表性的权势人物，如卢贡大臣、莫法伯爵、舒阿尔侯爵、德甘卜尔高等检察官等，这些都是朝廷的重臣、政界的要人，甚至有人还与皇帝有私交，左拉以讽刺揭露的笔法，剥掉了他们作为国家栋梁与社会中坚的种种假象，暴露出他们威严的仪表、高贵的气派、岸然的道貌之下是丑恶肮脏、卑劣无耻、淫邪下流、腐化糜烂的本质，左拉甚至把他暴露的笔法运用到如此严酷无情的程度，使这些高等人物都露出了无异于禽兽的原形，如像莫法伯爵这朝廷大臣竟然装一条狗在地上爬，让一个妓女不断吆喝鞭打（《娜娜》），高等检察官德甘卜尔和自己的情敌在两人共同占

---

[1] 左拉：《〈卢贡－马卡尔家族〉总序》，见《卢贡家的发迹》第 9 页，法朗斯瓦·贝尔诺阿尔全集版。

有的情妇的家里，竟像两头野兽一样，"鼻子对着鼻子，把獠牙露在外面互相狂吠"（《金钱》），通过对这些人物的描绘，左拉对第二帝国高级官僚阶层的处世行径、生活方式以及精神道德的真实状况，做了淋漓尽致地揭露。他还在不止一部作品里，直接写到了第二帝国的最高统治者，如像在《金钱》中，他告诉读者拿破仑三世和一个女人睡一夜就花费 10 万法郎，在《娜娜》中，他安排皇后出现在狂热的赛马场上，让一个妓女含沙射影对她进行辱骂，这些背景性的细节，虽然不是严格的史笔，但有力地暴露了拿破仑三世宫廷生活的内幕，把第二帝国统治者的腐朽载入了作为社会史的家族小说里。与此同时，《卢贡－马卡尔家族》还无情地揭露了作为第二帝国时期一个突出社会问题的上流社会普遍的腐化。如果说，在过去的写实主义文学中对资产阶级腐化生活的描写是屡见不鲜的话，那么，左拉作为一个时代的史家，在他的家族史小说里则表现出第二帝国时期资产阶级的享乐放荡在其疯狂性、普遍性、糜烂性上都达到了过去时代所未曾有过的程度。在《家常事》里，读者可以看到，资产阶级的宅第里种种可耻的"犯奸行为"，在这里，资产阶级的犯罪已经由有意识的谋划而发展成为无意识的本能，这是资产阶级在罪恶的泥坑里更进一步堕落的结果。在更多的作品里，婚姻与家庭生活的解体，已经成为资产阶级腐化的明显标志，到处都是丈夫、妻子与情夫的三人关系，如《娜娜》中的莫法伯爵夫妇与浮式瑞、米宁夫妇与银行家史坦那；《金钱》中的桑多尔夫男爵夫妇与德甘卜尔；《萌芽》中的煤矿公司经理埃纳博夫妇与其侄子内格尔。这种关系已经发展到肆无忌惮、抛弃了任何道德的外衣与家庭规范的地步，不仅为当事三方所容许承认，而且为上流社会正式认可，并在上流社会里成为一种公开的半合法的关系，这是第二帝国时期资产阶级本质特征的一种表现，并且构成了这个时期社会风俗史的一个特定的内容。

最后，《卢贡－马卡尔家族》在几乎写全了第二帝国时期统治阶级的丑恶之后，又以长篇小说《溃败》中严酷的画面，把普法战争中法军可耻的失败与第二帝国的崩溃这一历史事变形象地再现了出来，它无情地揭露了战争中拿破仑三世的愚妄与冒险、帝国政府的腐败、军队的涣散与混乱、将领的怯懦无能、地主资产阶级的卑劣与叛卖性行径，所有这些既是整个第二帝国时期的矛盾、弊端与腐朽的总暴露，又是直接导致战争失败与帝国崩溃的基本原因，小说中这些形象描写的内容，显然具有历史备忘录的性质。

因为左拉是在第二共和国时期追述第二帝国时期的历史，他的家族史小说自然也要反映出第二共和国时期的社会现实，而从家族史小说所描写的开端 1851 年到家族史小说最后写完的 1893 年，整整将近半个世纪，正是法国资本主义发展的新阶段，即现代资本主义的初期，左拉的家族史小说作为社会史的第二个重要的意义，就在于它真实地反映了这一时期的新特征，表现了这样一个历史阶段的新的社会现实。

19 世纪下半期社会生活中最明显的一个事实，是资本主义生产的巨大发展，左拉注意到了这一个事实，力求把它表现在自己的"社会史"里。在文学史上，从来没有一个作家像左拉这样对社会生产力表示很大的关注，并使它成为文学表现的一个重要内容，这是他首创性的贡献；在法国写实主义的作品里，也从来没有任何作品，包括《人间喜剧》这一全面真实反映了自己时代社会的杰作，像《卢贡－马卡尔家族》这样，使社会生产力问题成为其形象描绘的内容之一，其中不止一部作品，从某种意义上来说，本身就是以工业生产问题、农业生产问题为题材的。在这里，生产条件、生产技术、生产水平都得到了具体的表现，如《萌芽》中对于矿区生产的描写；社会生产中的重大问题、重大矛盾以及重大发展，也被引人注意地提了出来，如《土地》中工业、外贸与农业危机的矛盾，小农经济与资本主义农场的对立，新技术的推广与习惯势力的冲突，等等。这些作品在表现了新的生产水平、巨大的生产规模、不断发展的生产技术以及空前未有的社会物质力量的时候，又表现了这种蓬勃发展着的资本主义生产所具有的更大规模地压迫人、榨取人、吞食人的性质，而所有这些描绘又是与故事的进展、人物的命运水乳交融地结合在一起，成为作品形象内容的有机组成部分。

19 世纪下半期法国资本主义发展中的一个新的特点是生产的集中与垄断组织的出现，对这种重大的社会经济生活有直接描写和全面反映的，在法国文学中唯有《卢贡－马卡尔家族》，家族史小说中的长篇《巴黎之腹》与《妇女乐园》，就是以这种经济现象为题材的，其描写的专门化与集中的程度，清楚地说明了作者是自觉地要表现出这一经济生活进程的全部复杂内容与各个方面。在左拉的笔下，这种垄断组织出现的过程，也就是吞并与大鱼吃小鱼的过程，在《萌芽》中，左拉就有意识地安排了大矿业主如何利用罢工与生产危机，吃掉小矿主的细节，而在《妇女乐园》里，则把这种过程表现得更具体。在这里，垄断性的大商业公司的兴起与发展，正是建立在一批专业化的小商店的倒闭与破产的基础上的，左拉描写了代表着小资本与老式宗法制商业的个体小店主、个体户对大商业资本徒劳无益的抗争，最后，他们都不以人的意志为转移而成了牺牲品。左拉以一个"社会史家"的冷静态度，在写出了这种由于资本主义的必然规律而发生的资本集中过程中的种种悲剧的同时，又以丰富充实的形象描绘表现出了大资本与垄断性大企业新的特点与经营方式以及它所拥有的雄厚的物质力量。《妇女乐园》穆雷的大百货公司与《巴黎之腹》中的巴黎大菜场，就是家族史小说中大资本、大企业的代表与象征。在这里，商业经营的规模空前巨大，过去商业的单一经营变成了今日多项的、综合性的经营，商品从来没有这样丰富过，简直使人头晕眼花，商品吞吐量与流通的速度更是令人惊奇，企业的资金来源已经不再是小量金币的积攒，而是银行大量的投资，企业的产品也不再来自小手工业的作坊，而是来自进行大规模生产的工厂。而这里的企业主，他们身上既有资产者的掠夺性与冷酷性，也有事业家的实干精神与革新精神，他们要扩充自己的财富固然仍要通过剥削与欺骗的手段，同时又必须凭借高度的效率，出色的经营方式与先进的发明创造。

19 世纪下半期法国资本主义发展中的另一个重要的新特征，是资本的新活动方式与银行的新作用，而这也正是左拉在《卢贡－马卡尔家族》中专门有所描写的经济现象。从家族史小说最出色的长篇之一《金钱》中，读者可以看到当时的一种新的资本形式即股份银行、股份公司的出现，这种资本完全不像过去的大资本那样是通过积累与扩充而形成的，而是通过社会集资的方式，在其构成与成分上，它也具有过去大资本所不具有的特点，并且，它一旦形成出现，也就与传统的老式资本处于一种对立与抗争的状态，虽然左拉的家族史小说对这两种资本的矛盾斗争并没有做出正确的说明，但它的确成功地表现出了这两种资本惊心动魄的冲突，更为有意义的是，左拉以他对新型金融家萨加尔与世界银行的形象描写，使读者看到这样一个完整的经济过程："银行就由普通的中介人变成万能的垄断者，他们支配着所有资本家和小业主的几乎全部货币资本，以及本国的和许多国家的大部分生产资料和原料来源"[1]。与此同时，他还把当时资本输出与它在开发性事业上的巨大规模、金融资本的业务与活动规律、金融寡头对金融市场的垄断以及交易所里的投机等等这些重大而典型的经济现象，都形象地一一表现在家族史小说里。

对于现代资本主义初期严重的贫富悬殊、下层人民生活极为悲惨的社会问题，《卢贡－马卡尔家族》也有比较充分的反映。自从资本主义秩序在法国建立后，贫富对立与社会下层的苦难一直存在，以往的作家对此也做过一些描写，但是，一方面由于在资本主义条件下劳动人民贫困化的程度相对加深，另一方面又由于左拉本人对这个问题

---

① 《列宁选集》第二卷，第753页，人民出版社，1960年。

比以往作家有更多的关注，对表现这一现实有更多的自觉意识，这一严重的社会问题在《卢贡－马卡尔家族》中也就比在任何其他杰出的文学作品中有着更普遍、更详尽、更尖锐的形象表现。虽然《卢贡－马卡尔家族》众多部小说的题材各不一样，但其中很多部都描写了生活悲惨的下层人民的形象：被榨取干了的伯鲁伯伯，无人照应的拉丽和她的弟妹，处于半饥饿状态的马赫一家，流落街头的绮尔维丝，在"食物塞满了喉咙的巴黎"而饥肠辘辘的福洛兰，被抛弃在贫民窟、过着畜生般生活的维克多，等等。这些人物的经历与故事，全面地揭示了现代资本主义初期下层人民所承受的沉重的剥削与压榨，以及他们衣食无着、饥寒交迫甚至流离失所的悲惨生活。特别是《金钱》《小酒店》中对贫民窟的描写，《萌芽》中对于矿工村的描写，更是令人触目惊心，其骇人听闻、尖锐可怕的程度，是在法国同时期文学中任何其他作品所难以见到的，给当时社会现实的阴暗面留下了真实的写照与史料。

总之，左拉的《卢贡－马卡尔家族》形象地、真实地表现了法国19世纪下半期社会发展、经济生活中一系列重大的现象，反映出现代资本主义初级阶段带根本性的社会特征，它如此全面、如此具体，规模如此巨大，不仅在当时代文学中是第一次，而且在迄今为止的20世纪文学中，仍然是绝无仅有的，这就足以证明《卢贡－马卡尔家族》所具有的社会史的巨大价值。

《卢贡－马卡尔家族》作为"社会史"的第三个重要意义，在于它真实地、形象地反映了从19世纪下半期起在法国社会现实中愈来愈引人注目的无产阶级对资产阶级的反抗和他们求解放的斗争。家族史小说中的《萌芽》就是这样一部表现了这一伟大历史课题的杰作。由于巴黎公社的失败，法国社会主义力量受到严重的挫折，无产阶级的生存状况、思想情感、愿望意志以及求解放的努力与斗争，在公社文学之后，未能由无产阶级自己的作家来加以描写，文学中这个重大历史任务落在了以完成"社会史"为己任的左拉的身上。尽管左拉本人的思想并未达到社会主义的水平，尽管他本人的经历与无产阶级斗争完全无缘，但他进步的社会思想、他对劳动人民的同情、他主持正义的政治立场、他调查研究的科学态度以及他写实主义的精神与方法，却使他得以真实地表现出与现代生产力直接联系的真正无产阶级的历史命运、苦难生活、无法忍受的劳动条件与生活条件，以及由此而产生的寻求出路、谋求解放的愿望与意志，表现出了无产阶级在反抗资产阶级的历史过程里所必然经历的由自发到自觉的漫长而曲折的道路，以及工人运动中形形色色思潮的影响和作用，特别可贵的是，他把工人运动接受科学社会主义的影响这一伟大的历史转变载入了他的家族史小说，表现了早期工人运动与马克思主义的初步结合，描写出无产阶级反抗斗争的艰难与悲壮，并且力求把这种描写保持在一种史诗的高度上。左拉家族史小说中这一重要的形象内容也是法国19世纪70年代以后的文学中所绝无仅有的，可以说，这是无产阶级的斗争在当时法国文学中唯一的反映，在这个意义上，左拉的小说具有极为宝贵的历史文献的意义。

除了丰富的客观历史内容外，《卢贡－马卡尔家族》还具有历史学强烈的倾向性，它以鲜明的形象暴露第二帝国时期的黑暗与罪恶，批判了统治阶级、资产阶级上流社会的卑鄙与腐朽，提出了现实生活中巨大的社会问题，表现了作者进步的思想立场与社会正义感，《卢贡－马卡尔家族》这种思想意义是它的又一可贵的价值。

《卢贡－马卡尔家族》的艺术特色

《卢贡－马卡尔家族》是法国文学史上经受了时间的考验并将继续经受住考验的杰作，除充实的社会历史内容外，艺术上的出色成就是它能经受考验的另一个重要的原因。高度写实的技巧、某种程度的浪漫主义的色彩和象征主义的渲染、匀称严整的结构，这三方面因素的结合，构成了《卢贡－马卡尔家族》独特的艺术力量。

在《卢贡－马卡尔家族》中，左拉继承了 19 世纪现实主义文学的写实艺术，尽管他事先有系统的创作意图与设想，但他要求自己"既不要以哲学家，也不要以道德家的态度去进行写作"[1]，而要将自己的"哲理倾向"形诸于图景。在制作图景与描绘形象上，左拉显然是按现实主义原则行事，他成功地做到了忠于现实生活的本来面貌，使自己笔下的画面生动、真切；在表现生活事件、安排故事情节上，他又显示了高度逻辑性与精确性的才能，使生活的进程与变化在家族史小说里显得合情合理，正如他自己所要求的："最重要的是要有合乎逻辑的推理……只要事实一旦提出之后，就要在整个作品里用数学的方式去加以演绎"[2]。

由于左拉是带着明确的、系统的自然主义创作思想进行写作的，自然主义创作论关于描写应具有文献性与科学性的要求，也就必然使左拉给写实的艺术带来新的东西，在这方面，他毫无疑义地对法国现实主义文学的传统有所发展。这种发展，首先表现在对生活场景有更广泛更齐全的描绘，从整个社会现实生活来说，左拉描写出了不少为过去的文学描绘所忽略或遗忘的生活场景，如像矿坑里矿工们躺在泥水中进行采掘的劳动情景（《萌芽》），农民家里酿酒时节劳动与嬉闹的场面（《土地》）；从每一个具体的生活场景而言，左拉的描写总是细致而详尽的，不遗漏其中任何一个局部与细节，如在《金钱》中写贫民窟，在《娜娜》中写万象剧场，在《土地》中写包斯平原上的四时气候，等等。

---

[1]　左拉：《关于作品性质的一般札记》，见《卢贡家的发迹》附录第 356 页，法朗斯瓦·贝尔诺阿尔全集版。

[2]　同上，第 355 页。

　　其次，这种发展表现在对生活事件的发展，时序的过程有着更具体、更细致的描写，如像他在《金钱》中写金融投机活动时，不像巴尔扎克在《纽沁根银行》中那样满足于概述与分析，即使是精彩的概述与深刻的分析，也是通过人物的具体活动、交易所内外的种种情景，把金融投机活动的过程与业务细节都如实地再现了出来。此外，如在《溃败》中写法军进军的行程与时间、在《娜娜》中写莫法伯爵从夜里在街头流浪到第二天早晨在自家门口遇见妻子也刚从情夫家里回来的整整十几个小时的时序，都是以高度的细致与准确描写出来的。

　　再次，这种发展还表现在作品中对客观现实的描绘更带有实录性、摄影性与科学性，与生活的本来面目更贴切、更相近。要是描写一个地方，左拉总要注意地理与方位的准确；要是描写一个事物，则又很注意事物严格的度量以及它的质地，如像在《小酒店》中写顾奢的劳动情景时，他甚至没有忽略铁锤的重量与铆钉的长度，在《萌芽》中写贫困的马赫家食物短缺的情况时，他也写出了面包的具体量；要是描写一个人物，他除了写人物作为社会人的思想情感外，还着力于表现人物作为自然人而具有的生理上的要求与冲动，如像他在不止一部小说里，都写出了男女关系，特别是资产阶级堕落的男女关系中的肉欲成分与生理原因；在《娜娜》中，莫法夫妇的堕落既是资产阶级婚姻不合理、资产阶级社会淫糜风气影响的结果，也是天主教婚姻中夫妇私生活不协调、性欲畸形发展所致；左拉在描写中，还善于捕捉事物的色彩、音响与气味，以具有通感效果的语言艺术诉诸读者的视觉、听觉、嗅觉与触觉；《妇女乐园》中对百货公司繁华景象的描写、《金钱》中对交易所里喧嚣声的描写、《巴黎之腹》中对熏肉店的描写、《娜娜》中对人体肌肤的描写等，都是有名的段落。

　　正因为《卢贡－马卡尔家族》中对客观现实的描绘不论在时间上还是在空间上都比过去的现实主义描写更为细腻，而且更致力于表现现实生活的物质的丰富性，所以，它在法国现实主义艺术的历史上，无疑标志着一个新的阶段。当然，由于左拉的自然主义创作理论存在一定的偏颇，《卢贡－马卡尔家族》中的描绘也就不免有时过于繁琐、拖沓、滞重，在对人的生理性的描写中，往往也有使人反胃的败笔，此外，他的文笔，正如有的批评家早就指出的，也有芜杂与混乱的毛病，但总的来说，它的写实主义艺术是成功的，引人入胜的，其中确实不乏一些富有表现力的出色的散文艺术的篇章。

左拉早期的浪漫主义倾向，在《卢贡－马卡尔家族》中也留下了明显的痕迹，他在以科学的、实验的眼光观察现实、搜集材料、形成印象的时候，往往同时生发出某种浪漫主义的感受，而当他以写实的语言把这一现实描绘出来的同时，又把这种浪漫主义的感受化为一种浪漫主义的形象。在《小酒店》里，他把小酒店里的蒸馏器描写成一种邪恶的化身，以突出表现酒精的危害：

> 那蒸馏器有许多形状古怪的容器和弯曲的管子，它保持着一种沉默的状态，没有一道轻烟透出来，人家只听见地下有一种轻微的鼾声……那蒸馏器继续工作着，也不吐一些火焰，也不放一些铜光，只让它的酒精流下来，像一道缓缓的流泉，逐渐溢出了酒店，侵到外面的大马路，淹没了广大的巴黎。

> 蒸馏器正在动作……这是制造人间地狱的一种可怕的东西，那机器的影子映在后方的墙上，像是许多有尾巴的妖精，它们张开了大嘴，似乎要吞灭整个人类。[①]

在《娜娜》中，他这样描写娼妓的毒害：

> 她像太阳那样闪光的苍蝇，从粪坑里飞了出来，去吮吸路旁遗弃的腐尸的毒血，然后，嗡嗡着，抚弄着，像一颗宝石似的闪

---

① 作品的引文，均见已出版的中译本，下同。

耀着，就从王公大人的殿阁窗口飞进去，只要随便在里边男人们身上偶然一落，就会把他们毒死。

他这样描写娼妓的挥霍与她如何令男人们倾家荡产：

> 她的家变成了一座灼热的熔炉，她不断的欲望就是炉中的火焰，只要从她嘴唇里轻轻呼出一点气息，就能把金子化成细灰，顿时随风吹散。
>
> 娜娜每次一口吞一亩地产。树木的绿荫、谷子熟黄的广阔田野，9月里闪着金黄色的葡萄园，盖没牛膝的深草地，都像投入无底洞一般，从娜娜的手里消耗掉。……凡是她的小脚踏过的地方，那片土地便立刻烧毁。

在《萌芽》中，他把消耗着矿工们的血汗的矿井描写成吃人的野兽：

> 这个矿井好似一个饕餮的野兽，蹲在那里等着吃人。
>
> 沃勒矿井，像一头凶猛的怪兽，蹲在它的洞里，缩成一团，一口口地喘着粗气，仿佛它肚子里的人肉不好消化似的。
>
> 矿井一直这样用它那饕餮的大嘴吞食着人们，吞食的人数多少随罐笼站的深浅而定，但它毫不停歇，总是那样饥饿，胃口可实在不小，好像能把全国的人都消化掉一样。

在《妇女乐园》中，他把那家庞大的百货公司描写成一个巨人：

> 他对他曾经在那里微贱地出生下来而最近又被他吞噬了的这个市区，感到羞耻与厌恶，便把背转过去，让那些泥泞的狭小的

街道留在后面，对着新巴黎阳光灿烂的热闹熙攘的大路，露出他那暴发户的大脸。

这一类充满浪漫遐想、具有象征意味的描写，在家族史小说里比比皆是：一个姑娘呼吸了"一口茉莉花的香气"，自己也变成了"活的温馨的花束"（《巴黎之腹》）；一个火车头在作者笔下成了一个长着金属肌肉的女人，她的蒸汽泄尽了，"就像一个50岁的老女人，一股冷气毁了她的胸口"（《人兽》）；一对情人拥抱在一起时，热带树"漫长的手臂在一阵爱的昏暗中也纠在一起"，土地也发出了"情欲的呻吟"（《贪欲的角逐》）；充满了矛盾与斗争的巴黎，则"像一大捆木柴和一片干枯的古树林燃烧了起来，烈焰进着火星，光耀夺目地冲向天空"（《溃败》）；等等。所有这些描写把现实对象加以"诗化"，或赋予它一种灵性，一种生命，或赋予它一种象征，不仅使得现实对象的本质特征更突出地被表现了出来，而且也给左拉那种写实的、滞重的风格带来一种生气。

博大的气势与激昂的热情是左拉家族史小说中构成浪漫主义成分的又一种因素，左拉在自己最初的写作计划里这样强调，"要有热情"[1]，他还提出这样的要求，"要有一种威严的气派。像一条怒号奔腾的江河，宽广开阔，浩浩荡荡地前进"[2]，他在家族史小说里达到了自己的这两个要求。他的文笔绝不是冷漠的，而是饱含感情，或褒或贬，或扬或惩，主观色彩是很鲜明的，而且，正因为他具有主持社会正义的热情，又力图把这种热情注入笔端，所以他的家族史小说中有不少感情强烈、色彩浓重、线条夸张的画面，如娜娜那种令人难以置信的奢侈、莫法伯爵那种罕见的堕落、萨加尔与德甘卜尔两人像

---

[1] 左拉：《关于作品性质的一般札记》，见《卢贡家的发迹》附录第355页，法朗斯瓦·贝尔诺阿尔全集版。

[2] 同上，第356页。

野兽一样的争斗，都是从暴露统治阶级的激情出发而以夸张的笔法写出来的。至于左拉家族史中浩荡的气势，既是他对现实生活宏伟的描绘、小说作品巨大的篇幅和贯穿其中的社会激情必然形之于外的一种风格，又是他博大的思想视野和某种浪漫主义理想所带来的一种艺术效果，这种博大的视野与理想，往往表现在长篇小说的结尾。在《土地》的最后，他让见识了包斯平原上一系列人间惨剧的约翰，从辽阔的田野上获得对生活、对生命、对繁殖的信心以及对法兰西大地的热爱。在《金钱》的最后，他又让亲眼看见过社会的阴暗与卑污的嘉乐林夫人发出了这样的感慨："生活之欢乐，究其实，除生之欢乐外，还有别的欢乐么？生活便是活命，尽管它有可怕的地方，可是它仍然强有力，因为它带着永恒的希望"，并且对人类的伟大进程与光明前途表示了信心："生命永无止境地领导着人类去追求那遥远的、不可知的目的"，"未来的进展必定还要迅速。难道这不是人类的觉醒么？这不是人类更其扩大、更其幸福的表现么"？在《萌芽》的结尾，他以诗一般的语言，歌颂了无产阶级的觉醒，预示着他们求解放的斗争的光明前途："现在，四月的太阳已经高高悬在空中，普照着养育万物的灰地，生命迸出母胎，嫩芽抽出绿叶，萌发的青草把原野顶得直颤动，种子在到处长大、发芽，为寻找光与热而拱开辽阔的大地，草木精液的流动发出窃窃的私语，萌芽的声音宛如啧啧的接吻……人们一天一天壮大，黑色的复仇大军正在田野里慢慢地生长，要使未来的世纪获得丰收。这支队伍的萌芽就是冲破大地，活跃于世界之上了"。在《溃败》的结尾，他又让主人公面对着民族的屈辱与内战的流血，在废墟之上看到"四处布满火焰的巴黎城上，曙光已经升起"，从而坚定了重建伟大法国的信念。这些光明的结尾的思想意境与艺术格调无疑都是辽阔而高远的，正是它们带给家族史小说以宏大的气势和浪漫主义理想的光彩。

　　此外，《卢贡－马卡尔家族》中也有一些动人的抒情的章节，如像《卢贡家的发迹》中对西韦尔与米埃特这一对情人隔着一道墙、只能在水影中交流恋情的描写，就是充满了美感与诗意之一例。这种优美动人的描写，无疑也给家族史小说带来一定的浪漫情致。

在结构方面，家族史小说作品的每一章或每一卷，都往往以严谨的形式集中地表现某一方面的生活内容，或某一个事件的过程，或某一个生活场景，各章各卷的篇幅整齐而匀称，彼此之间联系紧凑、焊接细密、比例得当、前后呼应、互相对照，由逐步铺张、层层深入到形成高潮、进入尾声，既井然有序、稳当沉着，又波澜壮阔、雄浑有力。家族史小说在结构上的这种严谨、整齐、匀称、壮观的特点，是带有某种古典的风格的。

五、富有社会良知的杰作

——《小酒店》

左拉从 1871 年发表《卢贡家的发迹》，到 1876 年发表《卢贡大人》，虽已完成了 6 部互有联系的家族史小说，但还没有取得特别令人瞩目的成就，1877 年，他的第 7 部家族史小说《小酒店》问世，改变了这种情况，这是左拉家族史巨著《卢贡－马卡尔家族》中第一部具有重大意义的作品，它提出了尖锐的社会问题，并且在思想性与艺术性两方面，都表现了左拉的自然主义的重要特征，最先为自然主义文学在德国文学史中开拓了地位，显示出左拉作为自然主义文学大师的杰出，当然，也显露出左拉的局限。

《小酒店》以 19 世纪 50 年代末至 19 世纪 70 年代初路易·波拿巴统治时期巴黎郊区工人生活为题材，在这部小说以前，法国文学史上虽曾有不止一部作品对工人的生活有所描写，但其描写都不构成作品主要的基本的内容，《小酒店》第一次以整个的篇幅，通过一个劳动妇女的悲惨命运，细致地再现了巴黎郊区工人恶劣的生活环境与生存状况，表现了他们的沦落与不幸。

小说的女主人公绮尔维丝，出身于劳动者的家庭，父亲安德瓦勒·马卡尔当过兵，后以编条筐为业，母亲若瑟芬·加沃丹是一个小菜贩，"当了 20 多年的牛马，终于辛苦而死"。绮尔维丝在贫困、劳累、被虐待和缺乏教育之中长大，10 岁就开始当洗衣妇，14 岁与同乡青年郎第耶结识，生了两个孩子。他们来到巴黎后，好逸恶劳的郎第耶又姘识了别的女人，竟将绮尔维丝与两个孩子抛弃不顾，绮尔维丝在极端困难的处境中挣扎奋斗，出卖劳力，独立担负起养育孩子的重担。在这过程中，她得到青年锌工古波的帮助与追求。他们结婚以后，两人努力做工，勤俭持家，生活得很幸福，家境也日益宽裕，绮尔维丝积攒了相当一大笔资金，准备开一家洗衣店。飞来横祸，古波在屋顶上做工时摔了下来，伤势严重，虽然他在绮尔维丝无微不至的照料下恢复了健康，但他们的积攒已消耗一空，更可怕的是，在养伤的日子里，古波沾染上了嗜酒的恶习。绮尔维丝在铁工顾奢的帮助下，终于开起了一家洗衣店，古波一家的日子也富了起来，但同时，古波的嗜酒却进一步发展为酗酒，并且他还养成了游手好闲的恶习。邪气十足的郎第耶这时又出现在绮尔维丝的面前，他先是用手腕笼络了古波，使古波引狼入室，把他当作朋友，他逐渐成为古波家的食客，怂恿古波酗酒，勾引绮尔维丝，又重新占有了旧日的情妇，并成为店铺里实际的主人。在郎第耶的腐蚀下，绮尔维丝日益贪吃、惰怠，沉醉在酒与肉欲之中。她的店铺在丈夫与情夫这两个寄生者的消耗下，不久就倒闭了，她与古波所生的女儿娜娜也出走成为娼妓，她自己每况愈下，变本加厉地酗酒，很快就穷困潦倒不堪，沦落到上街卖淫的地步。小说的最后，古波因为酒精中毒疯狂而死，绮尔维丝饥寒交迫，死在楼梯底的一个小窟窿里，郎第耶则还在继续白吃别的女人。

绮尔维丝在左拉笔下，是一个感人的劳动妇女的形象。她从小受苦，养成了吃苦耐劳的习惯，她一开始就与郎第耶完全不同，不赞成他游手好闲，她总想勤奋劳动，自食其力，郎第耶抛弃了她与孩子，对她实际上是一种解放，她居然以自己的劳动使家庭脱离了绝望的困境。她身上具有一些劳动人民的优良品质，她是"一个有主意的妇女"，勤俭而又能干，把家务整顿得欣欣向荣，使家庭里充满了安乐的气氛，而她的分娩与她对古波的照顾，又都表现了她的刚强、柔情与贤德。她还是一个善良的、富有同情心的妇女，内心中泛着一种慈善的感情，"连一个苍蝇也不忍踏死"，她与那些刁钻刻薄的小人恰成鲜明的对比，待人宽厚，处世好义，她在顺境中很乐意周济不幸的邻居，主动让失业的老工人来她的店铺里取暖、吃饭，即使是在穷困的时候，她还把自己难得的面包分给孤苦伶仃、沦为乞丐的伯鲁伯伯，还去照顾被虐待的小女孩拉丽和她可怜的弟妹。对于生活，她本来是有严肃认真的态度和正当的理想，她有荣誉感与责任心，厌恶怠惰的习气和肮脏的生活，"痛恨烧酒"，甚至滴酒不沾，她的生活要求很简朴，只求"能够安然地工作"，"常有面包吃"，"有一个干净的地方睡觉"，"抚养我的孩子们，叫他们将来好好地做人"，最后"劳累了一辈子之后，我愿意在我自己家里的床上死去"。然而，这样一个劳动妇女最后在各个方面都沦为自己的对立面：贪吃、酗酒、懒惰、肮脏、自暴自弃，为了得到几个铜子去喝酒，她可以不顾脸面，为了有一口东西充饥，她可以到阴沟里去拾取残羹剩饭。如果说，在小说的前半部，绮尔维丝是一个积极进取、具有鲁滨逊式的实干精神、充满了活力与光亮的形象，那么，到了小说的后半部，她几乎就成了一头在肮脏的泥沼中打滚受罪的动物。左拉在着力描绘她的精神状态与人格发生可怕的变化的同时，又让读者看到这个妇女健康、漂亮、光艳动人的形体如何变得肥胖发肿、丑陋难看，最后只是"一堆肮脏的东西"，而左拉所有这些描写的目的，显然又在于提出这样一个问题：为什么一个可敬可爱的劳动妇女竟发生了如此的变化？

同样，左拉还通过古波这个形象提出了类似的问题：古波原来是一个"快活而和蔼"的青年，"为人忠厚"，生活正派，从不喝酒，他甚至"宁愿喝沟渠里的水，也不愿进酒店喝一小杯不要钱的酒"。他最初呈现在读者面前的形象是，"装束干净"，相貌漂亮，精神振作。他与绮尔维丝结婚后，勤奋节俭，既是一个肯干的工人，又是一个正派的丈夫，但他最后的精神状态与形体变得比绮尔维丝更为丑恶可怕，他在医院里发狂而死的情景，被左拉描写到了使人从生理上感到恶心的程度。

在《小酒店》中，男女主人公命运变化的最明显的原因是酗酒，从左拉的创作意图来说，他是要通过男女主人公的变化指出酗酒的危害："当心！您看酒精把人弄到怎样的地步。"作者在不厌其详地描写古波临死前生理反应的细节时，通过医生之口这样明白地点出他的主题。如果说，左拉是通过古波夫妇的经历来说明酗酒如何使人颓废沦落、道德人格丧失殆尽的话，那么，他在俾夏尔这个酗酒工人的身上，则企图表现酗酒是如何使人性天良灭绝，使人变成凶狠残暴的野兽。俾夏尔由于长期慢性酒精中毒而成了一个虐待狂，他先是虐待长期为家务操劳、在贫困生活中奄奄一息的妻子，踢伤了她使她死亡，而后，又虐待他自己 8 岁的女儿拉丽，这个可怜的女孩，在自己的母亲去世后，竟承担了整个家庭的重担，照顾和抚育自己的弟妹，然而，"这个畜生般的父亲"每天都要毒打她，使她全身伤痕累累，还挖空心思，想出各种刻毒的办法去折磨她，如把她整天整夜捆在床柱上、让她用手去取烧红的铜子、用马夫的长鞭抽打她让她乱蹦乱跳等等。

左拉在《小酒店》中所描写的这些情景，足以惊世骇俗，历来都招致了不少责难与批评，被认为是"不道德"、"丑化工人"的描写。但是，左拉却正是以这些道德的堕落、形体的变态、精神的疯狂，来构成骇人听闻的可怕场景，以此来达到他关于酗酒有害的告诫。如果说，他所描写的这些场景在细节上过于使人恶心，过于残酷，"在小说的形式上有点叫人害怕"（作者序），那也是因为他力图追求一种强烈的告诫效果，使人对酗酒深恶痛绝。应该说，在《小酒店》中的非道德化的形象描写中，蕴藏着作家严肃的真诚的道德感，正如左拉自己所指出的："这是一幅可怕的图画，它本身就包含着道德意义。"

而且，在《小酒店》里，左拉显然不是要对工人的道德状况提出指责，他的注意力在于，透过道德的状况，去寻找社会生活中"可怕的创伤"，他以社会学家的热情，力图探讨与挖掘这种骇人听闻的后果的根源。他在小说中所描写的工人，不是当时法国的产业工人，而是巴黎城郊的个体手工业者，他所描写的工人的酗酒，则是实际存在的情况，据历史资料记载，当时巴黎每一条工人聚居的小街上，都有不少劣等烧酒的零售商贩，醉汉则到处可见，他们常躺在人行道上或水沟里。左拉曾亲自到这些区域和医院里进行调查，深切感受到酗酒这一社会问题的严重。因此，他避免从嗜酒来写酗酒的恶习，避免从人性本身来写人性的堕落，他力图写出恶劣环境对人的腐蚀，写出某种环境的命定性。在《小酒店》中，他再现了巴黎下层人民聚居区域里可怕的录像，他笔下的卖鱼巷、金滴路，无疑是法国文学中被描写得很成功的典型环境之一。在这里，白天不时有醉汉倒在街上，夜晚，总可以听见醉汉的呻吟和哽咽，绮尔维丝一走进铁工厂，头一个碰见的就是酒气熏人的工人，小酒店远不止一两家，柜台前与门口总是闹哄哄地挤着喝酒的人，在居民的日常生活里，酒总扮演着重要的角色，酒给他们带来工余的休息、节日的愉快、逃避现实的沉醉，酒也给他们带来呕吐、泥泞、肮脏的生活、生理上的痛苦和一个又一个家庭的惨剧。在小说里，左拉显示出高度的描写才能，他通过无数细节，从各个角度表现出酒在卖鱼巷、金滴路无处不在，无处不有，而居于中心地位的则是他多次加以详尽描写的哥仑布伯伯的酒店，它像一个命定的阴影始终笼罩着这个区的男女居民的生活，特别是对那酒店里盛酒的蒸馏机，左拉以富有象征意味的笔法，把它描写成一种邪恶的泉源，它源源不断输出烧酒，这烧酒"像一道缓缓的流泉，渐渐溢出了酒店，侵入外面的大马路，淹没了广大的巴黎"，败坏着人们的生活。这种败坏力量在左拉的小说中几乎是命定的、不可抗拒的，绮尔维丝与古波第一次商量他们的婚姻是在这家小酒店。那时，他们对这里的酒味与气氛还很不习惯，而对着哥仑布伯伯的蒸馏机，绮尔维丝甚至感到不寒而栗，他们都不喝酒，具有一种摒拒恶习的理智，古波还因为从不喝烧酒而得到了"杨梅酒少爷"的绰号。然而，在环境的污染下，他们后来都走出了堕落的第一步，古波沾上酒瘾，就是在这个蒸馏机之前，绮尔维丝第一次酗酒，也是在这家店里。而且，他们还愈陷愈深，愈走愈远。左拉就这样以前后对照的手法，描写出主人公在同一地点前后截然相反的心理与精神状态，把恶劣环境的腐蚀力量表现得很深刻。更有象征性的是，左拉不止一次把小酒店与附近充满血腥气味的屠宰场联系起来加以描写，而他给这部小说作为题名的"L'ASSO MMOIR"一词，其原意就有"宰牛时用以击毙牛的大槌"之意。他还在小说的第二章，通过概述绮尔维丝的心理活动这样点题："她的理想是在一个善良的社会里生活，因为她说不良的社会好像一柄屠牛的槌，会打碎了我们的头颅，会把一个女人弄成毫无价值。"显然，在左拉看来，这种恶劣的环境对广大人群的败坏无异于对他们的集体屠宰，他以自己的小说提出了这一个尖锐的社会问题，表露出他的关注与深深的忧虑，因此，透过小说的形象描写，读者可以感受到作家那种严肃高尚的社会良知。

如果左拉在《小酒店》中仅仅提出了一个严重的社会问题，那么，他的小说的社会意义还是有限的，他显然并不满足于这一点，他还力图说明这个社会问题的根由，他把巴黎郊区工人的衰败情况、沦落状态与工人艰苦的劳动、贫困的生活、苦闷的情绪联系起来，在这里，工人的酗酒与沉沦，并不是由于品质败坏、道德堕落，而是他们不幸生活的一种产物。在小说里，左拉有意识地对工人悲惨的生活进行了描写：到处可见被生活重担压迫的工人的疲惫的形象，在街上也可以听到工人哼唱的悲哀的小调，绮尔维丝后来所居住的那一幢楼房里，一片饥饿的情景，"三四家的人好像都约定了每天不吃面包似的"，"沿着廊子，尽是死气沉沉，而且，四壁空着发出声响，恰似辘辘的饥肠"，俾夏尔家一贫如洗，生活艰难，孩子们瘦弱不堪，伯鲁伯伯因为"拿不动工具便被人抛弃"，过着饥寒交迫的生活。古波一家落魄后挨饿受冻的生活，也是贫苦工人生活的缩影。虽然工人们在有工作做的时候，还能维持生活，还能吃上面包，然而，正如绮尔维丝所说的，"这是很贵的面包，因为是要用骸骨换来的"，既然劳动如此沉重、生活如此阴暗，工人只有到小酒店里去消除疲劳、求得短暂的愉快与麻醉，这就是左拉力图在《小酒店》中揭示的因果关系，他把这种因果关系表现在人物的言行与变化中。殡仪馆的工人巴苏歇说得很实在："一个人做工的时候，轮子上不能不加点油。"古波更把工人为了到酒里去求解脱的心理讲得很明白："工人没有酒便不能生活，挪亚爸爸在开辟天地的时候种植葡萄，本来是为了锌工、裁缝和铁匠的呀。葡萄酒可以洗肠胃，可以使疲劳的身体得到休息……再说，你喝足了酒开心的时候，虽然国王不是你一家人，但巴黎就像属于了你一样；工人虽然没有钱，被资产阶级藐视，但也有他自己的许多乐趣，人们纵然责备他时常求得一醉，而他唯一的目的只是要使生活愉快。"这一段话出自一个身陷于恶习之中犹不自觉的人之口，虽颇有些玩世不恭，倒的确包含了工人不幸生活的苦味和那种找自我麻醉的辛酸。就以古波自己走上酗酒的道路而言，最初是从他因在危险艰苦的屋顶作业中摔伤而憎恨自己的工作与行业开始，继而，他对"不管穷人死活"的绅士们满怀怨气，对上帝把自己的命运安排得如此不幸感到"永远不服气"，再后才逐渐不事劳动、出入酒店的。绮尔维丝的情况也多少有点类似，在饥寒的威胁下，她紧张地劳动好几年，只要看看她分娩后的第三天就上工劳动的事例，就可以想见这个女工的劳动强度，她像一根绷得紧紧的弦，长期的紧张，终于使她丧失了张力，一旦她脱离了饥寒的威胁松弛了下来，她对艰苦的劳动再也打不起精神，对安逸与吃喝愈益不能抗拒，而在环境的潜移默化下，就慢慢沾染了恶习，最后走上了毁灭的道路。左拉把人物的变化放在社会环境的背景上，放在社会现实生活根源的背景上加以描写，既合理地说明了人物性格变化的原因，令人信服地揭示了人物命运的悲剧意义，又表现出当时巴黎现实生活的阴暗，用绮尔维丝的话来说，那就是"多么可厌恶，多么肮脏"，这对于资本主义社会，无疑是一种有力的揭露，这种揭露使得《小酒店》具有了深刻的社会意义，堪称暴露 19 世纪资本主义痛疽的一部杰作，而由于这种揭露是通过下层人民受害后骇人听闻的沦落情景而达到的，又特别具有震撼人心的力量。只有对《小酒店》中"一个工人家庭不幸的衰败情况"与造成它的社会现实根由有切实的理解，才可以避免对这部小说做道德化的谴责。

事实上，《小酒店》的矛头所指是清楚的，它并不是指向沦落的工人，而是指向造成这种沦落的制度与政府。小说是以整个路易·波拿巴统治时期为背景，作者在小说里显然把这个历史时期作为黑暗污秽的时期来加以表现，他在不止一处都有意写出下层人民对路易·波拿巴的愤慨与不满，有的工人骂这个即将发动政变的波拿巴是"下流坯子"，有的工人骂这个经过卑劣的手段当上了总统的波拿巴"像一匹驴子"，他还以这样的细节来揭露波拿巴当上皇帝以后第三帝国时期统治阶级的穷奢极欲："伯利第尼子爵夫人把她的长女嫁给御营副官长瓦朗赛男爵，结婚时送的礼物仅花纱一项就值 30 余万法郎。"与此相对照，他把伯鲁伯伯这个被压榨完最后一滴血汗的工人的悲惨下场归罪于当权者，他通过人物之口提出这样的问题："为什么国家不救济那些残疾工人？"至于对他在小说中着重描写的嗜酒的严重后果，他也明确地指出："它是一种毒物……啊，政府为什么不禁止人家制造这种毒物呢？"

不应该否认，左拉在从社会制度的根源与社会环境的影响去描写工人的酗酒、古波夫妇沦落的悲剧的同时，又企图从遗传学、从生理的原因去表现这一悲剧的必然性，他在小说中屡次指出古波出生于一个酗酒的工人家庭，他的父亲是一个酒精中毒者，因劳动时喝醉了酒从屋顶上跌下来摔死，遗传下来的嗜酒欲终于又在古波的身上占了上风，绮尔维丝的父亲马卡尔是卢贡－马卡尔家族的第二代，他也是酒精中毒者，绮尔维丝的母亲也有酗酒的恶习，有一次因为喝酒险些丧了性命，而且，她还有"与男人们一粘着就离不开"的特点，绮尔维丝又是在父母酒醉之中受胎的，父母的性情都遗传给了她，甚至她的跛足也和母亲一模一样。左拉通过这种遗传的关系，把《小酒店》中的人物与其他小说中的人物联结了起来，构成一个卢贡–马卡尔家族的整体，同时也企图以此说明古波夫妇悲剧命运的生理根源，突出地反映出他的自然主义创作方法的特征。不过，在《小酒店》里，遗传因素仅仅只是一个根源而已，而且，也并没有被作者表现为主要的根源，不论是在古波还是在绮尔维丝身上，遗传的因素实际上长期都没有起作用，只是在主人公的社会地位、处境、关系发生了变化的时候，才发生了影响，它在悲剧的形成中还只是一种次要的根由，而它作为一种次要的根由，显然还是有助于现实地表现人物形象、有助于多方面地展现人物的复杂性。

同样，因为左拉的着眼点主要不在遗传的因素，而在社会环境的因素，所以，他在小说里也就主要致力于刻画描述人物的社会心理状态，并不是主要致力于描写人物的生理性或主要从生理学的观点去观察和描写人，在这里，绮尔维丝在性生活上的分裂、她的女儿娜娜的淫邪堕落，首先都是恶劣环境的产物，在这方面左拉写得很有节制，简练含蓄，并无生理的色情的描写。只是左拉的自然主义实录式的写作方法，使他对一些没有深度的生活现象往往做过于繁琐的、堆砌性的描写，例如，两次详尽地描写古波夫妇请亲戚朋友吃饭的过程、饭菜的品种、席间的吃喝与笑谑，颇为冗长累赘；又如，多次重复写古波酗酒的细节，对古波酒毒大发作、全身痉挛、发狂而死的过程，更是描写得不厌其详，令人有些反胃；而由于他反复不断地对卖鱼巷、金滴路那个肮脏的、充满泥泞与酒气的环境对居民中那种猥琐、卑微平庸的气氛、那种淫靡放纵的风气不断加以渲染，他所绘制的巴黎城郊工人区的图景，的确未免过于阴暗、丑陋，尽管他本来就要描写社会的创伤，而他描写的对象也的确不是当时先进的产业工人，而只是一些个体劳动者。

值得注意的是，左拉在这个灰黑的背景上，安置了一个光亮的工人形象，那就是铁工顾奢，他洁身自好，出污泥而不染，在那个恶劣的环境中，始终抗拒着恶习。他虽然有酗酒的父亲但他以前车之鉴，在任何情况下都滴酒不沾。他的生活与周围的环境也恰成鲜明的对照，他勤劳节俭，与母亲相依为命，把家庭生活安排得井井有条，舒适富裕。左拉显然是把这个人物当作抗拒恶习而得以生活幸福的榜样，来补充他在小说中提出的告诫；但他的描写实际上又超出了这个意图。他赋予这个人物以慷慨、无私、重情义、爱劳动的优秀品质，正是在这个热心肠人的帮助下，古波夫妇才开起了洗衣店，也是他的义气，使得绮尔维丝终于没有在街头成为娼妓。而且，左拉还以浪漫主义的色彩来描绘这个形象，表现出他在爱情和劳动两方面的某种理想化的诗意的东西，他对绮尔维丝的感情真挚而纯净，充满自我克制与自我牺牲的精神，还带有一点感伤的意味，使人想起浪漫主义小说中理想化的青年恋人形象，甚至对这个人物的容貌与身躯，左拉也不可能把它们描写得更美了，他在工厂里帮着绮尔维丝劳动的那一场面，是作者以浪漫主义激情描绘出来的，正在劳动的顾奢的形象，充满了一种刚健雄壮的美与动人的诗意，无疑体现了作者本人对人类的劳动、对劳动者的一种礼赞。

不过，也应该看到，顾奢这个形象也反映了左拉对于工人的了解还不深刻，他主要只是从人物那种浪漫主义情调去表现人物的正面性质，而未能从社会阶级的思想感情与人的心理状态的方面去进行深入的挖掘。《小酒店》写于史无前例的巴黎公社无产阶级革命 7 年之后，上述情况说明了社会主义思潮与革命还在左拉《小酒店》的创作视野之外，这是他作为资产阶级作家的一个根本局限，只是在后来，当他接受了社会主义思潮的影响并接触到真正的产业工人之后，他对工人的描写才在《萌芽》中达到了新的高度。

六、惊世骇俗的暴露文学

——《娜娜》

　　《娜娜》是左拉家族史小说的第九部，早在写作《小酒店》的时候，左拉就已经有写《娜娜》的意图，这种意图甚至对《小酒店》的写作也有所冲击。1878 年 8 月，他在给福楼拜的信里，宣告"我刚完成了《娜娜》的提纲"，此后，他又进一步搜集了素材与资料。小说尚未最后完成时，即开始在《伏尔泰报》上分期刊载。由于题材的特殊，并涉及当时上流社会的丑闻，小说一开始发表，就在巴黎引起了很大的轰动，同时也遭到了不少嘲骂，1880 年初出版后，大为畅销，发行量达 5 万多册，并且连续再版了 10 次。

　　娜娜是《小酒店》中男女主人公古波与绮尔维丝的女儿，从 15 岁起，就浪荡街头，沦为下等妓女，小说开始的时候，她被低级剧院的经理包尔德耶夫捧上万象剧场的舞台，主演一出庸俗下流的歌剧《金发的爱神》，尽管她毫无艺术才能，演唱极为笨拙，但她的裸体色情表演却赢得了狂风暴雨般的掌声，使得观众迷离心醉，她轰动了整个巴黎，上流社会的淫徒色鬼纷纷麋集在她的门下，竞相争宠，她与这些绅士们周旋的同时，仍到妓院中去卖淫，不久，她得到了银行家史坦那的供养，俨然像一个上流贵妇住在史坦那专为她购置的郊外别墅里，而在这别墅的卧室里，她又开始接待未成年的资产阶级小少爷乔治·于贡与朝廷大臣莫法伯爵。史坦那陷于经济困境后，娜娜抛弃了他，转向了莫法伯爵，但莫法伯爵并没有给她多少经济上的实惠，加以她又爱上了丑角演员丰当，因此，当莫法的缠扰不休极为厌烦，在狂怒之中，向他揭发了他自己家庭里的丑事，他夫人与新闻记者浮式瑞的奸情，一脚把他踢开。

娜娜对丰当的爱情专注而狂热，她拒绝了其他男人的追求，正式与丰当结了婚，过正常的家庭生活。婚后，她受尽了丰当的盘剥、虐待与殴打，迫于经济困难，她再度沦为流娼，生活相当悲惨。万象剧场排演《小公爵夫人》时，她又被邀约扮演其中的荡妇，她却渴望演正经的女人，即该剧的女主人公公爵夫人，她通过与莫法伯爵恢复关系，怂恿他买下公爵夫人的角色由她扮演。从此，娜娜在莫法伯爵的供养下，过着像王妃一样阔绰奢华的生活，但她并不忠于莫法，对巴黎那些有钱男人，她一概来者不拒。钱财像流水涌进她家，又被她像流水一样花费掉。她达到了虚荣的顶点，简直"成了巴黎的王后"。她的色情与淫乱使上流社会那些绅士迷醉不能自拔，她的家成了一个深渊，"一切男人，连同他尘世间的所有物，他们的财产和他们自己的姓名，都一齐被这深渊吞下；连一把尘土都不给留下"，不少男人为她倾家荡产，身败名裂。一天，娜娜突然失踪，传闻她到了非洲与俄国，又得到了当地王公贵族的宠爱，她从俄国带回大量的钱财，但她一回到巴黎，就从她儿子那里染上了天花，不久就烂死在旅馆里，这时，正是普法战争的前夕。

这部长篇具有尖锐的揭露性，是暴露文学的一个成功的典型。作者力图通过娜娜的沉浮兴衰，表现第二帝国时期那种令人难以置信的糜烂，暴露娼妓社会所赖以存在的资产阶级上流社会的淫乱与腐朽。

正如《卢贡－马卡尔家族》其他一些作品那样，《娜娜》同样具有风俗画的性质，左拉在这部作品里，着意以各种生活场景，构成第二帝国社会生活的一个特定方面的风俗画，即资产阶级社会享乐腐化风气的风俗画：剧院里老鸨反复穿梭，演出与拉皮条同时进行；大街小巷、饭店酒馆色鬼淫娃不断出没；巴黎布洛涅森林成了人肉市场；

荡妇的住所，男女混杂，饮宴通宵达旦；郊外大道上，娼妓与绅士成群结队，喧闹成一团；权贵人物的府第里，舞会上奏着下流的乐曲；马赛场上竟出现了对妓女顶礼膜拜的场面……这是第二帝国时期一片耽于肉欲与淫乐的疯狂景象，左拉在进行描写的时候，既带有自觉的进行暴露的意图，又贯注了自己无情的讽嘲，因而使得他笔下的这些图景，成了辛辣的讽刺画。

对万象剧场的描写，就是这种讽刺图景中出色的一例。左拉在某种程度上，把这个剧场表现为巴黎下流堕落生活的一个缩影。这个低级下流、充满乌烟瘴气的所在，竟充斥了巴黎政界、文艺界、经济界的要人和上等妇女，"这是一个非常奇特地混杂在一起的人群，其中包括沾染了种种恶习的才俊之士"，他们都被一种隐秘的低级的对淫乐的兴趣，推动着来到这里，以观赏戏剧为名，寻找色情的刺激。左拉第一次在法国文学中揭示了资产阶级的淫靡之风如何渗透到公共文化生活中，使文艺娱乐糜烂变质成了色欲的工具。娜娜主演的《金发的爱神》虽以希腊神话为题材，但除了胡闹就是裸体表演，是"对整个宗教、整个诗歌世界的嘲弄"，"亵渎神圣的狂热与胡编乱造的淫秽剧情"，使得"史诗的传说被践踏，古代的形象被摧残"，观众却"都泰然地认为这是高雅的娱乐"，并在娜娜的色情表演前狂热到极点。如果说，舞台上演出的是庸俗下流的节目，台下搬演的则是丑恶的巴黎的真实戏剧，舞台上的女演员在台下就成了妓女，女歌手就是有钱人公开的姘头与外室，观众三三两两，处处可见三角关系：丈夫、妻子与情夫，王公权贵不惜丢失体面，出入后台，跟着裸体女演员打转，在这里，不是公开的卖淫，就是隐秘的通奸，这个剧院厚颜无耻的经理直言不讳地承认："就把我的剧场叫作我的妓院好了。"

在《娜娜》中，左拉着意暴露的并不是一般社会风气的腐败，而是资产阶级上流社会的糜烂，在这里，人物的身份各有不同，从资产阶级的浪荡子到宫廷中的权贵，性格互有差异，有的道貌岸然，有的厚颜无耻，但所有这些人物都有一个共同点，即疯狂地追求色欲，生活糜烂透顶。左拉一一勾画出他们丑恶的脸谱，给他们安排下种种不光彩的下场：乔治·于贡是一个尚未成年的资产阶级少爷，被娜娜在《金发的爱神》中的表演煽起欲火之后，日夜受到煎熬，他不务正业，狂热地耽于淫欲，直到丧失自我控制的能力，为娜娜自杀而死；他的哥哥菲利普·于贡，受母命来管教乔治，企图把乔治从娜娜身边拉开，但自己一见娜娜，就与这个尤物勾搭上了，为了她不惜贪污公款，最后案情败露，被捕入狱；汪德夫尔伯爵更是疯狂纵情声色的典型，他出身名门，拥有大量产业，在穷奢极欲的享乐中，挥金如土，为了赛马，他在养马上耗费的钱财多得令人难以置信，他在皇家俱乐部所赌输的款子，数目也大得"叫人咋舌"，他每年要更换一个情妇，每个情妇都要花掉他一份巨大的地产，他在如火如焚的邪游里，逐渐耗尽了他的巨额财产，而"他的脑子也早已被赌嫖耗干"，开始有点神经错乱，他为了娜娜挥霍掉剩余的一笔钱之后，不得不在赛马中作弊，因而身败名裂，最后放火把自己烧死；拉·法罗阿兹也是这类人的一个典型，他"醉心虚荣"，"早就渴望去受被娜娜毁掉的光荣"，于是，把他所继承的全部遗产都扔掷在娜娜这个无底洞里，最后他被债务压碎，不得不从巴黎消失了，资产者色鬼史坦那作为银行家是狡猾精明、神通广大的，他善于刺探经济情报，在交易所里投机倒把、兴风作浪，他还在阿尔萨斯开设炼铁厂，在他残酷的剥削下，工人"日以继夜地紧张劳动，听见自己的骨头嘎嘎地折碎"，他的银行更是一个贪婪的怪物，"所有男人们的积蓄，投机家的金镑，穷人们的小钱"，全都被它吞食，但他一到娼妓荡妇面前，就成为痴呆傻瓜，任凭她们欺骗盘剥。因此，他的下场同样不妙，以彻底破产而告终。这些资产阶级男人，在文学人物画廊中，都属于《贝姨》中于洛男爵的系列，他们都是色情偏执狂，被情欲所控制、被荡妇所左右而陷入绝境，走向毁灭。

如果说，左拉在一些资产阶级色鬼身上突出了那种不计一切后果的疯狂的话，那么，他在另一些资产阶级人物身上，则突出了那种在淫逸生活中形成的卑劣。这种人物把对肉欲的追求与自己的现实利害结合起来，以冷静的资产阶级利己主义引导着淫行，并使之为自己的利益服务。达戈奈与浮式瑞就是这种人物的代表。达戈奈原来也是一个资产阶级浪荡子，娜娜的旧情人，"曾经为了追求女人花费过30万法郎"，后来不得不到交易所混日子，为了摆脱"连一个小钱也没处去借"的困境，他企图向拥有大量财产的阔小姐求婚，虽然莫法伯爵的这个女儿貌丑不堪，当他一时达不到目的时，就在枕边向娜娜提出了要求，与她达成一笔肮脏的交易，娜娜对被她玩弄于掌上的莫法伯爵施加了影响，促成了这桩婚事，而在婚礼的那一天，达戈奈果然把新婚的妻子抛在一边，先投入了娜娜的怀抱表示"酬谢"。浮式瑞是一个以新闻记者为职业的文痞，颇有一点舞文弄墨的本领，但全身都是邪气，正如小说中一个人物所说的："他也是一个肮脏的绅士之一，弄上一个女人压一个女人，借着这个往上爬"，一开始，他就以淫邪的眼光，窥测莫法伯爵夫妇之间的隐私，一旦发现隙缝，稍有机会，即乘虚而入，他几乎是带着通奸的预谋介入了莫法伯爵的家庭，成了伯爵夫人的情夫，使得这位夫人为了逢迎他而极尽奢华之能事，甚至变卖掉自己继承的遗产以维持两人的享乐生活。对于娜娜，浮式瑞既刁钻，又贪色，他以讽刺的笔调在剧评中嘲笑娜娜的演技，然而对娜娜的色相又做肉麻的恭维；他还在报纸上发表过一篇刻薄的文章，含沙影射嘲骂娜娜，然而，这又不妨碍他不久以后成为娜娜卧室里的客人。

最后，他对莫法伯爵夫人感到了厌倦，就完全将她抛弃，再又介入米宁的家庭，成为歌女洛丝的情夫，并且"像个家主似的"住在这对夫妇的家里。达戈奈与浮式瑞这两个人物，是放荡无行、卑劣无耻的资产阶级青年拆白党的典型，在文学史上，是莫泊桑笔下的杜洛阿的兄长，他们共同开辟了 19 世纪文学中"漂亮朋友"这一个著名的人物系列。

左拉在《娜娜》中暴露之无情、讽刺之辛辣，莫过于对第二帝国时期的两个资产阶级权贵人物舒阿尔侯爵与莫法伯爵，舒阿尔侯爵是政府的顾问，莫法伯爵则是皇后的侍臣，他的妻子伯爵夫人就是侯爵的女儿。当他们一家出现在万象剧院的时候，似乎不愧是名门世家的显贵，国家社稷之栋梁，面对着娜娜的表演，表情严肃，道貌岸然。然而，第二天，却正是这两位国家的要员，不惜屈尊，双双来到这个娼妓的家里，这个场景，无疑是左拉小说中最富有讽刺才情的描绘，这一对翁婿明明是显贵的大人物，却谦称"本区慈善会的会员"，明明是为了淫邪的目的来结识一个下流的娼妓，却自称是为了"三千以上的贫民"前来向"一位大艺术家"募捐，特别具有讽刺意味的是，这两个拥有巨额财产的慈善家，居然从娜娜手里募走了 50 法郎，而这笔钱正是她刚到街上卖了一次淫所得。

随着情节的发展，左拉把这两个人物的面目与性格更加充分地暴露了出来。舒阿尔侯爵是一个年过花甲的老色鬼，其下流的程度几乎像一个低等的动物，由于长期的荒淫生活，他早已衰老不堪，但他仍然出入下流场所，他追逐娜娜一时没有得逞，就不惜用巨金把一个妓女的小女儿买来当作玩物，他的女婿与娜娜的关系在社会上张扬开后，他竟然以"怕莫法伯爵的行为玷污他的名声"为借口而与之公开断绝来往，并且以卫道者的姿态愤怒地声称，"统治阶级不该这样屈就现代的堕落作风，对下层阶级作可耻的让步，而叫自己的阶级解体"，但不久，莫法伯爵却撞见他在床上像一堆残骨摊在娜娜的怀里。这是一个令人恶心的场面，其丑恶的程度令人触目惊心，左拉如此无情地展示出来，正表现了他对第二帝国时期腐朽的统治阶级的厌恶。

同样，左拉对莫法伯爵也有类似的厌恶，只不过在描绘这个人物的时候，带有更大的鄙视。这个拿破仑三世朝廷的大臣，迷恋上娜娜后，疯狂地在淫欲的泥坑里沉沦，他把家庭抛在一边，给浮式瑞以有乘之机，他得知自己的妻子与浮式瑞的奸情后，由于怯懦不敢捉奸，他在浮式瑞门外游荡、守望了半夜的那一章，是左拉笔下很富有揶揄情趣的篇章，充满了辛辣的讽刺。在娜娜成为他的外室以后，他不仅消耗了大量财产保证娜娜奢侈挥霍的生活，而且在娜娜的操纵下，把自己的女儿嫁给了娜娜的姘头达戈奈，在娜娜肮脏的交易里成了一个可悲的角色。更为悲惨的是，他为了不失去娜娜，还听从她的要求，在掌握了确凿证据的情况下，反倒认可和容许自己的妻子与浮式瑞的关系，在大庭广众之下与浮式瑞握手言和，把自己大臣的尊严、世家的光荣、丈夫的体面全都扔在娜娜的脚下，成为社会上的笑料，小说中有一个场面是带有某种象征意味的，莫法在娜娜面前装畜生，让娜娜把自己当马骑，当狗打，还按娜娜的命令在自己的徽号与勋章上践踏。这个场景集中地表现第二帝国的栋梁堕落到了何等地步，正如小说中一个妓女所说："许多伟丽的上流人物，比平常人放纵得更显出猪形"，或者就像丰当所说的："上等人都是禽兽。"更有意义的是，左拉在赛马的那一章中，安排了皇后、莫法伯爵以及苏格兰王子出现在看台上的细节，并且让娜娜针对这些至尊至贵的人物，含沙射影地骂了一通："一看他们的私生活……楼下肮脏，楼上也肮脏，没有一处不肮脏"，直接揭露了第二帝国的最高层。

　　如果说，左拉对莫法伯爵的描写仅限于漫画式的暴露，那显然是不够的。通过这个人物，左拉提出了一个有普遍社会意义的现实问题，即天主教国家中资产阶级家庭解体的问题。恩格斯曾经指出，"法国小说是天主教婚姻的镜子"[1]，而在反映资产阶级社会中天主教婚姻不合理的小说中，《娜娜》无疑是描绘得较为充分的一部代表作，它通过莫法伯爵家庭的变化，不仅表现了天主教婚姻的弊端，而且表现了这种道貌岸然的婚姻必然会糜烂到什么程度。在小说里，左

---

[1]　恩格斯：《家庭、私有制和国家的起源》，《马克思恩格斯选集》第四卷，第67页。

拉特意描绘了莫法家的两个场面，即第三章莫法家的沙龙聚会与倒数第三章莫法家的舞会，两者遥遥相应，形成强烈的对照，正标志着莫法家惊人的变化。莫法伯爵的父亲是位将军，曾被拿破仑一世封为伯爵，拿破仑三世政变后，他家又开始得宠，莫法从小深受天主教教育的熏陶，他每天都要进忏悔室，还要定期斋戒，结婚后，天主教禁欲主义也统治了他们的夫妻生活，他家的每个地方都无不打上禁欲主义的烙印，房子"那么阴沉，又那么像修道院"，客厅里充满了一种带宗教气味的冰冷的尊严，陈设刻板，拘泥成法，来到这里的客人，是上流社会里道貌岸然的人士，谈话严肃而沉闷，始终还有一个专门维护莫法家宗教感情与纯洁性的精神导师、某个教堂的教会委员在座。在天主教婚姻的关系中，莫法夫妇外表上过着禁欲主义的生活，内心却都窝藏着炽热的欲火，在《金发的爱神》一阵淫靡之风吹拂下，这个天主教道德化的家庭就迅速风化了，其结果就是天主教婚姻经常有的那种情况："丈夫得到了绿帽子"。在第三章莫法伯爵家沙龙聚会中，浮式瑞已经在伺机而动，不久，他果然达到了目的，莫法夫妇天主教婚姻的瓦解与糜烂，由于莫法本人的堕落而愈演愈烈，不可收拾，表现在倒数第三章中，莫法的家整个变了样，那是因为伯爵夫人为了逢迎自己的情夫、追求淫逸享乐的生活方式，竟把原来充满肃穆的宗教空气的家，改建得像"一个艳丽俗气的市集"，这里的舞会上播放着《金发的爱神》中轻浮而下流的调子，把原来世家的尊严吹得一干二净，而正是在这个场合，莫法伯爵在不贞的妻子的面前，与她的情夫握手言和。后来的事情比这更糟，伯爵夫人被浮式瑞抛弃后，又疯狂地追求别的情夫，甚至与下等人私奔，在外边经历了种种放荡的生活后才回到家里。这是左拉对天主教婚姻的糜烂性的无情暴露，以道德外衣为掩盖的资产阶级家庭婚姻，竟糜烂到如此程度，确乎是令人怵目惊心的。

《娜娜》是法国文学中最详尽地描写了娼妓生活的作品，在这里，出现有形形色色的娼妓，从高级的交际花、被供养的外室、歌女、演员，直到低级的流娼，小说通过表现她们的兴与衰、放荡与希求、侈奢与穷困、得意与辛酸，全面反映了娼妓的生活习俗、社会关系、经济状况、心理状态，对以统治阶级为生存条件的娼妓社会这一个资本主义制度下的脓疮，提供了一份形象的材料，有助于读者认识与了解资本主义社会与资产阶级的腐朽。在所有的娼妓人物中，女主人公娜娜当然居于中心的地位，左拉不仅描写她的生活与经历，而且注意刻画她的心理，不仅表现她性格与行为中娼妓职业所必然带来的那些庸俗、轻浮、放荡、无耻、侈奢、挥霍等等缺陷，而且展示了她作为出自社会下层的女子所具有的某些可取的特点，而左拉之所以这样做，又是为了对比地揭示那些上流社会的衣冠禽兽在某些方面并不如这个下流的荡妇，在左拉的笔下，虽然娜娜身上很少有纯正的感情，但她对自己的儿子小路易却保持着深挚的母爱；虽然她沉溺在享乐的脂粉生活里，但却向往乡间的纯朴而健康的生活，她与那些追求放浪形骸、乐此不疲的资产阶级绅士也有所不同，还讲究一点体面，对这些绅士把她的宴会糟蹋得不成体统而感到愤怒；她在被人玩弄的同时又玩弄人的生活中，有时也发出"我要人们尊重我"的痛苦的喊声；她并不甘心在舞台上老扮演放荡的女人，而渴望扮演正经高贵的妇女；在实际生活里，她看透了上流社会中那些绅士与太太表面上一本正经、骨子里糜烂透顶，自认为不像她们那样虚伪而甚至有一种优越感。她直率地宣称："你们这些猪，我比你们干净得多"；与资产阶级鬼蜮心肠的世道相比，娜娜毕竟"还是一个天性良善的娼妇"，她希望人与人"永远和睦"，不要算计与谋害，她心肠很软，"连一个苍蝇也不肯打死"，她也很容易动同情心，即使是对她所厌烦的人物如莫法伯爵；她在与丰当的共同生活中，表现了从良向上的意志，也表现出慷慨与自我牺牲的品德，但是禽兽一般的丰当与肮脏的生活，却又逼得她回到了老路，而经过这样的反复，她以变本加厉的玩世不恭来对付那些来玩弄她的资产阶级绅士时，她作为妓女的腐蚀性与祸害性就更加触目惊心了，面对着这些男人的破产、入狱与自杀，娜娜不得不为自己辩护，她倒的确道出了事情的根本原因："这是不公平的，社会全盘都是不公平的，男人们要女人们做这个做那个，可是，做了就全来骂女人……如果我不是为他们，如果不是他们硬要我那么干，我早就到一个修道院里去向慈悲的上帝做祷告去啦，我一直是信宗教的。"左拉对娜娜的这些描写，既使得这个人物形象具有真实的性格与一定的心理深度，又揭示了万恶之源并不在于某个带有破坏性的妓女，而是资产阶级社会所需要的娼妓制度。

在《娜娜》中，左拉自然主义的描写有时不免流于繁琐，如娜娜如何梳妆、娜娜家宴的席次，等等，但毕竟还是展现出了一个个真切的生活场景，其中对万象剧院前台后台的细致描写，可说是 19 世纪下半期法国剧场设备、条件、气氛、情景的一份详尽的文学资料，其他如对莫法家舞会的描写也相当出色，各种人物在其中穿梭出现，他们的性格继续在这里深化，情节也在这里进一步开展。由于左拉在《娜娜》中是以批判的态度处理丑恶的社会生活题材，他的自然主义描绘在进行暴露的时候，往往达到令人触目惊心的效果，他笔下的资产阶级人物的丑态有时近乎低级动物，最突出的一例就是莫法撞见他的岳父在娜娜房间里的场景。对于小说中人物的肉欲与淫乱，左拉的描写有一定的节制，他避免对性生活做具体的描写，但是，他从自然主义的观点出发，强调娜娜由于父祖辈酒精中毒的遗传，在生理上与神经上形成了一种性欲本能特别强旺的变态，因而在描写中，过多地渲染了娜娜的"色欲的光波"、"肉之魔力"、"性欲的火焰"，对娜娜的淫乱生活也有一些不必要的描写，如她与莎丹的同性恋等。

七、无产阶级革命斗争的壮丽史诗

——《萌芽》

　　《萌芽》是《卢贡－马卡尔家族》中的第 13 部长篇，它以矿工生活，特别是以社会主义思潮影响下的矿工斗争为题材，是法国 19 世纪文学中最出色、最重要的一部描写社会主义工人运动的杰作。

　　第二帝国时代后期，在法国此起彼伏的工人罢工，特别是奥班与拉里卡玛里地区的矿工罢工，引起了左拉的关切与注意。1871 年巴黎公社之后，他就打算在他的家族史小说系列中，写一部"特别具有政治意义的工人小说"，即表现工人阶级社会政治斗争的小说。他后来这样回顾说："由于在《小酒店》中未能表现工人的社会政治的作用，我决定在另一部小说里加以表现，此后，当我了解到波澜壮阔的社会主义运动在整个欧洲发生了如此巨大的作用时，我的这个计划就明确了下来。"[①]

　　为了写作这样一部小说，左拉进行了充分的准备，他阅读了大量有关矿工的生活与劳动的著作，如路易－罗朗·西莫南的《地底生活》、基约的《社会地狱》、博安·布瓦索的《煤矿工人的疾病、事故与畸形》等，同时又钻研了当时资产阶级学者所写的关于社会主义的论著，如勒鲁瓦－波略的《工人问题》，拉甫来依的《社会主义》等。1884 年 2 月 20 日至 4 月 18 日，法国北部昂赞采煤区爆发了 56

[①] 左拉1889年10月6日致冯·萨当·考尔夫的信，见安德烈·马尔克·维阿尔：《〈萌芽〉与左拉的"社会主义"》第14页，巴黎社会出版社版。

天的大罢工，左拉在罢工爆发后的第三天及时赶到现场进行采访与调查，他的足迹遍布全矿区，他住在矿工的小屋里，就近了解他们的生活，他参加工人的一切集会，密切注意任何大小事件，他还深入矿井亲身体验井下的劳动条件，经过 10 多天的采访，他回到巴黎，又听取了法国社会主义运动的领导者盖德与龙格在工人党会议上的讲话，研究了 1864 年 9 月 28 日成立的国际工人联合会的纲领，由此，正如他在 3 月 16 日的一封信里所写的那样："我已经有了写一部社会主义小说的一切必要的资料"[1]。

《萌芽》开始写作于 1884 年 4 月 2 日，次年 1 月 23 日全部完稿，从 1884 年 11 月 26 日起，即开始在《吉尔·布拉斯报》上连载，1885 年 3 月出版单行本。

这部长篇小说不仅是法国文学史上，而且也是世界文学史上第一部详尽地从正面描写了一次罢工事件始末的作品。主人公艾蒂安·郎第耶是《小酒店》中男女主人公绮尔维丝与郎第耶的次子，他长大成人后，在里尔的铁路工厂里当机器匠，因为打了工头几个耳光，被赶出了里尔，哪儿也不收留他。流浪了 8 天之后，他来到了蒙苏煤矿，恰巧有一推车女工死于心脏病，他被收留顶缺。在劳动与生活中，他得到老矿工马赫一家的友善照顾，并与马赫的大女儿卡特琳结成了亲切的友谊。他逐渐习惯了矿井下艰苦的劳动，熟练地掌握了劳动的技能，加以他作风正派，懂得文化，因而很快就赢得了矿工们的信任。

矿工们因沉重的劳动与残酷的剥削而不堪其苦，愤怒的情绪日益增长。与此同时，艾蒂安与国际工人协会的活动家普鲁沙有了通信联系，在他的影响下，开始研读各种社会主义的书刊与学说，并产生和形成了革命的反抗的思想。在艾蒂安的发动与组织下，蒙苏煤矿的工人建立起互助基金会，为罢工斗争做了经济准备，并做出

---

[1] 左拉1884年3月16日给艾杜阿·罗德的信，《书信集》第二卷，第611页，见让·弗莱维勒：《左拉》第130页。

了罢工的决定。煤矿坑道倒塌、工人惨遭伤亡的事件成为导火线，于是，罢工终于爆发。

罢工爆发后，煤矿经理埃纳博在两次谈判中都拒绝了劳方提出的增加工资的要求，更加激怒了工人，罢工规模又更扩大，蒙苏有1万名矿工参加。艾蒂安为了使罢工取得国际工人协会的支持，想推动蒙苏的矿工集体参加"国际"，为此，他邀请普鲁沙来到蒙苏发表演说，对工人进行说服与开导，蒙苏的矿工都成为"国际"的成员后，罢工得到了"国际"的经济支援，但是，4000法郎的援款不足以解决由于罢工而引起的矿工村的饥饿状态，劳资双方的对峙，更使矿工们到了财尽粮绝的困境，而且，在资本家的挑拨分化下，一部分工人在邻近设备较好的让－巴特矿井复工，蒙苏愤怒的罢工队伍来到这里惩罚、凌辱了那些复工者，席卷了周围所有的矿区，捣毁了设备，砸烂了机器，包围了经理的公馆，造成了暴力事件，最后被宪兵所驱散。资方顽固地毫不让步，企图以饥饿拖垮罢工斗争，矿工家庭纷纷断炊，没有充饥的面包，也没有取火的煤屑，但他们团结一致，并未屈服。煤矿公司又从比利时招雇了新的工人，由军警保护，强行恢复生产。罢工群众前往制止，与军警面对面发生了武力冲突，军队开枪镇压，罢工者死14人，伤25人，另有一些人被捕，死者中有老工人马赫。

艾蒂安幸免于难。罢工完全失败后，矿工们迫于暴力与饥饿，只好回到矿井干活，艾蒂安在地洞里躲避了一阵以后，也不得不跟随着卡特琳下矿井。无政府主义者苏瓦林出于一种疯狂的破坏欲，故意损坏了矿井坑道的防水设置，导致水淹坑道，十几个矿工都惨死井下。被水困在地底坑道里以后，艾蒂安与卡特琳的男人——工贼沙瓦尔进行了殊死的搏斗，他杀死了这个暴虐卑鄙的坏蛋。10来天后，矿工们终于把艾蒂安从地下掘救了出来，这时，22岁的他已经变成满头白发，而卡特琳则早已死在他的怀里。艾蒂安恢复健康后，被公司解雇，在革命宣传中已获得成功的普鲁沙来信叫他到巴黎去，于是，他告别了积蓄着深刻阶级矛盾的蒙苏与压抑着复仇怒火的矿工们，走向新的目的地。

小说的前三部偏重于展示矿工的生活，其巨大的篇幅，本身就构成了一部小说的规模开篇，在烟雾弥漫、寒冷黑暗的蒙苏矿区的背景上，遍体"伤痕"的工人形象就使人触目惊心，这些可怕的"伤痕"都是长期非人的劳动所造成的：发育不全而形成的干瘪瘦小、被风湿病害成僵直的腿、长期浸泡在水里而伤残的手、不断地咳嗽……为了突出地表现工人在劳动中受害之深，左拉多次描写了这样一个可怕的细节：那个老矿工长命老吐出的每一口痰都是黑色的！虽然这个老工人已经5年没下井了，但他"身子里有的是煤，够烧一辈子的"……然后，作者又通过艾蒂安在矿井下劳动的情节，进一步详尽地描写了矿井下"一幅地狱的景象"，在这里，到处都是水坑、泥浆，还有随时可能发生爆炸的瓦斯，高温使人浸透在黑色的汗水里，喘不过气来，狭窄低矮的坑道使人不得不匍匐在地"全靠腕力向前爬行"，工人在这种坑道里进行挖掘，就像是夹在两页书里的一只虫子，"有彻底被压扁的危险"。每天劳动如此艰苦，工人却挣不到足够的面包，他们过着贫困的生活，左拉以自然主义所常有的那种细致的程度，表现了工人日常的贫困生活的各个方面：他们拥挤在狭小的屋子里，男女混杂，甚至洗澡彼此也无法回避；他们家里的陈设简陋，几乎是空荡荡的；食橱里的饮食总是不够，家人经常处于半饥饿状态，有时只能把前一天的咖啡渣煮水充饥，或者只好到梅格拉的商店里去赊购，但每次，这个监工出身的杂货店老板总要矿工的妻女以满足他的兽欲为代价。在整部小说里，左拉都以矿工艰难困苦的生活景象为背景，同时有意识地以煤矿经理埃纳博家中的奢华生活、煤矿股东格雷古瓦夫妇悠闲富裕的日子加以对照，他明确地把两个阶级不同生活之间的内在联系表现了出来：马赫一家三代人在106年之中被矿层吸干了血汗的过程，正是煤矿公司发家致富、日益兴隆的历史，仅格雷古瓦原有的 1 万法郎的股票，经过一个世纪就变成为 100 万法郎，利润增大 100 倍，以至这一对夫妇用不着干任何事就可以指望子子孙孙靠这仍将继续增值的股票过富贵日子。左拉怀着社会正义感形象地把矿井描写为食人肉的怪兽，又把格雷古瓦这类资本家比喻为靠工人的血肉"喂饱养肥的一尊神像"，就使得他的文学描绘达到了政治经济学的深度，清楚地揭示出了资本主义生产的实质和资本主义制度下工人苦难生活的真正根源，当他完成了这样的描绘时，也就对小说后半部的罢工斗争的缘由做出了最令人信服的形象说明。

罢工斗争在小说里占大部分篇幅，是小说描写的最主要的内容，由此可见小说家那种力图通过表现自己时代两大阶级的矛盾与对抗、表现社会现实生活中重大题材以写出 19 世纪下半期新的历史发展内容的自觉意识。由于左拉所面对的现实是法国工人群众的斗争此起彼伏、欧洲的无产阶级社会主义运动方兴未艾的社会现实，他这种自觉的努力就使得他有可能在文学中表现出工人阶级如何由一个自在阶级变化发展为一个自为的阶级。在《萌芽》里，他把这一漫长、艰难、只有通过痛苦的经验才能完成的历史过程，浓缩在马赫一家的故事里。早在 18 世纪初，这一家的祖先纪尧姆·马赫在 15 岁上就为煤矿公司发现了丰富的煤层，他一直干到 60 岁死去。第二代，纪尧姆的三个儿子都先后在矿井里丧命。到万桑·马赫，也就是小说中的长命老这第三代，又是同样的命运，他的三个哥哥又死于井下，他自己也被从井底下拖出来过三次，每次都遍体鳞伤，只活下一条命，而当他还不到 60 岁退休的时候，他的儿子杜桑·马赫、他的孙子扎查里和尚未成年的孙女卡特琳又都在矿里拼命卖力了。面对着自己家族悲惨的历史和日益兴隆的煤矿公司，他还陷于一种命运的茫然感与迷信的恐惧之中，只觉得有一个摸不着的神龛，那里面蹲着一尊他从未见过的神，他们工人家族的血肉就是喂养这一尊不可知的神的。但是，到了杜桑·马赫这一代，觉醒的过程开始了，命运感逐渐让位给清晰的社会意识，无所作为的驯服逐渐变成了愤怒的抗争。

在法国文学中，高大的工人英雄形象为数甚少，而杜桑·马赫无疑是最突出的一个。他原来只是一个普通的矿工，承担着沉重的生活负担，在家里，他是一个好丈夫、好父亲，从不酗酒，伙伴们硬拖他到小酒馆里去，他也能拒绝；在劳动中，他是一个好工人，经验丰富，沉着老练，能吃大苦耐大劳，并且乐于助人，艾蒂安第一天流落到矿上来，就多亏他的照顾。像他的祖先一样，他身上也还残留着某些驯服顺从的东西，当年轻人辱骂工头时，他就小心地提出告诫，当工人指责公司时，他还要息事宁人地为公司说几句话。然而，残酷的压榨逼得这样一个老实工人也愈来愈不能忍受，公司借口要增设坑木来降低每车煤的工价一举，使他愤怒地提前半小时下班，这是他造反行动的萌芽。随着事件的发展，他"愈来愈气得握起了拳头"，不过，由愤慨到造反，却还有一个相当的历程，他还要经过反复的锤炼才能变得坚强、成熟。先是在公司的投标的骗局中，他上了当，受了骗，一旦他"如梦初醒"，他的认识就前进了一步，他的头脑里第一次出现了"当家做主"的思想；然后，在艾蒂安的影响下，他参加了互助基金的酝酿工作，但对无产阶级要彻底翻身的理想，他"仍充满疑团"，虽然他已经不再相信神甫关于幸福在于来世的说教，当公司的总管就互助基金会一事指责他"搞政治"，向他施加压力时，他竟唯唯诺诺，但事后，他又痛悔莫及，并且总结出了经验；罢工开始后，到了行动的时刻，他不愿意当工人代表与资方谈判，也产生了世代相传的听天由命的想法和不由自主的恐惧，然而，马上又出于自己的责任感，决定"不能扔下同伴不管"，在谈判的时候，他慷慨陈词，诉说工人的艰苦劳动与牛马般的生活，指责资方的无理，但经理一耍花枪，以遁词对付，他又感到无能为力，又变得像绵羊一样了；只是在旷日持久的严酷罢工斗争中受尽了磨难，马赫终于成了一个坚强的斗士，在罢工群众与政府军面对面对峙的时候，他竟然敢于"解开上衣，扒开衬衫，露出满是煤痕的胸膛，对着刺刀冲过去"，显示出一种"令人惊心动魄的无畏气概"，最后壮烈地牺牲在士兵的枪口前。左拉把这个人物放在尖锐的矛盾冲突中，反复地、辩证地写出他精神上的进展，让他在不断克服自身的弱点时展现出一层高于一层的精神境界，最后成为一个高大的英雄形象，他身上所体现的由不觉悟到觉悟，由不敢斗争、不会斗争到敢于斗争的过程，在一定意义上概括了整个无产阶级在革命中成长壮大的规律，带有某种典型性，因而，这个工人形象在法国文学史上具有重要的社会意义。

同样，马赫的妻子也是这样一个由没有觉醒到觉醒的形象。她是6个孩子的母亲，在工资微薄、入不敷出的条件下，要为全家的温饱操劳，她分担马赫的全部忧虑，马赫在罢工事件中所经历过的犹疑、畏缩，她都经历过。严酷的现实也使她摆脱与克服了这些弱点而坚强起来，当资方拒绝工人的要求，以饥饿进行要挟，使罢工遇到困难时，她"表现出了毫不妥协的毅力"，主张"只要有理，宁死也不能认错"。她过去只是一个没有政治头脑的家庭妇女，遇事温和，还责备艾蒂安过激粗暴，然而，后来她却充满了反抗情绪，热衷于谈论政治，"要一下子把资产阶级统统除掉，要求共和，要求断头台，要把世界从那些靠饥饿的人们的劳动养肥自己的有钱的强盗们手中拯救出来"，最后，她的丈夫、她的两个儿女都死于罢工斗争与矿井事故，她自己也不得不下矿井干活，但她却充满了坚定的信念，相信"总有一天，资本家一定会受到惩罚"，"不公正的日子不会再继续下去"。

《萌芽》反映了无产阶级由自在到自为的历史过程，最主要的还是正面地表现了科学社会主义与工人运动的结合。不可否认，马克思、恩格斯所领导的"国际工人联合会"的革命活动，由于有了《萌芽》才在文学中得到了表现。小说通过第一国际的活动家普鲁沙这个人物形象的出现与作用，反映了国际工人协会争取工人群众的努力与成效，蒙苏的矿工原来并不信任"国际"，普鲁沙向工人宣传了"'国际'的宗旨就是解放劳动者"，宣传了"全世界工人都为寻求正义而团结起来，共同去扫除腐朽的资产阶级，最后建立起自由的社会，不劳动者不得食"这些革命思想，阐明了工人的国际组织对于工人斗争的意义，他的宣传立刻得到工人群众的热烈欢迎与响应，争取到了蒙苏的 1 万名矿工。左拉的这一描写虽然由于他个人对无产阶级社会主义运动所知甚少而不免流于表面或肤浅，但毕竟是认真严肃的，在小说里，虽然"国际"对罢工工人的实际支援相当有限，但普鲁沙所宣传的第一国际的革命思想，却在蒙苏工人群众的心里播下了火种，增加了他们罢工斗争的坚决性，使罢工斗争达到了一个新的水平，因而，关于第一国际的片段描写显然提高了整部小说的思想基调，增加了小说的社会政治意义。

如果说，左拉对第一国际的片段描写还不充分的话，那么，他通过艾蒂安这个人物就更具体更充分地表现了社会主义思潮与工人运动的结合。艾蒂安是一个工人，但更多的是一个工人活动家的形象，作为工人，他在劳动中肯干而又能干，在生活作风上，老实正派，他还具有一般工人所不具备的条件，即有一定的文化水平，这就使他在工人群众中自然成了一个有影响、有威信的人物，加以他早在里尔就认识社会主义者普鲁沙，从他那里开始接受了社会主义思想的影响。在这位革命家的指导下，他开始从事工人运动，走上一条从工人中来、又不同于一般工人的特殊的道路，成了工运的领袖。重要的还不是人物的身份，而是人物所体现的思想内容，对于一个处于共产主义的幽灵早已在欧洲徘徊的历史条件下的工人活动家的形象，左拉这样一个资产阶级作家能赋予他怎样的思想内容，使他达到一个什么样的高度？

左拉笔下的艾蒂安，其思想的最初出发点是"天生的反抗精神"，他经历过"无知幻想的阶段"，胡乱地读过无政府主义的书刊以及从空想社会主义以来的各种社会主义的论著，蒲鲁东、拉萨尔，等等。开始他是工人中的一个探索者、一个寻找道路的人，最后，他毕竟还是找到了时代的真理，马克思主义在他思想中"占有了主要的地位"，他认识到"资本是剥削的结果，劳动者有权利和义务收回这笔被掠去的财富"，眼前"有权有势的富人们买工人、卖工人、吸他们的血、吃他们的肉"，这样的社会必须彻底改变，为此，"只有消灭国家"、"由人民掌握政权"，然后"开始各项改革"，"一切生产工具都归集体所有"，"人人都是劳动者"，"凭工计劳，按劳付酬"，等等。当他达到了这样的认识，他就在工人群众中成了一个传播真正社会福音的"使徒"，他热烈的宣传与持续的工作，导致了蒙苏的矿工集体加入"国际"，并使得罢工的群众队伍对"应该由我们来掌握政权和财富"的口号报以热烈的欢呼。

为了与艾蒂安的思想路线对比，左拉同时还安排了另外两个人物。一个是万利酒馆的老板拉赛纳，他原来也是一个老挖煤工，在三年前一次罢工中被公司开除后，开设了一个小酒馆，他能说会道，成了不满的工人们的领袖，但是，他是一个改良主义者，只主张改善工人的经济状况，反对矿工参加国际工人协会，也不主张对资本家进行激烈的坚决的斗争，而主张劳资调和，"实行分工制，使工人成为有关者，成为家庭中的一员"。另一个人物是无政府主义者苏瓦林，他本是俄国土拉省一个贵族的最小的儿子，曾密谋刺杀沙皇，事败后流亡到法国，在蒙苏煤矿当机器匠，他狂热地信奉巴枯宁主义，主张"毁灭一切，不要国家，不要政府，不要财产，不要上帝，也不要信仰"，要把人类社会"引向混沌的原始公社，一切从头开始"，而达到这个目的的手段则是"用火，用毒药，用刀子"。他对苦难的矿工并没有热切的同情，他也以超然的态度置身事外，他明知破坏矿井下坑道的防水设备会导致矿工们的死亡，却仍然带着一种疯狂的破坏欲这样做了，结果固然破坏了矿井，同时也造成了矿工们的惨死。左拉通过这两个人物，反映了 19 世纪下半期社会主义运动中存在着截然不同的思潮与派别这种复杂状况，也衬托出艾蒂安思想路线的正确。艾蒂安抵制了拉赛纳的主张，坚持引导矿工参加"国际"，结果，拉赛纳成为"一个被推倒的偶像"，遭到了工人群众的唾弃，至于苏瓦林的无政府主义，在艾蒂安看来，是一种"毁灭世界的狠毒的梦想"，对此，他保持了清醒的头脑，最后，苏瓦林也像一个幽灵似的离开了蒙苏。通过对这三个人物的矛盾对照以及他们不同作用的描写，左拉表现了矿工们的觉醒与斗争始终是在正确的思想路线的背景上发展的，使他的小说在表现无产阶级革命运动上接近了当时代的先进思想的水平。

同样，在对罢工斗争的具体描写上，左拉也显示了他思想的进步倾向。他以赞赏的笔调描写了工人群众在罢工中的觉悟与团结一致：男人不再进酒馆，家庭妇女也不再胡扯乱吵，甚至小孩们也"不声不响"，为了避免发生任何细小的事端，给当局以镇压罢工的借口，他还表现出工人群众在罢工中的一种革命的认识，一种对社会主义的期望："既然有人许诺他们正义的时代就要来到，他们就准备为争取幸福而忍受磨难"，因此，虽然"形势一天比一天严峻，但是他们仍然充满了希望，即使大地在他们脚下裂开，也会出现奇迹使他们得救，这种信念代替了面包，使人感到温暖"。特别是左拉细致地描写了工人群众由说理斗争逐渐发展为暴力斗争的过程，他们原来提出的要求很有限，完全合理，对这有限的要求，资方不仅加以拒绝，而且以饥饿政策与卑劣手段来破坏罢工，把矿工置于绝境，这才把驯良的工人激怒了起来，左拉不像某些带有严重阶级偏见的资产阶级作家那样，把革命群众描写成天生的疯狂的破坏者，而是把罢工群众最后的暴怒描写成世世代代受压榨的处境与眼前不可忍受的苦难绝境的产物，对工人的暴力行动抱有明显的同情。在结局上，左拉还赋予罢工事件一种悲怆的色彩，就罢工事件本身来说，它完全具有正义的性质，其中贯穿着工人群众反抗剥削的浩然正气，以它在蒙苏这一个局部范围来说，它也具有暴风骤雨般的威力，然而，它却以失败而告终，在左拉的形象描绘中，罢工失败并不是由于罢工群众的错误和他们的软弱，而是因为蒙苏这个局部的地区毕竟是处于全国反动资产阶级秩序的包围之中，与蒙苏矿工对峙的，远远不是埃纳博等几个资本家，而是整个庞大的、仍然相当牢固的国家机器，正是由于力量对比的悬殊，使得这场罢工最后成了悲剧。左拉的描写显然是符合 19 世纪 70、80 年代资本主义秩序仍然稳定这一社会历史的现实，虽然左拉忠于历史的实际，让他小说中的罢工归于失败，但他却把它视为矿工对自己队伍与力量的一次检阅，认为它"以正义的呼声唤醒了全法国的工人"，因而"只不过是对于即将崩溃的社会的一次小小的冲击"，并且，在小说的最后，通过艾蒂安的沉思，表示了这样的信念："革命即将到来，这是一次真正的革命，劳动者的革命，它的火焰将把本世纪最后几年映得通红"，因而以高昂的基调，阐明了小说标题"萌芽"的含义。

《萌芽》尽管描写了罢工斗争与"国际"和科学社会主义思潮的关系，对未来做了乐观的展示，但在思想内容上仍存在明显的局限性。它对无产阶级与资产阶级的关系表达了一种达尔文主义的理解，在艾蒂安的理解里，无产阶级在未来将获得胜利，只是因为强大的有生命力的阶级要吞食衰弱的垂死的阶级。正因为作者没有从历史社会发展的规律去理解无产阶级革命胜利的必然性，所以他对受剥削受压迫的工人群众如何才能摆脱苦难状态的出路，也就缺乏正确的认识。在无产阶级求解放的道路问题上，小说既表达了某种乐观，也表露了一种茫然的情绪，这种情绪可见于结尾部分艾蒂安的沉思，这个人物对工人的暴力斗争又产生了与他的达尔文主义相左的怀疑，至于有效的斗争道路是什么，他只能"模糊地进行猜想"，在这里，左拉让他的人物提出了可能的设想："等法律允许的时候，建立起工会，然后去对付面前仅有的几个不劳而食的人，到那时就可以取得政权，当家做主了"。这种和平改良的工团主义的设想实际上就是左拉本人所提出的方案，在这里，建立无产阶级的政党与进行革命的政治斗争，都在左拉的视野之外，既表现了他作为工人群众的诚挚同情者的天真，又表现了他作为资产阶级作家的局限。正因为左拉的思想没有也不可能达到当时时代的无产阶级革命的高度，所以，他在描写群众罢工斗争的时候，就不可能绘制出一幅有组织、有领导、有效率的斗争画面，他笔下的罢工队伍仅仅被愤怒所控制、所指引，他们从一个矿区自发地涌到另一个矿区，像一股破坏一切、毁灭一切的熔岩之流，带有明显的盲目性，应该说，这种描写没有完美地表现出那个时代"国际"领导下的工人运动的历史真实。在对罢工领导人艾蒂安的描写上，左拉为了不使这个人物只成为一种意识形态的化身，便以自然主义的手法描写他在矿井下第一次在卡特琳身旁劳动时那种未免来得太快的性的冲动，还以非英雄化的手法描写了他在筹建起基金会后"俨然成了一个头目"，既有"讲究打扮和享受的本能抬头"，又有"虚荣心"和"不断滋长的野心"使他"讲话也打起官腔来"，这种出自作者某种主观概念的描写显然无助于深化这个人物的性格，倒泄露出作家本人对塑造出新型工人活动家高大而真实的形象，缺乏足够的思想条件与生活基础。在对资产阶级人物的描写上，左拉避免把工人的全部苦难仅仅归咎于某一两个资产阶级人物的恶德，而企图归之于阶级社会与制度的原因，但当他由这种意图出发时，却又走向了另一个方向：不止一次有意识地表现资产阶级人物身上的善良人性与美德，他描写罢工失败后，资产者格雷古瓦一家"为了不念旧恶与表示和解的愿望"，如何对马赫家进行慈善布施，恰与小说前半部这家人对工人的刻薄悭吝完全相反，他还描写了煤矿经理的侄子、工程师内格尔为了掘救井下的矿工如何奋不顾身，在艾蒂安被救出后，两人又如何拥抱大哭，这又一反内格尔这个资产阶级少爷一贯对工人的刁钻与凶狠，与此同时，左拉又违反生活的基本真实，安排了生性善良老实而又全身偏瘫的老工人长命老扼死了无辜的资产阶级少女赛西尔的情节，所有这些描写集中地反映了左拉思想上的局限。

作为一部描写重大的社会斗争与工人运动的小说，《萌芽》在艺术上达到了很高的成就。在结构上，它先以博大的视野，全面铺陈，向读者展示了历史与现状、生活与劳动、上层与下层的广阔画面，而后，进入罢工事件的根源与起因，描写它的发端、发展、高潮与结局，全书的描述充满了一种动感，像一条宽阔的江河，浩荡而流。小说关于工人群众集会、罢工、示威的大量篇章，无疑是文学史上对巨大的群众斗争场面进行描写的典范，它们以充足的表现力呈现出这些场面中惊心动魄的情景、白热化的气氛以及整个事件发展中那种磅礴的气势，作者的描写是辩证的，那些群情愤慨的场面起源于那一个个悲惨的生活画面，一个个悲惨生活的画面又发展为罢工斗争的怒潮，而在群众斗争此起彼伏、激越奔腾的过程中，生活的画面又不断展现，人物的性格又不断深化，生活的内容又不断开拓，面与流、静与动，两者相辅相成，互相渗透，穿插，构成了一部内容深广、气势宏大的群众斗争的史诗。在对现实生活的描绘上，左拉以力求巨细无遗的自然主义的方法，全面地、详尽地表现了19世纪下半期矿业的生产结构、技术条件、机械设施、劳动组织、工资状况以及矿工群众在衣食住行各方面的条件、生活习俗等等，使《萌芽》成了那个时代矿区生活与劳动的百科全书，但与此同时，这种自然主义的方法，也使洗澡与小便等细节竟然也进入了文学描写之中，至于对矿工男女们放荡生活、对艾蒂安身上的嗜杀狂症的描写，则是自然主义的败笔。

八、真实，严酷的真实

——《土地》

当左拉完成了他的《卢贡－马卡尔家族》中大部分作品的时候，为了在他这一家族史巨著中补充对法国农村生活的描写，他于 1886 年 2 月开始写作长篇小说《土地》，作品于次年问世，成为左拉的家族史小说中的第 15 部。

法国文学史上，曾经有过不少描写贵族家庭，资产阶级家庭悲剧的作品，但写农民家庭悲剧的作品却极为少见，《土地》的中心内容，是包斯平原上一个农家中围绕土地与财产的纷争，其别开生面的题材，自当格外令人瞩目。

路易·富安的历代祖先都是农奴，经过几个世纪的操劳与积攒，到资产阶级革命的时候，这一家拥有了 21 阿尔庞的土地，路易·富安的父亲约瑟夫·卡西米尔把这些土地分给他的两个儿子路易·富安、米席·富安与两个女儿玛丽亚娜·富安、乐莉·富安。现在，路易·富安也已经老了，眼看自己无力再进行耕种，只好把自己的田产又分给三个儿女：长子雅森德、次子布托与女儿帆妮，而从他们那里领取定额的年金过活，虽然这一切都通过法律手续明确了下来，但路易·富安分掉自己的田产，就意味着将丧失一切。首先是他那无赖汉长子、绰号为"耶稣基督"的雅森德，把自己分得的土地一块块典当出去换酒喝，拒不向父亲交付年金，而且，反倒用种种卑劣的手段去骗取他的生活费。次子布托以"耶稣基督"不付年金为借口，也不再尽自己的义务。富安老爹不得已，放弃了自己的房屋，寄住在女儿帆妮与女婿戴洛姆家，不久，又因受不了这对夫妇的刻薄与嫌弃而搬到"耶稣基督"的破屋里。当他发觉"耶稣基督"与其女儿莱渣子一直觊觎着他私藏的储蓄与证券并多次进行盗窃后，他又怀着怕被谋财害命的恐惧，投奔次子布托，然而，他在布托这里，先是彻底地失去了他全部的私蓄，然后，又遭到布托夫妇极为冷酷无情的对待，过着猪狗一般的悲惨生活，有时还被赶出家门，流浪在原野上，忍饥受冻。

与路易·富安的悲剧平行发展的，是他的侄女法兰丝瓦斯的悲剧。法兰丝瓦斯与其姐莉慈，父母早丧，两人相依为命，共同耕种父亲遗留下来的田产。莉慈与布托结婚后，姐妹仍未分家，布托一直想通过占有法兰丝瓦斯而永远霸占她的一份产业，未成年的法兰丝瓦斯对布托进行了坚决的抗拒，由此，莉慈一家不断爆发争吵与殴斗。法兰丝瓦斯成年后，与从外乡来到本地当长工的约翰相好，分走了自己的土地与家产，建立起自己的家庭，并不久将要有自己和约翰的孩子。布托夫妇则一直盼望这个少妇和她将出生的继承人死亡，以便得到她那份产业。有一次，法兰丝瓦斯在田里劳动的时候，她在莉慈与布托联合使用暴力的情况下，终于被布托奸污，又在与莉慈殴斗时被摔在大镰刀上而致死，腹中还有待产的婴儿。法兰丝瓦斯死后，布托夫妇又发现富安老爹当时目睹了法兰丝瓦斯被害的真相，为了灭口，他们把自己的父亲闷死在床上，又纵火灭迹。小说的最后，布托夫妇逍遥法外，约翰则被迫离开包斯，准备参军，奔赴即将爆发的普法战争的前线。

从小说的故事内容不难看出，左拉的全部笔触都落在农村生活上，显然他力图提供一份关于法国19世纪下半叶农民阶级生活状况与道德精神面貌的全面写照与实录。在小说里，他以文献资料式的详尽，描写了农民们衣、食、住、行的条件，在他的笔下，从农民平日劳动时所着的简陋的衣裙，到节日穿戴的廉价衣料做成的"礼服"，从每日三餐粗糙的食物，到喜庆时节的狂饮，都有真实如画的再现。左拉在描写中，注意到农民中不同阶层在生活条件上的差异，他让读者看到贫苦农民像狗洞一样的栖身之所和他们半饥饿的状态，富裕农民整齐洁净的家舍和家中充足的饮食，他还把小说的情节安排在不同的季节，在以优美的文笔描绘出包斯平原上阴晴雨雪、晦明变化，朝暮景色的同时，又生动地呈现出农民播种、刈草、收割、打场、耕地等一幅幅动人的情景，他对农民生活的描写是抒情的，带有某种诗意，小说的开端与结尾所描写的播种图，几乎可与雨果的名诗《播种的时节——黄昏》媲美，而他在描写劳动的细节时，又以资料家的眼光，不遗漏农民所使用的工具的质地与式样以及他们劳动的方式方法。对于农民不同的生活方面，左拉表现出风俗学家的浓厚兴趣，详尽地描写了他们在财产经济问题上如何签订条件、履行手续以及农村财产关系的种种表现形式，他们在乡村教堂里如何喧闹地过着徒具形式的宗教生活，他们在政治上如何对待选举、如何在农村公共事务上由于利益的矛盾而进行那种粗野得像口角一样的"论辩"，他们在市集上如何讨价还价、彼此进行小小的欺骗，等等。左拉在风俗学式的考察中，善于摄取一个个不流于一般化、具有独特性的生活场面，以生动的描写给小说增添了有声有色的精彩篇章，农民在冰雹袭击下的惊恐与诅咒，他们在耕作时的打闹，在草场上劳动的艰苦和他们解闷的笑谑；酿酒时节的欢乐与滑稽的场面，婚礼上的热闹，晚饭后在牛栏里夜聚时的传闻、消息与闲聊，小酒店里乱哄哄的高谈阔论，以至生老病死的悲惨情景以及农民妇女分娩时的痛苦，所有这些都以斑驳杂然的色彩呈现在小说里。

农民阶级的生活，是法国文学中比较少被作家表现的一个题材，虽然梅里美在《雅克团》中、巴尔扎克在《农民》中，也真实地描写过农民，但是，农民生活与劳动的全面状况远远没有得到充分细致的展现，至于乔治·桑田园小说中的农民，则完全是作者理想化的形象。左拉为写作《土地》，坐着驿车到包斯平原的农村中做了一个星期的考察，广泛收集创作素材，这次旅行再加上他在梅塘乡间的生活经验，使他具有丰富的感性知识，他以自然主义的方法，详尽地表现了农民生活的真实，给法国文学献出了一部有文献资料价值的、独具一格的作品。

如果说左拉的《土地》在真实再现法国 19 世纪下半叶农民的生活状况上所达到的成就，是毋庸置疑的话，那么，他在真实表现农民的道德精神面貌方面所做到的一切，在法国文学史上至少也是特别引人注意的，在这部小说里，他通过不同的人物形象，着力表现农民作为小私有者的愚昧、落后、贪婪、自私、冷酷以至残忍，其严酷真实的程度，甚至达到了惊世骇俗的效果。

富安老爹是一个正常的农民，不论他的长处还是他的弱点，都是农民所具有的正常的、自然的特性。他勤劳本分，一辈子种地务农，从未有过非分之举与非分之念，他对人也不失淳朴与善良，他像大多数农民一样，在家庭里作为一家之长，多少有些专制独断，对亲属与对自己，有时免不了有些悭吝。他最大的特点是对土地的渴望与热爱，他不仅把土地作为自己谋生的一个最基本的条件与保证他老年生活的一种财产而特别加以珍视，特别具有一种排斥一切其他要求的控制欲、占有欲，而且，长期的劳动生活又使他在这种珍视的基础上，形成了一种土地拜物教的感情，一种宁可牺牲自己的利益而无限加以疼爱的感情，他一生都以"那么大的兴奋与激情，拼命耕作"，一生都尽量减少自己的费用与消耗，以"最悭吝的节俭"一块一块积攒自己的土地，于是，他原来旺盛的生命力与健壮的身体完全消耗光了，而今，他年老体衰，不能再进行耕种，他把土地当作心爱的女人，不愿意看着它被荒芜而"受委屈"、"受苦"，因此，他不顾法律公证人的劝告与他的长姊玛丽亚娜的反对，决定把田产分给自己的儿女。他这种为土地着想的拜物教的感情，在农村的环境里，显然不及他长姊那种现实利害的打算对自己有利，他分掉了自己的土地，实际上就是丧失了他在生活中的最根本的基石，于是，他每况愈下，后来，在忘恩负义的儿女的冷酷对待下，他落得流浪包斯平原。富安在凄风苦雨中来回流浪、无家可归的那一章，显然是借鉴了莎士比亚的《李尔王》中老国王流浪在荒原上的那一个场景，左拉通过这一章加强富安命运的悲剧性质，揭示了农村私有关系制约下农民家庭的悲剧以及人情的冷酷。

与富安相对的一个形象是他的姐姐、绰号叫"老大"的玛丽亚娜，他们在两个意义上是相对的，一是富安对自己的家庭子辈还有某种长者的温情，虽然他也很自私自利，但"老大"，却冷酷到了违反人性的地步。她唯一的女儿遗留下一男一女，即帕眉尔与希拉利昂姐弟，他们生活无着，仅仅靠在农村里出卖廉价的劳动力为生；而且，希拉利昂还是一个白痴，全部的生活重担全压在帕眉尔的肩上。眼见他们在自己跟前过着悲惨的猪狗般的生活，"老大"毫无怜悯之心，虽然她自己有土地和财产，单身过着富裕的生活，但对一对比乞丐还不如的姐弟从不给予最轻微的施舍。她与富安的第二个不同，在于她对土地有一种永不放弃的占有欲，不像富安那样有一种多少带点浪漫色彩的土地拜物教——与其永远占有它，不如为它着想而使它得到充分的利用，她极力反对富安把土地分给儿女，早就预言了富安分掉土地就会遭到厄运，她根据长期的经验，深知失去了土地就会失去一切，因此，她强悍地、顽强地像一头凶狠的鹫鹰一样，把持着自己的土地所有权，守卫着自己的每一点财产，包括每一杯可口的美酒。在生活上，她待人刻薄，悭吝到了极点，好占别人的小便宜，包括在人家的庆宴中多吃几口。她不仅顽强保护自己哪怕是最小的利益，而且她还喜欢在人与人的关系中展开攻势，"唯恐天下不乱"，她眼见布托夫妇与法兰丝瓦斯在财产问题上有矛盾，于是就进行干预，她促成了法兰丝瓦斯与约翰的婚姻，并非出于成全他人的美意，而完全是为了要与布托捣乱，扰破他积攒财产的美梦。这样一个顽固、强悍的女性，就像一棵根深蒂固、生命力特别强旺的大树，老而不衰，她舒适自得的晚境正好与富安的悲惨下场形成对照。左拉以浪漫的、夸张的笔调，把她写成包斯平原上的一个强者，烘托出造成富安那种悲惨下场的野性残酷的风俗民情。

在这种野性残酷的风土中，布托是一个特别突出的代表。他一方面从他父亲那里继承了对土地的沉醉迷恋，对土地的占有欲几乎居于他生活的中心，一切都从属于这一要求。他与莉慈早有私情并已有了孩子，但他并不打算对她负责，只是当他看到莉慈所继承的土地财物对他有利时，他才决定与她结婚。他身上虽然有流氓的气息，但他耕种起自己的土地、进行各种农业劳动时，又完全是一个勤奋的农民，其热情与劲头都不减当年的父亲。另一方面，他又具有与其姑母"老大"相类似的特点，在攫取土地和为自己谋利上，他强悍、凶狠、狡黠、厚颜无耻、冷酷甚至残忍。当他父亲把土地分给儿女们的时候，一涉及儿女应承担的义务，他马上就表现得特别忘恩负义，而且心计颇深，善于谋算，他那些刻薄的反讽，流露出他那种极端的自私自利与冷酷。他在分地与抓阄中，比同样自私自利的兄弟姊妹更为刁钻，甚至有些无赖，他对土地与财富的贪婪是无限的，父亲的土地被分成几份，使他感到揪心的痛苦与愤怒，他一心想要独占。对他父亲，他不仅不尽原来议定的义务，而且为了获得父亲的私蓄，施用了各种手段，巧取豪夺。他心计很深，早就对法兰丝瓦斯不怀好意，他既有占有法兰丝瓦斯的欲望，也怀有霸占她的财产的野心，比较起来，后者更为强烈，眼见法兰丝瓦斯与约翰结婚，他感到的痛苦还不及他因失去了她的那一份财产而感到的痛苦那么强烈、持久。除了他的欲望，他身上显然还带有野性和无所顾忌的无耻，为了实现他的欲望，他什么事都干得出来，什么手段都可以使用，他的手段当然远没有文明化的资产阶级那样隐蔽、阴毒，但有时也带有一种精细的狡黠，他在市场上的讨价还价，显然还带有一种原始诈骗的性质。他所使用的手段的主要特点是粗暴与凶狠，正是这种特点，使得他的家庭弥漫着一种恐怖的气氛，先是对法兰丝瓦斯的逼迫，后是对他父亲富安的残害，最后，终于在他的家里发生了最伤天害理、令人发指的罪行。这是一个理查三世式的人物，左拉既从人性的意义上写出贪婪是如何使他成为一个犯罪的人，又充分地表现出这种贪欲在一个农村小私有者身上的表现形式，表现出他那种有别于封建阶级人物的骄横、资产阶级人物的阴毒，而是粗野的本能的犯罪过程。布托这个人物在《土地》中的出现，使得法国 19 世纪文学中恶的人物系列中又增加了一个另一种类型的标本。

除了以上几个主要人物外，其他的农民形象也具有鲜明的性格特点。富安的长子雅森德，他曾经参加过 1848 年革命，后来又在第二帝国时期参加殖民军在非洲打过仗，对当地人民进行过劫掠，虽然 1848 年革命在他脑子里留下了一些模糊的资产阶级共和主义的概念和口号，但在殖民军中的经历却在他身上打下更为深刻的兵痞的烙印。他在乡下游手好闲，不务正业，他完全不像他父亲和他弟弟那样有耕种土地的热情，有占有土地的欲望，他只要有钱，就要喝得大醉，几乎整天都是酩酊的状态，而没有钱的时候，他就靠盗窃与偷猎为生，富安分给他的土地，他很快就换成酒化为乌有。这是一个农民二流子的形象。左拉在描写他那种兵痞特性和在酒与泥泞里打滚的生活时，又表现出他"心地并不坏"和"具有走江湖的人的直爽心肠"，并且通过他一些粗俗不文、滑稽逗乐的故事，给小说带来一点戏谑的成分，一种拉伯雷式的色彩。富安的女婿戴洛姆又是一个正常的农民，他自私、对土地也很贪婪，但他勤劳务农，又特别善于经营与耕作，和他的妻子一道把农活与家务安排得有条不紊，他们夫妇俩对富安也相当冷酷，不过，比较起来，他不像布托那样蛮横，也不像雅森德那样无赖，他待人处世稍为通情达理，他从个人利益出发，用正规的手段与聪明的办法去赢得自己的利益，他是农村中循规蹈矩、精明能干的富裕农民的形象。莉慈姐妹是颇有代表性的一对农村妇女，她们从小相亲相爱，形影不离，但最后却成为死敌。左拉从两个方面去写这种关系的发展变化，一方面是由于本能，莉慈与布托结婚后，发现丈夫对小姨子有所企图，从嫉妒的本能出发，便把妹妹视为眼中钉，而法兰丝瓦斯则由于本能地被布托所吸引也对姐姐心怀嫉妒，倒反故意拒绝布托以扰乱整个家庭的气氛。左拉就这样以自然主义方法，从生理的角度描写了三人关系的复杂状态，并把它引向法兰丝瓦斯的悲剧结局。另一方面，左拉又把对财产的占有欲描写为腐蚀与毒化姐妹关系的又一根由，法兰丝瓦斯从小对自己的权益与财产就有牢固的占有欲，虽然她当时还是一个善良的小姑娘，她一直顽固地要实现她的所有权，等着成年后与布托夫妇分家。莉慈则因为眼见妹妹分走了一份财产而更增加了对她的憎恨。然而，最后法兰丝瓦斯明知自己是死在姐姐手里，她却又顽固地从家族所有权的感情出发，不仅没有揭发使她致死的布托夫妇，而且拒绝把财产留给自己的丈夫、外乡人约翰，宁可让它落在姐姐与姐夫手里。

在个体农民形象的周围，左拉还描写了当时农村环境中其他阶层的人物。有靠开了几十年妓院发了财、以年金过着阔绰生活的乡居资产者查理夫妇，他们得到周围农民的尊敬与恭维，村民们认为他们的钱财就说明了他们高贵的身份，把他们悠闲舒适的晚年称颂为"他们30年工作的正当报酬"；有农业资本家胡德根，他的情妇是当地人的"公共财产"，他最后不得好死；有庸庸碌碌的乡村神父高达；有整天醉醺醺的敲钟人培贵，他是一个极端波拿巴主义者，第二帝国在农村中的一块小小的基石；还有虐待学生的小学教员、世故的法律公证人和贪杯的土地丈量员，游手好闲的小杂货店老板与小酒店老板以及他们的俗不可耐、不务正业但却善于钻营的儿子。《土地》中的主要农民形象和他们周围这些形形色色的人物，构成了第二帝国时期猥琐、卑微、灰暗、阴沉的农村众生相，一幅比《奥尔良的葬礼》规模更大也更为严酷的图景，正与作者笔下辽阔、富饶、悠远、色彩鲜明、富有诗意的包斯平原的大自然景色形成对照。

《土地》中的图景，必然会引起某种震惊。它发表后，5 个青年作家，波尔梅丹、罗斯尼、德卡夫、马格利特与基希，于 1887 年 8 月 18 日在《费加罗报》上发表宣言，认为他们过去所崇敬的老师背叛了自己的原则，写出了丑恶的作品，他们指责这部小说"对农民生活的描写太不切实，笔墨颇为淫秽"，"从维护风化的观点，实有反对之必要"，并宣称从此要抛弃对左拉的自然主义的信仰。还有的作家也批评这部小说"贬低了人类，侮辱了美与爱的一切形象，否定了良好的与善的一切"。《土地》之遭到攻击，根本原因在于，左拉不是从道德化的"维护风化"的规范去表现第二帝国时期农村阴暗的现实，也不是按人们所希望与所愿意的那样去描写农民，而是以自然主义的方法致力于表现严酷的真实，他的描写虽然令人骇然，但绝不是臆造与歪曲，小说中最令人发指的罪行、布托夫妇杀害父亲的情节，是左拉以 1886 年 11 月在阿西斯·德·布洛瓦起诉的一桩案件为蓝本写出来的[①]，这个案件的罪犯托马斯夫妇把他们的母亲烧死在自己家里的壁炉中。因此，当这部作品严酷的真实性愈来愈被人们认识了的时候，对它的指责也就沉寂了。

从创作意图来说，左拉没有从理想化与道德化的要求去表现农民，正是要通过对第二帝国时期农村生活的真实描写，提出农民的状况与法国农业的前途这一巨大的社会问题。为了写作《土地》，他阅读了当时一些有关农业与农村人口的专著，并且他在钻研中还"总是碰到社会主义这个问题"[②]，由此，他又主动要求与法国社会主义运

[①] 见阿尔芒·拉鲁：《左拉先生，您好》第 208 页，巴黎，阿米奥—杜蒙版。

[②] 左拉 1886 年 6 月给 J·封·桑登·柯尔夫的信，见阿尔芒·拉鲁：《左拉先生，您好》第 209 页，巴黎，阿米奥—杜蒙版。

动的领导人盖德进行会晤，1886 年春，他与盖德晤谈了两次，倾听了盖德对于法国农民问题与农业问题的观点。

马克思对第二帝国时期的农民，做过这样的论述："波拿巴王朝所代表的不是革命的农民，而是保守的农民，不是力求摆脱由小块土地所决定的社会生存条件的农民，而是想巩固这些条件和这种小块土地的农民；不是力求联合城市并以自己的力量去推翻旧制度的农村居民，而是愚蠢地拘守这个旧制度并期待帝国的幽灵来拯救他们和他们的小块土地，并赐给他们以特权地位的农村居民"[①]。如果说，在封建社会中，个体农民是作为封建阶级压榨剥削的对象、作为物质财富的创造者而是一个革命的阶级的话，如果说，在 19 世纪上半叶，"农民阶级是对刚被推翻的土地贵族的普遍抗议，小块土地的界线成为资产阶级抵抗其旧日统治者的一切攻击的自然堡垒"[②]，因而这个阶级具有明显的进步性的话，那么到了 19 世纪下半叶资本主义生产大幅度发展的历史条件下，小块土地所有制就愈来愈与大规模的社会生产以及日益迫切的技术改良格格不入，愈来愈成为保守的因素。左拉所描写的就是这一历史阶段里保守的小土地所有制、农村小私有者。在他的理解中，一方面是顽固的对小块土地所有权的执著、狂热的对财产的占有欲与贪婪，使得他们成为"放在田野上的狼群"，"发狂的昆虫"，使得他们之间充满了小气的计较、冷酷的关系、激烈的争夺，而他们自己又在这残酷的关系中遭受着痛苦，另一方面，小私有制所决定的生产力与生活水平的低下，又使得这些乡下居民的身上保持着粗野与低级的本能。在这种理解下，他以毫不遮掩的自然主义的方法，赤裸裸地描写了他们的贪婪与犯罪、情欲与乱伦。

左拉从盖德那里接受了这样的观点：小土地所有制墨守成规，经

---

① 马克思：《路易·波拿巴的雾月十八日》，《马克思恩格斯选集》第一卷，第 694 页，人民出版社，1972 年。

② 同上，第 696 页。

营落后，土地分散，不利于机器耕作，使得农民成了土地的奴隶，而装备很差的农民又惧怕外国农产品的竞争。他在《土地》中也着重地表现了小农经济在 19 世纪下半叶历史条件下的落后性，在这方面，值得注意的是胡德根这个人物的经历。胡德根作为农业资本家，当然有其剥削阶级的本质，他对手下的雇工实行专制独断的统治，用工资作为手段驱使他们从事艰苦的劳动，他还操纵地方的政治和村里的公共事务，为自己的私利服务，但是，在农业技术上，他为了加强竞争的地位，倒具有一种改革的精神，他以很大的乐趣投入这种改革，使他经营的农场颇有成效。左拉通过他被情妇欺骗后由于妒火中烧而在农场里巡走的情节，表现了农场的规模、生产的方式、机械化的程度、劳动条件、房舍设备、劳动力的数目和他们劳动量的大小、农畜产品的种类、供销情况与市场价格等等，揭示了资本主义大生产较之于落后的原始的小土地耕作的优越性。然而，在左拉的笔下，这个农场和它先进的技术像一个微不足道的小岛一样，被包围在原始落后的小生产的庞大海洋中，胡德根所使用的机器和技术遭到了周围农民的敌视与嘲笑，被骂为"魔鬼的发明"。左拉在小说的第二部第五章中，集中提出了小土地所有制给法国农业发展所造成的危机，他通过小说人物的议论指出，由于广大的小地产因循守旧的耕作，"包斯，法国古代的谷仓，现在已经逐渐枯竭……已不能再养活一个愚蠢的民族"，而且，个体农民把一个铜子一个铜子积蓄起来，并不投资于土地，不进行技术改革，而去"购买西班牙、葡萄牙甚至墨西哥的金融证券"，如此恶性循环，法国农业眼见面临巨大的危机，再也无法抵御美国小麦的倾销。左拉在小说中通过形象的描写，对当时流行的小地产优越论进行了批判，对波拿巴王朝所代表的保守的小土地所有者的落后面与阴暗面进行了无情揭露，有助于人们认识真实的情况，这是小说《土地》所具有的不可否认的价值。不过，应该指出，左拉在进行这种描写的时候，并没有也不可能真正站在当时代的科学社会主义思想的高度，写出农民阶级的力量与缺陷、优点与弱点，而是带着资产阶级社会学的观点与人性恶的思想，过多地渲染了农民身上的阴暗与污点，因而也就不免流于一种片面与偏颇，这不能不说是表现了作家的阶级局限性。至于他把资本主义农场作为个体小生产的对立面而多少加以美化，则又反映了他看不出法国农民的前途与法国农村的前景。

左拉在揭示保守的个体农民的落后面的同时，对他们也进行了一些同情的描写，他表现了从封建时代的农奴演变而来的个体劳动小私有者在资本主义关系中的命运并未得到改善，他通过第一部第五章，反映了法国农民在封建社会中悲惨的历史命运与艰难的求生挣扎之后，又在第四部第三章中，通过布托纳税的情节，表现了农民在资本主义社会中所受到的压榨，加在他们头上的地税、人头税、动产税、门窗税等等，项目之繁多，几乎不减当年封建时代，而且"每年都不断提高"，就此，左拉描写了农民对"自己头上有种种行政司法机构，有资产阶级的懒鬼们在压迫"而感到的愤怒情绪，描写了他们渴望取消赋税、兵役的强烈愿望，对第二帝国政府所散发的美化农民现状、把乡村描绘成人间乐园的波拿巴主义的宣传品，进行了辛辣的讽刺。可惜的是，左拉在他的小说里，并不把表现农民与资本主义制度的矛盾当作自己主要的任务，就像他在《萌芽》中不把工人与资本主义制度的矛盾当作主要内容那样，因而，他的小说也就没有写出法国现实生活中实际存在的贫苦农民对资本主义制度的反抗与斗争，这使小说《土地》未能具有它本来可能具有的社会进步意义。

法国农民与法国农村的前景如何？左拉在《土地》中也企图有所涉及，关于这个问题，他曾经从盖德那里获知了这样的观点：只有采用高度机械化与化学肥料作为基础的优良耕作方法，才能改变农业经济的落后与贫困，而这只有在小农生产方式消灭和土地国有化之后才有可能，将来，政权还要转移到工人阶级的手里以消灭资本主义的劳役与资产阶级的政府。盖德的上述观点在《土地》中有明显的反映，左拉在小说里安排了"大炮"这样一个人物，他是"巴黎郊区的工人"，"曾经参加过社会党所有的集会"，他从一个村庄到一个村庄宣传一项"伟大事业"，那就是"巴黎的同志们将夺取政权"，"废除年金，占领大的资产，使全部金钱与劳动工具还给全体人民，人们将组织一个新社会，一个巨大的金融、工业与商业的机构，对劳动与享受进行合理的分配"，"在乡下，将没收土地"，由国家农场"进行大规模的耕种，使用大量的资金、机械以及种种其他先进设备"，而个体小农，"你们在旁边看见国家农场的丰收，无须别人请求，你们将自动献出你们的田亩"。《土地》中这一重要的章节，说明了左拉在某种程度上接受了社会主义思潮的影响，然而，他让这些思想观点由"大炮"这个人物来宣讲，而这个人物又被他描写成"大路上的流浪汉"、"乡村里的恐怖对象"、"靠偷窃和强迫施舍过活的流氓"，这又反映了他对社会主义力量的不理解，实际上没有在生活中看到实现社会主义前途的阶级力量。

与此相关的一个人物是工人出身的约翰。左拉把他写成《土地》中的一个正面形象，虽然他也有个人的欲望与对财产的希求，但他勤劳、正直、本分、善良，对土地既有一种超乎功利的、近似对大自然的审美感的热爱，又有一种像哲人一样意境高远的崇拜，但是，左拉又把他写成一个与社会主义思潮毫无关系，并且在包斯平原上无所作为的人，他在小说里，似乎只是这个乡村中的匆匆过客，他未能如他原来所希望的那样在这里扎下根，而是在那冷酷的环境与关系里，成为一个失败者，最后，被迫离开了这片乡土。左拉对约翰的处理，从另一个方面反映了他思想的局限性与某种悲观主义的情绪，尽管他在小说的最后，通过约翰的思想，对大地、对人类劳动的永恒性做了颇有诗意的歌颂。

在艺术风格上，《土地》是一部具有多种因素的复合式的作品，其中对包斯平原上大自然景色的诗情画意的描写，带有左拉早期作品中浪漫主义的风格，对农村生活的现实主义的描绘，其真实性则严酷得使人震惊，而左拉的自然主义方法，在这部作品里又表现得特别突出，他经常是不厌其详地、不加任何遮盖地去写一些下流的对话、动物性的情欲、丑恶的场面与血淋淋的犯罪，使人读来颇感不快，这无疑有损《土地》的艺术价值，也使得《土地》往往很容易成为一部有争议的作品。

九、对金融资本深刻的揭示

——《金钱》

《金钱》是《卢贡－马卡尔家族》中的第 19 部长篇小说，它以其题材的重大与艺术描绘的成功，在左拉的全部创作中占有重要的地位。

《金钱》与家族史小说的第二部《贪欲的角逐》有着承继的关系，两部作品的主人公都是同一个人物，或者说，两部作品分别表现了同一个主人公不同的生活阶段。

在《贪欲的角逐》里，俄翟诺·卢贡的弟弟阿里斯第德·卢贡，在拿破仑三世发动政变的第二天来到巴黎，口袋空空，欲火炎炎，一心要挣得百万财富，征服整个巴黎。作为一个冒险家，他是拿破仑三世帝国制度的必然产物，在这个带有暴发性与冒险性的帝国时代，他如鱼得水。尽管他曾经在老拉丁区黑暗的街道上过着贫困的日子，但在自己哥哥的帮助下逐渐发迹。他哥哥俄翟诺·卢贡当时已经是有声望的律师，不久就当上了大臣，利用职权把他引进了官场，不过，他为了能放胆进行冒险与投机，不妨碍俄翟诺，就改名为萨加尔。他先在官场里大肆活动，然后，又以卑劣的手段，通过婚姻捞了一大笔财产，他利用这笔财产大做房地产的投机买卖，施展了各种伎俩，包括与官吏勾结、伪造文件等，于是，他很快成了挥金如土的暴发户。然而，在投机活动中，他终于还是摔了跤、破了产，"从最高层的好运一下垮到最凄惨的地位"，好容易才免于吃官司。

《金钱》的故事开始于 1864 年，这时，萨加尔还没有从失意潦倒中站起来，他在巴黎很受冷落，他当然不甘心眼前的逆运，他希望得到他哥哥卢贡大臣的帮助，重新进入政界，获得一个高级的职位，但卢贡要摆脱他，准备安排他到殖民地去当一个总督，萨加尔认为这无异于驱逐他出法国，因而愤怒地予以拒绝。他决心再到金融界冒险大干一番，梦想建立一项巨大惊人的事业，征服整个巴黎。正好他认识一个很有才能的工程师哈麦南与其妹嘉乐林夫人，这一对兄妹曾在中东各国居住多年，哈麦南设计过一系列开发计划：建立联合轮船公司经营整个地中海地区的航业，开采巴勒斯坦境内的迦密山银矿、修筑一套贯穿中亚细亚地区的完整的铁路网。萨加尔受到了这一系列开发计划的吸引与鼓舞，他由此产生了一个大胆的设想：组织一家股份公司，广泛地吸引游资，利用巨额资金来从事这些开发事业。他迅速地行动了起来，与议员雨赫串通，打着卢贡大臣的招牌，联合了一些有号召力的投机家，吸引了社会上大量小股的资金，组成了一个庞大的"世界银行"，性质为股份公司，资本 2500 万法郎，分为 5 万股，每股金额 500 法郎，此银行由哈麦南任董事长，赴中东负责组织开发事业，而萨加尔则任经理，留驻巴黎，掌握全局，实际上大权独揽，成了银行的主宰。

世界银行的各项业务进行得颇为顺利，获利不少，在交易所里，它的股票价格上涨了 100 法郎，萨加尔按捺不下扩张的野心，他一手操纵，把世界银行的资本增加一倍，达 5000 万法郎。1866 年 6 月，当普奥战争之际，巴黎交易所的各种证券正急剧降价，7 月，萨加尔通过雨赫窃取了法国即将调停、战争将要结束的情报，大量购进，第二天，停战消息一传出，证券价格猛涨，萨加尔在这次投机中获取了巨额利润，使他在金融界的对手、银行大王甘德曼损失了 800 万法郎。萨加尔一时成了巴黎金融界的英雄。为了使世界银行再次膨胀，他又第二次增资，发行新股，资本从 5000 万法郎增为 1 亿，还收买了报纸，为世界银行的股票大肆进行鼓吹，使得该行的股票价格不断上涨，在这过程中，萨加尔又第三次发行新股，增资为 1.5 亿，并在交易所里用不断做多头的办法，人为地刺激世界银行的股票价格上涨到了一个奇迹般的高度。

实际上，萨加尔是在进行疯狂的冒险和胆大包天的投机，他创办世界银行时，股份根本就没有全部得到合法的认购，存在大量假户头与虚股，而每次增资，股款也从未缴纳，在股份上，他大肆进行了买空卖空的不合法的勾当，对于他这种可怕的冒险，嘉乐林夫人的劝阻也无济于事，最后，当世界银行的股票疯狂地涨到 3600 法郎时，萨加尔已经因为大量做多头而库存空虚，现金枯竭，一直与他在进行较量的拥有 10 亿财产的甘德曼，却仍有十分雄厚的实力。这时，萨加尔的情妇、热衷于交易所投机活动的桑多尔夫男爵夫人，因对萨加尔不满，另投新的靠山，向甘德曼出卖了世界银行的内情，于是，甘德曼在交易所市场上对世界银行进行决定性的打击，萨加尔的几个主要合作者闻风倒戈，致使他一败涂地，世界银行遭到彻底的破产，股票跌到了每股 30 法郎，最后成为一股一个苏的废纸，萨加尔与哈麦南被逮捕法办。

《金钱》作为一部世界名著的意义在于，它以生动丰富的形象表现了资本主义初期这样一系列重大的社会现象：金融市场的新问题、资本的作用、社会性的投机心理以及围绕这些所发生的人间悲剧与喜剧。

股份公司的出现，是法国 19 世纪后半期经济生活中的新现象。早在 19 世纪的上半期，哲学家、经济学家圣西门（1760～1825）就提出了"小资金组合"的思想，随着资本主义生产的发展，铁路的修筑、城市的建设、大企业的发展，都要求资本的巨额集中，个人所掌握的独家资本已经不能满足新的社会生产的需要，在这种条件下，"小资金的组合"的主张开始以股份公司的形式而实现，第二帝国时期，贝莱尔、米莱斯等人就是这种资本的代表，他们吸引集中了大量小资产者的小股资金，加速了第二帝国某些工商业的发展，《金钱》所描写的正是这种新的经济现象。在小说里，萨加尔就是一个贝莱尔、米莱斯式的人物，他简直是用一种迷醉的心情来歌颂这种资本的集中："财团，未来的前途仿佛正是在这一点上，财团是商业组合中一种强有力的形式……一种不可抗拒的有生气的繁荣事业，是的，未来是属于一种大资本的"，在他看来，"巨大的金钱的川流，这就是伟大事业的生命。"他明确地指出："没有股份公司，就没有铁路，也没有足以使世界近代化的大企业。"他组织与创办世界银行，就是为了要实现哈麦南那一系列宏大的计划："在那没有人烟的平原上，在这些荒凉的山峦中，我们的铁路将从那里穿过……田园会开垦出来，道路与运河会开辟出来，新的城市会从地上出现。"而他第一次决定增加资本，起初也还是出于扩大开发事业的考虑："这一笔小得可怜的2500万资本，那不过是放在机器锅炉下的一束最简单的会燃烧的柴火，我还希望它能够增加一倍，变成四倍、五倍……随着我们行动的扩充而扩充……如果我们愿意在那个地方完成我们所预计的神圣的任务的话"。在小说里，世界银行也的确进行了"完全不同于民族大迁移和十字军东征的远征"[①]，它经营整个地中海航运的联合轮船公司成功了，它使迦密山区"荒野的地带有了人烟"，在那里，"带花园的石造房子也建筑起来了"，有了"一个城市的雏形"，此外，横贯中东的大铁路也在开始修筑……因此，在左拉的这个长篇里，就出现了不同于传统的对金钱与对资产者的描写，在这里，世界银行的资本结构、规模以及它所从事的开发性的事业，已经不同于巴尔扎克笔下的纽沁根银行，萨加尔这个资产者的气魄、魄力与他通过开发性事业追求利润的特点，也不同于巴尔扎克作品里著名的银行家纽沁根男爵，如果说，巴尔扎克是从传统的道德的立场来谴责金钱对人心的腐蚀与毒害的话，那么，左拉在《金钱》里则是从社会学的观点来表现金钱资本在社会生产中的作用为其出发点。

---

① 马克思、恩格斯：《共产党宣言》，《马克思恩格斯选集》第254页，人民出版社，1972年。

这仅仅只是出发点。从这里出发，左拉进一步表现了资本主义条件下金钱资本在社会生活中的一种特殊活动形式与作用，即金钱资本一旦形成，就必然转入金融投机。这不仅是由于资产者对更多的金钱的贪欲，而且也由于金融投机比开发事业更易于大量获利。这种金融投机活动与投机活动狂热进行的交易所，是左拉在《金钱》中描写的重点。在文学史上，过去不可能出现一部作品，而后来也确未曾出现一部作品像《金钱》这样对巴黎交易所中的投机活动进行了如此详尽而真实的描写。作者在小说的各有关章节，多次从不同的角度描绘出这个可怕场所的全面情景，使读者如身临其境：交易所外是黑蚁一样蠕动的人群、交易所建筑的丑陋形状、交易所周围像从一枝病芽滋生出来的各种流氓兴办的机构、整个地段像设了埋伏的森林一样紧张的气氛、交易所喧嚣嘈杂的大厅与其中攒动的人头之浪、污秽的墙壁与忧郁的景象、狂热的赌徒像狐狸和捕食鸟一样的叫声……作者把读者引入这一个文明社会的"地狱"后，又通过故事的进展让读者经历了从早晨开盘到傍晚收盘一天之中白热化的投机战的整个过程，在股票价格上涨下落的起伏中，见识到现代生活丛林法则的酷热，他还通过人物的活动，让读者看到交易所的投机业务是如何具体进行的，赌徒们是如何窥伺方向、见风使舵，如何向经纪人下委托书，交易所如何登记注册、进行"买方转账"或"卖方转账"以及"有限交易"直至最后"结账"，等等，所有这些无疑构成了近代文学史中对交易所的绝无仅有的百科全书式的描绘。正像在《小酒店》里把哥仑布酒店里的蒸馏机描绘成一种毒害的源泉一样，左拉在《金钱》里把交易所描绘成一个邪恶、灾难的象征，力图表现出它全部的荒诞性与毒害性，在这里，股票并不代表实际的价值，卖出或认购既不需要现金，也不需要实际的股票，然而，金钱的巨流却在一片买卖声中流进流出，对此，作者带有讽刺意味地指出："这种金融活动的情形，是没有几个法国人的头脑能够了解其神秘性的。在这种野蛮的叫声与举动中，产生突如其来的破产或突如其来的发财，这真是人们无法说明的一件事。"

　　然而，这种荒诞的经济生活对于第二帝国的上层阶级却是一种必需，在小说里，左拉描写了一系列狂热地投身于这种疯狂的买空卖空的赌博活动的上层社会体面人物，表现了第二帝国时期统治阶级中流行的投机冒险的风气，揭示了这个阶级与这种荒诞的金融活动的必然联系。投机生意的能手议员雨赫是卢贡大臣政治上的帮手，又是和卢贡大臣闹别扭的萨加尔在经济投机活动中的伙伴，他左右逢源，从中渔利，尽管交易所里的风险很大，但因为他狡猾成性、善于随机应变，所以从不受损失，萨加尔遭到彻底破产时，他作为一个亲密伙伴居然未受分毫损害。德格勒蒙是第二帝国时期豪富的代表，他"过着皇太子般的生活"，他的府第"颇有皇家的气派"，来巴黎旅行的外国王公贵族没有不来参观的，他的生活穷奢极欲到了最高峰，而所有这一切都是靠投机活动维持的，他是萨加尔主要的依靠对象，但正是他在关键时刻的倒戈使得萨加尔一败涂地。博安侯爵是第二帝国的"贵族之花"，他的名望就是他的资本，许多新成立的公司要找金字招牌时，就争着抢他，他以投机业为生，但只要一赌输，他就耍无赖，拒绝偿付差额金。桑多尔夫男爵夫人是第二帝国上流社会中很有身份的妇女，奥地利公使馆顾问的夫人，竟也是一个疯狂的赌迷，经常出入交易所，为了得到她的奢侈生活所需要的金钱，她成了高等检察官德甘卜尔的外室，而为了在投机事业中找到靠山，她又当了萨加尔的情妇，当萨加尔不可靠时，她又企图以出卖自己的色相，改投甘德曼的门庭，结果受到了这个犹太银行家的愚弄与奚落。塞第尔是"对于正当的利润感到乏味"而热衷于投机事业的资产者的一个代表，他的丝生意原来是巴黎最著名、最稳固的商号，30年来赚了几百万，然而，自从尝到"在交易所中只要一小时、一个简单的动作就可以在口袋里装进100万"的滋味后，他就成了交易所里一个狂热的赌徒。当然，对于"正当利润"感到乏味而要以速效的办法建立起自己庞大的黄金王国的，莫过于萨加尔，他先是不满足于世界银行的实业和开发，而热衷于把世界银行驶往交易所投机的道路，他毫不掩饰地承认"赌博就是我梦想的这部大机器的灵魂、锅炉和火焰"，他的如意算盘是要使世界银行的股票"在交易市场上成为名贵的证券，可以任意抬高它的价钱"，以便把巴黎整个金融市场都降伏在自己的脚下。为了使世界银行的股票价格不断地上升，并始终维持在一个令人惊奇的高度上，他疯狂地进行了规模巨大的投机活动。

在这些上层社会的大人物、第二帝国的社会中坚的周围，左拉还安排了一大批依附于上层社会的卑劣的小赌棍。萨巴达尼在欧洲各国的交易所鬼混，每在一处混不下去时，就换一个地方，他专替别人充当假账户，在非法的投机活动中扮演更为不光彩的角色，他还以媚惑妇女为业，实际上是一个男妓，他充当萨加尔得心应手的工具，随着萨加尔的成功而曾飞黄腾达。让图鲁原来是一个教员，历史很不干净，早就投身于交易所，做了 10 年下贱的"跑街"，收入全都用于他某种肮脏的癖好，他是萨加尔的走卒，为他舞文弄墨，亦曾风光了一阵。沙夫上尉，他是一个退休人员，每天都到交易所去进行"现买现卖"的价值少得可怜的赌博，总能赚得一二十个法郎，他以所赚的这点钱专买糖果糕点去引诱本区的少女……左拉给这些形形色色的投机家与赌棍的活动赋予十分具体而明确的时代真实性，表现出这些活动正是在拿破仑三世在欧洲和拉丁美洲的政治赌博与冒险的背景上进行的，他把 1867 年在巴黎举行的世界博览会描写为整个法国"赌的狂热"与奢侈所达到的"神仙般荣华的顶点"，而这个著名的博览会又正是拿破仑三世帝国政府用来炫耀帝国的"伟大"与"繁荣"的；他还把萨加尔等一伙在交易所第一次大投机的胜利描写为 1866 年法国插手普奥战争直接的后果，巴黎彩旗飘扬、庆祝拿破仑三世"已成为欧洲主宰"之日，正是萨加尔投机获胜、在香榭丽舍大道上踌躇满志之时，虽然左拉并没有更具体地表现拿破仑三世的政府就是金融贵族集团的工具，但却形象地表现出第二帝国就是投机家、冒险家的乐园，又从一个新的方面有力地揭示了第二帝国的本质。至于对萨加尔赤身露体把前来捉奸的高等检察官轰走的描写和对萨加尔占有皇帝花10万法郎才与她睡了一夜的热梦夫人的叙述，则更是大胆而尖锐地揭露了帝国的丑恶与金融投机家的不可一世。

如果左拉限于做以上的描写，他的《金钱》只会是对第三帝国金融贵族集团的一种讽刺，但他并不满足于此，他进一步在小说里描写了投机赌博这种上层金融贵族的癖好，如何传染到整个社会，使赌的狂热笼罩了整个巴黎，造成了病态的社会现象，从而使《金钱》又具有更深刻的意义。左拉在小说里指出："金钱的疯狂流通，一切阔绰的巨大费用，都卷入了发狂病似的投机事业。每个人都想在投机中享有自己的一份，每个人都想把自己的财产拿到赌台上去冒一下险，想使财产一本十利，想和许多人一样，一夜之内就发起横财而获得物质上的享用"，他为了形象地表现这一有社会悲剧性的主题，刻画了一系列其他阶级与阶层里遭到毒害的人物。波魏里野伯爵夫人是一个贵族的遗孀，为了在公开场合勉强支撑已经破落的贵族之家的体面，和自己的女儿暗地里过着清贫寒酸的日子，死守着一点田产，艰难地为女儿保存下一点嫁妆费，她受到投机发财的引诱，把田产与女儿的嫁妆全部变为股票，最后，她的全部财产在投机失败中突然一下化为乌有。莫让特夫妇原来是生活富裕的中产者，本来可以度过安适的晚年，但由于"生活在充满了赌博的坏空气中"，沾上了交易所的恶习，宁可用大量的钱财去进行赌博，也不给自己贫困的女儿与女婿哪怕是小量的救济，到头来在投机中破产，生活无着。德若瓦是一个贫穷的工人，他含辛茹苦把女儿娜达丽抚养成人，但要把女儿嫁出去，必须有6000法郎的嫁妆费，他也梦想靠投机把自己储蓄的4000法郎变成6000法郎，投机家是他眼里的神明，他总想从他们的神色和言谈中窥测到发横财的秘密，当他那可怜的8股股票价值上涨到不仅可以保证女儿的嫁妆费，而且也可以保证自己有 6 万法郎的年金时，他却仍期望股票继续奇迹般地上涨，以使自己有 1000 万法郎的年金，结果，他成了投机家的炮灰，破了产又丢了女儿。显然是为了表现交易所投机这种病态社会现象的危害，起到警世的效果，左拉无情地给这些投机家的追随者安排了极为悲惨的结局，渲染了他们最后破产落魄时的痛苦，他以形象的描绘构成这样可怕的图景，交易所就像战场，金融贵族率领各自的追随者的队伍，进行白热化的投机战，每当结算的时候，战场上总是横尸遍地，惨不忍睹，还伴有幸存者自杀的手枪声与寡妇孩子的痛哭声……不仅如此，左拉还用毕式与梅山这两个形象加深那阴森凄厉的色彩，他们专门用极低贱的价格收罗贬值的股票和各种借据期票，然后追捕着倒了楣的对象，进行敲诈勒索，直到把对象最后一滴血吸干，他们就像战场上的兀鹰与乌鸦，专以伤残者与尸体为食。

《金钱》中的形象描绘，无疑表现了复杂的主题思想。应该看到，左拉对金钱并非完全没有发出传统的谴责，他通过嘉乐林夫人的感慨，指出过金钱"叫人堕落"，"使人的灵魂毫无情感"，"是最大的罪人"，"一切人类残酷和肮脏的行为，都是金钱导演出来的"，但与此同时，他又通过哈麦南的规划与世界银行的开发事业，肯定了金钱资本的作用，在这个问题上，左拉同样又通过嘉乐林夫人陈述了他自己的思想："本来是一个毒害者、毁灭者的金钱，现在变成了社会发展的肥料，伟大工程的基础"，"在这堆肥料中，才可以生长出明天的人类社会"，并且，他还把金钱所造成的罪恶与肮脏，视为一种正常的合理的现象。他以这位女主人公的口吻这样结束了全书："对于金钱所造成的肮脏与罪过的惩戒，为什么要叫金钱来承担呢？那创造生命的爱情，不是也一样不纯洁吗？"这样，左拉对于金钱的认识就陷入了二元化的矛盾，这种认识上的矛盾必然导致小说形象描绘的模棱两可。显然，《金钱》绝不是金钱的批判者，左拉在小说里要批判的并不是金钱，而是投机活动，他以几乎整个作品的形象力量来进行这种批判，这构成了《金钱》在思想上的积极意义，但是，左拉在作品里也曾让萨加尔歌颂投机活动是"生命的一种引诱力"，"叫人生活的一种永恒的欲望"，甚至又让嘉乐林夫人把投机活动也归之于"在血和泥的打滚中得来"的"人类的每一步前进"，这也流露了左拉又一方面的认识。左拉生活与创作在第二帝国时期，他眼见当时金融大资本与投机活动的发展以及资本主义经济的繁荣，在发展着的资本主义生产与社会问题面前，他难免不产生眩晕与迷惘，因此，《金钱》所表露的作者的思想显然打上了第二帝国时期社会现实的烙印。当然，尽管《金钱》在主题思想上存在着缺陷与不足，但它客观上出色地反映与表现了大金融资本的出现和它的意志、本质、活动规律以及社会后果，却又是肯定无疑的。

在人物塑造上，主人公萨加尔无疑是一个成功的典型。他是 19 世纪文学中一个前所未有的新的资产者的形象，代表了 19 世纪下半期发展起来的金融大资本，他的经济思想与拜物教与过去的大不一样，具备崭新的形态，他轻鄙那种积攒金币、保存不动产的陈旧的财富方式，而信奉货币流通，他追求的是像巨流一样的金钱资本不断的流通，在流通中创建开山辟海的巨型事业，对国外进行十字军东征式的征服，为自己树立拿破仑式的权势，并获得王公般奢侈的物质享受。从资产者的贪欲来说，他显然比法国文学中任何一个资产者都来得大，与此相应，他也具有更大的魄力与气派，在活动能力上，"他的手段是那么巧妙，那么厉害"，他导演董事会的那种精细足以与葛朗台做葡萄生意的狡黠媲美，而他善于利用现代经济学的知识与复杂的银行业务的能力，却又是葛朗台式的资产者、甚至是纽沁根式的资产者所不可能具备的。从各方面的意义来说，他的性格都不是单一的，而是复合的、充满矛盾的。作为资本主义社会中的竞争者，他在大鱼吃小鱼的巴黎金融市场上，像一条大鲨鱼一样凶狠有力，他要抓住那些小投机家、"剪掉他们的毛"的心理活动是无情而狠毒的，但另一方面，他又热衷于慈善事业，在习艺所里被收养的儿童的眼里，他是一个慈祥的长者，他常从自己的口袋里掏出 5 法郎一张的钞票，送给被他拯救了的那些孩子们的家庭，他甚至有过一股热情，从心里产生过一首浪漫的"宏伟的牧歌"，"要以无止境的施舍来散发金钱，以此来把法国淹没在幸福之中"。作为投机家，他是心肠冷酷的海盗式的人物，他的哲学就是"如果不把过路人的脚压碎，我们是不可能震动世界的"，他为了征集追随者，不惜用鬼话去欺骗像德若瓦、波魏里野夫人这类可怜的小资产者，驱使他们走向毁灭的结局，充当自己投机战的炮灰，但另一方面，他又深深为这些可怜的追随者对自己的信赖而感动，还在他们受厄运之前大动了同情恻隐之心。作为一个剥削者，他"曾经侵占过人家许多财产"，他奉行这样的信条："天才的主意，就是在别人没有钱的口袋里挤出钱来"，但同时，他又有使那些不富裕的人跟随自己发财的愿望，和那些躺在证券股票上的怠惰的寄生虫不同，他显然是一个勤奋的实干家，他并不是从一开始就只在交易所里进行赌博的，而是全身心地致力于世界银行的实业，过着简朴而紧张的生活：佣人还没有生起火炉之前，他就来到办公室，他的工作范围很广泛，甚至写报告这样具体的工作也自己动手，在紧张的工作中，他只要有一分钟空闲，就到各科去做一次迅速的视察，他既不上俱乐部和戏院，也不过花天酒地的生活。作为一个随着第二帝国发迹起来的资产者，萨加尔有流氓的一面，他的儿子马克辛姆尖锐地指出，"他根本没有道德这两个字的观念"，他的一生都掺和着肮脏的污泥。他强奸过一个未成年的少女，并像流氓一样抛弃了她，败坏了她的一生，他为了金钱与一个他所诱奸的女孩子结了婚，同样又是为了金钱而容忍自己富有的妻子和他自己的儿子恋爱；他在桑多尔夫男爵夫人的卧室里被捉住时，不但没有低头，反而气焰嚣张，露出野兽的本性、无赖的面孔，然而，这样一个流氓却同时又具有一些吸引人的特点：他有创建某种事业的巨大的热情、活跃的想象力、实干的精神和高度的效率，而且，还有"鼓舞人的力量"，当他面对困难时，他又表现出勇敢的性格与坚强的毅力，在交易所投机战的紧急时刻，眼见自己就有覆灭的危险，却能沉着镇定，神色自若，使旁观者不由得发出这样的赞美："这个家伙，多么美！"他破产入狱，在狱中仍不断制订巨大的计划，要在东方建立大规模的铁路网，出狱以后，他又到荷兰去从事一项新的巨大事业：把许多池沼吸干，利用复杂的运河系统，把一片海变为一个小小的王国。对于这个人物，左拉在作品里曾经这样指出："他的灵魂要分析起来真是复杂而混乱。"要写出一个灵魂复杂的现代金融贵族，这也正是左拉在《金钱》中所追求的一个目的，他的形象描绘成功地达到了目的，使法国文学中出现了一个既具有鲜明的 19 世纪下半期的时代特征与深刻的社会阶级内容，又具有个性特征、有血有肉的金融资产者的典型，这是左拉在《金钱》中所取得的重要艺术成就。

从各种意义上都与萨加尔相对的人物是甘德曼。他是巴黎的银行大王，交易所与上流社会的主宰，他不像萨加尔那样是集资的股份公司的首脑，而是巨额的个人资本的拥有者，他私人的代表与所设的机构遍布世界各国与国内各省，但他并不用巨额的资金去从事巨大的开发事业，他只是一个单纯的金钱商人，他也不冒险，甚至从不在交易所投机，仅仅是为了树立他在金融界的绝对权威，他才不得不控制交易所，任意操纵证券的涨落。他也不像萨加尔那样，是一个具有强烈的七情六欲的人，他已经衰老到杜绝了一切世俗享受的程度，甚至什么食物都不吃，而只靠喝牛奶为生。他与萨加尔的股票战是惊心动魄的，即使萨加尔有冒险的敢拼的精神，最后也在他雄厚的经济实力面前碰得头破血流。作为一个艺术形象，甘德曼这个人物在小说里与其说是有血有肉的，不如说是某一种财富方式的象征，某一种经济势力的拟人化，实际上，左拉正是把他作为法国当时经济生活老式金融家洛特希尔德一类人的代表加以描写的。作品中萨加尔与甘德曼的对立和斗争，也正是当时现实生活中两种资本的斗争的真实写照，在描写中，左拉显然倾向于那种与开发性实业相联系的萨加尔式的资本，而不赞赏甘德曼那种保守停滞的金融资本，他把萨加尔对甘德曼的失败描写成具有几分悲剧色彩的事件，也流露出了对萨加尔式的资本的某种同情。

小说中的另一个人物嘉乐林夫人，是作者心目中的一个正面形象，她性格温柔善良，富有同情心，在逆境中她始终保持顽强的毅力和乐观的精神，在顺境中，她又能保持清醒的头脑和正常的理智，是萨加尔冒险狂热的反对者。左拉把她作为自己某些观点的表述者，在她身上贯注了他自己在人与人关系上的人道主义理想和在经济问题上反对交易所投机的思想，也正因为如此，这个人物不免多少流于概念化。

《金钱》中最流于概念化的人物是西基斯蒙。左拉把他写成马克思的学生，对《资本论》深有研究的社会主义理论家。他害着肺病，寄居在他的哥哥、吸血鬼毕式的家里，整天关在房里，埋头写大量的笔记和进行复杂的计算以规划将来社会主义、共产主义社会的蓝图与方案，或者向他所能碰见的人狂热地宣讲他的社会主义的理想。左拉力图把马克思主义者、社会主义理论写进自己反映现代社会经济生活的作品，说明了他对马克思主义在现代历史进程中的重要地位有相当的认识，然而，就他的经历与知识、世界观的性质与对科学社会主义的认识来说，他并不具备正确地描写马克思主义者的主观条件，他只可能根据他对当时代社会主义者不准确、同时也是不正确的概念，去构思西基斯蒙的形象，把一些空想社会主义的概念与主张作为马克思主义的理论放在这个人物的嘴里，他愈是描写得细致具体，就愈是暴露出他对科学社会主义的无知，愈是使他笔下的马克思主义者成为"一种云雾迷漫的幻想的产物"[1]。

---

[1] 拉法格：《左拉的〈金钱〉》，《拉法格文学论文选》第184页，人民文学出版社，1962年。

在艺术上，《金钱》是一部把枯燥的经济题材处理得令人感到趣味盎然的杰作。在这里，左拉总是紧密地把人物的活动与经济事务结合在一起进行描绘，经济事务在人物的活动中展开，而不同阶层的人物的活动，也就呈现出现代社会复杂的经济生活的面貌，人物性格则在经济事务中不断展现、深化，具有了现代经济生活的内容，从而成为文学史中不多见的金融界人物的艺术形象。

十、传播“福音”的后期作品

    1893 年，左拉写完《卢贡－马卡尔家族》的第 20 部，也是最后一部长篇《巴斯加医师》，几乎立即就开始了另一个系列的作品《三名城》的写作，《三名城》的三部作品《卢尔德》《罗马》与《巴黎》，陆续成于 1894 年至 1898 年；从 1899 年开始，他再接再厉，又从事第三个系列的作品《四福音》的创作，《四福音》的四部小说《繁殖》《劳动》《真理》与《正义》，完成了三部，最后一部《正义》还没有写完，作者就不幸逝世。以上是左拉后期的全部创作活动。

    较之于中期的《卢贡－马卡尔家族》，左拉后期的文学作品有了很大的变化。在家族史小说中，他要求自己成为第二帝国时期的历史学家，而在后期小说中，则企图成为社会福音的使徒。在这里，他主要致力于宣扬某种社会理想或表现某种抽象空泛的理念。这种成分其实在他家族史小说的《萌芽》《土地》《金钱》《溃败》等作品的结尾里已经具有了，只不过，他在后期的小说里把这种原已有之的“基因”大大加以扩充，并提升到作品的主导地位。由此，后期的作品也就带有一定的主观说教的性质。另一方面，在对局部的现实生活的具体描绘上，左拉又保持了原来自然主义那种繁冗、力求完备的写实风格，使这些描绘达到了栩栩如生的效果。总之，渺远的理想、空灵的意念、抽象的说教与具体而滞重的写实描绘的结合，构成了左拉后期文学创作的特点。

《三名城》三部曲的第一部《卢尔德》发表于 1894 年。

卢尔德是上比利牛斯山区的一个小城，1850 年，城郊一个 12 岁的牧羊女贝尔娜岱特·苏比阿斯因备受贫病的折磨，时常在泉边祈祷，由梦想而产生幻觉，自称看见了圣母玛利亚多次向她显灵，消息传开，此泉成了善男信女前来参拜的圣地，教会见有利可图，派人霸占了此地，在泉边修建浴池，继续制造迷信传奇，招摇撞骗，把卢尔德变成了一个朝圣的城市。左拉以此作为小说的故事背景，通过青年神父皮埃尔·佛洛芒精神上的苦闷与向往，提出了追求一种新信仰的问题。

皮埃尔·佛洛芒的父亲是一个著名的化学家，早已死于一次实验事故，他的哥哥居约姆继承了父业，思想激进。皮埃尔与具有虔诚的宗教感情的母亲生活在一起，母亲认为自己丈夫的死是由于不相信宗教而遭到了上帝的惩罚，皮埃尔尊重母亲的意愿，选择了神父的职业，他献身宗教还另有一个原因：从少年时期起，他就爱上一个女孩玛丽，后来玛丽因伤病而瘫痪在床，不可能结婚成家，皮埃尔当了神父也是为了忠心于她。实际上，皮埃尔生活在信仰危机之中，他继承了父亲的精神，喜爱科学，崇尚理智的分析，不相信宗教的传说与显灵，但他仍陪伴玛丽前往卢尔德朝圣。以期出现奇迹玛丽得以恢复健康，他准备一旦出现这种奇迹，就坚定对宗教的信仰。来到卢尔德后，玛丽在成千上万善男信女祈祷朝拜的狂热中，竟然恢复了健康。然而，皮埃尔并没有因此对神灵建立起信仰，他看得很清楚，玛丽的瘫痪病症的消失，完全是在狂热的环境中精神上的极度兴奋使得神经又恢复了生理功能，而他一直恪守神职人员之道，仅仅是出于一种职责感。他感到忧伤的是，玛丽恢复了健康，他却不仅不能得到她，反而将会失去她，玛丽看出了他的心情，向他保证自己永远也不嫁他人。

《卢尔德》是《三名城》三部曲中写得最好的一部，其中对主人公爱情心理与思想矛盾的刻画相当深入细致，对浩大群众场面的描写甚为出色，更为重要的是，作品通过对千万不幸的人来到卢尔德祈求神灵消灾降福的描写，展示出一个苦难的人世，并且在此基础上表现出这样一个有积极意义的主题：旧的宗教信仰和神灵迷信丝毫不能缓解人世的痛苦，只是对千万不幸者的麻醉与欺骗，很多病人在卢尔德圣泉的浴池中浸过而加速了死亡，贫穷的女工向圣母哭诉"为什么欺骗我"，在宗教迷信的愚弄下，世间的痛苦反而有增无减。在作品里，左拉以人道主义的精神清楚地指出了苦难的社会急需解救，它需要新的信仰与新的道路，然而，新的信仰与新的道路究竟是什么，他却没有指出。

三部曲的第二部作品《罗马》发表于 1896 年。

小说的主人公皮埃尔从卢尔德回到巴黎后，投身于救济穷人的慈善活动，更进一步深入接触了悲惨的社会下层，他想要推动教会与受苦的民众结合，缓解社会下层的苦难，给社会带来幸福安宁，为此，他开始宣传他的新宗教，在自己的论著《新罗马》一书中阐述了自己的主张，但该书很快就被教会查禁。他来到罗马亲自向教皇雷翁十三世陈情，因为据说，这位教皇以其思想开明而著称。在罗马，他迟迟未能达到使自己论著得到解禁的目的，却被教廷加以监视，在整整 3 个月里，他亲眼看到了信徒朝见教皇时盲目崇拜的狂热、教会搜刮民财的无耻手段、教会上层争权夺利的阴险与残酷以及罗马圣城庄严辉煌外表下劳动人民生活的悲惨与不幸，但教皇在接见他时，不仅对他陈言人民的苦难无动于衷，反而训斥他离经叛道，责令他忏悔并亲手把自己的论著烧毁。皮埃尔对教皇与教廷不再存在任何幻想了，他抱着教会的统治必将垮台的信念，从罗马回到了巴黎。

三部曲的第三部作品《巴黎》发表于 1897 年。

小说主人公皮埃尔回到巴黎后，继续为民行善，他又接触到劳动人民饥寒交迫的生活，与此同时，也见证了上流社会的奢侈与腐朽，他完全失去了对上帝的信仰。在一次失业工人对权贵之家进行爆破的事件中，他偶然遇到了自己思想进步的哥哥居约姆，虽然居约姆长皮埃尔 20 岁，但由于相同的对社会现实不满的思想倾向，兄弟感情愈加亲密。皮埃尔到居约姆家一道生活，与受居约姆保护的少女玛莉产生了感情，并抛弃了教士的黑袍。居约姆出于一种高尚的精神，把自己所爱的，并准备娶之为妻的玛莉嫁给了年轻的弟弟，而皮埃尔又在居约姆进行冒险的反抗斗争时舍死救了他的性命。皮埃尔与玛莉结婚后，有了一个孩子，新的一代又在巴黎成长起来，皮埃尔把自己的希望与理想寄托在自己后代的身上。

三部曲的后两部写得不如前一部好，人物缺乏心理深度与立体感，颇流于概念化，作品的构思也有出于抽象理念之痕，而主题思想在某种意义上也只是前一部的重复，没有继续深化与开拓，仍然限于指出社会现实的不合理与旧的宗教信仰的价值的丧失，主人公的追求几乎没有多少进展，最后只能寄渺茫的希望于将来。

这种情况到左拉的下一个系列作品《四福音》中有了变化。《四福音》是左拉 1898 年后为德莱斐斯案件进行斗争的晚年时期的作品，这一时期，左拉更多地是一个社会的斗士，他不仅专注地关心社会正义的事业，而且以大无畏的精神投身于其中，这无疑使他更力图用自己的创作来提出解救社会现实的方案。在《四福音》里，左拉主观上认为找到了悲惨世界的出路与途径，顾名思义"四福音"：繁殖、劳动、真理、正义，就是他所认为的解救现代社会的四个方案，是他所要向现代社会指点的出路。应该承认，左拉对四大福音的确充满了一种可贵的激情与向往，他在创作《四福音》的时期，当他流亡在伦敦的时候，他又再一次研读过傅立叶的学说，深受其影响，这使他的作品又带上那种天真的空想社会主义理想的色彩。然而，也正因为左拉不是接受了科学社会主义的影响，而是空想主义的影响，所以他在把他的社会福音的思想具体化、明确化的时候，实际上并没有找到真正能够改变资本主义社会现实的科学途径，而是陷入了历史唯心主义与乌托邦。《四福音》的第一部作品《繁殖》写于左拉 1898 年流亡伦敦期间，发表于 1899 年，以歌颂家庭与人类繁殖为内容；第二部《劳动》，表现了空想社会主义的理想，发表于 1901 年；第三部《真理》，以德莱斐斯案件为蓝本，歌颂真理的胜利，发表于作者逝世后的 1903 年。在这已完成的三部作品中，《劳动》是较为重要的一部，它不论在思想上还是在艺术上，都是左拉后期作品的代表。

《劳动》提出了现代社会中存在着的最重大的社会课题，即资本主义制度的根本矛盾与解决这个矛盾的途径问题，它提出问题与解决问题的方式，都具有时代社会的代表性，它的重要意义不限于左拉创作的范围，不论在法国文学史还是在世界文学史上，它都要算一部批判意识较明确、形态最完备、描写最充分的空想社会主义的小说。

小说以 19 世纪下半期一个重工业地区亚比末钢铁基地为背景，既进行了对资本主义社会现实的真切描绘，又展示了对理想社会的远渺的空想以及小说主人公那种非凡的现代传奇。青年工程师侣克应朋友之邀，来到波克莱城附近的亚比末做客，刚一来到，眼见这个地区工人非人的生活与尖锐的社会矛盾，他就立下了改造社会的决心。他怀着空想社会主义的热情，在拥有大资产的挚友曹尔丹兄妹提供物质设施与资金的条件下，建立起类似傅立叶的"法朗吉"的理想的社会组织——一个新型的工厂。这个被包围在资本主义关系海洋中的"圣地"，自然会遇到种种困难与敌意的破坏，然而，全靠这块"圣地"上人们的团结友爱与齐心合力，新型的社会组织存在下来了，并不断发展壮大，由一个工厂扩大为一个巨大的城市，实现了平等、博爱的理想，消灭了贫困与不幸，侣克在完成了自己毕生的业绩后，满意地离开了人世。

在小说里，左拉的描写一开始就集中在无产阶级悲惨生活的画面上，第一卷的整整前两章，可以说是整个作品的"地狱篇"，在这里，主人公倡克在亚比末这一个资本主义工业化的"地狱"里漫步，他每到一处，就见到一种骇人听闻的贫困与悲惨，这实际上是左拉在一一展示资本主义工业区这人间地狱中种种可怕的情景，这里，天空里压着悲惨的烟云，地上满是肮脏的泥泞，整个环境令人窒息恶心，钢铁厂里发出的巨响淹没一切声音，震耳欲聋，厂里发出的闪耀的火光，灼烧着人的眼睛，人们为了生产在支付生命的代价，而这里的生产又是以制造杀人的炮弹为目的。在左拉的笔下，工厂被描写成一种邪恶的奴役着人的怪物，它慢慢把千百个工人的血汗烧干，使他们的骨骼变形，使童工像幼苗一样过早枯萎……工厂外，是一片贫穷与饥饿：等在大门口向丈夫索取工资度日而不可得的主妇，整天没有吃上面包的孩子，无家可归的少女，在食品店乞求赊欠的母亲……在这些篇章里，左拉那种力求真实入微的自然主义描写，发挥了详尽实录的效能，以一个个生动、真实、完整、细致的生活场景，给后世留下了一份关于 19 世纪下半叶无产阶级的劳动与生活的确实可靠的历史文献。

左拉在他对现实社会的描写中，力图达到某种更全面、更整体的真实。他把故事的开端安排在一个社会矛盾集中爆裂的时刻，这时，正经历了为期两个月的罢工，劳资双方紧张地对峙着，激愤的工人声言要"打倒社会的强权"、"杀死一切社会的害人虫"，资产阶级则调动了宪兵、军队进行监视与镇压，空气里充满了仇恨的气息……罢工由于过度的压榨而爆发，罢工又引起了工商业之间的矛盾，引起了生产与消费的矛盾，其中还夹杂着农业的矛盾，中间商、农民、小贩、中产阶级无不卷入社会矛盾的漩涡。在这样背景的画面上，左拉又进一步描写了工人的活动，描写了与悲惨的社会下层截然对照的资产阶级的圈子。左拉的描写总是力求完备，甚至不厌其详，他写工人则把工人分类排比，似乎要全部写尽。这里，有思想偏激、要破坏一切、追求无政府主义理想的朗琪，有脚踏实地为无产阶级利益而斗争的社会主义者鲍耐尔，有一心追求个人享乐的流氓无产者赖贵，有老实本分的劳动者福襄尔、蒲龙，还有悲惨的女工淑茜和可怜的童工佛都纳；他写资产者的圈子，也写出了各种类型的人物，有纵情享乐、腐朽糜烂的大资产者寄生虫、钢铁厂的主人包亚宣伦，有精明强悍的资产阶级铁腕人物、钢铁厂的经理戴勒富，有主张对贫苦人民实行高压政策的军人邵利帆上尉，有主张对造反的工人采取怀柔政策的法院院长，有主张调动军队对工人进行镇压的市长顾理哀，也有只顾自己的私利、处世圆通的县长沙德赖尔，还有表面虔诚而骨子里淫乱的市长夫人莉奥娜尔以及放荡邪恶、腐蚀一切、毒化一切的经理夫人樊南妲。所有这些人物的活动构成了 19 世纪下半期两大阶级的完整的缩影，构成了充满着不可调和的矛盾与冲突、孕育着深刻危机的资本主义社会的缩影。

在《劳动》里，左拉并不停留在形象描绘本身，他的描绘带有明确的思想性与目的性，如果说，过去他在有些作品里往往限于将生活现象尽可能齐全地罗列在一起而不试图通过形象描绘来表达自己的思想意图的话，那么，他这种旁观的自然主义的方法到了《劳动》里就开始有了某种变化，在这里，他往往是要通过一定的描绘来表述一定的思想，或者也可以说，他总是怀着一定的思想目的来进行描绘的。他的"地狱篇"中的全部描写，基本上就是为了集中揭示雇佣劳动制的矛盾与不合理。雇佣劳动制，这是社会主义思想体系中一个常用来揭示资本主义生产的术语，难能可贵的是，左拉在他作品的多处都明确地使用了这个概念，更难能可贵的是，他总是力图以形象的力量来揭示雇佣劳动制的罪恶。他写侣克回忆在巴黎工人区所见到的贫困与苦难，是为了指出雇佣劳动制是"腐蚀当代社会的丑恶的恶疮"；他以象征性的笔法写亚比末的工厂如何像怪物一样奴役着工人、吞噬着工人的情景，是为了揭示资本主义条件下劳动的异化，揭示"劳动的崇高与万能"如何被歪曲成"腐败与不合理的劳动"，并"产生可怕的贫困与痛苦"，他描写工人家庭的主妇用可怜的工资去购买食物又遭中间剥削的情景，是为了表现工人群众"在愈是陈旧、牙齿反被愈加锋利的社会机器嘎吱作响的齿轮下，无时不被剥削、被吞食、被碾碎"；他描写工人下班以后就酗酒的恶习，是为了指出"在雇佣劳动制中毫无愉快、毫无乐趣，人们只有到小酒店来消遣"的社会原因；他描述工人妇女的沦落，是为了说明这样的现实："劳动失去了光荣，大多数人只为少数人的自私享受而劳作，劳动已被厌恶与诅咒，可怕的贫困由此而来，而盗窃与卖淫就是其卑劣的结果"……不仅大段的描绘具有明确的目的性，即使是对一个个生活细节、一个个微不足道的人物，左拉也绝不放过，似乎他安排每一个人物粉墨登场、他描绘每一个场景，都是为了要表现某一个思想。这使得《劳动》对资本主义雇佣劳动制的揭露与批判达到了十分明确与尖锐的程度，因而成为一部批判性很强的作品，甚至可说，它在某种意义上带有政论的色彩，显示了左拉思想的高度与进步。然而也正因为它表现作家的思想过于直露，过于繁详，其中的形象描写不是像实际生活那样自然而然展开，而是根据表现思想观念的需要而设置，所以整个作品又不免带有明显的说教的性质。

左拉在《劳动》里，主要的目的并不是揭露资本主义现实，甚至也不是表述他对资本主义现实的批判性的认识，对他来说，对现实社会的描写与批判只不过是一个起点，他从这里出发，致力于表现他理想的乌托邦以及他所认定的实现这一理想社会的理想的道路与途径，这一内容在小说里居于主要地位，占有整个作品的大部分篇幅。

左拉的乌托邦理想完全是傅立叶式的。他在《劳动》的第一卷第五章中，几乎用了整章的篇幅，通过主人公侣克夜间的沉思与阅读，表现了他的社会信仰，在马克思主义产生以前所有那些认识到资本主义的不合理而力图找出一种新的社会福音的哲人中，侣克最赞颂、最信奉的就是傅立叶，在他看来，傅立叶的学说是"真理的精髓"、"具有异乎寻常的力量"，能唤起人类的伟大的激情，把劳动改造为"快乐的源泉"、"公民应尽的义务，生活应守的规则"，建立起"一切属于集体"的"共产新村"，使社会的成员都生活在幸福与友爱之中。左拉所描写的侣克的信仰，其实就是他本人的信仰，他不仅让侣克成为他本人社会信仰的阐释者，而且也让侣克成为一个把傅立叶的社会福音付诸实现的一个"使徒"，一个拯救人类的摩西。

在文学史上，左拉无疑是第一个对傅立叶式的空想社会主义理想进行了详尽描写的作家，《劳动》中侣克所建立的新型工厂与新的城市，基本上是傅立叶主义的"法朗吉"的艺术图解。在侣克创办的新型工厂里，不再生产杀人的枪炮，而生产和平建设所需的铁轨。没有劳资矛盾，没有剥削。生产蒸蒸日上，收入日益增多，人们把纯收入按一定比例进行分配，这里，不再有专制统治，一切都由管理委员会进行治理，其创始者侣克不过是管理委员会的一个成员而已。劳动在这里不再是苦役，而成为光荣的愉快的事业，工人劳动的条件改善了，再也没有愁惨的烟云和肮脏的泥泞，到处都是阳光与新鲜的空气。人们的生活条件也改善了，新的住宅代替了原来破烂不堪的小屋，分散在花园里。公共福利也日益完备，建立了小学、图书馆；举行会议的礼堂、娱乐场所以及托儿所等等。在托儿所里，"一大群可爱的小天使在温暖的空气与阳光中游玩"，在小学里，学生得到了符合天性发展的全面德智体的教育，而且还与生产劳动相结合。在他后来所扩建的新型城市中，更是一幅人间天堂的美景，到处都是欢乐生活，科学技术高度发展、电气的运用非常广泛，劳动成了一项真正的光荣、自由而愉快的事业，每人每天只需工作 4 小时，还可以自由地选择劳动的工种，40 岁即可从劳动中退休，人们在劳动中各尽所能，而城市则从各方面保证了每个人的物质需要。社会物质生活已极大丰富，几乎到了取之不尽的地步，人们都生活在幸福与富足之中，享受着极为完全的社会福利，精神生活、文化娱乐也丰富多彩。社会组织已经发生了空前的变革，法庭与监狱全都关闭了，兵役已经废除，租税也已取消，官僚机构也已完全消灭，整个城市都生活在四海一家、相亲相爱的气氛中，并且以这个城市为基地，眼看就要实现全民族平等、博爱的大联合。

左拉所描写的这种幸福理想的社会，与充满剥削、劳役、痛苦、不幸的资本主义社会形成了截然相反的对照，它虽然是十足的空想，但却具有鲜明的社会主义的性质，还包含有某种共产主义的因素，在一些方面，显然超越了傅立叶主义理想的水平，而且，左拉是满怀着一种巨大的激情来进行这种描写的，他的描写不厌其详，力图表现这一理想社会蓝图中的每一个细节，他往往沉醉在这种远渺空想的描写中，表现出了一种进步的向往与天真的憧憬。

左拉在《劳动》中的描写之所以是十足的空想，并不是因为他理想的社会与人类社会发展规律是背道而驰的，应该说，他的理想完全符合人类历史发展潮流的方向，问题在于，左拉所描写的实现理想社会的道路途径完全是脱离社会历史条件与客观现实生活的。在小说里，他根据傅立叶主义那种靠"资本、劳动和智慧的合作"来建立"法朗吉"的方案，虚构了侣克、曹尔丹与摩尔芬三种力量结合建立新型工厂的情节，侣克代表思想、主义、智慧，曹尔丹代表资本与物质基础，而摩尔芬则代表劳动，在这个格局里，摩尔芬是一个忠于职守、服从调派、把个人的生活压到最低限度、完全为劳动而献身的合作者，一个从属的角色，侣克才是灵魂与组织者，是事业的主角，曹尔丹则是关键。这完全符合傅立叶主义的配方。傅立叶在 19 世纪上半叶的现实生活中，一直期待有善心的资本家向他提供资金，帮助他建立起理想的"法朗吉"，他期待了一辈子，最后以失望而告终，左拉却行使了艺术家虚构的权力，把傅立叶在现实生活中根本无法实现的东西在艺术中加以实现，他让侣克一再碰到仁慈慷慨的富翁，早年在巴黎贫民窟从事慈善救济活动时，他就遇见了亚比末钢铁厂巨大财富的拥有者舒莎妮，即包亚宣伦夫人，并且实际上成了舒莎妮向穷人施恩的助手使者；他来到波克莱城眼见了工业区中一片悲惨生活的情景，而决定致力于傅立叶所宣扬的事业时，几乎没有费半点周折就得到了曹尔丹兄妹的全力支持，这一对拥有百万家财的兄妹简直是天生的一对，妹妹姗蕾德像天使一样善良，而且早就受到傅立叶主义的影响，哥哥曹尔丹，一心致力于科学研究，对其他一切都漠不关心，甚至把自己巨大的产业与财富视为一种负担，因此，当侣克要求他们贡献出自己的产业与巨额资金时，他们答应得那么痛快，似乎是求之不得，因而带着一种欢乐的感情！于是，侣克就具有了物质基础，得以在人类历史上创建起第一个傅立叶主义的"法朗吉"，一个并不存在于人类现实生活中、只存在于人类的小说里的"法朗吉"，而在左拉也就相当轻而易举地解决了人类社会改革的这一个巨大的课题，只不过是在观念中、在想象中解决了而已。显然，不论是侣克这个致力于缔造新的理想社会的资产阶级知识分子，还是赞助这种事业的资产者富翁舒莎妮与曹尔丹兄妹，都是作家脱离了生活的真实而虚构出来的人物，他们作为带有救世主性质的形象，作为博爱象征的形象，根本不具有现实的根源，是左拉的一种善良愿望的产物，也是左拉的抽象人道主义、阶级调和思想的产物，客观上，他们作为一种艺术表现，倒是正说明了左拉所企望的依靠资产者的善心与捐助来建立新社会的途径。完全是一种毫无任何现实可能性的幻想。在小说里，实际上对建立新型工厂、新的城市起决定性作用的，是曹尔丹捐出的 50 万法郎，侣克讲得很明白："没有钱，我什么都不能着手，为了创立我所梦想的工厂，以便我在那里改组劳动，使它成为未来城市的基础，我还需要 50 万法郎"，这样一来，侣克与曹尔丹就又都把救世主的位置给了金钱，这种空想，对于在小说中力图批判雇佣劳动制、力图揭露金钱的罪恶作用的左拉来说，多少又具有讽刺的意味。

在《劳动》中，左拉的历史唯心主义幻想不仅表现在寄希望于资产者与金钱，而且还表现在把抽象的爱当作推动社会前进的决定性的力量。他通过侣克的传奇大大宣扬了这种作为社会发展动力的爱。侣克建立起"法朗吉"式的新型工厂后，遇到了很大的困难，除了资产阶级的破坏外，还有来自社会各阶层的阻力：有旧习惯势力如五金商、杂货店老板、屠户等各种小商人的反对，因为新型工厂妨碍了他们不正当的牟利活动；有工人群众家属的抵触与抱怨，因为他们觉悟很低，见识短浅，从自私的心理出发，看不到长远的利益，也有工人群众的消极态度，因为他们对新的社会改革事业缺乏深刻的认识，此外，还有像赖贵那样的流氓无产者的捣乱与敌视。这些因素汇集在一起，几乎使侣克的事业完全流产。对于这些困难，左拉笔下的主人公既不可能从社会阶级的原因去认识，更不可能从改造社会的高度去加以解决，他把这一切困难的根本原因归之于人们"没有爱的感情"，"不懂得爱"。因此，他致力于博爱的事业，努力宣传博爱，促使人们懂得博爱。他这样做后竟然使新型工厂得以转险为安，而且不断兴旺扩大。在小说中，对侣克如何从事博爱的事业，显然是描写得最不具体、最抽象、最薄弱的一部分，然而，在这笼统而模糊的描写之后，左拉却让侣克的博爱精神创造出人间的奇迹：新型工厂转险为安；附近的其他工厂眼见新型工厂的兴旺，也纷纷要求参加；那些小商人也自愿放弃过去的生活方式，投入新兴的事业；农民们也实现了联合与新型工厂建立了崭新的合作关系；甚至过去曾经反对、破坏过侣克事业的资产阶级报纸、资产阶级反对派、形形色色的资产者、当权者，也都毫无反抗，接受了这种博爱精神与平等事业的征服，几乎全都顺应了潮流而汇入了新型工厂与新城市，并且在这里都找到了自己的位置，获得了自己的生活出路。于是，左拉笔下的博爱精神就具有了一种神奇的魔力，它无坚不摧，成了解决资本主义社会中尖锐的阶级矛盾、消除一切困难和建设新社会的万灵的手段。这种描写显然与阶级社会的现实相距极远，而且，在《劳动》里，唯一对新兴事业极端仇视、冥顽不化的死敌，倒是代表着好逸恶劳、自私自利、卑劣的仇恨的流氓无产者赖贵，左拉以此来突出仇恨与博爱的对立，把仇恨视为新兴事业的最大的破坏力量，这种哲理的概括更是明显地显露出左拉思想中历史唯心主义的成分。虽然《劳动》中对新社会事业图案的描写体现了作者进步的理想与美好的憧憬，构成了 19 世纪空想社会主义文学中一份宝贵的思想材料，但这种描写毕竟是不真实的、苍白的，如果左拉在整个作品的篇幅里，都陷于空想与抽象的爱的呓语，那么，他的小说肯定是会使人无法卒读的。不过，左拉还相当善于安排，他努力在空想社会主义"法朗吉"的框架中，扮演现实生活的事件，进行写实。如果说，左拉在描写正面理想、提出社会改革方案时是苍白无力的话，那么，一旦他回到真实的描写，对现实生活进行批判与揭示时，他就又恢复了生气与活力，为自己的时代社会留下了有认识价值的画面：

比如，淑茜的遭遇。淑茜是一个无产阶级不幸妇女的形象，背负着沉重的社会苦难与习惯的重担，被压在社会的最底层，在"法朗吉"建立以前，她是资本主义雇佣劳动制的受害者，作为女工，她不仅要忍受可怕的劳役，而且还常遭到失业与饥饿的威胁，因此，在与男性的关系中，她又处于被损害、被欺辱、被任意处置的可悲的地位，在侣克的"法朗吉"建立以后，她从劳役、失业、贫困、饥寒中解放出来，但却没有从旧社会因袭的男性专制的家庭桎梏中解放出来，她仍然不得不忍受她的男人流氓无产者赖贵的淫威，因此，她与侣克的私情获得了周围人们的谅解，她前期悲惨的遭遇以及她成为侣克的情妇以后尴尬的处境，都是左拉怀着巨大的同情写出来的，而且写得真实动人，虽然她与侣克的关系被左拉赋予了合理的性质，但客观上却反映了资本主义社会中无数无产阶级妇女被资产阶级男子占有的这种现实，可以说，她的全部遭遇，都具有无产阶级妇女在阶级社会中不幸命运的某种典型性，至于她后期的幸福生活，那就是善良的左拉凭空赐给她的了。

又如，资产阶级的破坏。侣克创办起新的工厂以后，波克莱城的资产阶级社会进行了一次大破坏，使侣克的事业几乎陷于失败，这种破坏所针对的"法朗吉"虽然并不是现实的存在，但小说中所描写的整个资产阶级的反对，包括大资产者的阴谋、小商人的怨恨、资产阶级报纸的污蔑攻击、法院的干预，却还是具有真实性，反映了资产阶级社会对于任何有利于社会进步、有利于下层人民的事物所经常有的那种敌视。

再如，资产者的疯狂。在小说里，有两个资产者的形象无疑比较鲜明突出，即亚比末钢铁厂的实际统治者戴勒富与他的妻子樊南姐。左拉把戴勒富表现成惰怠、寄生、腐朽的资产阶级中少有的一个精明强悍、意志坚强、手段凌厉的人物，他专心致力于财富的积累，而丝毫没有注意他的妻子长期以来就是自己东家的情妇，他作为一个资产阶级中的强者，对于整个资产阶级的腐朽与糜烂是无能为力的，他所攫取与积累的大量财富，都消失在东家与樊南姐的奢侈淫乐的无底洞里，当他看到了他的失败，特别是知道了自己妻子的奸情的时候，他那强悍的个性、狂妄的自尊心，就必然使他在狂怒中与樊南姐同归于尽。樊南姐则是资产阶级中一个邪恶、淫逸、狠毒的典型，她不仅以物质的享乐、肉欲的满足为追求的目的，而且以捉弄人、危害人、报复人为乐趣。在对这两个人物的描写中，左拉运用了写实主义的方法，使他们成为具有一定社会意义的真实形象，对于他们那种强烈的个性，他又用了浪漫主义的色泽加以突出，而在写樊南姐的肉欲和她与赖贵的关系时，他又用了惯用的自然主义手法。

《劳动》在左拉后期的创作中之所以成为一部代表性的作品，首先是因为在思想内容上，它比较集中地反映了左拉后期作品中所具有的对理想社会、美好未来的热烈向往，这种向往既体现出他思想进步的程度也暴露了他社会历史观中那些空想的、抽象的成分；其次，以形象表现而言，它又比较典型地体现了空想的图景与写实的描绘两者奇特的结合，并且有后期作品中各种创作手法杂然并陈的特点。不论是《劳动》还是左拉后期的其他作品，显然都不是文学史上的杰作，艺术上不具有特别的魅力，但它们作为某种社会理想、特别是空想社会主义思潮与文学创作紧密结合的产物，都是另具特征，值得加以足够的重视。

1985 年 6 月完稿

法兰西风月谈

柳鸣九　著

与"魔鬼"签契约记（代序）

一、我藏有一套"禁书"

我走进巴黎市区一幢灰颜色的公寓，金德全君从里面迎了出来，告诉我这样一个消息："克里斯蒂安·布格瓦先生送你一大包书，他托我转交给你。"

那是在 1981 年，我第一次访问巴黎回国之前不久的某一天。我记性并不好，又事隔多年，要是别的事，早就忘得一干二净了，但此一幕，这句话，我却一直记得很清楚。

德全君是中国社会科学院研究生院外国文学系第一届硕士研究生，毕业于南京大学外文系，一进社科院就显示出了高水平，他既有语言天赋，又有文学才能，如果沿人文道路走下去，成就是未可限量的，但到法国攻下巴黎大学的博士学位后，他就转向搞经济与技术，在事业上很是成功，成为一个世界级法国大公司在远东地区的总经理。我那次访问巴黎时，他正在巴黎大学奋斗。他与巴黎著名的出版家克里斯蒂安·布格瓦很熟，我访问"10/18 丛书"的这位主编，就是由德全君安排并陪同的。[1]

访问巴黎最大的愉快之一，就是得到名士亲笔签名的赠书，他

---

[1] 见拙著《巴黎名士印象记》中《10/18 丛书和它的转向》一文，该书 138～147 页，社会科学文献出版社。

们一般都赠得甚有节制，超过一两本的比较少，达到"一大包"的则"凤毛麟角"矣，记得只有米歇尔·布托、皮埃尔·瑟盖斯、雅克·雷达等两三位。我一听德全君此话，倍感高兴。而打开这一大包书，就更是喜出望外了，克里斯蒂安·布格瓦先生送给我的，原来是十几本萨德的小说作品，基本上构成了萨德的"全集"。

我喜出望外，并不是因为我正需要萨德的作品有用，更不是因为我喜欢或仰慕萨德，恰巧相反，直到那时为止，我对萨德是封闭少知、盲目摈拒的，并且还简单化地持批判的态度。我之感到特别高兴，是因为这套书大大满足了我的"藏书情结"，从未满足过的"藏书情结"。

读书人喜欢藏点书，不论是真正爱书也好，还是有附庸风雅的成分也好，都要算是一种雅趣，可惜的是，我们这一代人绝大多数都没有追求这种雅趣的条件。20 世纪 50 年代从学校毕业后，低工资只能保证自己与亲人的温饱，那是没有多少钱来买书的，不可能成为"藏书家"，特别是自己所从事的专业的原版书，更是既买不来，也就无从藏了。要拥有原版书，你总得出出国吧，或者像我们的老一辈那样是从国外回来的，但我等参加工作后整整 20 年之中，都被关在国门之内，不断被"上山下乡"、"滚泥巴"、"意识形态中的兴无灭资"、"阶级斗争"、"思想批判"这些神圣的大事折腾来折腾去，能从图书馆借到一些外文书读读，就算不错了。当然，在那些政治气氛浓烈的岁月中，也有像绿色孤岛一样片断的"和平时期"，在这种时期，到东安市场逛旧书店，就是生活中一大快事了。在那里，费些劲也能搜集到一些陈旧的外文书，历史、文学史与单本的文学作品都有，大概是一些早先从国外回来，因为境况比我等更糟糕的老一代知识分子贱卖给旧书店的，听说有些书还是从历次政治运动冲击对象的家里充公而来的。我从来没有收集到多少特有价值的外文书，只购置到手一套六卷本的魏尔伦的诗歌全集，五成新，花了我不少钱，可惜"文化大革命"中下干校时，存放在工宣队、军宣队掌管的仓库里，后来不知去向了，连同几十本三套丛书版的外国文学名著……

克里斯蒂安·布格瓦的这一大套书，一下就使我可怜的"藏书库"骤然猛增，焉得不乐？何况还是一套萨德的作品，真正意义上的禁书！

"物以稀为贵"，凡是被禁的东西，一定是更"稀"，也就更"贵"。似乎是在"文化大革命"前就隐约听说过，中国有不少"春宫画"这种玩意儿，但一般人收藏不到，也不敢收藏，只有党内某个酷爱文物的理论权威××才拥有，大概也就是在那个时期，出来了一个正式规定：凡是在京的重点科研机构与高等院校等几个特殊单位中的研究员与教授，可以在内部购得一套未加删节、原汤原汁的《金瓶梅》。后一个正式的规定显然印证了前一个传闻，可见有权收藏禁书、禁画的，非要有高级的身份、高级的职位不可，我等初入道不久的小人物，当然无权问津。因此，我一直未见过真正的禁书，只是在"文化大革命"之中，有一个当时掌权的革命组织把从"牛鬼蛇神"的家里抄来的"四旧"堆放在办公室里，凡尚未失掉"革命群众"身份的人皆可自由出入那两间办公室，而在那"四旧"堆里，就赫然有一部司局级以上干部才可拥有的《金瓶梅》，于是，不少人就有机会过来翻阅几页，然后带着轻蔑的态度评说那么两句以示自己的革命性……真有点逗，我见到了《金瓶梅》在"文化大革命"中第一次得到了真正的普及……

我没有收藏到中国的"禁书"，倒收藏了一套外国的"禁书"……在法国，萨德的作品20世纪50年代还不能公开出版，到20世纪70年代就已经能公开出版了，算不上"禁书"，但在中国的20世纪80

年代初，却怎么也要算是一种禁书，要知道，直到那个时期，删节本的《金瓶梅》在北京的书店还见不着呢……

收藏到这么一套书，很弥补了我的自我缺憾感，更满足了阿Q式的自我虚荣心……此人本来就非"根红苗正"，与大大小小、高高低低的各种官方庙堂荣誉从来无缘，没想到从法国人那里收藏到了国内惟一一套萨德禁书，总算"拔了一次尖"，捞到了一份"布衣荣誉"……

二、束之高阁，藏而不用

萨德作品集是我真正意义上的"藏书"。藏而不用，束之高阁。仅以"藏有禁书"而自诩。

藏而不用，首先是因为时间问题。自从1979年《法国文学史》的上册出版以后，我的中心课题就一次又一次转移，离18世纪愈来愈远。当然，我深知上册中我对这个世纪的一二十万字的议论深度并不够，但我实在没有时间与精力回过头去深化对启蒙时代的研究。那些在历史发展中起了巨大推动作用的启蒙思想家的精神财富，我还没有来得及全部研读、参悟透彻呢，萨德这样一个特殊人物还是"先靠边站站"吧……对不起布格瓦先生，您的藏书，我"封存"起来了。

藏而不用，更重要的原因，则是由于我的局限性，"保守性"。

我不是一个冷静的研究者，我经常陷入"情绪化"。在人文科学中，面对研究对象时的"情绪化"，虽然不如在医学中那样会产生严重的后果，但也足以大大影响对待的态度与研究的结论。说实话，对于人文范围里有的研究对象，我经常"情绪化"到了惟恐避之不及，就像碰见了瘟疫一样。

年轻的时候，每当我拿起魏尔伦的诗集时，一想到他与兰波那颠三倒四、乱七八糟的生活，一看到他蓬乱不洁的胡子跟秃头上的头发连成一大片的头像与他那双带有暧昧邪意的眼睛，我就感到一种虽然轻微，但却明白无疑的生理的厌恶，因而老不情愿进入他的诗境；同样，纪德在私生活中的那种根深蒂固、无可救药的同性恋恶癖，也使我很迟才去研读他的作品，并经过了很久才逐渐克服内心深处对他作为一个作家的逆反心理。

我自己这种明显的"情绪化"倾向，并不是由于我在观念上是很"道德化"的，事实上，我是很不道德化的，甚至是相当反道德化的，如果我认定一个人的某种情态、性态、世态是出于人性的正常要求，但却有违于某种道德戒律，不符合某种道德意识形态时，我是愿意甘冒道德之箭的射击，挺身而出为之一辩的，从大仲马的放荡、雨果的拈花惹草到于连的人格分裂、包法利夫人的通奸……关键是要"人性的正常要求"，而不要人性的反常与变态，如此而已。这是我长期不喜欢魏尔伦、纪德之类作家的原因。

同样，也正是这样一个黑白分明的尺度，使我哪怕在自己的一大癖好（看电影）中，也保持着这种选择，如好几年前我就知道《沉默的羔羊》一片曾获奥斯卡奖，看过此片的朋友对霍普金斯的演技都赞不绝口，但我却一直因为其中有变态的灭绝人性的场面而拒绝观看此片，至今仍然如故，甚至我认为，一个艺术家用自己的才能去把可怕的残忍的变态表演得淋漓尽致，简直就是一件令人愤怒的事……

这种"情绪化"的习惯，具体到了萨德问题上，结果可想而知，情况是这样的：

在中国，即使到了改革开放之初的 20 世纪 70 年代末 80 年代初，有多少人读过萨德的作品？我想，恐怕不会超过三五个人。但从很早的时候起，凡有西方语言文化知识的人，大多认识 Sadism（施虐狂、性虐待狂、残暴色情狂）这个词，而且知道它来自 18 世纪法国萨德侯爵其人的小说。顾名思义，此词极为可怕。因此，萨德早就在中国"恶名远扬"、"臭名昭著"了，真正可谓属于"不齿于人类的狗屎堆"之列，在这种大的背景下，谁也不会去研读萨德，不会去评价萨德。

凡涉及研读与评论，毋庸讳言，就可能存在着两个层次，一个是公开评论的层次，一个是私下倾向的层次，前者是一种社会行为，它往往必须在社会政治条件、道德规范与意识形态标准所允许的范围里进行，往往必须具有道貌岸然、冠冕堂皇的外表，后者则是一种个人思想自主的状态，存在于个人自由的狭小天地，由于种种非常实在，甚至非常严酷的原因，它难以转化为社会行为。因此，两者几乎从来都是不完全一致的，甚至是互相分离、分裂的，特别在我们这样一个意识形态高度统一的国家里更是如此。如果说，我自己在本学科或超出学科之外的很多问题上都有这种分离与分裂的话，在萨德这个问题上表里倒是颇为一致，都持否定的态度。

我在《法国文学史》上册 18 世纪一编中，比法国老本的文学史稍微开放一点，论及萨德，但完全持否定态度。这是"大环境"中的一种必然而然的"小态度"，而对我自己来说，这又并非违心之言。之所以如此，则与我所属于的这一代人在两性问题上的真实思想倾向与内在情感有关。

我们这一代人，是在一个严酷的时代度过青少年时期、中壮年时期的。闭关锁国、政治运动、阶级斗争、上山下乡、思想改造、道德告诫、纪律处分等等，像一个密集的火力网，使自我不可能也不敢越雷池半步，具体在性的问题上，形成了我们很多人身上的两种明显的倾向，它们既表现在外作为社会言行方式，又存在于内不失为一定程度的主观真诚。一种是粉红色清教徒倾向，它虽然还没有达到禁欲主义的地步，但至少是节欲与抑欲的，反正离《十日谈》式的纵欲与颂欲足有十万八千里之遥，之所以是"粉红色的清教徒"，则是因为作为革命时代的子民，身上还不时有"私心杂念"与"自然本能"在躁动，还残留着伊甸园那颗禁果的影响，总达不到革命时代那种"红彤彤"、"红艳艳"的纯度。另一种则是准柏拉图主义的倾向，这种倾向虽然并没有达到空灵的绝欲的地步，但至少是重感情、讲文明、崇风度、尚格调、求情趣，对于属于"欲"那个领域，不说完全愚昧无知，但确实孤陋寡闻，即使对高罗佩的学术著作所谈论的那些房事也知之甚少，总而言之，尚处于一种幼稚的半蒙昧阶段，用后来新潮派人士的话来说，我们这一代是"比较传统的"。既然对于人类性关系中那些正常的自然的名堂、花样、招式都大惊小怪，对与萨德之名联系在一起的那些反常的、变态的东西，当然就会视为瘟疫，掩鼻远避了。

其实，我对萨德的摈拒与否定，不论是在"表"的层次还是在"里"的层次，根由都是先验式的，都只是顾名思义、望文生义而已，并不是通过切实的研读，然而这种盲目性却持续了多年之久……

"藏书不读，借书读"，这是藏书者、读书者常有的一种可笑的陋习，直到有一天我亲自应验了这一陋习的全过程，我对萨德才有了新的认识，那就是 1988 年我在巴黎蓬皮杜文化中心"借书读"而结识了萨德这个"魔鬼"。

三、流连于蓬皮杜文化中心的内外

每次到巴黎，我最重要的活动之一就是跑图书馆以及跑书店，那些书都不属于我，我只可能购买很有限的几本，只得抓紧时间"借书"看，只要我会见作家、学者的日程中有空隙，除了到影院去"漫步"、到拉雪兹神甫公墓去"沉思"，图书馆是跑得最勤的地方了，而在图书馆中，蓬皮杜文化中心对我的吸引力要算最大。

我喜欢蓬皮杜文化中心，首先是因为它这里特别方便。交通方便，处于市中心，很多我常去的地方就在它周围不远。进出文化中心很方便，没有任何手续。在文化中心内各部门之间通行走动很方便，书籍、报刊、美术、影视、音乐以及种种展览的各个楼层与大厅任你自由来往选择。阅览与观赏方便，书刊均为开架自取。行动也很方便，你可以在阔大的阅览桌前找一个座位，也可以在宽敞的阅览厅里，随便找一把散落在各个角落的椅子，还可以就近在书架前席地而坐，蓝色厚绒的地面似乎比座椅更柔软……

我喜欢蓬皮杜文化中心，更重要的还是因为它可以说是从法国到全世界文化的一个丰富无比、无所不有的巨大宝库，每层楼的图书馆、资料阅览室就有足球场那样大，陈列的图书、报刊、资料如海洋的水面那样一望无边，一个人在这里面，即使"皓首"，也是难以"穷经"的。

但这里的气氛，却又不像巴黎国立图书馆那样肃穆、凝重，它不给人以沉重的学术压力，不强迫你去做艰深的学术思辨，它提供给你的是一个丰富多彩而又宽松悠闲的氛围。你要看有关学科的理论书籍或历史资料书籍，只要掌握图书编目的规律，就可以在开架上找到；你如果陷在一个问题中钻研好久，略感单调，眼前的开架上有如此多其他的书籍可以供你随便翻阅，也许，其中有一页使你产生了奇妙的文化联想，而有心骛八极、自由飞翔的快感，也许偶尔又另有一处竟深化或补充了你原来的理论思索，使你获得钻研的愉快，对原来那个略嫌单调的问题更燃起了强烈兴趣；你如果想更多地"换换脑筋"，就可以随意到其他展厅去翻阅文化休闲性的杂志与画报，其种类多得出奇，使你如坠万花丛中。要是你想更彻底地放松一下，那你就可以到其他的楼层去参观艺术展览，去看电影或者坐在一台电视机面前观赏节目，要不就坐在一张柔软的椅子上，戴上耳机，那里面有各种优雅的音乐……

而且，蓬皮杜文化中心丰富的文化内涵，还不仅限于那一幢极为庞大、造型奇特的现代化的巨型建筑，还得包括它楼前的那个大广场，这是一个真正意义上的文化广场，这里，有演哑剧的、玩杂耍的、变魔术的、为人画像写生的、出售绘画作品与工艺品的、演小品的、跳舞狂欢的、奏乐卖唱的……从蓬皮杜文化中心的高层向下望去，广场上熙熙攘攘穿着各色服饰的人群，不时聚散分合，就像万花筒里变幻着的彩色图案。

如果你想彻底离开一下文化，想满足一下其他好奇心，你也可以从蓬皮杜文化中心前面的圣马丁街漫步而行，仅 200 米就通到了与它平行的圣但尼斯街。它与布洛涅森林齐名，是巴黎两道著名的"性风景线"，其实堪当此称的，何止这两处，红磨坊也明显带有此种色彩。

圣但尼斯街相当狭窄，只有四五米宽，据说它在中世纪却是全欧洲最宽的街道。我这次来巴黎时，它显然比几年前"清淡"了一些，两边的商店，"性"味似乎还不及红磨坊那样浓烈，街道也比以前干净整齐多了，白天几乎看不出是一道"性风景线"，来来往往的大都是到巴黎观光、进出于蓬皮杜文化中心的外国旅游者，他们很多人坐在街头的小店悠闲地喝着饮料，观看街景……这里的气氛之所以如此清淡，很可能是蓬皮杜文化中心就在近旁，早已逐渐以其雅气冲淡了这条街的秽气……

每次我去蓬皮杜文化中心时，总是一清早用完早点就动身，到了那里，不是阅读，就是动笔或者悠闲地浏览，甚至逛来逛去，中午时分则走出中心，到附近用餐。在圣马丁街口有两家面包坊，香飘周围百米，柜窗里简直就是流光溢彩，法国的面点本来就举世闻名，而且又是新出炉的，其美味真是无与伦比，我觉得比马第维先生陪我游罗瓦河流域时所吃的那些法国大菜要好上百倍——真是一个没有品位的平民……

我午饭后，在文化中心前的广场上这儿看看，那儿瞧瞧，然后再回到阅览室去工作两三个小时，直到将近傍晚时收工放学。返回寓所的路上，我一般总要经过圣但尼斯街。几乎每一次，我都带着低层次的好奇心，想看一看20世纪80年代末的巴黎神女，大概是因为还没有到"上市"的时候，我几乎没有碰见过一次，仅仅有那么一回，我看见一个30来岁的妇女站在街角，从巴黎朋友曾给我描述过的站立位置与姿态来看，她肯定是神女无疑。她身穿浅灰色西服套裙，剪裁入时，淡雅得体，她身材苗条性感，容貌姣好健康，神情沉静自然。应该说，她称得上是端庄而又充满了魅力，如果不是此地此情此景，我肯定会把她当作一个高级职业妇女。我不由得大大放慢了脚步，见她站立在街头候客，游人们从她面前悠闲而过，并无人问津，我不由得产生了一种强烈的近于"怜香惜玉"之情，我走过圣但尼斯街之后，心里仍念念不忘，这究竟是个什么样的女性？她那么素雅漂亮，怎么流落到这样一种境地？……为什么不鼓起勇气走到她跟前问一声："Combien？"就像常在水果摊前并无购买诚意地随便问一声："多少钱一斤？"那至少可以多一点浅表而特殊的巴黎生活经验……甚至也不妨请她喝一杯咖啡，就像在巴黎圣母院广场上偶然碰见的一个游人随便地聊上几句一样……然而，俗话有曰"有这份贼心却没有这个贼胆"，我毕竟属于特别循规蹈矩的一代人，这一代人被称为是"在党的教育下成长起来的一代人"，啊，老实本分的一代人！圣洁自律的一代人！……

四、在文化中心结识"魔鬼"

我那次在蓬皮杜中心的读书生活，原本并无明确的目标，起初，只是想广泛浏览浏览，以求获得一些较新的学术文化动态。当然，由于我曾经被萨特问题的麻烦纠缠了相当一个时期，虽然事情已经过去，《萨特研究》也早已得到了再版重印，我难免仍在文化中心的书架上"故地重游"一番，正是在那些关于萨特的书籍旁边不远，我发现了一大排关于萨德的书籍，其数量之多，甚至大大超过了萨特。

一个是曾经风靡全球的 20 世纪大思想家、大作家，一个是几个世纪以来一直被人轻弃，被人耻于问津的文人，在文化中心的书架上却地位悬殊，初看起来简直就是严重的倒置错位，这使我深感意外，甚至有点感到惊异……

书架上的这一大堆书，一部分是萨德的作品，也就是 10/18 丛书本的那些小说，大多数是有关萨德的专著、论文集以及有影响的杂志所推出的萨德专号，足有二三十种之多，基本上都是出版于 20 世纪 60 年代中期到 80 年代后期的这 20 年间，其中 20 世纪七八十年代出版的更占多数，有的还是英美学者所写的专著，当时被译成了法文……面对着这种情况，我马上悟出一个结论：这二三十年来西方学术界显然出现了一股萨德热，以至围绕这位作家的大部头学术专著频频问世，即使是有法共背景的《欧罗巴》杂志也赶了这班车……

蓬皮杜文化中心以其文化视角的现代性与文化反应的敏锐性而著称，它的图书馆、阅览室中的开架书库都是不断补充、不断更新、不断推陈出新、不断灵敏地反映出文化走向的开放体系，我在书架上所看到的上述现象，就是它在萨德问题上的一个反应、一个态度、一种观点、一种评价……我总不能视而不见吧，总不能再闭关自守吧，我不能不走出我的观念意识形态的硬壳，松动了盲目摈拒的僵化立场，开始向"魔鬼"萨德走去……我确定了这一次在蓬皮杜文化中心读书生活的惟一目标，那就是：萨德。

这些关于萨德的书有各种各类，有研究萨德生平历史的，有评价他在文学史上的地位的，有论述他的社会历史观、宗教观的，有评析他作品中女性形象的，有剖析他笔下的性心理、性变态的……倾向与视角亦各有不同：历史社会学的，女权主义的，心理分析学的，等等。不论这些论著的方法、角度与论述的方面有什么不同，但都有一个共同的倾向、共同的态度，那就是把萨德视为人类精神史上一个重要的现象，一个具有硕大的文化分量、丰厚的历史社会内涵、深刻的人文心理的文学家，一个带有巨大的超前性、与 20 世纪人类学、社会学、心理学接轨的思想家、哲人，一致肯定他的人文、社会的研究价值是极为深广的。

虽然这些论著并不是由法国最大的几个出版社出版的，也不都是出自享誉世界的大学者、大批评家之手，但"寒微出身"，至少促使了他们兢兢业业，言之有物，比某种天马行空、潇洒一挥、有时不免空而不实的大手笔要平易近人一些，而且这些论著还可以与就在近旁的萨德作品的文本互为参照，相得益彰……这文化中心的厅馆真是一个结识萨德，观察他、了解他、研究他的好去处……在开架书前的蓝色厚绒地面席地而坐，身边摞着几本与"魔鬼"有关的书，真有一种无拘无束、胆大妄为的自得感，有点像少年时放学后先偷着到租书店里去看"站书"的那种调皮感受……

就这样，我在蓬皮杜文化中心断断续续地度过一些时光，加在一起大概有一个多星期之久，专门与"魔鬼"打交道，总算对他的方方面面有了大致的认识，对他的具体生活、精神特点以至文学作品，形成了一些概念与思路：

他是个浪子淫徒，积习难改的浪子，货真价实的淫徒。

1740 年生于外省的一个古老的贵族世家，与波旁王室有一点远亲关系，其父乃高级外交官，曾任法国驻俄大使，后又在政界历任要职。他从小在文化上受过特别良好的家庭教育与学校教育，其深厚的人文学基础、早熟的创作能力与执著的文艺兴趣就是来源于此。他在古老幽深的城堡中长大，正如我们在夏多布里昂的著名的自传小说中所看到的那样，这种封闭环境中孤独的童年生活，最能养成耽于幻想的气质与习惯，这很可能成为他后来小说中性想象的根源之一。从贵族中学里出来，又到贵族骑兵学校深造，于 15 岁进入军界，被任命为御林军的军官，后参加过"七年战争"。也正是在军旅生活中，养成了对淫秽放荡生活的癖好，23 岁退役结婚，婚后四个月，就因性秽闻第一次被关进了监狱，虽由其父保释出狱，但两年后，又因性虐待与性受虐案被监禁，出狱后，仍放浪形骸，荒唐不经，积习不改……秽案丑闻之后，是入狱，出狱之后，又是秽案丑闻……如此屡禁屡犯，反复受罚或入狱，大大小小竟有二三十次之多，其中以 37 岁入狱的那次时间最长，达 12 年之久，还从万森监狱转移到了死罪犯蹲的巴士底狱，直到 1789 年大革命爆发才获自由。从万森监狱时起，他真正开始写作小说作品，特别是在巴士底狱期间写得更多，然而，1801 年，当他 61 岁时，又因淫秽作家罪被投入监狱，到 1814 年他 74 岁时病死在狱中。

毫无疑问，这是一个不可救药的浪子淫徒，然而又是一个极为复杂的浪子淫徒。他秽气四散的生活往往使人们容易忽视他的其他方面。他是个英勇的军人，在"七年战争"中作战勇敢，表现不凡。他是当时封建专制主义社会的贰臣逆子，带有几乎是天生的反骨，在巴士底狱中，曾企图煽动犯人"揭竿而起"。大革命后，他表现了对社会进步、历史变化的巨大热情，他是当时革命事业与社会公益性事业的积极参与者，但他并非一个狂热偏执的过激分子，而持有一种纯正合理的社会意识，在革命恐怖时期的 1793 年，他曾主张人道主义与温和政策而被过激派逮捕，列入了处死名单，谁说他一生中的监狱生活全是因为性案丑闻。

他在文学创作中升华了自己，他没有沦落为淫秽下流的作家，倒可以说升格成了一个严肃的哲人。

在文学创作中升华了自己的事例，在文学史上颇不少见。流氓不一定就写出流氓文学，如果他找到了一个合理的支点，朝有意义的方向飞跃的话。雨果、巴尔扎克、大仲马、莫泊桑的私生活都有不少很不光彩的地方，但他们都有自己作为作家的支撑点而向上飞升，终以自己的作品在文学庙堂中占有高位，在 20 世纪，即使是小偷浪人出身的让·惹内把自己的小偷流氓生活直接带进了文学，但他在"带进"的过程中找到了自己独特的"坦诚"与"自我承担责任"这两个支撑点，竟被萨特赞为文学庙堂中的"圣徒"……

同样，萨德也属于这种自我升华的作家的行列，问题是他自我升华的动力与支撑点是什么？那就是对人文社会诸重大问题的探索热情与深刻思考。其实这种动力与支撑点，也并非他从原我的外部生拉硬扯出来的，而本来就存在他的原我之中，他不过是调动起了他的原我中积极的基因而已。

判断一个作家是淫秽还是严肃，最基本的一个根据是看他在涉及两性问题上的第一热情、第一专注点是什么？打开萨德的作品，不难看出他的第一热情、第一专注点并不是绘声绘色的淫秽描写。令人深感意外的是在他的小说里，几乎到处都是哲理议论。萨德让他几乎所有的出场人物都是"议论者"、"思想家"、"哲学家"，把各种哲理见解塞在他们的嘴里，以至于他小说中思想观点哲理见解的成分大大地超过了性叙述、性描绘。显然，萨德在小说里宣讲哲理见解的兴趣要大于展示性方式、性行为的兴趣，可以说思索与发表哲理见解，才是他写小说的第一热情、第一专注点、第一迫切需要，这是他有意识地力求成为思想家的标志。仅仅因为他写到了某些异常的变态的性方式、性心理，就谈虎色变，甚至是思虎色变，而完全无视或者完全遗忘萨德在思想领域里的努力，实在是太委屈这位兢兢业业的哲人了。

通读萨德的作品，在有感他特别重视哲理的同时，还可以有感萨德在哲理上的丰富性、思辨性与深刻性。就其丰富性而言，宗教、道德、政治、法律、社会关系、人文、心理以及性等等，均无所不涉及，而且并非浅涉而已，其议论与阐述相当舒展，有些段落章节几近于充分发挥、酣畅淋漓的理论篇章。就其思辨性而言，萨德经常把苏格拉底、柏拉图等古哲人常用的哲理对话、辩论、诘难引进了他的小说，让他的不同人物持不同观点、见解，持不同的立场，一正一反，一矛一盾，互相辩驳，使事物对象的各个方面在对话中得到了全面的观照与探讨，整个问题也就在思想观点的对立、撞击、交锋中得到了辩证的表述，深化的阐释，显示出了萨德作为哲人的精微思辨性，明显地给萨德的小说带来了在人类社会若干重大问题上反复思考的性质。至于萨德哲理的深刻性，在通读过程中，那是很容易感受到的，它正是萨德作为一个哲人对社会与人类事物透彻的认识，不回避、不绕弯、不掩饰，敢于直言其事的勇敢精神与强有力的思辨能力所带来的。

当然，萨德的小说几乎全部是以性为题材这一事实，使他无可置疑地列身于性文学作家之中。性，这是文学中最容易引起侧目而视，并遭斥责的东西，何况萨德的性故事中还有那样不正常的、病态的"花样"与"名堂"，而这似乎又是他秽气四散的放荡生活的文学派生物。但是，如果说萨德一生放荡邪乎的生活是不值得宽容的话，他小说中的性内容却大大地应该得到理解，它们与其说是他放荡生活的派生物，不如说是他长期监禁生活的派生物，是他作为囚徒的性苦闷的一种宣泄。因此，这些故事往往带有强烈、奇特、迷幻的色彩与一定程度性妄想的因素。而且，也正是在服刑期间，他作为被判罪者的处境，又使得他在小说里不得不力戒颂淫的语调，而保持一种道德的、谴淫的、劝诫的立场，有时甚至显得道德感十足，这就相当大地减低了世人所最为担心的那种挑逗诲淫的可能性。况且，萨德笔下的性异常、性变态也并非他自己所臆造的，而是实实在在存在于人类生活中的客观病态，在这个意义上，萨德小说可以说是一种病理报告，有人类学、心理学、医学的意义。

　　正因为萨德具有这些强有力的方面，时至 20 世纪，仅仅说他是个文学人物已经远为不够了。他已被公认为是一个深刻的社会学家、心理学家、哲学家、人类学家，一个早在 18 世纪就显示出惊人的超前性的思想家，一个到了 20 世纪才充分显示其价值与意义的思想家，一个其言论在当前仍有科学性、准确性与研究价值、仍然未过时的思想家。

　　这便是我在蓬皮杜文化中心初读萨德以及那些论述他的专著之后，所得出的概略的认识。

　　我总算结识了萨德这个"魔鬼"，我为此感到有点沾沾自喜，当我 1988 年 6 月结束学术访问踏上归途的时候。在那之后，我一直把蓬皮杜文化中心里的这场结识，视为那次为期一个月的巴黎之行的一个主要收获。

五、走出伊甸园

　　上帝在创造了有天有地、有山有水、有花有草的美好世界后，又创造了现今尚存与现今已经灭绝的动物，其中当然包括 20 世纪的儿童们也爱的恐龙，最后又创造了万物的灵长亚当这个男人，上帝这个系列工程花时间不多，仅仅用了 6 天，第 7 天他老人家就歇工了，也许在 20 世纪的人看来，他用 6 天稍嫌多了一点，五个劳动日足矣！

　　上帝也有疏忽与考虑不周之处，亚当一个人在上帝那美丽、宁静、和平、纯洁的伊甸园里，不是太孤独了吗？总得有个伴！于是，上帝为了加以弥补，从亚当身上取下了一根肋骨，制造了一个女人夏娃。这样，这一男一女就在伊甸园里快快活活过着美好的日子。

　　虽说是一男一女，但亚当、夏娃却天真烂漫、纯洁无邪，即使赤身裸体，也像五六岁的童男童女并无成人意识，上帝为了永远保持他们这种洁白无瑕的童贞状态，告诫他们不要吃树上的禁果。但是，有一天，夏娃在伊甸园里碰上了一条蛇，这蛇唆使夏娃偷吃了禁果，夏娃不仅吃了，而且友爱地剩下几口给亚当吃。两人偷吃了果子之后，立即有了羞耻感，有了成人意识，都因为自己没穿裤子而不好意思，这种性羞涩，近代心理学早已指出，正是性意识的最初萌动，或者干脆说就是一种性冲动，孤男寡女在这么一种情况下，以下的事就是不言而喻了。

这蛇究竟是什么？它为什么要这么教唆？它是否就是撒旦变的？关于这一点，似乎难以可考，至少是查无实据。但在犹太教、基督教《圣经》中，"撒旦"原意即为与上帝对着干，与上帝为敌之意，在禁果问题上，蛇显然就是这么做的，它即使不是撒旦变的，至少也是撒旦派遣的。当然，根据《圣经·旧约》另一种说法，撒旦又是上帝的侍者之一，其职责是在上帝的同意下，对人进行种种考验，看人是否会抱怨上帝，是否会信上帝，但是，这恐怕只是为了使万能的上帝面对着不可控制的"对着干的力量"不至于丢面子的一种说法，不论上帝是否同意了，反正撒旦的所作所为在形式上是逆着上帝、忤着上帝的，看来蛇何尝不正是在考验着夏娃与亚当？由此也可以断定蛇就是撒旦变的，或者是撒旦派遣的了。

不论蛇在何种程度上就是魔鬼，反正夏娃、亚当违反了上帝的禁令，吃了禁果，开了性戒，上帝在震怒之下，便把他们逐出了伊甸园。此举似乎不太明智，反倒成全了这一对"狗男女"，他们索性在伊甸园外做起夫妻，生男育女起来，但不久就发生了他们的大儿子该隐打死了小儿子亚伯的惨剧，从此开始了人类不断叫上帝他老人家摇头叹息，操心费力，却又无可奈何的历史。

这是宗教传说。宗教传说里总有宗教寓意，宗教寓意里总有宗教戒条。亚当夏娃的传说，寓意着伊甸园是纯洁无瑕的圣境，一旦有了男女私情，就无权在这里待下去，这传说还寓意着男女私情是违反上帝的意愿的，纯粹出自魔鬼撒旦的邪门。而在这一系列寓意中，则有着一条异常坚硬的宗教戒条，那就是禁欲主义的戒条，在这里，即使是合情合理的男女之事，也不合法，也不见容于宗教，甚至圣母玛利亚生出耶稣这个伟大的儿子，竟然也被说成是无瑕而孕的，并无男人的合作！

这只是一个宗教传说，在世界各种宗教传说中，只不过是"一家之言"而已，在细节上它也有自己特定的具体性，但对于所有属于禁欲主义的，或带禁欲主义色彩，或带清心寡欲性质的一切宗教、学说与意识形态来说，它却具有普遍的代表性。

与这种唯心的、唯灵的宗教意识相对的，是唯物的人类学学说。就我们这一辈人的经历与见识而言，如果说基督教的《圣经》是一个方面的经典的话，那么，马克思主义关于人类发生发展的历史唯物主义论著，则是与之相对的另一个方面的经典，恩格斯的《家庭、私有制和国家的起源》就是描述了人类两性关系、家庭关系与国家社会发展的这样一部生动的论著。

人不是上帝创造的，人是猴子变的。在类人猿阶段，那种纯粹的动物状态，就不用去说了，在完成了从猿到人的过程后，"后动物状态"也是不在话下的。那绝不像亚当、夏娃最初时那般纯洁单纯，直到吃了禁果之后才开性戒，恰巧相反，倒是"性关系毫无限制"的杂交、群交。随着原始社会的演进与生产力、生产关系的发展，性乱的范围开始慢慢缩小，由杂交到群婚再到一妻多夫或一夫多妻，最后才到了个体婚制，而个体婚制也只不过是婚姻形式而已，在这种形式下，又经常有婚外私情、通奸以及娼妓与半娼妓的存在。这就是"亚当夏娃"、"男人女人"的真实历史，这种历史的客观状况与不纯性质是任何宗教戒条、道德约束与法权禁令都无法加以纯洁化的，难以加以规范化的。

但是具有讽刺意味的是，虽然马克思主义在我们这里居于至尊地位，但经典论著中所描述的人类两性关系真正的客观历史发展过程，却较少为我们所正视，而《圣经》中的伊甸园境界反倒是作为无神论者的我们所向往的纯洁理想。以本人而言，我绝对不敢说在"纯洁度"上自己有资格置身于伊甸园之中，自我身上不符合上帝要求的"杂质"着实多得很呢，但在意识形态的问题上，我倒的的确确存在一个"走出伊甸园"的问题。

在蓬皮杜文化中心结识萨德，就是一个突破，是我的第一步，从此以后，我不论在阅读与研究的范围上，还是在思想观点的形成上，都大有沿着这个"斜坡"出溜下滑之势。

六、随梅菲斯特出游

1993年，法国国家科研中心研究员、法籍华人学者陈庆浩博士，与台湾一家出版社合作，策划编辑出版一套"世界性文学名著大系"，他邀约我主持法国篇的编译工作。

庆浩博士是我1981年访问巴黎时，通过德全君的介绍认识的，他在巴黎从事文学研究已有多年，研究面以元明清小说为主，成绩斐然，他在法国、中国大陆与台湾以及日本，均有广泛的学术联系。

由于早已结识了"魔鬼"，对"魔道"中的社会历史、人文心理内涵，多少有了点认识，又基于对"一国两制"政策的理解，我没有多少犹豫就答应了。既然在一个中国的两岸存在着"两制"，纯粹为彼岸的文化需求做点"来料加工"，想必是不会触犯此岸的思想文化政策的。

我在合作项目中的职责是调整、增补并确定庆浩博士所初选的书目，搜集有关的原文材料，物色译者，组织翻译，联络协调，统一规格，审定译稿，直到为每一种作品撰写学术性序言。经过将近两年的劳作，最后完成了 20 种小说的选编、译制与作序。

入选的均为历史名人与著名文学家所写的性文学作品，或在文学史上赫赫有名的此类作品，入选的标准是具有社会历史内涵、人文心理意义与文学艺术价值，其中萨德的作品有四，即《淑女蒙尘记》《淑女劫》《情罪》与《闺房哲学》，而参加这 20 部小说翻译的均为国内高层次的译者，我的一些老同学与多年老朋友，如李恒基、丁世中、李玉民等。

为了对"一国两制"的方针表示最彻底的拥护，为了对大陆此岸文化出版政策规范表示最大的尊重，我与译者在进行上述译制之前，就特别强调，我们进行此一项目，是以双方必须尽最大努力保证该书系不流入大陆为前提的，为此，我与译者们明确表示，书系出版后，不要出版社往大陆给我们寄赠样书，当然，也要求出版社尽最大的可能保证此书系不传入大陆，更不能将版权授予大陆的出版社或容许大陆任何人擅自翻印发行。而我个人，则不顾庆浩博士与彼岸出版社的再三固请，坚决辞去了法国分辑主编之名。

就在与庆浩博士完成合作项目后不久，相继有两三家大陆的出版社找上门来要求我与他们合作编译出版一套《萨德作品集》，大概是由于我藏有一套"禁书"的名声已经在外。……虽然我为庆浩博士的项目所写的三篇序言《淫秽下流作家？严肃的哲人》《对恶的抗议》与《作家萨德并非无德之证》，早已在台湾公开发表，但我仍拒绝了这两三家敢于在国内打擦边球的出版社。

人本来就在伊甸园之外，但总要制造在伊甸园之中的自我理想与自我幻想；我在意识形态上已经走出了伊甸园，但却仍然很在乎自己在伊甸园里的纯正资格……

书生就是书生。意识形态、价值标准、规范、理念似乎从来就是专管书生的。当我与我的一批书生朋友还很在乎自己在伊甸园里的纯正资格时，商海大潮中的冒险家、勇敢分子，早已经把意识形态、规范以至法规、法度全都抛到九霄云外了，这样，我终于看到了我本来并不希望发生，甚至是大力加以预防的事发生了：

那就是 1998 年 8 月上旬的一天，我接到北大老同学李恒基的电话，他告诉我一个消息：市面的书摊上出现了一套名为"外国性情文学译丛"的书共五种，其中四种是盗版自庆浩博士与我合作的那套书系，被侵权的是四位译者李恒基、丁世中、李玉民与羽林，加上序言作者我本人。盗版者对序作者的权益似乎格外蔑视，有的序给你任意砍头去尾，有的序他给你换一个署名，有的序他干脆把你的名字删掉了事……

几个被侵权的书生不胜愤慨，于是就给盗版书上所署名的"远方出版社"去信，要求"有个说法"，一个星期、两个星期、三个星期都过去了，去信如石沉大海，但通过一两个途径听说，该出版社在某非正式场合作出表示，说他们也是被侵权者……来而不往，非礼也，回信总应该有一封吧，何况，如果双方都是受害者，就更应该有共同语言，更便于沟通吧……不知什么原因，反正我们没有得到一字答复。

于是，几个被侵权者又向两三个出版管理机构投诉。小案一桩，大家很忙，调查难度大。即使是《焦点访谈》那样直接的强力的泰山压顶式的查访，亦难以水落石出，何况我等乎？……于是，几个被侵权的书生白白地激动了一阵，忙乎了一阵，毫无结果。朋友们，熟人们，不论是新闻界的、出版界的、文化界的，还是熟知社会内情的，无不都说这种事很难查出个结果，"你拿盗版者根本没有办法"……真是个"宰你没商量"！

也正是盗版书在市面出现之际，时代文艺出版社堂堂正正推出了《萨德作品集》，共选入三部小说，译者是我的学长管震湖先生。我赞赏这家出版社的效率，我更钦佩管先生的勇气。

在发生了以上这些事情之后，我才感到似乎有一不做二不休之必要，于是，放了一个马后炮，把我 5 年前在台湾发表的三篇论萨德的文章交付《书屋》连续发表……

浮士德与魔鬼梅菲斯特签订了契约，公开出游，他是去享受尘世的欢乐生活的。我与浮士德不能相比，我跟梅菲斯特的公开出游只不过是去做点小小的"灵魂的冒险"，这种小事在大社会里本来只是"茶杯里的风波"。不过，这毕竟是与"魔鬼"的契约，很难说会有什么样的结果……

但不论是对是错，不论是什么样的结果，还连同这整个的过程，到头来都不过是"米拉波桥下的流水"，转瞬间将消逝无踪。

1998 年岁末

法国最早一部性文学作品兼及何谓性文学

——匿名氏：《好家伙修士无行录》

　　《好家伙修士无行录》问世于法国路易十五时期的 1741 年，作者匿名，可能是一位名叫吉尔维斯·德·拉·杜什（Gervaise de la Touche）的律师，但也仅仅是可能而已，并无确证。就其问世的年代而言，它几乎可以说是法国文学中有书为证的最早一部性文学作品。

　　在文艺学的范畴，何谓性文学？

　　构成性文学的特性不外有二。其一，对性关系的描写比较直露无讳；其二，对性关系的描写，在作品中占有相当的比例，而这两个特性，又以前者为主。

　　涉及性关系的文学作品何止万千，但在隐与露上、在直露的程度上，确大有区别，且看几个名家名著：

　　在巴尔扎克的小说《高老头》里，欧也纳·拉斯蒂涅得到他朝思暮想、长久追求的纽沁根男爵夫人但斐纳的情节，写的是如此概略："欧也纳没有回伏盖公寓，他没有那个决心不享受一下他的新居。隔天他半夜一点钟离开但斐纳，今儿是但斐纳在清早两点钟左右离开他回家。"

　　在福楼拜的《包法利夫人》里，爱玛委身于赖恩的过程，但见他们雇来藏身的那辆马车在里昂街道上转来转去，驶个不停，"窗帘拉下，关得比墓门还要紧，车厢颠簸得像海船一样"，一直驶了五六个小时，最后爱玛才下车离去。

在左拉的《娜娜》里，莫法伯爵夫人提前回到巴黎，到情夫浮式瑞住处过夜，虽然他们整夜寻欢作乐是在莫法伯爵亲眼窥测监视之下进行的，但这个丈夫却只见窗帘后灯光长明，不时有人影的动作，他只得到了看影子戏的效果。

关心自己文学名声的作家，往往就是这样把其实是人所共知的性关系、性行为，深深藏在窗帘与帏幔之后。也许，有人早就可以亚里士多德《诗学》中关于文学与自然的思想为由，对此提出诘难，也许，文学史上那些发表过"凡是在自然中的一切都可以在文学中有自己的地位"此类高见的经典作家，对此也曾心存困惑，但人类的文学仍然保持了这样一个禁区。

某一天，某个写作者放胆把窗帘或帏幔扯下，像《瘸腿魔鬼》中那个魔鬼一样，带领读者飞翔在一家家屋顶上空，用魔法掀开屋顶，让读者把室内的人习以为常的行为尽收眼底，这就是性文学的产生。如果说，引诱亚当与夏娃偷吃了禁果、懂得了人事，是伊甸园里第一个撒旦事件，那么，使得文人墨客把这种隐藏不露的人事以文字书写了出来，给人以一种自我观照，也许就该算是第二个撒旦事件了。尽管这两件事往往都被人认为有魔鬼肮脏的影子在作祟，然而，实在说来，却无一不是人性本身的自然表露，是人性的一种自然需要使然。

在人类社会的不同领域，对性的承认是不平衡的，因而它在不同领域里所占有的地位往往有天壤之别。在法门中、宫殿里，养生学、房中术、阴阳秘诀，早已成为典籍；在医学中、心理学中，性分析已成为科学研究的课题；在商业中，性用品、性器物、春药已成为公开的商品；在民俗中，在广场的纪念碑上，在建筑雕刻中，在石塔、石柱、石碑上，在某些纹章上、驱邪章上，在爱尔兰的十字架上、古罗马的钟铃上、庞培城旅店的招牌上……性崇拜、生殖图腾也都打下了堂而皇之的烙印，几乎惟独在文学中，性长期以来却是一个忌讳的课题，性描写往往遭到非议与谴责，即使福楼拜力图把窗帘遮住一切，他仍因《包法利夫人》而受到了"有伤风化"的指控；萨德一直到20世纪50年代在其祖国仍被视为一个触禁的作家；劳伦斯的《查泰莱夫人的情人》则至今在某些地区仍是一部不予批准出版的作品……然而，道德的戒律与规范、官方的毁禁，并没有杜绝性文学的创作，只使它成为一种"地下活动"而已，在文学史上，这种"地下活动"似乎一直没有停止过，即使是像巴尔扎克这样高踞于文学大雅之堂上的大家，也曾用化名写过"性"味颇浓的小说。也许，这种连绵未断的特殊创作活动，可自成系统，构成文学史的一个侧面，一部特殊的文学史。至于那些存活下来的性文学名著，也从来是屡禁不绝的，反而具有特别顽强的生命，在中国大陆，《金瓶梅》已成为奇货可居、高价出售的文学商品，似乎就说明了这一点。不可否认，性文学已经成为人类社会中一种客观的文学存在，对它视而不见、拒不承认，都无济于事，它自有其独特的价值与意义，不失为一种必须对它有一个说法的文化现象、一种有待整理的文化资料、一种可供研究的文化系列。做这种整理与研究，难免不会不犯禁忌，难免不遭讥讽，但迟早总得有人来做，"我不入地狱，谁入地狱？"

这里，涉及一个必须说明白的问题，性文学作品终归是文学，而不是够不上文学层次的别的玩意儿。既然是文学作品，就必须有文学的素质、文学的细胞，如无此，则非文学矣。具体说来，除了在语言上、在描写与叙述上，必须有一定的艺术性外，还应该塑造出身上结合着人群共性与私人个性的人物，阐发了若干有关人之存在与社会生活的哲理，探究了某些人性深层底蕴，表露了某种程度对人生与现实课题的关注，即使是在粗俗的、直露的性描写上，也往往要显示出某种独特的主观色彩与角度，流露出若干精神灵性与情趣。这些成分愈多，性文学作品的品位也就愈高。也正因为具有了这样一些成分，性描写在性文学作品中是否占绝大篇幅，就不构成性文学作品的首要条件，而区分性文学作品与一般情爱文学作品的首要条件，则是对性问题、性关系、性行为是否有直露无遮的描写，众所周知，《金瓶梅》中的性描写文字约有三四万字，仅占整部小说约十分之一的篇幅，而它之所以成为有别于一般文学作品的性文学作品，正在于这三四万字。

不论从性文学作品的哪一个特性来看，《好家伙修士忏行录》都是一部很典型的性文学作品，其中的性描写既直露，又占有相当大的比例。整部作品像流浪汉体小说那样以人物的浪迹为线索，只不过主人公好家伙修士不是在浪迹天涯与社会之中见识了许多世态人情，而是混迹于色情男女之中有了许许多多的性见闻、性经历，作者似乎要通过他的见闻经历，把人的各种性生活方式、性心理都一一写全。与此同时，小说中这个艳遇不断的人物的自述，也完全具有历来流浪汉体小说中流浪汉主人公经常有的那种玩世不恭的基调，登徒子式的对艳遇的津津乐道、绘声绘色，以及市井下流辈的厚颜粗鄙，尽管他是以忏悔的形式来开始他的自述的，还不时有行淫纵欲遭报应之类的道德说教。

现在，我们还不能说，像这样的性小说，在 18 世纪的路易十五时代以前从未出现过，也许以前也曾产生过类似的作品，只不过没有流传下来；但是，我们却完全可以说，这样一部形态如此完备的性小说，在 18 世纪路易十五时期得以产生，倒是一件必然而然的事情。

18 世纪封建的法国，就像一颗熟透了的草莓，即将全面溃烂。这个趋势在太阳王路易十四朝的后期已露征兆，到路易十五朝，就全面表现了出来，至路易十六时期，则不可收拾，急转直下，终于在 1789 年爆发了震撼人类历史的大革命，导向现代法兰西的缔造。

1715 年，路易十五继承王位，不论历史学家们对他有怎样不同的评价，但他酷爱狩猎、喜欢美女却是千真万确的，在大革命后法国政治舞台上扮演过重要角色的塔列兰就曾这样写过："舒适享乐对路易十五来说，比对法国更为重要。"他和他的宫廷骄奢淫逸，据说，他甚至讲过这样的话："我去后哪管他洪水涛天。"上方若如此醉生梦死，社会中就难免不弥漫着享乐淫靡之风。对此种风气，当时不少作家的作品都曾有过描写，如马利伏的小说《玛丽安娜》（1731～1741）、《暴发户农民》（1735～1736），普莱服神父的小说《曼侬·莱斯戈》（1728）等，都是这方面的名作。一代文坛泰斗伏尔泰更是把当时社会上的淫乱讽刺得淋漓尽致，他在著名小说《老实人》（1747）里，让一个主张"一切皆善"说的哲学家邦葛罗斯居然也染上了梅毒，烂掉了鼻子，并且如此揭示出他这脏病的家谱："他从侍女巴该德那里染了这个病，巴该德的病是一个芳济会神甫送的，神甫的病是得之于一个老伯爵夫人，老伯爵夫人得之于一个侍从，侍从得之于一个耶稣神甫，耶稣神甫当修士的时候，直接得之于哥伦布的一个同伴。"

在这种社会环境、社会风气中，《好家伙修士无行录》这样一部小说的产生，也就不足为奇了。而且，在整个18世纪，它也远非"茕茕孑立，形影相吊"，在它之后，到18世纪末，还产生了一连串性文学作品，从事此类作品写作的，大有人在，其中赫赫有名者是萨德（Sade，1740～1814）、布列多纳（Restif de la Bretonne，1734～1806）、米拉波（Mirabeau，1749～1791）等。可以说，18世纪是法国性文学产生与繁荣的世纪，而《好家伙修士无行录》则是这股文学潮流的第一个浪头。

如果要考察一下《好家伙修士无行录》在文学上的渊源的话，那么，不妨可以说，它与《十日谈》《七日谈》这一文学传统有关。《十日谈》是14世纪意大利文艺复兴曙光中的第一只燕子，它一反中世纪的宗教禁欲主义，向往尘世的幸福、感官的欢乐，且物极必反，难免矫枉过正，它又从反禁欲而明显地滑到颂欲的地步。其中受到作者赞赏的，往往是一些靠聪明狡猾而尝到偷情通奸之乐的男女，被讽刺的倒经常是一些被欺骗的愚蠢丈夫或顽固家长。《七日谈》出自 16 世纪法国被称为"文艺复兴之父"的国王法朗索瓦一世的姐姐纳瓦拉王后之手，是一部从内容到形式都模仿《十日谈》的作品，尽管作者的至尊地位与女性身份，不可避免带来比《十日谈》较为明显的道德倾向与严肃语调，但对尘世的肉欲欢乐、男女性爱关系的赞赏仍是显而易见的。

《好家伙修士无行录》与《十日谈》《七日谈》这一传统一脉相承，而且，到了它这里，赞欲、赏欲、颂欲的倾向更是变本加厉了，忏悔的话头远远掩盖不了通篇对男女做爱的津津乐道，略带道德色彩的评点总是淹没在情不自禁的赏乐之中。除了这种基本倾向的相像外，《好家伙修士无行录》在小说形式上也明显地继承了《十日谈》《七日谈》的传统，它以不同的人物分述自己的故事、故事中套故事的方式，来构成小说的框架，这正是《十日谈》所发明、《七日谈》所照搬过的办法；至于夜晚走错了房间、上错了床、李代桃僵、胡乱作乐之类缺乏细节真实性、不甚合乎情理的荒唐情节，则几乎像是从《十日谈》中翻版过来的。不过，比《十日谈》有所发展的是，这部小说在心理描写、特别是在性心理描写上，可谓初具规模，在性哲理上，也有所阐发，而这两点也正是性文学之成为文学的重要标志。

性，是人类现实生活中的一个重要组成部分，性关系、性活动又是在人类社会生活环境中进行的，因此，有价值的性文学作品，往往对人类社会现实生活有所反映，往往含有对社会现实问题的思考与见解，或者说，其中对性关系、性行为的描写，往往结合着对一定社会现实关系的反映；其中的性关系性行为的形象，往往渗透了一些社会现实意识。如果说《好家伙修士无行录》还有一些这类认识与揭示的话，那就是其中对教会人物、神职人员的针砭。

在 18 世纪，法国封建社会分为三个等级。教会因为操"圣职"

而名列第一；贵族阶级才是第二等级；一般的平民百姓、城乡劳动者、小业主甚至无贵族身份的有钱人、资产者，均为第三等级。前两个等级均享有各种特权，是为特权阶级。教会人物、神甫人员不仅名分高，政治经济特权也很多，仅以土地资产而言，在总人口 2500 万中，这个等级为 13 万人，其当权的上层人物仅五六千人，却占有全国土地的四分之一，不仅收地租，而且无代价地向农民征收总收成十分之一的"什一税"。在经济上，教会是国家的一大豪强，在封建政治秩序中，它是有权有势的一大支柱，在思想意识形态、道德舆论领域，它更是至高无上的权威。教会的强梁地位与为所欲为的霸气，势必在民众中积怨颇深，到 18 世纪末法国大革命的狂潮中，它也就成为被冲击的对象。实际上，早从 18 世纪上半叶开始，教会就已经成为众矢之的，不论是激进的还是温和的思想家，从贝尔、封德奈尔直到伏尔泰、狄德罗、卢梭，都在致力于对神学理论、宗教迫害、教会黑暗以及神职人员的愚民伎俩、虚伪腐败，进行着诘难、非议、抨击、揭露与抗议。

应该说，《好家伙修士无行录》反教会的情绪是非常明显而激烈的，它几乎不放过任何一个机会把笔锋戮向教会人物。小说里写的每一桩放荡淫行，给老百姓戴绿帽子、霸占民妇、搞同性恋、杂交群配、以性工具发泄肉欲等等，几乎无一不是教会人物的所作所为；小说里出现过的各种各样神职人员，本堂神甫、修道院长、嬷嬷、修女、修士，总共有二三十人之多，无一不是各有见不得人的秽事，各有丑态表演，作者似乎力图在证明教会人物的"天命"与"神职"，不过是行淫作乐而已。以此而言，整部小说就是教会淫行的大展览，它所呈现出来的教会无异于一个大淫窟。

而且，小说在描写中颇多讥嘲讽刺，出语甚为刻薄。虽然作者对性关系性行为津津乐道，但他对教会人物的讽刺至少有两个"师出有名"。一是他毕竟在道德上确认了纵欲是为沉沦、蹈淫必遭报应，故而有了对神职人员进行针砭的立足点；更重要的是，他抓住了神职人员口头宣扬的宗教信仰、道德戒律以及他们的道貌岸然与他们的淫行秽事之间的反差，以子之矛攻子之盾，直朝其虚伪性、欺骗性鞭挞。不论师出何名，作者对教会的态度，是平民情绪的一次有力发泄，而这部小说的出现与存在，对当时的教会来说，也无疑是一个毁灭性的打击，其作用与启蒙思想家的那些声讨檄文式的论著，是否可谓"殊途同归"？

也许正因为这是部形态完备而又具有一定历史社会意义的性文学作品，《好家伙修士无行录》在法国一直流传至今，这个译本就是根据法国 1992 年的新版译出来的。

（Histoire de Dom Bougre, Librairie
Arthème Fayard，1922 年版）

一部道德化的性小说兼及性的中庸之道

——阿尔让侯爵：《泰蕾兹说性》

若望－巴卜第斯特·德·布瓦耶·阿尔让侯爵（Jean-Bap-tiste de Boyer，Marquis d'Argens），不是一个文学家，而是一位哲人。

他 1709 年生于法国普罗旺斯的埃克斯，1771 年逝世，曾长期居留荷兰，而后到了普鲁士，在普鲁士期间，他成为了腓特烈二世的侍读。他写过一些论著，著名的有《犹太人的书信》，他是法国伊壁鸠鲁主义中的一个重要的人物。

小说是以一个名叫吉拉尔的耶稣会教士的真实案件为素材。耶稣会是法国天主教会中的一个宗派组织，从 17 世纪起就颇有势力，为非作歹的事做了不少，莫里哀著名的喜剧《伪君子》写的就是一个耶稣会教士的劣迹。他以良心导师的面目打入良民百姓家，勾引这家的主妇，还想把这家的财产全部霸占下来。这个文学人物是如此家喻户晓，以至他的名字答尔菊夫已经成为伪善者的同义语。吉拉尔此人也是这类宗教骗子，他是土伦区为随航船出海的布道牧师举办的研修班的头头，于 1729 年诱奸了两个年轻的女子，一个 17 岁，名卡特琳娜·卡狄爱尔，一个才 14 岁，名拉·洛吉尔[1]。此案曾哗然一时。

人们不难从小说的第一部中 53 岁的迪拉神父与妙龄的埃拉蒂斯小姐的那一场戏，看出这是对吉拉尔事件的影射。小说里的这场戏是

---

[1] 亚历山大利安：《色情文学史》第 150～151 页，巴黎，瑟盖斯出版社，1989 年版。

披着祷告与驱邪的宗教仪式的外衣进行的，诱奸者自称是在"执行神圣的使命"，被诱奸者则自以为是"享受天堂的幸福"，几乎每一个性动作都是以宗教的名义做出的。在神圣的旗号与下作行为之间的反差中，诱奸者以宗教为幌子的卑劣面目，信女在宗教与世事上的愚昧，都跃然纸上。这是文学中少有的辛辣讽刺之篇章。

如果根据这一部分章节，以为布瓦耶·阿尔让在宗教问题上会像伏尔泰鞭挞得那样刻薄无情，像萨德否定得那样彻底、不留余地，那就错了；如果根据布瓦耶·阿尔让把这对男女偷情的场面写得如此不堪，以为他有某种程度的清心寡欲倾向，那也错了。他中庸的政治立场与处世态度，使他在宗教问题上远非那样激进，他似乎不想得罪当时的当权派，而他的伊壁鸠鲁思想倾向，则使他对性乐远非有所否定。

这种双重的折中主义导致了他笔下的修道院长 T 先生这个人物。这是一个通情达理、合情合理的神父，他处世为人明智开通，宗教观入情达理，他与 C 夫人的风流韵事，虽然也是偷摸苟且之为，但也合情合理，总而言之，他是令人可接受的人物。

这个人物的宗教观概括起来，可以说是反宗教而不反上帝，反虚伪的坏神父，不反开明的好神父。在他那里，"上帝是有的，他是世界上万物的创造者与主使者"，"上帝与大自然原本是一回事"，宗教则"无非是人类的产物"，是宗教首领、政治家臆造出来的"介乎于上帝与我们的存在物"，"各个地区的野心家、大天才、大政治家们利用人民的轻信，宣布了一些通常是稀奇古怪、反复无常、专横暴虐的神灵"，"给人以错误的、有关上帝的概念"。他这种宗教观显然不是正统的、规范的宗教观，它肯定了上帝的至高无上性，但这个上帝只代表一种理念，一种信仰，而不代表组织实体教会与人为限定、刻板可怕的教规法纪。

这位修道院长的两性观也是开明而通情达理的。当他把压在人类头上的宗教组织、宗教戒律、宗教惩处、宗教仪式全都一笔勾销，只让一个虚无缥缈、若有若无的上帝在人类上空盘旋的时候，他的开明性就已经是相当足矣！而当他又把上帝与自然画一个等号，并且又认定人身上的肉欲只不过"是大自然永恒的法则在人身上激起的需要"，"得自于大自然之手"时，他几乎就是一个性解放主义者了，难怪他敢于宣称自己"有欲即去寻满足，如同有尿就去弄个尿壶来小便一样"。当然，按此自然规律获取肉体的快感与幸福，根本无需宗教的名义来张本，也用不着宗教形式来装点，更反对用宗教戒条来束缚，不过，"因为上帝并非只希望某些个人幸福，而是希望全人类都幸福"，所以"我们得尽可能地不损害现存社会的某些支系，在保持我们自身状况的同时，还要尽我们全部的责任"。他的这套观点见解，既打上了鲜明的伊壁鸠鲁主义的印记，又有反对人欲横流、淫逸放纵、危害社会的审慎，其折中的色彩是不言而喻的。

如果小说的第一部中两个相对照的神父各自的风流艳事，是为了表现关于性事与其外部诸方面的关系，即表现性事与社会、人生、道德、宗教等诸方面的关系的话，那么，小说第二部中布瓦洛丽太太与泰蕾兹两人的经历故事，则是为了说明性事本身内部的若干问题，即性事的方式、趣味、心理、程度、风度等等。在这里，小说再一次显示出它对合理而适度的肉欲享乐的理念，或者说，又一次显示出一种性事上的折中主义倾向。具体说来，小说通过曾操神女生涯的布瓦洛丽的各种性经历性见闻，对性事中种种乖僻的行为与心理作了否定，通过泰蕾兹与伯爵先生恋爱与欢合的故事，则表现了正常的、理想的、幸福的欢合之道，伯爵不仅道德高尚，满口都是"要从公众利益角度考虑"、"每个人都应当注意不做任何有损他人幸福的事"、"应当遵循的第一原则便是正正派派地做人"等等道德准则，而且风流倜傥，在性事中趣味纯正、力技超人。小说的整个第二部似乎在告诉读者，男女交欢，本自其乐无穷，何须出那些乖僻邪谬的欲念，玩旁门邪道的花招？

小说的标题直译应为《哲人泰蕾兹》，虽然整部小说都是以泰蕾兹的叙述构成的，但泰蕾兹却只是一个假哲人。在说理论道方面，她不过是一个转述者而已，她所转述出来的性哲理，全是出自修道院长与伯爵先生二人之口的议论。当然，修道院长与伯爵也只不过是两个傀儡，是作者布瓦耶·阿尔让的传声筒。作者派定给他们两人的角色的性质是太显而易见了，他们两人的风流韵事在小说中所占的比重实在很小，他们的"戏"少得可怜，而他们的话却多得出奇，他们的议论往往是长篇累牍的。这表明了布瓦耶·阿尔让描写性事的兴趣不浓，议论性事的热情甚高，而他的议论又充满了中庸、适当、合乎规范等等准则，颇有点道德说教的味道。因此不妨说《泰蕾兹说性》实可算作一部道德化的性小说。

（Boyer d'Argens: Thérèse Philosophe,
法国，Actes Sud-Labor-L'Aire 联合版）

农业社会对城市性现象的逆反心理兼及历史上的卖淫现象

——努加雷:《沦落风尘的村姑》

在这部小说里，作者首先关注的是社会世态人情，而不是性。但是，毫无疑问，性是这里的社会世态中一个重要内容，甚至是其中的一个核心内容，因此，这是一本描写以性问题为中心的世态小说。具体来说，它以一个村姑沦落为娼的过程为线索，展示出 18 世纪法国围绕着性问题的人情与习俗、风气，从小说的风貌而言，颇有点像我国明清小说中写青楼故事的作品。

作者在小说里对世态描写的关注是显而易见的，在序言里，他开宗明义，道出了他的自觉意图与对小说创作的理念："一部小说的目的应该是描绘一些荒唐可笑的人，勾勒出其时代之面貌。读它时，人们必须能从中悟出其时代的特点、弊病，那这部小说才是佳作，有益之作。"

说到世态描写，我们不能不说它是法国 18 世纪文学的一个相当突出的特点，这类的小说着实不少，最早出现的一个世态描写大作家就是勒·萨日（Lesage，1668~1747），他的两部著名的小说都是世态小说，而这两部小说又各自提供了世态小说的一种描写样式，《瘸腿魔鬼》（1707）提供了横断面型的世态描写样式，而《吉尔·布拉斯》（1715~1735）则提供了纵线型的世态描写样式。在《瘸腿魔鬼》中，魔鬼带着一个青年学生飞到市区上空，揭开一家家屋顶，让他看到形形色色的故事场面、人情世态，小说就是以这种方式提供了一个包括了种种众生相的人世"切片"，开辟了以在同一时间里表现不同空间的生活内容为特征的横断面型世态描写方式的先河，此种方式后来在世界文学很多小说作品里都被加以采用，甚至还进入了戏剧，中国人所熟悉的一个例子，就是夏衍的名剧《上海屋檐下》。《吉尔·布拉斯》则写的是主人公吉尔·布拉斯吃过苦、遭过罪、享受过、放荡过、从事过不同的职业、经历了各味人生、下至市井、上达王侯的一辈子，他人生的每一站，就是一种世态图，他就像走在世态长廊中，跟随着他，读者也就见识了许多世态。不言而喻，这种方式比前一种方式更为简便，省却若干作品结构上的麻烦，因而，后来也比较更经常地为作家所采用。当然，《吉尔·布拉斯》式的纵线型世态描写作品，与一般的写人物一生沧桑变化的作品有某些相似之处，只不过纵线型世态描写作品首先关注的主人公所经历之处周围的世态，而写人物一生沧桑的作品首先关注的则是人本身的变化与内心。因而，在前一类作品中，主人公往往是流浪汉或者是在人间颇多阅历的人物，作者只需他到处流浪以充当各种世态展览的"向导"，并不在乎他内心的深度。正因为如此，纵线型世态描写作品，最初是以流浪体小说的形式出现的，《吉尔·布拉斯》就是西欧文学中的一个代表作。

《沦落风尘的村姑》的问世晚于《吉尔·布拉斯》约半个世纪，它显然属于《吉尔·布拉斯》这个传统，写的也是女主人公的一生，从一个纯洁的美如天仙的乡村少女一再失足、沦落为娼，最后生活潦倒又因荒淫过度患恶疾而亡。由于作者在小说里早早地安排好了这个村姑的"失足堕落"，她后来的历史就只是各种堕落经历的变化与堕落程度的深浅，作者也就抛开了她的性格发展、内心变化、矛盾反复等等这些难题，而专注于她堕落经历的每一站，去实现自己在小说序言里所规定的"描绘一些荒唐可笑的人，勾勒出其时代之面貌"这个目标，由此，读者也就看到了法国 18 世纪上至贵族老爷、修道院院长、财政官，下至小偷、赌徒、老鸨各种人物的嘴脸与形形色色的众生相，作者的描绘与勾勒常有精彩之笔，警察局局长抓住几个公开宣淫、有碍风化的男女，发现一个个都是有身份的人后，就不敢得罪以下的娼妓那一节，就颇富讽刺的才情，那个警察局局长与后来俄国小说家契诃夫笔下举世闻名的人物——变色龙警官奥楚盖洛夫，在见风使舵、察言善变上就各有千秋，相映成趣。

如果说，《沦落风尘的村姑》作为一部世态小说有什么特点的话，那么，就要算是这里的世态都围绕着一个"色"字，一个"性"字。由于女主人公吕赛特早就失足并开始以色相为本钱进行种种交换，后来更沦落为娼，而她少年时期在农村的相好吕卡后来也成为一个男妓，小说既以他们两人为中心，它所写的世态也就不外是色性场上、卖淫业中的世态了。

色性，对于人类来说，虽然出于一种生理自然需要，但它很少是完全、绝对、纯粹地只具有自然的属性，它经常要打上某些社会现实生活条件的烙印，掺杂着某些经济、习俗、意识、心理的因素，受一定功利目的的制约或是为了达到某种功利的目的。因而，以肉体进行某种交换以至卖淫的这类社会现象，也就是由来已久的一种古老的方式、古老的"职业"，其古老，可以说几乎是紧跟在亚当、夏娃初尝禁果这个事件之后不久。西方人类学家、社会学家早已指出，这种特殊的交换、"买卖"，早在人类原始社会就已经普遍存在，不过，我们要补充一句，这种特殊的交换必须是在人类社会中出现了最起码、最原始的交换之后才有可能出现，当然，这就已经是够久远、够古老的了。在原始社会，也许某一个妇女是为了一块兽皮、一顿肉食而委身于人的；到了私有财产、父系家长制出现以后，家长则往往是把女儿或妻子的肉体作为一种交换的砝码或交换的"商品"；而到奴隶制出现以后，主人更可以随意将女奴作为商品出卖，法国著名人类学家查理·勒都鲁（Charles Letouneau）曾把这些现象统统归为卖淫之类。但是，这只是广义上的卖淫，而近代意义上的卖淫，则更多的是指个体的女性相对自由、相对自主地出卖肉体的活动。究竟相对自由、相对自主到什么程度，则决定于其人所在社会的性质与结构，如像在古代奴隶主民主制的希腊罗马，就已经盛行着现代意义的卖淫现象，而到了现代，某些地区、某些国度的卖淫现象中倒仍残存着古代奴隶主所有制的若干积淀，封建把头、妓院老板、鸨母往往就是这种积淀的体现者。

至于对于卖淫者的社会舆论与她们在社会中的地位，历代也颇有不同。根据人类学家、社会学家对部落民族的考察与对各国社会状况的历史研究，在原始社会时期，少女进行卖淫并不以为耻。在此后一个时期的社会发展阶段里，女子既然属于其父或其主人，她们的肉体被当作交换条件，当然更不存在对她们的轻视，在这种交换中，出卖肉体只是一种单纯的买卖，此种附有条件的色情交换只是出于对对方所拥有的物质财富的尊敬与羡慕。在某些民族与地区，对主人或家长（有时是父亲，有时是丈夫）来说，将自己拥有的妇女随意"借贷"或用来交换，也是一种权利。在古代希腊罗马文明的鼎盛时期，色性业与卖淫并不是令人羞耻的事，色艺双全的卖淫妇经常出入于文化名人的门下，颇受尊敬。在古代婆罗门印度与古希腊希普侣斯、考林德等地，宗教对卖淫也是容许的，宗教寺院内外还公开存在着卖淫，据宗教史料记载，释迦到维塞里的名城时，曾受到很多娼妓的迎接，而在婆罗门的寺院中，僧侣为了使供于本寺院的偶像招来更多的香客，允许卖淫妇在寺院内或寺院外的街上唱淫猥的歌，摇铃跳舞。

卖淫仍是卖淫，这个古老的"行业"并未因为中世纪严厉的禁欲主义而消灭，但却因为基督教教义与教会的禁欲主义而在人们的心目中成为一件可耻的事情，一种肮脏的买卖。当然，各地区不同的习俗对卖淫是宽容还是严厉，以及严厉到何种程度，与书本上对卖淫的道德评判往往并不完全一致，书本中对卖淫的道德评判，不仅要受当时当地社会习俗的影响，而更重要的还取决于写书者的道德倾向以及他身上有多少道德负荷。

本书产生于法国 18 世纪中叶，作者于 1765 年为此书写了序。1766 年又为第二版写序，其出版年代是确定无疑的，这正是波旁王朝路易十五在位期间。尽管这个时期的社会上淫靡之风颇甚，但毕竟前不久还曾有过路易十四堂堂正正、冠冕堂皇的"太阳王盛世"。作为那个盛世的重要内容之一，是天主教作为国教居于至尊地位，这一封建专制主义盛世的余晖在路易十五时期还没有完全消失，在这样的社会条件下，当然不存在古代社会中所有的那种对卖淫现象与卖淫女的宽厚观念。

至于作者，既然他这部小说的目的在于写世态，在于醒世与警世，因此，他就必然像这类作家一样有其道德的立足点、道德的尺度，只有这样才能看出一些荒唐可笑的世态，才能衡量出何以荒唐可笑。他的立足点与尺度，无需多加研究，仅从作品中就可以看得很清楚，一是出于农业社会与宗法制自然经济的人生理想，二是出于宗教的教义与戒条。

在小说里，这位在城市里沦落为娼的村姑与她的同乡情人最后悲惨去世时，对从乡下赶到病床前的母亲与乡亲们这样忏悔，说："我们应该受到大家的憎恨，朋友们，你们看见，乡村的日子比城里头好多了，你们生活在平静、纯洁之中，而我，而我……"这段忏悔当然是作者有意安排的，它再清楚不过表明了作者本人那种崇尚乡村自然纯朴状态而厌弃城市生活的倾向。作者有此倾向倒并不一定因为他是出身农村的乡土之人或退居田园的隐士，而是因为在 18 世纪的法国，乡村与城市不平衡的发展与对照，已经是一种引人关注的社会现实，此种社会现实在人们的脑子里难免不引起某些思考与感受，产生某种观念形态。

路易十五在位时期（1715～1774）是法国资本主义经济有长足发展的时期。资本主义手工工场的规模日益扩大，生产水平不断提高；1757 年成立的安新煤矿公司雇有 4000 工人，在巴黎 60 万居民中约有半数是工人和他们的家属；国内商业与对外贸易有了惊人的发展，更多的工业品或殖民地产品进入了市场；股票交易与投机活动也开始出现；贸易从 1716 年到 1787 年之间竟增加了五倍；城市有了明显的扩大，南特、南锡、第戎等城市当时的规模已基本上与今日相当，巴黎当然更见繁荣；大城市里奢华的风气开始滋长并向周围地区蔓延，而在农村，则出现了资本主义大农场。显然，这是一个封建的自然经济开始解体的时代，是农业社会向现代工商社会起步的时代，是原来宗法制的生活状态、生活习俗、固有的观念形态开始发生变化的时代，也是人们的思想开始围绕着新的经济形式、新的生活习俗、新的城市而转悠起伏的时代。

资本主义经济关系、经济形式以及与之紧密相关的城市文化，在人类历史上最初出现的时候，从来都是"不纯洁的"，无不夹杂着某些"恶"的成分：欺诈、盘剥、巧取豪夺、奢侈、虚荣、腐化、放纵、享乐等等。从历史发展的角度来看，这些"恶"的杂质并不是反常的，而是社会现实、人性表露的自然之态。同样，当这类现象出现的时候，社会上对它们有种种不理解、不以为然、逆反心理、厌弃情绪以至非难谴责等等，也不是反常的，也是自然的社会反应，这种反应如果不是发生在因为生活惯性与思想惯性而在社会变化面前失衡的人身上，就一定是发生在因对人类社会、对人性境界有某种天真的理想、绝对纯粹之理念而对社会现实中自然而然的弊端有所不满的人身上。不论是哪一种情况，反正当 18 世纪法国社会发生上述变化的时候，在这个民族的文学里确实产生了一股反城市风气与城市文化而颂乡村的自然纯朴状态的潮流。这股潮流主要表现为一系列小说作品，它们几乎都是以纯朴的农村青年进入城市后丧失了自己的清白而堕落变坏的故事为题材，以腐化变质的农民为主人公。最初于 1735 年问世的，是马利伏（Marivaux，1688～1763）的《暴发户农民》（*La Paysan parvenu*），它写一个 19 岁的农村青年来到巴黎后，很快就沾染上坏作风，学会了阿谀逢迎女人，靠自己的美貌与伶俐博取女人欢心，通过裙带关系而升官发财。相继于 1738 年又出版有穆比（Mouby）的《暴发的乡村姑娘》（*La Paysanne parvenue*）。在 1765 年努加雷的小说《沦落风尘的村姑》之后，1775 年，雷斯蒂夫·德·拉·布列多纳（Restit de la Bretonne，1734～1806）开始发表他著名的长篇小说《堕落腐化的农民或城市的危险》（*La Paysan perverti，ou Les daugers de la ville*），紧跟着还有让奈特·R 的《堕落腐化的农村姑娘或大城市的风习》（*La Paysanne pervertie ou les modes des grandes villes*）。除了这些小说外，更有大思想家卢梭偏激而强有力的理论著作，他的成名作《论科学与艺术》、著名的批评文论《给达朗贝论戏剧的信》以及划时代的理论鸿篇《论人类不平等的起源》，都否定了都市的奢侈、华贵、虚伪、享乐的风尚以及与城市文明相关的娱乐形式，赞颂了乡村的自然纯朴状态。把《沦落风尘的村姑》结尾中女主人公那段忏悔，放在 18 世纪法国这个思潮的背景上来看，其性质与意义是非常明显的。

至于作者道德倾向的另一个根由是宗教教义与戒条，则更显而易见。在他笔下，吕赛特的"堕落"并不是从进入了城市以后开始的，而是从她像夏娃那样第一次尝禁果为起点的。她与一个农村小伙子共尝禁果，这实在是一件无可厚非、自然而然的事，特别是对于她这样一个村姑来说。但作者却把它看得极为严重，认为是吕赛特一生罪恶堕落生活的根源，"要不是你头一个让我失足，我也许不知道何为恶习丑行"，他在吕赛特的临终忏悔时，又安排了她对自己的同伴"亚当"所做的这一谴责，而这个"亚当"也悔恨自己"是个灾星"，"没有提防"夏娃的姿色，没有"抵制她美色的诱惑"，"腐蚀了她的纯真，使她越陷越深，越滑越远"。作者的这一番笔墨，简直就可以说是宗教禁欲主义气味十足了。

小说的作者让－巴蒂斯特·努加雷，生于 1742 年，小于《危险的关系》的作者拉克洛一岁，小于萨德两岁。他卒于 1823 年，一生中写作量甚大，诗歌、小说、剧本、趣闻故事等，均颇多收获。作为 18 世纪一个以写作为生的人，他或多或少不免流于粗制滥造与见风使舵。这一部小说写于 18 世纪中叶，距法国大革命还有 20 多年，其迎合传统道德与宗教意识的意图，也就在所难免了。

（Pierre-Jean-Baptiste Nougaret: Lucette ou le progrès du Libertinage，Artheme Fayard，1986 年版）

上流社会与半上流社会的写照兼及
性文学作品中的世态描写

——《轻佻的女缝工》

  一部作品是否出手不凡，有经验的读者往往从头几行便可感觉得出来。如果在头几行还难以确知，那么头几段或头一两个章节总是可见端倪的。

  是什么东西能向读者传达作品出手不凡的信息？首先是文本，是行文。有吸引力的文本，使人乐于阅读的行文，若叙述，必轻快流畅；若描绘，必绚丽多姿；若说明，必深刻独到，且笔端染有感情色彩，行间流出意趣韵味。有了文本、行文上的长处，再有叙述结构、叙述角度上的妙设、观念意识的深邃，自然也就构成了佳篇。

  这本薄薄的 18 世纪小说（它最初出版于 1750 年），谈不上是什么杰作。不过，它的开篇倒的确给了读者一个良好的印象，一种地道的感觉。这种效果首先是它一开篇时文本、行文中含蓄而风趣以至调侃的笔调所带来的。

  这是一部写妓女生活的小说，篇幅不大，当然需要单刀直入，不能兜圈子。但刀法如何直入却还是大有讲究的。大凡这种性题材的小说，单刀直入时总难免要直接进入人物的性行为，直面这种或那种性场面，于是恣意展露的性描写就随之而来了。这本小说，虽然一开始就写到了女主人公在沦落风尘之前的尝禁果与性放任，以及尝禁果之前在男女混杂的恶劣居住条件下所受到的耳濡目染，但都写得含蓄而有节制。如果说这种写法缺乏浓重的性调味品因而"味道不足"的话，那么，作者却以另外的调料做了替代，至少做了部分的替代，那就是风趣与调侃，于是，他就在使人不知不觉之中把读者的味觉转移了，把读者面对一部性小说时难免会有的对性成分的期待而转引到对幽默与调侃的欣赏。这样，一开篇，小说就多少显示出了不落俗套、出手不凡的味道。

这种风趣、幽默、调侃的笔调要开个头并不十分难，但要贯彻始终、成为一部小说的风格却不容易。事实上，这部小说却做到了风趣、幽默、调侃的笔调始终如一，如果不是写的妓女生活题材，如果作者没有在其中惟一的一个性情节中，实实在在加了一大把"性味精"的话，也许这本小说甚至称不上是地道的性小说，何况在小说这惟一的性情节中，作者几乎只限于"绘声"而甚少"绘色"。

作者之所以在性场面前采取了比较矜持的态度，而更多地面向风趣与调侃，其根本的原因在于他的兴趣原本就不在原始意义上的性，而在于以性为根由的、围绕着性的人情世态；不在于赤裸裸的生理功能的性，而在于紧裹着性、紧包容着性的那些特定的人生相。在这里，我们可以看到18世纪下半期法国卖淫市场上的种种情景：巴黎著名的杜伊勒利公园里，衣着整洁、仪态端庄的妓院女老板，如何物色引诱失落的少女进入卖淫的行列，文雅含蓄的谈话，把那不光彩买卖粉饰得一干二净；老鸨如何对"新入伙"者进行"商品质量检验"以及如何以假乱真，以"赝品"充"真品"向顾客推销；巴黎妓院中妓女究竟有怎样的奢华、她们的生活方式如何、她们为了自我保护采取什么清洁卫生的方法；老鸨为更多地榨取与盘剥，是如何提高单位时间里生意的密度；单干户妓女之间如何竞争、如何与警察打交道；巴黎画苑女模特与巴黎歌剧院的女演员如何变相卖淫，她们采取什么方式，如何以文雅的、纯情的、隐蔽的手腕与方式榨取顾客的钱财，甚至往往把他们弄得倾家荡产，身败名裂；在进行这种营生中，她们如何找拉皮条的人，在欺骗行当中充当某种角色或工具，而在那帮拉皮条的人中，神父往往是最为出类拔萃的；等等。这些描写生动真实，不流于粗俗猥亵，且不乏幽默情趣，而从其所反映的生活而言，实具有某种特定社会风习画的意义。

很难设想，在如此真切的社会风习画中会没有栩栩如生的人物，在如此充满幽默调侃笔调的生活描述中会没有对世态人心绝妙的讽嘲。辛辣的讽刺，正是这篇小说又一价值之所在，而辛辣讽刺的对象，则是妓女阶层主要所赖以生存的上流社会里的各种人士：法庭庭长、收税官、神父、议事司铎、大富翁、英国贵族、德国男爵、高级外交官等等。这些人物在这个妓女主人公的石榴裙下，鱼贯而入，不久，又匆匆而去，成为她所检阅的上流社会头面人物、精英人士的一个缩影，成为小说中的一个人物画廊。在这里，妓女主人公对他们的观察、介绍、展示与评判，其着眼点与着墨点都不在于他们作为自然人、作为嫖客的性的方面、生理的方面，而恰巧超脱了那种性小说常有的"性局限性"，而集中地直指这些人物的社会属性、人品属性，如他们的迟钝愚蠢、矫揉造作、装腔作势、傲慢自大、腐朽糜烂，由于作者把自己对人相世态的入木三分的深刻观察、一针见血的评判、生动的描述以及风趣的语言，都赋予这个女主人公，于是这个妓女竟成了文学作品中一个最有人生见地、最有尖锐目光、最有嘲讽才情的一个妓女。从叙述学的分析来说，这个妓女即作者，因此，她的世态观察与众生相描述，才是那样的精彩、有味，构成了一幅群丑图：

法庭庭长一副滑稽丑态，"碎步行走，连膝盖都不弯一弯"；"国库的宠儿"土地分租官是个"像木偶的人"，在妓院里刚一完事，就马上扔下钱溜之大吉，"那股急切劲儿，活像在躲避要债的人"；那些大人物一个个都道貌岸然，但他们"喜欢那些令人鄙夷、无耻下流的妓女，远胜于那些值得用高尚的情感去爱慕的女子"；宗教画师用妓女做模特儿来绘制宗教题材画卷；议事司铎外表像一个圣人，他接待妓女的那种"纯基督教的方式"是异乎常人的淫浪；德国男爵自作聪明，其实蠢不可耐，被妓女诈骗得几乎将要破产；英国勋爵身上一股愚蠢可笑的傲气，只要巴黎妓女"贬低自己的同胞，举杯祝英王乔治健康"，以此类讨好的小小伎俩，就可以"掏空他所有口袋"；以才干与学识而闻名的高级外交官特使，只不过是一个"几乎不说话以表示自己想得很多"，"用矜持的神情、严肃庄重、一本正经的外表，专横而倨傲态度"来故作高深状的庸才。

如果说这个"妓女"对上流社会一个个具体人物的观察眼光是敏锐的，能看透一切，能剥除任何光圈，那么，她对整个上流社会的风习、时尚与本质的认识与评论则更为犀利无情，足以惊世骇俗，但又十分深刻中肯，且看她对卫道者与神职人员的伪善揭露得多严厉无情：

"这些人的职业，便是披着基督教和社会道德的外衣，处处事事令人敬畏；他们经常向我们布道，为了一个埃居[①]，他们会劝我们做他们自己为 1 万个埃居都不愿做的事；一句话，这些骗子活在这世上只有一个目的，那就是无情地吸取我们的养分，喂肥他们自己"，"神职人员应当避免让人抓住把柄，应当让虚假的智慧之光在其所有的外部行为中闪烁，一句话，他应当欺骗众人，因为给他钱就是让他干这个的"。

她对上流社会淑女贵妇的讽刺，也是再辛辣不过的："正派的女人得好好感谢我们，她们不仅要为一件如此有益、如此必需的坐浴盆感谢我们，而且要为大量其他悦人的发明而感谢我们。这些为方便生活而发明的用具其式样十分精致，巧妙地突出了自然的魅力，并弥补或遮掩了其不足。怎样增加丰韵，怎样通过不同的打扮，尤其是怎样通过自然的步态、姿势和举止，使自己显得绰约多姿，这些秘密都是我们教给她们的。我们在各方面都是她们注意和研究的对象。时装式

---

① 埃居：法国古货币的一种。

样，以及那些不足挂齿、用来招摇撞骗、迷人而说不清道不明的东西，她们都是从我们身上学去的。总之，无论怎样贬低我们都是白搭，良家妇女要想使自己迷人可爱，只有懂得模仿我们，使自己的品行带有邪气，动作举止透着点婊子味才行。"

她处于社会糜烂生活圈的中心，除了见识了她身旁的那些人相世态外，社会生活冠冕堂皇、金玉其表的外层下的种种伤风败俗，她都有机会看在眼里，正是通过她那一双尖刻的、对这一切都未放过的眼睛，读者可以看到高雅的艺术殿堂巴黎歌剧院，其实是变相的卖淫活动成交的地方；上流社会人士云集的优美的皇宫花园是妓女公开活动的绝好场所；巴黎盲人院的教堂同样也是一派妓女搔首弄姿公然与人调笑的放浪景象；只要是在教士神父聚首开会之日，正是妓女有滚滚财源之时。在这种社会氛围中，上流社会决不以嫖娼养妓为耻，如果某人"被俘获在妓女的车上，他就不会默默无闻，而将成为时髦人物"，"如果因为和妓女交往而搞得身败名裂、破了产，那同时也就扬了名，并得到在社会上引起轰动的快乐"。

在法文中，有"半上流社会"一词，小仲马也曾写过一出名为《半上流社会》的剧本。所谓"半上流社会"指的就是妓女社会，当然不是指像《悲惨世界》里芳汀那样可怜的低级妓女，而是指交际花或接近交际花一流的、层次较高的妓女，她们往往披着女演员、女模特儿、女裁缝的职业妇女的外衣，甚至还往往拥有良家妇女的名义。她们的职业方式不是临街卖笑，而是通过某种较隐蔽的拉皮条的关系而成为被供养者，成为金屋藏娇的对象，说得直率点，她们在性市场上，不是零售小贩，而是"批发商"，其"批发出售"的规模与时日长短，当然都视"顾客"的财力情况而定。巴尔扎克小说《贝姨》中的玛奈弗太太华莱丽，左拉小说《娜娜》中的同名女主人公都是这种妓女，即使是小仲马的《茶花女》中那个令千万读者观众掬尽同情泪的玛格丽特，其实也属于此一类"职业妇女"。这一类妓女之所以获得了"半上流社会"的"美称"，除了是因为其职业方式比较文雅含蓄，其生活水平高出于一般社会底层外，主要还是因为其顾客都是上流社会的人士，她们依附于上流社会之上，岂不也沾了上流社会的气味，而成为"半上流社会"阶层？"半上流社会"既是上流社会放荡需要的结果，是上流社会淫靡风气集中的所在，又是促使上流社会进一步糜烂的污染源。左拉的小说《娜娜》就充分地揭示了上流社会与"半上流社会"紧密相连、彼此依存、难分难开、互相污染、一齐糜烂的关系。小说中的一个记者写了一篇题名为《金蝇》的文章，把那种依附上层阶级的妓女，比喻为一只像宝石一样闪光的金蝇，带着病菌与污染在王公贵族的殿堂与府第里飞舞，上层社会在不知不觉之中就因此而腐烂了，全巴黎就解体而发出了恶臭。

《轻佻的女缝工》是一部《娜娜》式的小说，它所揭示的社会生活内容，正是后来左拉在《娜娜》中所致力描写的。以薄薄的篇幅容纳了如此多的生活内容，这是此书难能可贵之处。因此，读者未尝不可以把它作为一本社会小说来阅读。

作者若望－路易·富日雷·德·蒙勃龙是个不见经传的人，但他写出了一本值得一读，颇有存活力的小说。

（Jean-Louis Fougeret de Mont-bron: Margot La Ravandeuse，巴黎，Euredif 出版社，1977 年）

米拉波的革命功勋与他的性小说兼及
历史伟人与性

——《天生的荡子》

写《天生的荡子》这部小说的，就是那个米拉波，那个在人类一次伟大的革命中曾经叱咤风云、搬演历史、赫赫有名的米拉波（Gabriel-Honoré de Riquetti, Comte de Mirabeau, 1749～1791）。

这部小说带有不少对社会世态的漫画式描绘，对上流社会的无情暴露与讽刺，对人对事尖刻的观察，还有活泼的笔锋与跳跃的思想，这些使它颇具大手笔之风。但是，其主要的内容，一个浪荡的拆白党无数次猎艳纵欲的活动；其主要特点，对这些性活动直露的描写，又都使它毫无疑问地属于性文学的性质。

对于这样一部小说的这样一位作者，似乎颇值得多加一番评说，因为，他身上这两个方面对照得实在强烈，存在着明显的反差。

且先说他在革命中辉煌的历史。

1789 年 5 月 5 日，为解决法国社会严重经济政治危机而召开的三级会议正式开幕，米拉波被选为第三等级的平民代表参加了这次会议。尽管他此时只是一个无人理睬的普通代表，但是作为一名斗士进入大革命前两军对垒中的一方队伍。三级会议中平民等级与王权贵族等级的斗争，导致了第三等级的代表于 6 月 17 日另立国民议会，宣称是全国的代表，此举揭开了法国大革命新的一页，而米拉波也登上了这个决定法国历史进程的政治舞台。在双方斗争的白热化中，6 月

23 日，国王路易十六调军队把国民议会会场围得水泄不通，下令国民议会立即解散，否则就要采取断然措施。在此生死存亡关头，米拉波勇敢挺身而出，打破国民议会的一片沉寂，即席发表了一篇金铿玉振、反暴力、否王权、鼓舞国民议会斗志的精彩演说，其中最著名的豪言壮语至今仍永载史册："我们是根据人民的意志在这里开会，刺刀也不能把我们解散。"他的演说立刻扭转了局势，成为法国革命史中的第一个转折点，就其个人所起的作用，19 世纪大批评家圣－佩韦（Sainte-Beuve）曾评论米拉波是"体现出法国革命新纪元的第一个伟人形象"。也正是在这次会议上，他提议议员有不受侵犯之权，并获通过。我对政治学没有研究，不知这是否就是当今西方议员豁免权的一个开端？

国民议会于 1789 年 7 月 9 日改为制宪会议，7 月 14 日巴黎民众攻陷巴士底狱后，政权从王室转到制宪会议手里。从制宪会议成立直到他 1791 年逝世，米拉波成为这个权力机构的中心人物，与拉法叶特（La Fayette，1757～1834）同在这个舞台上起着关键性的作用，正是在米拉波任职期间，制宪会议完成了颁布《人权宣言》、制定宪法等几件划时代的大事。米拉波逝世后不久，制宪会议又改组为新立法会议。因此，可以说，法国革命史上制宪会议这个重要历史阶段，是以米拉波的名字为标志的，制宪会议的历史丰功，也是与米拉波紧密不可分的。

米拉波原出身于贵族家庭，父亲是一位重农学派的著名经济学家。米拉波从小受过良好的多方面的教育，具有丰富的学识，他进入三级会议时，正好是 40 岁。他在国民议会与制宪会议中举足轻重的政治作用，经常是靠他的雄辩演说来完成的。他著名的演说，除了 1789 年 6 月 23 日"揭竿而起"、反对王权、起了决定性历史作用的那一篇外，最早还有一篇，是 1789 年 2 月 2 日主张出席三级会议的第三等级代表总数应为第一、第二两个等级之和的演说，在其中，他代表第三等级力争与贵族、教会的平等地位，并提出了"特权者将灭亡，人民是永恒的"的激昂口号。此外，他 1789 年 9 月论否决权的演说，1790 年 5 月 20 日论战争与和平大权的演说，同年 10 月 21 日主张三色旗为法兰西国旗的演说，都在当时起了重要的舆论导向、议事决策、一锤定音的作用。

米拉波的演说词立论坚实、论证有力、逻辑严密，语言具有浓烈的色彩，他广博的学识又带来不少典故，生发出丰富的形象，因而演说词显现出一种充盈繁茂的风格，作为散文，在法国文学史上亦享有一定地位。加以他演说时热情充沛，声音洪亮，颇讲究表演艺术，往往能产生出一种雄壮的气势与力量，他同时代的人物称誉他的演说像"天上的雷鸣"。

米拉波于 1791 年 4 月 2 日逝世，当时正是法国革命开始一步步向 1793 年革命高潮发展的时期，他的逝世被经历了大革命洗礼的法兰西人民视为民族的不幸，全法国为他举哀，巴黎全市民众参加了他的葬礼，他的遗体安葬于著名的先贤祠。

到 1792 年酷烈专政开始的时期，在被雨果形容为"火炉般高温"的革命狂热中，雅各宾党人捣毁了米拉波在先贤祠纪念堂里的塑像，还把他的尸体从先贤祠迁出，扔进了某个无名坑。但这显然是革命狂热中的暴烈之举，已遭后人的谴责，米拉波毕竟不失为大革命后第一个享受了最大哀荣的历史人物，随着噩梦般专政时期的结束，他的历史功绩光芒倍增，至今，没有任何一个历史学家对他在法国大革命中的伟人作用有任何质疑。这里，不妨听听对法国革命史有精深研究的法国著名历史学家米涅（M·Mignet，1796～1884）在他于大革命后仅 20 多年发表的历史名著中，对米拉波所作的盖棺论定："在君主政体没落的时候，像他这样的乱世奇才，由于热情洋溢、才气纵横以及力任艰危、奋不顾身的素养，自然引起人们的注意。这种惊人的活力必须发挥，革命使他得到了这个机会。米拉波一贯反对专制政权，谴责他越轨并瞧不起他的贵族，激怒了他，使他脱离了贵族；机智、大胆、敢说敢做的米拉波意识到革命将是他的事业和生命。他满足了他那个时代的主要需要。他具有一个维护民权的政论家所应有的思想、言论和行动。在危险的情况下，他有着左右议会的带动力；在不顺利的讨论中，他的一句话就可以结束争辩，就可以压倒人们的野心，使对方哑口无言，击破竞争者的计划。这个强有力的人，在混乱中从容不迫，他有时激烈，有时和蔼，在议会中具有最高的权威。他很快地就确立了很高的声望，并一直保持到最后，在他死后，由议会与法国举行国葬。没有革命就没有米拉波的幸运，因为只具有伟人的天才是不够的，还必须生逢其时。"

在我们面前明摆着的事实是：这部小说的确出自一个不折不扣的历史伟人之手，出自一个具有理想、使命感、行动勇气、道德意识与人格力量的真正历史伟人之手。这个事实在世人面前提出了一个令人深思的问题，构成了一个有趣的文化现象，即性小说亦可以出自历史伟人之手，历史伟人亦可以写性小说。这个问题，这种现象，似乎带有一点惊世骇俗的味道。

世人都能理解英雄伟人与凡夫俗子一样也要做爱，但不见得都能理解英雄伟人亦可写做爱的书。当然，在中国这样一个礼教传统源远流长的国度，讲起话来似乎就像根本不知做爱为何物的人也是有的；讲起话来似乎就像根本不知英雄伟人也要做爱的人，为数也不少。至于讲起话来就像做爱乃自己从来不为的"秽行"而誓欲彻底清除的人，恐怕就更多了。米拉波的例子似乎有助于对人（当然包括伟人、圣人、贤人、救世的人、导航的人、领牧人群的人等等）的复杂性、多面性的理解，似乎有助于对人事采取一种符合常理常情的立场态度。

对文化研究来说，既无需对此种现象与事例进行称道赞扬，也无需进行抨击谴责。这不是一个主张或反对的问题，文化研究的职责在于作出说明。

米拉波的这部小说《天生的荡子》（*Le Libertin de qualité*）问世于 1783 年。同年问世的还有他的另一部同类作品《性典》，而于 1798 年问世的《他她修道院院长》也是出自他之手。可见，米拉波写的这种作品并不止一部，当然，它们都是大革命爆发以前写的。历史学家、文学史家从不把这些作品列入米拉波论著的正式书目，经常把它们视为他早年放荡不羁生活的"恶果"。

米拉波生于 1749 年，从青少年时代起，他就精力充沛、才华横溢，具有罕见的活力，从而也就放荡不羁成性。17 岁时，他当上了骑兵少尉，到 21 岁时作为上尉退伍。在他整个青年时期的生活中，丑闻、纠纷、负债、拐逃、私奔之类的事屡屡发生，以致多次进过班房，其中最轰动的一次，是与莫里叶尔侯爵夫人苏菲的出逃，它导致米拉波在凡瑟勒监狱蹲了三年。他的父亲与家庭都不原谅他，拒绝在经济上给予补贴。不过，他在蹲班房期间，倒也没有虚度时光，除了狂热地大量充实自己的文化学识外，就是努力进行写作，他著名的《给苏菲的信》就是写于凡瑟勒监狱，而这部《天生的荡子》则是写于巴士底狱。35 岁时，他落魄到伦敦，后又到普鲁士，热衷于社会问题研究与写作，陆续发表了一系列政论性的论著，直到大革命爆发前两年回到了法国并投身于政治活动，从事政治评论工作，后被选为第三等级的代表。

这就是米拉波的青年时代。在他青年时代的生活中，不难看出有两个主要的倾向，一是对放荡性爱生活的追求，一是对社会政治问题的关注与热衷。于是，对米拉波的复杂性，也许会有这样一种简便易懂的解释：他的性小说是他早年荒唐生活的产物。后来，他改邪归正了，这才在大革命中成为伟人。

不过，上述这个解释不见得说得通，至少有两个事实对此解释不利：

其一，米拉波在大革命期间一次著名的演说中，有这样一段话："我喜爱很多女人，这是千真万确的。的确，我的幸福就在于取悦女人，崇拜女人，为女人效劳。但是，在所有的情妇中，有一个格外得到我的钟爱，那就是我的祖国，为了使她幸福，我愿千百次献出我的生命。"非得把对情妇的爱来形容自己对祖国的爱，这里有着一种通感（correspon dance），而这种通感正标明了米拉波的个性特征。

其二，关于米拉波的死，奥克塔夫·奥布里（Octave Aubry）曾经作过这样的叙述："他最后的那些日子里，繁重的政治活动使他劳顿焦躁，他暴食暴饮，又拼命寻欢造爱，整夜整夜地沉醉在狂热的色欲之中，不自量力地仍要重复年轻时代的那般放纵。"

米拉波依然故我，他成为历史伟人后并没有提供有德之士所期望的道德教条，如果有什么对后人可作为"前车之鉴"的东西的话，那就是：

他不该没有节制。

（Mirabeau: Le Libertin de qualité，

法国，Euredif，1976 年版）

米拉波的性小说再及历史伟人与性

——《撩起窗帘》

据笔者有限的所知，米拉波（Miranbeau，1749～1791）一共写过四部性文学作品，即《性典》（1783）、《天生的荡子》（1783）、《他她修道院院长》（1798）与眼前的这部《撩起窗帘》。

前三部的著作权确凿无疑是属于米拉波的，《撩起窗帘》则有若干情况需作说明。

这部作品于1786年在法国阿朗松首次出版，是在一家名叫若望－查夏利·玛拉西印刷所印制的，虽未署名，但从出版之日起，人们都公认它无可置疑地出自米拉波的手笔。直到1874年，巴尔比埃在其《佚名作品辞典》中对此书系何人所作提出了质疑，并声称它是18世纪一个名叫桑第利侯爵的作品。此后，不少学者与珍本收藏家对此又进行了深入的研究、探寻，却始终没有发现法国18世纪有这么一个桑第利侯爵，因此，《撩起窗帘》仍应是米拉波之作。

四部性文学作品，可不谓少，如果不是对性有极为强烈、极为浓厚的兴趣，是不可能写出这种性质的四部作品的。显而易见，这四部作品的创作，在米拉波为时仅42年的生涯中，要算是一件大事，一桩"事业"。也许，对他来说，其大、其突出仅次于他在法国大革命中伟大的革命功勋，就此，我们在对米拉波作盖棺论定时，不妨这样说，在大革命中叱咤风云与写作性小说，是米拉波此公一生中最大的两件事，从存在决定本质的意义上来说，是米拉波作为米拉波的两大

"本质"、两大标志。它们看起来泾渭分明，不能并列，甚至颇为矛盾，一个堂堂正正，轰轰烈烈，高踞于历史庙堂之上，一个被视为低级粗俗，淫秽猥亵，有污大雅之堂。但从事激烈的政治斗争与投入狂热的性，似又有共同之点，那便是两者都带有激烈、狂热、炽灼的性质，也都要求支付绝大的激情与精力，因而也就需要拥有充沛的生命力与强旺的爆发力。

历来的批评家、历史学家，在论及作为历史伟人与政治活动家的米拉波时，几乎都没有忘记提到他那强旺的爆发力与充沛的精力，由于有他们的记载与描述，我们得知在从 1789 年至 1792 年法国大革命不断走向高潮的那个阶段激烈的斗争里，米拉波如何不知疲劳地进行紧张繁忙的政治活动，他演说时洪亮如狮吼的声音如何在议会中震响，他如雷电般的气势如何震慑了整个讲坛。

米拉波在性的问题上，首先值得注意的一点是，他属于"性欢派"。笔者且把对性的兴趣、对性的追求、对性的看法与观点，分为"性欢"与"性苦"两种倾向，这两种不同的倾向在人类生活中肯定是由来已久的，而法国文学中形成这种分野的，恐怕就是在 18 世纪了，而米拉波也许正是这个分野中的一个源头。他从性爱中只看到一种享受、一种乐趣、一种其乐无穷的狂欢，而从不像同世纪同国度的萨德那样，从性中只看到一种变态、一种扭曲、一种痛苦、一种罪行。同时，他也瞧不起那种对性爱麻木不仁、漠然冷淡或持道德化态度的人，在这本小说里，他假借人物之口说："的确存在着一些让人捉摸不透的动物，他们拥有名流、哲学家的尊称，却沉湎于阴暗焦虑的情绪骚动中，封闭在有害身心健康的抑郁昏沉的氛围里，他们躲避这个为他们所蔑视的领域。这类人，如毫无用途的昏聩老朽，严厉地指责他们所丧失的所有快乐。"在小说的描写里，他就是把性关系性行为当作世上人间头一桩妙事来写的，他似乎想要把性关系中的人物从容貌到躯体，女的写得姣美性感如希腊雕塑中的维纳斯，男的雄壮有力如赫古勒斯，而每一次性欢则丰盛酣畅如盛宴。在米拉波的笔下，这种极乐场面，似乎像一个没有尽头的通道，一个无底的深渊，它可以吸进人所有的时间、激情与精力，而对这样一个永无止境的极乐天地，人该有多么充沛旺盛的精力才行！米拉波在小说中这种惊叹的潜台词，看来并非笔者所臆想推测，只需看米拉波是怀着多大的激情、如何使劲地在"性"字上大费笔墨就够了，他在小说里流露得很明白："我甚至敢用这支笔描绘出任何与主题相关、能勾起你那燃烧的欲火的画面，我丝毫不担心缺乏激情与精力。"在这里，请注意，他对"激情与精力"的重视与自信。

关于性欢与人的充沛精力的关系，这已经是人生的一普通常识了。既然性欢需要有充沛的精力，那么，写性小说，恐怕也是光凭对性问题有兴趣、仅仅乐于纸上谈兵所难做到的，这种写作，大概也需要有足够的活力在体内翻腾起作用才行。说到文学创作与性活力的关系，不妨一读雨果论莎士比亚时的一段妙文：

> 这位莎士比亚对什么都不尊重，他勇往直前，使得愿意跟随他的人喘不过气来，他跨过一切法度规矩，他推翻亚里士多德；他在耶稣会、美以美会、修辞癖和清教徒当中闹得天翻地覆，他勇敢、大胆、冒险、英武、直率，他的文具箱像一个火山口一样冒烟，他手里握着笔，额上发出光辉，身上附着魔鬼。这匹公马太嚣张了，过路的驴子看了心中不快。多产便是挑衅。把一切都据为己有，的确太过分了，一个人怎能把一切垄都占去？永不衰竭的精力，俯拾即是的灵感，像草地一样丰富的比喻，像橡树一样的对称，像宇宙一样充满了对照与深沉，不断地繁殖、开花、结蕾、分娩，庞然巨大的整体、秀逸坚实的枝节、生动而有力的感染，富饶、充实、繁荣，这真是太过分了；这简直侵犯了中立派的权利！300 年来，淡泊派的批评家一直在用后宫中那些旁观性欢的阉人所

特有的不满眼光，来看待莎士比亚这位最为热血沸腾的诗人。[1]

　　这段文字评论妙就妙在把文学上内容与风格的丰满充实、奔放不羁与充沛的原始生命力、强旺的性能力联系了起来，把强有力的作家比喻成了公马，把思想贫乏、持论拘谨的批评家视为无性能力的阉人。这段评论出自雨果的手笔绝非偶然，显然有着他自己对生活体验与创作体验这两者的通感，要知道，雨果本人在文学上就如雄伟的高山一样强大，像澎湃的大海一样有力，而他在私生活与性的方面，同样也充满了生命力，青春常驻，历久不衰，直到他70高龄以后，有名可查的正式情妇就有：玛丽·梅西耶、萨拉·贝尔纳、白朗什、阿黛尔·加卢瓦、莱奥妮、特·维特克等人，且不计"别的妇人也送上门来，他也就顺手照收不误"，而关于这些不同的对象，他在自己的手记中也不断有这一类的记载："我希望她给我生个娃娃"、"不会怀上孩子的"、"她完全是我的"[2]，等等。

　　能写出那么多作品，能把自己的作品写得那么丰富充实的人，肯定是精力过人、生命力充沛的人。当然，过人的精力、充沛的生命力，既可以用于文学创作，也可以通过其他的渠道释放出来，不同的职业、不同的领域，决定了不同的渠道，但尽管职业、领域、渠道不同，有一个渠道却是共同的，那就是性。

　　不少的例证都说明了作出大事业的人，在性方面的兴趣与活力，如果雨果提供了文学方面的一个例证的话，那么，米拉波则提供了政治领域里的一个例证。

（Mirabeau: Le rideau levé ou l'éducation
de Laure，法国，Eurédif，1976 年版）

---

① 拙译《雨果文学论文选》，上海译文出版社，1980年。
② 安德烈·莫洛亚：《雨果传》第十部第二章。

卢梭主义的降格与性欢的道德规范

——布列多纳：《性欢》

波德莱尔（Baudelaire，1821～1867）曾经说过："法国大革命是一班好淫者搞起来的。"

这里，暂且不论这个说法是否对一场开辟了历史新纪元的伟大的社会革命有所不敬，是否对这场革命必然的历史社会根由有所曲解，或者至少可能会造成某种程度的误解，先不妨看看波德莱尔是否言之有据，道出了某种事实。看来，他倒并非信口开河，而确有所指：

首先是米拉波（Mirabeau，1749～1791），他是大革命中的第一只"雄鹰"，是第一个揭开了大革命历史序幕的大人物，他的雄辩演说与政治威望曾经控制了 1789 年至 1791 年的政治局面，但他早期生活放荡，绯闻不断，还写过不止一部性描写直露无遗的小说，最后，他的死既与政治活动劳累有关，也与享乐生活放纵无度有关，可算是一个"好淫者"。

德穆兰（Camille Desmoulins，1760～1794），他是大革命中著名的新闻工作者、政治家。是他，在 1789 年 7 月 12 日号召聚集在皇家公园里的巴黎民众拿起武器，这才导致了 7 月 14 日攻陷巴士底狱这一伟大的历史事件，他还是 8 月 10 日事件的主要缔造者，他主编过不止一家报纸，在当时均发生过重大的政治影响，而他，人们普遍认为他很可能是一个淫书的译者。

罗伯斯庇尔（Robespierre，1759～1794），他在思想上是 18 世

纪民主主义思想家卢梭的忠实信徒，是大革命中激进的雅各宾派的领导人，领导过对吉伦特党人的斗争，在判处路易十六死刑上起过重要作用。1793 年，他成为雅各宾专政的政府首脑，建立了雅各宾革命恐怖秩序，击退了外国干涉军的入侵，保卫了 1789 年的革命成果。而他，又是一个艳情诗人。对此，一般的文学史皆略而不提，最早指出这一事实的文学史是 1859 年在巴黎出版的 E. 热吕厄（E.Geruez）的《大革命期间的法国文学史》一书，它指出："众所周知，罗伯斯庇尔起初常写轻佻的艳情诗，喜欢向女人献殷勤，他留下了一些赏心悦目的情诗作品。"

拉克洛（Choderlos de Laclos，1741～1803），他出身于贵族，在大革命期间却是激进民主派雅各宾俱乐部的重要成员，在政治斗争中十分活跃，并曾在革命军队中历任要职，而在文学上，他是以描写上流社会性混乱的小说《危险的关系》闻名于世的，他这部小说虽然带有卢梭式的暴露批判精神，不应使他得"好淫者"之称，但对性关系的关注却是毫无疑义的。

卢韦（Louvet de Couvray，1760～1797），他在大革命期间，也是国民公会中一个活跃的政治人物，以其忠诚的共和主义热情著称，属于温和的吉伦特派，曾与山岳派进行过抗争，险而被镇压丧生，1795 年风月，他又重新得到了他在国民公会中的席位。同样，除政治活动外，他也进行文学创作，是著名小说《福布拉斯骑士的艳遇》（1787～1789）的作者，此小说生动而直露地描写了 18 世纪上流社会的淫逸生活，可谓一部性文学作品。

此外，《性欢》（1798）这部小说的作者雷斯蒂夫·德·拉·布列多纳（Restif de La Bretonne，1734～1806）多少也可算是一个与大革命有关的人物。

雷斯蒂夫·德·拉·布列多纳出身于农民家庭，青年时期在排字房里当过学徒，后来到巴黎，从一个工人成为一家印刷厂的老板，他在思想上忠实信奉卢梭的学说，法国大革命期间，他是一个狂热的雅各宾派，效忠于革命政府，领取政府的津贴，而仅仅以他这部典型的性文学作品《性欢》，他就足以在法国性文学中占有一席特别令人注意的地位。

以上这些事实，虽然不能说明"法国大革命就是一批好淫者搞起来的"，但却完全表明了法国大革命中一批举足轻重的历史人物都关注性这个问题，都对性问题感兴趣，都乐于谈此道。

前不久，在一个刊物上见到有一文引述了大汉奸梁鸿志在被处死前这样一句话："世界上有两件事最脏，一是政治，一是女人生殖器，偏偏男人全喜欢。"这话显然是歪理悖论，诸多方面都是站不住脚的。波德莱尔的话虽然悖谬未至如此，但多少也有这么一点意味。如果按此悖理，那么，那一批历史人物既不应该搞大革命，也不应该对性感兴趣，留下那样一些关于性的文学作品。实际上，这些历史人物既对政治也对性感兴趣，都是最自然、最正常不过的事，因为，显而易见，政治与性都是人类不可或缺的正常需要，是人类应该做的两项天经地义的事情。没有政治，就没有法规、制度与秩序，人类社会就会一团混乱，一团糟；没有性，就没有人类自身的延续、繁殖与发展，且不论男欢女爱毕竟是人生之一乐。当然，政治确有肮脏阴毒的政治与清廉正义的政治之不同，性也有不干净与干净的区别，都不可一概而论。另外，还要看到，对性、对女人感兴趣的，何止只有搞法国大革命的、搞政治的？搞文学艺术的、搞商业财贸的、搞科学技术的、搞道德宗教的，等等，又何尝没有兴趣？

虽然上述历史人物都对性问题感兴趣，但具体情况却颇为不一，留下来的文字在格调、品位、风格上也各有不同。拉克洛的小说《危险的关系》，大胆触动了上流社会那种放荡的两性关系网，不过，由于是书信体，客观描写所占的比例也就相当小，一切都框限在一封封书信中，人物那些带有装点性、周旋性、交际性的书信语言，实际上成为了他们赤裸裸"危险关系"的帷幕，因而，这部小说严格说来并非一部真正意义上的性小说，尽管它出版后被扣上了罪名，甚至到19世纪还曾被法庭列为"禁书"。从小说的写法上看，作者的目的在于揭示出上流社会人士的感情表达与社交方式的装饰性与虚伪性，让人了解这种方式下惊人的放荡，这就使小说具有了相当严肃的批判意义。米拉波倒的确可以说是性文学作品的作者，他在小说《天生的荡子》等作品中，对性关系、性行为的描写是毫无遮掩的，不过，他的兴趣似乎并不专注于这一方面，他至少对社会世态与人性缺陷的评论是同样感兴趣的，他的笔往往并不是跟着小说主人公那些艳遇转来转去，甚至也并不始终追踪着某一桩艳遇完整的始末，而往往是随着对世态人性的思绪与议论而行文，这就在故事的叙述上形成了某种间隔性与跳跃性，而在小说的整体上则带来了某种社会针砭性。

比较起来，雷斯蒂夫·德·拉·布列多纳的《性欢》颇有其特别之处。其一，是对性关系、性行为的描写特别直露。其二，是对性关系、性行为的描写特别专注。在这里，几乎不存在对其他现实生活面的描写，也不存在对人物其他方面的经历与感受的描写，而只有对人物性生活、性经历方面的描写，这种专一的程度，高于米拉波的性文学作品，也是举世闻名的中国性文学经典名著《金瓶梅》稍逊一筹的。其三，是对性关系、性行为的描述带有特定的角度、特定的态度，这种角度与态度的特定性构成了雷斯蒂夫的性文学作品的主要特征，而它，又是决定于雷斯蒂夫的特定思想倾向，对此，有必要稍加说明。

在一般的性文学作品里，往往存在着叙述者（或自述者）的两个不同的支点，两种不同的声调，两个不同的角度。一个支点是享乐支点，另一个是道德支点；一种声调是对性行为、性关系津津乐道、兴奋不已的纵欲声调，另一种是因果报应、道德谴责的忏悔声调；一种角度是赞许欣赏的角度，另一种是非议揭露批判的角度。雷斯蒂夫坦诚而直率，他抛弃了这种看起来兼顾两全、其实是骑墙平衡的姿态，而干脆了当地站在单一的支点上，采取单一的音调与单一的角度，宣扬性爱之欢，赞赏性爱之欢，颂扬性爱之欢。正如他在《告读者书》中所宣称的，他写此书是为反萨德（Sade，1740～1814）之道而行之，在萨德的作品里，性爱往往与粗野、痛苦、虐待，甚至某种程度上的残忍混合在一起，而他，雷斯蒂夫·德·拉·布列多纳，则要高举性欢的旗帜，写一本叫读者感受性欢的书，"让读者感到快乐"的书，他直接针对萨德的代表作小说《朱斯蒂娜》，把自己的书取名为《反朱斯蒂娜或性爱的欢乐》，就集中表现了他的写作意图与性爱哲学。

萨德的性哲理与性爱观，他著名的"萨德主义"，绝非三言两语就能讲清楚的，对它，我们将有不止一个机会专门加以评说，在这里暂且搁置不论，而对雷斯蒂夫的性哲理、"性欢"论，我们倒可以直截了当说它大概要算是最通俗、最普及的一种性哲理了，世人的大部分都会同意或默认，性欢不失为人生之一乐，甚至是主要的一乐，至少，人们不会把它视为一种痛苦。这无疑会使得雷斯蒂夫的这种性哲理与他宣扬这种哲理的性文学作品，能广泛地为世人所接受、所乐读，仅以1949年至1984年的不完全统计，《性欢》此书就在法国、意大利、瑞士、奥地利、加拿大、德国等地出版了10种单行本。

雷斯蒂夫哲理中的"性欢"，就是一般人所乐于体验的官能享乐，但也仅仅只是官能享乐而已，显然并没有其他的内容，他写性小说的时候，缺了点辨析的精神，在把官能享乐视为性欢的惟一内容的同时，又把性欢当作生活追求的第一件事，把性欢置于人际关系的首位，让它主宰或排斥了精神理性、人伦规范、道德意识，于是，他有时就毫无顾忌地把乱伦的性混乱也当作一种性欢来加以描写，在描写中将它与其他性质的性欢同等对待，不加区别，津津乐道，乐不自禁。当雷斯蒂夫在某些章节中耽于这种描述的时候，他实际上是把自己沦为一个非道德化的作家、非文明化的作家，一个感官享乐至上主义者、极端的纵欲主义者，他实际上也是把自己笔下的18世纪人物降格为剥除了一切文明规范的人，只具有泄欲意向的人，只求生理满足的人，也就是一种与原始人、蒙昧人相差无几的人，一种向动物状态回归的人。

是否仅仅以严厉的谴责加在作者头上就万事大吉了呢？看来事情并不这么简单。我们要注意到，雷斯蒂夫·德·拉·布列多纳在思想上是卢梭的忠实信徒，而在卢梭的思想体系中，歌颂原始、非难文明、崇尚纯朴自然、否定道德规范，正是一个主要的内容。在卢梭的笔下，人类的原始时代几乎可以说是一个理想的黄金时代，在那个时代，人身上只具备卢梭所谓的"人性中的基本的东西"，即原始自然的东西，而随着社会的发展，人身上有了"在其原始状态上所添加或变更的东西"，即"人为的东西"（《人类不平等的起源与基础》），具体来说，就是文明、科学、文艺、道德、礼仪、人伦等等。卢梭歌颂"人性中的基本的东西"，崇尚人的原始、自然、纯朴的状态，认为"凡是从自然中来的都是真的"，而谴责社会文明在人身上添加的东西、"人为的东西"，既然他偏激到如此的程度，甚至认为"几何学是产生于人的贪婪，物理学产生于虚荣的好奇心"（《论科学与艺术》），那么，他否定道德、意识、文明规范的偏激程度就可想而知了。否定了文明道德之后，人与动物有什么区别呢？卢梭说："构成动物与人之间的特殊区别的，与其说是悟性，不如说是人的自由主动者的资格。"（《人类不平等的起源与基础》）这就是卢梭的人的原始自然本能优于文明规范的思想，卢梭这种偏激的愤世嫉俗的思想观点，对雷斯蒂夫是有深刻影响的。

毋庸讳言，人本来就是猴子变的，人在生理上是动物。然而，人毕竟经历了从猿猴到人的过程，经历了从野蛮蒙昧的原始状态到文明化的过程，这个过程是人类的进步，而不是人类的蜕化变质，卢梭崇尚原始自然，否定文明规范的思想，显然失之于偏颇，但细究之下，又可以见出，他的基点主要还是反对人类文明化过程中的种种消极现象与弊端、腐败，还没有不理智到主张人类再回到茹毛饮血、杂交群居的野蛮蒙昧状态那个地步。

作为继承卢梭思想传统的一个作家，雷斯蒂夫以多产著称，他的作品多达 200 多卷，其中最有名的代表作是长篇小说《走邪路的农民或城市的危险》（*Le Paysan perverti，ou Les dangers de la ville*，1775）、《尼古拉先生或揭穿了的人心》（*M. Nicolas, ou le Coeur humain dévolé*，1794～1797）以及《巴黎之夜》（*Les Nuits de Paris*）与《当代妇女》（*Les Contemporaines*，1780～1783）。他在其代表作中表现了农民进入城市后受腐蚀而蜕化变质、道德败坏的主题，继承了卢梭否定城市文明、崇尚乡村自然纯朴状态的思想传统，其批判精神与写作意向均有积极可取之处。至于他的《性欢》这部小说，虽然它是 18 世纪性文学的一部代表作，可不能算是雷斯蒂夫作品中的佳作，在这里，他接受了卢梭思想的影响在性问题上自我演绎，卢梭崇尚原始自然、否定文明规范的思想，到这里变化成为放任本能、无视人伦道德的偏向，真可谓差之毫厘，失之千里。

性欢，确乃人的自然本能，人的自然需要。但人毕竟是人，人的性欢与动物有区别，它应符合一定的文明规范、道德人伦。在这个问题上，我们不能不说，雷斯蒂夫有点失态，尽管我们承认，他在法国文学史上是一位杰出的作家，其地位是不容忽视的。

（ Restif de la Bretonne: Anti-justine ou les
délices de l'amour，法国，Fayard，1991 年版）

对恶的抗议兼论萨德的善恶观

——萨德：《淑女蒙尘记》

　　文学作品的内容，可以说有两种。一种是作者有意识所要写进去的内容，一种是读者所看出来的内容。前者是最恒一、最实在不过的东西，而后者却因人而异，变化多端。虽然读者所看出来的内容，往往会跟作者所要表现出来的内容八九不离十，但毕竟难免有差距与错位，何况，读者所看出来的东西与作者所要表现出来的东西南辕北辙、风马牛不相及的情况亦不少见。

　　文学评论、文艺批评、文学研究，其实都是"读者所看出来的东西"，只不过，这"读者"是专业化的"读者"、职业化的"读者"而已。也许正因为是专业化、职业化的，它比一般"读者所看出来的东西"往往要多显出些"专业价值"，多显出些"自我信念"、"自我坚信"，要作出某种不容置疑的权威之态。如果它与作者所要写进去的东西贴切一致，那就是有价值的阐释与解析，如果它在转述、概括、提炼、评说、理论化、体系化的过程中任自我大肆扩张，任主观不断昂扬，任一己观念君临一切，任逻辑推理自我演绎、左冲右突、旁若无人、不可收拾，那就将对作者作品构成一种严重的威胁了！甚至会危及其生命，而如果这种评论、批评、论断的权威性在更大的范围里，在不同国度、不同时代也得到了某种程度的认同，作家作品的遭遇就更惨了。萨德及其作品的历史命运，多少就有这么一点味道。因此，当我们面对着萨德这部在历史上曾招非议与恶名的代表作《淑女蒙尘记》时，最唯物、最实在也最公正的方法，就是贴切地把作者所要写进作品的内容先看清楚、讲清楚。

在小说里，作者每当故事情节发展到一定阶段、女主人公朱斯蒂娜一次经历结束的时候，萨德惟恐读者对他的本意不了解，都毫无例外做了一个注脚，朱斯蒂娜的十次经历，也就一共有了十个注脚。鉴于这些注脚的文字都有明确语义与观点，为达到完全客观如实的程度，兹将原文引证如下：

一、女主人公越需要帮助，就越没有人帮助，或者只有人对她提供一些可耻的、屈辱性的帮助，这是有德者第一次受到惩罚；

二、一个高利贷者教唆她偷窃，她拒绝了，高利贷者发了财，而她却几乎被绞死，这是有德者第二次受到惩罚；

三、有德者第三次受到惩罚，因为她拒绝追随一班强盗，他们想在邦迪森林里强奸她；

四、有德者第四次受到惩罚，原因是她拒绝毒害德·布鲁萨克夫人；

五、有德者第五次被惩罚：她阻止外科医生犯一桩可怕的罪行，却被切去了脚趾，被打上了烙印；

六、第六次，有德者因宗教信仰虔诚而受到惩罚，她本想领受圣体，却被强奸了；

七、她因慈悲济贫而第七次被惩罚；

八、她因把一个人从濒死境地中救了出来的善行而第八次被惩罚；

九、她的善行第九次被罚：由于不肯偷窃，反而被人偷了；

十、她的第十件善行受到惩罚：从火灾中救一个孩子，却因此引起一场诉讼。

　　女主人公的这十次经历、十段故事，构成了小说基本的"事实内容"，而女主人公在这十次经历中所遭遇到的，则是吝啬、抢劫、同性恋、无人道、奸淫、奴役、忘恩负义、偷窃、诬告、栽赃陷害等人世十大罪恶，而她的诸种美德如洁身自守、遵纪守法、见义勇为、信仰虔诚、慷慨大方、乐于助人、慈善人道等等，则一一在现实生活中被愚弄、被欺凌、被侮辱、被践踏。

　　如此多美德集于一身，而又有如此多罪恶偏偏都叫这个美德的化身倒霉地碰上，这样一个故事就带有明显的缩影性、寓意性、象喻性了，正如但丁在地狱中穿行时所见到的种种罪恶与过失是象征着人世一样。在这个意义上萨德的这部小说可以称为"世间历程"，在这里，作者他的视野是整个人世，他是在致力于提供一幅宏观的社会景观，描绘出一幕幕活态人性图画，如果对这样的宏观的人世图景有如实的印象与考察，又怎能把萨德作品的内容仅仅归结为性变态与性虐待狂而斥之为淫秽、下流、变态？这种批评论断与作品实际内容的严重脱节，在相当的范围里已经持续了一两个世纪之久，在文化史已构成了一桩突出的错案，而今，是对这个案件作出实实在在的结论的时候了。

　　当然，女主人公这十大经历中，有两三段经历涉及了秽事淫行，而其中的性虐待、性变态这一类情节，又是过去的文学作品中少见的，似乎是由萨德首先引入了文学，特别是她在修道院淫窟的那一段经历，更在小说里占有相当比重，法国20世纪著名的性小说《O姑娘情史》中对古堡密室中淫行生活规则的描写，看来就是受了萨德笔下的修道院一节的启发，由此，萨德似乎难以摆脱可怕的恶名了。但是，细加审视，不难看到萨德每当涉及秽事淫行、性变态、性虐待的情节时，总是保持着高度的节制，总是惟恐避之不及地及时收笔，因此应该说，他的作品里虽不免有淫行故事，却毫无"像样的"淫秽细节可言。

　　至于性虐待、性变态的情节屡屡在萨德作品里出现，以至这似乎成为萨德的"发明"，成了萨德文学内容的一个显著标志，这也并非萨德之罪。他至多不过直面了人性人态中的隐私与癌变，把过去作家所未曾多加触及的病痛、把后人尚且轻易不敢揭示出来的脓疮，无情地展呈在世人面前而已。

　　萨德在《淑女蒙尘记》写成之后10多年，于1800年出版他的中短篇小说集《情罪》的时候，把他一篇论小说的文章放在集子前头作为序言，这篇文章既可以说是萨德的小说创作纲领，也可以说是萨德小说创作经验的一次总结。在这篇文章中，他这样说："小说有何用？伪君子们、心理变态者们，只有你们才会提出如此可笑的质疑。小说是用来为你们画像的。你们自以为是，狂傲之至，想要躲避勾画你们嘴脸的画笔，因为你们害怕后果不堪设想。小说可说是百年风习的写照，所以，对于那些有心要认识人之其为人的哲人来说，它如同历史一般不可或缺。历史的笔录只呈现人的外表……小说的笔触则相反，它从人的内部抓住人……在人摘下假面具的那一时刻，小说抓住了人的真面相，这样画出来的素描要更有意义得多，也更为栩栩如生，这就是小说之用。"[1]他还说："小说家要写出人可能会如何如何，写出伤风败俗的影响与七情六欲的震荡势必把人弄成何等模样。所以，若要把小说写得引人入胜，精细微妙，就得看透这一切，写出这一切。"[2]这两段关于小说描写的对象与内容的经典性的论述，清楚地表明了萨德写人的深层本质，揭人性脓疮的严肃意图与道德立场。有了此种立场与意图，萨德才会与当时在小说中以描写性欢为目的，致力于表现官能享乐的著名小说家雷斯蒂夫·德·拉·布列多纳划清界限，讽刺他说："只有淫书贩子才会感激他。"[3]萨德有了这种认识人

---

① 《情罪》第43页，巴黎伽里玛出版社，folio丛书本，1987年。

② 同上，第39页。

③ 同上，第41页。

之其为人的明确目的与敢于面对人性病态的勇气，他才成为了一个在触及人性人态方面具有超前性的作家，这种超前性，直到 20 世纪的今天，仍然尚未过时。

如上所述，这部小说的基本事实内容，是女主人公的一系列德行在现实生活中被种种罪恶践踏的经历，这构成了作品的这样一个基本的寓意内容：在人世间，善与美德遭殃，恶与罪行肆虐。这也构成了这样一个哲理的命题：现实社会认同恶而不认同善。由此，作者实际上也就提出这样一个尖锐的质问：善在人世有什么用？作品中的这个寓意、这个命题、这个质问，无疑带有愤世嫉俗的性质，带有对社会现实、对人性的批判与申斥。

毫无疑问，萨德不是一个主恶者，而是一个主善者，但是，他在自己的作品里又毫无疑问地是在致力于表现恶。他不仅表现恶人恶事，而且让每一个作恶的人振振有词道出各自一套完整的恶的"道理"、恶的哲学，如"偷窃有理"论、"同性恋有理"论、"科学实验有权残害人"论，等等。这是萨德在为恶张本、为恶辩护？在宣传恶？从小说的基本倾向来看，当然不存在这个可能，萨德之所以几乎把每一种恶的谬论悖理写得淋漓尽致、头头是道，显然是要把恶人恶事表现到真实自然的地步，表现出恶人恶事之所以为恶人恶事。恶既然是人身上的一种宿疾痼病，它必然有其在思想精神上的观念形态与视角思路。对于某些恶人来说，他需要援引自我存在的某种理由，他需要有对自我存在权利的确信，需要在面对社会道德威逼力量的时候进行自我辩解、自我开脱、自我护卫，也需要有用来抵消自己良心良知谴责的借口与倚仗，以及用来缓解某些时候内心里某种程度的矛盾不安的精神"清凉油"。如果恶始终只与自卑自责相伴，它就不会在人世中如此肆虐逞顽；如果恶人生活在忏悔不安之中，自然也会开始异化而不再成其为恶人了。萨德很懂得这一点，他并不把恶表现为简单化的、脆弱的恶，而把恶表现为有深度、有其人性病态根由的顽固而严峻的恶；他并不把恶人表现为没有思维能力与制造观念形态的能力，而只有残忍野性的莽撞的野兽，而把恶人表现为不仅有残酷的兽性，而且善于以谬论悖理来维护自己，证明其存在合理性因而也更为可怕的恶人。总而言之，萨德把恶表现到了极致，对他来说，这不仅是为了认识恶人之为恶人，而且也是为了深入而充分地探讨作为人性问题与社会问题的恶，从恶的产生根由、恶的存在形态、恶的运作方式、恶的观念与哲理直到恶的抑制与清除，等等，等等。

在萨德看来，恶之产生与存在不外两个根由：一是人性的根由，一是社会的根由。人性的根由，总起来说，就是他说的"七情六欲"的病态发作，他笔下的吝啬鬼迪·阿潘因为贪财而对朱斯蒂娜进行诬陷是突出的一例，德·布鲁萨克侯爵因同性恋恶癖受阻而对自己的母亲下毒手更是怵目惊心的一例。对此，萨德在小说中指出："肉体上的道德败坏，必然窒息内心里的善，这是常有的事。道德败坏通常总会使人变成铁石心肠，因为绝大部分的放荡行为都需要灵魂麻木。"[1]而在拉斐尔神父的修道院里，正是好色贪淫不仅使一伙神职人员成为了邪恶的淫棍，而且成了杀人灭口、无恶不作的魔鬼。

至于恶的社会根由，在萨德的笔下，至少有两个方面是写得相当深刻的。首先是社会财富的严重不均，对于富人来说，是骄奢淫逸产生恶："一个人拥有的财富比他生活所需的多三倍，当然就难以保证他不会再去巧取豪夺；一个人周围都是阿谀逢迎的人或者都是百依百顺的奴隶，就难以不产生谋杀的歹念；一个人陶醉在享乐之中，供他享用的都是美酒佳肴，再要节欲或节制饮食，当然就很困难了"[2]；而对穷人来说，则是"以恶抗恶"产生恶，正如落草为寇的拉·杜布瓦

---

① 《淑女蒙尘记》第77页，巴黎，Ganier-Flammarion版，1969年。
② 同上，第72页。

所说的："我们被人蔑视，因为我们穷，我们被人欺辱，因为我们软弱，我们在整个地球上只能找到苦胆与荆棘，只有犯罪能给我们打开生活的大门"[1]；"大自然使人人生而平等，如果命运任意打乱这一普遍的法则，我们就应该去纠正命运的任性，应该用我们的机智去向强者索回他们巧取豪夺的东西"[2]；"有钱人的狠毒心肠，使穷人的卑微劣迹成为合理而又合法的了，只要富人的钱包向我们的需要而开放，只要他们的心里有'人道'二字，那么，道德也就可以植根于我们的心中……我们的犯罪，完全是他们造成的"[3]。社会矛盾如此尖锐，世人往往期望法律起到主持公正、协调关系、缓解矛盾、抑制恶、惩治恶的作用，但糟糕的是，法律却助纣为虐、激化矛盾、雪上加霜，朱斯蒂娜在被迪·阿潘诬陷而吃官司时这样说："法院认为道德与贫穷不能同时并存，只要你贫穷，法院就认定你肯定有罪；还有一种不公正的偏见，认为可能犯罪的人一定是犯过罪的，一切都根据你的身份地位来做判决，只要你的身份与财产不能确证你是一个正直的人，你的罪名马上就成立了"[4]。正是在这种不公正法律的判决下，善良与美德的化身朱斯蒂娜不止一次被判重罪，而恶人恶事反倒逍遥法外、逞凶得意。

这就是萨德在《淑女蒙尘记》中所表现出来的善恶观，是小说作品客观的、实在的思想观念方面的基本内容。以这些内容，不难看出，历来对萨德的批评之不准确、不公正，这种批评以讹传讹，广为流传，以至在思想文化领域里形成了谈萨德色变的局面。

《淑女蒙尘记》（*Les Infortunes de La Vertu*）完成于萨德仍被囚于巴士底狱的 1787 年。两年后，法国资产阶级大革命即将爆发。也许

---

[1] 《淑女蒙尘记》第 72 页，巴黎，Garnier-Flammarion 版，1969 年。

[2] 同上。

[3] 同上，第 71 页

[4] 同上，第 69 页。

是在监狱里与社会脱节，萨德在小说的最后结尾把封建君主当作主持社会正义、解决人间善恶的至善主宰。在今天看来，这与当时资产阶级革命的前夕封建君主专制已面临末日的政治形势实在不大协调，当然，萨德这样结束他的小说与他仍然是一个囚徒的处境不无关系，要知道，国王曾经过问他的案件，早在 1763 年他第一次因私生活荒唐被关在万赛勒城堡监狱时，就是由国王签署了释放令而保释出狱的，待在巴士底狱写小说时的萨德，不免仍存幻想。

《淑女蒙尘记》是萨德仅用了几天时间完成的，后来，他又在这部作品的框架基础上进行扩充、增补、改写、加工，成为 1791 年出版的《淑女劫》(*Justine ou les Malheurs de la Vertu*)，除故事框架基本相同外，两书的规模、篇幅与深度都颇有不同，历来的批评家都把这两本书视为两部各自独立的作品。不论怎样，这两部作品都以其对人性与对社会的严肃关注与深刻思考而具有价值，当人们以冷静、耐心、客观的态度研读了萨德的这两部代表作后，就不难发现，萨德实可得严肃的思想家、伦理哲学家之称谓而当之无愧。

1993 年

(Sade: les infortunes de la vertu,

巴黎，Gallimard，1977 年版)

淫秽下流作家抑或严肃的哲人？

——从《淑女劫》看萨德小说的思想性

多纳蒂安·阿尔封斯·法兰斯瓦·德·萨德侯爵（Donaticn-Alphonse-François de Sade，1740～1814），把这个说他大名鼎鼎也好、说他臭名远扬也好的文学人物的作品，翻译成中文出版，不论从哪种意义上来说，都是一件必要的事，一件不小的事，一件有文学资料积累意义的事。而且，从今天的观点来看，仅仅说他是个文学人物已经远为不够了，他已被公认为是一个深刻的心理学家、哲学家、人类学家，一个早在 18 世纪就显示了惊人的超前性的思想家，一个到了 20 世纪才充分显示出其价值与意义的思想家，一个其言论在当前仍有科学性、准确性与研究价值，仍然未过时的思想家，而他，从 18 世纪起，"淫秽"、"下流"、"变态"、"色情狂"等等最不齿于人的罪名，就铺天盖地地加在他头上。在文化史上，他无疑是被道德化评论与谴责的积淀埋得最深、最严实的人，他的书一直遭禁，即使在他的祖国，公开出版他的书，直到 20 世纪 50 年代仍然是要冒风险的一件事[1]。

对于一个文学家与他所创造出来的形象世界作出总体性的、宏观的、概括评价与定性论断，总要先对他的各个方面与他形象世界中的各个部分做逐个考察与具体解析之后，才能达到准确可靠，特别是在几乎不能触及作家作品的皮肉而专以抽象观念与思辨逻辑为生的某种

---

[1] 20世纪50年代，在法国曾有出版商因出版了萨德的作品而被起诉，引自克里斯蒂安·布格瓦先生的谈话，见拙著《巴黎对话录》第172页。

现代批评方法大为时兴并经常被视为高级学术的时候，似乎更有必要强调对作家作品进行具体切实的考察。面前这部《淑女劫》为我们提供了场合，对萨德这部代表作进行专题论析，显然有助于达到对萨德的总体评价。

1784 年 2 月 29 日，因生活放荡而多次遭监禁的 44 岁的萨德，被转移囚禁在巴士底狱，算是一个重罪犯人。1787 年，他在狱中花了短短几天的时间写成了他的中篇小说《淑女蒙尘记》（*Justine ou les infortunes de la vertu*）。从 1788 年起，他又开始将这个小说故事加以扩充改写，法国大革命爆发后，萨德于 1790 年获得自由。1791 年 6 月 12 日，他在一封给他在故乡普罗旺斯的律师雷诺的信里说："现在，我有一部小说正在付印，但是，它太不道德了，无法寄赠给像您这样虔诚正派的人。我需要钱，我的出版商要求我多加胡椒面，使它足以腐蚀魔鬼。"[1]萨德所说的，正是他扩充改写而成的长篇小说《淑女劫》（*Justine ou les Malheurs de la vertu*）。不论萨德在这封信里的评语是一种客套虚礼还是某种自省，这部小说却成为了一部重要的作品，被历来的批评家视为萨德首要的代表作。

萨德自己的信里提出了"不道德"的问题，这说明他既有自知之明，又有对社会道德规范的深切感受，他因放浪形骸而多次被监禁，就足以使他有这种感受了，而他自己提出的这个问题，也正是历来对萨德评价中的核心问题，正是萨德被历代视为"下流作家"、"色情作家"的一个关键所在。既然《淑女劫》被公认为萨德的代表作，对这部作品的剖析，就是甚为重要的了。

作为这部小说外壳的文本，基本上是女主人公朱斯蒂娜对其经历遭遇的自叙，这首先就决定了小说的叙述角度。朱斯蒂娜的故事，简

---

[1] 吉尔贝·勒里：《〈淑女劫〉前言》，见萨德：《淑女劫》第 9 页，法国 10/18 丛书本。

单说来是这样的：她虽生性贞淑，品行端庄，笃信宗教，似乎是一个不着人间尘埃的美德化身，然而她却屡遭奸污，备受磨难，在她不断被强奸、施暴、淫戏、虐待的经历中，她也就耳闻目睹了人间的种种淫行与放荡。于是，小说的相当一部分就是对性关系、性行为情节的叙述，而由于这些性关系、性行为太多，甚至几乎全部都是变态的、虐待狂式的，这也就更增加了小说"不道德"的色彩，其中一些虐待狂式的施暴淫行，无疑是骇人听闻的，难怪萨德本人也说是"足以腐蚀魔鬼"。

然而，如果对小说作番具体分析，则不难得出若干不同的印象与评语，而在具体分析中，自叙者的作用是一个关键。

自叙者极为重要，自叙者是作品中叙述的出面人与喉舌，他不容叙述上帝即本人露面，这个叙述上帝所要叙述的，都是通过他（或她），也只能通过他（或她）。如果作者还在意并重视叙述的真实性的话，那么，他可能叙述的内容、所采取的叙述角度、所叙述出来的程度与分寸以及叙述的基调、色彩、倾向、立场，都必须限定在自叙者的身份、职业、地位、性格、品行所允许的框架之内。这是自叙体作品的叙述铁律，不容背离。萨德在小说叙述中服从了这个铁律。他十分尊重朱斯蒂娜这个自叙者的自然权利，让他的这个生性贞淑、心灵纯真的少女在讲述自己的所遭所遇、所见所闻时，完全按其本性行事。他几乎念念不忘这个淑女根深蒂固的贞操观，她对宗教信仰的绝对忠诚，她那近于禁欲主义的对性行为的冷漠、厌烦与憎恶。于是，在萨德这本由朱斯蒂娜的通篇自叙所构成的小说里，对种种性关系、性行为以及人在性行为中的感受与表情的形容与描写，都带有非常明确、非常鲜明的道德谴责的倾向，用词几乎无一不是否定式的，如"邪恶"、"野蛮"、"暴行"、"凶残"、"淫秽"、"残酷的癖好"、"无耻的快感"、"下流的动作"、"堕落得如此之深"，等等。而且，作者萨德还经常不忘记这样一个贤淑女子所必然有的"薄脸皮"与羞涩甚至古板，让她在叙及性行为与性场面时耻于启口，她总是及时打住，充当删节者的角色："请允许我向您隐去这个令人恶心场面的淫秽细节"。这样，作者萨德容许这个人物叙述出来的性情节，往往就只有梗概而无细节，她所描绘出来的性场面只有概观而无声色。萨德本来大可不必有"不道德"之虑，他的朱斯蒂娜这个人物自会在相当大的程度上保证他小说的道德基调、道德色彩与道德倾向，使这部小说至少在文本这个层次不存在一个"不道德"的问题。而且，这个朱斯蒂娜是一个人格完全一元化的淑女，她在性问题上，没有"人格分裂"，因而，她的叙述也就是完全单元化、道德化的，而不存在《好家伙修士无行录》与《天生的荡子》这类作品中主人公自叙常有的复调，即好淫语调与诲淫语调同时并存的"复调"。

评析了文本层次的"不道德"问题后，再来看文本层次下叙事内容的事实是否存在"不道德"的问题。在这个问题上，朱斯蒂娜不能起作用了，或者说，基本上不起作用了，起作用的是叙述上帝萨德本人。他决定叙述出哪些事实，我们就会看到哪些事实；他决定展示多少人间的淫行，我们就会看到多少人间的淫行。问题就出在这里。糟糕的是萨德不仅决定展示人间的一般性行为，而且决定展示出一些扭曲的、病态的、反常的、骇人听闻的、令人发指的虐待狂性行为，相比之下，被一般人视为不正常性关系的同性恋，只不过是小巫见大巫而已。萨德似乎要把自己的小说变成反常性行为的展览所，在这里，他违反了故事情节须合情合理的要求而尽可能地罗列变态性行为种种违反人性、违反人道的形式，从荆条、苦鞭、戒尺、棍棒一直到狗咬，似乎务必求全，惟恐有所纰漏。而且，他还让那些变态者现身说法，解释自己的性变态（如布雷萨克伯爵对朱斯蒂娜大谈同性恋的一席话），宣称"我们惟一的快乐就是违背人道"。问题就出在这里。虽然所有这一切都有目击者兼叙述者朱斯蒂娜从旁以严厉言词加以抨击，用"令人作呕"、"肝肠欲断的悲痛"、"泪流如注"、"羞耻得无地自容"、"全身被泪水湿透"、"绝望与愧疚"这样一些形容语来表现当事者的痛苦，而使上述种种淫行的展示成为性犯罪、性灾难的大图景，而从其客观效果来说，这种性苦难、性罪恶的图景并不会像有德之士所担心的那样会引起读者的性联想，构成性挑逗，倒只可能引起性厌恶、性恶心的效果。凡此一切，尽管如此，但萨德毕竟展示出了一般人所未见、一般人所少见的种种病态的性行为，何尝对某些身上有病灶的人就不会起到伊甸园里蛇向亚当与夏娃指示禁果的那种作用？何尝不会有诲淫诲虐的效果？这种可能性的因素也是应该看到的，这也许就是萨德本人所说的"足以腐蚀魔鬼"。

不过，又应该看到，这些反常的病态终归是人性中的客观存在，而不是萨德的臆造发明。对于思想家、哲学家、心理学家、精神分析学家来说，指出这些病态，描述其病征以及在精神上的病理，就如同医学家研究与说明梅毒与癌症一样，既是必要的，也是应该的，萨德实际上是在起哲学家、心理学家、精神分析家的作用，他的书无异于人性病理学的病理报告。这样一份惊世骇俗的病理报告，自 18 世纪问世以来，一直是令人侧目而视的，令人震惊的，令人惟恐避之不及的，但是，随着对人性病态研究的加深与普及化，愈来愈多的人士发现了、认识了、赞同了萨德病理报告的真实性与准确性以及其医疗价值，20 世纪人文科学的发展、精神分析学的发展、性心理学的发展，也愈来愈证明了萨德病理报告的超前性，萨德那种直面人性恶瘤的现实态度、敢于触及人性脓疮的科学精神、不畏人言、甘冒天下之大不韪的勇气，也就愈来愈清楚了。萨德以自己的书，证明他是一个关心人类的思想家、心理学家、病理学家，那么，他自己是否自觉地、有意识地要充当一个有助于人类自我认识的思想家、心理学家、哲学家呢？

最能说明这个问题的，仍然是萨德的书，萨德小说的文本。

　　读萨德的书，所获的最突出的印象就是其中有大量的思想观点、哲理见解，有时甚至这个印象还超过了其中有大量性描写的印象。以《淑女劫》一书而言，在开篇以后的很长的篇幅以内，我们所读到的主要是结合着社会黑暗、暴行丛生的现实而发的议论抨击，而不是性情节、性场面。通读之下，则可以发现小说中几乎到处都是哲理议论，萨德让几乎所有的出场人物都是"议论者"、"思想家"、"哲学家"，把各种哲理见解塞在他们的嘴里。如果说，萨德要叙述情节时总是念念不忘自叙者的身份、品格、条件的限定性，而力求把叙述的内容、分寸、程度、倾向、色彩维持在自叙者的限定性范围之内的话，那么，萨德要宣讲观点哲理时，他却较少照顾人物的身份、教养与文化水平的限定性，而往往把自己的哲理让某些身份并不适合的人来表述。以此，似乎可以说，萨德在小说里宣讲哲理见解的兴趣要大于展示性方式、性行为的兴趣，可以说，思索与发表哲理见解，才是他写小说的第一迫切需要。这正是他有意识地力求成为思想家的标志，也是他事实上成为思想家而不是"下流作家"的标志。

　　读萨德之作，在有感萨德对阐发哲理的重视之同时，还可有感萨德哲理的丰富性、思辨性与深刻性。就其丰富性而言，其中宗教、道德、政治、法律、社会关系、人文、心理以及性等等，无所不涉，而且非浅涉而已，其议论与阐述还相当展开，因而，有些段落篇章几近于充分发挥、丰富酣畅的理论文字。就其思辨性而言，萨德经常把苏格拉底、柏拉图等古哲人常用的哲理对话、辩论、诘难引进了他的小说，让不同的人物持不同的观点、见解，作不同的立论，一正一反，一矛一盾，互相辩驳，使事物对象的各个方面在对话中得到了全面的观照与探讨，整个问题也就在思想观点的对立、撞击、交锋中得到了辩证的表述、深化的阐释。这正显示出了萨德作为哲人的精微的思辨性，它明显带给了萨德的小说在人类社会若干重大问题上反复思考的性质。至于萨德哲理的深刻性，只要是读了萨德作品的人，都是很容易感受到的，它正是萨德作为一个哲人对社会与人类事物透彻的认识，他不回避、不绕弯、不掩饰、敢于直言其事的勇敢精神与他强有力的思辨能力所带来的，仅举他对宗教的哲理为例，且看这样精辟的议论：

> 宗教不过是人与上帝的一种关系，是人以为应该对人之创造者的一种崇拜；一旦这个创造者的存在被证明是虚幻的，宗教也就消亡了。早期的人类被使得他们震惊的现象吓破了胆，不得不承认有一个至高无上的存在，他们所不了解的存在在指挥这些现象的进程及其影响。软弱的实质在于想象或者害怕某种力量。人类的思想在幼稚阶段还不能在自然的内部寻找并找到运动的规律（这个运动是使得他们感到惊讶的全部机制的惟一动力），就以为为这个自然设想出一个动力比把自然看做一个动力更为简单，它没有料到创立并确定这个巨大的主宰比在对自然的研究中找到使他们感到惊奇的原因困难得多，它接受了这个主宰万物的神灵，使世人对他顶礼膜拜。在这个时候，各民族均根据自己的习俗、知识与气候，造就了类似的神灵。很快，地球上有多少个民族，也就有了多少种宗教，有多少个家庭，就有多少个上帝。不过，在所有这些偶像下面，很容易认出这个荒诞不经的幽灵——人类愚昧无知的第一个结果。[①]

这无疑是一种严肃的、理智的、科学的、唯物的论述，即使在宗教研究史上，也算得上是一种有分量的见解，这样的真知灼见却正是出现在被认为是"淫秽小说"的作品里，而且，恰巧正是在萨德被人斥为"淫秽"的小说里，这一类真知灼见、精辟议论偏偏到处都是！

萨德出身于一个古老的贵族世家，其父是一个高级外交官，曾

______

① 《淑女劫》第55～56页，10/18丛书本。

任法国驻俄大使，后又在政界历任要职。萨德自小从其叔，一个学识渊博的修道院长受优质的文化教育，后又被送进著名的路易大帝中学念书，这打下了他日后成为一个哲人的学力基础。他 15 岁即进入军界，曾在国王卫队中服役，后又参加过"七年战争"。从 20 岁左右起，他身上出现了对放荡生活的癖好，此后，由于荒诞不经、放浪形骸而多次被监禁，还蹲过可怕的巴士底狱，直到法国大革命后的 1790 年才获自由。

萨德由一个生活上的放荡者、道德上的越轨者成为了一个思想上的叛逆者。这个过程是由来已久还是由于反复的囚禁以及重罪监狱的生活？不论是从什么时候开始的，反正我们在萨德作品里可以看出，他是一个十足的叛逆者，一个完全叛逆性的哲人，而且，其偏激的程度是惊世骇俗的。他的叛逆性意味着他向封建法兰西、向掌握着统治权力的阶级历来视为正统法规的意识形态体系提出了挑战：

如，贫富不均秩序下被视为天经地义的"勿偷盗"的原则，在他这里遭到了轻鄙："偷盗是有益的，因为它建立了一种平衡，贫富不均则完全打破了这种平衡"；"合法的富人冷酷无情，穷人就会有不轨的行为"。

如，备受尊奉的道德在他这里受到了诘难："道德只不过是一种行为方式，这种方式随着环境而变化，因此，它不具有任何实实在在的东西，仅此一点，就让人看出了它毫无意义"；"地球上没有两个民族具有完全相同的道德标准，所以道德没有任何实在的东西，没有任何好的东西，没有任何值得我们崇拜的东西。"[1]

又如，凛然不可侵犯的法律，其消极后果被他毫不容情地指出："只要人们依法处死窃贼与凶犯，偷盗就会永远附带着凶杀。"[2]

---

[1] 《淑女劫》第 107 页，巴黎 10/18 丛书本。

[2] 《淑女劫》第 269 页。

　　至于在封建时代作为君权神授的理论基础与一切社会行为的规范的宗教，更是遭到他特别激烈无情地攻击："一切宗教都是出自一个虚假的原则，造物主从来就不存在"；"宗教值得去尊重吗？有哪种宗教不带有欺骗与荒谬的标记？我在所有的宗教中看到的是什么呢？是使理智发抖的奥义，是违反自然的教条，是只能使人嘲笑和厌恶的仪式"；"最应该蔑视的人、最笨拙的无赖、最呆傻的骗子，这就是上帝，这就是与其父一样的圣子"。在他笔下，一部基督教兴盛史不过是这样的："这个卑鄙无耻的宗教终于登上了宝座，这是一个虚弱的、残忍的、无知的、狂想的皇帝，他被皇家的布条包裹着，却污染了地球的两端。"[①]

　　仅以所列举的这些言论而言，萨德就可称得上是击中了封建时代的法权与精神原则之要害的哲人了，他放在自己人物嘴里的言论，即使把某些人物反面的身份所带来的悖论成分排除掉，也要算是愤世嫉俗的了。他的哲理言论显然表达了一种强烈的抗议精神，这种精神是当时 18 世纪大革命爆发前社会下层对危机四伏、黑暗腐败的封建法兰西，对已经衰颓了的封建政体的绝望情绪的反映，它不失一定程度的革命性，而其反抗性与挑战性之中又带有否定一切的偏激倾向，这种偏激倾向有时使萨德难免陷于悖论歪理，再加上他对人性恶有一种几乎令人绝望的确定与认可，因此，他的哲理言论有时也就惊世骇俗得令人侧目而视了，如他从道德无用论、法律惩罚消极论而到主张对乱伦免罚就是一例。

　　至此，笔者在这篇前言里，只致力说明一个问题：萨德是一个"淫秽下流的作家"还是一个思考社会现实、人类本性若干重大问题的哲人？他的小说是该焚禁的"污秽垃圾"还是人性研究的思想资料？对于萨德来说，这是一个基本问题，是他进入后世的"正式护

______

① 《淑女劫》第74～75页。

照"，是他通往不朽的"绝对硬币"。至于萨德对人性、对性的哲理见解的具体内容及有关萨德评价的其他问题，笔者相信将另有场合再作析说。

1993 年 9 月

（Sade: Justine ou les Malheurs de La Vertu，法国，10/18 丛书本，1969 年版）

萨德并非无德之明证兼及其道德水平

——萨德:《情罪》

凡读过《情罪》一书的人，大概都不会再对萨德持道德谴责的立场了，相反，倒会觉着萨德作为一个作家，颇有一些道德责任感，甚至不乏若干堪称充沛的道德热情。

《情罪》是一个中篇小说集，出版于 1800 年，共收小说 11 篇，写于萨德 1784 年至 1790 年蹲巴士底狱的年代。

萨德的写作并非从蹲巴士底狱时期开始，早在 1769 年荷兰之游后，就著有《荷兰游记》，1775 年潜逃意大利后，又著有《意大利游记》，1777 年被捕拘禁于万森监狱后，他写作得更多，《神甫与垂死者的对话》与《索多姆的一百二十天》的草稿均成于此时。但是，毫无疑问，正是从巴士底狱时期起，萨德才开始写出对他来说具有重要意义的作品，1787 年写成的《淑女蒙尘记》就是最初的一部。至于他在这个时期所写的中短篇，有 50 余篇之多，既有历史轶事，又有当代故事，既有法国生活题材的，也有异国题材的，1800 年出版的《情罪》，就是从这些中短篇里选出 11 篇结为一集的，而目前这个译本，则是由原著十一篇故事中较为重要的五篇所组成的。

中国明清小说中，有《警世通言》一书，这部短篇小说集的书名本身，就标出了作者警世告诫的宗旨，而每篇小说的最后，均有作者的"有诗为证"，点出每一篇的道德教训。萨德的《情罪》显然不具有如此完备的道德形态，但其中每一篇也都有明显的道德寓意，而且，在不止一篇里，萨德还现身说法，直接点出他道德告诫的意图。

《法克斯朗吉》揭示了世俗的婚姻心理，提供了利欲熏心的嫁娶可能导致何种恶果的一个也许是极端的例证。法克斯朗吉小姐的父亲本是生活富裕的中产者，却看上了作风阔绰、金玉其表的一个骗子强盗，拆散了女儿与恋人的关系，将她嫁给了这个以行骗抢劫、杀人越货为生的恶棍弗朗洛，结果害得女儿九死一生，终于仍不免早逝，活活断送了一生，正如她自己所说，"为贪图荣华富贵而付出高昂的代价"。这篇小说的副标题名为"野心误"，萨德在故事的结尾明确地指出："法克斯朗吉小姐之死，向天下贪财的父母与爱慕荣华的女儿昭示了一个惨绝人寰的实例。"而且，他在这篇小说的初稿中，还开门见山地这样说："但愿看官即将读到的这篇故事，使天下嫁女儿的父母懂得，不要指望对象的财产与门第血统给女儿带来幸福，而应该指望品行与感情。"[1]如此显于言表的道德说教热情，似乎只有急切的道德家才有。

瑞典故事《恩奈斯蒂娜》像《法克斯朗吉》那样，也是一场惊心动魄的婚姻争夺战。地位显赫的奥克斯梯恩伯爵为了占有美貌贤淑的恩奈斯蒂娜，与家财万贯的寡妇舒尔茨太太联手，玩阴谋、耍奸计，硬要把恩奈斯蒂娜从其未婚夫赫尔马纳的手里夺过来，其阴谋奸计之恶毒令人发指，导致了赫尔马纳死于冤狱。这一个恶人夺艳的故事与《野心误》中强盗骗走美人的格局有点相似，所不同的是，在《野心误》中，法克斯朗吉小姐虽有贪心的父母在怂恿，毕竟自己的虚荣心颇重，自愿入瓮，而在瑞典故事里，恩奈斯蒂娜却贤淑坚贞，拼力抗拒，"宁可清白地死，不愿蒙耻地苟活"，最后被施暴奸污，又被耍弄诳骗、阴差阳错地死在自己父亲的剑下。在这个悲剧里，除了恶人外，应该负罪的仍是有贪欲之心的长辈，恩奈斯蒂娜的父亲桑德斯，

---

[1] 《情罪》的编选者注，见该书第424页，巴黎，folio丛书本，1987年。

他不仅重视财产利益，而且心羡名望地位，这个致命的弱点使他在悲剧里起了助纣为虐的作用。萨德狠狠惩罚了这个贪心的父亲，让他被奥克斯梯恩牵着鼻子走，还中了奸计失手把自己的女儿一剑刺死。在这篇故事里，萨德给《恩奈斯蒂娜》上的一课，显然要比在《法克斯朗吉》里更为严厉无情，他的道德训诫是针对这种贪心长辈的。

意大利故事《罗朗丝与安东尼奥》，则是一首对坚贞爱情、纯洁美德的颂歌。罗朗丝与安东尼奥是一对才貌双全、感情深挚、品德出众的青年恋人，安东尼奥的父亲却是一个恶魔般的人，生性放荡，品性恶劣，一心要破坏儿媳的贞操，将她据为己有，并不惜毁掉自己亲生的儿子。罗朗丝虽然落入了他的魔掌，但在他种种卑鄙恶毒的阴谋诡计面前，拼死保全了自己的清白，最后，年轻的夫妇终于冲破了牢笼，获得了幸福，恶棍父亲得到罪有应得的下场。这篇故事尽管没有由作者出面提出某种训诫，但其中对安东尼奥优良的品性、高尚的心地、宽厚善良的胸怀、英气勃勃的活力与才干的描写充满了赞赏之情，对罗朗丝的纯洁、天真、温柔、贞节、坚强等美德的描写，更是充满了颂扬，表现了萨德对具有美德的人的向往。在这篇小说里，读者会很惊奇地发现，一贯"臭名昭著"的萨德竟有如此热烈的对道德的向往。

《欧叶妮・德・弗朗瓦尔》是经常被研究者视为萨德小说中品位最高的一个中篇小说。小说开宗明义的第一段话是这样的："本篇惟一的宗旨是要教育人与匡正人的品行。但愿看官掩卷之后能深知那些为满足私欲而无所不为者，其实每走一步都潜在着莫大的危险，但愿他们能老老实实相信，倘若良好教育、万贯家财、才华天赋缺了谨慎谦虚、明智端正的行为作为支撑或依托，那么它们就只能引人走上歧途，这就是我们要用故事来证明的真理。"[1]萨德在这里所讲的这个故事，可真有些怵目惊心、骇人听闻。德・弗朗瓦尔家境富足，收入丰

______

[1]　《欧叶妮・德・弗朗瓦尔》，《情罪》第291页，巴黎，folio丛书本，1987年。

厚，又娶了一个温柔美貌的妻子，但他心不知足，向往放荡的生活。他本人外貌俊美，多才多艺，聪明透顶，却不把聪明才智用于走正道，而是养成了一种乱伦的恶癖，居然精心地把自己亲生的女儿欧叶妮调教成为一个乱伦的女子，父女成奸之后，他又指使欧叶妮把自己的生母当作情敌杀死。犯了重罪的少女天良发现，与母亲同时毙命，最后，这个邪恶之徒也悔悟过来，自杀身亡。在弗朗瓦尔自尽的那一场中，萨德特意安排他临终前做了大段的忏悔，这与其说是出于对人物性格做客观描写的需要，不如说是为了借人物之口来达到警世劝世的目的。要知道，在法国 18 世纪，淫靡之风甚炽，乱伦是当时一种并不罕见的败德现象，无名氏的《好家伙修士无行录》（1741）与布列多纳（1734～1806）的《性欢》（1798）就都描写了乱伦，特别是母子、父女的乱伦，而且是毫无道德是非感地把乱伦作为性欢来加以描写渲染。萨德则与之不同，他在自己的作品里，毫不含糊地将乱伦作为一种坏癖恶行来加以处理，并且向世人提出了明确的告诫。

《弗洛维尔与古瓦尔》也是以乱伦悲剧为题材。古瓦尔是一个正派人，前妻淫荡下贱，早已携子私奔出走，女儿弗洛维尔也在幼年时丢失。原来，弗洛维尔是遭其母抛弃掉的，幸亏得到德·圣普拉夫妇的收养，成年后，她俏丽娇艳而又品格端庄，但在寄居德·泛甘太太家时，被引诱失身于一个名叫森纳尔的青年军官，并生了一个私生子。事隔多年，当她进入中年的时候，遇见了 17 岁的德·圣安吉骑士，小青年对她产生了热烈的爱情，在他强行求欢之时，她失手刺死了他。在旅途中，她又偶见一个 50 多岁的女人争风吃醋，杀死了情敌，她的作证导致了这个老妇被判死刑。最后，她来到了巴黎，正遇上了要续弦的古瓦尔，两相不知，经人撮合而结成为夫妻。一天，一个青年人求见古瓦尔先生，证明了自己就是与古瓦尔失散多年的儿子，这时，弗洛维尔发现了此人正是她多年前委身的森纳尔。而且，她从森纳尔那里得知她最初是被其母抛弃给德·圣普拉夫妇的；她所误杀的圣安吉骑士就是她与森纳尔的私生子；而由于她的作证才被处死的那个老妇，正是她的母亲；更惨的是，她发现自己现在的丈夫正是她的生父。在极度痛苦之中，她自杀身亡了。

这是一个比俄狄浦斯王的悲剧更惨厉的悲剧，在这个悲剧里，父亲娶了女儿，哥哥占有了妹妹，儿子向母亲施以性暴力，而从兄、嫁父、杀子、害母的罪过，更是都集中在弗洛维尔这个女人身上。如果说，在萨德的其他故事里，罪行过错往往是个人品质与道德状况的结果，在这篇小说里，落进乱伦罪恶深渊中的人在道德上都是无辜者，甚至他们都是正派人，特别是最惨的这一对父女，更堪称有道德的人，他们的每一个行为，在他们自己的主观上都出于在理有德的考虑，但在客观上却走向罪恶。既然他们客观的罪恶并非来自他们主观的过错，既然他们的悲剧不合乎"悲剧的根源在于自我"的这个模式，那么，他们的悲剧是如何造成的？萨德给小说加上了一个副标题《宿命》，然而，萨德是一个宿命论者吗？他果真相信冥冥之中有一只至高无上的手在拨弄芸芸众生的命运？实际上，萨德的宗教迷信思想少得很可怜，对萨德来说，宗教只是一种信仰与观念形态，而不是一种迷信神话，倒是他在小说里悲叹主人公的命运时笔下流露出来的感慨颇值得注意，如"人生在世实在凄惨"，"一个人只能在进入黑暗的坟墓后才能得到安宁，在尘世，世人的钩心斗角，本人的七情六欲，尤其是命中注定的噩运，让人永远得不到安宁"[1]等等，不论怎样，萨德总算触及了个人悲剧的社会根由，这是值得特别重视的。

的确，在萨德看来，不道德的行为与罪恶，往往是人因身上的七情六欲而犯下的，在这个小说集的每一篇小说里，都有恶魔式的人物，如骗取了美人的强盗弗朗洛、造成冤案的奥克斯梯恩与舒尔茨太太、害子夺媳的查理、引诱女儿乱伦的弗朗瓦尔，他们都是因为身上

---

[1] 《弗洛维尔与古瓦尔》，《情罪》第153页，巴黎，folio丛书本，1987年。

滋生出了乖僻谬误的"情"与"爱"，才犯下了骇人听闻的罪行的，因此，萨德才把这部小说题名为《情罪》（原文直译应为：《爱情的罪行》）。也正因为不道德的行为与罪恶与人的七情六欲有关，就成为了一个社会性的问题，而萨德正是把不道德与罪恶作为一个社会现象来思考、来加以处理的。他看到了不道德与罪恶对人类社会的巨大祸害，他反对在意识形态上对不道德与罪恶的纵容与诱导，他毫不含糊地主张维护道德，提倡美德与善，他在《弗洛维尔与古瓦尔》中借一个人物之口这样说："罪恶的鼓吹者，都是些心术不正的坏人与绝望的人，他们中间没有一个真心实意，没有一个人肯讲真话，承认他们有毒的言论与危险的著作只以七情六欲为指南。确实，什么人能心平气和地说，道德的基础可以动摇而不至于造成恶劣的结果？什么人有脸否认做好事、求完整是人类非追求不可的真正目的？只干坏事的人怎能期望在社会上得到幸福呢？因为，社会最强大的趋向，就是求得善的不断发展。"[1]

至于如何解决作为社会问题的恶德与犯罪，萨德也给予了相当的关注，提出了自己的方案，并把它形象地表现在《恩奈斯蒂娜》这篇小说里。在这个故事的结尾，将桑德斯父女害得家破人亡的贵族恶棍奥克斯梯恩被判处了终身苦役，但是，桑德斯却请求赦免了他，后又让他在自己的剑下免于一死，对这样异乎寻常的宽宏大量之举，他这样解释说："我想以德报怨，您现在受的罪能弥补我的痛苦吗？我能因为看到您痛苦而高兴吗？把您囚禁起来能抵消您残暴地让多少人流淌的鲜血吗？要是我也这样想的话，我就会跟您一样残忍，一样不公正，一个人坐牢能补偿他给社会造成的灾难吗？倘若要让他补救错误，就应该释放他，在这种情况下，没有一个人不会不改恶从善的，没有一个人不愿从善而宁可在枷锁下偷生的。"[2]桑德斯以德报怨的条

----

① 《弗洛维尔与古瓦尔》，《情罪》第109页，巴黎，folio丛书本，1987年。
② 《恩奈斯蒂娜》，《情罪》第284页，巴黎，folio丛书本。

件是要求奥克斯梯恩"尽量多做好事来弥补过去犯下的种种罪行"，他的施恩果真收到了效果，从此，恶魔般的奥克斯梯恩变成了一个行为端正的善人，他以"成百上千件、一件比一件更大方、更辉煌的善举，弥补了他过去的罪孽"[1]。萨德结束这篇小说时援引此例作出结论说："这证明了并非只有靠暴政、靠以牙还牙的报复才能使人改邪归正、循规蹈矩。"[2]不论萨德所提出的这种宽大无边，以德报怨、以恩感化的桑德斯方式在法律学、社会学的意义上的可行性如何，但毕竟是出于对这个社会问题的严肃关注、认真思考与善良愿望。

至此，似乎可以对萨德作为一个作家的道德责任感作出判断了，我想，在做了上述的说明之后，如果要说萨德对道德问题具有一种责任感，要说他几乎具有道德家的热切愿望，想必就不会惊世骇俗了。

当然，还有一个不可绕过的问题：萨德不止一次因犯有伤风败德罪而蹲过监狱，他能算是道德吗？

1768 年，萨德因性虐待事件而被捕；1772 年，又因性虐待与鸡奸事件而被缺席审判判处死刑；1773 年越狱逃跑后，1775 年又因举行色情集会事件不得不潜逃；1777 年，被捕归案入狱后长期过监狱生活，《情罪》一书，就是长期监狱生活中的产物之一。

因伤风败俗而坐牢，在牢里反而写出宣扬道德的作品，这似乎是文化史上一个典型的悖谬事例，这个事件颇引人深思！

蹲监狱，大都是败德者；因有伤风化而蹲监狱，当然更加肯定是败德者。仅此，萨德就免不了有道德沦丧的恶名了，何况，他的作品中还常有这种那种性描写。

然而，平心而论，仔细推敲，应该看到，人类的道德范畴是很广泛、很全面的，它包括对国家民族、对社稷民生、对世俗民风、对事

---

① 《恩奈斯蒂娜》，《情罪》第 289 页，巴黎，folio 丛书本。
② 同上，第 289 页。

业职责、对义务权益的准则以及在人际交往、在各方面行为方式中的规范，远远不止于性关系上的循规蹈矩。性问题上放浪形骸的人，不见得一定就是道德上全面堕落的人，甚至可能是在性问题以外的方面都具有难能可贵的道德状况或具有严肃道德观念的人；而性问题上的循规蹈矩者，却不一定就是一个在性问题以外的各方面都具有完善道德状况、高尚道德水平的人，不一定是具有全面的道德观念与深刻道德思想的人。对那种以写作为其存在形式、以写作获得社会价值的人而言，他作为个人所具有的道德状况，更不等于他作为作家所达到的道德水平，他个人道德上的某些晦暗，更不足以掩遮他作品中精神道德的光辉。众所周知，卢梭有过小偷小摸，雨果在相当公开的程度上过着多妻的生活，巴尔扎克充满了虚荣心，莫泊桑更是生活放荡，但他们的作品却在人类精神文化宝库中熠熠闪光。

那个因伤风败俗而入狱坐牢的 18 世纪浪子，早已从地球上消失，我们今天是面对他的作品。

这就是我们把他作为一个作家进行评判的基本出发点与重要依据。

1993 年

（Sade: Les Crimes de L'amour，

法国，folio 丛书本，1987 年）

淡雅作家笔下的浓艳

　　　　——都德：《萨福》及其他

　　都德以淡雅著称，但也有浓艳的时候。

　　他的淡雅首先在于题材，他所写的，至少是他在其代表作如《磨坊文札》与《小东西》中所写的都是普通人的普通生活，这意味着他的这些作品中，没有特殊的、不平凡的事件，没有《悲惨世界》《基督山伯爵》那类作品中那种惊心动魄的、传奇式的故事情节；这也意味着他的作品中，没有陷于巨大悲剧冲突，被强烈的感情所主宰、所拨弄的人物，没有李尔王、高老头那种呼天抢地、痛苦欲绝的形象。用一句常用的话来说，他的代表作所写的是平常人、平常事、平常心。当然，这种平常人、平常事、平常心又不是西门庆、庄之蝶式的，其实这两个人物串门走巷的那些事，虽然在文学中很叫人另眼相看，侧目而视，在人类生活中倒的确要算是最平常、最"日常"不过的。

　　他的淡雅更重要的是在于他的风格，他的情趣，他的感受。他在自己的作品中很少有兴趣去着力表现生活的跌宕起伏，而经常对一些生活横断面的场景感兴趣，构成他小说主体部分的，往往是被集中加以描写的生活画面，画面的线条简明，色彩清淡，结构灵活自由，使得作品具有一种散文化的淡散风格。他对待自己所选取的生活面，往往是怀着一种平易亲近的态度，既不往上仰视，以赋予它以崇高化的悲剧性，也不居高俯视，以涂抹上若干矮丑化的喜剧颜料，他看待生活的眼光是柔和的，没有偏激尖刻、沉甸凝重的时候，他对事对人的感情是真挚良善而又仁爱广施的，因而形成了柔情似水、无处不渗的色彩。

都德的浓艳并不经常，但对他这样的作家来说，一次、两次也就够了。

他的浓艳就是《萨福》。这部长篇小说之浓艳，就在于它写的是一个男女艳情故事，一个放浪无行、明显带有侠游性的艳情故事。而且，它炽烈如焚、难分难舍、牵肠挂肚，大有春蚕到死丝方尽之势，浓浓稠稠的，如胶似漆得几乎难以化解。

让·戈森是一个从南方外省来到巴黎攻读外交的青年人，21岁，风华正茂，在一次文人艺术家聚集的化装舞会上，偶遇一美貌女子，对他表示了毫不掩饰的热情，并且在当晚就委身于他，成了他的情妇。她名叫法妮·勒格朗，让·戈森沉醉在她浓郁的情爱里，不久，却发现她原来是被一男人供养的外室，但为了他而断绝了与那个供养者的关系。虽然让·戈森眼见自己掉进了不洁的生活中，决心结束与法妮的交往，但在法妮紧紧的追求与无微不至的体贴照顾下，终于与她正式同居。在同居生活中，让·戈森逐渐了解到法妮过去的历史：她是一个退伍骑兵与一个旅馆女仆的私生女，母亲在生她的时候就去世了，父亲是个酒鬼，以赶马车为生，法妮从小随父亲过着流浪的生活。她成长为少女后，也就是20年前，被雕塑家加伍达看中，给他当模特兼情妇，加伍达的一尊希腊才女萨福的石雕即是以法妮为模特儿做成的，由此，她在文人艺术家的圈子里得到了萨福的绰号。法妮与加伍达同居了四年后，又被诗人拉古勒里诱走，同居了三年，然后，又当上了小说家戴儒瓦的情妇，小说家死后，她跟上另一个男人，这个男人要结婚成家，把她抛弃了。她又遇上镂版工弗拉芒，弗拉芒疯狂地爱她，为了不失去她，不惜印制假钞票保证她的花销，事败后被判处 10 年苦役。此后，法妮仍在时髦社会圈子里混，一个月或一个星期就换一个情人，她遇上让·戈森的时候，已经是 37 岁了，她专注而痴情地爱着这个青年人。尽管让·戈森知道了她像阴沟一样的过去，对与她同居生活不时感到厌恶，而且他的亲人们也都反对他与法妮的关系，但法妮对他的一片忠心与情爱，给他提供的细腻的照顾与肉体的享乐，使他无力自拔。终于，他找到了一个帮助自己解脱的力量，他遇上了一个贤淑纯洁的少女，爱上了她并在家庭的支持下很快与她订下了婚约。他毅然决然地与法妮道别，不久就要举行婚礼。为了彻底决裂，他最后一次前去与法妮会面，却又情不自禁再度投入她的怀抱，他由此深感自己实在离不开法妮，在这种精神状态下，他毁了婚约，接受了一个驻南美的外交职务，决心带法妮同往赴任。但他在码头等着法妮一道出发的时候，法妮却未如约赶来，只给了他一封诀别的信，因为她认识到，自己年龄已大，容颜渐老，而让·戈森还很年轻，他们的关系不会有好结果，她将与释放出狱的弗拉芒共度余年。

在这个故事中，有一个特点颇值得注意：它作为一个爱情故事，该是属于欲爱而不是情爱的那一种，虽然在男女之爱中很难把欲爱与情爱截然分开，但性质有所偏重却是经常有的事情，至少这一个故事不同于写罗密欧与朱丽叶的故事，有那么多占压倒优势的少年纯情。那么把这一对男女深深吸引到一起，并如此难舍难分的东西是什么？

在这里，我们很难发现符合爱情中的"相似律"的那些东西：志同道合？共同理想？相同的生活情趣？门当户对？社会地位相当？郎才女貌？金童玉女似的结合？职业行当相同，不失为上佳的合作搭档？所有这些"相似"，在这里都不存在，倒是存在着一些极不和谐的"不相似"：在年龄上，一个是刚 20 出头的小青年，一个是徐娘半老的中年妇人；在出身上，一个是传统正派家庭的良家子弟，一个是身世不明的私生女；在经历上，一个是清清白白的青年学子，一个是历尽沧桑、满身污点泥泞的风尘女；在社会地位上，一个是前程远大的外交界新秀，一个是遭人轻贱的残花败柳。而恰巧是在这么些对应的不相似中，产生了相互之间最强大的磁性与内聚力，这磁性与内聚力足以抗拒来自外部的社会舆论、家庭干预、亲友非议等种种压力以及自身由此而来的精神负担与心理矛盾。

这样顽强的磁性与内聚力不可能没有一个泉源，那就只可能是性的吸引与性的享受了。虽然这是一个发生在 19 世纪的故事，但它一开始就具有 20 世纪现代性开放故事的色彩，比好莱坞电影中常见的最先锋、最新潮的公式："相识——共进晚餐——共赴影院——上床做爱"完成于当晚几个小时之内的整个过程，还更精简了两三道手续。而在"过夜"之后，则是"同居"，明目张胆、肆无忌惮的同居。"成也萧何，败也萧何"，成于性，也止于性，故事最后，女方离开了男方，其原因也是因为一个血气方刚，一个容颜已衰，两者性条件不相称、不平衡所致。因此，小说的故事中决定一切的发条与纽带，就是性。从这个意义上来说，这部长篇可算得上是一部"风月小说"。

在法国文学中，一个男子耽于性欢，由于从一个女人那里得到了强烈、狂热、细腻的肉欲之乐，而不顾一切严重后果、依恋不舍，甚至生死相随的题材是屡见不鲜的。《曼侬·莱斯戈》中，有格里厄骑士对曼侬·莱斯戈的至死不渝的追随，在《娜娜》中，有莫法伯爵对娜娜几近丧心病狂的极度迷恋，就是两个突出的例子，这两个男人在门第出身、社会地位、文化教养方面，与他们所迷恋的女人不啻有天壤之别，但格里厄宁愿多次被曼侬·莱斯戈欺骗、出卖以至陷入了绝境而终身不悔，莫法伯爵为了娜娜这个妓女宁愿体面丧尽，甚至把古老家庭门第与妻子女儿的名声、利益全都作为交换条件。《萨福》中的让·戈森就属于这种性格类型，这个人物系列，而在 20 世纪文学中，美国著名小说《洛丽塔》中的男主人公又何尝不是他们异国的同胞兄弟？

人性根源是同一个，心理反应、人格表现、行为方式却是诡谲多变，千姿百态，就像万花筒里的碎玻璃就那么几块，却可以变幻出千百种图形。如果一个作家只有"刨根究底"的兴趣，专门致力于描绘那"几块玻璃片"，即使做出了独创的、出色的、定性定量的描绘，那往往也容易流于单调褊狭，而失去更为广阔的社会空间与人文空间，且不说会在道德上、社会舆论上带来一些非议与麻烦。因此，文学史上那些更关心文学的社会价值与人文价值，更在乎道德与社会舆论评价的作家，往往都避免去"刨根究底"、专门去写那变化多姿的心理反应、人格表现与行为方式之下的纯生理性的根由。他们宁可丢弃某种"宣泄"的愉快以及引起某种特殊兴趣的效果，而去追求文笔驰骋于广阔社会、人文空间的境界。都德在《萨福》中就是这么做的，因此，他的小说没有成为性小说，而成为了心理小说。

作为一本心理小说，它复杂的心理描写主要是集中在让·戈森这个人物身上，在这里，表现得淋漓尽致的是这个人物对正派生活的理想与对放荡享乐生活的眷恋这两者之间的矛盾与冲突。他一方面陷在法妮的温柔乡中沉醉不已，另一方面又经常羞于承认与她的同居关系，把她视为他所鄙视的娼妓社会中的一员，对过去的生活在她身上造成的一些放浪形骸的习气颇为反感，对她那些娼妓社会或半娼妓社会中的朋友更是厌恶。他确有正式结婚、成家立业的计划，但他绝不能想象如自己的邻居赫兑玛那样正式娶一个妓女为妻，他结婚的对象绝不是法妮，而只能是与他门当户对的有产者小姐，而对他一直在享受着的法妮，他总想利用被派往国外任职的机会自然而然把她抛开，以结束自己荒唐的生活并满足亲人对自己的期望。

他这种生活在放纵腐化之中而又向往"正派生活"的精神状态，

正是有产者子弟那种享乐主义与利己主义相结合，两者并行不悖的典型心理，即使最后他决心与法妮同往国外的决心甚大，但如果成行，他又将如法妮告别信所预见的那样，会为自己的再度失足而长久追悔，并会因自己的"自我牺牲"而对情妇憎恨不已。这就是小说所展示的让·戈森这个资产者良家子弟既嗜好肉欲又企望回头复归的灵魂。

让·戈森身上的矛盾，在某种意义上，也是作者本人所感受到的矛盾，只不过他有更为明确的道德倾向，他在让·戈森放任艳情生活的对面，设置了家人亲切的关心与爱护、少女纯洁的爱情与神圣的婚约以及社会舆论的压力等，就是要对本阶级的子弟提出某种规劝。特别是他安排了法妮本人在最后的信里现身说法，谢绝同往美洲，指出两人的关系不能按让·戈森一时的冲动再继续下去，更是明显的告诫。都德在小说的扉页上写下这样的题词："给我的儿子们，当他们到了 20 岁的时候。"就是写这部小说时怀着告诫目的的明证。

作者的道德目的并没有使这部小说成为刻板说教的作品，关键在于他自己对法妮这个人物存在感情上的矛盾。他并不是把法妮表现成一个邪恶的祸水般的女人，而是写成一个复杂的然而值得同情的女性形象。法妮出身于卑贱肮脏的环境，这并不是她本人的罪过，正是她的不幸。长大后，她从一个男人手里转到另一个男人手里，实际上是被资产阶级男性当作玩物。在这种关系中，她经常是受害者，如她与拉古勒里同居期间，"简直就是生活在地狱里"，受尽了虐待与打骂，最后关系破裂之际，即使她在寒夜之中在门外等候了 5 个小时，仍得不到对方的和解，被赶走了事。在法妮身上，本来一直存在着两种持续不灭的感情：一是她总想过正常的夫妻生活。这说明她并不是生性浪荡的下流女人，只是因为她总达不到自己的目的，不是被人抛弃就是遇上不可逾越的障碍，以致她沦入虽非娼妓但不断给人当外室与姘头的可悲境地。她身上另一种持续的感情则是炽热的爱情。由于这种感情，正如一个书中人物评论她时所说的："她像火一样，将燃烧到只剩下灰烬"（第十一章），她对她所爱的男性经常表现出一种忘我的牺牲精神，只是在她的感情被磨损完、被燃烧尽后，她才绝望地离去，如对诗人拉古勒里，她像一条忠实的狗一样紧随不舍，直到受尽了侮辱与折磨；对可怜的情人镌版工弗拉芒，她在他入狱后一直对他保持着感人的义气，在困难的条件下为他承担起养育并非她自己所生的小孩的责任；对让·戈森，她更是一片痴情。在让·戈森生恶病的时候，她不怕传染，悉心照顾，直到他痊愈；为了他，她告别了由别人供养的舒适生活，跟着他去过清苦的日子，甚至还改变自己一贯的寄生生活，外出工作，自食其力；为了帮助让·戈森解决叔父因赌博输掉8000法郎所遇到的巨大经济困难，她忍辱牺牲色相去弄到一大笔款子；让·戈森为结婚要离开她，她为此痛不欲生，几乎自杀身亡。当她从让·戈森的嫉妒中发现他对自己仍有感情时，竟不顾他打了自己一巴掌而高兴得狂叫起来；最后，她眼见可以跟让·戈森到国外去过舒适的生活却又拒绝了他。一方面是因为她曾被让·戈森抛弃过两三次，热情几乎被消磨殆尽，另一方面也是因为她不愿意成为让·戈森的累赘。此外，在一般人与人关系中，法妮也表现出侠义的性格与慈善的心肠，如她不要让·戈森的叔父还她一笔巨款，她对可怜的守林人父女充满了同情与体贴，等等。总之，在都德笔下，法妮是一个重感情、重义气、不图个人功利、性格善良的女性形象，尽管过去卑贱的生活在她身上留下了一些污垢，与她相比较，那些一直向往正派生活的有产者男性倒显得冷酷而自私，正是在这一点上，法妮带有一定程度的令人同情的哀婉色彩，作者温情的描写使她成为一个感人的艺术形象，这是小说在艺术上的一个重要成就。

　　小说有一个副标题叫"巴黎风习"，作者在小说里企图提供巴黎生活的风俗画，事实上，他的描写是带有封闭性的，主要集中在让·戈森与法妮两人的经历、关系、纠葛以及心理状态上，并没有触及广阔的巴黎现实画面，不过，他通过男女主人公的故事，以速写的线条勾画了一些巴黎人的形象以及他们生活的某些方面，反映了巴黎某种特定的风习。雕刻家加伍达的人生目的似乎只在于追求爱情的享乐，他只知道悲叹与惋惜自己的青春已逝，羡慕年轻人所享受的青春欢乐，而任他的艺术才能日益萎缩；诗人拉古勒里是一个玩弄与虐待女性的无赖，"横暴凶狠，像疯子一样"，把女性玩弄够以后就毫不留情地一脚踢开，还以此为题材写出刻薄刁损的诗篇来为自己扬名；音乐家德·波特原是法兰西文化界的骄傲，他有自己美满的家庭，但他趣味下流，宁可与一个粗鄙下贱、容颜已衰的老妓女长期姘居，而把贤淑美貌的妻子抛弃在一边，他的艺术创作也早已因淫邪的生活而完全荒废；德谢莱特是一个极富有的工程师，文艺家们的好友，他在异国任职，每年要回巴黎度假，大肆挥霍，纵情声色，他把男女关系视为儿戏与享乐，换情妇就像换衣服一样随便，结果引出了痴情女子的人命，自己也因而身亡；赫兑玛夫妇过的倒是自给自足、自得其乐的本分生活，但他们生活的主要内容不过是肉欲享乐。都德笔下的这些人物基本上都属于文化艺术界，他所描写的这些人物的生活则主要属于两性关系与婚姻生理学的范畴，他表现出了这个特定的社会圈子中一个特定的生活面，从而反映出巴黎那种放纵的风习，并表示了自己对之贬斥的思想倾向。

这部长篇小说的一个特点是以心理描写为其基本内容。小说中的故事情节往往表现得甚为简约，而人物的心理状态却描写得很充分很细致，特别是让·戈森的心理更是得到深入的刻画。作者对人性有精细的洞察与透明的理解，他力图表现出基于血肉之躯的心理活动的真实状态。让·戈森在念一些名流过去写给法妮的情书时既感嫉妒又感得意，法妮被让·戈森打了一个耳光时竟然高兴得狂叫，以及让·戈森决心与法妮彻底决裂但又情不自禁投入她的怀抱，这些描写都是对复杂人性的真切微妙的揭示。作者的心理描写既不是静止的也不是封闭的，他总是让人物的心境与思绪在日常生活的进程中不断地变化，让日常生活细节成为人物思绪起伏变化的诱因与契机，让·戈森的决心、犹豫、矛盾、沉沦都是随着不同的生活环境与情势而不断发展变化的。在这种心理描写中，作者总是避免陷于对人物的心理作抽象的分析，而把它与周围的场景结合起来，虽然他对客观现实场景的描述一般都是白描式的，但为了表现人物的心境，他有时也不避使用较为繁复的线条与丰富的色彩，收到情景交融的效果，如让·戈森在树林里下决心宣布决裂的一节描写就是如此。所有这些都显示出都德在心理描写上的出色才能，他生动细腻的心理描写已使《萨福》在法国心理分析小说中占有一个重要的地位。

如果说，从都德的代表作到《萨福》是淡雅中出浓艳的话，那么从《萨福》本身的深层人性根由到作品外在的形象表现，却又是浓艳中见淡雅了。

《小弗莱蒙与大黎斯内》亦有异曲同工之妙。同样，内在的发条是对肉欲与淫逸生活的追求，只不过演绎出来的却是几个男人之间利害矛盾、财产纷争的故事。这是都德小说中故事性较强的一部作品，就其情节的变化有致与场面的富于戏剧性而言，与巴尔扎克的长篇小说《贝姨》颇为相似，较之都德一贯的风格，无疑也是一次变化，如果《萨福》是朝心理挖掘方面变化的话，那么《一个女人的沉沦》则是朝情节恣生方面发展。

小说的主要内容，是叙述一个美貌但品格卑劣的女人如何给男性造成痛苦不幸，甚至带来毁灭的故事。女主人公西多妮·舍勒出身于寒酸的小市民家庭，从小爱好虚荣，羡慕金钱与地位。她同楼里的邻居——年轻的工程师弗朗茨·黎斯内爱上了她，她从功利出发，很快就答应了弗朗茨的求婚，但不久，一个偶然的机会，她到巴黎著名的彩纸厂老板弗莱蒙家做客，与这家的侄少爷乔治·弗莱蒙一拍即合，发生了暧昧的关系，怀着嫁给乔治、高攀弗莱蒙家的打算，她毫不犹豫就抛弃了弗朗茨，弗朗茨绝望之下，离开巴黎，到苏伊士河上去任职。不久，乔治的叔父老弗莱蒙突然去世，乔治继承了叔父的家业，成为彩纸厂的主人，并根据叔父的遗愿，娶其女克莱尔为妻，西多妮在这一打击下，当机立断，又公开宣布自己真正爱的是弗朗茨的哥哥大黎斯内，因为她这时获悉，大黎斯内已被提升为乔治的合股人，当上了彩纸厂的老板之一。尽管年龄相差较大，她很快就与大黎斯内结了婚，但在婚礼上，她又开始与乔治勾搭。大黎斯内为人忠厚老实，为自己的合伙人小弗莱蒙勤奋经营彩纸厂，而自己的妻子西多妮则与小弗莱蒙开始了长期的通奸，他们腐化享乐的生活把原来兴旺的彩纸厂的收入消耗得日渐枯竭，而大黎斯内一直被蒙在鼓里。厂里主管财务的老西吉斯孟是黎斯内兄弟的好朋友，忧心忡忡，他把情况通知了在远方的弗朗茨，要求他回巴黎帮哥哥认清局势、伸张正义。弗朗茨回到巴黎后，正要对西多妮兴师问罪，却被这个女人的美色与花言巧语所蛊惑，西多妮进一步加以引诱，使弗朗茨受骗上当写了一封约西多妮私奔出走的情书，西多妮把这情书作为把柄掌握在手，对弗朗茨进行威胁，逼使他羞怒交加匆匆离开了巴黎。西多妮没了后顾之忧，更加放浪形骸，又堕落成为一个下流歌手的情妇，在她的挥霍下，彩纸厂的经济状况每况愈下，即将全面破产。终于，大黎斯内知道了事情的真相，他一怒之下，把妻子从小弗莱蒙那里得到的珠宝财物全都剥夺过来，用以抵押工厂的债务，使得彩纸厂转危为安，西多妮从此出逃，流落到巴黎不干净的处所。善良的大黎斯内把西多妮给彩纸厂造成的损失视为自己的过失，为了加以弥补，他主动从一个合伙人降为一个职员，忍辱负重，拼命工作，他发明创造的新式印刷机又使得彩纸厂恢复了活力与繁荣，他感到松了一口气，他对西多妮还存有一线希望，准备重新安排自己的生活。但是，有一天，他经过一家低级咖啡馆，发现在台上表演下流情歌的歌女正是他的妻子，他再一次感到极度的羞辱，特别悲惨的是，他打开西多妮寄给他的一封信，里面竟是他自己的弟弟弗朗茨过去约西多妮私奔的情书，原来西多妮蛇蝎心肠，故意用此法来向黎斯内兄弟进行报复，大黎斯内没有想到自己钟爱的弟弟也曾欺骗他，在这一新的精神打击下，他果然痛不欲生，当夜就自尽身亡，中了西多妮的毒计。

　　小说中的中心人物是西多妮，这是一个与巴尔扎克《贝姨》中的玛奈弗属于同一类型的女人形象，在法国文学史上构成一个特定的人物系列，最早可上溯到 18 世纪的曼侬·莱斯戈。如同这一人物系列的其他形象一样，西多妮也贪图物质享受，渴求虚荣，轻佻放荡，纵情声色，在她身上，根本无诚实、良心与真实感情可言，她为人处世充满了为达到个人功利与享乐目的所施展的种种心计与手段。她十分自觉地利用自己的美貌、聪明、乖巧、伶俐等等条件作为武器，在人生的角斗场上游刃有余。最初，她勾引乔治坠入情网后，又假称自己只能爱合法的丈夫而拒绝乔治，实际上是要逼乔治向她正式求婚；她抛弃弗朗茨时，用的是最冠冕堂皇的借口：要照顾那个痴心爱着弗朗茨的女工德希芮的爱情，为此，她得到了"天使"的美称；她未能阻止乔治的婚姻，但在受到打击的时刻却不动声色，迅速决断，又挥戈转向，一把又擒住了大黎斯内这个有钱的老实人，犹如指挥若定、奇兵制胜的将军；她对付弗朗茨的兴师问罪更是胸有成竹，轻而易举，一席话、一番表演就扭转了局面。尽管她所应付的这些对象都是具有天性弱点的格里厄骑士式的男性，但她的这些行动毕竟不失为戏剧性的胜利。都德把这一切描写得有声有色，使他的这个人物形象在真实生动上足以与巴尔扎克笔下的同类人物媲美。

　　都德在小说里的成功还在于，他不仅仅把西多妮的性格当作人性恶的结果，而是把它表现为巴黎生活典型的产物。他仔细描写了从童年时起社会现实对她的影响：在庸俗的小市民气氛中学会"做各种媚态"，在彩纸厂巨大的厂房前燃起占有财富的欲望，从经营"闪光的冒牌货"的假珍珠店里"学习了人生的第一课"，在剧院与暴发户的乡间别墅里产生了羡慕享乐生活的狂热，等等。小说形象地表现出正是在人欲横流的巴黎社会中，在自私自利、浅薄庸俗、卑劣低贱的小市民生活环境下，西多妮养成了仰慕虚荣的心理、渴求财富与地位的野心、乖巧狡黠的心计、轻佻浮艳的性格、弄虚作假的习惯，所有这些一旦与财富、地位结合起来，就肆无忌惮地恶性发展，使她最后成为一个堕落腐化、淫荡邪恶、具有极大腐蚀性与破坏性的尤物。小说的最后，老西吉斯孟面对着大黎斯内的死亡，狂怒地骂了一声"淫妇，无赖"，对此，作者这样指出："不清楚他骂的是那个女人抑或是巴黎这个城市。"有意将这个女人与腐化的巴黎混同起来，明显地带有对现实社会的愤慨与针砭。

（都德：《萨福》《小弗莱蒙与大黎斯内》，见柳鸣九编选《都德精选集》，山东文艺出版社，1999 年版）

婚姻生理学与自然主义私情描写

——左拉：《夏布尔先生的贝壳》

这是一篇带有婚姻生理学色彩的自然主义爱情小说。

事情慢慢地在海面上、在岩石间、在墓园里、在沙滩上进行，一个年轻美貌、生机勃勃的少妇与一个健壮魁梧然而又鲜嫩得像个少女的青年，由相识最后发展到在岩洞里一次颇有野趣的性爱结合。左拉慢慢悠悠地写他们在这些场所的观光漫游，写这些场所的风物景色，花费了如此多的笔墨，是为了满足自己那自然主义繁详描写的癖好？不，这与左拉作为一个自然主义大师喜爱琐细描写的特点关系不大。事情得慢慢进行。丈夫始终在旁边，几乎形影不离，事情不可能进行得很快；而且，那时那地毕竟还不是 20 世纪性开放的海滨旅游胜地；何况，这个青年、这个少妇从小深受宗教的熏陶，都是文质彬彬、规规矩矩的正派人。左拉得留下充分的时间与空间，让这个青年自然而然地去克服他大孩子般的羞涩，让这个少妇情不自禁地慢慢移步走出妇道规范的界线，当然，也为了让严肃的读者逐渐认可这一对男女的那一次"野合"。

海阔天空的自然环境，在这篇小说里占有重要地位，它不仅是这一对男女作为旅游伴侣能见面的惟一场合，而且是他们的精神、意趣、情感的会合点。正是在蓝色的海水里、在野生植物遍地的幽静墓

· 448 ·

园、在沙滩与海藻地带、在涨潮的海湾、在巨大的岩石之间，他们找到了共同的爱好、情趣与愉快，形成了默契。他们的游泳、远足、捕虾、海上冒险等等这些充满了青春健康气息、生气勃勃的活动，与大自然完全契合一致、融为一体，得到了大自然的认同与鼓励。何止如此！大自然还是他们爱情的诱发者、撮合者，它以原始的生命力与"繁殖的气息"刺激着他们，逐渐涤除了他们身心中的羁绊，让他们的自然属性运作起来，而大自然的海水、潮汐、岩洞又给他们提供了时机与场所，让他们"成其好事"，大自然简直就是他们的同谋！相形之下，那个与大自然一片生机格格不入的老气横秋、死气沉沉的商人丈夫，就成了一个多余的人，就被大自然排除出局了。

除了近因，还有远因，除了外在的环境影响，还有内在的根源。在大自然这个直接背景之外，还有一条遥远但却再清晰不过的"地平线"，婚姻生理学的"地平线"，构成这个地平线远景的就是这样一个事实：夏布尔先生与他年轻的夫人年龄不相当，而且他已经失去了生育的能力。于是，这个远景就像命定一样，决定了这位少妇婚外的性爱。

这种婚姻生理学的内容，在以往的古典文学中，往往是隐而不露的。生理学中可以直言不讳的东西，到了文学中就会被视为"猥亵不洁"、"低级下流"，这也许是历来作家忌讳的原因。左拉把人的血肉之躯引入文学，把生理机制的因素引入对人的情感行为的描绘，这是他的自然主义的一个重要的内容，这个短篇的标题与夏布尔先生对贝壳的热衷，就嘲讽地把生理学的内因指点得明明白白。所幸，左拉只把婚姻生理学的原因当作遥远的地平线，它在作品中虽然清晰，但却简约含蓄，这样，他就避免了有伤大雅的危险，人们也少了一点"扫黄"的麻烦。

（见《世界最佳情态小说欣赏》漓江版）

一部略有优雅风度的性小说兼及性描写中的从容

——《维奥莱特的罗曼史》

这本初版于 1870 年的小说，从其叙述艺术与文笔风格来说，可谓赏心悦目之作，它的叙述轻灵活泼，绝不拖泥带水，也不琐细繁杂，颇能引人入胜，它的文笔明晓清晰，纯净自然，读来甚感畅达愉悦，仅就此而言，作者出手不凡，颇有名家风范。

小说的开头，"我携我唯灵论的生命之本，越过人类之链，终于跻身于火星公民之列"一段，写得甚有点灵气，与《红楼梦》中借"石头记"的神话，故将真事隐去的第一回，颇有异曲同工之妙。

小说第一章中，关于巴黎杜伊勒利公园情景的文字，就是相当出色的散文，它把这个王家林园一日的光彩颜色，描写得清新而又生动，与欧阳修写醉翁亭处山间朝暮景色之不同，似可比美。

夏天，晨曦微露时，野鸽子在叶丛中的高枝上叫个不停；然后，随着黄昏的到来，一切都归于静止和沉寂。

10 点钟，敲起了闭园鼓，栅栏门关上了。在天清气朗的夜晚，月亮缓缓升起，淡淡的月光给树梢抹上了一层银白色。

通常，在月亮升起的同时，一阵微风拂来，使得光线在抖动的树叶中摇曳，于是，它们像是醒来了，在生活着，吸入爱情，又呼出快感。

　　然后，渐渐地，窗户一扇扇变暗了，宫殿的轮廓已不再清晰，仅隐约可见，黑魆魆地显现在幽蓝而透明的天幕上。

　　又渐渐地，随着一辆马车或四轮公共马车驶远，城市的喧嚣声也消逝了。万籁俱寂，耳朵因而张开了，惟听得沉睡巨大的呼吸声。

　　目光于是落在这宫殿上，落在这树群上，它们那一动不动的庞大身躯，在黑暗中显得庄严、雄伟。我常常就这样好几个小时地在窗前遐想。

　　以上，这两个例子也许多少可以说明这本小说在艺术风格上可能具有的价值，而对此之所以值得一提，则是由于这部小说卷首的那一段说明，这段说明指出："这本悦人的艳情小说之作者，时而被说成是亚历山大·大仲马或泰奥菲尔·戈蒂耶，时而被说成是亚历山大·小仲马或居伊·莫泊桑。"

　　这里举出的四个作家都是法国文学史上的杰出人物。一部匿名作品或一部不能确定其作者的作品，被人认为可能是出自某个大作家之手，这对它来说，可不是一件坏事，如果被认为可能出自某几个大作家之手，那就更是件不容易的事了，足以使人刮目相看。不过，为什么这部小说会被认为可能与这四位作家，而不是与其他的作家有关呢？

　　首先，小说中的自叙者"我"自称是一个有"舞文弄墨的癖好"的人，而且整个作品中涉及文学艺术的言谈与典故实在相当多，出语不俗，颇有见地，像是一个颇有功底的文艺人士，与这四个作家的层次尚能相称。其次，自叙者所叙述的，是自己与一个年轻得很，几乎还像个未成年少女的小女工的同居经历，这更像此四人所都具有的成堆的风月情缘中比较常见的事例。当然，这倒不是说其他不失风雅的作家，如巴尔扎克、雨果的风流韵事中，就完全找不到小女工的情影，以雨果为例，他70岁高龄时，还获到了一个22岁的洗衣女工做自己的情妇。

事实上，在 19 世纪的巴黎，年轻的小女工形成了一个特殊的族群，一个似乎专门为有产者、小资产者，特别是为知识分子提供美妙生活乐趣的族群。她们年轻活泼，满怀激情与爱的渴望，她们纯洁天真，还没有在社会染缸中被污染，只要一动感情就情愿委身于人而又不索取任何代价，与妓女有天壤之别，对男性来说，这个如花丛般的族群，简直就是一支可爱的情妇队伍，从中可以挑选或谈情说爱，或逢场作戏，或密室藏娇的对象。但这些小女工的天真烂漫往往是她们吃大亏的开始，而残酷的现实，又往往迅速地将她们脆弱不堪的社会地位压得粉碎而导致她们的沦落，卖笑生涯终归会成为她们难以逃避的命运。19 世纪的巴黎作家自然会在不止一个方面深受这个令人怜爱的族群所吸引，并把她们引入文学作品，以富有才情而著称的缪塞就写过一篇小说《咪咪潘松》，其副标题就是"巴黎小女工的素描"，其中有这样一大段对这种人物的赞美：

> 第一，她们品德高尚，因为她们整天缝制对节操、对廉耻最必要的衣服；第二，她们都很乖，因为没有哪个内衣店或者其他店的老板娘不嘱咐那里的女孩子对人讲话要礼貌；第三，她们很细心，很干净，因为她们手里边不停地摆弄着布呀，内衣呀，她们不能弄坏，不然就要扣工钱；第四，她们很诚恳，因为她们喝的是又香又甜的酒；第五，她们都很节省，很俭朴，因为她们赚 30 个铜板实在不容易，如果有时候表现得贪吃、滥花钱，那花的一定不是她们自己的；第六，她们很快活，因为她们的工作通常都令人烦得要死，一旦活儿干好了，她们就像鱼儿在水里一样欢蹦乱跳。她们还有一样长处，就是决不碍手碍脚。她们一天到晚钉在椅子上干活儿，动也不能动，所以她们决不会像上流社会

的太太们那样死追着她们的情人。还有，她们都不大说闲话，因为干活的时候需要一针一针地数。她们穿鞋更省，因为她们走路少，化妆品用得也省，因为没有人肯赊给她们。

当时文坛泰斗维克多·雨果的伟大杰作《悲惨世界》的第一部《芳汀》，写的就是这样一个小女工的悲剧故事，其感人之深足以催人泪下。由此可见，巴黎小女工与法国文学的关系甚深，把《维奥莱特的罗曼史》摆在这个渊源关系的背景上，人们猜度它可能出自一个对此族群比较了解的作家之手，也是可以理解的。

至于，为何猜度到戈蒂耶这个风流诗人身上，可能是因为小说的自叙者不仅自称为文人，而且在不止一处自称是一个画家，还经常作画，拥有自己的画室，这很容易使人联想到戈蒂耶本人对绘画的爱好与曾致力于绘画艺术的经历。小说中自叙者精辟地道破戈蒂耶的小说《莫班小姐》一书，乃出于写"雌雄同体"、"两性合一"的隐喻意图，似乎只有小说作者本人方能做到，而小说中对人体美的那么动情描写则又是人们在戈蒂耶的著名诗集《珐琅与雕玉》中所能看到的。为何猜度到大仲马父子身上？则可能是因为小说中对剧场情景与演员生活有很真实、生动、出色的描写，而大仲马、小仲马父子都从事过戏剧创作，与戏剧界、演艺界均有深交，对之了如指掌。至于莫泊桑之所以也被猜度为本书的作者，则可能是因为小说中的自叙者"我"一开始就说"自己的忧郁症频频发作"，而这令人联想到莫泊桑因生活放荡过度，斫伤了身体并导致脑神经出了毛病。

法国人自己通过考证，初步认定了此书"似乎是"一位名叫莫里亚克·德·布瓦西翁（Mauriac de Boissiron）的妇女所作，这位妇女的封号则是马努里（Manoury）伯爵夫人，虽然法国没有绝对肯定了此书的真实作者就是这个女人，但这件考证工作反正应该由他们自己来做，也只有他们自己才能作出最后判断，正如要考证出曹雪芹是在北京西郊何处写出了《红楼梦》，只有中国的红学家才有充分的条件来做一样。但在有关的书籍中，法国人自己对此位女士亦语焉不详，在大型文学辞典中，根本不见此人的名字，在有关的专门著作中，也介绍甚少，我们不知其生卒年，只从一本保尔·魏尔伦的传记中得知以下若干片断的细节：

> 魏尔伦离开巴黎数日前往诺曼底，他得到一位女士的邀请前往她府上。她是非常仗义的妇女，慷慨大方，待人诚恳。她并不漂亮，甚至有些土里土气，但她艳事不断，丑名张扬，因为她接二连三轻率地委身于一些不择手段的坏男人而被他们盘剥一光。她名叫马努里伯爵夫人，她很殷勤好客，慷慨仁厚，因为有一大笔产业，喜欢招待客人，留宿过客，她常热衷于结交一些诗人、艺术家，特别是那些颇有放浪不羁之名声的人士。[①]

关于这位女士，人们还知道另一部艳情小说《上校的表姐妹们》，也可能是出自她之手，如果这两书的作者确实是她，何以她能写出这样两部小说，人们就所知不多了。

不论《维奥莱特的罗曼史》是谁写的，它作为一本艳情小说，对性爱的技艺与描写性爱的技艺倒颇得个中真谛。

在小说中，叙述者"我"对小女工讲了一段颇有见地的话："当一个女人的情夫，我美丽的小维奥莱特，就如在幸福的字母表上，到达了普通字母表上最后的那个字母 Z，得，在到达最后这个字母之前，先要通过前面的 25 个字母，吻手就是第一个字母 A。"这段话与

---

① E·勒贝雷杰尔：《保尔·魏尔伦的生平与创作》，巴黎版，1907年，见《色情文学史》第551页，法国，加尔尼埃出版社，1982年版。

《水浒传》中"王婆贪贿说风情"一回里，王婆对西门庆分析如何一步步引潘金莲上钩入港的那一番话，颇有异曲同工之妙，且看王婆是怎么说的：

> 大官人，我今日对你说：这个人原是清河县大户人家讨来的养女，却做得一手好针线。大官人，你便买一疋白绫，一疋蓝绸，一疋白绢，再用十两好绵，都把来与老身。我却走将过去问他讨茶喫，却与这雌儿说道："有个施主官人与我一套送终衣料，特来借历头。央及娘子与老身捡个好日子，去请个裁缝来做。"他若见我这般说，不睬我时，这事便休了。他若说："我替你做。"不要我叫裁缝时，这便有一分光了。我便请他家来做。他若说："将来我家里做。"不肯过来，此事便休了。他若欢天喜地说："我来做，就替你裁。"这光便有二分了。若是肯来我这里做时，却要安排些酒食点心请他。第一日，你也不要来。第二日，他若说不便，当时定要将家去做，此事便休了。他若依前肯过我家做时，这光便有三分了。这一日，你也不要来，到第三日晌午前后，你整整齐齐打扮了来，咳嗽为号。你便在门前说道："怎地连日不见王干娘？"我便出来，请你入房里来，若是他见你入来，便起身跑了归去，难道我拖住他？此事便休了。他若见你入来，不动身时，这光便有四分了。坐下时，便对雌儿说道："这个便是与我衣料的施主官人，亏煞他！"我夸大官人许多好处，你便卖弄他的针线。若是他不来兜揽应答，此事便休了。他若口里应答说话时，这光便有五分了。我却说道："难得这个娘子与我作成出手做，亏煞你两个施主：一个出钱的，一个出力的！不是老身路歧相央，难得这个娘子在这里，官人好做个主人，替老身与娘子浇手。"你便取出银子来央我买。若是他抽身便走时，不成扯住他？此事便休了。他若是不动身时，这光便有

六分了。我却拿了银子，临出门对他道："有劳娘子相待大官人坐一坐。"他若也起身走了家去时，我也难道阻挡他？此事便休了。若是他不起身走动时，此事又好了，这光便有七分了。等我买得东西来，摆在桌子上，我便道："娘子且收拾生活，吃一杯儿酒，难得这位官人坏钞。"他若不肯和你同桌吃时，走了回去，此事便休了。若是他只口里说要去，却不动身时，这事又好了，这光便有八分了。待他吃的酒浓时，正说得入港，我便推道没了酒，再叫你买，你便又央我去买；我只做去买酒，把门拽上，关你和他两个在里面。他若焦躁，跑了归去，此事便休了。他若由我带上门，不焦躁时，这光便有九分了。只欠一分光了便完就。这一分倒难：大官人，你在房里，着几句甜净的话儿说将入去；你却不可躁暴，便去动手动脚，打搅了事，那时我不管。你先假做把袖子在桌上拂落一双箸去，你只做去地下拾箸，将手去他脚上捏一捏。他若闹将起来，我自来搭救，此事也便休了，再也难得成。若是他不做声时，此是十分光了。

这两段话讲的都是风月场上诱术中的技巧方法，但同样都道出人性中的某种真实与违抗不得的规律。人虽然经常要受荷尔蒙的刺激、推动与支配，即使如恩格斯所说的那样，"体态的美丽"也可以"引起异性间的性交的欲望"，但人毕竟是感情动物，是一定文明程度的载体，男女相遇相悦，总不能像春天的猫狗那样，西门庆那样恶贯满盈的色棍，尚且要尊重这条自然规律，何况正常人乎？因此，在人世间，人们往往像这本小说中的叙述者"我"那样，在按最后一个字母Z的键盘之前，要经过一连串文明化的程序，要走过"繁文缛节"的通道，甚至，要履行若干陈习俗套的手续，愈是从容不迫，愈是彬彬有礼，愈是优雅有度，似乎才愈显出人之所以为人之高级。

　　叙述者"我"既然有此优雅的哲学，作者的描写也就随之而优雅了起来，和一般的性小说相比较，这本书是要显得从容些、优雅些，它不急于按最后一个字母的键盘，它不急于围着床打转，它让主人公在房间的布置、衣装打扮、谈情诉爱、讲文说艺上延缓了一些时间，让他从容地通过 Z 之前的 25 个字母，让他经过"繁文缛节"的走道，这样跟随着叙述者"我"，作者也就用若干从容优雅的内容丰富了他的小说，避免了性小说常有的那种围着床打转的毛病，避免了《绣榻野史》式的"床第单调"，这不能不说是它的可取之处。

　　当然，这本小说在叙述的统一性上，有一个致命的特点，那就是小说的前半部是小说人物叙述者"我"的自述，而后半部则是小说作者自己的旁叙，这就造成了叙述语调、叙述角度的分裂，一个是自叙者限定的角度，一个是"叙述上帝"作者无所不能、无所不见的无限的角度，这对一部篇幅不大的小说作品来说，可不是一个无需一提的分裂。不过，小说后半部对于妇女同性恋的感受与描写，绝不像出自一个男性作家之手，这倒也在一定程度上表明，此作也许的确是出自马努里伯爵夫人之手。

（Comtesse de Manoury: Le roman de Violette, 巴黎, Euredif, 1976 年版）

喜与悲杂然并呈的性小说兼及性笑话与性戒律

——《圣－皮埃尔港狂欢之夜》

作者要在这本小说里写出一些什么名堂呢？

任何一本小说，要能存活下来，总得有点这种名堂或那种名堂，即使是一部或多或少企图以性爱描写为招徕读者之手段的小说，也不得不有一些文学上的名堂，否则，就会流于一堆废纸，何况，在法国早已有了这样的传统，既大胆接触到性的问题又具有哲理上的深度与艺术描写魅力的作家大有人在，他们既是成功的范例，又是前车之鉴，想在性问题上舞文弄墨而又有所成的骚客才人怎能不致力效尤？任何写东西的人，无不想要自己的东西得以出版，得以存活、流传，这就是任何文学创作最原始的动力，最内在的"发条"。

这部出版于1892年的小说篇幅不大，但名堂不少，异域风情的描写、性笑话、性欢与性悲剧以及蕴含于其内的性观念，等等，都不缺少；悲与喜、清新明媚的天地与乌烟瘴气的淫秽环境、性放荡与性道德、狂欢与规范等等，都在这里杂然并呈，形成一道性文学的拼盘或杂烩。

法国小说的故事大都发生在巴黎的沙龙中、府第里、林荫道上，似乎作家都热衷巴黎，至少19世纪的文学是这样的。这是因为，很多作家都出生在巴黎，生长、生活在巴黎，即使是从外省来的作家与有外省生活经验的作家，往往也免不了有"巴黎眩晕反应"，心醉于这个实在太丰富多彩的花都，而乐于写自己在巴黎的种种感受，甚至是苦涩的、酸辛的感受。但是，在小说销售的市场上，无情的规律仍然是：物以稀为贵，写巴黎生活的小说司空见惯，倒是写外省的小说较易引人注意，至于异国远域的故事，就更易于受到青睐与欢迎了。世纪之初，夏多布里昂以《阿达拉》中美洲密西西比河流域奇特风光的描写，获得轰动效应，使此书不到一年就印行了 6 版之多；而后，梅里美冒充西班牙女演员，假托意大利流亡者的名义，以异国题材的作品，而成功地登上了文坛；更近一些，到 19 世纪下半期，洛蒂也求助于异国情调，而在法国文学史上占有了一席不可磨灭的地位……所有这些都是具有莫大的感召力，甚至足以令人想入非非的先例。请看，莫泊桑《漂亮朋友》中的主人公杜华洛，他不学无术，文字不通，竟也凭借在非洲的那段不光彩的经验，在巴黎也做起"异国情调"的买卖，当上一个专栏作家，他在晚宴上那一番对于自己非洲经历的描述也的确引得在场的绅士、太太、小姐们个个想象驰骋、神思飞扬，成为了他进入上流社会的一块行之有效的敲门砖。可以想见，在一个对异国情调如此神往着迷的国度，一个人如果曾在南美洲大西洋中的法属马提尼克岛上有过一番经历，或者对这岛上的风光民俗有所见闻而又有能力舞文弄墨的话，他怎么会放弃自我的这一笔可观的私人资本？这便是我们所理解的这本《圣－皮埃尔港狂欢之夜》的一个创作根由。

圣－皮埃尔港是在马提尼克岛的西侧，面临加勒比海，是岛上人口最多的大城市，可惜于 1902 年 5 月 8 日毁于贝内火山爆发的熔岩。因此，人们也许应该感谢艾斐·热阿什这一个文坛上的匆匆过客、不见经传的小人物，他的《圣－皮埃尔港狂欢之夜》至今倒成了一份关于圣－皮埃尔港口的可贵的文史资料。从这里，人们可以见到这个法属岛屿当年的一番风貌，特别是在这本小说里，作者描写这个岛屿港市颇下了一些功夫。

说实话，如果这本小说中有什么还值得称道的东西的话，那就是它对马提尼克岛自然景色、圣－皮埃尔旖旎的港口风光的描写。且看这段优美的文字，它写的是圣－皮埃尔港的黄昏：

> 太阳已经西沉，阳光长短不一，东一处西一处地挂在云端，使落日看上去像一面巨大的圣体金盘子。
>
> 风儿改变了吹拂的方向；现在它是从地面上刮起，把由东方吹过来的云彩结队往前推进。这一片片云彩，也穿上五颜六色灿烂的裙袍，前来参加夕阳西下的盛会。在那上空，黄色、淡紫色、朱红色和蓝色都在争相辉映，想夺得最显赫的位置；然而大自然却将它们融合在一起，又化成一种无法形容的色泽，大海却很自豪地把它们映照出来。
>
> 帕莱山长满绿树的山坡，以及城市四周的小丘，都笼罩着淡淡的金黄色的雾霭。
>
> 城市本身耸立在要塞区里一片陡峭的土地上，这时它更点染上了一层灿烂的光辉：那是太阳为了标志自己掠过而涂抹的纪念。
>
> 鹲和军舰鸟正在做一日最后的潜水游戏，鼠海豚不停地翻着筋斗，在金黄色的海浪当中留下一串零零星星的水泡儿。

这一类饱含着作者细致的观察而又写得十分认真的文字，在小说中经常可见，不时给读者带来清新的感受与赏心悦目的愉快。当然，作为一部性文学作品，它对港口风光的描写中是少不了一番性景象的，从成伙结伴的妓女在港口码头上的打闹到娱乐场所通宵达旦的舞会，不论在哪里，都是一派纵情放浪，这个岛屿似乎每天都沉浸在狂欢节的欢乐中，小说呈现出类似当今巴西狂欢节的气氛与场面，在这个意义上，它是一份很有吸引力的性旅游景点的广告书。

在这个背景上，是三个朋友的重逢与聚会，在聚会中每人讲了一段经历趣事，这就构成了这小说的主要内容之一。在聚会中每人讲一个故事的构思，显然是来自几百年前薄伽丘的《十日谈》，在这部小说里，故事会的规模远远不能与《十日谈》相比，但玩世不恭、诙谐滑稽的风格却既符合这几个讲故事者作为放荡无行的公子哥儿的身份，又与《十日谈》有所相似，当然，这几个朋友讲的都是自己的性经历，而从其性质与风格特点来说，他们所讲述的，在一定程度上，其实都是性笑话、性滑稽故事。

关于人的什么行为能引人发笑，法国 20 世纪的大哲人柏格森在他的名著《笑之研究》中，曾经精辟地指出："滑稽诉之于纯粹的智力活动"，也就是说，只有在人的理性与智力看来是异常的、反常的行为，才可能引人发笑。柏格森举出了这样一个例子："有一个人在街上跑，绊了一下脚，摔了一跤，行人笑了起来，我想，如果人们设想这个人是一时异想天开，在街上坐了下来，那他们是不会笑他的。别人之所以发笑，正是因为他不由自主地坐了下来。因此，引人发笑的并不是他姿态的突然改变，而是这个改变的不由自主性，是某些笨拙。"当然，这种种行为上的不由自主性仅仅只是笑料的一种。其他如明显与理智相悖违谬的行为，存在着强烈反差与鲜明对照的行为，都是现实生活中的笑料。在这本小说的三个朋友所讲述的性滑稽故事中，我们就可以看到因性行为中与性欢有违的意外之举，因性行为的双方在年龄上悬殊、不相称与不协调，因性行为中其他世俗因素的干扰而引人忍俊不禁的笑料。这些笑料从本质上来说，是与性欢相违反的成分；而从效果上来说，性故事中的笑料则是对性欢、性狂热的一种超脱，一种距离，因此，小说中的这些性笑话、性滑稽故事，也就不同于某些性小说中那种充满性欢至乐至极气氛的描写，而带有一种间隔性。避免了对性欢津津乐道、自得其乐、不能自已地投入式的描写，避免了渲染性欢极乐的狂热笔调，性笑话与性滑稽故事自然也就带有一定程度的消释性、一定程度的缓解性，而闪现出些许理性的光亮，哪怕这些许理性的光亮是极其暗弱的，甚至是微不足道的，这有可能有助于从狂热执着的欲情中解脱出来，柏格森说得好："通常伴随着笑的乃是一种不动感情的心理状态。"如果要说这部小说有什么特点的话，这也许可以算是特点之一。

小说中另一个主要的内容，甚至可以说是贯穿全书的一条主线，则是朋友之间的性欺骗、性争夺，具体说来，就是儒勒的好友菲利普处心积虑偷了、占有了他的女人劳伦丝。

朋友之间的性欺骗、性争夺这个题材，是古今中外不少作家乐于描写的，因而在文学中屡见不鲜。在薄伽丘的《十日谈》中这类故事就不止一个，其中最著名的一个是第八日的故事第八，讲的是斯平纳罗丘与柴巴这一对朋友之间相互的性欺骗、性争夺。他们两人都家道殷实，又各自拥有如花似玉的妻子，彼此紧相为邻，来往密切，交谊深厚，宛如亲兄弟。斯平纳罗丘经常在柴巴家走动，日久就动了欲念，终于偷了朋友的太太。两人明来暗去，长期通奸，真相不免被柴巴发现。柴巴不动声色，设下了绝妙的圈套，把斯平纳罗丘关在一个木箱里，又骗来朋友的妻子，花言巧语，威逼利导，诱逼了斯平纳罗丘的太太跟自己在关着斯平纳罗丘的那口大木箱上做爱，总算达到了半斤八两，收支平衡，彼此不欠。一旦达到了平衡，事情就好办了，斯平纳罗丘爬出箱子，立即说道："我们这一来算是两相抵销啦，你我原来是除了自己的妻子以外，什么都不分你的我的，现在依我看，索性连我们的妻子也不要分什么你的我的吧。"从此在这两家，"两个主妇每一个都有两个丈夫，而每一个男人亦都有了两个妻子，从来没有过吵嘴骂架的事"。

薄伽丘是近代人文主义思潮的先驱，他在这个诙谐故事里所表现的朋友观、家庭婚姻观，显然带有明明白白的"超前性"、"先锋性"，即使是在性开放的 20 世纪，恐怕也是曲高和寡的。不过，他的思想观念毕竟具有明朗的、乐天的、开放的色彩，和中国封建时代文学作品中所表现的朋友之间性矛盾、性欺骗大相径庭。在中国文学作品中，朋友之间的性矛盾、性纠葛、性争夺，其进行的方式与解决了结的方式，往往要阴毒酷烈得多。兹举二例：

在《拍案惊奇》卷三十二的故事中，铁生与胡生彼此交厚，共相结纳，铁生的妻子狄氏姿容美艳，名冠一城，胡生的妻子门氏，也生得十分娇丽。这两个朋友都各有欺念，以淫媾对方的妻子、占有对方的妻子为目的。胡生狡猾，不动声色，暗地经营，使出手段，把生性刚直的铁生蒙在鼓里，先占有了他的妻子狄氏。胡生与狄氏通奸后，两人合谋用种种手段蒙骗铁生，终日撺掇他外出到妓家取乐，醉梦不醒，狄氏还将丈夫的产业贱卖分售，以维持其淫乐生活，并私下奉养胡生。铁生在此骗局中耽于酒色，生出病来，狄氏与胡生又装神弄鬼，吓唬铁生，以便终夜淫乐。后来铁生好容易才病体痊愈，而胡生却遭报应一病不起。胡生病倒之日，铁生常进卧内问病，终得以与胡生的妻子门氏成其好事。最后，胡生与狄氏双双病死，铁生与门氏则结为夫妻。在这个故事里，朋友之间的性欺骗、性争夺显然已经把朋友义气的温情纱幕剥得一干二净，而显出了阴损的本质。

在《金瓶梅》中，西门庆有一个气味相投的朋友花子虚，两人过从甚密，交情非同一般。西门庆对花子虚的妻子李瓶儿起了邪念，李瓶儿也看上了西门庆，两人使用了种种手段，蒙骗花子虚，简直就是在他的鼻子下偷情通奸。如果事情仅仅如此，花子虚还算有运气，更惨的是，当花子虚因家族牵扯而在诉讼上遇到一点小麻烦时，李瓶儿与西门庆竟趁机合谋，把他家的巨额钱财偷掏一空，后来西门庆又利用花子虚经济上的困难，刁钻地压价收购了花子虚的田产房屋。花子虚不仅妻子被西门庆偷走，而且他的一大份丰厚的家产也被西门庆巧取豪夺，丢失殆尽，最后活活气死。在这里，朋友之间的性欺骗、性争夺与财产的掠夺与吞并同时进行，可谓厉毒酷烈之至！

　　朋友之间的性欺骗、性争夺在文学作品中之屡见不鲜，原因倒并不在文人墨客偏爱描写这个人际关系领域中的通奸偷情，而在于此类情事在生活中实在不少。与人际关系其他领域相比较，在这个领域里的偷情通奸即使不是最多，也绝不至于是最少，因为，在这个领域里，偷情的男女双方之间毕竟要比在其他领域少一些障碍与栅栏，而多一些方便与温床，正如在《狂欢之夜》里菲利普第一次见到劳伦丝时，就因为她是自己朋友的女人，而得以立即与她熟稔相处，如果说"引狼入室"对自己的家宅是一种莫大的危险的话，那么，已自由出入自己家宅者变成了一条狼，岂不是构成更大的危险？也许，正因为在性问题上这是一个多事之领域，一个非道德、负义行为的多发"地区"，于是在人类的道德范畴里，才产生了这样的戒律："朋友妻，不可欺。"然而，在道德与人性冲动、与自然要求的冲突中，吃败仗的往往是道德，因而"朋友妻，不可欺"的戒条，在人类生活中，虽然是古老而又普遍被引证的，但却往往显得苍白而无能为力，它无法遏制这个领域里，那种特定的人欲横流。

　　《狂欢之夜》的作者显然是忠于"朋友妻，不可欺"这一古老观念的，他在小说的最后，安排了儒勒因被好友欺骗精神上深受刺激而跳海自杀的伤感结局，实际上对那一对负心负义的通奸者，做出了道德上的谴责，并且，他还让菲利普和他的同谋劳伦丝对自己铸成的大错深有悔悟，让儒勒之死在他们良心上蒙上永久的阴影与悔悟。作者这份警世的用心是不会不被有德之士注意到的，不过，世上有多少像儒勒这样伤感而脆弱的被欺骗者，又有多少像菲利普与劳伦丝这样容易天良发现的性欺骗者？

（Effe Géache: Une nuit d'Orgie à Saint-Pirre
Martinique，法国，Arléa，1992 年版）

阿波利奈尔其人与性爱中的补偿心理

——《一万一千鞭》与《一个小唐璜的壮举》

在文学史上，不时有这种情况：一部文学作品是否有存在的意义，是否有"存活的正当理由"，在某种程度上，并不完全取决于它本身的文学价值，而取决于它的"关系"。如果与历史社会现实背景有重要关系，则可能被认为是具有时代社会表征意义的重要之作；如果与精神文化思潮有重要关系，则可能被视为具有思想价值或艺术意义的代表作；如果与作家身世与交往有重要关系，则会被当作历史与传记的重要资料。

同样，这两本小说是否有存在的意义，并不完全在于它们作为这样两部小说的哪些倾向、成分与因素，并不完全取决于它们本身的文学艺术价值，而在于它们出自阿波利奈尔这样一个人之手，在于它们与它们的创作者的关系。

阿波利奈尔，1880 年 8 月 26 日生于罗马，他是一个性格奇特、感情不稳定的波兰流亡贵族女子与一个意大利人的私生子，一说此人乃一军官，一说此人乃一主教，但谁也不承认这个儿子。他从母姓德·科斯特罗维茨基，随母亲在尼斯与摩纳哥度过他的童年，并在这几个地方的教会中学以优异成绩完成了自己的学业，这种类型的中学教育，造成了他身上的古典人文主义倾向与某种叛逆性的神秘主义色彩。1899 年他来到巴黎，后又到过德国、荷兰等地，短短三年之中，当过银行小职员、书局小伙计、记者与家庭老师，并开始写作，从事文艺活动。第一次世界大战爆发后，阿波利奈尔于 1914 年志愿参军，入法国籍，1916 年在前线头部受重伤。1918 年与一法国女子"棕发美人"雅克琳结婚，不久，因染流行性感冒而去世，享年仅 38 岁。

以 1903 年创办月刊《伊索的盛宴》为标志，阿波利奈尔开始了他频繁的文学艺术活动，当然，他从事写作，则是更早几年的事。不论从哪一年算起，他仅仅在短短十几年的时间里，就以焕发的才华，在诗歌创作领域里创建了辉煌的业绩。同时又以惊人的活力、不断超越的精神，在 20 世纪新的文学艺术潮流中推波助澜，造成声势，开拓局面，作出了举世瞩目的贡献：

是他，在 1913 年献出了在法国 20 世纪诗坛上算是最出色、最重要的一本诗集《烧酒集》。诗集问世于人们厌倦了帕纳斯派诗歌的一丝不苟之时，体现了对诗歌的一种新追求，它继承了法国诗歌最纯粹、最直接的传统，既有龙沙式的精雕细琢，也有维庸式的自然、强烈而又动人的粗朴无华。而与传统成分并存的，则是浓重的现代色彩，其现代色彩既来自波德莱尔·兰波所首倡的应和、通感、默契、暗示的象征主义艺术，也来自诗人发轫于对 20 世纪现实生活节奏与速度的敏感之中的对诗歌动感的追求，还来自他在诗歌的语言与形式上的反传统精神：从放弃标点符号，只根据呼吸的停顿与内心感情的起伏来划分诗节，到无视诗歌语言与散文语言的界限、不拘入诗的句型、采用民谣曲的风格与俗词俚语，等等。这部给法国诗歌带来了浓浓新意的集子，在整个 20 世纪上半叶的巨大影响是任何别的诗集所不能比拟的，而且这种影响至今不衰。

是他，面对着 20 世纪现实生活的巨大变化、科学技术的长足发展，以争取艺术领域中人类精神解放的执着观念，不断追求艺术风格与艺术形式的创新变革，热情参与当时时代一切朝向这个目的的文化活动。早在 1905 年至 1907 年，他是毕加索创立体主义绘画的赞助者、参与者，是他完成了立体主义的理论建树，被毕加索称为"立体主义的教皇"；1913 年，他又以宣言式的文章《未来主义的反传统》为诗歌中立体未来主义树立了一面旗帜，成为未来主义在法国诗歌中的主要代表、在整个欧洲诗歌中成就最高的人物。

是他，继《烧酒集》之后，又向 20 世纪文学献出了一个新颖的、充满大胆创新精神与探索尝试的诗集《图画诗集》。这位与法国 20 世纪初期绘画运动几乎形影不离，并且在绘画方面不乏才能的诗人，从中国象形文字得到启发，第一个把造型艺术的意念引入了诗歌，创造出了著名的象形诗。以心为题者，其诗句字母排列呈苹果般的心形；以雨为题者，排列呈斜雨飘洒之状；以喷泉为题者，排列如泉水喷涌；以镜为题者，排列像一面圆镜；以领带为题者，排列像一根垂着的领带；等等，至于排列成埃菲尔铁塔形、鸟形、梯形、辐射形或配以简单图画的诗，更是不一而足。这种诗反映了现代社会信息化的要求，在语言符号之外，开辟了另一个图像信息符号的途径，增加了诗歌的形象性与表象性，使诗更能引起想象与遐思，不失为诗歌现代的过程中的一种创造，事实上，它后来在 20 世纪世界诗歌中也产生了明显的影响。

是他，在 1917 年左右，就开始成为新一代诗人的精神领袖，周围聚集着不久后将成为超现实主义文学运动主将的苏波、布勒东等一批文学青年，他以不倦的探索创新精神、敏锐的感受与活跃的理论思维，最先提出了"超现实主义"一词，对"超现实主义"这一复杂的现代派艺术思潮作出了最初的界说，并且创作了著名的诗剧《蒂蕾齐亚丝的乳房》，为超现实主义提供了一份最早的文学实绩。紧接着他的这些奠基活动，震撼世界文学的超现实主义从 20 世纪 20 年代起就在法国酝酿、发轫并发展壮大起来，成为广泛而深远地影响了文学、戏剧、电影、造型艺术等各个领域的现代主义文艺思潮，至今，谁也不能否认，阿波利奈尔是 20 世纪最大、最主要的一次文艺运动、文艺思潮的产婆与导师。

由于这些事实，今天人们完全可以说，阿波利奈尔要算是 20 世纪第一个大诗人，是 20 世纪诗歌道路上的一位勇敢的开拓者，是一个以其才情、智慧、敏锐、开创精神以及远见的理论视野，指引着 20 世纪诗歌新潮流的人物。

眼前的这两本小说，就是出自这样一个文学大师之手。仅此而言，它们就具有了一种特殊重要的关系，这种关系在一定程度上又使得它们具有了一般性小说所不具备的某种意义与价值。一个大师的性小说，就足使人们不能不把它们与一般的低级读物区别开来而另眼相看，因为，它们既然出自大师手笔，就可能还有大师的某些素质，虽然它们是以皮肉的题材为内容；还因为它们既然是大师的性小说，也就构成了对全面深入研究大师也许是不可或缺的资料。

《一万一千鞭》的第一版，是在 1907 年问世的，《一个小唐璜的壮举》的初版则是在 1911 年，但在路易·佩索所编的色情小说新书目录的 1906 年至 1907 年的出版目录中，却已经有了这两个书名，很可能，这两本小说就是写于这个时期，并且几乎是同时完成的。除了这两部小说外，现已被确认的阿波利奈尔的同类作品还有：《风骚的女黑奴》《淫荡大队》，所有这些作品构成了阿波利奈尔写作生活的一个鲜为人知的特殊方面。既然阿波利奈尔是 20 世纪第一位大诗人，他的这个方面就不容人们忽视。

从文化历史的角度来看，如果说米拉波提供了一个革命伟人写性小说的典型的话，阿波利奈尔则继一些先行者之后，又一次提供了作家写性小说的例子，而在大诗人中，动笔写性小说的，也许他要算是少数"出格者"之一，这显然不是因为诗与性水火不容，难以并存，也不是因为大诗人都纯净清高，不食人间烟火，要知道，其诗作有如崇高、正义的圣殿，素有法兰西民族诗人之称的维克多·雨果，即使进入了超凡入圣的境界、到了 70 多岁的高龄，仍在自己的手记中，情不自禁地不止一次记载了他与新占有的情妇性生活的事件，并且在他的诗里将自己某些性经历，加以诗的升华，以致莫里斯·巴莱斯作出过这样切中要害的论断："要评价雨果，就得了解肉欲怎么进一步激发他的天才。"雨果尚且如此，年仅 30 来岁的阿波利奈尔动笔写点性小说，也就是可以理解的了。法国 20 世纪大学者、大作家安德·莫洛亚说得对："当男人的本能和诗人的天性凑到了一块儿，还能从哪里找不到受诱惑的力量呢？"[1]

如果性的激情，诗的天禀与诗艺，并非没有关系的话，那么对阿波利奈尔性小说的研讨，在阿波利奈尔学中，就不是一件无聊的事了。

问题在于，阿波利奈尔作为诗人的素质，作为诗人的影子，在他的这类小说里，有些什么痕迹？

首先是作为诗人在文学语言运用上的丰富，正如阿波利奈尔学研究者斯各特·巴特在他的《阿波利奈尔的色情词语小汇编》中所列举的，作者在描写男女不同生理部位与器官的同义词或比喻，少则三四十个，多则一两百个，他的局部的具体描写，有时使人想起法国当代新小说派作家笔下某些繁详的对"物"的描写，如罗伯－葛利叶在《橡皮块》中对一片番茄的描写，对于手表表面的描写等等。阿波利奈尔的这些具体描写，尽管只是在皮肉题材上的"雕虫小技"，但也不失一种诗歌语言的丰富性、多变性，而这些描写，无疑又流露出他对"物"的浓厚兴趣，以及近乎生殖崇拜的对器官的"诗式的崇拜"，其他还有米歇尔·德柯丹所指出的，叙述场景中那狡黠短促的一瞥"阿波利奈尔式的幻觉网"、"明显的回忆式氛围"、《一个小唐璜的壮举》最后有点爱国之举的噱头，文句的活泼、稀奇古怪的幻想，等等，都在某种程度上，反映了阿波利奈尔诗歌中的一些

---

[1] 莫洛亚：《雨果传》第十卷，第三章。

掠影。

当然更值得我们注意并加以深入探讨的，是阿波利奈尔诗歌中的重要内容、重要倾向与他性小说中的重要内容、重要倾向的关系。如果以下所作的说明能构成一种关系的话。

阿波利奈尔诗歌创作中，占压倒优势的内容是爱情，他著名的代表作诗集《烧酒集》《图画诗集》《献给璐的诗章》主要是以爱情为题材；他脍炙人口、广为流传的诗篇《米拉波桥》《失恋者之歌》也是爱情绝唱。阿波利奈尔的爱情诗，其基本的特点是充满悲剧色彩与忧郁情调，深深渗透着惆怅与忧伤，或者把痛苦之情凝为情人伫立米拉波桥的一幅静止的画面，让流淌的河水、逝去的时光与破天难再的爱情，构成一个充满流动感的背景，衬托出爱情画面的伤时性、忧郁性、悲惨性，或者直接抒出发自内心深处的痛苦呻吟，或者吟出"沉重爱情如耍熊，人生何必讨苦吃"这样的绝望。

为什么阿波利奈尔的爱情诗，具有这种忧伤、悲惨的基调？这是因为他的爱情诗，就是他痛苦的爱情生活的产物，从 1898 年到 1913年，他 18 岁到 33 岁期间，他经历过的三次恋爱都遭受了失败，一次是追求友人之妹兰达的失败，一次是在当家庭教师时追求英国姑娘安妮的失败，再一次就是追求女画家玛丽·罗朗的失败。人生的这一青春恋爱的黄金季节，一连遭到几次失恋，这不能不在他的生活感受上，打上深深的烙印，何况，阿波利奈尔天生敏感，以诗抒情又是他的自然需要，于是，他的诗中就出现了失恋的主题，痛苦惆怅的基调。

一个人接二连三地失恋，这恐怕总有点什么必然的原因。像司汤达笔下的于连·索黑尔，莫泊桑《漂亮朋友》中的杜华洛这样俊秀标致、风流倜傥的人物，就没尝过失恋的滋味，他们在女人群里，可以说是所向披靡，无往不胜，往往能克服种种困难，越过种种障碍，而占有一个又一个太太小姐。无可否认，在男性对女性的追求与占有中，除了文化教养、才能天赋要起作用外，更经常、更直接起作用的，往往是由形体外貌、气质风格以及性能力等等成分所构成的性魅力。阿波利奈尔显然不缺少文化、才华与诗情，以其精神、气质与才能的条件而言，似乎本可以在女人面前游刃有余，然而，他却屡遭败北，是否因为这方面，或那方面的性魅力的欠缺呢？

但在阿波利奈尔这两部性小说里，主人公都具有一个相同的特点：那就是他们都是在女人群里，无往而不胜的男人，他们具有超强的性魅力与性力量，取女人的贞操、占有女性的肉体，轻易得如探囊取物，《一个小唐璜的壮举》标题就已经透露出主人公的品性与胜利，小说虽然披着带有细节真实的现实生活的外衣，但这个小唐璜一次又一次轻而易举但却十分彻底的"征服"，构成了一支十足的性浪漫曲，这个人物不仅随意与大宅子里的女仆、女管家、下人的妻室行淫作乐，而且占有了他身边所有的女人，甚至包括自己的两个姐姐，以及亲姨妈，其结果是——使她们怀孕，得了一批私生子。《一万一千鞭》在细节内容上，则带有某种程度的荒诞性，在这里，人物的性行为、性形式不仅是粗犷的、亢奋的、狂放的，而且也是超常的，甚至是反常的，不论从强度、从力度来说，都是如此，整个小说构成了一支性的狂想曲。总而言之，这两部作品，都带有对性强人的幻想与向往，都潜藏着某种程度生殖崇拜、性崇拜，小说中男性在女性那里的胜利与至高无上，恰巧与小说作者在现实生活中的无所作为与"不得志"形成了对比，这样的小说形象出自这样的作者，看来是存在一个心理补偿问题。

这是一种几乎人皆有之的普通心理：不能实现自己理想的人，往往把实现理想的希望寄托在自己亲近者的身上；欲望得不到满足的人，往往在想象中陶醉过瘾；自己不具备某种特长或优越性的人，往往乐于制造出对自己的假想；自己在某个方面具有某种缺陷的人，往往力图在其他方面获得自己的优越性；等等。不论这种心理的表现形态如何多种多样，其根本的特点是主观愿望的他移与形式的转化，以取得一种对自我来说是虚幻的满足。不过，尽管它是一种虚幻的异化的满足，然而它却毫无疑义地是人要顽强实现自我的一种意志，是人的生命力的一种表现。这种情况在文学艺术里甚为明显：作品中的理想国往往是作者济世无能的一种自然满足；司汤达心爱的人物于连·索黑尔的俊美与在情场上无往不胜，正是他自己其貌不扬，在情场上不尽如人意的一种自我补偿；萨特在自述里也曾不止一次明确地指出了补偿心理对他的推动，他曾这样无情地解剖自己："童年时代的我，曾向往高于一切的地位，我对高楼顶部阁楼的偏爱，可能有雄心与虚荣心的影响，可能也有对我自己的矮小身材有某种补偿心理。"至于莎士比亚名剧《理查三世》第一章第一场中，理查三世那段著名的补偿心理独白，则更是有名。

如果这一番引证与理解是准确如实的话，那么，阿波利奈尔的小说似可视为补偿心理的产物，从这个意义上来说，他的这两部小说提供了人性研究与文艺创作根由研究的标本。

1994 年 6 月 16 日

（Guillaume Apollinaire: Les Onze Mille Verges，

Les exploits d'un jeune don Juan，巴黎，

J'ai lu 丛书本，1973 年版，1977 年版）

历史帷幕与诗意轻纱中的性兼及性文学作品的典雅

——比尔·路易斯：《阿芙罗狄特》

在北京到处可见的个体书摊上，几乎无一不售这样一本生意兴隆的畅销书，那就是荷兰著名汉学家高罗佩著的《中国古代房内考》，亦即《中国古代的性与社会》。这是一本历史书，然而又是一本特别的历史书，就其特定的内容而言，它无疑属于性文化这个范围。

我们面前的这部小说《阿芙罗狄特》的副标题是"古代风俗"。把自己的小说作品正式署称为风俗史的作家，在《阿芙罗狄特》的作者比尔·路易斯以前，就有巴尔扎克。他将自己宏伟的巨著《人间喜剧》中相当一大部分的重要作品，统称为 19 世纪历史风俗的研究，仅仅因为他自己事先就规定好了小说家是"历史的书记"这个前提。

比尔·路易斯的这本书，倒的确是一本写古代生活的书，而且，尽管它是一本小说，但我们却未尝不可把它当作一本古代风俗习惯、历史文物的书籍来读，因为作者确实在历史氛围、历史习俗、历史细节上狠下了一番功夫，书的字里行间，洋溢着他对古代生活的浓厚兴趣，不可抑制的考究、分析、描绘与渲染历史遗风的热情，而由于小说写的是一个妓女故事，它的副标题简直就可以具体为"古代青楼考"，而它之属于性文化系列，又当然不在话下。

是古代的哪个时期、哪个国度、哪个民族？

故事发生地亚历山大港在地理上属于埃及，但小说里的这个城市到处都是希腊人、罗马人，而希腊文又是常见的文化用语，希腊神话中那些神灵在这里也受到供奉，也有他们的神殿与雕塑……凡此种种，对于不熟悉古代历史的现代读者来说，很可能成为一层历史迷雾。我们对历史的来龙去脉，似有加以说明的必要。

公元前 4 世纪，马其顿时期的希腊，在亚历山大的统领下，击溃了当时的波斯帝国，侵占了小亚细亚、叙利亚与埃及以及波斯，形成一个地跨欧、亚、非三洲的大帝国，亚历山大自居为埃及法老、波斯国王的继承者，并将其统治的重心东移，定都于巴比伦。亚历山大东侵后，大量的希腊人移居东方各地。亚历山大逝世后他的庞大帝国分裂，其部将托勒密占有了埃及，于公元前 305 年正式称王，建立了托勒密王国，这部小说中的女王贝蕾妮丝就是托勒密王室之后，她的妹妹即为后来与罗马大将安东尼有过一段风流史的埃及艳后克莉奥配忒拉。

小说中的亚历山大城，当年可不是一个寻常之地，即使在人类漫长的历史中，它也是一个数得上的辉煌灿烂的名城。此城乃亚历山大大帝于公元前 331 年奠基兴建，位于尼罗河入海处的三角洲上，面临地中海，其高达 400 英尺的灯塔，是当时世界的七大奇观之一。托勒密王朝建立后，大力促进工商外贸的发展与繁荣，使埃及的生产能力与工艺水平达到了前所未有的高度，仅以为海上航运服务的造船业而言，就已经能造出可容数千人的巨型海船。不言而喻，与地中海沿岸各国的商业贸易是非常发达的，而亚历山大港，正是频繁的国际经济往来的吞吐口。埃及的粮食、织物、纸张与玻璃等商品，从这里向外输出，而阿拉伯的宝玉，印度的象牙、珍珠、香料与中国的丝绸等等，从这里输入，一部分加工成手工艺品，一部分又转销地中海各国。于是，亚历山大城也就成为一个物华天宝、人杰地灵、人文荟萃之地，与中国开元盛世丝绸之路上的长安颇为相像。在这个城市里，各民族的居民融洽杂居，以埃及人与希腊人为主，还有罗马人、阿拉伯人、波斯人、犹太人、腓尼基人等等。城市的街道最宽的有 100

尺，宫殿楼台、游艺场所、集会庙堂、神殿圣宇遍布全城，几乎占三分之一的面积。图书馆藏书达 70 万卷，大部分是希腊文的典籍，很多著名的希腊学者来这里讲学，或者待下来进行研究工作，不少人都是在这里取得其学术成就的，文化之繁荣似不亚于过去希腊的全盛时期，因此，史学家往往把这个时期的学术文化，称之为"后期希腊文化"。

《阿芙罗狄特》所写的就是这一历史文化背景下的妓女故事，所描绘的就是公元前 1 世纪希腊—埃及氛围里的"青楼风习"。

会引起中国人注意的是，早在公元前 100 多年，后期希腊文明中那个古老的行业，就带点"自由贸易"的味道，妓女在公共场所"挂牌"，把自己的名字写在一面专设的瓷墙（当时的市长倒也想得周到）上，对她感兴趣的男子可在她名下写下自己愿出的价钱，双方对价钱没有异议，即可见面成交了。或者，如果某个男子慕某个妓女之名，也可以在瓷墙上写下双方的名字与自己愿出的价钱，这就不是卖方"挂牌"，而是来客"点戏"了，但不论哪一种都与中国古典小说所描写的封建把头老鸨控制一切、管制一切、居高盘剥的亚细亚方式大不一样，比起巴黎圣但尼斯街上妓女站在街旁，嫖客上前去鬼鬼祟祟问一句"多少钱"的 20 世纪风习，似乎也更带有正规商业的性质，可谓"明码明价"，"市场秩序井然"。

还可能会引起人们民俗学兴趣的是，这里的妓女颇有社会地位。名妓有富丽堂皇的住所，有服侍她的奴婢，有处死奴婢的权力，其穿着佩戴更是珠光宝气，这些都不在话下。值得注意的是这种妓女身上的那股傲气，克莉西丝在亚历山大港的堤岸上，明知德米特里奥斯是女王的情人，有权有势，却偏要刁难他一番，甚至加以嘲弄羞辱。她这股傲气与其说是像秦淮八艳那样来自她们的色艺双全与人格气节，不如说来自亚历山大城女子那种自由贸易的地位与正规的商业习性。

当然，不如意因而清贫如洗的妓女也是有的，但重要的不是个别妓女的经济状况，而是妓女这个行业在当时的地位。在亚历山大城一个景色宜人的地区里，一座庞大的很有气势的"圣城"，拥有1400家房屋，1400户妓女就聚集在这里。这些房屋宽敞漂亮，足以反映出妓女的地位状况；圣城里还建有柯娣托的殿堂，把希腊神话中这个不讲羞耻的女神供奉起来，更说明了当局对风尘女子的开明态度，在城里，每年都有宗教膜拜与性感场面相结合的公众狂欢，妓女是这种节庆活动的中心，她们在众目睽睽下跳着裸体舞；每年在这里还举行一次名妓参赛大会，获奖者可荣升柯娣托殿堂。此外，为妓女们还建有另外一些殿堂，幽提妮娅殿堂是用来接受多愁善感的妓女清心寡欲的种种祈愿；阿波斯特洛斐娅殿堂是供一些妓女去忘却不幸的爱情；克莉丝娅殿堂是妓女祈求招财进宝的所在；热奈娣丽丝殿堂旨在保护有了身孕的风尘女子；柯里亚德殿堂是为了安慰神女们对凡夫俗子爱情的认可。希腊—罗马多神教真是妙不可言，竟有那么多的神明为妓女的各种精神需求服务，而希腊后期文明的公共生活又为妓女阶层各种精神需要提供了如此多堂而皇之的场所，在这种社会文明体系中，妓女的地位也就不言而喻了。

在这部小说中，对妓女业的规模、妓女生活的习俗（如女婴一生下来就将她医术破身以便她将来继承母业）、妓女的服饰（如腰间佩戴阳具模型作为装饰）、妓女行业中的兴衰荣败、矛盾竞争等等，也多有一些叙述描写。我们不敢说，这些描述无一不有绝对可靠的考古学价值，但把古代风习写到如此程度，也就很难为作者了。正是在这个意义上，《阿芙罗狄特》带有若干文史性质，读来颇能引人生发思古之幽情与考古的兴味。

这本书，也是一本有诗意的书。不论你愿不愿意，承不承认，它的诗格是一种客观的存在。也许，是因为它写的是古代的故事，作品的构设完全在想象的层次上进行？也许，是因为这不仅是古代的故事，而且更重要的是个十足的古代罗曼蒂克故事，浪漫主义文学的素质在这里应有尽有？也许，是因为作者自己在气质上就是一个诗人，是因为他自己一生创作活动的重要内容就是诗歌？而且，他在 1892 年开始写作《阿芙罗狄特》以前，一直是从事诗歌创作？也许，这些原因都起了作用，总而言之，这本小说写得充满了诗情画意。

在某些低格调、低层次的文学作品里，作者往往急于在情节上匆匆赶路，特别是在一些性文学作品里更是如此。而比尔·路易斯却有巨大的描绘热情，他喜欢提供画面，他不喜欢铺陈情节。正像他乐于描绘古代的风习一样，他也乐于描绘亚历山大港的优美风景、城市的五光十色以及绚丽的衣饰，他像画师一样从容地一笔笔涂色上彩，甚至让他的主人公德米特里奥斯进了妓女的家门、即将上床的时候，还悠闲地观赏窗外的落日余晖。这只不过是很多例子中的一个而已。在整部小说里，作者似乎企图把每一个情节都描绘为一个场景，就像是歌剧的一幕幕一场场，要知道，《阿芙罗狄特》最初于 1892 年写成的时候，本来就是一个剧本，只是在后来才铺陈为一部长篇小说。由于这个缘故，小说中充满了一个个场景画面，如德米特里奥斯与克莉西丝相见的情节，近乎一幅亚历山大港夜景图；德米特里奥斯杀大祭司之妻、取象牙宝梳的情节，在森林野地的景色中突现，德米特里奥斯与克莉西丝最后诀别，与其说是一个情节，不如说是监狱的一个阴暗画面……作者把每一个场景都描绘得色彩浓烈，富于浪漫情调。好了，这就足以营造出作品的诗意气氛。

除了描绘的诗意外，就是语言的诗化了。随着时代的发展，小说中人物对话愈来愈日常生活化、平凡化，到了 19 世纪后期的法国小说里，19 世纪前期浪漫派文学作品中那种追求诗意的咏叹调式的对话、抒情倾诉式的对话、铺陈排比式的对话，已经愈来愈少了。《阿芙罗狄特》虽然是一部 19 世纪末、20 世纪初的小说，其整本书 1902 年才第一次出版，它却保持着十足的老式文学遗风。人物的日常生活化的对话在小说里并非没有，也并非少有，但经常也有很多对话就像是诗，第一部第六章《处女们》中，两个同性恋少女的长篇对话，简直就如同古希腊同性恋女诗人萨福的香艳情诗，在第二部第三章《爱情与死亡》中，大祭司夫人杜妮即将被刺死的时候，所倾诉的那段话浪漫劲十足，只可能在浪漫派的诗剧中才找得到。

至于富有诗意的抒情、描绘、咏叹的语言，在小说中则比比皆是。在这里，可以经常听到人物兴之所至唱出一首首诗来，从克莉西丝寓所里传出来的是印度女婢对女主人的赞美诗；在海边长堤上，有芦笛伴奏着女歌手歌唱享乐做爱的乐曲；在神庙里，那是神女们一席庄严的祷词；面对着亚历山大城，克莉西丝的感慨是以咏叹词的形式表现出来的。

比尔·路易斯的诗人气质是如此无处不在，即使在这部小说浓烈的性感中，也有诗意诗情。就像男人与女人有其性感一样，作品也有性感。作品的性感，就是作品中性内容、性描绘所发出的气息，所给人的感觉。性感不过就是性感，不过，性感也有高雅别致与低下粗俗之分。同样是讲那么一回事，诗里的"巫山云雨"与薛蟠口里那句粗话就大有天壤之别，而比尔·路易斯所追求的，正是高雅别致的性感。小说的开篇是一幅肉感的克莉西丝出浴图，而其雅实不下于"温泉水滑洗凝脂"。德米特里奥斯完成了克莉西丝的三个难题以后，与克莉西丝成其好事，小说里这个性爱高潮竟写得那样神秘虚幻，朦胧飘逸，既像贾宝玉在太虚幻境里与秦可卿初尝云雨，又颇有一番现代朦胧诗的情韵。这种写法丢弃了"直露其事"的招徕之术，难免不会使某些看官稍感失望，若有所失。因此，作者就必须硬打硬地靠他细腻别致的感觉与清丽动人的文笔取胜了。请看他的能耐，那是德米特里奥斯去偷阿芙罗狄特女神雕像上一串项链的场景，他对一尊无生命的女神雕像的感受，是那么细腻雅致，陶醉移情，他描绘的文笔是那样富于生气与灵性，以至他所传达出来的一尊石像的质感，几乎就像真是一个丰满肉感的美神。

　　小说虽然呈现出一种唯美主义的外在风格，却包含着一个尖锐的性问题，即色诱的可怕与性爱的疯狂。

　　德米特里奥斯为了得到克莉西丝，不惜答应她的三个条件，偷名妓芭契斯家的古镜，取大祭司夫人头上的象牙宝梳，盗女神雕像上无价的珍珠项链，也就是说要去犯三个罪行：盗窃、杀人与亵渎神明。在双方的条件与承诺中，各自的地位、作用、得失虽有不同，但都是基于人类性爱中这样一个约定俗成的观念：检验性爱的真挚与热烈程度的，莫过于自我牺牲与自我冒险。这种观念在德米特里奥斯杀杜妮取走象牙梳后的思想活动中表现得很明显，他本来可以不杀杜妮就可以达到取走象牙梳的目的，然而他却偏偏要通过杀人的手段来取得象牙梳，似乎不用加重自己罪行的方法就不足以表示自己实践承诺之举的分量，就不足以表示自己对克莉西丝倾心狂恋的程度。这种心理正是色诱的可怕后果，性爱的疯狂表现。

　　色诱能导致如此的癫狂程度，确乎有点触目惊心，然而，这种可怕的色诱之例，在人类生活中却屡见不鲜，如中国古代周幽王为博褒姒一笑，不惜筑高台，燃狼烟，谎报警情，以致触怒诸侯，导致亡国；又如《圣经》中希律为了莎乐美杀先知约翰；直到 20 世纪，又有种种为了美色而试法亡命的案例。在比尔·路易斯这部小说里更富于戏剧性变化的是，主人公在完成了三个条件后，他与克莉西丝各自的地位与心境发生了一百八十度的互位变化，克莉西丝变成了狂恋者，德米特里奥斯却成为苛刻的要求者，而克莉西丝明知按照德米特里奥斯的要求，佩戴他偷来的女神像上的项链以及象牙宝梳、手执古镜出现在灯塔上，将会有毁灭性的后果，但她仍然完全照办。果然，她遭到了严惩，被当局处死，仅仅在死前又见到了德米特里奥斯一面。不过，她却得以作为一个活生生的阿芙罗狄特女神活在亚历山大城民众的心里，被塑造成为一个充满了美感与性感的女神而永垂不朽。这是一个唯美主义的故事构想，一个富于诗意的故事结局。

在这个唯美主义的、诗意的故事框架里，有着一种深刻而真实的性心理与性格局。故事中起关键性作用的，是德米特里奥斯的态度变化，而他的态度变化又是基于他的"太虚幻境"之行后的心理变化。太虚幻境中的秦可卿比现实生活中的秦可卿无疑要更为可爱，她纯美缥缈而不含有任何现实的杂质，不带有某些世俗关系的羁绊，更为完整，更具有性的魅力，足使得贾宝玉销魂。同样，德米特里奥斯在理想梦境中尝足了克莉西丝至美状态的种种风流之后，也得到极大的满足，反倒对现实生活中的克莉西丝失去了兴趣，正如他塑造出了极美极性感的阿芙罗狄特女神雕像后，人间的凡女在他心目中就无一是尽善尽美的了。这种纤细高雅的性感产生在一个女王所宠爱的、阅尽了人间美色的艺术家身上是完全合乎情理的，它带有"上帝的选民"的倾向，但毕竟是一种可信的性感受。

至于德米特里奥斯－克莉西丝的性爱格局，似可概括为：先是男方追求的狂热与急躁，女方的躲闪、期待与检验；而后是男方的宣泄与退潮，女方的持续与依恋。双方性潮的起伏是不一致的，两条轨迹是并不贴切重合的，作者笔下人物的这种性爱关系状况是否正是对人类异性恋中常见的不一致与不和谐的影射与象征？且看作者有意识的安排：当德米特里奥斯如恩格斯所曾经指出"体态的美丽"引起"性交的欲望"那样，向克莉西丝求欢时，他遭到了对方好一席话的讽刺与刁难，而当克莉西丝动情热恋时，他又冷漠地对克莉西丝发出了一大通非议。这遥遥相对的两席话与故事结局，正是作者用来显示异性恋的不协调、矛盾、撞击的艺术安排，而与此相反，他又让两个同性恋少女在亚历山大港长堤上的夜色里，唱出互相爱恋、互相崇拜、互相歌颂的情歌，最后又让她们在德米特里奥斯－克莉西丝性爱悲剧发生的时候永结秦晋，这一切是为了说明什么？是否出自作者的无意识与偶然？

在艺术作品里，只有"匠心"而无"无意"。特别是对一部构思精致的作品来说更是如此。《阿芙罗狄特》里的上述性爱格局，无疑表露了一定程度的同性恋倾向。在这里，不能不提及作者这样几个经历：

比尔·路易斯生于 1870 年。1888 年，他认识法国作家安德烈·纪德，两人的密切关系一直持续到 1895 年。1891 年，他在巴黎遇见爱尔兰诗人、戏剧家奥斯卡·王尔德。1893 年王尔德发表他著名的剧本《莎乐美》时，将此作题词献给比尔·路易斯，其中希律王为取悦莎乐美而杀先知约翰的故事，使人很容易联想到《阿芙罗狄特》中的情节。王尔德的剧本第一次上演时，他专程到伦敦去祝贺。两人的关系直到 1894 年才破裂。众所周知，纪德与王尔德均为西方现代文学中著名的同性恋者，而比尔·路易斯则还有其他的男友。

《阿芙罗狄特》最初构思酝酿、粗具规模是在 1892 年至 1893 年。因此，可以说，其中难免不有作者本人的潜意识与性倾向。不论人们对比尔·路易斯的性爱观与性倾向持什么态度，作何评价，但他的确以富于诗意的艺术外装，包裹了性爱内容，使《阿芙罗狄特》成为一部精致典雅的性文学作品。

（Pierre Louis: Aphrodite，法国，Gallimard，1992 年版）

苦难园中的性兼及人类状况与性

——《苦难园》

　　这是一部愤世嫉俗的书，也是一部惊世骇俗的书。

　　它的第一部带有辛辣的政论的性质，是以仿真的漫画笔法写出来的，夸张而又栩栩如生。议会选举中、高层官场上、沙龙晚会里的政客阴谋、肮脏交易、卑劣勾当，都被揭示得淋漓尽致，是对 19 世纪后期法国的政治黑暗、社会风气腐败的猛烈而尖刻的抨击，充满了愤慨之情，也闪烁着辛辣讽刺的才华。

　　它的第二部是一轴象征主义的画卷，具有十足的主观幻想的性质，以浪漫、浓重、强烈的色彩染成，就其内容而言，颇像但丁《神曲》中的《地狱篇》，是人间苦难、罪恶、残暴、酷烈、肮脏的缩影。这幅缩影显然有现实的针对性，它有时影射着殖民主义的暴行、政治法律的残酷以及侵略战争的灾难，但是，它无疑又带有形而上的意义，象征着人类难以摆脱的像宿命一样的血的苦海，人类的阴暗状况。

　　这是一部政治小说，还是一部社会小说？对此，我们不能完全加以否认，但它偏偏有时也被人与色情文学、与性问题联系了起来，巴黎 Gaunier Frère 出版社，1982 年出版的让－雅克·波韦尔（Jean Jacques Pauvert）所编选的《历代色情文学文选》就收入了它。

　　在但丁的《地狱篇》中，引导但丁游地狱的是罗马诗人魏吉尔。而在《苦难园》里，引导男主人公游苦难园的，则是一个神秘的英国小姐克拉拉。在《地狱篇》里，引导者与被引导者是由精神文化的关系维系在一起；而在《苦难园》里，引导者与被引导者的关系，则是一对伙伴。

这一对性情侣在苦难园里结伴而行，他们不时有性的冲动。这个基本"事件"本身在小说里就构成了一个带有象征意义的性意象，特别值得注意的是，人物的性冲动往往与苦难、暴力相随，往往是在暴力、罪恶的境况下引发起来的，这就更构成了苦难园里的性象征。在这里，作者似乎是要指出苦难园里的性状况与性本质，在这个意义上，他的这本小说是对性问题的具有最大涵括性的一种处理。也许，作者对社会现实与人类状况（包括性状况）的看法是过于悲观、过于漆黑一团了。这，说明了他愤世嫉俗之深，也显出了他惊世骇俗之强。

作者奥克塔夫·米尔博（Octave Mirbeau）1850 年 2 月 16 日生于一个资产者家庭，自幼丧母，对其父一直持有恐惧而充满了憎恨的回忆，因此，他在自己作品中所描写的孩子都是不幸的。他毕业于家乡耶稣会的学校后，又到巴黎学法律。1872 年开始操新闻记者的生涯。他思想偏激，对虚伪、谎言、弄虚作假、伪劣赝品尤为厌恶，下笔毫不留情。1883 年，他创办了一家讽刺杂志《鬼脸》，尽情发泄了他对当权者们的憎恨。他还多次与人决斗。在文学艺术方面，他是最先出来保卫象征主义绘画的人士之一。他写过一些不乏才情与独创性的小说，较著名的有：《受难十字架》（*Le Calvaire*，1886）、《苦难园》（*Le Jardin des Supplices*，1889）、《女仆日记》（*Le Journal d'une femme de chambre*，1900）等。他于 1917 年 2 月 16 日逝世于巴黎。

（Octave Mirbeau: Le Jardin des Supplices，

Gallimard folio 丛书本，1991 年版）

在荒诞的性图景的背后兼及性问题中的存在哲理

——乔治·巴塔耶：《爱华妲夫人》及其他

本书的作者乔治·巴塔耶是一个颇值得多加介绍的人物。

1897 年 9 月 16 日生于比雍，在兰斯地方念过书，后进入圣－弗卢尔神学院攻读，不久又转入法国文献学院，毕业后，于 1922 年在怀特岛上与本笃会修士共事过一个时期，并又重新去当天主教的神父，但在怀特岛工作期间，最终还是抛弃了宗教信仰。1924 年，在国立图书馆奖章陈列室工作；1929 年，主编《文献》杂志，并与《社会评论》合作；1931 年，他研读黑格尔哲学。

此后，他参加了日趋高涨的超现实主义运动，于 1935 年与这个运动的宿将布勒东（Breton）、艾吕雅（Eluard）、克洛索弗斯基（Klossowski）、贝莱（Péret）等人宣布成立一个名为"反击"，又称"革命知识分子斗争协会"的社团，只要"承认资本主义社会必然会陷于毁灭性的矛盾之中，承认生产资料的社会化是当今的历史进程，承认阶级斗争是历史发展的要素与一切基本的伦理价值之根本"[1]，都可以参加，该社团的机关刊物是《反击手册》，由乔治·巴塔耶任主编，仅以此而言，其思想的左倾与激进，是显而易见的。当时，正是法西斯主义在欧洲抬头兴起、日益猖獗的时期，在乔治·巴塔耶主编的这个刊物上，发表了一系列政治评论，猛烈抨击法西斯主义，同时也对当时以法共为核心的"人民阵线"持保留态度，从这一点来看，

---

[1] 布勒东：《超现实主义的政治立场》，第 17 页，德诺埃—贯蒂埃出版社，1971 年版。

其政治倾向又带有民主自由派的色彩。

一年后，乔治·巴塔耶又与著名人类学家凯约瓦（Caillois）、人种学家莱里（Leiris）共同创建"神圣社会学社团"，致力研究社会存在与神性在社会中的体现，并创办了一个名为《畸胎》的刊物，又展示了其思想与兴趣的庞杂一面。

至此，乔治·巴塔耶已发表了不少作品，但一直都用笔名。1937年，他由于健康原因而离开巴黎。此后，他先后在夏尔庞特拉与奥尔良等地的图书馆任职。1946年，他又创办了一个刊物《评论》，在这个时期，他与法国著名存在文学代表人物萨特与西蒙娜·德·波伏瓦交往甚多，是他们那个左倾作家圈子里的一人，在西蒙娜·德·波伏瓦的回忆录里，常有关于他的记载。1962年，他逝世于巴黎。

乔治·巴塔耶的生活历程，就是他不断进行写作并在精神文化领域里发挥重大影响的历程，他几乎参加了法国20世纪上半叶所有的文化、哲学与文学艺术方面的运动并在其中起了不大显眼但甚为重要的作用。他与超现实主义运动的关系尤为深刻，超现实主义的形而上学观点、对幻觉的重视、对色情的爱好在他身上都有明显的影响。他对存在主义哲学的兴趣也不可忽视。

他在写作方面成果甚丰。他开始以笔名发表了不少小说作品后，又改用真名，主要有：《眼睛的故事》（1928）、《太阳便门》（1931）、《小人物》（1934）、《爱华妲夫人》（1937）、《大天使般的》（1944）、《罪犯》（1944）、《教士先生》（1950）、《天空的蓝色》（1957）、《办不到的事》（1952）、《埃罗斯的眼泪》（1961）；他的诗作有《诗怨》（1947）；其他论著有《论尼采》（1945）、《沉思的方法》（1947）、《艺术的诞生》（1955）、《画家马奈》（1955）、《文学与恶》（1957）、《色情变态》（1957）等，而其较为重要的则是：《内心体验》（1943）与《可恶的部分》（1949）。

　　乔治·巴塔耶具有多方面的才能与广博的学识，各个不同的领域，从宗教神秘主义、哲学、心理学、文学，到政治、经济，他都无不涉猎；而作为一个从事文学创作者，他既是批评家又是诗人、小说家。他将自己的这几种品格融为一体，往往在同一部作品里水乳交融地同时表现出了这几种素质。

　　这个译本共收了乔治·巴塔耶的三个短篇与一个中篇。在法国10/18丛书里，《爱华姐夫人》《死人》与《眼睛的故事》这三个短篇是合为一集的。如果要说这三个以性为题材的小说有什么共同处的话，那就是形象的荒诞性与内涵的形而上学性质。

　　在《爱华姐夫人》中，"我"与妓女爱华姐夫人的出走以及在街上的经历，就像是一个朦胧而离奇的梦幻；在《死人》中，玛丽的举止荒诞不经，几乎毫无细节的真实可言；在《眼睛的故事》中，"我"与两个少女西蒙娜、玛赛儿的故事似乎有某些生活真实的影子，但人物的癫狂与荒唐又与常人大异。所有这些，构成了小说的形象荒诞。

　　在文学中，诉诸读者感受感触的，不外有两种方式：一是愉悦的方式，取乐的方式；一是震撼的方式，惊骇的方式。荒诞以其与日常情景的反差、对常情常理的悖谬、对理智理性的撕裂而属于后一种方式。正是荒诞形象的性质与作用，使得乔治·巴塔耶这个以性为题材的短篇集成为一本最不具有"性感"的书，最不具有色情刺激性、感官刺激性的书。

　　荒诞总以悖谬的形式出现，然而，荒诞的后面恰巧就是理智理性，而且是强烈的、执着的理智理性，是对理智理性的渴望与追求。在拉伯雷的《巨人传》里，一个女王可以不吃不喝、仅以抽象观念为生的荒诞事例，正是出于作者对经院方式的理性否定；在斯威夫特的

《格列佛游记》里，一个国家在吃鸡蛋应从哪一头吃起的问题上争吵不休、甚至爆发内战的荒诞政治，正是出于作者对战争的理性批评；在贝克特的《等待戈多》里，两个非人化的流浪汉对戈多徒劳无望的荒诞等待，正是出于作者对人类命运的理性思考；在尤涅斯库的《新房客》里，成堆的家具与陈设使房客无活动余地的荒诞生活图景，则表达了作者对物压迫人的现代生活方式的理性感叹。同样，对乔治·巴塔耶的小说图景来说也是如此。他的小说既然不是致力于以有点骇人听闻的荒诞的性情节来引起色情的愉悦，也就不是一些放肆胡闹的"轻浮之作"，他在专为小说写下的序言里这样明确地说，"《爱华姐夫人》的作者提请读者注意他的书的严肃性"，这是阅读此书的人都不应该忽略的，这种严肃性就是荒诞不经深处的哲理内涵，是荒诞图景背后的理性思考。

那么，在这个短篇集里，荒诞的图景与它们的哲理内涵、理性背景究竟是什么？

面对荒诞的作品，人们一般都习惯于在每一个具体的荒诞细节中去寻找意义。对于作品中荒诞不经的细节，固然有必要时刻注意探测其深藏的哲理内涵，但恐怕也不宜太神经过敏。在《等待戈多》中，一开幕时，爱斯特拉冈使劲脱靴子却总脱不掉，叹了一口气道："毫无办法。"这个荒诞细节似乎可以说是含有对人的无能为力处境的悲叹之意，但接下去两个流浪汉之间的胡扯，就很难说每一句都有象征人类的深意了。在乔治·巴塔耶的这个小说集里，荒诞不经的细节实在太多太多，可谓俯拾即是，其中有一些显然颇有深意。如在《爱华姐夫人》中，"大厅里挤满男人和女人，却又像沙漠"，妓院里男客鱼贯而行，"像特别庄严的场面"，"构成一种皇家祝圣仪式"；又如在《眼睛的故事》里，西蒙娜当着神甫的面对圣餐杯与圣体饼进行亵渎，等等。但大量放肆胡闹、荒诞不经的性景象、性细节，不论是爱华姐夫人当着"我"的面与汽车司机的举止，还是玛丽对伯爵的所作所为，还是西蒙娜碎鸡蛋、坐奶盘的癖好以及她对公牛某一器官的兴趣，都谈不上有什么各自独立的哲理内涵；而且，请注意，乔治·巴塔耶是一个超现实主义者，超现实主义在文艺创作问题上本来就是以崇尚奇特的想象、非理性的梦幻与怪异的联想著称，何况乔治·巴塔耶自己已经明确地说明了小说中的眼睛、鸡蛋与小便的描写，正是出于以儿时的经验为素材的一种下意识的联想。

此路不通，就得另探蹊径。对小说中所有那些非理性的、反常的荒诞细节，只能从整体上去把握后再探寻其内在的意义，如果这样可行的话，那么，这个短篇集中几乎所有的荒诞细节，都构成了这样一个总体景象、总体效果，那就是：人可以放纵、猥亵、淫荡、下流到何等的程度。作者显然就是为达到这个目的，表现出这样一种极致与癫狂。但这不过是他的荒诞图景中的第一层含义。

他是要以此来向世人提醒：性欢的极致与癫狂不过就是如此？他是要向世人指出传统的对性欢最狂放不羁的向往就是如此？当然，这是他第二层含义。但是，如果他的含义只止于这一层次的话，那么，他不过是在对传统的对性欢极致的想象与向往进行夸张地、漫画式地描绘以达到某种讽刺的效果，事实上，他的含义并不止于这一层。

应该注意到，在小说中伴随着性欢、性乐、性狂的喧闹，有一个巨大的阴影，这个阴影包括焦虑、不安、恶心等成分，它们在整体上最后构成了人的那个永恒的克星，即死亡。对这个阴影，我们可以称之为存在的阴影、生存的阴影，它与存在、与生存如影之随形，是人无法克制的永恒忧虑的根源。乔治·巴塔耶就如此明确地指出了"极乐与极苦的同一性，生存与死亡的同一性"，认为："了解欢乐与痛苦、与死亡都是一回事"。在他这个小说集的每一个故事里，我们都可以看到这个阴影几乎是无处不在的。在《爱华妲夫人》的一开始，就是"我"的焦虑与恶心感伴随着性的冲动，最后则是爱华妲夫人"瞪着一双死人般的眼睛"。在《死人》中，一开始是玛丽独自与死去的艾德华在一起，然后经过了一系列"玩味自己的绝望"的放荡癫狂，最后"追随死人进入大地"。在《眼睛的故事》里，男女主人公狂放的性经历中，也经常生发焦虑、血腥与死亡的气息。

对于乔治·巴塔耶小说形象中的这番意蕴，20世纪的读者是不会感到陌生的，这种"极乐与极苦的同一性"、"生存与死亡的同一性"，在不止一个伟大的哲人那里都有表现。马尔罗早在二三十年代就已经从巴斯喀那里得到启示，对生存与死亡的命定性与超越这种命定性的尝试有了深切的体验，并且把这种体验贯注在他的冒险故事（《王家大道》）与革命史诗（《人的状况》）之中。加缪把对生存荒诞性的彻悟意识蕴藏在西西弗的神话之中，让西西弗这个高大坚毅而富有悲怆意义的形象，同时体现着徒劳与执着、痛苦与欢乐、空幻与满足、死亡与永恒。萨特则在人无时无处不感受到的荒诞感与恶心感之中，指出了自我选择与历史介入的超越之途，让一些英雄以自我选择的存在在一片虚无幻灭之中显出永恒的意义，正是这些哲人造成了20世纪人文思潮中一个强劲的浪头。

乔治·巴塔耶在这个短篇集里，不止一次正面地、直接地谈论存在。关于存在的境况，他说："存在就在那儿，不知为什么一直冷得发抖，茫茫黑夜包围着它"（《爱华妲夫人》）；关于存在的西西弗式的努力："在无限的地狱范围里，我们重新找到了存在的胜利"（《爱华妲夫人》序言）；关于存在的空虚性："在这个世界里，行为都是无意义的，就像在一个空间里，声音也是无声的"（《眼睛的故事》）；等等。可见，乔治·巴塔耶与上述20世纪人文思潮中的这一股主流不期而合。他显然与那些意境高远、气魄恢宏的哲人无法相比，但他以存在哲理来观照性题材，却无可否认地开拓了一个引人深思的领域，同时又赋予这个古老而令人侧目而视的题材以新的哲理高度，他自己说得很含蓄：他是要以他的作品促使读者思考一下对快感与痛苦的传统态度。

（George Bataille: Madame Edwarde，
法国，10/18 丛书本，1956 年版）

受虐恋性态传奇兼及性文学的历史命运

——《O 姑娘情史》

一个出身于大学教师家庭、"样子像修女"的妇女，大概是在 1952 年左右，写出了这本《O 姑娘情史》，她来到在法国现当代文学发展中起过举足轻重的作用的《新法兰西评论》社，一个高层次的、完全具有严肃、正派、高雅的文化品位的杂志社，把书稿交给了当时的主编让·波朗（Jean Paulhan），此人是法国 20 世纪一位著名的作家、批评家，法国文化科学最高庙堂法兰西学院的院士，早从 1925 年，他就已经主持这家有巨大社会影响的刊物了。

让·波朗并没有以传统的偏见（因为这部书稿直接处理的是犯忌的性问题）而予以拒绝。他先后向两三家出版社推荐，并亲自为它作序，使它得以在 1954 年公开出版。虽然当时性文学如萨德、米勒的作品在法国尚未被开禁，《O 姑娘情史》倒还受到了相当宽容的对待，警方对作者的真实姓名、身份、住址、出生年月均了如指掌，却表现出了一种值得称道的雅量，未予追究。不久，1955 年 1 月，该书获得了双猴奖，批评界尽管对此书没有什么热情，但毕竟还是有零星的三几篇文章见报，不过，在这种默许而有克制的冷淡的气氛中，《O 姑娘情史》在当时未获轰动效应，第一版仅印了 2000 册，10 个月内没有售完，仅限于在文人圈子里流传。

平心而论，《O 姑娘情史》作为一部性文学作品，比起福楼拜的

《包法利夫人》、波德莱尔的《恶之花》，要算幸运多矣！虽然这两部曾被控告的名著并非性文学作品。《O姑娘情史》的经历，在一定程度上标志着性文学的命运已经愈来愈具有现代性了，即愈来愈在宽松的气氛中得以存活与被容忍。这种书本历史命运的现代性直接来自现代社会的基本特点，不仅因为随着上帝已经死去，性问题上宗教神学道德戒律的禁锢也逐渐消解，性知识、性自由、性开放日益在社会生活中司空见惯，性问题愈来愈不成为严重的忌讳；而且，也许是更为重要的，因为在价值规律占支配地位的社会里，人们愈来愈不把一本书、一部文学作品、一种感情形态对社会人伦的作用，不论是重建的作用还是毁害的作用，看得那么大，那么严肃，那么神乎其神，"不过是一本书而已"。当人们愈来愈摆脱过去那种书本主义与观念形态万能的神话的时候，即使对"异端邪说"也不再那么太在乎了，宗教裁判所式的、火焚式的处理方式，也就愈来愈没有必要，愈来愈显得过时、荒唐可笑了。当然，这是在法国的情况，世界其他地方不见得都如此开明，不过，法国人曾是现代社会规范的缔造者，他们的举止与做法，往往不失其超前性与示范性，他们的颜色往往成为流行色。

如果说在20世纪50年代中期的法国尚且如此，时至20世纪八九十年代，就更不在话下了，不仅继续写性文学作品的大有人在，而且法国历史上的性文学作品，几乎都被挖掘出来公开出版，从18世纪的《好家伙修士无行录》《青楼荡子》、米拉波的好几部性小说、雷斯蒂夫的《性欢》、萨德的全部作品，直到20世纪阿波利奈尔的小说，等等，无一不被遗漏。不仅小出版社出版此类作品，而且第一流的大出版社、甚至全国声望最高的出版社也都纷纷出版。特别引人注意的是，法雅（Fayard）出版社出版的大型豪华本的性文学丛书，收入了法国国立图书馆中所珍藏的全部此类作品；著名出版家克里斯蒂安·布格瓦主编的10/18丛书出版了萨德的全部作品，还有著名的伽里玛出版社的 folio 丛书，也收入不少性文学精品。所出版的这些作品，往往都有名家作序，性文学史专著也应运而生，颇有分量的要算是瑟盖斯（Seghers）出版社出版的亚历山大利安（Alexandrian）的《色情文学史》。

与以往时代的境遇相比，性文学从 20 世纪中叶以后，看来是开始走出了困境低谷，似乎颇有苦尽甘来之势。过去，它一直被视为脏物毒药、洪水猛兽，这种看法至今仍或多或少、或重或轻地存在于不同地区、不同国度。其实，这种看法确过于严重，在相当的程度上夸大了性文学的影响与作用，近乎"狼来了，狼来了"这种自吓吓人的呼喊，因为，道理很清楚，性文学不过是书，不过是以文字语言为其存在形式的书，这一根本的性质，决定了它的作用与影响是有很大局限性的。首先，它对于不识字的文盲与世人中很大一部分根本没有阅读习惯的人来说，实际上是不存在的，它流通的范围经常是很有限的。其次，它所写的不过是"那么一回事"而已，而这"那么一回事"只不过是成年人日常生活的一部分，是人所熟知的一种生活习惯，实在不足以成为罪犯毒药、洪水猛兽。而且，作为书，就有书的特点，那就是书不可能提供直观的形象、直接的感性。从作者成书的过程来说，先是带有活生生感性的、有声有色的客观素材变成无形的，看不见、摸不着的主观想象与意境，然后又转化为带有抽象性与笼统性的符号语言文字，整个过程就是有声有色的现实素材符号化的过程，是现实的全部活泼的生态与感性石化的过程；对于一本书来说，它原来所依据的那些活的内容，都已经收殓入棺了，不再有声有色，不再生腾活蹦，只有等阅读者来到它的面前时，它才被启封，它才有在阅读者身上还魂复活的可能。但是，从阅读的过程来说，带有抽象性与笼统性的文字语言符号，要在阅读者脑海里再复活为图像与意境却并不那么容易，往往有各种各样阻塞的可能，它是否复活以及复活到什么程度，往往要取决于阅读者掌握文字语言的程度，生活经验、社会见闻、历史知识的多寡，理解力与想象力的高低，如果阅读者的这些能力低下，一部性文学作品放在他面前，他也是读不懂、看不明白的。即使在条件充分的阅读者那里，原来的内容能再一次在理解在想象中复活，也已经是"今非昔比"，打了很大的折扣。总而言之，由于文学的基本材料是语言文字，性文学的直观形象诉诸力、声色影响力是非常有限的，与绘画、雕塑、影视，甚至戏剧都是远不能相比的，因此，夸大它的影响力以加重指出它的"伤风败俗"的消极作用，在 20 世纪的今天，这种做派已显得很不自然。一幅裸体画远远要比文学作品中的裸体描写更具有诱惑力、刺激性，然而，称道裸体美术的人、以观赏裸体画为风雅的人，现在已经远不止少数刘海粟式的"先驱者"了，而公开标榜自己欣赏文学中裸体描写的人士，却为数甚少。

还有一个问题值得注意，那就是时至当今 20 世纪末期，文学阅读与影视观赏在人们文化生活中的比例发生了引人注意的变化，前者的比重愈来愈小，后者的比重愈来愈大，以至有不少人已经宣称，现在不再是阅读的时代，将来更不是阅读的时代，无可置疑，影视媒介以其直观的形象性将愈来愈占有更大的文化市场，而文学作品，即使是性文学作品，则将愈来愈不具有大众化、普及化的文化消费品的性质，愈来愈在文化市场上缩小其地盘，而主要在人类文库中占有一席地位。看来，这很可能就是性文学在未来一个时期的历史命运。当然，对于性文学作品来说，要能进入人类的文库、资料馆，非得具有一定的品位，而决定性文学作品品位的，则在于它是否具有某些隽永的经得起咀嚼的哲理与见地，因此，在上述意义上，对历史上那些具有一定价值的性文学作品进行整理、编译与研究，是一件文化积累性的事情，不值得有德之士大惊小怪、侧目而视，更用不着"大动干戈"。

《O 姑娘情史》可以算得上一部严肃的性文学作品。它的严肃性首先体现在作者不是为了自娱找乐才写这部作品的，而是为了揭示一种状态，为了提出某个问题。

小说是以精致细腻的笔法写成，描述了 O 姑娘受性虐待的经历与故事，对过程与细节的描述几乎可以说是典型的写实式的，然而，O 姑娘受性虐待的故事与她受性虐待的所在地，不论是鲁瓦西耶神秘的古堡还是安娜·玛丽的"作坊"，都带有某种虚幻梦境的色彩与象征性，就像某些童话与传奇在细节上常常是真实具体的，但整个故事与意境，却是出自幻想一样。在这个意义上，《O 姑娘情史》是一个性传奇、性"童话"，它的作者致力于展示一个性虐待乌托邦。

小说中的性虐待，完全是男性对女性的虐待，在这个性虐待乌托邦里，各种各样的性虐待花样，可谓变化多端，无奇不有，还加上一些挖空心思才能想得出来，而又只能在科幻影视中才有的设施、条件、装置、器具，所有这些是否会引起一些人对可能会有的诲虐作用感到忧虑？让·波朗在他的序言里，也曾对小说中的梦幻性的东西不无担心。不过，能够因为一则童话中有狼外婆在被子里嚼人骨头发出响声的可怕情节，就否定这则童话？何况，如果童话作者不写这个情节，又如何表现狼外婆的伪善、狰狞与残暴？

在小说里引起人们深思的倒是，其中那些如花似玉的少女，特别是女主人公 O 姑娘，偏偏对那些惨无人道、苦刑般的性虐待竟甘心情愿，逆来顺受，血肉之躯所承受的这种痛楚能转化为快感欢乐？这显然是生活常识所解释不通的。对于 O 姑娘来说，她对所有这一切之所以愿意接受，根本原因，甚至是惟一的原因，就在于这是她的情人所要求、所安排、所命令的，她要忠于自己的情人，也就乐于做他所命令的一切，她把在鲁瓦西所遭受的种种凌辱与施暴、把受任何一个不知名的男人以及斯特凡先生的糟蹋，视为自己对情人的一种职责，视为要达到情人要求的一种职责，视为要达到情人的要求而进行的一种课程、修炼。她为了对情人坚贞不二而实际上成为一个人尽可夫的轻贱妓女，这种可怕的"坚贞心理"是多么异化！而且，她由于服从自己的情人，又按他的命令死心塌地成为斯特凡的性奴隶，最后"眼见斯特凡先生要同她分手，便宁愿一死，斯特凡先生同意了"，这种可悲的依附存在是多么异化！小说完整而充分展示出了O姑娘这种异化的性心理状态与性存在状态，从这个意义上讲，它可算是一部心理小说。

如果小说中的鲁瓦西古堡是一个带象征性的情境，O姑娘的经历故事是一个带象征性的寓意传奇，那么，O姑娘的性心理也是一种象征的心理情状，也就是说，它具有普遍性、概涵性与典型性。在中国古典文学里，就早已有"上邪！我欲与君相知，长命无绝衰，山无陵，江水为竭，冬雷震震，夏雨雪，天地合，乃敢与君绝"以及"衣带渐宽终不悔"之类的诗，其甘愿受折磨、棒打不走，依附不舍、死心塌地的程度，似乎与O姑娘各有千秋。只不过，《O姑娘情史》的作者采取了一个性视点、一个性的切入口，把两性关系中的威严与屈辱、奴役与依从表现得极为粗野，极为尖锐，难怪让·波朗评此书乃写给男性的一封"最粗野的情书"，但我们要补充一句，是一封萨歇尔·马琐克（Sacher-Masoch，1836～1895）主义的受虐恋的情书，除此而外，作者对O姑娘是否多少也带有"怒其不争"的女权主义情绪？这是一个值得读者去解析的问题，读者可以得出见仁见智的不同解答。这对于20世纪的妇女研究、女权主义研究不是没有意义的。

《O姑娘情史》无疑是西方20世纪性文学中的一部力作，让·波朗在它出版时，就认定它"是近年来最重要的作品之一"。这样一部作品难得有让·波朗这样的大批评家作序，更难得有作者本人就此书与蕾吉娜·德福日的长篇谈话录，涉及本书的背景以及作者的身世、思想、社会观、价值观、感受、兴趣等等。小说、序言、谈话录，三者合一，我相信构成了一份关于一部性文学代表作的完备的研究资料。

（Pauline Réage: Histoire d'O，巴黎，
Jean-jacques Pauvert，1975 年版）

20 世纪性文学中的一部代表作兼及
色情主义与女权主义

——《艾玛虞尔》

这部小说很有名，在 20 世纪下半叶，凡是熟悉西方文化的人，不论是西方的还是东方的，恐怕都很难抹去对它的记忆。

1959 年，它的节本秘密出版，当时未获好的名声。30 年后，直到 1989 年，它的全本才得以问世，不再被视为一本下流的淫书，而成为 20 世纪性文学中足以与萨德、巴达叶的作品并列的杰作之一。它被改编成电影搬上银幕，其制作之精美使它作为一个著名的艺术片而风靡各国，拥有了上千万的观众，录像带亦发行了数百万盒之多，艾玛虞尔的名字在全世界也就闻名遐迩了。

文学作品发展到 20 世纪，可以说人类生活的各个方面几乎没有不被它写全了，性文学作品作为一个特殊的部类以及 20 世纪非性文学作品中比重愈来愈大的性描写，似乎也已经把人类性关系、性行为中的种种欲望、癖好、方式、情景、格局写完了，如果再加上普遍存在的性影院与大量流行的性录像带，不妨可以说，人类生活中被描写、被展示得最滥不过的，就莫过于性了。

要有点标新立异、与众不同，才能免于渺无声息被淹没在这一片"黄海"之中。这位作者看来是意识到了这种危险性，他力图使自己的小说显示出若干独特性出来。他一开始就用比较讲究的文笔进行旅途中有声有色的气氛与人物细腻的心境的渲染，好一阵子之后，才以主人公在高空飞行旅途中的经历，标志出自己的作品是一部十足的性小说。而且，他描写的这段经历是如此奇特，构成了现代西方高物质享受、高消费生活方式中的一支性浪漫曲，足以使那些在旅游中寻求乐趣的有闲者产生无穷的遐想与对此类奇遇的热烈期待。而作为性小说中的情节来说，这奇遇式的经历无疑具有最为浓烈的、最富有刺激的性胡椒面，以致读者会担心，一开始性欢场面已达到如此的极致，若重复写下去，如何能使人卒读？

担心是不必要的。正如精神文化各个部类均有长足的发展一样，性小说从18世纪在法国大量出现以来，到了20世纪，其发展的平均水平也早已超过了18世纪。18世纪的性小说的内容，经常只是用一定的故事情节把性行为的种种不同姿势与格局串联起来，描写虽有小异，实则大致雷同，读来颇有重复生腻之感。这种情况到了19世纪就已经少见了，且不用说在20世纪性小说、性描写大量出现之后了。在这一块既定的有限的土地上，有了这么许多"种植者"，势必拥挤，若要"出人头地"，仅在决定于人体结构与生理功能的有限的"招式"上费笔墨是不行的，必须另辟天地，而这片广阔的天地，就是性哲理。对象内容虽然有限，人对有限内容的体验、感受、见解与哲理，却如人各一面，变化多姿，无穷无尽。

《艾玛虞尔》的作者颇谙此理。他就是有意识地飞向这片"天空"的。他用了整整一章甚至多于一章来致力于阐释性哲理，从章的数目来说，占全书六分之一强，而从实际篇幅来说，则足有三分之一的比重。这一章就像苏格拉底谈话录、柏拉图谈话录或歌德对话录那样，通篇由马里奥与艾玛虞尔以色情主义为题的谈话构成，在这里，女主人公艾玛虞尔退居到次要的角色，只起洗耳恭听者、烘托者或挑起话头者的作用，就像中国双人相声中的捧角一样。虽然无任何性情节与声色描绘可言，但这一章对于对性问题有研究兴趣的人来说，却是全书中最值得一读也最耐读的部分。

对于色情主义，捧角艾玛虞尔先提一个人们普遍认定的定义："色情主义就是对感官快乐的崇拜，而不受任何道德的约束"，着重指出了它作为道德的对立面的性质，而这正成为马里奥全部反驳的出发点。作者通过马里奥之口干脆这样说："色情主义，它就是一种道德"，并且作出了如此理论性的概括："色情主义不是关于如何聚在一起娱乐的药方教程。那是关于人类命运的一种观念，一种尺度，一种教规，一种法典，一种仪式，一种艺术和一所学校，它的规律建立在理智而不是建立在轻信的基础上，建立在信任而不是恐惧的基础上，建立在生活的情趣而不是死亡的神秘感的基础上……色情主义并不是堕落的产物，而是一种进步，因为它有助于性事非神圣化，它是使精神和社交健康化的一种手段，是一种精神促进的因素。"

这一段带有纲领性的赞词，讲得玄而又玄，如同在云里雾里，要理解是不容易的，为此，作者足足花了一章的篇幅从各个方面进行阐释，直到觉得的确建立了他关于色情主义的系统哲理、理论体系为止。不论人们把他的这一套是视为奇谈怪论、悖理谬言，还是视为骇世浪语、淫词秽文，不可否认它包含了西方当前性观念的一些重要成分，反映了西方当前性状况的若干真实，因而值得将其要点概述如下：

色情主义的实质是"以什么方式来达到性乐"，是"要有美学标准"；仅仅由于爱美，人类才有别牲畜；美不是在已成的事实中坐享其成，而是要求"挑战，努力，勇往直前"才能获取；色情主义是"梦幻对大自然的胜利，是诗魂的高雅隐居地"，它否定了不可能，它以对美的向往突破了原始自然与原始本能，如"女人之间的肉体行为在生物学上是荒谬的，但色情主义却将此种梦幻中的想象变成了同性恋，五人一起做爱是违反天性的，色情主义却想象出此种行为，并付诸实现"，因此，色情主义"不是抄袭传统与习俗的纯净"，而"有一种勇敢的精神，它嘲弄愚蠢与怯懦"；色情主义是人性的正常延续发展，它反对性事上的一切反诗意的世俗成分与世俗方式：正统主义、对禁令和规矩的盲从、对想象力的仇视、拒绝新鲜事物、忌妒、羞耻等，它也是一切恶的大敌：虐待狂、恶意、卑劣、虚伪、谎言、残酷等；色情主义"是以人的肉体为对象的艺术"，色情行为的产生要求有这样一些品质：想象力、幽默感、鉴赏力、美学上的直感、思想的严密与坚定、信念、组织才干，等等。"有了色情主义，人类才同野兽分离而变成了人"；色情主义并不等于做爱，"只有本能的习惯性的义务性的性乐并不就是色情主义，色情主义是性事中的艺术"；不能说色情主义是道德的对立面，世俗的道德是"那些令人异化，从属，成为奴隶、太监、修行者或小丑的东西"，"真正的道德是使人成为人的东西"，因而，"色情主义是真正的道德"；色情主义的位置在于"将会区分光荣的人与自惭的人，后者悄悄躲在现代社会的小屋里，遮掩着自己的裸体，还只是人类的雏形，身上还沾满了地质历史上更新纪的泥沼里的污泥"；色情主义是改造生活的手段，"把实行色情主义作为生活准则，这将给我们光明"，"人将变成另一种生物，跨进了一步。过去种属的无知、恐惧以及屈辱都不再与他相关，崭新的情况是，他精神自由地去做爱"；像印度穆里亚人的风俗那样奉行色情主义精神，将可以形成新的社会秩序，可以消除性事上的忌妒、私有观念、排他倾向以及由此而来的暴力行为。

那么，色情主义究竟是怎么一回事，有什么具体内容与规范？答曰，有三律，一曰"古怪律"，二曰"不对称律"，三曰"数量律"。三律概而言之，不外是性事上的别出心裁、花样翻新，两性的格局异常，参与人数不合常规而已。

通观作者的这一番议论，不妨说这是一种夸大其词、自张声势的浪漫高调，充满了一种性开放、性自由的狂热与色不厌精的偏执，从他规定的色情主义的三大内容或三一律、从他笔下的马里奥色情主义的实践来说，实在难以赋予它那样高、那样大的价值，不过它倒的确也是一种意识、一种观念、一种理想，但归根结蒂只是富贵人、有闲者、"上帝的选民"的色不厌精的理论形态而已。如果说，食不厌精是人类物质生活水平与文明化水平不断提高中的一种正常的、合理的需要，是人类追求物质享受的一种应予实现的理想，那么，色不厌精似乎亦不应当例外，只不过，朝什么方面不厌精、如何不厌精法，却还是大有讲究的，中国的烹调术是数千年饮食经验的积累，其水平之高当属世界前列，即使如此，还不能说其中任何一种料理法子都是合乎健康之道的。色，比食更为复杂，不厌其精如不得法，其社会后果是严重的、难以预料的，至少在马里奥的色情主义实践中动用鸦片助兴与在街头随意拉一个人来参与性事此二条，就切不可取，其危害性是不堪设想的。作者把马里奥色情主义的实践放在泰国这样一个性旅游业极为发达的地域背景上，似乎把它当作了色情主义的一个理想温床，然而，据世界卫生组织的调查，这正是世界上艾滋病最为猖獗的地区之一。

对于小说中色情主义议论，我们权且把它作为"曲高和寡"的一家之言，无需过分认真，但对小说中的女权主义倾向，我们倒是大可加以重视。如果说小说中真正称得上马里奥所谓的色情主义的实施与情节是相当有限的话，那么，小说中有女权主义色彩的形象、故事与细节倒的确是蛮多的，虽然作者并未公开标榜自己的女权主义倾向。首先，小说主人公、漂亮的少妇艾玛虞尔，在整个作品中是性感受的中心，是由她而不是由男人来感受各种性乐，从高空飞行中的外遇到同性恋到色情主义的性欢实践，总之，她是宠幸、施爱的中心，上帝专门为她把世界安排得那样美满，不仅有被她吸引、对她顶礼膜拜的婚外男子，属意于她的同性女伴，而且还有一个惟恐她的色相在外人面前露得不彻底、乐于别的男人来占有她的丈夫。作者给艾玛虞尔安排如此称心的命运时，无疑带有明显的女权主义的潜意识；他在全书关键性的一章中，清算了传统的对妇女的偏见与蔑视，即使是《圣经》中的言论亦未能幸免，就不用说封建主义的中世纪了；他还通过人物之口，引人注意地宣扬了女性生理自然条件优越论，如"女人都是漂亮的，只有女人才懂得爱"、"女人胜过她们大多数男性伙伴"等等，并在此基础上，主张女性多享论（"不把一切都给同一个男人"，"把身体的每一个部分给不同的男人"）、女性及时行乐论（"为莫娜丽莎做模特儿的那个女人献出最后一分姿色，呼出最后一口气之后，还有可能存在什么呢？喜剧就终场啦！""美只在瞬间"）、女性多夫论（"一个已婚的女人，让自己的丈夫与情夫平分秋色"、"欺骗一个自己热爱的丈夫是一种特殊的享受"、"不是跟一个或少数几个男人，而是跟尽可能多的男人"）等等，很多女权主义者想讲而不好意思讲的话，在这里总算讲得再坦率不过了。

尽管小说中这些女权主义的形象表现与言论也颇有些惊世骇俗，但比起其中的色情主义，却显然有其社会根由与几分必然性。要知道，人类社会早期曾经历过母系氏族社会阶段，那时是一妻多夫制，只是由于社会经济的演变与发展，母系氏族社会才被父系社会所代替，由此，妇女失去了其优越的地位与性自由，而出现了种种适应父系社会的男女关系的观念与规范，即使是在女性"被打进十八层地狱"的时代，孔老夫子也感叹过"惟女子与小人难养也"，道出了女性的不容易对付。随着20世纪社会经济的变化，妇女的社会经济地位比过去时代有了很大的提高，女权主义思潮也就应运而生了，女性在两性关系中势必要争取自己的自由与自主。如果说《艾玛虞尔》确实反映了某些带有社会意义的普遍的东西的话，那么，性关系、性行为上的女权主义倾向就正是它所反映出来的东西。它把女权主义的信念、女权主义的向往表现为感情形态，表现为性文学故事，而且表现得毫无遮掩，再直率不过。这，就是这本小说的实质。

不论这种倾向在多大的程度上将使有德的男士感到不悦，不愿意看到它的扩张，但它显然并非一种空想的、纯主观意愿的产物，随着社会经济生活的发展，妇女地位将继续改善，继续提高，两性关系上的女权主义趋势恐怕也会有所发展，请注意，早在 18 世纪，对女性阅历甚多的德国大诗人歌德，不是早就作过"永恒的女性领导我们走"这样的预言吗？

（Emmanuelle Arsan: Emmanuelle，
法国，10/18 丛书本，1967 年版）

后　记

在我迄今所出版的 10 个评论文集中，这一个多少有点特别：

它收入的文章中，所谈论的范围与作品，除少数三四种外，都可以说是"禁书"，至少按照中国的标准要算"禁书"。即使是例外的三四种，也都曾被认为是"不道德的"、"不严肃的"，只不过描写比较含蓄而已。因此，就内容性质而言，文集如果不名为"性文学谈"，至少也该算是"风月谈"了。其实，这二者的意思在今天已颇为相近，前者直露确凿，无回旋余地，后者空灵喻若，稍有间离效果。

虽然性是人类自然需要的一个重要内容，但文学中的性描写以及准性描写，从来都是被严词斥责或侧目而视的，这种文化道德现象的历史社会根由是什么以及它是否合情合理，且不去加以辨析，这里只需指出，即使是在纯粹的性文学作品或"风月作品"中，也有不少颇具社会历史内容、人文哲理深度与文学艺术价值的，不少出自严肃的文人作家与著名的历史人物之手，本书所论及的作品就属于这一类。

由于各种原因，这些作品目前在大陆仍未翻译出版，或者尚不宜公开出版。但是，学术研究无禁区。这里且提供一些评介与议论，不与时髦的叙述学方法沾边，以避趁机复述某些故事情节之嫌，只求从中发掘若干社会历史意义与人文心理内涵，权作个人"灵魂冒险"的一份纪录，也许不无文化探索的意义。

2001 年春

为什么要萨特

柳鸣九　著

代序：与萨特、波伏瓦在一起

　　到了巴黎，安顿了两天以后，我关心的第一件事，就是到蒙巴纳斯公墓去看让－保罗·萨特。很自然，在我向法国外交部文化技术司提名要见的作家名单中，西蒙娜·德·波伏瓦（Simone de Beauvoir）也就名列首位了。我想去和她谈萨特。同行的金志平同志当然也乐于陪我去会见这位当代著名的法国女作家，萨特的挚友、终身伴侣。

　　其实，我去看萨特并不止一次，到达的第二天，我们在蒙巴纳斯区办事时，经过那有名的公墓，我就不大合时宜地要进去先看一看。我看见了萨特就躺在进大门不远的墙根下。

　　正式凭吊的那天，天气阴凉，天空中迅速吹过一阵阵灰黑色的云，似乎雨意很浓，使行人有点担心，但又没有下。巴黎的 10 月总是这副德行，很少有晴朗的时候，不过，风倒是没有半点寒意，只使人感到凉爽而已。公墓外宽阔的人行道上，有几排高大的洋槐，在风的吹拂下奏出了和声。地面只散乱着少许刚刚发黄的树叶，如果不是前天夜间下了雨，也许它们还不会落下来。巴黎温和的 10 月，本来就无意于驱走绿意，更谈不上要以霜寒对枝叶相逼了。

　　蒙巴纳斯公墓就在埃德加·基内大道旁，外有高大的布着常春藤的围墙，看去就像一座巨大的庄院，站在大门口，面前呈一“T”形的两条柏油路，构成了墓地的主要交通干线，横路与围墙平行，从大门口往右走不上 20 步，就可以看到在一大片古老的灰黑色墓碑中，有个浅黄色的石墓，墓碑只有一尺来高，上面有简单的两行字：

让－保罗·萨特

1905～1980

要是没有那浅新的颜色，让－保罗·萨特是不引人注意的，他只在一片丛立的墓碑中挤出了一块小小的地方，远远不及那些不见经传但先占好了地盘的邻居们那么有气派，和他们那些高大的"门牌号"相比，他的那块低矮小巧，也没有任何装饰性的雕塑，朴实无华。但不同的是，我每次来的时候，萨特墓上都有鲜花：水仙花、菊花、玫瑰花、鸢尾……有的是花束，有的是盆花，而他那些邻居巍峨的府第前，却缺乏这些鲜艳的有生命力的色彩。

尽管墙外的大马路上汽车来往不断，墓地毕竟是墓地。一片凄清。一片寂寞。在这个简朴的墓前，如果只是为了"到此一游"，一分钟也就够了。可是，因为墓中这个人物和我自己近两年的工作颇为有关，所以这天我在这个毫无游览观光价值的地方，却流连了将近一小时之久。

萨特的作品我早就读过一些，对他的情况也还不算陌生，因此，1978 年在全国外国文学研究工作规划会议上的发言（即《关于西方现当代资产阶级文学评价的几个问题》）里，专门谈到了他。那篇发言是针对日丹诺夫对西方现当代资产阶级文学偏颇的论断长期在中国的影响而发的，目的只求冲破一些不合理、不切实际的极"左"的条条框框，以促进对现当代西方文学的评介和研究。这个发言曾经引起了多数同志与读者的共鸣，也有一部分同志善意而坦率地提出过商榷，这些都使我感到亲切、自然。1980 年 4 月 15 日，萨特逝世，6 月，我应《读书》之约，写了《给萨特以历史地位》一文，发表了前文中的一些观点，可是，不久，我就在一次全国性的外国文学工作会议上，亲耳聆听了一个针对该文的大批判的发言，什么"批评日丹诺夫就是要搞臭马列主义"等等。我没有作任何答辩，只是下决心尽早把萨特资料专集编选出来，也算是一种答复。

正因为经历过这样一些事，所以我带着一种感情在萨特的墓前站了一会儿，而后，坐在它旁边一条木头已经发朽的破长凳上，不是为了休息，而是为了在这里多待一会。我的思绪泛泛地想起萨特生平中的一些事：参加反法西斯斗争，反对侵朝战争、侵越战争、阿尔及利亚战争，支持法国革命群众运动，挺身而出保护《人民事业报》，拒绝诺贝尔奖和"一切来自官方的荣誉"……他在哲学上提倡人进行积极的自我选择，以获得积极的本质，过有意义的生活；他的文学作品在反法西斯的斗争中曾发挥过积极作用，他还在作品中抨击和讽刺过种族主义、法西斯残余势力以及 20 世纪 50 年代的冷战狂热。我想，所有这些不正是汇入了当代进步正义事业的历史潮流中吗？不是和我们所经历过的路线平行发展的吗？为什么不可以说他是属于无产阶级的？列宁曾把托尔斯泰的名字明确地和俄国革命联系在一起。说"属于"，并不是说"等于"，更不是说"就是"，这是常识，不应该引起误解。何况，一切优秀的文化遗产本来都是无产阶级应该继承的。

看着金志平同志已经完成了参观整个墓地的任务，从远处走了过来，我结束了我的思绪，也从长凳上站起来，准备往回走。面积不大的公墓只有少数几个凭吊者，的确显得有些空旷，可是，一年多前，萨特葬礼的那天，却曾有好几万人把萨特送到这里，它怎么容纳得了那么多人呢？

两天以后，当我和一位法国朋友谈起萨特时，他以一种不可思议的表情说："我真感到惊奇，那天竟有那么多那么多人为他送葬，什么人都有。"在另一个场合，我又听说，法国学术界对萨特的研究越来越细致，已经有了相当一批萨特学学者，不久还将成立萨特中心。萨特是人们公认的思想史上的一个伟人，这在法国已经是无需再争议的了。其实，何尝在法国如此呢？在世界其他地方，萨特也被作为人类精神领域中一块高耸的里程碑而成为学术研究中的一个巨大课题。今年上半年，我在美国哈佛大学著名的怀德纳图书馆的书库里，亲眼看到世界各国出版的评介和论述萨特的专著，就有整整两大书架之多。

可惜萨特已经去世，我来巴黎太迟了。不过，西蒙娜·德·波伏瓦还在，在我的心目中，她与萨特就是不可分割的一体。他们在求学时代就相识并成了终身伴侣。只不过他们为了表示对传统习俗的藐视，而从未举行结婚仪式；他们同时开始创作活动，她帮萨特建立了人类思想发展历程中存在主义这一独特的路标，她以与萨特思想倾向一致的作品，而和他在当代法国文学史上构成了影响深远的存在主义文学；她在政治上始终是萨特的同志和战友，共同参加过反法西斯的斗争，从事过种种进步的事业，一同访问过新中国，对中国一直怀着友好的感情；在生活上，如果用简单化的语言来说，她实际上是萨特的妻子，萨特一生得力于她实在不少，20 世纪 30 年代，萨特一度精神不正常，是西蒙娜·德·波伏瓦在经济上和生活上给了他极大的支持，帮助和照顾他恢复了健康。他们两人在巴黎虽然各有寓所，但相距甚近，几乎是每天，萨特总是从他的住处步行来到西蒙娜·德·波伏瓦的家，在这里看报、读书、讨论问题、修改稿件，度过整整一天……不过，当我来到巴黎后，却听到了关于他们的生活的一些传言：萨特最后十年身边包围了一批左派青年，他又收养了一个女儿，他与西蒙娜·德·波伏瓦疏远了。甚至逝世时并没有什么遗物留交给她。有人就企图利用这些情况，把两个人分割开。

历史的基本现实，往往总有一些局部的现象来遮盖，正像蓝澄澄的天空里，有时总要飘过几朵障眼的云。我把上述的传闻与数十年来的基本事实作了一个比较，觉得它们微不足道，我还是把萨特与西蒙娜·德·波伏瓦看做一个整体，因此，我几乎是怀着见萨特的心情来到了西蒙娜·德·波伏瓦的门前。

　　门开处，一位衣着雅致、气派高贵的老太太站在我们面前，从面部的轮廓上，我马上认出了这就是我在照片上见过的与萨特在一起的那位风姿绰约的少妇。她的老态是非常明显的，虽然体格清瘦，但是动作迟缓，远远不如我后来会见的法国当代文学中另外两位著名的老太太娜塔丽·夏洛特和尤瑟纳尔那么精悍、灵活、自若，尽管她们的年龄比波伏瓦都要大五六岁。她裹着一条浅黄色的纱巾，包裹的式样有一点像斯达尔夫人那著名的头像，她穿着浅色的衬衫，灰蓝色开胸的羊毛衫里，又露出罩在衬衫上的雪白的绒背心，下面则是一条墨绿色的绒裤。如果说她身上的色彩是丰富的话，那么，房间的色彩就不知丰富多少倍了。浅黄色的墙壁、浅灰色的窗纱、深红色的帷幕，墙壁四周的上方是悬空的书架，书籍浩繁的卷数和式样，又必然带来缤纷的色彩。屋内的陈设琳琅满目，各种美术作品，东方和西方的古董，沙发、灯罩、茶几都呈现出各种式样和颜色。鲜花也有好几种：洁白的兰花、鲜红的玫瑰……墙壁四周的下方，是一圈着地的书架，除了书籍以外，还有数不清的唱片和更加数不清的小摆设，其中有中国的泥人和皮影。室内到处都有她与萨特的照片，有的挂在墙上，有的放在书架上、茶几上或书桌上。这是她的客厅，也是她的书房，她的书桌就在一个角落里，那里更是集中地摆着萨特的照片。房间的中央，有一架好看的绿色螺旋形楼梯盘旋而上，通往一套房间，显然那是她的寝室和其他的用房。

　　萨特就曾在这里度过了好些时光，这就是萨特的第二个家。他常坐在哪张沙发上听西蒙娜·德·波伏瓦给他念报？他是从什么时候起，微弱的视力开始失去了对这里的丰富色彩的感受？

　　她把我们让在房间的一角，这里有好几张彼此靠近的沙发。我先向她表示问候，并针对上述的传闻和说法，特别强调我不仅是把她看做当代法国文学中的大作家，而且是把她看做萨特最亲密的战友和伴侣来致以问候的，这使她显得有些高兴。我感到，那似乎是一种突破了沉郁心情的高兴。

我们开始谈到萨特。陪同的沈志明同志向她介绍了我对萨特的研究和评论。西蒙娜·德·波伏瓦一听到这些，像关心自己最重要的事一样，就单刀直入地问我对于萨特的观点和看法。我陈述了我的一系列观点，她注意地听着，不插话，不出声，只是点点头，从她的表情来看，我觉得她似乎对我认为萨特是法国文学中从伏尔泰开始的作家兼斗士这一传统在 20 世纪最杰出的代表的这一论点最为欣赏。

在我说完以后，她对我的陈述总的表示了赞同的态度："我同意您的看法。"这时，我发现，话语不多但却干脆而毫不含糊，似乎是她的习性。接着，她又详细问我《萨特研究》的内容，萨特的文论选了哪几篇，萨特的小说和戏剧选了哪几部，等等。我一一介绍的时候，她都频频点头，表示了赞同，并且向我提出，希望将来出版后能寄给她一本。

这时，我发现一个对我来说颇为严重的问题，时间已经过了半个小时了，而我想要和她谈的问题还没有开始。她的身体显得并不怎么太好，难道好意思占用她两个小时以上的时间？何况，听说她也是法国作家中轻易不见客的一个，每次见客时间都不长，甚至对法国那些萨特学的学者几乎一概拒而不见……

我赶快提出我的问题："您是最了解萨特的人，我想听听您对萨特作为一个战士、一个文学家、一个哲学家所具有的最可宝贵的价值的看法。"

我想用这样一个大题目引起她大段的论述，没想到她的回答却是这样浓缩：

"萨特作为思想家，最重大的价值是主张自由，他认为每个人必须获得自由，才能使所有的人获得自由，因此，不仅个人要获得自由，还要使别人获得自由，这是他作为社会的斗士留给后人的精神遗产。"

我并不认为这种自由观与马克思主义的自由观是一致的。但现在不是作对比和分析的时候，现在的问题是如何使她多谈一些，使她谈得具体一些，于是，我赶紧接过自由的话题，谈到了萨特与加缪在自由观上的区别，萨特不脱离社会条件，而加缪却有些形而上学。

果然她接下去了："在萨特看来，只要作为一个人，就要获得自由，并且，在争取自由的时候，要知道别人也是缺乏自由的，因此，也应帮助别人获得自由，当然，不是形而上学的自由，而是具有政治意义和社会意义的自由。是的，加缪也提倡自由，但只是人自身所要求的一种抽象的自由，而萨特，他虽然也认为自由是人自身的内部的要求，但他同时认为必须通过具体的社会环境，既要超出眼前的物质利益，也要通过物质利益表现。"她说这些话的时候，都是以干脆利落、斩钉截铁的口吻，声音有点发尖，因此，更加显得严肃，完全像是答记者问，而当她发言一完，就不再作声，等待着对方的新问题和新反应。

我把问题引到萨特与马克思主义的关系，在我看来，萨特并不是马克思主义者，但他可以算得上是马克思主义的朋友。

"当然，他当然是马克思主义的朋友。"西蒙娜·德·波伏瓦迅速地作出了回答，"他虽然也写过分析评论马克思主义的东西，但他是在尊重马克思主义的前提下这样做的，照他看来，马克思主义应该是发展的，所以，他主观上想要尽可能补充马克思在有生之年所创立的学说，譬如说，马克思对人本身的研究并不充分，萨特想在这方面加以补充，总的来说，他对马克思主义还是很尊重的。"

我很清楚，西蒙娜·德·波伏瓦是言之有据的，萨特在晚年的时候，就曾明确地说过，"马克思主义是我们时代最先进的科学"。不过，她说萨特企图在人自身的研究方面补充马克思主义的不足，这与西方批评家认为弗洛伊德在对人的研究方面补充了马克思主义的不足有何区别？于是，我要求她在对人的研究和发现上，将萨特与弗洛伊德作个比较。

"萨特是在尊重和吸收马克思主义的前提下，对马克思主义加以分析和补充的，而且，他主要是尊重与吸收，但他对弗洛伊德学说则不是这样，他主要是进行批评，他认为弗洛伊德主义是机械的，弗洛伊德看到了性和潜意识对人、对家庭的影响，这是对的，但他没有考虑到反作用，因为，人毕竟是人，而不可能完全是性、潜意识的奴隶。"

她的回答简要而明确。我又赶快谈到萨特的存在主义哲学，为引起她的议论，我说，"自由选择"的主张是萨特存在主义哲学的核心，因而，这种哲学与其说是对客观世界的认识，不如说是对某种人生观的提倡。

她马上以萨特学权威的态度对我说："不完全准确，萨特主要的思想是自由选择，不过存在主义哲学还有另外一些意思，如存在先于本质。在萨特看来，对人米说，人最重要的是本质，不过，人还是可以改变自己的本质的，即通过存在去改变它。"

我觉得她这些话只是存在主义的ABC，根本不是对我的本意的回答，不过，她很快就表示了和我相近的理解："的确，存在主义是一种人生观，不是对世界的解释，它是一种描述，对客观的人生的一种描述。"

话题又转到了萨特与人民群众的关系。西蒙娜·德·波伏瓦告诉我们："萨特的葬礼是19世纪以来，规模仅次于雨果的一次，从规模来看，人民很爱他，参加葬礼的人不一定很了解他的思想，但都知道他的为人，因为他曾为改善人们的生存条件而不断进行斗争。参加者有5万人，而且都是自发性的，不像马尔罗那次葬礼是由政府组织的，因为萨特一贯反德斯坦政府，政府当然不会来主持这件事。"从这里，我们很自然地谈到萨特的一生和他的为人，在西蒙娜·德·波伏瓦看来，萨特作为一个人是崇高的，拒绝诺贝尔奖仅仅是一个突出的例子，此外，还有他保护《人民事业报》，为了越南难民，把个人的成见抛在一边，和他长期的论敌雷蒙·阿隆（Raymond Aron）一同去向总统请愿，等等。她以明显外露的感情作了这样一个总结："不仅仅这几个例子，他一生都是如此，因此，他的崇高要从他整个一生来看。"

关于萨特，我向西蒙娜·德·波伏瓦提出的最后一个问题是：萨特作为一个文学家在文学史上的贡献。

她简要而全面地谈到了对萨特作品的看法，虽然并未作概括性的评价。关于萨特的剧作，她说，萨特的戏剧完全是古典式的，与现代派的方法完全不同，与荒诞性无关，他剧中的人物和情节都很完整，主人公在历史、现实中都有一定的位置，并不是抽象的人，而在所有这些剧作中，她，西蒙娜·德·波伏瓦最喜欢的是《魔鬼与上帝》。关于萨特的小说，她认为《恶心》表现了作者的世界观，是他最重要的作品，因为他在这部作品里发现了人的存在，发现了人的偶然性以及人对世界的敏感性，世界的存在是靠人去发现的，如果人不去发现它，世界有什么意义呢？但发现要靠偶然性。萨特在这部作品里表现了这些哲理，在文学史上要算是一个创举了。她还谈到萨特另一部重要的作品：自传《文字生涯》。她指出，这部作品反映了一个作家的"存在"，从萨特自己的内心生活反映了萨特作为一个作家的生活，其中很多句子看起来很简单，其实有多重的意思，不是单一性的，而是多重性的。她还特别着重谈到萨特的文集《境况种种》，认为这 10 本文集是人类的宝贵财富，一定能流传下去，她还告诉我，萨特最重视的也是他这一套文集，希望它能传之于后代，因为文集中有他的文学理论、哲学观点，有对当代政治和人物的看法，反映了萨特时代的人和事。

我在一种满足的心情下结束了与西蒙娜·德·波伏瓦关于萨特的对话，把剩下的时间献给她自己。

谈起她自己，她一点也没有一般人常有的那种津津乐道的劲头，其实，关于她，她可谈的实在不少。她不仅是当代的一位大作家，而且是西方妇女的一位精神领袖，她一直为争取妇女权利、为反对对妇女的偏见和不合理的习俗而奋斗，她的《第二性》（1949）一书已成为西方妇女的必读书之一，是当今西方女权运动的先声。在巴黎，还有这样的传说：西蒙娜·德·波伏瓦经常接见一些不相识的普通妇女，倾听她们诉说自己的痛苦、不幸和苦恼，为她们做些分析和指点，帮助她们解决在人生道路上所遇到的难题，如：某个青年妇女怀孕了，负心的男人却抛弃不管，她今后如何生活，走什么道路，在这关键时刻，她就来找西蒙娜·德·波伏瓦了。因此，西蒙娜·德·波伏瓦在法国有"好心的老太太"的美名。

然而，她却很少在我们面前谈自己，面对我所提出的一系列问题，她只作了最简单的回答，话语比她谈萨特时少得多，似乎她最感兴趣、最关心的是萨特，而不是她自己。关于她为什么写作、在写作中所怀有的信念和原则这个问题，她只说，她经常有所感，有很多话要讲，愿意把它们写出来，帮助其他的人了解世界，了解生活，帮助他们更好地生活。关于她自己的作品，她只简单地提了提《第二性》一书的影响，指出她所重视的是自己的四部回忆录，因为她在那几本书里讲了自己的经历、观感、体会以及有关萨特的事。关于她近期的工作和创作，她告诉我，不久前她完成了对萨特晚年生活和创作情况的一部回忆录，将于12月份出版，其中附有她与萨特在1975年的长篇谈话，那次谈话是根据录音整理的，最近，她就是为赶阅这本书的校样而搞得很疲倦。至于将来的创作计划，现在暂时没有。关于她的生活和兴趣，她说，她经常到北欧旅行，几乎每年都在罗马度过夏天，在巴黎时，常出去看看电影，对意大利电影颇感兴趣等。

半个多月后，巴黎文坛上发生了一件引人注目的大事：西蒙娜·德·波伏瓦的回忆录《永别的仪式》出版了，厚厚一大册，正如她告诉我的那样，前半部分是她对萨特晚年生活的回忆，后半部分是她与萨特谈话的记录。那次谈话，几乎是他们两人有意对他们大半辈子共同生活的回顾，它清楚地表明，这两个人的不可分割。这是一本带有应战性的书，是对在巴黎流传的关于他们两人关系的某些说法的一种回答。

一位 70 多岁的老太太住在巴黎市中心的一幢公寓里，围绕着她的有丰富的色彩，但她孤单地住在那里。每天，可能有一个做临时工的女仆来替她收拾房间、烧饭做菜。在这个世界上，还有什么东西对她来说是最宝贵、最亲切的呢？该是对躺在蒙巴纳斯公墓墙脚下的那个人的回忆。

"怎么可以剥夺掉她最宝贵、最亲切的东西呢？"

当我收到西蒙娜·德·波伏瓦赠给我的她那本新作《永别的仪式》时，我这样想。

1981 年 12 月于巴黎

萨特是否过时？

——萨特声望受到的挑战与冲击

1980 年 4 月 15 日，萨特逝世于巴黎鲁塞医院，终年 75 岁。法国在职总统德斯坦对此发表谈话称："我们这个时代陨落了一颗明亮的智慧之星。"唁电从法国各地像雪片一样飞来，世界各国的舆论也纷纷表示哀悼。4 月 19 日，萨特遗体下葬蒙巴纳斯公墓，数万群众自发跟随枢车，哀荣之盛况宏伟之至，无疑是法国 20 世纪最隆重、最触动公众感情的一次葬礼。

作为精神文化领域里的一位巨人，萨特留下了丰硕的业绩，其论著、作品有五十卷左右之多。在哲学上，他是 20 世纪存在主义首屈一指的代表，其专著《想象》《存在与虚无》《存在主义是一种人道主义》《辩证理性批判》与《方法论若干问题》等，已成为 20 世纪西方哲学思想发展史中的经典。哲学家萨特的强有力的方面在于，他不仅是体系与思辨的大师，而且善于把他的哲学带进人的生活，与人的生存状态活生生地结合起来，他哲学思想的核心"自我选择"已发展成为一种生活哲理，影响着第二次世界大战之后一代又一代人，在法兰西、在全球范围，其生命力都强盛不衰。

在文学上，萨特的建树是多方面的，他是 20 世纪世界文学中一位哲理文学巨匠，他把自己的存在主义哲理与现实生活形象水乳交融地结合在一起，以清晰鲜明的古典文学形式诠释崭新的现代思维内容，创造出一系列既有形象感染力，又具有深邃意蕴的杰作，其境遇剧《苍蝇》《间隔》《死无葬身之地》都曾是脍炙人口的作品，或在舞台上，或在现实生活里都不同程度地产生过轰动效应。他的小说巨著《自由之路》，可视为法国知识分子的心路史诗，他的短篇小说也隽永而充满魅力。他的自传《文字生涯》篇幅不大，价值很高，可与卢梭的《忏悔录》媲美，其严酷的自我剖析精神堪称典范，显示出了作者独特的人格力量。他的多种文艺理论与多部文学传记，都以特具深度、分量厚实而著称。他的大量政论杂文则充满了激昂的战斗力，在现实社会中产生过巨大影响。

萨特是法国文学中作家兼斗士这一特定传统中重要的一人，这个传统可以上溯到 18 世纪的启蒙作家伏尔泰，后又被雨果、左拉与法朗士这些伟大的作家所继承，萨特像这个传统中的先行者一样，十分自觉地、积极地介入自己时代的社会政治斗争。在第二次世界大战期间，他参加过抵抗运动的实际斗争，还用自己的笔作为武器，他号召抗暴复仇精神的剧作《苍蝇》就是抵抗文学的名著。从 20 世纪 50 年代到七八十年代，他一直是西方社会现实的批判者，是国际暴力的抗议者，在朝鲜战争、阿尔及利亚战争问题上都发表过高亢激进的声音。在国际上两大阵营对峙的那一个历史时期里，萨特显而易见是站在社会主义阵营一边，因此，他一直被视为共产党、社会主义的同路人，直到 20 世纪 60 年代后期，在"布拉格之春"与阿富汗战争之后，他才改变了对苏联的态度，但这并不意味着他在思想上"左"倾的结束，事实上，他在后期已经成了法国极左派的精神支柱。

萨特可谓是轰轰烈烈地度过了一生，在 20 世纪的思想史、文学史上，没有一个人像他这样能在生前不断地享受着巨大的社会轰动效应，也没有人像他这样善于制造社会轰动效应。如在战后相当长的一个时期里，他的哲学思想与文学作品大为流行，风靡欧美以及日本等国，狂热信奉的青年甚至在服饰上与语言上都力求标榜出对萨特的信仰，此时，萨特俨然如一代宗师、一朝教主接受着青年一代的膜拜，虽然不久前他在 1945 年的一次会上还这样宣称过："存在主义，我不知此乃何物。"又如 1964 年，瑞典皇家学院决定授予他诺贝尔奖，他坚决予以拒绝，表示"谢绝一切来自官方的荣誉"。诺贝尔奖的授奖台这个高不可攀的地方有史以来竟头一次受到了轻视与冷落，"此时无声胜有声"，萨特的缺席比他的出席更引起全世界的惊愕与震动。再如，到了 20 世纪 60 年代后期，他又在"自我选择"哲理的善恶标准中注入了新的内容，即实践介入的内容、与群体结合的内容，再加上他频繁的激进社会政治活动，他进一步成为法国极左青年的精神领袖，他走上街头叫卖极左派的报纸，就引起了全球的关注。所有这些都显示出了萨特生前在精神文化领域中那种挥斥方遒、闲庭信步的王者之风，而他的逝世与葬礼则最后给他戴上了耀眼夺目的光圈。

20 年过去了，世界发生了沧海桑田式的变化，万事如此多变，萨特头上的光圈是否依然辉灿？月尚有阴晴圆缺，盈满到了顶点，也就是缺损的开始，萨特亦在所难免。萨特逝世以来的 20 年，正是他的光圈有所黯淡、声誉有所下降的 20 年，他原来如日中天般的声望受到多方面的无可置疑的挑战与冲击。

有来自意识形态方面的冲击。萨特自诩为一个思想独立的自由知识分子，我行我素、天马行空，他继承了西方文化中人道主义、自由主义与个性主义的原则，并有创造性的发展，但他同时又是当代西方社会、西方政治、西方规范最激烈的批评者，因此他被传统力量贬称为"骂娘的人"；他对马克思主义表示了由衷的赞赏，对当代社会主义潮流表示了友善与亲近，但他同时又采取独立的立场，他的思想更是明显地与严格的社会主义思想规范有诸多不合，因此又被社会主义方面视为异己者，他逝世后不久，就在中国被当做"精神污染"加以批判，其规模之大，是出人意料的，特别是他"自我选择"的哲理更成为批判的重点。

对他光圈的冲击也有来自道德方面的。众所周知，萨特虽然是一个有人格力量的人，但却并不是传统意义上的有德之士，在私生活上，他公然无视传统的观念与规范，他与西蒙娜·德·波伏瓦结成终身伴侣，但未结婚，而且双方都充分保持各自的性自由，这一状况像仅仅表露在海面上的冰山尖端，在水下还有着冰山隐而未露的巨大体积，它难免不由于复杂的人事原因而时有暴露，1993 年比安卡·朗布兰在法国出版的《被勾引的姑娘的回忆》就是一个突出的事件。现已被世人所知，萨特、波伏瓦与另外的女性第三者结成异性恋与同性恋混杂的"三重奏"性伙伴关系远不止上两桩，比安卡就是其中的一桩。她在这本回忆录里追述了她在 17 岁时被萨特与波伏瓦"始乱之，终弃之"的受伤害的经历，此书出版后甚为轰动，很快就被译成其他文字在世界流传，报刊也格外热衷，大加报导与评论……这无疑对萨特头上的光圈、对他与波伏瓦关系的佳话造成了很大的冲击。此外，还有不止一部萨特传记也都披露了萨特这一类令人尴尬的老底，在我国，一位文化界著名人士在读过这些萨特传记书籍之后，就这样坦言："我对这两位作家的敬慕心大减。"

对缩小萨特的光圈起了特别重大作用的，还是社会历史进程本身。任何人、任何事都要接受时间的检验，只有通过了时间考验的，才具有持久的价值、永恒的价值。20 世纪充满了各种社会政治思潮、各种意识形态体系、各种国家民族、各种势力集团的复杂矛盾与激烈冲突，这个世纪的历史进程是反复多变、曲折复杂的，在这样的环境与条件下，习惯于对各种问题表述观点与意见的思想界人士，"一贯正确"只可能是一种可望而不可即的理想境界。如果慎之再三，如履薄冰，步入历史误区的可能性相对会少一点，但萨特作为一个作家、哲学家，不仅非常社会化、政治化，热衷于卷入各种思想文化争端与社会政治斗争，而且凭借他的声望与才华、信仰与自信，他在具体的政治社会事件与极左思潮中，投入得太执着、太淋漓尽致了，丝毫没有给自己留下一个作家最好应该保持的适当距离，没有采取一个思想家最好应该具有的高瞻远瞩的超然态度，倒把自己的阵营性、党派性（虽然他并未正式参加法国共产党）表现到了最鲜明不过的极致程度，因此，当他所立足的阵营与政派在历史发展中露出了严重历史局限性而黯然失色，甚至成为历史陈迹的时候，人们就看到了萨特振振有词、激昂慷慨所立足的基石，所倚撑的支点悲剧性地坍塌下去了，看到他在那个地方所投入的激情、岁月、精力、思考、文笔几乎大部分皆付诸东流，萨特的十卷文集《境况种种》中相当一部分内容就是如此。虽然萨特与西蒙娜·德·波伏瓦生前都十分重视这一套文集，把它们视为萨特留给后代的一份主要精神遗产，但时至今天，世界文化领域里一茬一茬的新读者，已经很少有人对其中的政治与社会评论感兴趣了。

虽然 20 年来，萨特的声望受到了一些冲击，但他在思想史上、文化史上的精神业绩仍是不可磨灭的，他巨人般的历史地位仍是不可动摇的。他过去是、现在是、将来仍然是欧洲哲学史的一代宗师，其论著将在人类思想文库中占重要的一席地位，特别是他那与生活、与"存在"紧密结合的"自我选择"哲理更有很强大的生命力。这种哲理确曾在中国受到过批判与清除，但那是一个原本封闭的国度，在逐渐改革开放之初，对个体人的自主性和创造性尚不习惯、不适应的强烈反应，而一旦改革开放的力度深度加大，谈存在主义色变的时期就一去不复返了，"自我选择"在现实生活里则蔚然成风，已成为千万人所习惯的用语，成为人们有意或无意在奉行的行事准则，由此，这种思想方式的活力，也就清晰地显现出来了。

同样，萨特留下来的文学遗产仍具有能经受长时间考验的强大思想力量与艺术生命力，他表现了"存在"哲理的寓言性戏剧与同时具有丰满生活形象的小说作品，不仅其深刻隽永的内涵足以令人反复思考，回味无穷，而且其纯净的经典式的艺术形式则足以给不同时代的人提供巨大的美感享受，即使是他的一部分时事针对性特别强烈的"境遇剧"，也并非一概"过时"，倒由于历史社会事态的发展而焕发出新的生命力。如他揭露法西斯残余势力的《阿尔托纳的隐藏者》，在当今欧洲又出现纳粹幽灵的时候，就仍有其现实意义。萨特在文学理论方面的建树是很卓越的，对我们有很高的研究借鉴的价值，至于他多种具有深刻哲理的传记作品，则像藏量丰厚但至今仍未被开采挖掘的巨大矿山。

在萨特逝世 20 周年的时候，法国的报刊发表了"萨特又回来了"的专题报道与评述。其实，世界性的文化人物既不存在消失而去，也不存在重新而来的问题。他们和他们的精神业绩都是客观存在，他们一直在那里，并没有离开，在那里任人论说、评判，只不过在历史发展、沧桑世事中，对这些杰出人物的评价，往往如潮汐一般，时有涨落。萨特逝世 20 年来，他在中国得到了完全不同的论说与评判，他的历史命运有了明显的变化，近年来中国一些出版社纷纷购买版权翻译出版他的论著与作品。这种变化令人深感欣慰，因为这不仅是一个应该如何对待思想巨人、文化巨人的问题，而且更重要的是它反映了这样一个基本的事实：中国在不断改革开放，在不断进步！

萨特的永恒价值

——关于萨特的不朽意义[①]

萨特的永恒价值何在？

他是哲学家、文学家，也是政治活动家，在这几个方面都创造了重要的业绩。从萨特所留下的精神遗产来说，他对我们的价值今天看来主要还在于，他是作为一个文学家，而不是哲学家，更不是政治家。但文学家萨特身上却又明显存在着两个基本的倾向，即哲人化倾向与政治家化倾向。

作为哲学家的萨特，当然很有所作为，他留下了相当可观的、有分量的哲学论著，在 20 世纪哲学史上无疑占有一席地位。然而，应该承认，与他在 20 世纪文学史上所占有的第一流大师的地位相比，他哲学上的成就不免黯然失色，在当代不止一部重要哲学史论著中，他都未能获得专章入论。至于在中国，他的哲学论著至今仍只有很少专业工作者去研读，他们为数绝不会超过一个营。

萨特的力量在于把特定的哲理引入了文学。如果说，"依据自己对事物的接触与感觉来认识事物，并从中弄出哲学来"，是萨特意识中的一个最主要的目标，是他全部创造性精神活动中的一个最主要的动力基因的话，那么他最成功之处，就是选中了"存在"、"自我"这一个人人都要面对，都要自觉或不自觉加以思索的"事物"，的的确

确"从中弄出哲学来"。并且，在自己极为丰富多彩的文学创作中，从短篇小说到长篇小说、从戏剧作品到传记作品，多方面、多角度、多层次、多色调地表现了这种哲理，使得他规模巨大的文学创作中，都响彻着"存在"与"自我"的主旋律，并奏出丰富的和声，构成了一个统一的、宏伟的交响乐，这就是萨特精神创作的奇观。正因为萨特是一个创作出了丰富的形象世界、具有强大艺术魅力的哲人，所以他影响的范围，远比法国哲学史上任何一个伟大的纯哲学家来得广泛，来得深入人心，虽然，他的体系与深度并不如他们。正因为他是一个构设出了自己独特的思想体系，并以深邃的哲理、闪光的精神火花、逼人的思想力量赢得了千千万万读者，造成一代风气的作家，他就得以在法国 20 世纪文学史上占有了辉煌的一章，与那些第一流的艺术大师比肩而立，虽然他在艺术形式上并无什么特别惊人的开创。

政治化，并非萨特一开始就有的思想倾向与行为倾向。当 1936 年法国人民阵线的运动风起云涌时，他仍是一个脱离政治的"自由派知识分子"。第二次世界大战中，他实际上并没有什么值得注意的重大政治活动，只是从第二次世界大战结束后，他才愈来愈多地投身于国际的政治与法国国内的政治社会运动之中。特别是从 20 世纪 60 年代起，他的文学创作、学术著述活动日渐减少，而他的社会政治活动却愈来愈多，一直到 1980 年他逝世为止。我曾经把萨特列入法国文学史上作家兼斗士的传统之列，应该补充指出，如果说法国文学史上如伏尔泰、雨果、左拉、罗曼·罗兰都是作家兼斗士的话，那么，20 世纪 60 年代以后的萨特应该说是斗士兼作家。以他的政治社会活动在他生活中所占的比重之大，以及他尚存的一部分写作生活实际上也大都围绕他的社会政治活动而言，他在某种意义上要算是一定程度的专业社会政治活动家了。正是他长达 30 年的社会政治活动的色彩与性质，使他获得了"法国共产党与苏联社会主义阵营的同路人"这样的名声，显然他对自己这一部分生活与业绩是特别重视的，其重视的程度甚至令人感到惊奇。1981 年我在巴黎访问西蒙娜·德·波伏瓦时，她就这样说过："萨特最重视的是他的《境况种种》这套文集，希望它能传之后代。"而这个十卷本的文集，正是萨特几十年政治社会活动的集中体现，其中很大一部分文章是萨特围绕自己的社会活动所写的政治社会评论，以及"对当代政治和人物的看法"。

对一个作家的"盖棺论定"，在不同的时代社会往往会有所不同。虽然，我们对萨特的论定，将来可能会受到岁月的修正，但我们今天至少可以这样论定：文学家萨特身上的这两种倾向，已经给他带来了不同的结果。毫无疑问，他的哲人化使他成为世界文学中具有隽永睿智的作家之一，有思想魅力、有精神感召力、有不朽价值的作家之一。而他的政治化倾向，则似乎没有在他文学价值的天平上，加上什么有分量的砝码。他的政派性、阵营性太强烈了，他凭借对自己巨大声誉的自信，在具体的政治社会事件与极左思潮中，投入得太无所顾忌了，丝毫没有给自己留下一个作家最好应该保持的适当距离。因此，当他所倚赖的政派与阵营，他所全力介入的政治社会事件与社会思潮，在历史发展中成为过眼烟云的时候，或者露出严重历史局限性而黯然失色的时候，人们就看到了萨特所站立于其上的那块基石悲剧性地坍塌下去了，看到他在那里所投入的激情、岁月、精力、思考、文笔几乎大部分都付诸东流。

如果文学家萨特生活中没有这么长的政治化的岁月，20 世纪社会主义阵营中，法国极左思潮中肯定会失去一位充满激情并拥有崇高声望的活动家，但法国 20 世纪的思想史与文学史将会有更多的萨特留下来的具有永恒价值的精神财富。人们的遗憾还不止于此，如果萨特已有的文学创作、"境遇剧"中，没有我们所看到的那样一些具体政治限定性、时事性（例如《涅克拉索夫》等），也许萨特会在世界范围里，在下一个世纪中拥有更多的读者。萨特在政治化中的投入，显然远不像他所期望的那样有收获。今天，世界文化领域里一茬又一茬的新读者群，已经很少有人对他《境况种种》中的政论与社会评论感兴趣了。即使是在萨特所向往与所依存的世界里，即使是在萨特本人想要得到立足点的地方，他也未曾得到自己的立足点，这不能不说是带有悲剧性的事。在社会主义中国，他受过不公正的对待，我们很多读者大概还不会忘记萨特曾被轻蔑地与蛤蟆镜并列为"污染"，不会忘记在对萨特评价问题上曾经大动"理论干戈"，曾经硝烟四起。

硝烟早已过去，现在是晴和的天气。1994年中国法国文学研究会举办了"'存在'文学与20世纪文学中的'存在'问题"学术讨论会。在会议的开幕词里，我说过这样一段话："谈存在、谈存在主义色变的时候已经过去，自我选择在现实生活里已蔚然成风……我们可以各抒己见，畅所欲言，不求危言耸听，不求'语不惊人誓不休'，但求实事求是、科学合理，多少有益于人群。"

向国人介绍一个真实的萨特

——答《北京晚报》记者问（1985 年 3 月 16 日）

记者： 柳鸣九同志，由您编选的《萨特研究》，几经周折，最近终于再版了。您能否向此书的新读者介绍一下当初编译这本书的情况？

柳鸣九： 那是 1978 年，在全国范围内掀起了一场有关"实践是检验真理的标准"问题的讨论。解放思想，在学术上冲破禁区，成为一种强大的社会要求。当时我正负责一个研究室的学术工作。有些同志从工作的角度，提出了"对 20 世纪文学怎么办"的问题。因为新中国成立以后，我们对 19 世纪以前的外国文学的评价比较实事求是，有马列经典作家的论述可遵循。20 世纪文学就不一样了，我们找不到马恩的有关论述，长期以来所遵循的，一直是苏联日丹诺夫的观点，对西方现当代资产阶级文学采取全盘否定的态度。为了改变这种不实事求是的做法，我在 1978 年全国外国文学研究工作规划会议上，作了题为《关于西方现当代资产阶级文学评价的几个问题》的发言，其中的一部分专门谈到了萨特。我感到，国内的一些读者对萨特了解得太少。新中国成立以来，萨特的著作仅仅翻译过来两本：《辩证理性批判》和《恶心》，而且印数很少，内部发行。有的同志就凭这些材料和从日丹诺夫那里搬来的既定观点，振振有词地对萨特进行批判，这实在让人难以接受。针对这种情况，我下决心编译一本有关萨特的专辑，让我国的读者对他有较实际、较客观的了解。没想到，此事后来竟引起了风波。

记者：萨特的哲学主要是一种人生哲学。因此，把萨特介绍到中国来，其影响就不可能局限在学术界了，他会直接影响到青年一代的人生观。这种影响，您认为是有益的吗？

柳鸣九：这是一个很大的问题，即除了科学技术外，资本主义的意识形态（包括哲学、文学、信条等等）是否还有一部分对我们有用的问题。就萨特本身而言，我觉得他的哲学中有积极的方面。若把他的思想归纳一下，无非是：人的存在先于人的本质，人可以进行自我选择，人的选择是绝对自由的。很显然，这套哲学不是对世界图景的描述，而主要是讲人在现实生活中应该如何行动。其中，最核心的信条就是人的自我选择。他认为，人只要存在，就有一个本质的问题，即：你到底是英雄，还是懦夫；是高尚的，还是卑鄙的；等等。这种本质完全要由个人进行自由选择。而从他的哲学本身来看，他主张人要进行好的、善的、积极的、英雄主义的选择。这样一套人生观，怎么能说没有进步意义呢？

改革开放的政策是马克思主义的政策，主要着眼于提高现阶段的生产力水平，解决中国的贫穷落后问题。我们离共产主义社会还相距甚远，还得从我们目前的历史条件与生产力实际水平出发，扶植个体经济的发展，提倡竞争，讲商品经济、价值法则。在青年问题上，还得鼓励青年人自学成才、个人奋斗。20 世纪五六十年代对青年人那种从教育到分配一包到底的办法，现在已经不可能实行了；所以就更需要调动与发挥人的主观能动性。在这种情况下，我想萨特的哲学总不至于有坏处吧？我们可以指出萨特人生观中的局限性，但这总比那种封建性的、怠惰的、无所作为的人生观好吧？我们一些同志那样热衷于批萨特，但对萨特总还有个"取其精华"的问题吧？

记者：您在《萨特研究》的编选者序中，曾说过这样的话："萨特是属于世界进步人类的，正如托尔斯泰属于俄国革命一样。"这恐怕是您这本书引起争议的一个关键所在吧？

柳鸣九：是的。我现在还是坚持这一观点，道理很简单，因为一切优秀的文化遗产无产阶级都应继承，萨特也不例外。马克思主义的三个来源，都是资产阶级思想家所创造的精神财富，最后不都为无产阶级革命导师所吸收了吗？为什么到了 20 世纪，我们不能继续进行这种吸收呢？难道我们只能够吸收资本主义的管理制度、经营方式吗？

拉法格曾经指出，在意识形态中，有这样一种现象，就是"只听曲调，不听歌词"。一个"曲调"，可以给人一种形象，这个形象中的历史内容、社会内容、阶级内容，都是具体的、一定的；然而，不同思想、不同时代、不同阶级的人，都可以去掉这一形象中的具体内涵，直接受形象本身的影响，并从中找到自己的支点和寄托。某些格言就是这样。具体到萨特来讲，我想萨特起码不是一种毒品，不是一种污染，从他身上吸取一些对我们有用的东西起码是可能的。现在的青年人，需要向有意义的方向奋斗，萨特的哲学恰恰鼓励这种奋斗，他并没有过多地把一些资产阶级信条填到他的哲学中去，即便有，我们也完全可以只听其曲调，不听其歌词。

记者：但是，萨特哲学对生活有一种悲观的看法，这种看法，恐怕是属于"曲调"而不是"歌词"吧？这种悲观的曲调，会不会引导人们走向消极呢？

柳鸣九：如果把萨特的哲学看成是一种"悲观的曲调"，那恐怕是个不小的误会。我们对这个问题，不能简单化地进行分析。要看到，萨特哲学对生活有一种悲观的看法是必然的，因为他创造这种哲学的环境相当恶劣。在第二次世界大战前夕，在人类进行残酷的自相残杀的时刻，在法西斯最猖狂、欧洲最黑暗的年月，我们难道还能要求萨特对生活有乐观的看法吗？如果他真对生活抱有乐观态度，恐怕有的批评家又要说人家粉饰资本主义现实了吧？萨特的悲观色彩，很真实地反映了人类的一个严峻、痛苦的时代，而可贵的是，他能面对这个严峻、痛苦的世界，唤起人们自身的一种进取力量，帮助那些在现实世界找不到支点的人们，从自身获得一个能够在残酷的环境中顽强地站起来的立脚点。可见，萨特这种带有悲观色彩的哲学，并不是引导人们走向消极颓废的哲学；恰恰相反，它是帮助人们战胜消极颓废的一种哲学。这是已被历史所证明了的事实。

　　记者：作为一位萨特的研究者，您的人生观、处世哲学是否受了他的影响？

　　柳鸣九：我个人很钦佩萨特。他讲真话，不讲假话，这是一个学者应该具备的品质。他表现出一种强有力的人格力量，理所当然地赢得了人们的尊重。在《萨特研究》的编选者序中，我对萨特的评价颇高，这代表了我的真实思想。在这本书出版以后，引起风波的主要是这篇序言，压力与棍子文章都有过。但是，我自信是实事求是的，因此没有改变观点，没有重写或改写编选者序，这次再版的《萨特研究》也得以完整保留了原来的序言。

　　另外一方面，我感到萨特哲学中的那种进取精神，对青年，对学者，对从事任何一种职业的人来说，都是可贵的。当然，这并不是说我完全以萨特哲学为生活信条，因为进取的哲学在世界上还有很多，萨特仅是其中一家。

　　记者：马尔罗是一位什么样的作家？

　　柳鸣九：他也是一位富于进取精神的作家，他考虑的中心问题也是关于人的生存问题。他认为，人的生存本身是荒诞的，因为一个生命的诞生，无非是证明这一生命必然死亡。这实质上是对生命的否定，体现了生存的荒诞。但是，人活着，就要对这种荒诞性进行反抗，从中获得人生的意义。从这种观点出发，他对一些问题提出了很有意思的看法。比如对艺术，他认为，艺术是人对生存的荒诞性的一种永恒的报复。因为人虽无法逃避死亡的命运，但人所创造的艺术，则是永恒的、不死的。具体到文学创作中，他所塑造的形象，都是一些不怕痛苦，不怕流血，不怕死亡，敢于面对艰难险阻，去成就某种惊心动魄的伟业的硬汉。这就是他崇尚的英雄。他的作品读来很不真实，但能够给人一种力量。虽然他的代表作仅有两三部，可是在20世纪的法国文坛，他是一位能够排在前列的大家。当然，我编《马尔罗研究》，除了因为他在文坛的地位，还有另外一层含义，就是要引起人们对一种积极的、进取的人生观的注意。

一个有局限性的精神偶像

——答《潇湘晨报》记者问（2005 年 4 月 15 日）

记者： 对于 20 世纪 80 年代的中国青年，萨特不仅是文学家、哲学家，更像一位思想明星或精神偶像，萨特在哪些方面激起了当时中国学者与文艺青年的共鸣？您认为萨特在当今丧失了精神偶像的地位了吗？

柳鸣九： 萨特作为文学家、哲学家，其业绩是不朽的，在他的哲学中，"自我选择"是一个核心的命题，也是一种重要的人生取向，甚至可以说是一个个性解放的口号。这种价值取向，正投合了 20 世纪 80 年代中国人改革开放、思想解放的需要。因此，在中国引起了极为广泛的共鸣，很多人就是通过"自我选择"改变了自己的处境和命运。君不见，"自我选择"一词已成为当今千百万中国人奉行的原则。

记者： 萨特拒绝了诺贝尔文学奖，倡导"介入文学"和"通过自身的行动成为自己"……这些对我们都已经是过时的事情和思想吗？

柳鸣九： 萨特拒绝诺贝尔文学奖，的确表现了一种硬邦邦的人格，至少他不图奖金。这种精神对我们今天来说也是可贵的。但是萨特深知他拒绝此奖肯定要比领取此奖更有轰动效应。这件事他做得很聪明，但这与他的"介入文学观"等哲理是两回事。他的这些哲理至今仍值得我们肯定和赞赏。

记者： 近年围绕鲁迅、余秋雨、金庸等大师或名家的争议不断，如果说今日社会到处充满打破"伟大的文化偶像"事件，却同时在上演树立大大小小美女明星"偶像"的闹剧。您怎么看待这些现象？

　　柳鸣九：任何伟大的文化现象都有一定的局限性。"文化偶像"也会有这个或那个"软肋"，评价其局限性，触动其"软肋"，是很正常的，用不着大惊小怪。何况你所举出的名家有的还谈不上是"伟大的文化偶像"。萨特倒称得上是伟大的，但他也有明显的局限：阵营性和党派性太强，以致他的一些时评和政论都经不起时间的考验。

　　至于你说的树立美女偶像的闹剧，那是娱乐圈的事，是商业炒作的低俗行为，与严肃的文化评论不可同日而语，是两个不同范畴里的事。你指出这两种现象的对照，说明我们社会中，人文精神与严肃文化的失落，对此有所感触，有所忧虑，是很难能可贵的。

如何评价萨特

——答《新京报》问（2005 年 6 月 10 日）

《新京报》：您从事萨特研究多年，如何评价萨特的成就？

柳鸣九：萨特是精神文化领域的一位巨人，在哲学上，他是 20 世纪存在主义哲学的重要代表，其专著《存在与虚无》《想象》《存在主义是一种人道主义》等等，已经成为 20 世纪西方哲学思想发展史的经典。他不仅是体系与思辨的大师，而且善于把哲学带入生活，与人的生存状态结合起来，其哲学思想的核心"自我选择"已经发展成一种生活哲理，在全球范围内都有旺盛的生命力。

《新京报》：在文学方面如何呢？

柳鸣九：萨特是 20 世纪世界文学中的哲理文学巨匠。他把自己的存在主义哲学与现实生活的形象水乳交融地结合在一起，像他的境遇剧《苍蝇》《间隔》《死无葬身之地》都是脍炙人口的作品。其小说《自由之路》，可以说是法国知识分子的心路史诗，其自传《文字生涯》可与卢梭的《忏悔录》相比，严酷的自我剖析显示出他独特的人格力量。

此外，他的多种文艺理论与多部文学传记，都以其深度和分量厚重而著称，大量的政论杂文充满了激昂的战斗力，在现实社会中产生过巨大影响。

《新京报》：很多人认为，他还是一位棱角分明的知识分子。

柳鸣九：萨特继承了自 18 世纪启蒙作家伏尔泰以来，经由雨果、左拉传承下来的作家兼斗士的特定传统。他积极地介入了当时那个时代的政治斗争。在"二战"期间，他参加过抵抗运动，还以笔为武器，写出了倡导抗暴复仇精神的剧作《苍蝇》。

从 20 世纪 50 年代到七八十年代，他一直是西方社会的批判者，是国际暴力的反抗者。1964 年，他拒绝了诺贝尔文学奖，表示"谢绝一切来自官方的荣誉"。

《新京报》：但为什么萨特的思想和言行也会引起很大争议？

柳鸣九：萨特自诩为一个思想独立的知识分子，他继承了西方文化中的人道主义、自由主义与个人主义，并形成了自己的观点，但同时又是当代西方社会、西方政治和社会规范最激烈的批评者，所以才会被保守派贬称为"骂娘的人"；他对马克思主义表示了由衷赞赏，但又采取独立立场，与严格的社会主义思想规范不合。

萨特作为一个作家、哲学家，不仅非常社会化、政治化，热衷于卷入各种路线的文化争端与政治斗争，而且凭借自己的声望与才华、信仰与自信，在具体的事件与极左思潮中，投入得过于执着。他没有给自己留下缓冲的距离，没有保持一个思想家的高瞻远瞩和超然态度，而是把自己的阵营性、党派性表现得过于鲜明。一旦他所立定的阵营在历史发展中暴露出严重的局限性，萨特激昂慷慨所立足的基石和支点就坍塌了，他所投入的激情都变得意义不大。

萨特的十卷文集《境况种种》里，相当一部分内容就是这样。虽然萨特与波伏瓦生前都很重视这部作品，把它看做萨特留给后人的主要精神遗产，但现在已经没有几个读者愿意读了。

《新京报》：萨特的文学作品与他的哲学是一种什么关系？

柳鸣九：萨特哲学的核心就是所谓存在主义，存在主义的核心是一种人生态度和立场的哲学，即自我选择的哲学。总的来说，就是存在先于本质，你有什么样的存在才有什么样的本质。有英雄的存在，就有英雄的本质；有懦夫的存在，就有懦夫的本质。

　　萨特认为，人的意义、人的价值要由人的行动来证明和决定，因而重要的是人的行动。你选择什么样的存在，完全取决于自己。这种哲学思想强调了个体的自由创造性和主观能动性，这点在中国影响比较大。他的文学作品中有相当一部分是围绕着其核心哲理来表现的，像《间隔》《苍蝇》《恶心》《魔鬼与上帝》等，这一部分作品有很强的生活形象，但也蕴涵着他的哲理，这是他作品的精华。

　　另一部分非哲理性作品，社会现实性更强，比如《毕恭毕敬的妓女》就揭露了美国的种族歧视，《阿尔托纳的隐藏者》抨击了法西斯的残余势力，从现在的眼光来看，这类作品中非常有意义的不多。现实针对性很强的作品，一旦现实情况发生了变化，就难以保持永恒的价值。反而是那些他谈自我存在、自我选择的作品，人们可以"各取所需"，它们也更有生命力，更能让不同时代、不同国家的读者接受。

　　此外，萨特作为一个哲学家，很善于用文学和艺术的形象展示自己的哲理。这一点让他的哲理很有生命力和传播性，很多欧洲哲学家望尘莫及，这也是萨特影响远远大于他们的原因所在。

　　《新京报》：是否可以说，从萨特的文学作品入手，更容易理解他的哲学？

　　柳鸣九：不完全如此。如果事先对他的哲学核心有一些了解，再从文学作品入手，就会很清楚，如果完全不知道他的哲学讲的是什么，可能不容易把握。像萨特的《苍蝇》，提倡的是英雄的自我选择，充满着一种浪漫主义、理想主义的力量。

　　而《间隔》描写的却是很卑微、卑劣的人，刻画他们的阴暗心理和卑劣心理。他描写的这类人有一种自我选择，所以他们在一起的时候互相提防和警惕，彼此包裹得很深，以至于说"他人即地狱"。如果只看《间隔》，那很可能就会得出"萨特很悲观"的结论，因为他把世界表现得特别肮脏、可怕。按照我们的社会规范，决不会提倡"他人即地狱"的哲学观点和警句式的格言，但萨特在描写人性之卑劣的时候，表现得很深刻。

　　因此，萨特提倡的自我选择有善恶之分。任何时候，任何人的自我选择都是受一定条件影响的，它必须以社会和时代条件为前提，没有人可以不受这种限制。

萨特与中国的思想开放

——答《新周刊》问（2005 年 6 月）

《新周刊》：萨特是如何与中国发生关系的？

柳鸣九：萨特被中国接受，不像巴尔扎克、托尔斯泰那么简单，从新中国成立一直到改革开放，商务印书馆出过一本《存在与虚无》，影响很小。改革开放之前，他在中国一直被称为"帝国主义的代言人"，萨特戏剧性地来中国是在改革开放以后。在中国，对西方文化的科学评价，应该归功于那次"实践检验真理"大讨论，上面打开这个局面，下面才能跟着上。

《新周刊》：反对苏联文化意识形态，那时候为什么不是别人提出来而是您？

柳鸣九：上帝看上我了。说实话，对日丹诺夫论断，我早就有"反骨"，只是趁了当时改革开放大环境"揭竿而起"，作报告，发文章，组织笔谈，目的就是要破那个坚冰。以前一提到西方著作，都是反动的、腐朽的，那就没法谈了。实际上就是把很多优秀的精神文化拒之于门外。

《新周刊》：您的知识谱系是怎么建立的？

柳鸣九：我是学外国语的，在北大，我们这一届是很"科班"的。1957 年毕业，那四年，领导上一直号召向科学进军，那个时候能否入党，还得看你学习刻苦与否，学习成绩如何，不是突出政治而是突出学习，那一届很出人才。冯至、朱光潜、卞之琳都是我们的师长，那是非常扎实的一届毕业生。我一毕业就分配到社科院研究所，可以看到的原版外国书实在是太多了，那时管外文图书工作的是钱锺书和李健吾，文学所和外文所的征订书单上，我们那些时候要看的东西都能看到。

《新周刊》：您第一次接触萨特是什么时候？

柳鸣九：出了大学之后，在外文所。我不是特别迷恋萨特，我们研究工作者涉猎的范围很广，我们毕竟在研究所里泡了十几年了。我批日丹诺夫、评萨特时已经四十出头了，如果没有积累，根本就攻克不下的，人家毕竟是个体系。1980 年 4 月萨特逝世，《读书》7 月号登了我的文章《给萨特以历史地位》，这个标题本身就是为他平反，对他作正面评价的。

《新周刊》：那时候这篇文章起到了什么反应？

柳鸣九：这篇文章后来成为《萨特研究》序的一部分，《萨特研究》出版于 1981 年，当时发行了 5 万册。大概是 1982 年就开始"清污"。"清污"批判的重点之一就是《萨特研究》，这本书就不能再卖了。直到 1985 年，此书又获准再版，萨特在中国的经历有这么一个戏剧性的过程。萨特问题之所以能提出来，不是偶然的，也是中国改革开放的必然，如果没有改革开放便不可能被提出来。"实践是检验真理的唯一标准"那个大讨论，开辟了一个天空，如果没有这个天空的话，我们这些人就飞不出去。

《新周刊》："清污"时您有没有受影响？

柳鸣九：上面让我作自我批评，写一篇"我对萨特的再认识"，我没写。后来领导上也没有强求，毕竟我们进入了改革开放的时代。

《新周刊》：为什么萨特在中国有文化偶像的地位，而不是别人？

柳鸣九：首先因为萨特在西方、在法国本来就是地位高、影响大的文化偶像，也因为萨特来到中国，正逢中国改革开放的大好时机。他的"自我选择"的哲理正投合改革开放以后人的主体意识有所拓展的状况。至于后来的变化与发展则反映了我们整个精神解放一个曲折的、反复的、螺旋形上升的过程。

《新周刊》：您现在对他的评价没有改变吧？

柳鸣九：没有变。我在纪念他逝世 20 周年的文章中已经讲得很清楚了，如果你有兴趣，可以参阅。萨特的好些精神文化遗产，其本身的价值是恒定的，如果你作过认真的研究，你的估价就会符合客观对象的价值。在 20 世纪 80 年代，之所以要着重讲"自我选择"，是因为这既是萨特哲学的核心，也是中国人当时所需要的，适合于中国的土壤，因此萨特才大行其道。我只不过是一个诠释者，推动他在中国的"通俗化"、"本土化"，我相信我当时是诠释清楚了。

《新周刊》：为什么别的思想家没有萨特这样受欢迎？

柳鸣九：现在知识界，基本就是 80 年代的一代人。从自我选择，有价值取向，要怎么走，因此才走到目前的地步。之所以说 80 年代影响大，我想是因为他投合了中国人对自我主体意识的强调。没他的思想就不会出现下海的大潮，不可能出现从政的人。首先有了这个主体意识，才谈得上价值取向，才谈得上走什么路。萨特投合了这个需要。当然，萨特有法国的现实，中国有中国的现实，这个在精神文化领域有一个精神现象，只信曲调，不信歌词。你喜欢曲子，跟着跳舞就行了，歌词跟我心里的话语是否一样不重要的，他提供了这样一个意识形态，我可以填进自己的歌词，在这个意识里就可以实现自我，为什么着迷于这个曲调，原因就在此。

《新周刊》：那这算不算误读？

柳鸣九：不算，他提供了自我选择，提供了一个容器，我可以说我自我选择社会主义，我可以自我选择去经商，原因就在这里，80 年代那些人思想解放，不是荒诞派的那些，他们首先走萨特这一步，就是自我选择这一步。

《新周刊》：为什么后来就渐渐看不到萨特了？

柳鸣九：在现实社会中，自我选择已经不成其为一个问题了。中国人已有自己同胞成功的先例，为什么要去求助萨特的哲理？

《新周刊》：您认为萨特对中国的贡献是什么？

柳鸣九：老实说，最大的贡献就是思想解放。他的哲理影响了一批人，这批人，在文化界、在经济界都有。显而易见，中国现在的文化界很多人恐怕都是从萨特那个学校出来的，说没有受萨特影响，不大可能，这就是最大的影响。至于后来这些人，选择了别的武艺，别的花样，那是另一回事，但当初，不经过萨特，就走不到今天这一步。当然应该看到，萨特要你进行自我选择，但并没有要你一定选择德里达，选择解构主义，选择新潮派文化理论。其实萨特是很传统的，萨特的伦理观、文学形式都是很传统的，很古典的。不过，后人在文化上有自我选择的充分自由，可以选择德里达，可以选择尼采以及别的什么，现在真正信奉德里达的不知有几个人，但玩德里达的的确不少，这是个人的自由。

《新周刊》：目前萨特是否被我们抛弃了？

柳鸣九：萨特作为人类的一个优秀的文化遗产。我相信他永远不会被抛弃。对任何一种文化现象，对任何一个文化偶像的热衷程度是随时代变化而变化的。不过，有一个问题倒值得一讲，如果说现今我们对萨特有所冷落的话，那倒的确是。但是，有人文价值的东西，今天被冷落的何止萨特？比萨特更无疑义、更好看的人文遗产被抛在一边的比比皆是。本来，物质生产、物质生活的发展理应带来人文精神的上升，但现在却只带来了物质功利主义的张扬与人文精神的滑落，这是一个极为严肃的问题，值得深思，值得讨论。要知道，和谐社会缺了人文精神是不成的。

《新周刊》：您现在修正了哪些对萨特的看法？

柳鸣九：谈不上什么"修正"。他的主要精神遗产是动摇不了的，如他的哲理剧、他的哲理小说、他的自传等等。当时，我对这些作过很高的评价，现在仍然如此。世界性的文化人物其业绩都是客现存在的，他们一直在那儿，并没有离开，在那儿任人评说，只不过，在历史沧桑变化中，对杰出人物的评价往往如潮汐一样，时涨时落。

如在 20 世纪 80 年代，你必须强调萨特是个左派，这是萨特被中国人接受的一个理由，你要申请萨特到中国的"签证"，就必须摆出这个理由来。现在不存在"签证"的问题，也就无需再强调这个理由。而且，还应该看到，对缩小萨特的光圈起了特别重大作用的，还是社会历史进程本身。任何人、任何事都要接受时间的检验，只有通过了时间考验的，才具有持久的价值、永恒的价值。20 世纪充满了各种社会政治思潮、各种意识形态体系、各种国家民族、各种势力集团的复杂矛盾与激烈冲突。这个世纪的历史进程是反复多变、曲折复杂的，在这样的环境与条件下，对习惯于对各种问题表述观点与意见的思想界人士来说，"一贯正确"只可能是一种可望而不可即的理想境界，如果慎之再三，如履薄冰，步入历史误区的可能性相对会少一点。但萨特作为一个作家、哲学家，不仅非常社会化、政治化，热衷于卷入各种思想文化争端与社会政治斗争，而且凭借他的声望与才华、信仰与自信，他在具体的政治社会事件与极左思潮中，投入得太执着、太淋漓尽致了，他把自己的阵营性、党派性（虽然他并未正式参加法国共产党）表现到了最鲜明不过的极致程度。

为萨特在思想文化上进入中国代办"签证"

——答《南方都市报》记者问（2005 年 6 月 20 日）

记者： 您 1981 年编译了《萨特研究》，引起了中国的萨特热，请问您为什么想到要编译它？

柳鸣九： 准确地说，我对萨特的贡献，主要不是翻译，而是首先比较全面地向国人推荐了萨特，包括介绍、评论与翻译。事情得从早一点说起，1978 年我在全国外国文学研究工作规划会议上作了一个长篇的报告：《关于西方现当代资产阶级文学评价的几个问题》。此报告不久就整理为 5 万字的长文，在《外国文学研究》上发表，这个报告和这篇文章集中批评苏联日丹诺夫把西方 20 世纪文学一棍子打死的论断，意在破除坚冰，以促进对现当代西方文学的评价与研究，因为日丹诺夫是斯大林时期的意识形态总管，他的论断一直被奉为经典。我那篇长文当时在全国学术界和文化界影响颇大，文中有相当大的篇幅正面论述了萨特。但是，第二年在一个全国性的大会上就出现了大批判："批日丹诺夫就是要搞臭马克思主义。"我没有作任何答辩，只是着手编选译介一系列资料，要让实际的作品和材料来说话，以便读书界、文化界了解 20 世纪西方文学的客观情况，《萨特研究》即为第一本。

1980 年 4 月萨特逝世，7 月我在《读书》杂志上发表了《给萨特以历史地位》一文，对萨特进行全面的、科学的评价，是针对以往过左论调的第一篇"翻案文章"。1981 年《萨特研究》出版，我的长篇序言的第一部分就是发在《读书》上的那篇文章，此书出版后很受读者欢迎，影响很大。但不久之后，就在"清污"中受到了批判，并不能再版。直到 1985 年才获准再版，总算雨过天晴。

记者：您是通过什么途径认识萨特的？当时，萨特在中国学术界处于什么地位？因为您的译介，萨特在中国的地位有何变化？

柳鸣九：我没有见过萨特，我 1981 年去巴黎时萨特已经去世，我只见到了西蒙娜·德·波伏瓦，但我是学外文的，大学一毕业就分配到研究外国文化的学术单位工作，可以说是一直待在"桥"上，在"桥"上碰见萨特是经常的，甚至可以说是日常的了。在我提出萨特问题之前，他在我国一直被划在"反动腐朽"的西方文化的范围里，这是因为对萨特根本就不了解。既然不理解作家的客观情况，那就很容易盲从日丹诺夫，一骂了事。我对这种情况早就有看法，只不过是趁着改革开放、"实践检验真理"大讨论的春风，"揭竿而起"。

记者：20 世纪 80 年代初，兴起过萨特热，当时情形如何？除了专家学者以外，普通的大学生，普通人对萨特理解有多少？

柳鸣九：当时的确有"萨特热"，要不然也不会把萨特与喇叭裤、蛤蟆镜并列为"精神污染"要予以清除，但当时别说一般读者，即使是文化学术界人士，对萨特的全面情况，亦知之不详。不过，萨特存在主义的核心哲理"自我选择"，大家都领会了，接受了，因为当时是改革开放的春天，正需要有助于释放主体意识、能动意识的哲理，事实上，很多中国人正在不同领域、不同层面进行"自我选择"，这是当时"萨特热"的真正社会根由。

记者：您当年喜欢萨特吗？还做了关于萨特的什么研究工作？

柳鸣九：当年以至现今，我在心底里不大喜欢萨特的性格、他为人行事的某些方式以及作品中某种神经质成分，但我很钦佩他的丰厚的文学劳绩，他高超的思辨能力，他超常的勇气与他严酷的自我剖析精神。我强烈地为他 80 年代以前在中国所受到的不公正待遇感到不平。那时候我有很强的挺身而出为他说话的冲动，我只不过最先比较清晰、比较准确地诠释了萨特，特别是他的"自我选择"哲理，为萨特在文化上"堂而皇之"地进入中国代办了"签证"。我并没有以"萨特学"为专业，没有在"这一棵树上吊死"的痴情，我的研究领域不止于他。

记者：在萨特之后，您又译介了哪些存在主义著作？加缪等人也对您产生了影响吗？

柳鸣九：法国20世纪哲理文学中，有三道耀眼的精神灵光，马尔罗、萨特与加缪，我对他们都很欣赏，很推崇，我都译介过，出版过《马尔罗研究》一书与四卷本《加缪全集》等。我很欣赏他们在人生方面超越荒诞的哲理与精神，受影响当然在所难免。

记者：中国对萨特是否存在误读？如果有，那是什么？大众眼里的萨特和学者眼中的萨特，是同一个萨特吗？

柳鸣九：对一个厚重而复杂的作家，存在着不同的理解或取舍是很自然的，不足为奇。如有的特别欣赏萨特的"他人即地狱"一语。当然，也没有必要将它奉为经典的至理，因为萨特是在描写卑劣的人际关系。又如因为萨特的男女关系就从道德上把萨特斥为坏分子，也没必要。萨特有他人性上的弱点或"软肋"，但不见得比很多人更坏。再如把萨特加以纯洁化或完美化，也没必要，不要人家一提萨特性格的特点或弱点就忍受不了，说别人是在"误导"。

记者：今天大家认识到的萨特，还是当年的那个萨特吗？您发现萨特在中国这20年来有变化吗？

柳鸣九：那头大象待在那里，它就是它，大家都可以去摸。不同时代的人看它说它，会有不同的词语和角度。在80年代说萨特在政治上如何好、如何"左"，是因为要摆出萨特进入中国的充分理由。但事过20多年，历史与时代都发生了变化。萨特有些言行经不起时间的检验，这也是可以理解的，评价萨特的视点，当然也应有所变化。

值得回顾的萨特中国行

——答《新京报》（2005 年 6 月 22 日）

2005 年 6 月 21 日是萨特诞生 100 周年，国内的报刊纷纷发表文章、采访记与通讯，尤其是《新京报》更是做了三个版的萨特专题，其纪念的盛况是我原来所未曾预料到的。这既是萨特作为一个具有世界意义的大思想家、大文学家、大社会活动家在一个世界大国里应该受到的礼遇与接待，同时也充分展现出改革开放的中国在重大文化事务上的一种成熟的态度，如果把它放在萨特如何来到中国的经历之背景上，更能令人感到欣慰，也能使人得到有益的启示。

萨特来到中国并非一帆风顺，而是经过一番"坎坷"，它是中国改革开放、精神解放过程中的一个"侧影"，也是这个过程中一个明显的成果。

萨特本人第一次来到中国是在 1955 年，作为国际上一个著名的左派活动家被邀而来，可以说是当时中国在国际活动中的一个"统战对象"，并不意味着在意识形态的层面上、哲学与文学的领域里得到了接受与肯定，即使他与西蒙娜·德·波伏瓦回国后发表了对华友好的言论与文章，但在中国为数甚少的有关他的学术文化出版物中，他仍然是被否定、被批判的，这种情况一直持续到中国改革开放之初的 20 世纪 70 年代末 80 年代初。原因很简单，在对待 20 世纪西方文化艺术的态度上，日丹诺夫论断一直在中国受到尊崇，他对 20 世纪西方文化一概斥为"腐朽、反动"，一棍子打死，中国在 20 世纪五六十年代，将这种苏式意识形态奉为经典是必然的事。还有一个重要原因，那就是中国人还没有来得及对萨特有基本的、比较全面的研究，实际上对他知之甚少，无知当然就容易导致盲从与"鹦鹉学舌"。

萨特真正来到中国，必须有两个前提条件：一是必须破除日丹诺夫论断这一堵塞精神文化航道的坚冰；二是必须对萨特进行比较全面的译介与比较科学的评论。

在"实践检验真理"大讨论开辟了广阔的空间之后，文化学术界出现了这样几件引人注目的大事：一、先是 1978 年在群贤毕至的第一次全国外国文学研究规划工作会议上出现了全面深入批评日丹诺夫论断、长达 5 万字的学术报告，紧接着 1979 年该报告在《外国文学研究》上公开发表，在全国颇有影响。二、1980 年 4 月萨特逝世，7 月号《读书》杂志发表了悼念文章《给萨特以历史地位》，正面评价了萨特，是我国第一篇比较全面为萨特说公道话的文章。三、1981 年，《萨特研究》一书出版并发行。此书在我国第一次全面翻译、介绍了萨特的哲学与文学成果以及有关萨特生平、思想的资料，并全面地、充分地对萨特作出了正面的评价。该书出版后大受读者欢迎，在短短一个时期就发行了 5 万册。以上几件事，对于 20 世纪 80 年代初"萨特热"的形成与出现，起了直接的作用。

萨特热出现在 20 世纪 80 年代初。更为深刻的根由还在于当时的社会现实，那正是改革开放的春天，很多人正需要有助于释放主体意识与能动意识的哲理，萨特的"自我选择"哲理正投合了这种社会需要，事实上，当时很多中国人正在不同领域、不同层面进行"自我选择"。现在很多领域里的精英，在 20 世纪 80 年代初都是意气风发的青年人，正处于重新调整自我价值取向、重新标定自我定位、重新选择自我道路的过程中，尤其是今天的文化学术界名士，当年恐怕都是受过萨特影响的。

在社会转型时期，这种与社会固有的精神文化惯性相左的文化现象，很容易引起有德之士的忧虑与逆反心理，这便导致不久后萨特与蛤蟆镜、喇叭裤并列，而被视为"精神污染"。《萨特研究》一书在全国受到了批判，被禁止再版，而报刊批判的重点则是该书编选者序言中的第一部分，即原来的《给萨特以历史地位》一文，特别是其中所诠释的"自我选择"的哲理。然而，中国毕竟进入了改革开放的新时代，1985 年，《萨特研究》一书被允许再版发行，此后，中国人谈及个人主体意识时，已愈来愈多地习惯使用"自我选择"一词，至今它几乎成为一个常见的口头语，不论使用者是否读过萨特哲学。

相对于 20 世纪 80 年代，在 20 世纪 90 年代以后，中国对萨特的热情的确有明显的锐减。这并不是因为萨特的精神遗产本身有什么变化，他在文学上、哲学上的价值是恒稳的，中国人对萨特的热度有变化，其根由仍在中国社会现实之中。当人们已经享有了法律范围里的"自我选择"，而且通过"自我选择"而步入佳境者比比皆是的时候，那么他们为什么一定去援引萨特的哲理？于是，萨特对于中国读者，只剩下一般的人文吸引。然而在商品经济大潮中，人们对严肃的人文书籍的需求远不及对休闲文化、娱乐文化、功利实用文化的兴趣，很大的一个实际问题是，人们没有或不愿意花时间去读书，于是，读萨特作品的人自然就少，不过，而今受冷落的严肃作家，又何止一个萨特呢，这便是现今很多青年人不知萨特为何人的原因。

当然，萨特逝世后 20 多年以来，世界历史发生了很多巨大的变化，在世事沧桑中，萨特生前作为一个左派激进社会活动家，好些过头、过激的言论都已经不起时间的检验，这在中国读书界的心目中，无疑大大缩小了萨特头上的光圈。

萨特的中国之旅，是中国改革开放以来的一个重要的精神文化过程，是一个生动的文化故事，是一部分人的青春回忆的组成部分，如果善于总结，未尝不可从中得出若干有益的启示。

《萨特研究》30 年

——答《南方都市报》记者问（2008 年 5 月 4 日）

记者：您最初是何时、什么情况下接触萨特的？

柳鸣九：说明这个问题比较费力，因为我在北京大学念的是西方语言文学系，北大图书馆有很多外文书刊，通过外文资料可以读到他的著作。1957 年大学毕业以后，我一直从事外国文学和文化的研究工作，没有改过行，所以在漫长的职业生涯中也有很多机会接触萨特。萨特是一个复杂的思想家和文学家，接触他的作品的时候，也许这次你摸到的是象腿，那次摸到的是象的肚子。经过一次次的了解之后，最后形成对萨特的完整认识。总之，观点与见解是在职业生涯中慢慢形成的。

记者：那您还记得第一次读到萨特时的感受吗？

柳鸣九：如果一定要说第一次阅读的感受的话，我记得可能最早是 20 世纪五六十年代；我最早读到他的作品是一个剧本，叫《毕恭毕敬的妓女》。因为这个作品是写美国种族主义的，我当时的印象非常深刻。我觉得它是"反美"的，而且很"左"。因为美国有种族歧视的问题，美国本身也很复杂，不能一概而论，但是这部作品揭露得很尖刻无情。反美和"左"，这是我对萨特的最早印象。俗话说，先入为主，所以后来中国批判萨特的时候，我的第一个感觉就是：大水冲了龙王庙。为什么要批判这样"左"的一个人呢？

记者：1955 年萨特和他的情人波伏瓦曾经来华访问，据说还受到周恩来的接见。应该说中国认为他是同一阵营的，为何到了 20 世纪 60 年代他在中国又受到批判？

柳鸣九：20 世纪 50 年代的时候，萨特就自认为是法国共产党的同路人。事实的确如此，第二次世界大战之后，萨特在国际社会、政治活动中一直置身于保卫世界和平运动和社会主义阵营这一边。如他反对印度支那殖民战争，反对朝鲜战争，反对越南战争。说实话，如果这样的人不被邀请来华访问的话才是不可理解的。不过，他并没有受到周恩来总理的接见，没有得到那么高的礼遇，只是得到了外交部长陈毅的接见。他在中国做了长途旅行，进行了一些参观访问。一个多月的时间，参观了一些工厂、农村，游览了一些名山大川、古迹名胜。我记得好像没有安排他进行公开的学术文化活动，显而易见，他是作为国际统战工作对象被邀请到中国来的。在我国，国际统战领域完全不同于意识形态思想领域，它们是两个不同的甚至是并行不悖的领域。对于统战工作对象，不见得在意识形态和思想上就可以不保持怀疑、警惕，甚至不会妨碍对其侧目而视。事实上，在 20 世纪五六十年代，国内凡是涉及萨特的出版物，学术界无不对它持有批判的、划清界限的原则立场。最起码的是指出他是资产阶级思想家，甚至指出他是帝国主义的代言人。更多的是认为萨特的哲学思想完全是资产阶级唯心主义的哲学体系。这些都是否定性的评语，司空见惯。

记者：据考证，新时期最早的萨特译作是 1978 年《外国文艺》发表林青翻译的《脏手》。在新中国成立到改革开放这段时间对萨特的介绍引进情况是怎样的？

柳鸣九：在 20 世纪 60 年代，国内的两家大出版社，即人民文学出版社和上海译文出版社，就出版了若干"黄皮书"，专门译介欧美 20 世纪文学名作，只是内部发行。就像早期的《参考消息》一样，一般人是看不到的，专门给领导同志和文艺工作者参考。实际上，即使没有把这些作品看做敌对文化，至少也认为它们是异己的、含有毒素的消极文化。译介它们的目的，我觉得大概是为了"知己知彼，百战不殆"，达到"兴无灭资"的目标。在这些"黄皮书"中，就有萨特的《恶心》和《墙》。

"文化大革命"之后，从内部出版渗透到公开发表，最早的就是林青翻译的《脏手》，那是 1978 年初。不过在此之前，商务印书馆在 1967 年就出版了他的《辩证理性批判》。但是因为这本书非常艰涩，在中国几乎没有引起多大注意。所有这些"黄皮书"，包括之前翻译过来的萨特的作品，都没有形成一种成规模的思潮影响。

记者：您觉得为什么早期的萨特译介没能造成影响？

柳鸣九：有几个原因：第一，萨特是哲理文学家，他的哲理本身有一个体系，不进行整体引进的话是不能见其全貌的。就像进口一部机器，只是进了机器的零部件，这个机器是不能运转的。第二个原因是他的哲理复杂而艰涩，引进者必须加以通俗化、平易化，特别是要加以本土化诠释，才能发挥作用，产生影响。但是，中国的译者有一个共同的特点，经常是译而不述，不加说明和诠释，或者由于这方面不是他本身所长，导致诠释、说明不到位，甚至不像样，只是贴几个似是而非的标签，如批判资本主义社会、阶级局限性等等。最后一个原因是一种哲理要在引进国产生影响和作用，必须符合引进国某种内在的需要，要有本土的土壤和气候。改革开放前这种内因还没形成。

记者：在 1978 年正式推介萨特之前，您一直在关注和研究萨特吗？

柳鸣九：应该说明，我并没有把自己全部的时间和精力都扑在研究萨特上面，还没有这么戏剧性。因为我是从事法国文学史研究的，萨特只是我的关注点之一。从"文化大革命"后期开始，我就当"逍遥派"，开"地下工厂"，写法国文学史。在长期研究中，我深感这个领域中有一个巨大的"拦路虎"，就是"日丹诺夫论断"。日丹诺夫是斯大林时代意识形态的总管，在 1934 年的第一次苏联作家代表大会上，他作了一个政治报告，专门对欧美 20 世纪的文化和文学进行了批判，认为它是反动的、腐朽的、颓废的，主人公都是骗子、流氓、色情狂和娼妓。这是苏联的文艺政策，而新中国成立初期中国一直是向苏联老大哥一边倒的。所以"日丹诺夫论断"就成了国内对待西方现当代文学的指导方向，是中国文艺界的学习文件。人们那时对西方现当代文学都是一骂到底、一批了事的。如果不把这只"拦路虎"请走的话，文化上的改革开放根本无从谈起，甚至连西方 20 世纪的文学文化研究也无法进行下去了。实际上在 20 世纪 70 年代的最后两年，我就在思考和酝酿如何突破"日丹诺夫论断"，问题是在什么时机和采用怎样的方式。萨特是其中一个反驳日丹诺夫的有力武器。

记者：您对这个"日丹诺夫论断"一直有抵触思想？

柳鸣九：因为我是从北大西语系毕业的，比较了解西方文化，所以对那种盲目批判西方文化的行为从来就反感，并不是说从 20 世纪 70 年代才开始注意到萨特有可取的地方。用《三国演义》的话来说就是"魏延早有反骨"，问题在于什么时候突破这只"拦路虎"。后来我正好碰上了一个好时机，就是 1978 年开始的"实践是检验真理的唯一标准"大讨论，这已经被认为是改革开放的一个标志。我这个人算敏感，所以 1978 年 10 月，我及时地借这股东风"三箭连发"，做了三件事来反"日丹诺夫论断"。

记者：哪三件？

柳鸣九：第一件是在我主持工作的一个刊物组织有明确倾向的讨论，"重新评价 20 世纪西方文学"。"重新评价"的意思很清楚：过去的评价是不科学的，说得白一点就是有点翻案的味道。第二件是正好赶上在广州召开的外国文学研究规划工作会议这个平台，我在这个会议上发言，放了一炮，批驳"日丹诺夫论断"。第三件是把上述发言整理成文章公开发表。这个文章总共有五六万字，在《外国文学研究》上连载了三期。这三件事都涉及萨特，但不仅仅是"萨特"，萨特只是全局中的一个问题。

记者：广州会议是怎么回事？

柳鸣九：这是广州人很值得纪念的一次会议。我的运气好，碰上了改革开放，而且遇到这样一个百年难遇的平台。这次会议的全名是"全国第一届外国文学研究规划工作会议"，由社科院外国文学研究所出面，实际上是社科院和中宣部领导的。去的主要领导有周扬、梅益和姜椿芳。时间是 1978 年 11 月末，在广州的越秀宾馆。这是一次解放思想的会议，是外国文化研究领域的一次破冰会议。当时广州为这个会议提供了一个很好的条件，去的人数很多，有 200 多人。参加会议的除了领导之外，几乎全国搞外国文学的名家都来了，冯至、朱光潜、梁宗岱、卞之琳、戈宝权、伍蠡甫、杨周翰、杨宪益、叶君健、赵萝蕤、草婴、李赋宁、王佐良、绿原、金克木，好像还有季羡林。另外还去了一批著名的大学校长、出版机构的领导，如吴富恒、辛未艾、孙绳武、吴岩等，这些都是 20 世纪后半个世纪文化领域的名人。可以说，这次会议的规格，从名家的密集度来说，仅次于中国的作家代表大会。

记者：在这次会议上，您发言反驳"日丹诺夫论断"？

柳鸣九：会议安排了三个人在大会上发言，一个是人民文学出版社汇报新中国成立以来外国文学的出版情况。——"文革"前，只有人民文学出版社和上海译文出版社两家出版社有资格出版外国文学、外国文化作品。第二个发言的是一个高校的老师，汇报一次学术讨论会的情况。这两个发言加起来也就一个上午的时间。第三个发言就是鄙人的发言。我发言的标题是《关于西方现当代资产阶级文学评价的几个问题》，发言一共用了将近两个上午的时间。实际上这个发言就是一个长篇报告。

记者：是谁让您做这个发言的？

柳鸣九：这跟外文所的所长冯至是分不开的。1978 年秋之前我就已经在酝酿对"日丹诺夫论断"揭竿而起，在我主持工作的刊物上组织讨论"重新评价 20 世纪西方文学"。冯至知道我在做这个事情，他乐观其成，予以默认，这是一种高明的支持。正好广州会议召开，需要一个有点分量、有点创见、能提点问题的大会发言，所以我就成为这个人选。当然我不是一个英雄，但是"时势造英雄"这句话还是可以用在我这个小人物的身上。当时我讲了有 5 个小时左右，可以不夸张地说是对日丹诺夫投下的一个"重磅炸弹"。我从几个方面对"日丹诺夫论断"进行批评。一个方面是从历史唯物主义、马克思主义文艺学去反驳。第二是从文学史发展的过程，从文学史的事实进行反驳。第三是从 20 世纪文学中的名家名作的实例进行反驳，论及存在主义文学、荒诞派戏剧、"新小说"、黑色幽默、垮掉的一代、愤怒青年等文学流派的名家名作，正面地评价 20 世纪欧美文学的思想基础归根结底还是资产阶级人道主义、人文主义，也正面地评价了 20 世纪文学文化的艺术创新和实践。

记者：对您的发言，当时现场反应如何？

柳鸣九：当时反应是很热烈的。讲完之后，周扬到会上来了，朱光潜把我拉到前面对周扬说："这就是柳鸣九，他做了一个很好的报告。"我当时只有四十出头，是小字辈。周扬是文艺界的最高领导，朱光潜是一个慈祥长者，此举表示了他的热情。会后，我的确得到很多赞扬与好评，即使是一个一直很严苛的师辈人物，也在会后对我说："你对这些作品作的分析很有见解，我很有兴趣。"这次发言让我赢得了一个名声，不少人都说我很有学术胆识。

我可以实事求是地讲，反应很热烈倒不在于我很有学问，在座比我学问大的人很多。之所以我这个报告能够讲两个上午的时间，大家听得很专注，是因为我讲了人家想讲的话，或者是人家没有来得及讲的，或者是人家不敢讲的话。当然，我讲得很系统，我都拿具体的史实与事例来论证。我记得当时我对贝克特《等待戈多》那个作品所作的分析就颇受人称赞。

记者：为何您当时想要做这样的一个发言？有没有担心一言招祸？

柳鸣九：1978 年广州会议的时候，我 40 多岁，做西方文化研究 20 年了，也小有所成，最初使我揭竿而起有两方面的原因，一方面是我对文化历史的研究早就使我认识到日丹诺夫是极端主义的，不符合历史事实；第二个是我感觉到了大气候的变化。你可以看见我那三件事情是在很短的时间内出手的，从 1978 年夏到 10 月，再到 1979 年年初，三件事都完成了。所以讲老实话，这个事情做得有预谋、有目的、有计划、有规模。如果还有一个原因的话，那是职业上的追求促使我这样做，我追求提出问题、解决问题的境界。

其实我胆子不大，甚至可以说胆小。如果说我还有一点胆量的话，胆量是来自于学识，因为我对历史文化，对马克思主义文艺学，对本学科还是有比较充分的认识的，所以我觉得我有底气。在当时"实践检验真理"的讨论之后，我有一个估计，我认为我提出这个问题，不至于会遭受灭顶之灾，这是对形势的判断。

记者：这个发言后来有没有招致批判？

柳鸣九：这样一个发言之后，如果没有反复，那才是怪事。大概是广州会议后的第二年，在全国外国文学工作第二次会议上，就出现了一篇针对我的大批判发言。来势凶猛，大有要把人置于死地之势。那篇大批判发言最核心的原话就是"批日丹诺夫，就是要搞臭马列主义"。

我觉得这个事情很好理解。过去我们国家长期以来的极"左"路线，必然造就一批"左撇子"，他们习惯于用左手。他们基本上是不干正经事，或者是干正经事干不好，其特长就是打棍子、扣帽子。坦白地说，这里也有一个私利问题。但是呢，我庆幸的是毕竟已经进入了改革开放的时代，那种罗织罪状、置人死地的做法，已经没有什么市场了。因此那个大批判的发言之后，我倒也还平安无事，照样搞我的小业务，照样过我的小日子。那个大批判对我也有好处，激励我下决心要主编一套"法国现当代文学研究资料丛刊"，目的就是提供资料和事实，让事实说话，让大家都来看，究竟 20 世纪西方文学是不是都是反动、堕落、颓废的？因为，那些"左撇子"，除了他们思想僵化之外，还有一个很重要的原因，就是他们对 20 世纪西方文化的无知。无知造成他们的愚昧和顽固。为什么选法国呢？一是法国文化是我的研究专业，另外，法国几乎是西方 20 世纪文学、文化中所有新思潮、新流派、新方法的发源地和摇篮，把法国的这些文化现象讲清楚，基本上西方文化现象的问题也就讲清楚了。《萨特研究》就是这套丛刊里面的第一本。后来还出版了《新小说派研究》《马尔罗研究》《西蒙娜·德·波伏瓦研究》等。

记者：1980 年萨特逝世，当时外国和中国媒体分别是怎样报道此事的？

柳鸣九：1980 年 4 月 15 日，萨特逝世。这在当时是一件世界大事，不仅是思想文化界的一件大事，也是社会政治界的一件大事。毕竟萨特是 1964 年诺贝尔奖的获得者。他不但在学术领域内有杰出活动，而且在政治方面常发出不同凡响的声音，所以他在政治社会领域是一个特别引人关注的人。当时各大通讯社都是以头条发表他逝世的消息，而且一些世界政要都发表谈话表示哀悼。4 月 19 日巴黎举行葬礼，盛况是空前的，有五六万人送葬。中国没有多少反应，我好像在《参考消息》上看到一条消息，是法国总统对他的逝世发表谈话。估计《人民日报》《光明日报》发了消息。

记者：这一年您在《读书》发表了《给萨特以历史地位》？

柳鸣九：我先说一下我介绍萨特的大致轮廓：首先是 1980 年萨特逝世《读书》发表了我的一篇文章《给萨特以历史地位》；然后 1981 年《萨特研究》出版，但见书是 1982 年年初。见书约半年后，就正好撞到枪口上，碰到了"清理精神污染"，1982 年我挨批。到 1985 年的时候，《萨特研究》才获准再版。

《读书》的这篇文章是萨特逝世没多久，六七月份发表的，是

《读书》杂志的董秀玉约我写的。我只用了几天时间，很快就交稿了，而且也很快全文发表了，一字未改。这篇文章是《读书》杂志发表的最有影响的文章之一。首先，这篇文章积极评价了萨特一生作为社会主义阵营朋友的进步的政治社会活动。第二，全面评价了萨特作为思想家和文学家的业绩，诠释了他的存在主义哲学思想，特别是"自我选择"的哲理。第三，正面地评价了他文学作品中的哲学内涵和正面价值。总而言之，此文大声疾呼为他争取历史地位，是中国第一篇全面评价萨特、为萨特翻案的文章。

文中的一些句子当时引起了极大关注，比如说："萨特曾被称为'20世纪人类的良心'，但对此，资产阶级批判家曾进行了奚落：他的错误太多，成不了良心。类似的批评也曾来自社会主义国家：他政治上太'反复无常了'，不可取。……这一个精神上叛逆了资产阶级因而被资产阶级视为异己者的哲人，能在什么地方找到自己的支撑点？……我们相信，通过对萨特的研究人们将不难发现：萨特是属于世界进步人类的，正如托尔斯泰属于俄国革命一样。"

记者：《萨特研究》一书是在怎样的情况下出版的？

柳鸣九：第二次全国外国文学工作会议上不是有人对我作大批判吗？我就决心编一套"法国现当代文学研究资料丛刊"，用事实来反驳他们。《萨特研究》就是这个丛刊系列的第一本。实际上从1979年，我就开始在做《萨特研究》这本书了。怎么做的？首先，我要从萨特数十种作品、论著与文集中，精选出最有代表性的精华，然后再将它们译介出来，也就是说要对萨特作一番集约化的工作、微型化的工作，具体的译介由我的同事与我所带的研究生分担完成，我自己则写了一篇几万字的编选者序。后来有人赞美它是"影响了一代人的书"，这也许过了头，但说明它影响的确很大。《萨特研究》包括几方面的内容。第一个方面的内容是翻译了萨特的主要作品，如《恶心》《苍蝇》《间隔》，还有他主要的文论，重要的政论性文章。第二，编写了他几乎所有主要文学作品的内容提要。第三，编有一份很详细的萨特年表。第四，对萨特周边的重要人物作了介绍。第五，全书冠以我所写的那篇几万字的编选者序言，阐明为什么要译介这些内容，它们有什么价值，对中国人有何意义等等。第一个意义，可以说，这是中国第一本全面地成规模地介绍萨特的书。介绍了萨特的生平、哲学和文学业绩，提供了他全部的真实历史，是整个萨特的微型化，基本做到了一书在手，整个萨特尽收眼底。第二个意义，这本书把萨特平易化、通俗化了，让中国读者很容易亲近这个人。第三个意义，这本书也对萨特作了本土化的诠释，指出中国人可以借鉴他的意义。这本书意味着萨特作为一个思想家、哲学家、文学家堂而皇之来到中国，而不是作为批判对象来到中国。所以有人说，《萨特研究》是为萨特进入中国代办了"签证"。

记者：《萨特研究》成为萨特进入中国的最重要开端，这本书出来以后的反响怎样？

柳鸣九：当时是有那么一点"洛阳纸贵"的味道。开始只印了7000册，后来听说加印到四五万册。这本书在大学生、文化界人士中间都很流行。那一段时间我碰到文化界、文学界的人，都跟我提《萨特研究》。可以说当时读这本书是一个小小的时尚，否则也就不会在1982年"清理精神污染"的时候，人们把"蛤蟆镜、喇叭裤和萨特"并列为"三大精神污染"。

记者：后来萨特怎么被定性为"精神污染"的？您的生活工作有没有受影响？

柳鸣九：1982年年底萨特就成了全国报刊上批判的对象，具体怎么定性的，与当时共青团有个文件列举了青年中流行的上述"三大精神污染"有关。我们社科院也开了大会，我很"荣幸"地在大会上成为某个著名"左派"领导人的训斥对象。组织上要求我写对萨特的再认识文章，实际上就是要我作检讨，据我所知，此一"领导意图"来自当时意识形态部门的最高领导人胡乔木，我坚持没写，后来也不了了之了。直到 1985 年《萨特研究》再版。这个事情才算是画了句号。

从这个事情看出来中国毕竟是进入了改革开放时代，这个社会开始有了自我调节能力，开始有了比较科学合理的前行轨迹。因为，你看，我虽然受到了申斥，但没有受处分；虽然要求我检讨，但我不写也没强迫我。应该感谢时代，我没有倒大霉，没有彻底翻船。如果是在 1957 年，那我就惨了。当时我还特意拍了一张照片：坐在藤椅里，手里拿着《萨特研究》，一副怡然自得的样子，那时候正是 1982 年清污、批判萨特的高潮时期，我在相片旁边还写了一行字"任凭风浪起，我自稳坐钓鱼台"来自勉。我经历过"文革"的风浪，对 20 世纪 80 年代的社会还是有那么一点信心的，相信总有雨过天晴的时候，相信萨特的东西是符合时代需求的。

记者：20 世纪 80 年代萨特在中国那么流行，您认为有什么深层的社会原因？

柳鸣九：为什么萨特在中国受欢迎，我不能讲是因为我工作做得好，而是因为中国需要《萨特研究》这本书。中国的改革开放最关键的是在一定程度上人的解放和人的思想的解放，不在于开辟了几个自由市场，因此需要一种尊重个人自主意识的哲理，而萨特的"自我选择"正投合了这种需要。而且，萨特提倡的自我选择是有道德取向的，即英雄的自我选择造就英雄的本质，懦夫的自我选择造就懦夫的本质。他的作品，比如《苍蝇》，实际上就歌颂了英雄的选择，摒弃卑劣者、懦夫的自我选择。正因为这种哲学有它合理的、上进的成分，而且投合了中国人当时的需要，才会这么多人信崇它。一个外来的哲学在这个社会是否能受到欢迎，就是取决于它是否符合这个社会内部的需要。最根本的原因在这里，而不在于我做得有多出色。

记者：中国人的行动在多大程度上受到了"自由选择"的影响？

柳鸣九：事实上知识界的精英很少有人没有读过萨特，可以说萨特"自我选择"的哲理曾经守护了一代人的精神摇篮，但你不能说农民打工，青年上大学，一些人下海、跳槽，都是在萨特的"自由选择"的影响下进行的，因为很多人都没有看过萨特，但是萨特的哲学投合了这种社会潮流。这说明这个哲理是言之有理的，有它高明的地方。我们今天来看萨特哲理的意义就在这里。君不见，现在"自我选择"这个词儿不是成了很多中国人的口头禅吗？讲这个话的人不见得看过萨特的哲理，但能和萨特不谋而合，正说明萨特的哲理不坏。提倡自主意识、自我决断，而且是有善恶取向的自主意识、自我决断，这样一种哲理是任何一个上升的社会都需要的。

记者：但另一方面，萨特的"他人即地狱"是否也引起了相当的争议？

柳鸣九：这句话出现在萨特的小说《间隔》（又译作《禁闭》）里。实际上他在这里是作了一种否定性的描述。里面的三个人生前都是很卑污的，都是很糟糕的人，所以到了阴间彼此都有很深的间隔戒备，互相钩心斗角。萨特是对这样一种卑污的人际关系作描绘，不是提倡。而有些人实际上没读懂，只是摸了大象躯体的一个局部，没有把大象的整体摸清楚。有些"左撇子"更是挑出这句话，来说明萨特是多可怕多阴暗多不可取。

记者：您还曾经去萨特墓前凭吊，并访问了萨特的伴侣西蒙娜·德·波伏瓦。当时你们聊了什么？

柳鸣九：我是 1981 年秋天见到波伏瓦的，那时候我已经在《读书》上发表了正面评价萨特的文章，而且《萨特研究》已经完成，快要出版了。所以我 1981 年见她的时候是以一个萨特的中国研究者的身份去的，不是作为一个慕名的粉丝去的。我们之间有很多共同语言，能够平等地进行对话。这次对话内容我在《与萨特、西蒙娜·德·波伏瓦在一起的时候》里仔细写过，最早见于我的《巴黎对话录》一书，近可见我的文集《我所见到的法兰西文学大师》。

萨特中国之旅的思想文化意义

——答《跨文化对话》主编钱林森问

钱林森： 在中法文化和文学关系史上，在 20 世纪法国作家"满程风雨"的中国之旅中，若以其与近代中国知识界命运浮沉和精神联系之密切而言，因而也最具戏剧性和启发性的，莫过于罗曼·罗兰和让－保罗·萨特的中国之旅了。您作为中国"萨特研究第一人"，作为引领思想家、文学家萨特走进中国的权威学者，能在这位文化巨子诞辰百年之际，就其中国之行的历程、影响和意义，与我们交流、对谈，我深感荣幸和欢畅。欢愉之情，不由得让我忆起当年捧读您写的有关萨特的开山大作《关于西方现当代资产阶级文学评价的几个问题》和您主编的《萨特研究》的情景……岁月如水，已是二十几年前的事了。时值 20 世纪 80 年代改革开放时期。中国知识界思想解放的春天，是您首先结识萨特，认识他的价值，并随之将他引入了中国——用您现在幽默的说法。那是您"为萨特在文化上堂而皇之地进入中国代办'签证'"。我们的话题也许该由此切入：能否请您谈谈与萨特"结缘"的来由、理由和背景？以便让我们一起沿着当年萨特东进中国的历史足印，重温并分享那远去的、充满激情和风雨的时光。

柳鸣九： 首先，谢谢《跨文化对话》与阁下安排了这次关于"萨特中国行"的访谈对话。

这是一个很有意义的题目，值得交谈，值得总结。它不仅对我本人很有意义，因为我是一个与此有关的主要当事人。而且对学术文化界也很有意义，因为萨特的中国之行，萨特在中国的被接受史，正是中国改革开放以来一个重要的精神文化过程，它反映了中国这个新时期的历史步伐与进展。正如阁下所言，这是一个令人欣慰的过程，值得纪念的过程。在 20 世纪 80 年代以前，萨特在中国得到极不公正的评价，改革开放伊始，就有了"给萨特以历史地位"的强烈呼声与对萨特进行全面科学评价的《萨特研究》，然而，这些努力很快就在"清污"中遭到严厉的否定与清算，到 20 世纪 80 年代中期，又完全"雨过天晴"，时至最近一个时期，萨特的著名哲理"自我选择"已成为千万中国人常用的口头语，而到了 2005 年萨特百年诞辰纪念之时，国内有影响的大报与大型周刊如《新京报》《南方都市报》《新周刊》《中国新闻周刊》《中华读书报》等等，纷纷发表了大篇幅的专题采访与纪念文章，盛况大出人们所料。20 多年来，这一过程，不是很具有戏剧性吗？不是一个很生动很有意义的文化故事吗？它反映了中国历史带有某种螺旋式形态的上升态势，对于一个传统力量特别巨大，而现实负荷又特别繁重的国家，即使是高速发展，往往也不可避免地采取螺旋形前进轨迹。

至于在这个过程中，我在萨特问题上做过些什么，可以说是一个很完整的"故事"，请允许我从头到尾讲一遍。

20 世纪 70 年代最后两年，中国开始有了春天的气息，这股气息是"实践是检验真理的唯一标准"那一场讨论带来的。那时，我已完成了《法国文学史》的上卷，正在进行中卷的编写，不久将要面临对法国 20 世纪文学的评说。但只要一进入 20 世纪文学领域，就会碰到一座阻碍通行的大冰山：日丹诺夫论断。日丹诺夫是斯大林时期苏联意识形态领域中的总管，以在学术文化领域里坚持无产阶级专政而著称，他把 20 世纪西方文化艺术统斥为"反动、颓废、腐朽"，一棍子打死，他的报告与讲话从 20 世纪三四十年代引入解放区后，就被视为"马列主义的理论经典"，实际上成为带有权威指导性的"准文件"，一直到 20 世纪七八十年代，它的权威性仍然巍然未动，只要有这座冰山在，对外国 20 世纪文学的研究、翻译、介绍，就根本无法正常进行，只能一骂了事。

这时，我四十出头，在研究工作岗位上已待了 20 来年，刨去"十年浩劫"，也算有"十年寒窗"的苦读，虽不敢说有多么深的学养，但以自己在 20 世纪西方文学方面的积累，也深知日丹诺夫论断之有悖于客观实际，而且也不符合马克思主义的历史唯物主义原理以及马克思、恩格斯对待文化遗产那种赞赏有加的典范风度。说老实话，我对日丹诺夫的"反骨"早已有之，就是何时揭竿而起了。"实践检验真理"那场讨论给了我很大的启发，既然有理由重新审视历史传统了，有理由清除不符合客观实际的时弊与陈词了，当然就到了在外国文学、艺术、文化、学术的领域破除坚冰的时机。问题在于我要把这件事做多大，怎么做？

当然，揭竿而起，首先需要有一篇旗帜鲜明、论据充分、有系统、上层次、有学术分量的"檄文"，由于预见到未来的"轰动效应"，我满怀热情地做了这件事，下了不少工夫准备这篇文章。其次就是在什么场合，通过什么方式来宣示这一"檄文"了，正好我当时担任了两个学术职务，给了我甚为广阔的施展空间。一是外国文学研究所西方文学研究室主管科研业务的副主任，一是研究所当时的"机关刊物"《外国文学研究集刊》的"执行主编"。这给我的"三箭连发"（见前文）提供了便利条件。

坚冰已破，从 1979 年后，国内书刊纷纷译介并正面评价 20 世纪西方文学，蔚然成风。

1980 年，萨特逝世，我在《读书》杂志上发表了悼念文章——《给萨特以历史地位》——进一步发挥了《关于西方现当代资产阶级文学评价的几个问题》这篇"檄文"中论述萨特的观点，这是社会主义中国第一篇对萨特进行全面地、公正地评价的文章，因为是针对国内长期对萨特的极为不公正的评价，所以写得颇有挺身而出、为君一辩的激情，与大声疾呼、申诉鸣不平的姿态。

三箭齐发，必然引起巨大的反作用力。在意识形态领域里，以维持精神道德秩序为己任、惯于批点挥斥者不乏其人，就在上述"檄文"发表的第二年，即 1980 年，在外国文学研究会第二届（成都）年会上，就有人声色俱厉地提出了指责："批日丹诺夫就是搞臭马列主义。"来势甚为凶猛。我当时就在场，我没有上台申辩，但却决定采取另一个更大规模的"反驳"行为，我清醒地认识到，在我国学术文化界，之所以有不少人跟在日丹诺夫后面乱批、瞎批，而且不能容忍对日丹诺夫的质疑，其重要的原因就是他们对西方文学艺术、学术文化的实际客观情况根本不了解，或了解甚少，因此，我决定创办并主编一套以提供西方文学的客观资料（包括作品文本、作家资料、思潮流派有关资料以及时代社会、背景资料）为宗旨的丛刊。我是搞法国文学的，"各人自扫门前雪"，我这个丛刊自然就定为"法国现当代文学研究资料丛刊"，其创刊号以萨特为唯一内容，这就是于 1981 年出版的《萨特研究》。

该书翻译了萨特 3 部作品与 3 篇重要文论的文本全文，分述了萨特其他 8 部重要作品的内容提要，编写了相当详尽的萨特生平创作年表与相关两个作家即波伏瓦与加缪的资料，报道了萨特逝世后法国与世界各国的反应与评论，翻译了法国国内重要作家、批评家论述萨特的专著与文章，而且我还写了长达 2 万字的序言，《读书》上的那篇文章《给萨特以历史地位》成为该序的第一部分。整本书的篇幅近 50 万字，构成了一本萨特的小百科全书。《萨特研究》出版后，大受读者欢迎，特别是文化知识青年的欢迎，一时颇有"洛阳纸贵"之势。

1982 年，国内开始"清污"，萨特与当时流行的蛤蟆镜、喇叭裤被并列为"三大精神污染"，《萨特研究》一书在全国受到了批判，并被禁止出版，该书的序言更是一批"左撇子"猛烈抨击的目标，其批判文章之多，其用语之严厉刻损，实为"文化大革命"之后所罕见。

然而，中国毕竟是进入了改革开放的时代，这样一个时代比过去那个时代之有进步，就在于开始有了若干自我调整的能力。事过一两年，雨过天晴，到了1985年，《萨特研究》又被准许重新再版。

这就是我"为萨特在文化上堂而皇之地进入中国而替他代办'签证'"的客观经历，这个故事既是我个人的，也是公众的，它展现了近二三十年来中国学术文化领域的一个侧面，它反映了我们时代的真实，也启示着我们时代值得深思的真理。

钱林森：在中国知识界的集体记忆里，萨特的名字就是"存在主义"。作为西方存在主义哲学的重要代表，萨特真正进入中国，并非是他生前和终身伴侣西蒙娜·德·波伏瓦结伴而行的"中国游"，而是他身后在中国的精神之旅。对于我国绝大多数读者来说，第一次知道萨特这个名字，开始较为了解其人其文的，恰恰始于萨特逝世那年（1980）中国人写的一篇悼念文章《给萨特以历史地位》。该文出自阁下的手笔，为我国第一篇科学评说萨特的文章，这是存在主义作家萨特真正走进中国的先导。您在这篇文章里，从哲学、文学和政治三个层面给萨特定位，并卓有远见地写下了这段著名文字："萨特的逝世，给一个社会主义大国的理论界提出了一个艰巨的研究课题。我们相信，通过对萨特的研究人们将不难发现：萨特是属于世界进步人类的，正如托尔斯泰属于俄国革命一样。"历史已经证明，这是多么正确的判断。时隔25年，重读您这篇满含热情的文章，我们仍然感到一种新鲜、亲切之感，唯其不失现实的意义，这使我不免要旧话重提：存在主义为何物？萨特存在主义哲学的内核是什么？萨特哲学精神的本质特征和永恒价值（如果存在的话）何在？萨特的历史地位究竟是怎样的？所有这些问题对我国隔代的青年读者也不会是毫无意义的。是吧？

柳鸣九：诚如阁下所言，萨特真正意义上来到中国，是在20世纪 80 年代初，即他身后的"精神之旅"。不错，他于 1955 年与西蒙娜·德·波伏瓦曾访问中国，但那是他作为"社会主义阵营"范围之内的著名社会活动家被当做国际统战对象请来中国的。对于一个思想家与作家来说，如果他的主要"思想品牌"与"代表作"没有进入一个国家，那么不论自己去过多少次，那也谈不上是来到了这个国家，这就是比较文化学与政治、商务和旅游完全不同的标杆。不错，萨特的《存在与虚无》《毕恭毕敬的妓女》在"文化大革命"之前就翻译过来了，但我想，一个作家真正进入一个国家的主要标志应该是一定程度的本土化，至少是有相当广泛的社会影响，可惜的是，《存在与虚无》这部哲理代表作在中国翻译出版后，其影响微乎其微，我想通读过它的中国人，大概不到一个营的人，真正读懂了且有所感的人恐怕就更少。说实话，这是哲学在社会传播上的天生局限性，即使在本国，一种哲理的广泛传播也还要靠通俗化、普及化，要靠有亲和力的诠释。18 世纪法国的《百科全书》的历史功绩就在于普及了一个时代的思想学术研究成果，本国的文化传播尚且如此，何况现代法兰西一部艰深的哲学文本来到尚未改革开放的中国？把它翻译过来，前面加一篇短短的说明，声色俱厉地给作者扣几顶帽子，这怎么谈得上"他来到了中国"？至于把《毕恭毕敬的妓女》一剧翻译过来，与其说是介绍萨特，不如说此剧投合了当时国内"反对美帝国主义"的政治标准，因为此剧并非萨特的代表作，与他的存在主义哲理精华完全"不搭界"，而是一部萨特作为一个"法共的同路人"带有反美情绪的政治宣传剧。

萨特是一个哲学家，也是一个哲理文学家，所谓的"存在主义"是他的本质标志，是他的"品牌"，对待他的关键在于对待他的哲理，要把他引进中国，要为他办入境的"签证"，首先就要把他的哲理阐释清楚，使其"本土化"，达到一定程度的普及化，在中国这样一个对当时西方"关门闭户"的社会主义国家如何才能对萨特做到

“引进”以至“本土化”呢？我想至少有两个方面：一方面是我在《萨特研究》一书的序言中所说的，要“撩开萨特那些抽象、艰深的概念在他的哲学体系上所组成的厚厚的、难以透视的帷幕”！不做这一“撩开”工作，就无法使中国接近萨特，因此，我认为把一部枯燥艰深的《存在与虚无》往读者面前一放，是没有多大效应的，是在难为读者。另外一方面是要标出“入境”的“口岸”、“着陆点”，也就是本土对此“舶来品”的需求与“舶来品”的契合，我在《萨特研究》的序言中指出，萨特强调个体的自由创造性、主观能动性的哲理，“大大优越于命定论、宿命论”，“大大优越于那种消极被动、怠惰等待的处世哲学”，“不失为人生道路上一种可取的动力”，等等，都是有感于我们本土世态人心的某些欠缺，而在指出此一“舶来品”的有用性、效应性。至于那篇序言着重指出萨特“在 20 世纪资本主义社会现实的荒诞条件下，发扬了资产阶级人道主义的积极精神”，指出他“对马克思主义始终抱着一种善意的亲近的态度”，更是有意识在建立萨特与社会主义中国在意识形态上的共同点、契合点、融入点。

关于萨特存在主义哲学及其内核、特征与价值等问题，我想，首先应该指出，萨特的确与德国存在主义哲学先师海德格尔、胡塞尔有承继的关系，但他有超越，有发展，有很大的不同。最大的不同在于他对人、对人的存在以及如何选择存在方式有更多、更深的关注，并形成了系统的哲理；更为不同的是，萨特不仅是哲学家而且更是文学家，他一生更多的精力是用于以文学形式去表现其哲理。文学形式与文学形象本身就具有独立而强旺的生命力与伸延力，足以将萨特的哲理演绎充实得更为丰富、厚重。因此，对萨特关于“存在”的哲理的认知与研究，就必须既通过其哲学论著，也通过其哲理文学作品，甚至后者更应是一条主要的途径。

按我的理解，萨特哲理的主要内容不外是“存在先于本质”论、“自由选择”论以及关于世界是荒诞的思想，即认为人生是荒诞的，现实是令人恶心的，人的存在在先，本质在后，人存在着，进行自由选择，进行自由创造，而后获得自己的本质，人在选择、创造自我本质的过程中，享有充分的自由，然而，这种本质的获得和确定，却是在整个过程的终结才最后完成，等等。

不妨可以说，萨特哲学的精神是对于"行动"的强调。萨特把上帝、神、命定从他的哲学中彻底驱逐了出去，他规定人的本质、人的意义、人的价值要由人自己的行动来证明，来决定；因而，重要的是人自己的行动，"人是自由的，懦夫使自己懦弱，英雄把自己变成英雄"。这种哲学思想强调了个体的自由创造性、主观能动性。

特别要指出的是，萨特对"自我选择"明确树立了区分善恶的道德伦理标准，他区别了英雄的自我选择与懦夫的自我选择、人道主义的自我选择与反人道主义的自我选择，他这种努力在他的长短篇小说与哲理剧中，表现得非常明显。

毫无疑问，萨特的哲理具有其永恒价值，只要世界上还有人的行动、人的存在、人的选择这一类的话题，他的哲理就不会丧失其价值与意义，正如几千年前孔孟伦理的至理名言，至今仍不失其光彩。

钱林森：您对萨特开拓性的研究，直接导致这位西方思想家、文学家被引入中国，直接引发了 20 世纪 80 年代中国青年知识界的"萨特热"，从这一点看，您可是中国"萨特热"的真实"发动者"。萨特之入华土，及由此而形成的"萨特文化热"，无论从中外（中法）文学和文化交流史来看，还是从中国思想和中国学术发展史来看，均堪称为一件意义深远的文化事件。它在接受人类优秀文化遗产方面，廓清了"四人帮"极"左"思潮所散布的迷雾，为拓展东西方的精神交流和学术发展扫清了道路；它进一步推动了国人本体意识的觉醒，为张扬人的主体精神，促进精神文明的提升和发展，提供了新的、有意义的"东方实验"。毫无疑义，亦如您所强调的，中国新时期的现实需要，是您研究萨特、与之"结缘"的契机，也是萨特入我中华的契机。萨特的中国之旅，在我看来，便是现代西方哲学精神和中国新的觉醒时代的历史遇合。那么，接下来顺理成章的问题是：萨特的存在主义，这个西方的"舶来品"，萨特这位西方的陌生来客，何以成为 20 世纪 80 年代一代中国人所顶礼膜拜的文化偶像？在萨特那里，吸引当时中国读者的魅力和"热点"是什么？您作为引领萨特进入中国的"向导"和"萨特热"的见证者甚至"发动者"，想必有更真切的感受和独到的体悟。

柳鸣九：的确，20 世纪 80 年代初，中国出现了"萨特热"，今年，北京不止一家媒体在纪念萨特诞生 100 周年的时候，把当时的"萨特热"称为"80 年代新一辈人的精神初恋"，"整整一代人的青春故事"，在当时，其动静之大，当然会引起一些人士的侧目而视，将它视为"精神污染"。

"萨特热"当然与《萨特研究》一书有关，此书起了引发的作用，但深层次的根本的原因还不在这里，而在于当时的现实土壤与时代气候。如果没有深层次的根由，它是不可能引发如此大的"动静"的。

不妨把萨特哲理比喻为蒲公英的种子，即使蒲公英不靠任何助力能够自由飞翔来到中国，即使它有极强的生根发芽的能力，如果没有适合的土壤，它便无法成活。当然，精神文化的种子，是以人心、人性为基本土壤的，而萨特哲理则是以人的主体精神、人的主体能动意识为基本土壤的，任何一个国家、任何一个民族从根本上来说都不会缺少这种基本的土壤，只要有这种土壤，任何符合人性规律、符合人性精神需求的哲理，都有自己落地生根的可能。问题在于，在中国还没改革开放的时代，这片沃土是被冷冻着的，对于任何有积极效益、有强旺生命力的外来"蒲公英"来说，它只不过是"铁板一块"，既然连农民想自由料理自己宅前三分自留地的自由都不允许，还谈得上其他领域里的自由精神、自主意识吗？

终于，改革开放的春风使得冻土苏醒了，有了活力，这才使"蒲公英”有了发芽生长的基本条件，这便是萨特在中国引起一阵热潮的根本原因。我们不妨说，中国的改革开放其首先的变化，就是个体的人自主、自由的空间有所拓展，社会主义体制对个体自主精神、自主行为的限制与约束有所松动。这是一个关于主体意识、个性自主精神的意识形态与哲学哲理有施展空间、有可能大行其道的新时期，甚至可以说是一个很需要这种意识形态、这种哲理的新时期。而萨特哲理正是这样一种意识形态，特别是其“自我选择”的哲理，更是投合了很多中国人在不同领域、不同层面重新进行自我价值取向、重新标定自我定位、重新选择自我道路的精神需要，而当时那位“推销员”也的确把“自我选择”的哲理阐述得很充分很突出。总之，《萨特研究》恰逢一个“自我选择”的“盛世”，赶上了这班大车，自然也就风行一时了。

因此，如果说萨特哲理有什么能深深吸引中国读者的话，首先就在于它具有的这种最为根本的人文哲学的思想性质。

当然，萨特之吸引人，还不仅仅在于他的哲理的本质特征、精神素质，他的确有若干很动人的“魅力”。作为哲学家，他有极强的思辨能力、抽象能力与深掘能力，他的说理与逻辑足以在学术上令人叹服；他也是一位哲理警句大师，善于把哲理凝聚在隽永的表述中，如“存在决定本质”、“英雄的自我选择决定英雄的存在”、“懦夫的自我选择决定懦夫的存在”、“他人即地狱”等警句，在中国曾为整整一代青年学子津津乐道。

萨特比一般哲学家远远强有力的一个方面是他有杰出的文学才能。他不仅拥有哲理思想的力量，而且也掌握着感性形象的力量，他的哲理所有的“要义”、“要点”，都通过他的小说作品与戏剧作品饱满而富于感染力的表述来演绎；反之，他几乎所有的代表作都蕴藉着深刻的哲理而具有超凡的思想品质。在他身上，哲理与形象水乳交融，相得益彰，这是他充满魅力的一个很重要的原因。特别值得注意的是，他在文学上基本上都是采用传统的形式，并使之达到经典的高度，以保证他的思想内涵与精神哲理得到清晰、饱满、完美的呈现与表述，他一般都不让形式上的标新立异、荒诞不经的因素来干扰他的呈现与表述，所有这些就构成了他所特有的综合魅力。

钱林森：根据我个人的体验和认识，勃兴于一时的中国"萨特热"，主要是中国接受者（作家、批评家、译者和读者）向思想家、社会活动家萨特的一次逼近，着重吸取的是其思想、政治的一面，而非文学的一面，为中国人接受外国作家、外国文学所惯有的思维模式。中国"萨特热"，究其实，是萨特思想启动、中国知识界积极参与的一次思想解放思潮在东方的生动演练，其如火如荼的程度，使之带有浓重的政治色彩和群众性思想运动的性质，激情四射，热闹非凡。但真正沉淀下来，耐得起时间咀嚼的东西并不多。这就是为什么不少当年的"萨特迷"们，在激情消退、事过境迁后发出如此感慨：萨特只是构成他们一代人"精神履历与青春回忆的要件之一"[1]，已经远去了。而萨特及其存在主义，只不过是留在他们记忆中的一种曾有的时尚话语和超级热词而已，如同今天人们言必称"全球化"一样。甚或有些媒体将20世纪80年代中国知识界与萨特"结缘"的"精神初恋"，视为一次"错爱"，称与萨特的哲学"结缘"，"只可一宿，不可久眠"。[2]对此，您有何见教？您作为中国学界带领读者走向萨特的第一人，当有自己的思考和认识，是吗？萨特对于当今的我们，是否已经过时？这位东渡的西方思想家到底给了我们什么呢？

柳鸣九：阁下上述一番话，如果我没有理解错的话，归结起来就是这样一个问题：萨特在中国的影响究竟范围有多广？深远度有多大？时至今天，他在中国的影响是否还存在？

---

[1] 何力：《一段精神履历的要件》，《经济观察报》2005年7月4日。

[2] 曾红蓓、段京蕾：《80年代新一辈的"精神初恋"》，专题《错爱萨特》，《中国新闻周刊》2005年第19期（总第229期）。

诚如阁下所指出的，萨特哲理在一代人的记忆中曾留下了"时尚话语"与"超级热词"，我想这应该是指"自我选择"。应该承认这个"话语"这个"热词"，时至今日仍很流行，具有很高的被使用率，人们在回顾自己某一次由个人主体意识来定夺的经历时，常使用这个词，在陈述自己将要由个人主体意识来定夺的计划时也常使用这个词，总之，是用来概述自己主体的一种精神状态、主体精神的一种价值取向与行为决断，因此，它就不仅仅只是一个"话语"，一个"词"了，它有其内容，有其价值观，有其时代历史、社会现实的丰富内涵。我不能说，使用这个词的世人都读过萨特，都受过萨特的影响，但至少说明，当年的"萨特热"多少留下一些东西，说明萨特哲理的确有其广泛的涵盖性，有其强烈的能引起精神共鸣与精神通感的机能，因此，即使是没有读过萨特的人，在利用自己所获得的空间与条件自行其是的时候，也可以借用"自我选择"这样一个话语。在我看来，有广泛涵盖性，能引起精神共鸣与精神通感而有被广泛借用功能的哲理，正是最有生命力的哲理，是不容易过时的哲理，何况在使用"自我选择"这个词语的广泛人士中，的确有不少人当年是读过萨特，至少是知道萨特的，只不过他们当年通过"自我选择"的行为方式，后来，获得了自己非哲学、非文学的"存在"，成为 CEO，或成为经济师，或成为有官职的人……

至于当年热衷于读萨特的人，很多人后来都在学术文化领域里有所作为，不少人已经成为名士，他们都是从萨特这所学校里出来的。很难想象，一个当年对学术文化感兴趣的人是不曾读过萨特、不曾热衷于萨特的，萨特曾经真可谓是他们的"精神初恋"。但是正像现实生活中，初恋往往并不导致结婚一样，热衷过萨特的人，日后往往并没有成为"存在主义者"、萨特主义者，不过，那么多人有那么一次"精神初恋"，有那么一个"青春故事"，对于一种哲理，这就足够了，这就是它优质的标志。

　　至于当年的"萨特迷"，有些人激情消退，甚至有了"只可一宿，不可久眠"之叹，我的看法是，不论这些人当年热衷于萨特还是如今他们又发出了"只可一宿，不可久眠"之叹，都是他们自己的自由，都是他们自主的"自由选择"。（我还强调一句：这些都是他们的"自由选择"，这些都是他按"自由选择"的法理办事的结果）何必一定要某个人、某些人信奉萨特终生、咀嚼萨特终生呢？任何一种哲学，哪怕是其现实权威强大得如太阳的哲理，也没法将所有的人都拴在自己的身边，不许离去。当年某些热衷于萨特的人后来又作了其他的"自我选择"，比方说，选择了其他的安身立命之道，选择了其他的门庭，其他的路子，例子确是屡见不鲜，有的人又自我选择了解构主义，有的人自我选择了侍奉德里达，有的人则自我选择了仕途或商海……这都很正常，人们不是常说"世界是丰富多彩的"、"世界是多极多元的"吗？重大的哲理主义，也不过是一个有吸引的"精神展台"而已，不时有人围聚起来进行观摩、参悟、玩赏、膜拜，不时又有人散去，时聚时散是再正常不过的，但这种现象与这一哲理是否无用了、是否"过时了"的问题是两码事，而萨特的"自我选择"论，作为一种具有积极自主精神、创造进取精神的哲理，应该是不会过时的，不会沦为无用之物的，因为只要有人类的主体意识取向、主体实践活动存在一天，人们就会对这种哲理有所需求，就会对这种哲理感到亲切。因此，我相信，萨特这个精神展台前面的人群肯定会聚聚散散，散散聚聚，但绝对不会荒无人迹。今年，时值萨特诞辰 100 周年，虽然有人弹出了似乎带有些微"左"味的"错爱萨特"的高调，但竟有如此多重要的媒体为萨特献出了如此多的篇幅，就是一个明证！

　　应当承认，近几年，在中国，读萨特的人少了，与当年的盛况相比，相差远矣。这个"精神展台"的前面，大有冷落之势，倒并不是因为萨特丧失了固有的魅力与价值，而是因为社会现实有了变化。首先，改革开放已经有一些年头，人们在政治法律规范所允许的范围里已经得到了进行自由选择的自由，改革开放之初，全社会范围里那种急切要求实现个体意识、个体决断的情结已经大有释解，而且经过自由选择有所作为、有所成功的个人比比皆是，人们在现实的生活就能够得到启发，找到典范，并由自己来付诸实施，那又何须一定去请教萨特？总之，社会群体，包括知识学术群体对哲学的需要大大降低了，这是最深层的根由。还有一个重要的千万不可忽视的社会原因，那就是我们正处于一个物质功利主义大张扬的时代，人们都忙于赚钱、谋求功利的目的，大家都很忙，没有多少时间读书，特别没有多少时间读严肃的书、令人深思的书、人文的书，流行的文化形态是"快餐文化"、"娱乐休闲文化"、"看图识字文化"，在整个人文精神失落、人文文化影响缩小的大背景下，比萨特更有经典地位的思想家、作家被冷落尚且不乏其人，何况萨特？

钱林森：萨特是法国 20 世纪精神文化领域的巨子，是一位具有世界意义的大家，这是您给这位大家在人类文化坐标史上的定位。萨特在中国的精神之旅，不管有怎样的际遇和潮涨潮落，这个历史定位都不会有什么变化。可创造自己体系的思想家、文学家的萨特，他的精神谱系何在？我是问，他的哲学体系、文学创作和西方精神传统的关系何在？他的文学创作和哲学思想有着怎样的关联？记得 1994 年"萨特热"潮落后，中国法国文学研究会在您主持下举行了"'存在'文学与 20 世纪文学中的'存在'问题"的学术讨论会，就此进行了深入的探讨，1997 年同名论文集出版，列入您所主编的《西方文艺思潮论丛》第七辑。请说说您的看法好吗？

柳鸣九：关于萨特的哲理属何"精神谱系"，按我个人的理解，简而言之，可谓存在主义之名，人道主义之实，他的哲理可视为有存在主义之名的人本主义、人道主义。

说萨特是存在主义，原因不难理解，因为他是学存在主义哲学出身的，他早年留学过柏林，师从胡塞尔，研究被称为存在主义的德国哲学，他早期的哲理著作《存在与虚无》遵循了胡塞尔、海德格尔的套路，可以说是一部存在主义的专著。但是，当萨特以其文学创作成名之后，在 1943 年左右，加布里埃尔·马尔塞给萨特的文学创作贴上了存在主义的标签，不久后，萨特在一次讨论会上，却明确予以拒绝，宣称"存在主义，我不知道此乃何物"。这是怎么回事？我以为问题出在萨特早于出版自己的存在主义哲学专著之前，就已经在文学界崭露头角，有了相当大的名声，出在他的哲学专著与他哲理文学作品之间的非等同性。

德国存在主义哲学有自己的理论范畴，如对人类生存命定性的阐释，存在与时间的哲理，生存哲学，生存哲学现实论，关于存在与超越的理论，对现在、境遇与瞬间的论述，真理的多重性。宗教价值的超验性等等。萨特作为一个德国存在主义哲学的青年研究者，当然会要面对这些问题，但是，他作为一个创作了《苍蝇》《间隔》等一系列文学作品的著名作家，他在创作中所面对的就是另外一些问题了，即使是哲理，他想要在作品中表达的与他所能表达的，当然会有所不同。他是以文学作品而不是以他的哲学专著成名并享有巨大声誉的，而他在文学作品中所着重表达的哲理正是我们所看到过的，即"存在决定本质"、"自我选择"等。

正因为他在自己的作品中所表述的哲理与原本的德国存在主义哲学有所不同，所以当批评家把存在主义的标签贴在他那些已经风行的文学作品上时，他自然就会予以否认。然而，存在主义文学这个标签已经成了时髦标志，加以热衷者的鼓噪与炒作，使得萨特也难免心动（要知道，他一生都惯于追求某种轰动效应），他终于接受了这面大旗，充当了它的旗手，于是，"存在主义文学"成为一个正式的牌号进入世界文学史，并且风靡一时。这便是我们中国人所面临的文学史既成事实，说实话，这造成了我们在理解上的某种困惑，因为按我个人的理解，萨特在其文学作品所集中表现的"自我选择"、"存在决定本质"的哲理与其说属于哲学认知与理论解析的范围，不如说是属于伦理学、人生观的范围，如果说存在主义哲学仍是对世界的认知与描述，那么，被称为存在主义文学的那一部分文化精神成果的哲理内涵，则是对人生的清醒认知、彻悟意识、态度立场与形象展示，用简单的话来说，就是有关人的一种人生观，在根本上，这种思想哲理内涵显而易见是属于传统的人道主义体系、人本主义体系，是这种思想体系中的一个组成部分、一个"部类"，只不过它使用了存在主义哲学的某些概念与术语，如"存在"、"本质"等。

萨特本人一定是感到了存在主义哲学体系与自己文学作品中哲理的非同等性，而他本人又不无尴尬地完全接受并享用了存在主义作家这样一个带有光圈的称号，为了弥合这种理解与认知上的裂痕与距离，他在 1946 年，他的"存在主义文学"已经大行于道、风靡全球之时，出版了《存在主义是一种人道主义》一书，此书后来被称为"存在主义圣经"，应该说是萨特对自己精神谱系的最具有"拍板定案"作用的阐释。总之，在我个人看来，萨特仍然属于人道主义思想的传统，而他所作的"存在主义是一种人道主义"的解释，完全值得我们尊重。

钱林森：作为 20 世纪西方精神文化领域的巨人，萨特在文学、哲学、政治社会斗争诸方面都有自己的建树和贡献，他留给后世的精神遗产是丰富的、多层面的，我们接受萨特这份精神遗产，自然也不限于哲学、思想、政治层面。对萨特的接受会因接受者不同、时代境遇不同而呈现不同的层面和重点，永远受制于接受者的取向和时代的变迁，是个十分复杂的课题。面对这位集哲学家、文学家和社会政治活动家于一身的"丰富复杂"的萨特，我还是要问：您作为研究法国文学和萨特的权威批评家、萨特的中国接受者，更喜欢更看重萨特的哪一面？也就是说，在萨特一生的劳绩和创造中，您个人觉得哪一份最重要、最有价值，对中国人来说最有意义？

柳鸣九：的确，萨特留给后世的精神遗产是多方面的。阁下指出，"对萨特的接受永远受制于接受者的取向与时代的变迁"，我很同意，至于我对萨特哪个方面更为看重，更为喜欢，既然我是一个文学研究工作者，自然对他的文学成就更为看重，更感兴趣。说到"喜欢"，很坦率地说，萨特并不是我最喜欢的外国作家，在我喜爱的程度上，加缪就排在他的前面，但作为一个研究者，我有责任对他本人，对他的各个方面作出科学公正的评价，最好是符合中国国情、适合当前文化发展阶段与状况需求的评价。

萨特是学存在主义哲学出身的，他作为那个谱系里的一个哲学家，应该说是很出色的，可谓青出于蓝，他所表现出来的思辨力与抽象力是令人赞叹的。他也写出了两三部纯理论的哲学专著，不过，这些专著即便在法国，也只是写给高层次的业内人士看的，正像博士论文经常是写给评审委员会看的一样。对一般读者来说，完全是"阳春白雪"，"曲高和寡"。其中有一两部译成了中文，据我所知，读者甚为稀少，如果不是对思辨与抽象有割舍不了的热情，一般读者是不会去问津的。

萨特一生在社会政治斗争、思想文化活动方面倾注了很多精力与热情，他大量的政论时文就是他在这个方面的产物，收编为《境况种种》，共有十卷之多。1981 年 10 月我在巴黎拜访西蒙娜·德·波伏瓦的时候，我问她对萨特在精神文化几个不同方面的贡献有何看法时，她特别强调了萨特本人对这一套文集的高度重视，波伏瓦也认为它是人类宝贵的思想财富。但是，在我看来，时至今日，如何评价萨特的政治社会活动与相关成果，反倒成了一个问题。我们知道，萨特作为一个政治社会活动家，除了早年参加过若干反德国法西斯占领的活动外，后来，在国内主要是以法共甚至是极左派的同路人的身份，而在国际上则主要是以社会主义阵营的斗士的姿态，在 20 世纪 80 年代初我为萨特在思想文化上堂而皇之进入中国代办"签证"时，曾经大力介绍了他作为大左派的倾向与表现，那是为了取得社会主义中国对他的认同，也是为了消减些许"左"派批评家射击的火力。现在，经过了 20 多年的世事沧桑，当人们对很多事物愈来愈持理性的态度的今天，就有必要指出萨特当年不少姿态与表现是经不起历史检验的（像他所发动的对加缪的抨击与责难）。他曾热衷于卷入一次次斗争或事件，凭借他的声望与才华、信仰与自信，投入得太执着、太淋漓尽致了，丝毫没有给自己留下一个作家最好应该保持的适当距离，没有采取一个思想家最好应该具有的高瞻远瞩的超然态度，倒把自己的阵营性、党派性（虽然他并未正式参加法共）表现到了最鲜明不过的极致程度，因此，当他所立足的阵营与政派在历史发展中露出严重历史局限性而黯然失色，甚至成为历史陈迹的时候，人们就看到了萨特振振有词、激昂慷慨所立足的基石、所倚撑的支点悲剧性地坍塌下去，看到他在那个地方所投入的激情、岁月、精力、思考文笔大部分付诸东流。

在文学上，萨特是真正意义上的巨人。他在文学史上地位稳固，经得起时间的考验，具有长存的、经典的意义。他雄浑的力量在于把自己的"存在"的哲理与现实生活形象水乳交融地结合在一起，以清晰鲜明的古典文学形象表述了发人省思的现代思维内容，创造了一系列既有形象感染力又具有深邃意蕴的杰作。他这种"双结合"的优势是很多 20 世纪作家所不具有的。他表现了"存在"哲理的寓言性戏剧与同时具有丰满生活形象的小说作品，不仅其深刻隽永的内涵足以令人反复思考，回味无穷，而且其纯净的经典式的艺术形式也足以给不同时代的人提供巨大的美感享受。即使是他的一部分时事针对性特别强烈的"境遇剧"，也并非一概"过时"，倒由于历史社会事态的发展而焕发出新的生命力，如他揭露法西斯残余势力的《阿尔托纳的隐藏者》，在当今欧洲又出现纳粹幽灵的时候，就仍有其现实意义。萨特在文学理论方面的建树是很卓越的，对我们有很高的研究借鉴的价值，至于他多种具有深刻哲理的传记作品，则像藏量丰厚，但至今仍未被开采挖掘的巨大矿山。他的自传《文字生涯》篇幅不长，价值很高，可与卢梭的《忏悔录》媲美，其严酷的自我剖析精神堪称典范，显示出作者独特的人格力量。

钱林森：研读您有关萨特的文章，倾听您对这位大家创造业绩的考量，您更看重的显然是文学家萨特，您把他列于法国 20 世纪文学史大师的地位，他的世界性影响是不言而喻的。回顾萨特流入中国的历程，文学家萨特——确切地说，作为思想家的文学家萨特——对中国新时期文学发展的冲击和影响是有目共睹的。正如有些研究者所指出的："当作为哲学家的萨特在中国的思想研究领域里日益退后的时候，萨特在文学、艺术领域的启蒙作用则表现出更为持久的影响。徐星的厌倦孤傲，刘索拉的青春躁动，格非、潘军、残雪、谌容以及朦胧派诗人……透过一份被批评整合过的受萨特影响的作家名单，你会发现，过去 20 年中国文学的新变，已经无法离开对萨特的评说。"[①]这是中国作家对萨特文学层面的接受，虽然在人数上和规模上远不如当年"萨特热"的精神鼓噪那么普泛、宏大，但它到底留下了一些耐人咀嚼的东西，表明通过文学的交融而获致人的心灵情感的汇通，永远具有强大的生命力。萨特思想的滋养给中国新时期作家、艺术家以新的灵感、新的视野、新的题材和新的表达方式，这是不争的事实，它已成为今日大学校园里不少年轻学子攻读学位的选题。试问萨特给予中国新时期文学的这种影响，是思想家萨特的作用，还是文学家萨特的作用？抑或两者共同作用的结果？换言之，中国作家对萨特文学层面的接纳，主要是真正意义上的文学滋养，还是萨特哲学精神的启迪？

柳鸣九：阁下是研究比较文学与比较文化的，对法国文学与当代中国文学相互的双向交流、双向影响很有见解，可惜的是，我个人的研究是单一领域的，我研读中国当代作家的作品甚少，不敢对你所列举的那些中国作家与萨特影响的关系发表意见，与其信口开河，不如

---

① 何力：《一段精神履历的要件》，《经济观察报》2005 年 7 月 4 日。

自认"不知为不知"。不过，从萨特这一方面来看，我认为他影响当代作家的方式与途径不外有二：

一是以他的哲理内涵。他的哲理与传统的人道主义、人本主义相通，对于任何有人文关怀的作家都会具有亲和力，而改革开放时期的中国作家，是不缺人文倾向的。他的哲理具有现代特征，运用了现代哲学的概念与术语，对于憧憬现代倾向，对现代性颇为好奇、感兴趣的中国当代作家是会有强烈吸引力的。

二是以其将现代的哲理与古典的文学形式熔于一炉、水乳交融的方式，也就是说他给中国作家提供了哲理文学的范例，这种文学的形象鲜明性与思想隽永性，足以对改革开放后的中国作家有强烈的吸引力，并构成可以效仿的典范。如果说，在这个时期的中国出现过哲理文学作品或带有哲理色彩的作品，也许就与萨特的影响不无关系。

除此二者之外，萨特对当代中国文学的影响就不大可能有其他的切入点了，具体来说，不可能在文学形式与表现方法上给中国作家提供什么新的灵感，原因很简单，因为萨特没有什么新文学形式，他不像"新小说"派、"荒诞派"戏剧，他的文学表现形式基本上是传统的、古典的，他的戏剧形式中国作家早在易卜生那里就见识过，而他的中短篇小说形式，与莫泊桑、契诃夫的小说基本上属于一个类型，只有他的中篇《恶心》在形式上有点"各色"，但那篇小说的可读性实在很差，我想，相当注重可读性的中国作家不会有兴趣去仿效。

钱林森： 在我看来，在萨特那里，哲学家、文学家是二而为一，或思想家、文学家、社会政治活动家是三而为一，互为补充、互相制约的整体，他在创作上的一切特点、风格和追求，都是和他这多重身份、层面紧密相关的，很难截然分开。在对萨特的评析中，我特别注意到您对萨特自传中的人格魅力的分析和对他作为"作家兼斗士"的强调和评价，我认为，这种既是文学层面，也是思想层面的分析和评价，捕捉到了萨特其人其文的本质特征，其价值取向也直接承继了中国作家接受外国文学的一种传统精神。其实，在法国文学历史上，许多在文化上有重要建树的大家，大凡都是"作家兼社会斗士"的角色，很政治化的，几乎形成了一个文学传统，从伏尔泰到卢梭，从左拉到法朗士，从纪德（Gide）、罗曼·罗兰、马尔罗到萨特……而中国新文学作者，从鲁迅、茅盾到巴金、胡风、路翎……在接受外国（法国）文学滋养时，不仅致力于学习外国（法国）作家为文的本领，也十分注重学习他们为人的风范，也几乎形成了一个接受传统，所以您对萨特文格和人格力量的强调和评价是十分有意义的。

柳鸣九：一个国家的文学中能形成某一种文人传统、作家传统，是这个国家文学丰富与成熟的标志，并非任何一个国家的文学中都能有此种"景观"的，一般来说，是在某种历史相对悠久、内容相对丰富和厚重、发展相对有持续性的文学中才会有的，法国文学就是这么一种文学。也许，在法国文学中，能称得上传统的东西不止一项两项，比如说，对创新精神的强调，对哲理的重视等，当然，作家关注并介入社会生活，要算是法国文学中较重要的一个传统。

阁下列举了这传统中一些令人瞩目的作家，我很同意。这些作家不只是一般地关心社会现实、民生疾苦，也不只是一般地"指点江山，挥斥方遒"，介入社会政治。他们的介入往往有声有色，甚至轰轰烈烈，常常为了某一个正义的目的，敢于站在当时统治阶级以至整个国家机器的对立面，勇敢地抗衡，如雨果为反对拿破仑三世的政变与独裁，流亡国外达19年之久，不作任何妥协；左拉为了德雷福斯冤案的昭雪，敢于冒监狱之苦与生命危险，等等，这些作家以其轰轰烈烈的正义之举而在历史上留下了光辉的一页。

萨特显然是很景仰这种勇者的辉煌，他十分有意识、十分自觉地将作家的这一种行为方式，这一种存在形态，提升为一种道德职责，一种美学规范，而大加阐释，建立了"介入文学"论。他自己当然是这种理论、这种理想的实践者，而且也达到了相当轰轰烈烈的已成事

业的规模（即使较伏尔泰、雨果、左拉稍逊一筹）。他在其中也表现
出了很令人钦佩的勇气，如他反对阿尔及利亚战争的时期，受到了右
派要"枪毙萨特"的威胁后，仍坚持斗争；又如他在匈牙利事件中抗
议苏联出兵，采取了断然决裂的态度，不惜公开否定自己长期作为苏
联之友的历史，而这种敢于否定自己的勇气似乎更为不易，没有一定
的人格力量是做不到的。

不过，应该看到，法国文学中之所以能形成"作家兼斗士"的传
统，是与法国社会民主化的历史较早、民主化程度较高这一历史条件
有关的，萨特之所以能把自己的"介入"理论扮演得淋漓尽致，也是
与戴高乐总统的雅量有关，他曾明令："我们不要去抓伏尔泰。"各个
国家有各个国家的历史社会条件，不同国家的作家也有实现人格力量
的不同的道路与方式，如果不考虑本国本民族的客观条件，硬要抄袭
或照搬地去学，那肯定是学不来的，甚至往往会反受其害。

钱林森：我们就"萨特在中国"所进行的讨论和交流，差不多已
接近尾声。请容许我提一个知识性的、近于幼稚的问题：萨特这位业
绩卓著而风格鲜明的作家、思想家，这位西方明星式的大知识分子，
在他生前和身后，何以在西方和东方不断招惹是非，引起争议？世人
对他的臧否如此分明，在法国作家中实属罕见，这是因为他思想深邃
复杂、风格鲜明独特所致？还是他追求明星效应的个性所致？

柳鸣九：萨特是一个既得到过大欢迎、大赞赏、大崇拜，也得到
过大非议、大厌烦、大否定的作家，他得到什么，要视他面对何种人
群而定。在20世纪五六十年代法国以至整个西方世界的文化青年面
前，他是一个被热烈崇拜的对象，一个完完全全的文化偶像，在20
世纪六七十年代法国乃至西欧极左派青年面前，他是一个精神导师。
在法国以至西方的传统社会阶层与右翼社会群体那里，他被视为一个
喜欢骂街的人，一个叫人心烦的人。而在东方，在社会主义中国，他
的"自我选择"说又曾被视为瓦解集体主义的"精神污染"。他之被

赞颂还是被否定，与其说主要是由于他个人的主观原因，不如说是不同人群的不同立场与喜爱。当然与他的主观表现也有很大的关系，如果他只是一个哲学家，一个小说家、剧作家，他不至于引起这么大的争议，问题在于他热衷于社会政治，热衷于政论时评，他的实践活动与批评议论不可能不触动不同方面、不同阶层的利益与神经。加以他是一个个性张扬的人，喜欢追求轰动效应，也善于制造轰动效应，如发表宣言、上街游行、探访监狱、拒绝领奖等等，这样张扬、极致、尖锐的表现形态，当然很容易招致中国俗话"树大招风"所说的那种后果。但我想，对于头上有光圈，口袋里有法郎，没有家庭与儿女的拖累，毫无后顾之忧的萨特来说，也许他图的正是这个。

钱林森：回顾萨特在中国的精神之旅，谈论萨特在中国的被接受，是个沉重的话题。您是这个话题必不可少的"焦点人物"，甚至在一个时期，您本人成了人们议论的中心话题。20世纪80年代，您引领萨特进入中国，便一度和这个招人喜爱而又招惹是非的外国人，一起成了中国青年和学界议论的中心话题，20余年后萨特百年诞辰的今天，人们又一次把您请出来，置于萨特话题的中心：请你向新一代读者讲述萨特一生的峥嵘岁月，重温萨特中国之行的风雨历程，重估萨特在中国的影响和意义。国内各大报刊相继刊发采访您的文章，首都数家出版社也纷纷重版您所开启的萨特译介、研究的多种著作。梦回星移，世事沧桑，萨特在中国的命运真是今非昔比，这使我们这些亲历者、见证者，不免感慨万端。请问，面对这个巨变，您的感受是什么？是苦涩还是欣慰？

柳鸣九：《萨特研究》问世至今已近25年，今年，萨特100周年诞辰之际，各大报刊的纪念盛况令人大感意外。两卷本的《萨特精选集》（北京燕山出版社）与七卷本的《萨特文集》（人民文学出版社）的出版，也表明萨特精神遗产已经正常而顺畅地在中国通行。眼见改革开放所带来的这一番文化景象，我作为一个当事人倍感亲切与欣喜。想当年，《萨特研究》问世之后不久，我的确受到过很大的压力：大会上的点名，报刊上的批判，严肃的个别谈话，书被禁再版，等等，最后，我总算坚持了自己的学术观点，没有去遵命写领导上命题的反省文章"我对萨特的再认识"，当然，我也付出过若干代价，但至今回顾起来，却并不感到苦涩，我深深感到，自己能参与"萨特的中国行"这样一个文化进程，在这个过程有所作为，也算是"生逢其时"的一种"造化"，对此，我感到欣慰。